Gergely Péterfy

Der ausgestopfte Barbar

Roman

Gergely Péterfy

Der ausgestopfte Barbar

Roman

Aus dem Ungarischen
von György Buda

NISCHEN
VERLAG

Mit Unterstützung des Ungarischen Büros
für die Förderung von Übersetzungen PIM

Die Originalausgabe
erschien 2014 unter dem Titel *Kitömött barbár*
bei Kalligram, Pozsony

ISBN 978-3-9503906-2-9

Lektorat: Marie-Therese Pitner
Umschlag und Buchgestaltung: Zoltán Kemény
Druck: HVG Press, Budapest

Weitere Informationen finden Sie auf
www.nischenverlag.at

1. Kapitel

Als ich da im Dachgeschoß des Hof-Naturalien-Cabinets, im Magazin, stand und mir gegenüber der schwarze Körper in einem roten Schrank, entsann ich mich, was Ferenc mir erzählt hatte, in welch sonderbarer Beziehung Angelo Soliman zu dem Museum gestanden war.

Schon am frühen Morgen fand er sich stets im Mineralienkabinett ein und nahm sich der Reihe nach die zugenagelten Kisten vor, die hoch aufgetürmt in der Mitte des Saales standen. Jede Kiste trug den Namen der Familie, von der die jeweilige Sammlung stammte, und es gab kaum eine bedeutende Familie im Habsburgerreich, die nicht auf einer der Etiketten vertreten gewesen wäre. Hofrat von Born war vor drei Jahren mit der Aufgabe betraut worden, auch in Wien ein naturwissenschaftliches Museum einzurichten, dessen sich die Einwohner von London oder Paris schon seit Langem rühmen konnten. Die Betrauung mit dieser Aufgabe ging mit einer beinahe unbegrenzten Summe einher, um die wertvollsten Stücke der Privatsammlungen aufzukaufen; auf seinen Aufruf kamen Angebote aus dem ganzen Reich, aus ungeahnten Ecken und Winkeln, und es stellte sich heraus, dass die vermögenden Familien in den vergangenen Jahrhunderten von den Niederlanden bis Florenz, von Lemberg bis Hermannstadt so viele Mineralien, Fossilien, in Bernstein erstarrte Käfer, Meteorite,

Korallen, Kristalle und Halbedelsteine angehäuft hatten, dass für deren Präsentation selbst hundert Museen zu wenig gewesen wären. So konnte von Born es sich erlauben, nur die allerbesten Stücke anzunehmen. Seine Agenten registrierten und katalogisierten jede Sammlung, auch die, in der nur ein vereinzelter Mammutzahn herumlag, dann traf der Hofrat seine Entscheidung, welche Objekte seines Angebotes würdig waren. Die Tischler stellten feste Kisten her, die mit zusammengeknülltem Zeitungspapier ausgefüllt wurden, um Schäden durch einen fahrlässigen Transport hintanzuhalten; der höfische Postdienst holte die Sendungen ab und lieferte sie aus, sodass sie fristgerecht in der Hofburg eintrafen, wo die frisch angefertigten, nussbraun gebeizten und glänzend lackierten Schaukästen in den Sälen oberhalb der Bibliothek bereits darauf warteten, die katalogisierten und sorgfältig etikettierten Kleinodien aufzunehmen.

Angelo wählte eine der Kisten aus, eine Sendung aus Florenz oder Amsterdam, aus dem hintersten Siebenbürgen oder aus einer Provinz in den Alpen. Seine Tätigkeit war auch eine Reise in der Fantasie, gab es doch keine Gegend im Habsburgerreich, die er nicht bereits in Begleitung seiner Herrschaft aufgesucht hätte. Einzig am frühen Morgen, allein in der Stille des Naturalien-Cabinets, hatte er die Muße, sich anhand der auf den Kisten vermerkten Familiennamen und Städte die einzelnen Stationen seines Lebens in Erinnerung zu rufen. Schließlich blieb er bei einer der Kisten stehen, nahm das Nageleisen, sprengte den Deckel auf, legte den Inhalt rundum auf dem Parkettboden aus und begann jedes Stück einzeln zu identifizieren.

Seit Jahren schon lernte er von Hofrat Ignaz von Born die Mineralogie und es gab kaum ein Objekt, das er nicht zu bestimmen vermochte. Rund um ihn stapelten sich die Bücher und manchmal blätterte er stundenlang darin, bis er die Beschreibung eines seltenen Halbedelsteins oder einer Versteinerung aus dem Urmeer fand. Er fühlte sich in der lateinischen Sprache zu Hause und verfasste spielerische Reime zu den klangvollen Bezeichnungen, dann summte er seine Verse zu jenen afrikanischen Melodien, die ihm noch aus Kindertagen in Erinnerung geblieben waren. Es war diese sonderliche Dissonanz, die seine Umgebung zur Ektase hinriss: Ein Schwarzer im Museum!

Er arbeitete genau und gründlich, doch zuweilen kam es vor, dass der Hofrat etwas richtigstellen musste, wenn er am Nachmittag mit weit aufgerissenen Augen von seiner täglichen Opiumdosis und keuchend wegen seiner kranken Lunge eintraf.

Danach blieben sie oft bis spät in die Nacht.

Bei Sonnenuntergang gesellten sich auch ihre Freunde nach getaner Arbeit zu ihnen. Die Ärzte kamen vom Allgemeinen Krankenhaus herüber, die Konzipienten vom Hof und die Rechtsanwälte aus den Ämtern, dann die Musiker mit ihren vom Notenschreiben tintenblauen Fingern, Mozart traf ein, mit einer Flasche Liqueur, und manchmal sogar von Sonnenfels selbst, der Süßigkeiten aus seinen prall gefüllten Taschen verteilte. Oft verbrachte fast die gesamte Loge *„Zur wahren Eintracht"* den Abend im Naturalien-Cabinet, sie diskutierten fundamentale weltanschauliche Fragen, die sie nie müde wurden zu erörtern, beschäftigten sich mit den Versteinerungen und Meteoriten und begaben sich erst spät nachts nach Hause.

Magdalena, Solimans Frau, lebte zu dieser Zeit nicht mehr, die Tochter vollendete gerade das vierzehnte Lebensjahr, sodass Angelo sich weder beeilen musste, noch jemandem Rechenschaft schuldig war. Beim Ausgang wurde er selbst um diese Zeit von einigen Neugierigen erwartet, hauptsächlich Frauen, die sich kein bisschen genierten, ihr Interesse vor einer solch illustren Öffentlichkeit zu bekunden. Sie waren allem Anschein nach bereit, all ihren vorhandenen Stolz für den Ruhm zu opfern, dass der berühmte Sarazene, der hochfürstliche Mohr, sich gerade in sie verliebte.

Es gab ständige, immer wiederkehrende Bewunderer Angelos, die sich schon darüber freuten, wenn er ihnen erlaubte, ihn bis nach Hause zu begleiten, aber auch niederträchtige und plumpe Streiche, ja, grobe Angriffe sonder Zahl wurden gegen ihn geführt: Einige boten ihm einer Wette wegen ihren Körper an, dann zogen sie sich unter lautem Geschrei und Gezeter zurück, andere bewarfen ihn aus dem Hinterhalt – auch das aus dem Titel einer Wette – oder sie mimten Freundschaft, näherten sich ihm, erschlichen sich sein Vertrauen, traten ihn dann und bespuckten ihn im letzten Augenblick, entwendeten ihm etwas oder lachten ihm einfach nur gemein ins Gesicht.

Angelo Soliman aber erduldete all diese Gemeinheiten mit stoischem Gleichmut. Er sagte, ihm würde menschliche Niedertracht gleichermaßen Vergnügen bereiten wie menschliche Güte und Edelmut, beide seien Teil der Vorstellung, und er würde einem Schauspieler nicht den Applaus versagen, nur weil ihm der Direktor die Rolle des Bösewichtes zugeteilt hätte. Damit traf er alle zutiefst, die ihm Übles wollten und ihn verspotteten, denn die wären nur zufrieden gewesen, hätten sie ihn aus der Fassung bringen können. Sie konnten nicht wissen, dass Angelo sie genauso studierte wie die Versteinerungen, die Fossilien. Niemandem sonst sei es gegeben, sagte er zu Ferenc, die menschliche Hinfälligkeit, Niedertracht und Dummheit aus dieser Nähe studieren zu können, wie gerade ihm: Die Perspektive, aus welcher er das Habsburgerreich sehen konnte, sei eine Seltenheit, wobei das Besondere darin lag, dass selbst die Klügsten, Edelmütigsten und Erfahrensten sich nicht gänzlich in ihn hineinversetzen konnten und er somit der Herold einer Welt war, die außer ihm niemand sehen konnte.

Zur Zeit Kaiser Josephs waren in Wien noch kaum Schwarze zu sehen.

Wer sich nach einem Spektakel dieser Art sehnte, musste nach Schönbrunn hinausfahren und die Fütterung der Elefanten abwarten, denn da sprang Pietro Angiola, Tierpfleger in Schönbrunn, in einem Baströckchen und mit nacktem, mit roten Streifen bemaltem Oberkörper aus einer Grashütte, hangelte sich unter wildem Gebrüll auf das Gitter, das den Auslauf absperrte, und machte seiner urwüchsigen schauspielerischen Fähigkeit alle Ehre, indem er die mit ihren Gouvernanten gekommene Kinderschar bis zum Weinen erschreckte. Danach teilte er den Kleinen, von einem Ohr zum anderen grinsend, zum Trost Karotten und Äpfel aus, wobei die Kinder diese Delikatessen dann dem Elefanten mit seinem gierigen, tropfenden Rüssel hinhalten durften, der das Futter zuerst behutsam von allen Seiten betastete, es dann packte und zum Maul führte. Inzwischen saß Pietro schon auf dem Rücken des Elefanten und achtete voll konzentriert darauf, dass das alte Tier mit seinem labilen Nervenkostüm, bei dem sich schon so viel an Rachegelüsten gegen die tückische und boshafte menschliche Rasse angesammelt hatte, kein Unheil anrichtete. In den unteren Bevölkerungsschichten befriedigte dieses Spektakel die Sehnsucht nach dem Fremden und Exotischen am besten.

Angelo Soliman war im Gegensatz zum Tierpfleger in Schönbrunn der Liebling der höheren Klassen. Von ihm erwartete man nicht, erzählte Ferenc, dass er an Gitterstäben herumhüpfte, nein, er sollte neuartige Dissonanzen, unerwartete und andersartige Harmonien bieten, mit deren Hilfe man sich den alten, langweilig gewordenen Ideen auf eine neue Weise nähern konnte. Genau so, wie Hofrat von Born es jedes Mal erlebte, wenn er seinen Schüler im Museum beim Systematisieren der Mineralien bewunderte.

Von diesem Gegensatz, der den alten Mineralogen so elektrisiert hatte, war im Dachgeschoß des Naturaliencabinets jetzt nichts mehr zu sehen.

Angelo Solimans Körper schien ebenso zeitlos zu sein wie die grauen Meteoriten, die Mammutknochen und Riesenschnecken in den aufgereihten Schaukästen und die exotischen Tiere, die mit ihren Glasaugen glotzend herumstanden und die Leerräume zwischen den Regalen als stumme Herde ausfüllten.

Das Präparat trug einen Lendenschurz und eine Krone, beides aus Straußenfedern, hatte den rechten Fuß vorangesetzt und hielt eine Lanze in der erhobenen linken Hand.

Die Oberfläche seiner Haut war von Rissen übersät, deren Geäder sie wie ein unregelmäßiges Gitter bedeckte, als hätte man ihm ein ausgedientes Netz eines Fischers oder Vogelfängers übergeworfen oder als hätte ihn eine mächtige Tropenspinne, von denen etliche dicht behaarte schwarze Exemplare hinter dem Glas der Kästen ihre Mandibeln zeigten, nachlässig eingesponnen.

Einige der Hautschuppen waren trotz der dick aufgetragenen mehrfachen Lackschicht, die den präparierten Körper wie Glas erscheinen ließ, hier und dort abgeplatzt oder gerade im Begriff, sich einzudrehen und abzulösen, und unter den schwarzen Hautfetzen sah das blanke Holz heraus, eine Struktur aus Zedernholz: Damals wusste ich von Ferenc bereits genau, was sich unter seiner Haut befand. Dereinst mochte sich die schwarze, elastische Haut geschmeidig über die meisterhaft geschnitzten Wölbungen der Muskeln und Adern gespannt haben, doch war das Holz mittlerweile gealtert, hatte Sprünge bekommen und die darüber gespannte Haut von innen zerrissen. So war eine sonderbare Verquickung von Mensch und Holz entstanden, wie ein mythologisches Wesen aus dem Märchen eines unbekannten Volkes. Die Füße waren auf einem schweren Holzblock fixiert, von unten durch die Sohlen mit Schrauben festgehalten, die aus dem Dunkel der tiefen Sprünge, die sich bis zu den Knöcheln zogen, stahlgrau hervorlugten. Das Gesicht aber war sonderbarerweise ganz geblieben, Pupille und Iris aus gefärbtem Glas blickten mir beinahe lebensgetreu in die Augen. In seinem Blick lag eine kindliche Verwunderung, als sei er derjenige von uns beiden, der sich mehr überrascht fühlte.

Der Körper stand in einem Glaskasten, wobei die Gliedmaßen dessen Wände gerade nicht berührten, die Formen verloren hinter dem staubigen Glas ein wenig die Konturen und die Tiefenwirkung, mir war, als stünde ich vor einem zweidimensionalen Bild. Das Rot der Rückwand hingegen war kein bisschen verblasst. Angelo Soliman trat aus diesem Rot hervor, als hätte sich hinter ihm ein glühender Tunnel aufgetan, der geradewegs in die Unterwelt führte. Als hielte er jene zurück, die sich hinter ihm drängten, oder just anders herum, als hätte er sich als revoltierender Orpheus an die Spitze deren gestellt, die sich anschickten, aus den Tiefen hervorzubrechen.

Angelo war nicht allein.

Hinten, unter dem Fenster, reckte ein Strauß den Hals in die Höhe, ursprünglich hatte er wohl die Flügel gespreizt, doch waren von deren Federn keine mehr übrig geblieben, nur das nackte Flügelskelett ragte in die Luft. Vielleicht hatten die Besucher der Verlockung nicht widerstehen können und – wenn die Saalwache nicht hinsah – die eine oder andere Feder ausgerupft, bis der Vogel ganz kahl dastand.

Der Tapir neben dem Strauß, laut der Aufschrift auf seinem Sockel ein Geschenk des peruanischen Vizekönigs, hatte auf dem Schädel gar keine Haare mehr. Auch daran waren die Besucher schuld, allzu viele wollten ihre Zuneigung mit Streicheln ausdrücken oder konnten sich die Chance einfach nicht entgehen lassen, etwas aus einer fremden Welt zu berühren, bis sie das Präparat unbrauchbar und abstoßend gemacht hatten. Unter der durchgewetzten Haut waren die gelblichen Schädelknochen und deren mit Gips ausgegossene Nähte zu sehen, auf denen der Lack aufgetragen worden war.

Neben dem Tapir stand ein Wasserschwein, daneben ein Ibis, dann folgte ein buntes Allerlei von tropischen Vögeln auf lackierten Zweigen, und auch den Vögeln fehlten diverse Körperteile. Die Sammelwut hatte dem einen die Füße, den Schnabel, dem anderen einen Flügel abgebrochen. Einem Zebra war die Haut von einer Seite ganz abgerissen worden und der Riesenpython, der sich um einen Ast gewunden hatte, war von einer Pilzerkrankung befallen, die ihn schwammig und flauschig aufquellen ließ. Unter dem Fenster, auf dessen staubiges Glas sich das Schattenspiel der auf dem Sims aufflatternden Tauben warf, hockte ein haarloser Gorilla mit ausgerenktem Unterkiefer. Ihm fehlte ein Arm, in eines seiner Nasenlöcher hatte jemand zusammengeknülltes Papier gesteckt.

Er stand da wie ein verschrecktes kleines Kind, das sich fürchtete, einen Klaps auf die Hand zu bekommen, sollte es wagen, in der Nase zu bohren.

Auf dem Rücken eines vom Zerfall bedrohten Kamels saß mit einem ehemals weißen, jetzt schon fleckigen gelben Turban und einem roten Burnus angetan der Tierpfleger von Schönbrunn, Pietro Angiola, sein Gesicht zeigte die gleiche wilde Miene, mit der er einst die Kinder zu schrecken gewohnt war; er hielt in beiden Händen Lanzen. Man hatte ihn so weit nach hinten geneigt, dass es dem Betrachter schien, als würde er jeden Augenblick nach hinten purzeln, wenn es ihm nicht beizeiten gelingen sollte, die Lanzen zu werfen. Sowohl er als auch das Kamel waren ziemlich minderwertige Werke eines Präparators, die Naht am Bauch des Tieres klaffte offen, zwischen Werg und Palmfaser rieselte Sägemehl auf mehrere kleine Haufen auf dem Boden herunter, als hätte das Kamel sich entleert. Einer der Füße Pietro Angiolas fehlte, zwischen Watte und Werg ragte die Fichtenlatte heraus, durch die sein Skelett ersetzt worden war, er hatte keinen Körper aus Zedernholz erhalten wie Angelo Soliman. Vor dem Kamel prangte eine Kupfertafel auf einem Baumstrunk, die besagte, der Tiergarten Schönbrunn habe dem Museum dieses Exemplar der „Rasse der Oromo" im Jahr 1801 geschenkt, in dem Jahr, als Ferenc im Sommer aus der Festungshaft freikam und sich nach sieben Jahren das erste Mal auf den Weg nach Ónod, in unser Schloss, machte.

Neben dem auf dem Kamel thronenden Pietro hockte ein Mädchen in einem roten Federrock auf dem Boden, es trug eine Kette aus Glasperlen um den Hals und Reifen um Hand- und Fußgelenke.

Ihre Brüste, die zur Zeit der Häutung gerade knospten, ragten spitz und unbedeckt in die Luft.

Diese zwei schwarzen Hügel glänzten genauso fett wie die bis an die Knochen abgewetzte Kopfhaut des Tapirs, hier aber war der Grund der Berührungen offenbar ein anderer. Man wollte dem Mädchen eine naive, mit Erstaunen gemischte Ehrerbietung ins Gesicht applizieren, wie eine Afrikanerin einen weißen Mann anblickt, ängstlich von unten herauf den Besucher ansehend, der sich vor dem Diorama herumtreibt, sein Zuckerwerk mit Himbeergeschmack lutscht und ihr an die Brust greift. Der Gesichtsausdruck des Mädchens glich aber eher dem eines ertränkten jungen Hundes, die Schicht unter ihrer Haut war vielleicht mit Bitumen oder einem anderen klebrigen Material aufgefüllt worden, um die kindlich-samtige Straffheit imitieren zu können, doch hatte sich die Substanz aufgrund der widrigen Umstände verflüssigt und zu beiden Seiten gesammelt, sodann Wangen und Lippen des Mädchens heruntergezogen und so dem Armen einen Hundekopf verliehen.

Auf dem Sockel, auf dem das Mädchen kauerte, stand auf einer Kupfertafel geschrieben, dass Königin Maria Karolina es im Jahre 1798 Kaiser Franz I. geschenkt hatte. Das war das Jahr, in dem Ferenc vor Kälte zitternd durch das handtellergroße Fenster seiner Zelle in Kufstein die blau gefrorenen Bergspitzen anstarrte und, in Ermangelung eines Schreibzeugs, seiner Mutter mit einer Nähnadel und dem eigenen Blut Briefe schrieb.

Der Letzte in dieser Runde war Joseph Hammer, den Pater Narcissus, der Oberpfleger im Krankenhaus der Barmherzigen Brüder in der Leopoldstadt, dem Cabinet geschenkt hatte.

Hammer war ein schlanker, groß gewachsener Mann, laut seinem Täfelchen ein Äthiopier. Er stand in einem Lendenschurz aus blauen und weißen Straußenfedern da, hatte den Kopf nach rechts gewandt und die Rechte hoch erhoben, auch ihm war eine Perlenkette aus Glas umgehängt worden. Sein gediegen ausgeführter Schaukasten war außen mattgrün, innen hellrot gestrichen; er war etwas höher aufgestellt als der des Angelo und hatte an allen vier Seiten verglaste Türen, sodass das Präparat von überall, auch von hinten, betrachtet werden konnte. Sein Gesäß war schön gerundet. Im Inneren des Kastens war eine ovale Tafel in einem vergoldeten Rahmen befestigt, da war der Name des Stifters zu lesen, dann jener des Künstlers, der die Figur angefertigt hatte, und neben dem Alter und der Beschäftigung konnte ich auch den Namen des Schwarzen lesen. So erfuhr ich, dass Joseph im Dienste der Wiener Gärtner gestanden war und dass die Holzstatue, die seinen Körper wiedergab, wie auch der Zedernholzkörper des Angelo Soliman, vom Hofbildhauer Franz Thaller angefertigt worden war.

Hammer wurde 1808 die Haut abgezogen und auf Holz gespannt, in jenem Jahr, als ich im Alter von 28 Jahren nach dem Tode meiner Tochter Iphigenie mit Thalia schwanger war und Ferenc unsere Bibliothek an die Hochschule Sárospatak verkaufte, damit wir irgendwie überleben konnten.

So waren sie also alle vier aufgestellt, Angelo und Pietro auf Kamelen, dann Joseph Hammer und das namenlose Mädchen und rund um sie der Reihe nach die ausgestopften Tiere. Die Anordnung war familiär, reizend, als hätte sich eine schöne, große Familie zusammengefunden, um ein besonderes Ereignis zu feiern.

Es herrschte Stille.

Stille jener Art, die nur in weiten, vollgestopften, staubigen Räumen herrschen kann, wo die Regale mit tausenderlei winzigen Gegenständen angefüllt sind und rundum alles nur aus Federn, Fellen und Holz, aus Papier und Werg, aus Sägemehl und ausgetrockneter Haut besteht.

Dies war das Magazin der zweitrangigen, der degradierten musealen Objekte, der weniger ansehnlichen Mineralien, der beschädigten Präparate, der Zweitexemplare, jener Stücke, die hinter die schöneren, interessanteren, bunteren und größeren zurücktreten mussten, die draußen präsentiert wurden.

Die beschädigten oder überflüssig gewordenen Exponate kamen aus allen Abteilungen der Sammlungen hierher, auch etliche jener Fossilien oder sonstiger Versteinerungen, die seinerzeit von Angelo Soliman und Ignaz von Born selbst systematisiert worden waren; auch die Humanpräparate kamen im Jahr 1810 aus dem afrikanischen Diorama hierher zurück, als die veränderten Zeiten deren Ausstellung plötzlich als abstoßend empfinden ließen. Nun stand Angelo an der Spitze dieser abgerissenen, starren Herde, selbst systematisiert: Er stellte der kupfernen Tafel auf dem Sockel zufolge einen Mann dar, der dem Typus der Gallas innerhalb der Afrikaner angehörte und 1796 der Sammlung einverleibt worden war, als Ferenc noch im mährischen Obrowitz in einer kalten und finsteren Zelle gefangen lag, wo sich Ende November jene Vorfälle ereigneten, über die er bis zum letzten Augenblick, bis zu der über Széphalom verhängten Quarantäne Stillschweigen bewahrte.

Ich stand dem Körper Angelo Solimans gegenüber.

Ich heiße Sophie.

Sophia bedeutet Weisheit.

Mein Vater war Alchimist.

Ich habe deinen Freund, Ferenc Kazinczy, am dreiundzwanzigsten August ermordet.

Zwei Wochen später wurde in Sátoraljaújhely der erste Markttag abgehalten.

Es war kalt. Es regnete. Ich fror.

Die Stadt, in der bis dahin das Randalieren betrunkener Studenten als größtes Ereignis galt, hatte sich zu einer dramatischen Szenerie gewandelt, als wären das brennende Pompei oder das zerstörte Troja um mich herum wiedererstanden. Man hatte die Barrikaden und die vorübergehend aufgestellten Wachbuden abgerissen und mitsamt den Wagen, Decken, Schragen und sämtlichen Gegenständen, die mit den Kranken angekommen waren, verbrannt. Es brannte das Bettzeug, die Decken, die Pölster, es brannten Wiegen, Bettgestelle und Kleider, die bis zuletzt gelesenen Bücher, die Medikamentenschränke, das Schröpfzeug, Spielsachen und Rosenkränze. Das Feuer knisterte um mich herum, die Flammen züngelten und loderten fauchend. Man verbrannte eigentlich nicht die Gegenstände selbst, sondern die Berührung, die die Ansteckung vermittelte, als nähme man am Schatten eines Menschen Rache. Das Feuer war die allerletzte Manifestation der Hirnlosigkeit, eine Art tumbe, bäuerliche Apokalypse. In den Gärten und vor den Häusern, auch auf den Straßen brannten die Gerätschaften der Toten auf Scheiterhaufen: Alles musste zerstört werden, was an die Monate der Epidemie erinnerte.

Zwischen den Hügeln saß bitterer schwarzer Rauch.

In dieser Szene, wie der Ilias entnommen, rumpelte der Karren mit mir, der trauernden Andromache, durch die nur allzu gut bekannten Häuserzeilen – wie hätte ich mit Ferenc über eine so glänzend polierte Metapher lachen können!

Die Quarantäne, die uns für drei Monate von der Außenwelt, die ja gar keine richtige Außenwelt war, abgeschottet hatte, war genauso beengend und aussichtslos wie die innere, sie wurde erst in den ersten Septembertagen aufgelöst, als die Cholera schon weit weg im Westen grassierte.

Vergeblich hatten sie die Grenzen hermetisch abgeriegelt, immer wieder eine neue Grenze am Fuß von Bergen, entlang von Flüssen gezogen, die Seuche vermochten sie weder an der Donau noch weiter weg einzudämmen. Die verzweifelten und hysterischen Maßnahmen blieben ergebnislos, als wollte man einen Lavastrom hinter einen Lattenzaun zwingen. Doch hier hatte niemand verstanden, wie die Seuche hereingesickert war, über unseren Köpfen oder unter unseren Füßen? Das Schreckliche an diesem Feind war, dass er unsichtbar und ungreifbar blieb. Er zeigte sich lediglich durch seine Symptome, doch da war es bereits zu spät, gegen ihn vorzugehen. Am gegenwärtigsten war er, wenn er den erbeuteten Körper bereits verlassen hatte.

Der Staat hatte die Verteidigung übernommen – war doch er angegriffen worden – und setzte gegen den Feind die einzige Waffe ein, die ihm zur Verfügung stand, die Armee. Gegen diesen Feind aber blieb die beste Organisation und Taktik erfolglos. Man verfuhr in allen Belangen dem Gelernten und den Regeln gemäß und doch vermochte man keinerlei Erfolge zu erzielen. Und niemand, nicht einmal die besten Gelehrten konnten sagen, wo zwischen dem einen und dem anderen Symptom die Krankheit unterwegs war. Bis zuletzt beschäftigten sich meine Gedanken damit, dass all das sich vor vierzig Jahren schon einmal ereignet hatte, bloß war die Seuche damals anders beschaffen gewesen. Als Ferenc noch jung war, bedrohte eine tödliche Gefahr Kirche und Königreich, man versuchte, deren Krankheitserreger mit derselben verzweifelten Ergebnislosigkeit zu bekämpfen. Man verbrannte die Bücher, verbot die Freimaurerlogen und hieb Köpfe ab, womit man lediglich offenkundig machte, dass man rein gar nichts über die Verbreitung von Ideen wusste.

Wie auch immer diese jetzige Epidemie von einem zum anderen Ort gelangte, hatte sie sich bis September bei uns im Norden ausgetobt. Eine Zeit lang schlug sie alles um sich kurz und klein, wie ein aufgebrachter Wilder, dann hielt sie kleinlaut inne, als habe sie begriffen, was sie angestellt hatte. Die Seuchentoten wurden beerdigt, die Revolutionäre gehenkt und jene, denen bloß geringere Schuld angelastet wurde, traten ihre Freiheitsstrafe in den Gefängnissen von Sárospatak, Terebes und Sátoraljaújhely an. Denn die einzige echte Konsequenz der Cholera, mit der sie die Dimension unseres Lebens betrat, war aufzuzeigen, wie weit der Hass und das Misstrauen sich ausbreiten können, die wir auf Erden einander gegenüber pflegen, Herren und Bauern, Einheimische und Fremde. Sie entblößte die Natur unseres Aberglaubens und unserer Märchen und wir erfuhren Dinge über uns, mit welchen niemand von uns gerechnet hatte.

Die Bauern handelten so, wie wir sie gemacht hatten: Sie waren wild und grausam wie Kinder. Ihre schrecklichen Märchen kamen in ihrer Fantasie hoch und sie agierten wie die Personen ihrer Märchen. Sie dachten, wie ihre Vernunft es ihnen ermöglichte, sie waren unerschütterlich in ihrem Glauben, dass die Seuche von den brunnenvergiftenden Juden, den Herren und den Ärzten verursacht wurde. Das hätte auch gar nicht anders sein können, eine Begebenheit dieses Ausmaßes konnte nicht ohne Erklärung bleiben. Die Epidemie allein war als Plage noch nicht hart genug; wie die Therapien, so haben auch die Begründungen mehr Schaden angerichtet als die Krankheit selbst.

In den Augen des Staates trugen die Armut und der damit einhergehende Schmutz die Schuld, am Ende also doch der Bauer selbst, für die Bauern aber war der Staat der Schuldige, und alles, was zum Staat gehörte, die Soldaten, die Adeligen, die Ämter, Papiere und Bücher, die Ärzte und die Fremden. Je mehr Opfer die Seuche forderte, desto mehr Feinde wähnten die Bauern zu sehen, zuerst waren es nur die Juden und Ärzte, dann die Herren, die Städter und die Soldaten, schließlich sie selbst. Ihre Fantasie quoll über von Dämonen und Hexen und letztlich fielen sie in den von der Umwelt abgeschnittenen, mit dem Hungertod kämpfenden Dörfern übereinander her.

Der Markt wurde ausnahmsweise vor dem Komitatshaus abgehalten.

Der alte Marktplatz, auf dem zu der Zeit, da die Seuche ihr Unwesen trieb, die Toten zuhauf abgelegt worden waren, galt noch immer als Ort unseligen Angedenkens. Die ausgezehrten, blassen Städter, die in den Monaten der Quarantäne kaum Essbares auftreiben hatten können, stolperten jetzt wie benommen zwischen den gesurten Schinken, die an ihren mit Salzkristallen überkrusteten Schnüren schaukelten, den großen Tafeln Wabenhonig in ansehnlichen Scheiben, mächtigen Kränzen von Würsten, die nach Buchenholzrauch dufteten, aufgehäuften Massen von Roten Rüben und Kraut, an denen noch Erde hing, und mit den Flügeln schlagenden, an den Beinen zusammengebunden Hühnern herum. Kaum eine Familie, die nicht von einem Todesfall betroffen gewesen wäre, jeder trug frische Trauer und frischen Schrecken mit sich herum. Niemand verstand, warum gerade er auserwählt worden war, warum gerade er überlebt hatte, man suchte in seiner Vergangenheit nach verborgenen Tugenden und guten Taten, die die unerwartete himmlische Gnade erklären konnten, und man fand in der Vergangenheit der Verstorbenen früher nicht erkannte Sünden. Die Cholera hatte hauptsächlich Kinder und Alte dezimiert, auch das war schwer zu erklären, die Rechnung ging nie richtig auf.

Ich ging wie vor den Kopf gestoßen unter den Marktfahrern umher und fühlte mich, als hätte ich seit Monaten schon gehungert, und selbst der Gedanke an Essen verursachte mir Todesangst. Ich hob eine Rote Rübe auf, drückte sie in der Hand und krallte die Fingernägel hinein. Das purpurrote, saftige Fleisch kam zum Vorschein. Ich strich über die pralle, glänzende Haut der Wurst, betastete die geschmeidigen Hügel des Fleisches und leckte mir das paprikarote, knoblauchduftende Fett von den Fingern. Ich durchbrach die opalisierende Wachsschicht und griff in den Wabenhonig. Der zähe dunkelbraune Honig mit dem herben Duft nach den dunkelgrünen Fichtenwäldern der Tatra quoll zwischen meinen Fingern hervor. Ich hatte Lust, mir eines von den erschrocken blinzelnden Hühnern zu schnappen und so, mit den Federn dran, hineinzubeißen. Ich wusste nicht, was ich tat. Ging auf und ab, wie eine Gliederpuppe. Mir war schwindelig. Ich bekam keine Luft. Mir schien mein Leben am Ende zu sein.

Jeder sah mich an. Sie bildeten keinen Kreis, sie blieben nicht stehen, sie umkreisten mich nur langsam, flüsterten miteinander, die Köpfe zusammengesteckt, doch stand ich – eindeutig ich – im Mittelpunkt. Wie bei einer langsamen, rituellen Jagd, die mit einem Tanz beginnt und mit Mord endet. Sie neigten sich einander zu, wisperten, gingen wieder auseinander, gingen weiter, dann näherten sie sich einander wieder.

Ich wusste wohl, was sie einander zuflüsterten.

Dass Frau Kazinczy, die nie ganz richtig im Oberstübchen gewesen war, jetzt, da die Cholera ihr den mickrigen kleinen Mann genommen hatte, endgültig und völlig übergeschnappt ist. Was sonst, ist sie doch die Tochter eines Alchimisten! Ihr verrückter Vater, der närrische Graf, der irre Goldmacher, mit dem Teufel im Bunde, der hat sie wohl in den Ausdünstungen übler Brühen gewiegt und mit diesen getränkt? Wer weiß, mit welchen bösartigen Lehren einer geheimen, teuflischen Sprache der verfluchte alte Freimaurer ihr den Kopf vollgestopft hat? Vielleicht wurde sie gar nicht richtig gezeugt und geboren, sondern mit gottlosen Praktiken, ohne Vater und ohne Mutter, und nicht auf der richtigen, von der Natur vorgegebenen Art und Weise. Ist doch auch ihr Gesicht nicht regelmäßig und hat sie zwei linke Hände und Füße, summt und brummt immer vor sich hin, und überhaupt ist sie nicht so, wie es einer Komtesse zukommt. Keine Eleganz! Keine Würde! Kein Ansehen! Ja freilich, wie sollte sie auch eines von diesen haben, wo sie keinen Groschen hat! Wenn sie zumindest ihre Ehre hätte – aber von Ehre können wir hier schon gar nicht reden. Die Arme, sie könnte was auch immer darstellen wollen, das Leben hat sie sehr mitgenommen, hat ihr übel mitgespielt. Was könnte die Frau eines zum Tode verurteilten und schließlich eingekerkerten Staatsgefangenen auch darstellen? Was bleibt von ihrer Ehre übrig? Wie soll eine Frau aussehen, deren Mann von früh bis spät nur Briefe gekritzelt und Wörter erfunden hat, die keiner versteht und die nichts bedeuten?

Dieser Mann, dieser Ferenc Kazinczy, hat, ich sag's euch, nächtens im Garten mit den Geistern der Toten gehadert. Er prügelte mit seinem Spazierstock auf die Hagedornbüsche ein, manchmal stundenlang, bis er sie ganz zerschlagen hat. Seine grauen Haare flogen offen hin und her, wie bei Gespenstern. Und dabei schrie er in einer Sprache, die keiner verstand. Ich habe es mit eigenen

Augen gesehen! Und die arme Frau wollte ihn ins Haus zurückzerren, weil sie sich in Grund und Boden schämte, aber ihr irrsinniger Mann gab nicht nach, bis er den unschuldigen Busch bis an die Wurzeln vernichtet hatte. Ja, was hatte ihm dieser Busch angetan? Es wäre für alle besser gewesen, wenn auch ihm der Kopf in Buda abgeschlagen worden wäre, wie den anderen Königsmördern, den Gottesleugnern. Lang ist es her, sehr lang, mehr als vierzig Jahre, aber solche Sünden heilt die Zeit nicht! Als die verrückten Franzosen ihrem König und der armen kleinen Königin, der Tochter unsrer alten Königin, die Köpfe abschlugen, hat der hier ebenfalls Lust aufs Köpfen bekommen. Die wollten die Priester töten, sie hätten die heilige Kirche zerstört und aus den Kathedralen Pferdeställe gemacht! Noch ein Glück, dass die ganze Kumpanei beizeiten gefasst wurde, bevor sie größeres Unheil hätten anrichten können! Es ist ja ein ausgemachtes Wunder, dass unser gütiger Herrscher nur einige von ihnen köpfen und bei diesem Schwachkopf Gnade walten ließ. Aber lasst euch sagen, viel hat ihm diese große Gnade nicht genutzt. Seine eigene Mutter hat sich seiner geschämt, als er aus dem Verlies freigelassen wurde. Verstehst du nicht, die eigene Mutter hat sich seiner geschämt und ihm in Regmec, mitten auf der Hauptstraße, nicht nur einmal ins Gesicht geschrien, *hätten sie dich doch mit den anderen gemeinsam enthauptet, da müsste ich nicht deinetwegen diese Schande ertragen! Du hast Schande über meinen Namen und den deines Vaters gebracht! Deine Schwestern können wegen dir nicht heiraten und deinen Bruder hat der Obergespan in der Komitatssitzung öffentlich beschämt, der Bruder eines zum Tode Verurteilten ist vor ihm kein Mensch, hat er gesagt!* Die eigene Mutter hat ihm das ins Gesicht geschrien! Ich sage, sie hätten dich lieber hundertmal köpfen sollen, bevor ich eine solche Schande erleben musste! Ja, was kann die Witwe eines solchen Mannes auf dem Markt von Sátoraljaújhely tun? Und wie sollte sich eine frische Witwe verhalten, deren Haus vor Kurzem versteigert wurde und die jetzt mit ihren sieben Kindern um milde Gaben betteln gehen muss? Aber wer weiß ...! Vielleicht ist ihnen die Seuche gerade gut zupass gekommen, die arme Frau wurde endlich von einer hoffnungslosen Last befreit. Mager ist sie und ältlich auch, aber sie kann wenigstens noch eine Zeit lang ihr Leben leben!

Das Mittagsgeläut von der Michaelerkirche war verklungen.

Draußen in Wien herrschte reges, lautes Treiben.

Die späte Oktobersonne schien schräg durch das Dachfenster herein, die Staubkörnchen schwebten regungslos in den Lichtbahnen und ich stand schon seit Stunden vor dem schwarzen Körper und der stummen Herde. Ich war müde, krank, ungewaschen und verzweifelt.

Ich war drei Tage gefahren und am frühen Morgen in Wien angekommen, genau wie vor dreiundvierzig Jahren, als mein Vater mich von Ónod ins Kloster der Salesianerinnen gebracht hatte, damit meine sieben Jahre dauernde Erziehung ihren Anfang nehme, deren Ergebnis die vollkommene Komtesse war, das makellose Ausgangsmaterial für eine Ehefrau, der edelste Grundstoff, aus dem ein Ehemann eine zu ihm passende Frau gestalten konnte. Jetzt war die aus diesem Rohmaterial endgültig geformte Figur in die Stadt zurückgekehrt, aus der sie ausgegangen war.

Der lange nicht mehr verspürte Wien-Duft stieg mir in die Nase, die süßen Schwaden der Konditoreien vermischten sich mit der beißenden Ausdünstung der Reitställe und dem frischen Geruch nach Lack und Hobelspänen, die Gerüche der Theaterkostüme und die süßen Odeurs der Bordelle mischten sich mit den Papiergerüchen der Bibliotheken und dem Knochenmief aus den Katakomben des Stephansdomes. Als könnte wieder etwas beginnen, als wäre nichts irreparabel, als wäre es nicht vollkommen einerlei, was geschehen war, als zählte nur die Gegenwart. Die Atmosphäre der Stadt war genauso weise und abwartend, spielerisch und dämonisch wie seinerzeit, mit dem einzigen Unterschied, dass ihr das Aroma des Mostes und des gärenden Tresterbrands etwas Dionysisches verlieh, wie auch jene absonderliche Heiterkeit, die sich nach eingetretenen Katastrophen über die Welt verbreitet, die Euphorie der Überlebenden darüber, dass der Zufall ihnen den Hauptgewinn zuteilwerden hatte lassen.

Gleich nachdem ich aus der Kutsche gestiegen war und mein Gepäck in mein Quartier, wohin ich mich am Abend zurückziehen wollte, vorausgeschickt hatte, machte ich einen Spaziergang auf dem Graben, wo ich mir die Szenen der vergangenen Jahrzehnte in Erinnerung rief, die sich auf dieser privilegierten Bühne des Habsburgerreiches mit uns abgespielt hatten, angefangen von Ferenc' Erniedrigung im Kindesalter bis zu seinem denkwürdigen Spaziergang mit Angelo Soliman, und ich dachte an den verregneten vierundzwanzigsten November des Jahres 1796; seitdem Ferenc mir alles erzählt hat, bedeutet der Platz auch für mich etwas anderes als davor. Ich aß etwas, trank einen Kaffee, sah mir Schaufenster an, ging auf die kleine Seite und dann stand ich, Schlag neun Uhr, genau zur Öffnungszeit, vor dem Eingang der Hofbibliothek, und zehn Minuten später, ich war an den riesigen Lesesälen der Bibliothek vorbeigegangen, trat ich durch die zum Dachgeschoß führende Tür.

Es war der 27. Oktober achtzehnhunderteinunddreißig, der dreiundsiebzigste Geburtstag meines Gatten. Ich habe diesen Tag gewählt, um dem ins Auge zu sehen, was er mir hinterlassen hat.

Um Angelo Soliman in die Augen zu sehen.

2. Kapitel

Als ich im Dachgeschoß des Hof-Naturalien-Cabinets dem schwarzen Körper gegenüberstand, entsann ich mich des Tages, an dem die Nachricht von der Cholera in Széphalom eintraf.

Es war nachmittags, ich beobachtete gerade durch mein Fernrohr die Vögel im Garten, als ich Ferenc am Hang des Hügels erblickte. Ich hatte schon gedacht, er würde an jenem Tag gar nicht mehr nach Hause kommen. Er war die ganze Woche hindurch unruhig gewesen, stand herum, fand seinen Platz nicht, erhob sich immer wieder von seinem Schreibtisch, marschierte in den Garten hinaus, ging auf und ab, dann setzte er sich wieder. Ich war sicher, diese Periode würde, wie sonst auch, damit enden, dass er einige Nächte im Archiv verbrachte. Daher war ich überrascht, ihn am Hügel zu sehen.

An diesem Nachmittag fiel eine größere Gruppe Eisvögel bei den Apfelbäumen ein, die beobachtete ich, als Ferenc vor dem Hintergrund einer Laubkrone mitten auf einem sich steil hinaufwindenden Karrenweg auftauchte. Im ersten Augenblick dachte ich, das sei ein Fremder. Vielleicht hatte ich nicht damit gerechnet, im Gesichtsfeld meiner Linse, in dem bislang nur Vögel und Laubwerk erschienen waren, unerwartet einen bekannten Menschen zu identifizieren. Mein Herz klopfte und ich bekam Gewissensbisse, als hätte ich ihn mit voller Absicht nicht erkannt. Vielleicht gehörte diese Anomalie, wie auch das unzeitige Eintreffen der Eisvögel, zu den Vorzeichen der sich ankündigenden großen und allgemeinen Umwälzung, zu jener Geschichte, deren erstes Schlüsselwort bereits auf dem grünen Tisch in der Veranda im Inneren eines Briefumschlags steckte.

Ferenc war zu Fuß unterwegs, wie immer, auch bei strömendem Regen, im dichten Nebel oder zur Zeit der Schneeschmelze im Frühjahr. Ihn interessierte die Witterung nicht, er fühlte sich bei jedem Wetter wohl. Lediglich eine herannahende Regenfront vertrug er schlecht, da sauste ihm der Kopf und er konnte nicht denken. Sobald aber der Regen einsetzte, war dieses Ungemach sogleich vorüber.

Jetzt regnete es nicht, es war nicht einmal windig, doch waren die Straßen nach den Regengüssen Anfang der Woche recht morastig. Auf dem Fahrweg glänzten Lachen voller Wasserlinsen. Er ging noch immer gern zu Fuß, auch wenn es ihm wegen der Füße und Knie, hauptsächlich aber wegen der linken Hüfte, immer schwerer fiel. Im Gehen empfand er noch immer etwas vom Rausch der Freiheit, den er aufgesogen hatte, als er in der engen Zelle des Burgverlieses zu Kufstein von einer Wand zur anderen marschierte und sich mit geschlossenen Augen einmal auf eine frühmorgendliche Wiese, dann an den Meeresstrand bei Sonnenuntergang oder in den stillen Schneefall an einem frühen Nachmittag träumte. Er hatte diese Fähigkeit so gut entwickelt, dass er auch nach dreißig Jahren noch jederzeit in eine andere Dimension hinüberwechseln und die Gegenden, das Gelände unter seinen Füßen nach Lust und Laune wechseln konnte. Dieses Spiel hielt ihn selbst bei der hässlichsten Wetterlage in guter Stimmung und zauberte ein Lächeln auf seine Lippen. Die Dörfler, die im Matsch dahinstapften, hielten den hageren alten Herrn, der mit engelsgleicher Heiterkeit über Hindernisse wie Schlammlöcher, Lachen und unüberwindlich scheinende Karrenrinnen hinwegtänzelte, für verrückt.

Er wanderte täglich nach Sátoraljaújhely, wo er alle Monate eine bescheidene Summe erhielt, er ordnete die Unmengen von Akten im Komitatsarchiv. Das verblieb uns als einzige Möglichkeit für ein regelmäßiges Einkommen, mit dem wir uns wenigstens von einem Tag zum anderen über Wasser halten konnten. Das reichte gerade zum Überleben. Es war eine nervenaufreibende, tüftlerische Tätigkeit, die jahrhundertlange Schlamperei der örtlichen Verwaltung in Ordnung zu bringen. Er musste die Akten von Streitsachen, die Reskripte der Kanzlei, die hieramts eingelangten Eingaben und Bittschreiben ordnen, es gab zuhauf gebieterische und byzantinisch verschnörkelte Briefe der ehemaligen siebenbürgischen Fürsten, die Korrespondenz von Thököly, Rákóczi und Bocskai, Tarife, Zunftregulative, Schwurformeln, die Akten von Hexenprozessen, Urbarien, Kommissionsschriften, Bescheide der Vize- und Obergespanschaft. Ein fantasieloses, geistloses Meer an Daten und doch Papiere, Wörter und Buchstaben, zudem glosten unter der Asche der verstaubten lateinischen und deutschen Sätze, der amtlichen Wendungen und umständlichen Umschreibungen für uns Heutige ihrer Bedeutung verlustig gegangene und dem Vergessen anheimgefallene, dereinst jedoch schmerzhaft lebendige Geschichten.

Oft überraschte ihn der Abend in den Räumen des Archivs und er hatte keine Kraft mehr, nach Hause zu gehen. Er ließ die Zeit gern vorüberziehen und tat dann so, als sei sie von selbst vergangen. Ein winziger Betrug, aber immerhin ein Schwindel. Ich wusste und sah es klar, dass er diese in Einsamkeit verbrachten Stunden brauchte, doch war ich besorgt, wenn er nächtens nicht nach Hause kam. Schließlich war er schon siebzig, es konnte alles Mögliche passieren. Außerdem war ich nörgelig, ungeduldig und gleich wegen allem beleidigt. Auch Ferenc wusste, dass es sich nicht auszahlte, was er machte, und dass ich deswegen einen Streit vom Zaun brechen würde, doch hatte er das Bedürfnis, sich ein wenig Sorglosigkeit zu erschwindeln oder sich zumindest den Anschein von Sorglosigkeit vorzuspielen.

Er brauchte immer mehr von diesen erschlichenen halben Tagen, und das erfüllte ihn zugleich mit Erregung und Furcht.

Diese unterschlagene Zeit verhielt sich seltsam, sie bot ihm die Gelegenheit, sich aus dem Dickicht seiner Pflichten, Aufgaben und Rückstände herauszureißen. Das war mir nur recht. Manchmal war er schon unerträglich, etwa wenn er denselben Brief fast wortgleich an fünf, sechs Leute schrieb und sich an seinen Schreibtisch klammerte wie ein Galeerensträfling an sein Ruder – als könnte er nicht freikommen. Diese Menge an Arbeit war sinnlos, doch ich sah, dass er nicht innehalten konnte. Er fürchtete, in seinem Geist könnte sich eine Leere auftun, in die alles Mögliche von den tausenderlei Dingen, die er vergessen wollte, hereinbrechen würde. Ich wusste viel, sehr viel von diesen Dingen, nur vom Wichtigsten hatte ich keine Kenntnis, doch auch darin mochte eine gewisse dramaturgische Regelhaftigkeit liegen.

Jahrzehnte hindurch hatte er diese Kraft zu beherrschen vermocht. Er sagte, er verspüre eine langsame Strömung, die seine abgelagerten Erinnerungen immer wieder hochwirbelte oder eher nur immer wieder anhob, wie langsam fließendes Wasser in winzigen Strudeln Blätter anhebt, die auf den Boden des Bachbettes gesunken sind. Er habe gerade nur so viel Kraft, sich an einen Nachmittag seiner Kindheit zu erinnern, wenn er bei der Arbeit durch das Fenster in den Garten blickt und durch das Licht, das in der Krone eines Baumes spielt, daran erinnert wird. Doch dürfe dies nicht überhand nehmen, dann reiße der Strudel sein Maul mächtig auf und verschlinge alles, was in seinen Weg gerate. Deswegen war er stets bestrebt, seinen Geist vom Morgen bis zum Einschlafen unausgesetzt mit Aufgaben zu versorgen.

Damals konnte ich noch nicht wissen, dass dieses Streben viel stärker war, als ich es mir vorstellen konnte. Ich konnte es nur damit vergleichen, was ich selbst erfahren hatte. Ging doch kein Tag vorüber, an dem ich nicht an den Tod unserer ersten Tochter Iphigenie oder an meine schmerzliche Erniedrigung im Kloster der Salesianerinnen dachte und an diese vielen kleinen Dinge, die täglich Bitternis bereiteten; ich wusste, welcher Anstrengung es bedurfte, diese hervorquellenden Bilder zu verdrängen. Eines aber konnte ich nicht wissen, dass er in jeder Minute unseres gemeinsamen Seins bemüht war, den absonderlichsten und fürchterlichsten Tag seines Lebens zu vergessen, dessen Bedeutung und Ausstrahlung meine allerschlimmsten Erlebnisse um das Tausendfache übertraf. Ich konnte es nicht wissen, weil ich vielleicht gar nicht wissen wollte, dass sein Leben eine einzige kontinuierliche Anspannung war, die er innerlich mitschleppte; die Geschichte, die nicht erzählt werden konnte, zerbrach, ja, zermalmte Ferenc, die Angst vor Schande und Unverständnis sowie die Selbstbezichtigungen machten sie zugleich unaussprechlich.

Heute geißele ich mich vergebens für meine Blindheit, doch weiß ich auch, dass ich allein die Dinge vergeblich vorangetrieben hätte, die Zeit musste reifen, wie eine Zeder reifen muss, um zu bersten. Ich vermochte nicht hinter den Anschein zu blicken, den er geschaffen hatte, um mich zu schonen. Vielleicht sprach er gerade deshalb mit einer halbherzigen Verachtung über die Mönche, deren Lebensinhalt darin bestand, den Satan von sich fernzuhalten, weil sich auch bei ihm eine tief gehende mönchische Veranlagung zur Befolgung von Regeln eingestellt hatte. Er musste einen viel größeren und stärkeren Feind von sich schieben. Lieber arbeitete er bis zur Erschöpfung und schlief zuweilen dort im Archiv auf den Tisch gestützt ein, wobei sein Speichel auf die Verordnungen des seinerzeitigen Fürsten Rákóczi tropfte.

Oft erfasste mich panische Angst, dass ihm etwas zugestoßen sein könnte. Ich fand keine Ruhe, wälzte mich nächtens im Bett, sah ihn vor mir, wie er am Ersticken war oder mit gebrochenem Genick am Fuß der Treppe lag oder mit angeknacksten Rippen unter einem Bücherschrank röchelte. Ich spielte mit diesem Bild und wusste manchmal nicht mehr, was ich vor mir sah, das, was ich sehnlich erwartete, oder das, was ich befürchtete.

Einmal ließ ich am frühen Morgen anspannen und brach seine Tür auf.

Er schlief über dem Tisch liegend, und als er beim Erwachen den Kopf hob, musste ich vor lauter Schreck aufschreien, eine Seite seines Gesichtes, sein Hals und das Haar waren tiefblau und die andere Seite weiß. Verwundert betastete er die klebrige Tischplatte, dann stellte er das umgekippte Tintenfass wieder auf. Im Schlaf hatte er es umgeworfen und mit dem Inhalt sein Gesicht auf der Tischplatte blau gefärbt; so war ein zur Hälfte graumelierter, zur Hälfte königsblauer alter Mann entstanden, als hätte er sich in einen engelsgleichen und einen höllischen Teil aufgespalten.

Auf dem Fahrweg ächzten die mit Heu beladenen Fuhrwerke.

Mit der Dämmerung stellten die Bauern ihre Arbeit ein, sie lagen in ihren schweißnassen Hemden mit ihren staubbedeckten Hüten oben auf dem Heu. Sie begrüßten Ferenc Kazinczy ehrerbietig, und kaum war das Gespann hinter der Kurve verschwunden, wo Ferenc es nicht mehr sehen konnte, bogen sie sich vor Lachen. Sie fanden den alten Herrn überaus komisch, der mit seinem Klappschreibtisch unter der Achsel und den aus der Tasche ragenden Manuskriptblättern beschwerlich zu Fuß unterwegs war. Er unterschied sich von allem, was sie zu sehen gewohnt waren, und wenn sie ihn auch schon viele Male getroffen hatten, konnten sie sich doch nicht an ihn gewöhnen. Sie waren einfach unfähig, in der ihnen zur Verfügung stehenden Sprache ein Wort zu finden, mit dem sie diese Erscheinung eindeutig hätten definieren können. Sie hätten ein Wort gebraucht, das die Eigenschaften des Herrn, der Vogelscheuche, des vazierenden Kurpfuschers, des Steuereintreibers, des Revolutionärs, des Wandermimen und des Wissenschaftlers, der mit dem Teufel im Bunde stand, alle gleichzeitig ausdrückt; da ihr Wörterbuch aber kein solches Wort enthielt, lachten sie lieber. Noch immer war der Ausdruck „ein lächerlicher Fremder“ für sie die einzige gemeinsame Teilmenge aller aufgezählten Eigenheiten.

Wie Erzsó, die seit dreißig Jahren bei uns in Diensten stand, zu sagen pflegte: Wir waren anders. Anders, das war das gebräuchlichste Attribut für uns. Wir waren deshalb anders, weil sie nicht formulieren konnten, wie anders wir waren. Sie konnten es weder sagen, noch die Worte finden, die Ferenc hätten beschreiben können. Sie wussten nicht, was ein Freimaurer war, und aussprechen hätten sie es auch nicht können, weil das ein allzu komplizierter Begriff war, zudem steckte da im zweiten Teil der Maurer drinnen, was so aufrichtig, so familiär klang, dass sie damit nichts anzufangen wussten. Das konnte ja nicht sein, dass er ein richtiger Maurer war, denn er hat nie auch nur eine einzige Mauer aufgezogen, wenn er aber kein richtiger Maurer war, was war er dann? Was heißt frei? Das muss ihnen offenbar Kopfzerbrechen bereitet haben. Dieses „Frei“ klang für sie auch so verdächtig. Wer frei ist, kann kein ehrlicher Mensch sein. Ehrliche Menschen waren geknechtet, wie sie selbst. Wer frei ist, der macht, was er will, also ist er so etwas wie ein Herr, aber Ferenc war kein richtiger Herr, kein Stuhlrichter, kein Gespan, kein Graf und kein Herzog. Die richtigen Herren sind ehrliche Menschen, weil auch sie nicht das tun, was sie wollen, sondern das, was ihr von Gott bestimmtes Schicksal und ihre Aufgabe auf Erden ist, nämlich die Bauern zu knechten, zu peinigen und auszusaugen. Solche Herrenleute wie Ferenc, die frei sind und unter Freiheit Faulheit verstehen und nicht gewillt sind, die Bauern in der Art ehrlicher Menschen zu peinigen und auszusaugen, die sind für beide gefährlich, für die richtigen Herren und für die Geknechteten gleichermaßen.

Wie sie nichts mit dem Wort Freimaurer anzufangen wussten – sie konnten es weder aussprechen noch zuordnen –, so ging es ihnen auch mit den rechtlichen Ausdrücken: politischer Häftling, Hochverräter, Sanktion der Todesstrafe. Wörter wie Gauner, Räuber, Raubmörder verstanden sie. Im Fall von Ferenc verstanden sie einfach nicht, was seine Schuld gewesen war, wenn er doch nichts geraubt und niemanden ermordet hatte, denn das hätten sie noch als eines ehrlichen Menschen würdige Tat betrachten können.

Ferenc war ihnen fremd und in seiner Fremdheit lauerte die Gefahr, denn man konnte nie wissen, über welch geheimes Wissen er verfügte, mit dem er ihnen schaden konnte. Seine Gefährlichkeit wurde aber in angemessener Weise durch die Tatsache ausgeglichen, dass sie sich auf dem Heuwagen schaukeln ließen, während der komische Alte zu Fuß dahintrottete. Verglichen mit ihm waren sie Herren, Herren dieses Landes, wenn auch nicht seine Besitzer, so doch seine besten Kenner, seine Abkömmlinge, Geschöpfe und lebten mit ihm in Symbiose.

Wohin sie auch blickten, grüßten sie die wohlbekannten Hügel, Bäume und Wegbiegungen, sie konnten mit ihnen gemeinsam über Ferenc lachen, hinter seinem Rücken. Ihr Gedächtnis, von ihren Vätern und Großvätern ererbt, bewahrte jedem gegenüber, der nicht Teil dieser Landschaft war, Misstrauen und Feindseligkeit. Was neu und nicht diesem Landstrich entsprungen war, wie das Neugeborene dem Schoß seiner Mutter oder die Trauerweiden am Ufer des Baches Sárosér aus dem feuchten Grund, die dicken Regenwürmer aus dem Dunghaufen und die Schwalbenjungen mit den weit aufgesperrten Schnäbeln aus dem Nest unter der Traufe, das konnte nur die Missgeburt böser Kräfte sein und demzufolge schädlich und Verderben bringend. Selbst die bösen Geister aus den Märchen, die unbekannten Wesen in den Tiefen der Wälder waren freundlicher und bekannter als das Fremde. Die neuartigen Gebäude, Menschen in ungewohnter Kleidung, die neuen, aus Afrika und Amerika importierten Pflanzen erregten ihren Widerwillen und Zorn. Sie verwehrten sich nicht nur mit Händen und Füßen dagegen, deren Nützlichkeit oder Schönheit anzuerkennen, sie setzten auch alles daran, sie zu zerstören und auszurotten.

Ferenc hatte zweimal versucht, eine Magnolie zu pflanzen.

Das erste Bäumchen konnte in der Erde von Széphalom keine Wurzeln schlagen, es traf zwar mit Knospen ein, doch hatte es keine Kraft mehr, Blüten hervorzubringen. Vielleicht hatte es der Kutscher, dem es anvertraut war, nachlässig gepflegt und es unterlassen, die in Lappen gehüllten Wurzeln feucht zu halten, bis es von Laibach bis zu uns gelangte, oder der Boden, in den wir es setzten, war vergiftet – das wird sich nie mehr klären lassen. Ferenc bewahrte den vertrockneten Stamm noch eine Zeit lang bei seinem Tisch auf, bei den Spazierstöcken, dann verlor sich nach einem Großputz seine Spur. Vielleicht hatten sich die Kinder seiner bemächtigt und eine Lanze daraus geschnitzt. Das zweite Bäumchen traf in einem Herbst ein, 1818 oder vielleicht 1819. Es hatte die Blätter schon abgeworfen und war voller von Saft strotzender, behaarter Blütenanlagen. Diesmal setzten wir es anderswo im Garten ein und befolgten den guten Rat, die Erde mit zerkleinerten Tannenzapfen und Nadeln zu durchmischen. Im Frühling waren schon Fortschritte zu erkennen, Ende März begannen die kinderfaustgroßen Knospen auszutreiben. Morgens liefen wir ungeduldig zum Baum, wir wollten sehen, ob er schon blühte, schließlich war das die erste Magnolie der Gegend. Die nächste stand im Garten des bischöflichen Palais in Großwardein, doch hatte sie angeblich seit Jahren nicht mehr geblüht, vielleicht war sie gar keine Magnolie.

Dann war ein Wetterumsturz gekommen, es hatte sogar geschneit, und das Blühen hatte den Schwung verloren. Als das Wetter wieder schöner wurde und wir uns dem Baum neugierig näherten, mussten wir feststellen, dass sich die Zahl der Knospen stark verringert hatte. Was uns gewundert hatte, war, dass wir rund um den Baum keine einzige finden konnten. Sie waren verschwunden, wie die goldenen Äpfel im Märchen. Ferenc raste den ganzen Tag vor Wut, schlug auf alles in seiner Nähe ein und verhörte jeden, dessen er nur habhaft werden konnte, freilich ergebnislos. Am Abend aber blieb Erzsó nach dem Abendessen in der Tür stehen, sie zupfte an ihrer Schürze herum. Ihre Mundwinkel zuckten, wie immer, wenn sie in Rage war. Ich dachte zuerst, Tormás, unser „Gärtner", hätte irgendetwas verbrochen; er war gar nicht bei uns angestellt, er kam nur einmal in der Woche herüber und warf einen Blick auf den Obstgarten, in Wirklichkeit aber versäumte er es nie, unserer Erzsó nachzustellen, was sie aus irgendeinem Grund nicht leiden konnte.

Jetzt ging es aber um etwas anderes.

Erzsó gestand nach langem Herumgetue und oftmaligem Räuspern, dass sie vor einigen Tagen in der Nacht draußen gewesen sei, im Garten, weil ihr der Teufel den Bauch so stark drückte. Der Teufel drückte Erzsó übrigens mal hier, mal da, somit waren wir darüber auch diesmal nicht erstaunt, umso mehr aber über das, was danach folgte. Sie erzählte nämlich, sie habe bei ihrem Spaziergang im Garten auf einmal ein großmächtiges Kommen und Gehen vom Baum her gesehen. Das „vom Baum her" betonte sie nachdrücklich, damit andeutend, dass sie sich der Magnolie auch sprachlich nicht weiter nähern wollte. Ferenc konnte es freilich nicht lassen, sie in die Enge zu treiben, und fragte sie, vorgeblich ahnungslos, welchen Baum genau sie meine.

Erzsó warf ihm einen vernichtenden Blick zu.

Der Herr wissen das ganz genau!

Ferenc zog den Kopf ein. Und Erzsó fuhr fort, es sei ein großmächtiges Kommen und Gehen um den Baum gewesen, sie sei deshalb näher herangetreten: Ich bin näher herangetreten, um nachzusehen, ob das Vermögen der Herrschaft keinen Schaden erleidet, und da sehe ich, dass etwas großes Schwarzes sich an den Zweigen festhält. Ich wollte schreien, um es zu verscheuchen, doch da gab die Wolke den Mond frei, es wurde hell und ich sah einen großen schwarzen Mannsteufel auf den Baum klettern, der mit seinen behaarten Tatzen die Knospen abriss und sie mit seinem feurigem Brodem anhauchte; davon wurden die Knospen sogleich zu Asche. Lieber Jesus, ich machte ein Kreuzzeichen nach dem anderen, ich wollte schreien, doch eine eisige Kralle packte mich an der Kehle und ich brachte keinen einzigen Ton heraus. Doch merkte der höllische Satan, dass ich mich so oft bekreuzigt hatte, er hob seinen gehörnten Kopf und furzte ein ums andere Mal, aber sowas von aasig, dass mir diese Locke hier vorne gleich ergraute, die hier! Dann verschwand er mit einem riesigen Satz. Er hinterließ nur seinen Gestank.

Ich sah Ferenc an. Er drohte vor lauter Lachen fast zu ersticken, dann hustete er. In den letzten Jahren war seine Lunge schon schwach. Ich trat auf Erzsó zu und erklärte ihr, dass der Böse, wenn er überhaupt existierte, in der Seele wohne, dass er weder Hörner habe, noch stinkend furzen könne, und was sie gesehen habe, das habe ihr lediglich ihre vom Bauchgrimmen erregte Fantasie vorgegaukelt, doch Erzsó winkte ungeduldig, überlegen ab.

Sie verachtete uns wegen unserer Unwissenheit.

Am nächsten Tag sah ich beim Erwachen drei Bauern, die sich vor dem Gartentor herumtrieben.

Ferenc schlief noch, ihn hatten in der Nacht Albträume gequält und er war erst am frühen Morgen eingeschlafen. Ich rief nach Erzsó, bekam aber keine Antwort. Also nahm ich meinen Mantel und ging hinaus, um die Bauern zu fragen, was sie wollten. Der eine kam mir bekannt vor, die anderen beiden aber hatte ich noch nie gesehen. Sie sahen mich nicht an, sie schauten nur scheu nach hinten, da kamen noch drei Männer hinter einem Heuwagen hervor. Ich fragte sie, ob sie wegen des Weines gekommen seien oder ob sie an Mastschweinen Interesse hätten, darauf brachte der eine endlich hervor, dass es um den Baum ginge. Um welchen Baum denn? Na ja ... um den Baum des Teufels. Weil es nämlich so einen Baum, der so aussieht und solche Knospen trägt, so einen Baum gebe es nicht, sagte einer der Neuankömmlinge, der sich ein Herz gefasst hatte. Er trug einen schwarzen Bart, als wollte er Pope werden. Was aber nicht existiere, das könne nur ein Werk des Teufels sein. Ich lachte auf. Daraufhin nahm der Bärtige unter seinem Schafspelzmantel eine Axt hervor. Ich machte einen Schritt zurück, woraufhin er verlegen wurde. Er drehte die Axt um und gab mir den Stiel in die Hand.

Hauen Sie ihn um, Gräfin. Warten Sie nicht, bis die Männer es erledigen.

Sie wandten sich um und gingen fort, behäbig trottend, wie Bären.

Am folgenden Tag war der Baum verschwunden. Nicht ich hatte ihn umgeschnitten, ich hatte die Axt ja sogar in den Brunnen geworfen. Ferenc hatte am Morgen zum Glück mit unserem Prozess zu tun und fuhr schon in aller Frühe nach Kaschau, er hatte die Magnolienblüte ganz vergessen, und am Nachmittag kam ein Sturm auf, der den Garten arg verwüstete. Als das nächste Mal die Rede auf die Magnolie kam, sagte ich Ferenc, der Sturm habe sie entzweigebrochen und ich hätte selbst angeordnet,

Tormás solle ihre Spuren entfernen, damit der tote Körper unsere Laune nicht verderbe.

Wir haben es dann nie mehr mit einer Magnolie versucht.

Ferenc stand irgendwo auf halbem Weg in dem nicht deutbaren und unbegreiflichen Raum zwischen der Magnolie, dem vazierenden Juden und dem adeligen Herrn, da stand er in seiner einsamen Lächerlichkeit und Zorn erregenden Fremdheit, und daher konnten sie nichts anderes tun, als ihn auszulachen, obwohl sie ihn am liebsten umgeschnitten hätten. Dieses Lachen aber war anders als ihr Lachen über einen zotigen Witz und auch anders als jenes, das sie beim Anblick eines Krüppels oder beim Verfolgen einer Tierhetze hervorbrachten, dieses Lachen hatte einen drohenden, Übles verheißenden Unterton. Es konnte jederzeit in ein wütendes Kläffen und Zähnefletschen umschlagen und die Hand, die eben noch überlegen abwinkte, konnte sich jederzeit zum tödlichen Schlag erheben.

Für die Leute auf dem Heuwagen war klar, dass in dieser Lage nur sie lachen können, dass das Recht auf Distanziertheit auch jemandem anderen zukäme, war für sie eine unsinnige Annahme. So konnten sie auch nicht vorausahnen, was danach geschah. Kaum war nämlich das Ächzen des Wagens hinter dem Hügel verklungen, blieb Ferenc stehen, er warf seinen klappbaren Feldschreibtisch auf den Boden und lächelte. Doch er lächelte nicht wegen der gefälligen bukolischen Szenerie und wegen der tölpelhaften Bauern, die erfolglos nach einer Definition für sein Wesen suchten, und auch das Lächeln selbst war nicht richtig heiter.

Ich kannte diese Miene.

Das war dieses herbe Halblächeln, das er in den letzten Jahren zumeist aufsetzte, es beherrschte sein Gesicht immer dann, wenn er sich Gedanken hingab, gegen die er nicht fähig war anzukämpfen.

Er lächelte, den Kopf ein wenig zur Seite geneigt, die Lippen leicht geschürzt, wie alte Leute, die sich schlummernd in den Tod träumen. Das glühende Licht in seinen Augen kam nun, stumpf geworden, aus weiter Ferne, als wäre die Welt, die er betrachtete, plötzlich in ungeheure Weiten gerückt, an die andere Seite einer Schlucht, an das jenseitige Ufer eines Meeres, als flackerte es nur noch am Horizont. Und in gewissem Sinne hatte er sich tatsächlich von der Welt gelöst, in der er lebte. Er musste einsehen, dass ihn die Kräfte, gegen die er gekämpft hatte, besiegt hatten, er musste einsehen, dass es die einzig richtige Entscheidung war, sich selbst auszulachen, aus der Ferne, mit verzogenen Mundwinkeln, als hätte er, wie ein Fremder in einer schnellen Kalesche dahinfahrend, eine jäh aufblitzende, groteske Straßenszene gesehen.

Er war oben am Hügel angekommen und hatte von da aus unser Haus erblickt. Darum lächelte er. Weil er wusste, er musste den Gedanken wieder und wieder zu Ende denken – wie schon so oft und so unwillig –, nämlich welch armselige Kleinigkeiten all dies bewirkt hatten.

Vom Hügel aus, der sich, kaum dreißig Meter, einen kleinen Vogelflug hoch über die Ebene erhob, erblickte er ein baufälliges Haus knapp vor dem Zusammenbrechen.

Ein Haus, das in allen Belangen das Gegenteil jenes Gebäudes war, das in seiner Vorstellung lebte. Welch Spottbild, welche Karikatur! Als hätte sich der Teufel einen Spaß daraus gemacht, seine Wünsche lächerlich zu machen. Als hätte man einen Affen dazu gebracht, nach einer Skizze ein Haus zu errichten, oder einen Haufen Wilder, nachzuahmen, was geübte Meister vollbracht hatten. Man konnte sich kaum eine schäbigere Verwirklichung der Vision eines Bauwerkes vorstellen, das seiner Vorstellung entsprach. Ferenc mochte sich gefühlt haben wie Papageno, der statt seiner ersehnten Papagena eine hässliche Alte umarmen musste.

Das Dach über dem Westflügel war schon ganz eingefallen, die Dachsparren konnten jederzeit brechen. Dem Wassereinbruch von Osten war selbst mit den gründlichsten Aushubarbeiten nicht Einhalt zu gebieten, der Putz war abgeblättert, zwischen den Steinen war das Bindematerial zerfallen und die Wand war erschlafft wie ein altes Mütterchen, das langsam, Jahr für Jahr, um die Mitte herum fülliger wurde. Die Fensterrahmen waren vom langsamen Setzen des Gebäudes verzogen, die Türen hatten sich gelockert und der Rauchfang hatte sich gefährlich geneigt. Die Pfeiler der Veranda hatten sich verschoben, sie wichen wegen der Balken, die sich verworfen hatten, und wegen des abgesunkenen Untergrundes nach außen aus. Die Fußbodenbretter waren vermorscht, aufgebogen, die Teppiche von Motten zerfressen und durch die Nässe vermodert. Zwischen den Brettern des Schweinestalls gab es Lücken, der Pferdestall war eingestürzt. Das Dach des Gartenpavillons war vom Moos zerfressen. Der Park, in dem Ferenc Jahrzehnte hindurch versucht hatte, die verschiedensten Pflanzen heimisch zu machen, erstreckte sich verwildert und durch Sturmschäden verunziert voller Wunden zwischen den Wiesen und Äckern, wo sich langweilig wiederholende Uferweiden standen und die Maulbeerbäume der Bauernhöfe durstig dem Augustnachmittag trotzten.

Die für teures Geld herangeschafften exotischen Pflanzen benahmen sich wie betrunkene Soldaten einer siegreichen Armee aus einem weit entfernten Land. Die Wurzeln der Robinien kamen ins Haus herein, hoben die

Köpfe entlang der Mauer und rissen den Fußboden auf. Der Bambus ließ seine stechenden Sprossen die von Ranken umwachsenen Wände durchbohren, wie bei Ruinentempeln, die im Urwald erstickten. Den Kastanienbaum hatte der Sturm entwurzelt und auf das Gartenhäuschen geworfen. Die Blumenbeete waren ausgetrocknet, Würmer fraßen die Wurzeln, Läuse die Blätter. Die fremde und hierzulande ungewöhnliche Flora, die wir nicht im Zaum halten konnten, lebte ihre heimischen Gewohnheiten mit doppeltem Schwung aus und begann mit zweifacher Kraft die Umgebung zu erobern. Und die alteingesessene Pflanzenwelt schöpfte aus ihrem Trotz Kraft; Brombeeren, Waldreben, Quecken und die ungezählten Arten von Unkraut verwoben sich kreuz und quer und unausrottbar in unserem Garten.

Wer das Haus das erste Mal sah, konnte wahrlich denken, es sei verwunschen.

Statt der wohlproportionierten Ordnung der Pflanzenwelt, die Ferenc an den englischen Gärten des Hochadels so sehr bewunderte und an den Stichen, die er in Wien bei Artaria & Comp., in der versteckten Bilderhandlung nahe der Augustinerkirche, gekauft hatte und die lange Jahre hindurch an den Wänden unserer Zimmer gehangen hatten, machte sich in diesem Garten trotz des ausdauernden Ringens immer wieder Anarchie breit. Es gelang uns eigentlich nie, dahinterzukommen, warum wir bei den Pflanzengruppen, Bäumen und Sträuchern, Beeten und Lauben keine ausgewogene Ordnung schaffen konnten. Ich kam nie dahinter, wie es passieren konnte, dass wir trotz der Anstrengungen und Ferenc' sorgsamen Planungsarbeiten, trotz des jahrzehntelangen Briefwechsels mit heimischen und ausländischen Kennern der Materie an unserem Garten gescheitert sind.

Lange dachte ich, dass vielleicht unsere unterschiedlichen Auffassungen Schuld am mangelnden Erfolg trugen.

Ferenc wollte einen englischen Garten und ich unterwarf mich seinem Willen, auch wenn mir die französischen Gärten viel besser gefielen, die gestutzten Büsche, die mit weißem Kies bestreuten Spazierwege, die in den Gewölben der Lauben verborgenen Statuen, die plätschernden Springbrunnen. Ferenc ließ keinen Zweifel daran, dass mein Geschmack auf diesem Gebiet ziemlich unterentwickelt sei. Für ihn stellte der englische Garten die Freiheit dar, der französische hingegen Unfreiheit und Unterdrückung. Er sagte, wir müssten die Natur in ihrer eigenen Wildheit im Garten zum Ausdruck bringen, sie für die ihr eigene Schönheit bewundern und nicht dessentwegen, was wir ihr aufzwingen. Wie in der menschlichen Individualität, so sind auch in der Natur die inneren Qualitäten das Wichtige, und ist es nun einmal die Wildheit, so ist das ihre Qualität. Ich aber war der Meinung, draußen gebe es genug Wildheit, und wer darauf aus sei, möge die Fichtenwälder der Tatra oder die Schluchten der Karpaten aufsuchen, um das Haus aber müssten Ruhe, Sauberkeit und Ordnung herrschen.

Ferenc wandte viel Zeit auf, um mich zu überzeugen, und nach einer Weile ließ ich es dabei bewenden, das alles war es nicht wert, darüber zu streiten. Mich schmerzte es freilich lange, dass er meinen Geschmack verachtete. Ich wusste, er hielt mich für oberflächlich und kindisch, für eine Wilde, die dem billigen Glanz, der trügerischen, verlogenen Harmonie und den einfältigen Tricks der Proportionen und Formen erliegt, eine Wilde, die selbst der ungebildetste Europäer mit einem genau gezeichneten Kreis zum Staunen bringt. Doch selbst da war ich nicht gewillt einzusehen, warum ein Garten höhere Ideale auszudrücken habe und warum gerade Blumen und Bäume als Kriegsschauplatz der Weltanschauungen herhalten müssen und was die Philosophie in einem Gartenteich zu suchen habe.

Ein französischer Garten ist der Garten der Kirche und des Königs, der französische Garten ist der Garten der Theologie, des Aberglaubens, der Unwissenheit, des Feudalismus, der Vorrechte der Geburt, der Garten des Rechtsbruchs, der Unterjochung, der Gewalt, der Sklaverei und des Kerkers. Der französische Garten ist töricht und bösartig. Der französische Garten lügt, er lügt über den Menschen, über die Natur, über die Metaphysik; in Ordnung, dachte ich, wie aber kann dann ein englischer Garten recht haben? Was macht den einen Garten wahrhaftiger als den anderen, wobei beide der Natur Gewalt antun, sie zwingen Pflanzen jeweils anderer Erdteile zueinander, die nicht miteinander gedeihen, drücken einem Gelände Felsen und Teiche auf, in dem bis dahin nur milder Löss, weiche Schollen und plätschernde Bächlein heimisch waren; stellt das nicht eine gleich große Lüge dar?

Doch wagte ich nie, ihm diese Frage zu stellen.

Er verbrachte viel Zeit mit der Planung einer künstlichen Ruine.

Erst dachte er an eine Art griechischen Heiligtums, mit kannelierten Säulen, von denen einige zerbrochen und moosbewachsen in den Boden versunken daliegen sollten, nur eine Ecke des Gebäudes würde sich intakt erheben, als hätte ein Erdbeben den Rest zerstört, wie Taormina. Wie er sagte, könne das Aufeinandertreffen der höchsten Kräfte von Natur und Kunst die Beziehung von Landschaft, Mensch und Geschichte auf individuelle Art ausdrücken.

Dann verwarf er die Idee des griechischen Tempels, es verlangte ihn vielmehr nach einem Gebäude mit Gewölben wie die Ruinen der römischen Thermen. Ein Gewölbe, sagte er, drücke mit seiner in einem einzigen, ewigen Augenblick festgehaltenen Spannung das Gegenüber, den Kampf und die Versöhnung der Natur mit dem Menschen wie auch des Geistes mit der Materie wesentlich eindringlicher aus als die griechischen Tempel mit ihren vertikalen und horizontalen Linien.

Er hatte auch diese Ideen skizziert und die Skizzen dann verworfen, danach wieder gezeichnet, wobei er zu Hunderten Rom darstellende Kupferstiche angekauft hatte, um die klassische Baukunst auf diesen zu studieren. Monatelang beschäftigte diese Tätigkeit seine Fantasie, er ging in Gedanken alle in Betracht kommenden Punkte des Gartens durch, studierte die Himmelsrichtungen, die Lichtverhältnisse, die Entfernungen vom Haus, um die ideale Lage und die entsprechenden Winkel zu finden. Er baute den Bogen aus Brettern und vor der Vernichtung gerettetem Bettzeug und schleppte dieses Modell dann von einem Punkt des Gartens zum anderen. Der frühe Morgen fand ihn schon draußen im Garten, und bis er schließlich zum Frühstück hereinkam, war er verschwitzt und zerzaust, ich musste ihm die eingezogenen Späne mit einer ausgeglühten Nadel aus den Händen stochern. Später ging er mit neuer Kraft an die Verwirklichung weiterer Ideen, immer wieder von Neuem gestaltete er die Makette der Ruine. Er strich sie grau an, malte die Steine darauf, vergrößerte den Bogen, um ihn dann wieder zu verkleinern.

Als der Plan dann fertig war, folgte die Auswahl des Meisters.

Damals hatten wir noch ein wenig Geld und wir waren beide sicher, dass wir den Prozess recht bald gewinnen würden, doch am meisten glaubten wir beide ungebrochen an die Zukunft, in der unser Reichtum und Glück unerschütterlich schienen. Verglichen mit dieser Hoffnung empfanden wir die Summe für die Errichtung einer künstlichen Ruine als reine Bagatelle.

Die dörflichen Meister, die sich vortrefflich auf einfachere Holzkonstruktionen, Lehmbauten und Schilfdächer verstanden, kratzten sich nur ratlos die Köpfe, als Ferenc ihnen seinen Plan vortrug. Den Bogen verstanden sie schon, hatten sie doch auch bei Kirchenbauten gearbeitet, wo sie unter der Hand von Deutschen dies und das von den Geheimnissen der weiteren und komplizierteren Architekturen erlauscht hatten, doch vermochten sie nichts mit der Idee anzufangen, dass das geplante Gebäude keinerlei konkretem Ziel dienen sollte, und zu allem Überfluss sollten sie es auch nicht fertigstellen dürfen.

Der alte slowakische Baumeister, der große Hoffnungen daran geknüpft hatte, bei uns arbeiten zu dürfen, dachte an einen üblen Scherz, nachdem er verstanden hatte, dass Ferenc ihn eine Ruine errichten lassen wollte. Ja, traute ihm der Herr denn nicht zu, ein ordentliches, brauchbares Gebäude aufzuziehen? Wer hat denn schon so etwas gehört, dass einer Geld und Energie auf etwas verschwendet, das weder nützlich noch schön ist? Ja, wird es danach noch jemanden geben, von den Alpen bis zu den Karpaten, der ihn auch nur irgendetwas erbauen lassen würde? Wollte der Herr vielleicht, dass er den Seinen nie mehr unter die Augen treten könnte? Dass er gezwungen wäre, sich mit niedergeschlagenem Blick der Welt zu entziehen? Wenn er dieses Dingsda, das der Herr will, tatsächlich aufbaute und die Leute das sähen, könne er sich genauso gut aufknüpfen. Doch hier, hier, warum lässt der Herr hier nicht lieber einen schönen Schweinestall bauen? Den alten werden die Schweine bald zertrümmert haben, die Bohlen sind vermorscht, der Trog hat ein Loch, es regnet durch das Dach hinein. Oder einen Hühnerstall! Der stünde dort genau richtig, wo er dieses Etwas errichten lassen wollte. Davor wäre dann ein kleiner Teich, in dem die Enten baden könnten. Was die für einen Krach machen, am Morgen! Oder hören Sie mal zu, sagte er, indem er augenzwinkernd näher an Ferenc herantrat und sich zu dessen Ohr beugte, hören Sie mal zu, der Herr, im Frühjahr habe ich beim Baron Mesko gearbeitet – die arme Baronin ist gestorben, der Blitz hat sie auf der Gartenschaukel getroffen und auf Hasengröße verschmort. Also für die haben wir eine Grabkapelle erbaut, oh, das viele schöne Material, nicht einmal in der Kirche gibt es so viel Marmor! Und schmiedeeiserne Gitter, die der Herr geradewegs von den Welschen hat bringen lassen, geschmückt mit Blumen und Engelchen, dergleichen sieht man vielleicht nur im Himmel! Nun ja, von dem ist ein wenig Material bei mir geblieben, ich will das dem Herrn herbringen und eine schmucke kleine Grabkapelle dort hinstellen. Ich sehe ja, es gibt viele Kinder im Hause, meistens bleibt nicht einmal die Hälfte am Leben, es ist doch besser, sich für das Unvermeidliche zu rüsten, hab ich recht? Wir bauen sechs kleine Kammern hinein und zwei große, für die Frau und für den Herrn. Ich mach's Ihnen billig! Für das Material zahlen Sie nur die Hälfte! Also? Schlagen Sie ein!

Ferenc blickte über den Handwerksmeister hinweg.

Ich befürchtete, er würde zu sprechen anfangen und dem wackeren Slowaken darzulegen versuchen, dass der Sinn der Dinge nicht in ihrer Zweckhaftigkeit liege, doch dann sah ich erleichtert, dass er abwinkte, ihm den Rücken kehrte und ins Haus zurückging.

Ich war erleichtert, aber auch erschüttert.

Dieses Abwinken besagte so viel. Es enthielt alles, was sich nach und nach in der Zeit entfaltet hatte und aus dem sich schließlich Struktur und Ton der letzten Tage ergaben. Dieses Abwinken machte mir klar, dass unsere Sache in ihr letztes Stadium getreten war, aus dem sie sich nicht unseren Absichten entsprechend weiterentwickeln würde, sondern unbekannten Kräften zu gehorchen begänne. Kräften, von denen wir keine Ahnung hatten, wir wussten nicht, wie sie über unsere Grenzen kamen und wie sie uns erreichen konnten.

Wie wir die Cholera nur durch ihre Symptome kennenlernten, gewahrten wir auch die unabänderliche Umgestaltung unseres Lebens erst dann, als wir gegen die Gründe machtlos waren. Und wir hatten nicht einmal mehr die Kraft, gegen die Symptome anzukämpfen. Das Abwinken machte mir klar, dass Ferenc unser Leben und sich selbst schon seit Langem aus einem anderen Blickwinkel sah, dass er sich bereits darin geschickt hatte, dass dieses Haus nicht das Haus war, in dem er leben wollte. Dass der Park nicht der Park war, in dem er sich ergehen wollte. Dass das nicht das Leben war, das er leben wollte, und schließlich stellte sich zudem heraus, dass in diesem Haus nicht jene Frau auf ihn wartete, die er sich erträumt hatte.

Wir wurden nach und nach von der Landschaft, den Möglichkeiten, den Menschen, der Zeit und fünftens vielleicht vom Teufel selbst erstickt, der möglicherweise tatsächlich mit der Magnolie angekommen war. Der Geldmangel allein wäre kein ausreichender Grund, es war nicht die Armut, die die Dinge von der gewünschten Richtung abgebracht hatte. Die magnetische Kraft des Verderbens wurzelte vermutlich gar nicht unmittelbar in uns, sondern in der Landschaft und der Zeit oder, ganz grob gesagt, im Blut selbst. In der barbarischen Landschaft, in der es uns gegeben war, zu leben.

Ferenc nannte den Hügel, auf dem er sich unser Leben vorgestellt hatte, Széphalom, den „Schönen Hügel“, dieser Name glänzte unter den groben, heidnischen Beschwörungszeichen der ungelenken, nach Erde riechenden Flurnamen wie ein geschliffener Diamant zwischen Kieselsteinen. Sein Zauber aber reichte nicht aus, alles zu ändern. All unsere Versuche, mit denen wir unser Haus, unsere Sprache und unser Schicksal aus der von Erde und Blut zugeschnittenen Dramaturgie herausheben wollten, waren fehlgeschlagen. Es ist nicht möglich, dass der Fehler nur bei uns lag, es musste etwas außerhalb geben, das wir nicht erkannten, einen Krankheitserreger, eine unerkannte Kraft, irgendetwas im Morgennebel, im Duft der Wiesen, in der Verwesung, die aus dem Überschwemmungsgebiet aufstieg, das uns vergiftete und uns der Welt um uns herum anglich.

Dabei besaßen wir alle Möglichkeiten, so zu leben, wie wir es uns erträumt hatten. Wir hatten, anfangs, das erforderliche Geld, wir hatten die Kraft und die Pläne. Wir wussten haargenau, wie wir leben wollten. Wir wollten leben wie noch niemand vor uns in Ungarn, und wir wussten um diese Differenzierung und wollten sie. Auch waren wir uns im Klaren darüber, von wem wir uns unterscheiden würden und in welchem Ausmaß.

In der Gegend, wo zu leben uns bestimmt war, hatte zuvor niemand Klavier gespielt, niemand jemals Noten gelesen, niemand ein Bild gemalt und niemand Gedichte gelesen. An einem Sommerabend das Fenster zu öffnen, die ersten Läufe einer Mozart-Sonate zu spielen und zuzuhören, wie die ätherische, magische Melodie sich zwischen den Hügeln dahinschlängelte, das war ein Gefühl, das vielleicht die Seefahrer verspürten, wenn sie einen neuen Kontinent entdeckten, oder das Galilei erfasste, als er durch sein Fernrohr den Ring des Saturns erblickte. Und mir war tatsächlich, als hätten wir dieses Land hier entdeckt, ich setzte mich immer, wenn ich die Landschaft von Zemplén zeichnete, mit dem sonderbaren Gefühl hin, dass ich sicher sein konnte: Dieses Land kannten bisher nur die Tiere und Bauern, die darauf lebten, höchstens erfüllte es den Feudalherrn, der es besaß, mit Stolz, doch nie hatte jemand von außen einen Blick darauf geworfen, nie hatte jemand es schön und ästhetisch gefunden, nie hatte jemand daran gedacht, es zu verewigen. Wir warfen uns mit dem Schwung von Entdeckern in die Landschaft und versammelten um uns das Beste an Schönheit und Weisheit von ihr. Sooft ein neues Bild unsere Wände zierte, sooft die Postkutsche neue Noten aus Wien brachte, ein neues Buch aus Thüringen oder aus Weimar eintraf, durchfuhr uns beide eine prickelnde Freude. Wir fühlten uns wie der Skipper, der am Bug seines Schoners stehend durch die Wellen eines unentdeckten, noch nie befahrenen Meeres schneidet; ein neuer, unbekannter Wind blies uns ins Gesicht.

Das war der neue, spielerische Teil der Sache, der freudvolle, virtuose, selbstvergessene Teil.

Doch dürfen wir nie vergessen, dass alles, was wir tun, zugleich ein Angriff gegen alles, was wir hassen, verabscheuen und was auch uns verabscheut und hasst, ist. Sooft ich mich hinsetzte, um ein Landschaftsbild zu malen, umgab mich sogleich Argwohn. Die Bauern verstanden einfach nicht, was da geschah und warum. Sie verstanden nicht, wozu das gut sein sollte, wenn jemand dasselbe Bild, das man in der Wirklichkeit sehen konnte und auf dem es so auch nichts Interessantes gab, auf einer einige Handbreit großen Fläche darstellte. Die größeren Probleme aber hatte ich mit meinen eigenen Leuten, mit den Menschen, die unserem Tun das größte Verständnis hätten entgegenbringen müssen. Sie verkündeten ihren glühenden Patriotismus lautstark, wenn sie sicher waren, dass ihnen daraus kein Schaden erwachsen konnte, sie zogen mit Schaum vor dem Mund über alles Deutsche her, und wenn sie gebührend betrunken waren, beweinten sie schluchzend das Schicksal der Heimat, sie rümpften die Nase und beobachteten befremdet, was Ferenc und ich machten. Malerei, Literatur und Musik waren Dinge, die nur in fremden Ländern heimisch waren. Wozu das ins Ungarische übersetzen, was deutsche Autoren zusammenschreiben? Was schweizerische Dichter jammern? Daraus lernen? Dem folgen wollen? Welche Schmach! Die ungarische Landschaft, die ungarische Sprache, der ungarische Verstand ist hierfür nicht geschaffen. Nicht nur nicht dafür geschaffen, all das würde nur schaden. Deutsche Uniformen an ungarischen Soldaten, deutsche Fahnen auf der Burg von Buda, deutsche Worte in unseren Städten, alles das verdirbt, vergiftet den Ungarn. Am besten macht man mit der Heimat gar nichts, lassen wir sie, wie sie ist. Als wäre die Heimat eine Leiche, die man ausschließlich beweinen darf, alles andere wäre Leichenschändung und Teufelsanbetung.

Was sie bei einem deutschen Kirchenmaler, einem französischen Bühnendichter oder einem englischen Poeten durchgehen ließen – wobei sie über die armseligen, sonderlichen Irren lachten, die ihre Zeit mit derartigen Liederlichkeiten vertaten –, das erachteten sie bei uns als Hochverrat. Wer sich zu unterscheiden wagt, begibt sich in Todesgefahr. Er muss seine ganze Energie darauf verwenden, dieser Gefahr zu entkommen. Der Preis der Abweichung ist nicht nur die Einsamkeit, sondern auch die Lebensunfähigkeit und die Ermangelung der Wandlungsfähigkeit, das wussten wir nur zu gut. Für das Bewusstsein, hervorragender und wahrhafter zu sein und damit auch andere hervorragender und wahrhafter machen zu können, waren wir gewillt, den Preis zu bezahlen, dass uns die Mehrheit auslachte und als Fremde ansah. Wir hielten all das für ein Spiel, denn wir hatten die Kraft zu trotzen und zu lachen. Einerseits war es ja auch ein Spiel, zu dem wir unsere besonderen Fähigkeiten nutzten, wie der Messerwerfer seine außergewöhnlich scharfen Augen und seine sichere Hand oder wie der Schlangenmensch die beispiellose Biegsamkeit seiner Gliedmaßen. Andererseits aber war es ein blutig ernster Krieg auf Leben und Tod, es war Ferenc' Krieg gegen jene, die seine Jugend zerbrochen und ihm die schönsten Jahre genommen hatten und die ihn erst dann so richtig in ihre Krallen bekommen hatten, als er eigentlich schon frei von ihnen gewesen war.

Dabei hatte er dieses Haus in Széphalom so sehr gemocht, so vieles geplant, so viel davon geträumt, und wie stolz hatte ihn das Wissen darum gemacht, dass er auf eigenen Füßen stehen, auf dem Eigenen wirtschaften konnte, dass er nicht vom Geld seiner Mutter abhängig sein musste! Wie viel Hoffnung, wie viel Vertrauen hatte ihn doch an diesen Hügel gebunden, seit früher Kindheit, da er bei einer Kutschenfahrt am frühen Morgen beschlossen hatte, hier und nicht anderswo zu leben!

Er kam mit seinem Vater von Terebes her und der alte Kazinczy – was heißt alt, er war damals noch keine vierzig und konnte freilich nicht wissen, dass sein Erdendasein nur noch ein Jahr währen sollte – ließ den Wagen anhalten, er weckte Ferenc, um ihm den Sonnenaufgang zu zeigen, als wäre auch dieser ein ängstlich behüteter Familienschatz, ein Erbe aus der Zeit der Besetzung durch die Türken wie der Smaragdring der Urgroßmutter oder der blutige Umhang, mit dem einer seiner Ahnen mit einer tödlichen Bauchwunde von Debrecen bis nach Kálló geritten war, bevor er seine Seele aushauchte.

Der Himmel war von sonderbar geformten Wolken überzogen, er ähnelte, wie Ferenc später erzählte, nach unten gekehrten, zu Eis erstarrten Wellen. Diese rätselhafte himmlische Plastik wurde von der Sonne beleuchtet, die sich gerade über den Horizont erhob.

Der Vater hatte den Sohn bei der Hand genommen, sie stiegen durch das mittsommerliche hüfthohe Unkraut auf den Hügelrücken hinauf. Es überraschte Ferenc, wie weit sich das Tal bereits nach einem so kurzen Anstieg öffnete, als wäre das gar nicht die Gegend, die sie von der Landstraße her gesehen hatten. Rechts ruhte Sátoraljaújhely im Dunst, im Norden Terebes und im Westen war Kaschau zwischen den Bergen zu erahnen. Der Junge erkannte in diesem Augenblick blitzartig und mit der nur Kindern eigenen trotzigen und magischen Voraussicht, dass er hier einmal leben würde.

Er wusste es, er hatte es ja oft genug beim Abendessen gehört, dass der Hügel und die Felder rundherum, die Mühle am Bach und das Wirtshaus an der Kreuzung ihnen gehörten, all das ein Geschenk des Fürsten Rákóczi, doch war er sicher, zuvor noch nie in der Gegend gewesen zu sein. Der Anblick, wie er an der Hand seines Vaters dort auf dem Hügel stand, war keine Erinnerung aus der frühen Kindheit, vielmehr eine an einen Traum. An einen immer wiederkehrenden Traum, in dem er in den verwinkelten Straßen einer fremden Stadt vor einer unsichtbaren und unbenennbaren, jedoch elementaren Gefahr floh, als triebe ein mythologisches Ungeheuer sein Unwesen in den Mauern der Stadt. Es gelang ihm, durch das Stadttor zu schlüpfen, er rannte auf einen Hügel, von dort aus sah er sich um, es war der Hügel von Széphalom, vom Volk Eresztvény oder Pri Mosztu genannt, da blitzte für ihn die Erkenntnis auf, schon einmal hier gewesen zu sein, hier hatte er Zuflucht vor dem Ungeheuer gefunden, dessen Antlitz er schließlich doch nicht zu Gesicht bekommen sollte. Dass er den Hügel später mit dem Namen Széphalom von der Infektion des mythischen Schreckens desinfizierte, war die Konsequenz ebendieses Augenblickes.

Als hätte sein Vater die Sehnsucht und die Vision des Kindes gespürt, versprach er ihm noch im Herbst, er solle den Hügel und den Besitz rundum bekommen, sobald er erwachsen sein würde. Da war Ferenc vierzehn Jahre alt, im folgenden Jahr, 1775, starb der alte Kazinczy. Dann fiel fünfzehn Jahre lang kein Wort über Széphalom. 1790 kündigte die gnädige Mama mitten in der Weinlese ohne jegliche Vorbereitung und Einleitung, wie es ihre Gewohnheit war, an, Ferenc dürfe mit dem Bauen beginnen.

Da hatte Ferenc seine Mutter schon seit Jahren gebeten, ihm endlich seinen Anteil zu übergeben, damit er auf eigenen Beinen stehen könne, doch die hoffärtige und eigensinnige Frau wollte – wer wüsste zu sagen, warum – nichts von der Sache hören. Meine Schwager beobachteten die Entwicklung des Geschehens misstrauisch, denn sie waren alle davon überzeugt, dass Ferenc der Liebling ihrer Mutter war und sie nur deshalb nicht wolle, dass er selbstständig werde. Jetzt, da die gnädige Mama ihren Liebling endlich losließ, war vielleicht ihre Zeit gekommen und der Schatten des verhassten und beneideten Bruders würde endlich vom Haus und von ihnen weichen.

Nachdem der bewusste Satz bei der Weinlese gefallen war, lächelten sie einander erleichtert zu. Dienes und Józsi stießen hinter dem Presshaus sogar darauf an und boten Ferenc jeweils ihre Hilfe an, der nicht hinter das verflochtene Dickicht ihrer Scheinheiligkeit zu blicken vermochte und wiederum nur dachte, es ginge wirklich um selbstlose Hilfe und Bruderliebe.

An Plänen mangelte es nie.

Ferenc hatte seit dem denkwürdigen frühen Morgen unzählige Skizzen vom erträumten Haus angefertigt, und in dem Maß, wie sich sein Geschmack verändert und seine Erfahrung zugenommen hatte, veränderte und entwickelte sich auch das Haus in diesen Skizzen, gleich dem Embryo im Mutterleib. Einmal wollte ein Stückchen Italien, dann eine Ecke von Frankreich, dann wiederum England aufgebaut werden, die Maßstäbe der Renaissance wurden von barocken Wellen gelockert, statt dem Stockaufbau beherrschten nun weitläufige Gebäudeflügel den Hügel, aus denen Türme und Erker, Loggien und Veranden hervorsprangen.

Carlo Radi, damals in Sátoraljaújhely nur noch Karcsi Radi genannt, sprach trotz seines fortgeschrittenen Alters kaum ein Wort Ungarisch und vom vielen Wein aus der Region Tokaj mochte er auch schon vergessen haben, dass er einstens Haus und Hof in der Stadt bekommen hatte, um seine sonnige welsche Heimat zu verlassen und die calvinistische Kirche zu errichten, was übrigens meisterhaft gelungen war und stolz das seinerzeitige Können des Carlo aus der Mailänder Schule verkündete.

Der alte Italiener maß Ferenc' Skizze unter seinen buschigen Brauen mit mürrischen Blicken, als hätte er so etwas noch nie gesehen. *Maledetti francesi,* sagte er, als er die Zeichnung des Risalits im Querschnitt betrachtete, die Ferenc so gründlich und sorgfältig ausgeführt hatte, als hätte er das irgendwo gelernt, dabei trieben ihn auch in diesem Fall nur Leidenschaft und Interesse.

Er hatte große Hoffnung in den alten Italiener gesetzt, er dachte, der Abkömmling der Römer würde die Fantasie und den Unternehmungsgeist besitzen, die in der ungarischen Landschaft ungewohnten Formen in den Raum zu zaubern, doch allzu bald musste er erkennen, dass die wiederholten Zurückweisungen, die Karcsi Radi über Jahrzehnte von seinen ungarischen Auftraggebern für seine Pläne hatte einstecken müssen, nicht nur seine Fantasie und seinen Unternehmungsgeist, sondern auch sein elementarstes Können ausgelaugt hatten.

Zur Jahrhundertmitte rankten sich noch Legenden darum, welch bizarre Pläne der junge Carlo den Grundherren vorlegte, die diese dann immer wieder mit Schrecken verwarfen; der junge Architekt musste sich dann mit einfachen Satteldächern und viereckigen, niedrigen Zimmern zufriedengeben, die nur insofern besser waren als die Hütten der Bauern, als sie aus Steinen und Ziegeln gefügt waren und ihr Fußboden nicht vom feuchten Erdboden, sondern von auf Polsterholz verlegten Balken gebildet wurde. Ideen von ovalen Bibliothekssälen, von Salons mit achteckigem Grundriss, von ausgeklügelteren, raffiniert ausgeführten Fassaden wurden von den bestürzten Auftraggebern weggefegt, vergeblich beteuerte der Architekt, diese Formen seien heutzutage in italienischen und deutschen Gegenden alltäglich. Eine Zeit lang versuchte er es noch, er bestand auf seinen Ideen, dann führte er verdrossen aus, was ihm vorgelegt wurde, und soff sich an den Abenden um den Verstand. Seine Schulden wuchsen, seine Frau betrog ihn mit den jungen Zimmermännern, Kinder schlugen ihm auf der Straße den fremd anmutenden Hut mit Stöcken vom Kopf und verhöhnten seine fremdartige Aussprache in Spottversen. Er bot sich noch an, Kirchen und einige Verwaltungsgebäude in den Städten zu errichten, doch damit wurden die Vertrauten der mächtigen Familien beauftragt, für Radi blieben die Dorfkirchen und Pfarrhäuser.

Die Schaffensfreude und das Können des welschen Baumeisters wurden von der gleichen rätselhaften Krankheit befallen, die auch uns langsam zermürbte, doch damals beobachtete Ferenc noch verblüfft, wie feindselig und gelangweilt der Alte war, und er konnte nicht begreifen, was dieser gerade gegen die Franzosen hatte.

Noch im Herbst war das Unkraut vertilgt worden und im Frühjahr erschien Karcsi Radi an der Spitze seiner Bauarbeiter auf dem Hügel, um das Fundament abzustecken.

Ferenc war schon am frühen Morgen da gewesen und hatte alles dreimal ausgemessen und abgesteckt, doch berechnete der alte Italiener, erfüllt von der Würde seines Faches und entsprechend pikiert, die Entfernungen von Neuem, er versetzte einige Latten um ein, zwei Spannen, dann tat er, als bemerke er nicht, dass Ferenc sie an ihren ursprünglichen Platz zurücksteckte.

Nicht einmal da ahnte Ferenc etwas Schlimmes.

Er lächelte nur über den eigentümlichen Berufsstolz des struppigen Alten.

Sobald das Ausstecken fertig war und die Arbeiter ihre Schaufeln und Spaten zur Hand nahmen, machte sich Ferenc beruhigt auf, um in Sárospatak seinen Obliegenheiten nachzugehen. Er ging im trunkenen Triumph ab, im Bewusstsein, mit dem Abstecken der Fundamente seines Hauses die Krönung seines Lebens geschafft zu haben. Er kam nach zwei Tagen wieder, um die Arbeiten zu kontrollieren, doch da verschleierten die Erdhaufen und das aufgetürmte Baumaterial – Sand, Steine und Ziegel – alle Proportionen und es schien, alles sei in Ordnung. Die Gräben des Fundaments waren ausgehoben und schon wurden die wuchtigen Steinquader an den Ecken verlegt. Bereits nach einer Woche standen die Mauern mannshoch. Da schöpfte er den ersten Verdacht. Er stellte sich an eine der Ecken, betrachtete blinzelnd die Parallelen, die rechten Winkel und schüttelte den Kopf. Irgendetwas stand nicht so da, wie er es sich gedacht hatte, doch zogen die Arbeiter die Mauern pfeifend hoch, Radi maß Balken ab und Ferenc ließ sich von der Illusion der fleißigen, ehrlichen Arbeit täuschen. So viele erfahrene Leute konnten sich doch nicht irren. Er erkannte das Ausmaß des Schadens erst, als nichts mehr zu machen war. Auch die Dachbalken waren schon verbaut und ragten an der einen Seite des Hauses viel weiter aus der Fluchtlinie heraus als an der anderen.

Da ertrug Ferenc den quälenden Verdacht nicht länger, er maß die Zimmer aus.

Die nördliche Mauer, die Hauptmauer, wich gut zwei Klafter von der Parallele ab. Sie ging schwungvoll nach außen weiter, genauso weit, wie sie dick war. Also hatte der alte Radi im letzten Augenblick seinen Kopf durchgesetzt und den Stab, der die Mauerdicke anzeigte, einmal von der abgesteckten Linie nach außen umgesetzt und an der anderen, der nordöstlichen Ecke, nach innen aufgepflanzt; damit hatte er die Proportionen der Zimmer, die Ordnung der Möbel, der Bücherschränke und Draperien auf ewig zerstört.

Für die breiter geratene Seite mussten neue Dachbalken und Sparren gesägt werden, so wurden die Missverhältnisse zumindest für den Betrachter von außen bemäntelt, das jedoch interessierte Ferenc am allerwenigsten. Kein

Tag verstrich, wie viele Jahre wir auch in diesem Haus lebten, ohne dass Ferenc diesen Fehler in der Grundgleichung nicht angesprochen hätte. Wie seltsam, dass der Ruin sich schon von allem Anfang an im Haus verborgen hatte, noch bevor auch nur irgendetwas hätte beginnen können, bis dann später der Anschein von allem reihenweise zusammenbrach und schließlich alles, alle Orte unseres Lebens, von dieser Unproportioniertheit, von dieser Schieflage bestimmt wurden.

Deswegen hinkten dann alle unsere Tanzschritte im Leben.

Und genau dieses Taumeln war in dem Moment zu spüren, als Ferenc die Briefe vom grünen Tisch in der Veranda aufhob, das Bündel in der Hand wog und einen von ihnen aufs Geratewohl öffnete und mir verwundert und ungläubig jenen Satz vorlas, in dem in Klammern, als beiläufige Anmerkung, stand, in Astrachan sei die Cholera ausgebrochen.

3. Kapitel

An den Abenden, an denen er im Archiv blieb, legte er seine heimische Széphalom-Persönlichkeit ab. Dann mochte es aussehen, als hätte er sich verkleidet. Als hätte er eine Maske angelegt, die ihm nicht vollkommen fremd war, die eher nur aus einer Zeit stammte, in der er einmal zu Hause gewesen war. Und als wäre seine Kleidung eigentlich nicht aus der Mode gekommen, nur die so Gekleideten wären vorsichtiger geworden. Die gestohlenen halben Tage verstrichen nicht in der Jetzt-Zeit, sondern viel, viel früher, vor dreißig Jahren etwa, als die Dinge, die sein späteres Leben formen sollten, noch nicht geschehen waren. Weit vor dem Prozess, vor unserer Ehe, vor der Geburt der Kinder. Das war das Altertum seiner Seele, von dem nur Fragmente übrig blieben, zerbrochene Statuen, halb fertige Manuskripte, tote Sprachen, eine Mythologie, zu Märchen geschrumpft; denn alles, was bruchstückhaft übrig blieb, erschien größer und bedeutungsvoller, als es war. Eine optische Täuschung, der nicht beizukommen war. Die Vergangenheit, die sich über seine Gegenwart türmte.

Die Glocke im Turm schlug neun Uhr, der Saaldiener war nach Hause gegangen, das Gebäude hatte sich geleert. Auf dem Platz jaulte ein Hund, lange und klagend, als sei er irgendwo hängen geblieben. Alsbald war der

Hundefänger mit seinem rumpelnden Karren zur Stelle, um ihn mit seinem Schlingenstock zu erwürgen.

Jaulen, Stille.

Ferenc pflegte zu dieser Zeit Kerzen anzuzünden, sich auf den Teppich zu legen und zur Decke zu starren.

Um ihn herum nur die Ruhe der Ordnung.

Die schweren Barockmöbel des Archivs zu Sátoraljaújhely, unten dreiteilige, gebogene, mit kupfernen Löwenkopfgriffen versehene Schubladen und oben sechsteilige, bis an die Decke reichende offene Regale, überzogen mit Wachsleinwand, füllten sieben weitläufige durchgängige Räume. Vor den Schubladen standen Tische im Kreis, damit man die Papiere leichter aus- und einräumen und bequem lesen konnte. Der Großteil der Schränke war leer, bereit für die Aufnahme geordneter Akten. Die Arbeit ging langsam voran, die mit Lederriemen und Hanfstricken zusammengebundenen, staubigen Aktenkonvolute füllten zwei Räume und manchmal konnte man nur raten, welcher Akt in welchem Konvolut seine Fortsetzung fand.

Aber Ferenc hatte es nicht besonders eilig.

Einerseits, weil ihn niemand zur Eile anhielt, war es doch vollkommen einerlei, wann ein alter Prozessakt, dessen Parteien seit hundert Jahren tot waren, zu seiner zweiten Hälfte fand. Andererseits genoss er die entwendeten Stunden, in welchen er frei in seiner Erinnerung umherschweifen konnte, immer mehr, vielleicht lag für ihn der höchste Genuss gerade darin, dass er sich der Gefahr immer tollkühner näherte.

Er lag auf dem Fußboden und sog den Leim- und Harzgeruch der neuen Möbel ein. Sein Gedächtnis begab sich auf eine riskante Reise, weit zurück in die Vergangenheit, vierzig Jahre zurück, nach Wien, in die

Hof-Wagenburg in den kaiserlichen Stallungen, in einen langen, mit Fackeln beleuchteten Saal, in dessen Mitte ein langer Tisch stand.

Zurück in jene Zeit, die er sorgfältig und wie besessen von der Gegenwart abgetrennt hatte; in jene Zeit, von welcher er mit niemandem sprach, seitdem er durch das Tor des Gefängnisses zu Munkatsch getreten war, und die er in seiner Erinnerung eingemauert hatte, wie die Herren alter Schlösser das mit Gemächern tun, die für sie bedrückendes Gedenken beherbergen. Seit dreiunddreißig Jahren hielt er stutzend inne, wenn ihn der Zufall vor das zugemauerte Zimmer führte. Er umgab sich mit Tausenden von alltäglichen Dingen, um keine Zeit zu haben, diese Mauer zu durchbrechen und in den Raum zu treten. Er schrieb Dutzende von Briefen, um sich nicht erinnern zu müssen, dann kamen unser Prozess, die Sorge um die Kinder, das schrittweise Verarmen, das Ringen um den Alltag, wobei er Schmerzen über Schmerzen hätte spüren müssen, Enttäuschung, Kraftlosigkeit und Lethargie, doch wurde er immer energischer, immer lebhafter; und er dankte dem Schicksal, das ihn an der Tatenlosigkeit hinderte und ihn vom zugemauerten Zimmer des Gedenkens wegführte, welches nach und nach sogar dem Vergessen anheimzufallen schien.

Doch als er siebzig wurde, gewahrte er, dass ihn seine Schritte immer öfter zu diesem Raum führten. Der lange Korridor, den er in seiner Fantasie gebaut hatte, um das Erreichen dieses Zimmers zu verzögern, wurde von Woche zu Woche lichter, Fenster taten sich auf, die auf einen Garten gingen. Im Garten stand ein Springbrunnen und eines Tages schoss daraus Wasser empor. Da bevölkerten Vögel den Garten, sie setzten sich auf den Rand des Brunnens und badeten unter viel Flügelschlagen im Wasser. Irgendwo im ersten Stock spielte jemand die Geige, er patzte und fing immer wieder von Neuem an.

Diesen Korridor hatte er, wie auch das ganze Gebäude der Fantasie, in den sieben Jahren im Gefängnis gebaut, mit einer bis in die winzigsten Details gehenden Akribie.

Im Gefängnis hatte ihm das Haus seiner Mutter in Érsemlyén als Ausgangspunkt für sein Fantasiegebäude gedient. Das ganze verwinkelte, mächtige Bauwerk wuchs aus diesem kleinen Haus empor wie die jahrhundertealten, ausladenden Eichen aus einer einzigen Eichel. Tief im Inneren des Schlosses befanden sich zwei Zimmer, die ganz genau so beschaffen waren wie die im Haus zu Érsemlyén, das eine gehörte seiner Mutter, das andere ihm; aus diesem Raum hatte man ihn bei seiner Festnahme geholt.

Eine ganze Reihe von weiten, lichten Sälen wuchs um die Zimmer mit den niedrigen Decken und den rissigen Wänden herum, ein Labyrinth von Dachgärten, Erkern, Loggien und Arkaden, Jahreszeiten wechselten sich ab, Tage und Nächte, doch die beiden zentralen Zimmer in der Mitte des Gebäudes behüteten die Zeit, da Ferenc sie zuletzt gesehen hatte, reglos und unverändert. Selbst die Düfte waren dieselben, der Duft des Apfelkompotts, des Lavendels und des Rosenwassers sowie die Ausdünstungen des nassen Hundes auf der Schwelle vermischten sich mit dem Geruch der Balken und Wände des alten Hauses, dem Atem der Vorhänge, des Bettzeugs und der Teppiche.

Alles stand genau so im Zimmer wie am Tage seiner Verhaftung. Die auf dem Tisch vergessenen Dinge lagen noch da, das Licht fiel noch durch das Fenster, draußen flatterte seit vierzig Jahren dieselbe Fledermaus und derselbe Holzwurm bohrte sich in die Dachsparre, nichts hatte sich verändert. Beim Einschlafen zog sich Ferenc hierher zurück. Wenn die Einsamkeit ihn irre zu machen drohte oder wenn seine Gedanken zu laut und zu schnell in seinem Kopf ratterten, floh er hierher und schloss in der Fantasie die Tür hinter sich ab. Da war es still. Er schlüpfte ins Bett, zog sich die Decke über den Kopf und sog den Duft seiner Heimat ein. Er rief sich die nächtlichen Laute um das Haus ins Gedächtnis, das Stampfen vom Stall her, das Knabbern der Mäuse auf dem Dachboden und das Ticken des Holzwurms im Gebälk.

Und dann konnte er einschlafen, vergeblich ließ der böse Gefängniswärter seinen mächtigen Schlüsselbund rasseln.

Das war der Ausgangspunkt seiner Fantasiebilder: die Zimmer im Haus der Mutter. Als dann die Jahre dahingingen, entdeckte er, dass das tägliche Weiterbauen am Haus auch als Zeitvertreib geeignet war, wobei er anderentags versuchte, sich exakt an jedes neue Detail zu erinnern.

Er hatte seine Arbeit begonnen wie Leute, die Segelschiffe, Gärten, Schlösser und sonstige Meisterwerke en miniature in Flaschen einbauen, eben aus aufgezwungener Langeweile. Schon recht bald nahm das verwinkelte Gebäude unerwartete Ausmaße an. Es dauerte Stunden, das ganze Bauwerk in Gedanken zu durchwandern, und jede neue Besichtigung bereicherte die Räume mit immer neuen Details. Zunächst spielte er dieses Spiel nur, um in den Pausen von der geistigen Arbeit auszuspannen. Das war, wie er es später nannte, die Maurerei im Geiste. Zu dieser Zeit hatte er begonnen, seinen geliebten Sallust ins Ungarische zu übersetzen, und in Ermangelung von Schreibzeug – waren ihm doch Bücher, Papier und Schreibfeder verboten – tat er das eben aus der Erinnerung. Er platzierte die übersetzten Partien einzeln auf die Regale der imaginierten Zimmer. Am liebsten arbeitete er im Garten, beim Plätschern des Springbrunnens, mit dem

Gesicht im feinen Luftstrom, der von den schattigen, im Norden gelegenen Säulen der Arkaden in Wellen herankam. Für einen Satz brauchte er mitunter ganze Stunden, er feilte an der Wortstellung herum, tauschte Satzteile aus, änderte das Verb zu einem Partizip und polierte die Attribute, er versuchte, die verblüffende Neuartigkeit, die Sallusts Sätze für die römischen Zeitgenossen bedeutet hatten, für die ungarische Leserschaft zu imitieren.

War er mit einem Satz fertig, begab er sich damit sogleich hinauf in eines der Zimmer und legte ihn auf eines der Regale. Jeder der Sätze nahm eine neue Form an, sie hatten andere Farben und Düfte. War er müde, machte er in Gedanken einen Spaziergang, und wenn er genügend Kraft gesammelt hatte, um sich wieder mit der Übersetzung zu beschäftigen, ging er in jenes Zimmer, zu jenem Regal zurück, wo er den Satz vor Kurzem gelassen hatte, er prüfte ihn, ob er mit ihm zufrieden sein konnte, und war das nicht der Fall, so formulierte er ihn um und setzte sein Werk fort.

Alle seine Tage begann er damit, die Regale entlangzugehen und sich das Fertige vorzunehmen. War er ganz sicher, dass kein einziger Satz, kein Attribut verlorengegangen war und dass alle Satzglieder und jedes Prädikat sich am richtigen Platz befanden, war er also beruhigt, dass sein Gedächtnis alles getreu wiedergegeben hatte, gestattete er sich endlich, in den Garten hinunterzugehen, um einen neuen Satz in Arbeit zu nehmen.

So nahm der Text von Tag zu Tag zu.

Auch das Gebäude wuchs und wuchs, aus den beiden Zimmern des mütterlichen Hauses, die das verwinkelte Schloss noch immer in seinem Inneren barg, trieben Geschoße, Zimmerfluchten, Erker und Innenhöfe. Die Decken der Wände wurden von Fresken geschmückt, die er aus Szenen zusammengesetzt hatte, die ihm im Leben Freude bereitet hatten, Frauen, die er geliebt, Freunde, die er ins Herz geschlossen hatte, Wiener Straßenansichten, Galerien, die Freimaurerlogen, Buchhandlungen, Spaziergänge in Arboreten, Gebäude, die ihn fasziniert, Gegenden, die ihn entzückt hatten. In der Bibliothek reihten sich alle jemals gelesenen Bücher aneinander, mit den Sätzen, die sein Gedächtnis bewahrt hatte. Horaz und Goethe, Vergil und Ossian, Aristoteles und Lessing, er zählte alles auf, woran er sich erinnerte, und kehrte täglich zum Lesen wieder. Er fürchtete, etwas Essenzielles zu vergessen. Er befürchtete, sein Gedächtnis würde all das verlieren, was das Leben für ihn allein lebenswert machte, dass die Gedichte, die Gemälde, die Sprachen und Musiken verschwinden könnten und sein Geist in einen barbarischen Zustand versank, wo nur noch die übel riechende Maschinerie der rohen Instinkte und des Verlangens nach Essen, Trinken und dem Weib polterte.

Es schauderte ihn, weil er sah, wie seine Mitgefangenen in der Einsamkeit, der Isolierung der Gefängniszellen zu einem Haufen schreienden Fleisches und zum Ende hin zu mümmelnden, katatonischen Irren wurden.

Darum hatte er die mit Schönheit ausgestatteten Säle des Fantasieschlosses eingerichtet und täglich besucht. An den Wänden hingen die Bilder, die er mochte. In den Sälen spielten Musiker Mozart, Haydn und Gluck. In den Gärten blühten exotische Pflanzen und seltene Vögel sangen ihr Lied. Das war das vollkommenste Gebäude, das er je gesehen hatte, es enthielt alle Schönheit und alle Kunst, alle Gedanken, die ihn jemals berührt hatten.

Wenn er in seiner Zelle in Kufstein, wo ihm ein handtellergroßes Fenster den Blick auf das Schneetreiben draußen gestattete, wo er nur das Fluchen der Holzknechte hörte, vor Kälte zitternd erwachte, vermochte er jederzeit in das Schloss zurückzukehren, zu den mit dicken Teppichen belegten Korridoren, in den mit einem plätschernden Springbrunnen veredelten Garten.

Lange Zeit wusste ich nichts von diesem inneren Bauwerk. Genauer gesagt wusste ich so viel, dass das ein Fantasiegebilde war, mit dem er sich im Gefängnis amüsierte, maß der Angelegenheit also keine besondere Bedeutung bei und war bestrebt, Ferenc möglichst wenig Gelegenheit zu geben, an die schreckliche Zeit zu denken. Ich nahm an, dieses Bauwerk des Inneren sei mit der Vergangenheit gemeinsam abgeschlossen und selbst zu einer Erinnerung geworden, abgestorben, versteinert.

Doch hatte ich mich auch darin geirrt.

Nach seiner Entlassung aus dem Gefängnis verblasste das Schloss naturgemäß. Ferenc warf sich selbstvergessen in das freie Leben und alles andere hier draußen wurde wichtiger als das, was drinnen gewesen war. Er trank das Gesehene, nahm die Laute und Geschmäcker auf, und dieser nach innen strebende Strom wusch die früher errichteten Bauten weg oder begrub sie zumindest unter einer mächtigen Sedimentschicht.

Dieser gewisse Raum, die Wagenburg bei der Hofburg, die die wesentlichste Rolle spielte in dem, was in unserem Leben geschah, befand sich in unmittelbarer Nähe des Gefängnisses. Er hatte dessen Eingang schon lange zugemauert, den Gang verdunkelt und das Hingelangen auf jede nur erdenkliche Weise verhindert.

An diesen Abenden im Archiv löste sich die Dunkelheit jedoch auf, der Korridor erhellte sich und der zugemauerte Eingang erbebte, als stieße jemand von innen dagegen. Irgendetwas Grauenhaftes war drinnen in Vorbereitung. Der Minotaurus war erwacht und forderte Blut.

Zu dieser Zeit hatte er begonnen, seine Erinnerungen aufzuschreiben, vielleicht gab es in der ganzen Weltliteratur keine qualvollere, undankbarere Arbeit.

Als ich so dastand im Dachgeschoß des Hof-Naturalien-Cabinets und mir gegenüber der schwarze Körper, verstand ich bereits, warum Ferenc so zum Verzweifeln langsam vorankam.

Das Wesentliche am Schreiben von Memoiren ist gerade das Aufschieben, der Neubeginn und das Neuschreiben.

Sooft er in seiner Arbeit an einen Punkt gelangte, von wo aus er zum Beschreiben jenes Tages im November hätte weitergehen müssen, hielt er abrupt inne und schlug den Bogen zum Anfang zurück. Er nahm dann eine bereits formulierte Textstelle her, strich sie unbefriedigt durch und schrieb sie neu und wieder neu und wieder neu. Das Verlangen nach Vollkommenheit war die vollkommenste Maske für ihn, sein unendliches Versteckspiel auch vor sich selbst zu erklären und neu zu benennen.

Indessen war alles, was er niedergeschrieben hatte, pulsierend, lebendig und gefährlich, gerade genügend gefährlich und wichtig, dass ich mit Recht annehmen konnte, er fürchte sich, seine Geschichten der Welt vorzustellen.

Zunächst hatte er bloß ein paar Seiten niedergeschrieben, ich dachte, als Versuch, damit er sah, ob er überhaupt mit Wörtern und Sätzen an seine Erinnerungen gelangte. Ich wusste sehr wohl, es ging nicht darum, ob er das Geschehene beschreiben konnte, vielmehr darum, ob nicht die aufgeschriebenen Wörter plötzlich vom Papier aufspringen und ihm unter die Haut fahren oder zu glühen beginnen würden und das Haus anzündeten, ob sie mit brennendem Haar unter Tischen und Stühlen herumliefen wie Zwergenweiber in einem Albtraum.

Dann erschreckte ihn das Ergebnis und er verbrannte die beschriebenen Blätter.

Auch das Wenige, das er niederzuschreiben wagte, erschreckte ihn. Ich wusste, er hatte Angst, Erinnerungen aufzuwühlen, die besser weiterhin ruhen und abliegen sollten. Und ich wusste auch, dass er Angst hatte, jemand würde seine Schriften mit tückischen Absichten lesen und dass dann alles von vorne beginnen könnte. Dass die Trabanten wieder beim Haus erschienen und wieder den Haftbefehl übergaben und dass sich das Tor des Burgverlieses wieder öffnete.

Denn seitdem er durch das Tor des Gefängnisses zu Munkatsch getreten war und wie ein wild gewordenes Hengstfohlen über die grünenden Wiesen getollt war, sich im taufeuchten Gras gewälzt und Maulwurfshaufen und Ameisenhügel zertreten hatte, litt Ferenc unter der Angst, neuerlich unter Anklage gestellt zu werden und diesmal nicht davonzukommen, diesmal würden sie ihm in Buda wirklich den Kopf abschlagen oder ihn in einem finsteren Wald in den Alpen aufhängen.

Er wusste, dass seine Angst irreal war, doch wusste er ebenso, dass er sich von ihr nicht befreien konnte, also ergab er sich ihr lieber.

Dreißig Jahre hindurch schrieb und sprach er weder über das Gefängnis, noch darüber, was vor dem Gefängnis bis zu seinem fünfunddreißigsten Lebensjahr geschehen war. Kam die Rede ganz zufällig auf diese Jahre, wurde er blass, begann zu zittern und floh in sein Arbeitszimmer, wo er die Tür hinter sich absperrte. Wie oft kam es doch vor, dass ein ungebildeter Tischgenosse in weinseliger Stimmung anhob, über die ungarischen Jakobiner Martinovics oder Hajnóczi zu sprechen oder mit scheelsüchtiger Unschuld über die Bestrafung von

Frondeuren und das Einkerkern von Revolutionären berichtete! Wie oft verpackten sie ihre Provokationen in die Geschichte von Brutus und Macbeth! Ich besaß schon ein ganzes Repertoire für solche Situationen. Oft gelang es mir, die Unterhaltung in andere Bahnen zu lenken, bevor es zum Eklat gekommen wäre. Meine Sinne waren für die Dramaturgie dieser Art geschärft und ich spürte schon bevor der Betreffende sich dessen selbst bewusst wurde, wenn jemand im Begriff war, sich auf gefährliches Terrain zu wagen. Wie bei den Tieren, die das Nahen eines Erdbebens fühlen, ging auch bei mir ein tief im Inneren schrillender Alarm los, der sich in einem anscheinend grundlosen, plötzlichen Angstgefühl zeigte. Da brachte ich sofort ein neues Thema vor, damit ja keines der gefährlichen Wörter ausgesprochen würde. Es kam aber vor, dass ich nicht eingreifen konnte, weil ich anderweitig beschäftigt war, weil ich mit den Kindern zu tun hatte oder weil ich anderswie unabwendbar verhindert war, und dann bedrückten die Folgen uns alle noch wochenlang. Ferenc schloss sich in sein Zimmer ein, bis er seine Ängste und seine Beschämung überwunden hatte. Auch meine großen Töchter erlernten einiges von dieser Kunst der Gefahrenabwehr, wiewohl sie über die Gründe nicht genug wussten. Wir beide, Ferenc und ich, bewahrten sie davor, allzu viel über die Vergangenheit ihres Vaters zu erfahren, wir weihten sie nur skizzenhaft ein. Wir wollten verhindern, dass sie sich jeden Tag mit dem Wissen belasteten, ihr Vater sei ein zum Tode verurteilter Jakobiner, der dem Scharfrichter nur um ein Haar entkommen war.

Zu dieser Zeit wusste ich nur so viel, dass es Ferenc die größten Qualen verursachte, dass er seine Ängste nicht abschütteln konnte.

Die Ängste, die seiner Herr wurden, lösten körperliche Symptome aus, Übelkeit, Durchfall, seine Gliedmaßen zitterten und er sackte im schlimmsten Fall unmittelbar dort zusammen, wo ihn ein Anfall erreichte. Wie sehr er dagegen ankämpfte, wie viel an Willenskraft er auch aufbrachte, vermochte er sich doch nicht von den körperlichen Anzeichen zu befreien, und nach einem derartigen Anfall litt er noch mehrere Wochen lang an Schwermut. Er fühlte sich erniedrigt, weil er die Dämonen nicht besiegen konnte, die ihm die Herrschaft über den eigenen Körper geraubt hatten. Ich sage Dämonen, doch denke ich freilich an etwas anderes: Es waren die quälenden Erinnerungen an das Gefängnis, die schrecklichen Erinnerungen an das Eingesperrtsein, an die Erniedrigung, die imstande waren, die Zeit anzuhalten, und bei den Erinnerungen an den November des Jahres 1796 war ihm, als sei er noch immer im Gefängnis und die Gegenwart und die seither verstrichene Zeit wären lediglich Illusionen, die ihm seine revoltierende Fantasie vorgaukelte.

Er hatte das Gefühl, man hätte ihn vergeblich aus dem Gefängnis entlassen; wenn ihn die Dämonen seither jederzeit nach Belieben demütigen konnten, musste man ihn dort offenbar seines Körpers beraubt haben.

Ich beobachtete diese Flucht jahrzehntelang, dieses unendliche Herumirren im Kreis, mit dem er versuchte, der Erinnerung an seine Gefängnisjahre zu entkommen. Wie viele Pläne ich doch nacheinander ausgeheckt hatte, um dieses Leiden zu beenden! Wie oft hatte ich versucht, ihn zu bewegen, dass er mir alles das, was seine Seele bedrückte, offenbare, doch stieß ich ihn mit jedem Versuch nur noch tiefer in seine Angstzustände.

Ich war offensichtlich bejammernswert naiv und in meiner Unwissenheit sogar schädlich für ihn.

Ich heilte einen Kratzer, unter dem sich ein großes, pochendes Geschwür verbarg, ich linderte den Schmerz eines Mückenstichs, indes die Knochen unter der Haut zersplittert waren.

Es konnte nicht anders kommen, er begann sich sogar vor mir zu schämen. Damals dachte ich, ihn schmerze seine Vergangenheit als Häftling, die Schande seiner Gefangenschaft. Dabei war seine Scham doch viel subtiler, mehrschichtiger. Sie bot eine verborgene Kleinigkeit an, um meine Aufmerksamkeit vom wahren Geheimnis abzulenken, und die gezeigte Scham war lediglich ein Spiel, um den Schrecken, den glühenden Schmerz der höllischen Erinnerung zu verdecken, um mich noch sicherer vom Geheimnis fernzuhalten.

Dabei wurde ich nicht von der Eifersucht der selbstsüchtigen Neugier angetrieben.

Ich war mir dessen gewiss, dass ich sie erkennen würde, falls es in der weiten Welt eine Person geben sollte, der sich alle Geheimnisse Ferenc' dereinst erschließen würden. Sollte das nicht geschehen, müsste ich mich damit abfinden. Ich hatte ihn nicht geheiratet, um seine Geheimnisse zu erkunden, sondern weil er selbst geheimnisvoll war. Eben diesen Zauber wollte ich ihm nicht arglistig entreißen. Aber ... aber ich litt unter der bohrenden Neugierde, wie die Prinzessin im Märchen, der der Drache ein großes Geheimnis anvertraut hat. Ich wartete auf den Tag, der die Wahrheit ans Licht bringen würde, doch fürchtete ich ihn auch, wie der Schauspieler den Augenblick, in dem der Vorhang aufgeht und er sein Talent beweisen muss. Wie sonderbar, während für mich nichts wichtiger sein konnte als unser eigenes Schicksal, befürchtete mein Ehemann, dass die Geschichte, die er zu Papier bringen wollte, unbedeutend sein würde.

Uninteressant, unwichtig, peripher, provinziell, unterklassig, barbarisch eben.

Später erst verstand ich es, als sich aus den vielen kleinen Informationen dieses Bild zusammengefügt hatte, das ich bis zuletzt vor mir hatte; doch war ich vielleicht gerade wegen der allzu großen Nähe nicht fähig, zu sehen und zugleich zu verstehen, dass es Ferenc' größte Sorge war, was er auch immer schreiben konnte, sei nicht genügend interessant.

Jetzt weiß ich schon, warum: weil er das einzige wirklich Interessante nicht niederschreiben konnte, er konnte das Unbeschreibbare nicht niederschreiben.

Hat jemand etwas erlebt, das sich jeder Beschreibung entzieht, hält er vielleicht alles, was in Worte gefasst werden kann, für schwach und unwesentlich. Vielleicht. Vielleicht war er bis ganz zuletzt nur bestrebt, Kraft zu sammeln, sich auf die schwierigste Aufgabe vorzubereiten. Zugleich konnte er sich aber mit allem, was ihm als Camouflage diente, mit dem glitzernden, glänzenden, in allen Farben des Regenbogens schillernden Anschein, dem Erreichbaren, dem Mitteilbaren, dem Öffentlichen auch nicht zufriedengeben.

Wie er meinte, dass die Gegend, die Sprache, das Land nicht reif genug waren, um beschrieben werden zu können, so hielt er sich selbst auch nicht für reif genug, sie beschreiben zu können. Bei jeder einzelnen Zeile meinte er, neben seinen Idealen zum Zwerg zu werden. Deswegen war das Übersetzen sein Ein und Alles, er wollte zuerst lernen, wie es auch das Land lernen sollte, wie die es tun, die inmitten des Geschehens leben, wie man es in Weimar und Frankfurt, in London und Paris tut.

Ganz klar, dass er sich fürchtete, neuerlich in die Fänge der Polizei zu geraten, er fürchtete sich auch davor, andere Menschen ins Unheil zu stürzen, und er wollte seine Erinnerungen nicht aufrühren – doch seine größte Angst war, dass sein Schicksal nicht groß genug sei, um zu Literatur zu werden, und dass die Sprache, in der er schrieb, nicht ausreichte, um es zu erheben. Und dass die Dinge mitsamt ihrem Sinn wie ein Laufvogel im hohen Gras, im Vergessen und in der Bedeutungslosigkeit verschwänden.

Diese Landschaft, dieses Volk sind noch nicht reif, beschrieben zu werden. Dieses Land ist noch nicht fertig und auch die Sprache, in der es beschrieben werden könnte, ist noch nicht fertig. Nichts ist fertig. Alles ist noch in Arbeit. Die Landstriche sind nicht fertig, nicht die Täler, die Flussbetten, nicht die Bergzinnen. Alles muss umgeformt, organisiert, erfunden und aufgebaut werden. Die Flüsse fließen durcheinander, sie überfluten die Dörfer, die Städte, sie ergießen ihren stinkenden Schlamm über die Tiefebene. Herrscht Niederwasser, erliegt die Schifffahrt der Untiefen wegen, bei Hochwasser aber ertrinkt das halbe Land. Die Große Tiefebene ist zu flach, ungeeignet für Landschaftsmalerei. Doch auch das Gebirge ist kein dankbares Sujet. Es liegt, wo es nicht liegen sollte. Die Geografie des Landes ist schlecht verteilt, hier gibt es nur Ebenen und nirgends einen Hügel zu sehen, dort aber Berge zuhauf, ohne auch nur von einem einzigen fruchtbaren Tal oder einer einzigen kultivierbaren Hochebene unterbrochen zu werden. Wo Ebenen sein sollten, erheben sich Berge und umgekehrt. Ihre Schönheit überwältigt den Betrachter zuweilen, doch ärgert ihn ihre Überflüssigkeit. Wo etwas auf den Bergen stehen sollte, gibt es nichts. Zumindest eine Ruine, aber nein, auch das nicht. Wo hingegen ein bisschen freier Platz vonnöten wäre, da ist alles voller Ruinen. In diesem Land wird alles blitzschnell zur Ruine, als wäre alles ursprünglich gleich als Ruine erbaut worden. Ungarn ist nichts anderes als der englische Garten Österreichs, mit künstlichen Ruinen am Ende von verschlungenen Pfaden. Buda: eine Ruine. Esztergom: eine Ruine. Vác: Ruine. Eger: Ruine. Noch ist die Zeit nicht gekommen, um etwas Endgültiges zu sagen: Es gibt nichts, womit, und nichts, worüber man etwas sagen könnte. Hier wird gestümpert, geschlampt und geschludert. Und auch die Mauer des Gartens ist nicht fertig, der Sturm hat zwei Robinien mitsamt den Wurzeln ausgerissen, an ihrem Platz gähnt jetzt schmerzliche Leere im Garten und ich bin schlecht gelaunt, nicht wahr, und bleich, und wenn ich etwas sage, geht es daneben. Ich bin streitsüchtig, kratzbürstig und schreie die Kinder an. Ich lese nicht, zeichne nicht, die begonnenen Klöppelarbeiten liegen verhaspelt in der Tiefe des Kleiderschranks. Die Marillenmarmelade vom Vorjahr ist verdorben, sieben von neun Schweinen sind an der Wassersucht eingegangen, im Frühling sind die Reben erfroren und jetzt zeigt sich kaum ein Ertrag. Nichts ist fertig, nichts in dem Zustand, dass es sich lohnte, etwas zu beschreiben. Werden wir erst mit der Sprache fertig, in der wir sprechen wollen, dann machen wir die Themen geeignet, darüber zu berichten. und dann, viel später, können wir die Arbeit beginnen.

Solange die Sprache nicht fertig ist, kann kein einziger Schritt getan werden.

Ach, wie oft hatte ich diese selbstquälerischen Gedankengänge angehört, die mit ihrem Zirkelbeweis seinen Geist immer stärker bedrückten und würgten! Bis zuletzt litt ich unter dem Gefühl, dass für Ferenc alles, was er in der Sprache als Mangel, als Schwund oder als unentwickelt betrachtete, für eine verheimlichte, tiefe innere Wunde stand, für jene 2.387 im Gefängnis verbrachten Tage, in denen alles in ihm zusammenbrach, was er in seiner Jugend erträumt hatte. Nach seiner Entlassung konnte er an Rache nicht einmal denken, die Gefangenschaft hatte den Willen dazu zwar nicht brechen können, doch den dafür erforderlichen Mut und die Vorstellungskraft hatten sie in ihm ganz aufgerieben. Eine einzige Art der Rache war ihm geblieben, denen, die sich über ihn erhoben hatten, die ihm die Freiheit, den Besitz, den Körper nehmen konnten, die Sprache zu nehmen und sie als stammelnde Barbaren im Sumpf ihres Banausentums zu hinterlassen. Ihnen etwas zu nehmen, von dem sie gar nie dachten, es könnte zur Waffe werden, ihnen die Sprache zu nehmen, in der sie redeten, diese umzugestalten, auszutauschen und sie damit zu beschreiben. Ihre Feigheit zu beschreiben, ihre Unkultiviertheit, ihre Habsucht; ihre Gesichtsfarbe zu beschreiben, ihre zitternden Hände, ihre Kurzatmigkeit, die krächzenden Stimmen und das stumpfe, kleine Licht ihrer Schweinsäuglein, deren verlegener Blick unstet hin und her flackerte.

Er hatte es durchaus schon erfahren, wie es war, wenn andere in ihrer fremden und kalten Sprache vortrugen, was und mit welcher Absicht er es getan habe. Sie zwängten alle seine Gedanken und Taten auf die im Voraus geschriebene Rolle eines im Voraus konzipierten Prozesses. Zwar fielen die Orte und Zeiten mit denen zusammen, die er erlebt hatte, und die Sätze mit denen, die er gesprochen hatte, doch bildeten die Vorgänge eine ganz und gar unbekannte und fremde Geschichte, an der er keinen Anteil hatte. Wie viele Nächte lang las er mir schluchzend die Prozessakten vor, in denen sein armer Name auf den schrecklichen Wellen der Paragrafen, der Majestätsbeleidigung und des Verrats umhergeworfen wurde wie eine kleine Barkasse, die ihre Segel verloren hat, auf der Nordsee! Wie oft gingen wir alles durch,

Punkt für Punkt, Wort für Wort, wie der teuflische Plan zusammengefügt wurde, wie die winzigen Änderungen der Worte und Sätze, der Abfolge der Geschehnisse, die Verschiebung der Betonungen um eine Nuance die ganze Geschichte veränderten!

Die Zuträger, die die jakobinischen Aktionen vor dem gefürchteten Grafen Saurau aufdeckten, manipulierten die von den zum Tode erschrockenen Freunden und wichtigtuerischen Wohlinformierten stammenden Nachrichten von vornherein in solcher Weise, dass sie mit den Schreckensbildern des Hofes in allen Belangen übereinstimmten. Das war das erste Moment, das die Nachrichten zu einem künstlichen Gebilde zusammenfügte, das jedoch letztendlich als veritable Gefahr betrachtet und der öffentlichen Meinung wie eine reißende Bestie präsentiert wurde. Und Polizeiminister Saurau schmückte die in entsprechender Menge eingelangten Informationen weiter aus, rundete sie ab, entfernte die überflüssigen Details, sodann gab er dem Akt eine Form, einen Namen und ein Ziel: eine jakobinische Verschwörung, angezettelt von den mit den feindlichen Franzosen paktierenden Verrätern, um die Aristokratie nach dem Vorbild von Paris zu ermorden, den Kaiser zu stürzen, die Kirche auszuschalten und das Land zu verkaufen.

All das glich dem vollkommenen Meisterwerk eines Zuckerbäckers, es besaß Etagen, war wohlproportioniert, zuckerglasiert und barg im Inneren eine ganze Abfolge überraschender Cremes. So wurde es denn auch vom Minister überreicht, er hatte das Werk sozusagen in einer Schmuckschatulle in die Burg gebracht, wo es höchst aufgeregt ausgepackt und auf einen Sitz verzehrt wurde.

Die Beamten des Kaisers verleumdeten Ferenc und verurteilten ihn zum Tode, all das mit den Worten der

Hofkanzlei und nach der Rechtsordnung des Kaiserreiches, er hingegen übte an ihnen Rache, indem er eine Sprache schuf, in der nicht nur er, sondern alle gebildeten Geister alles und jedes anklagen und verurteilen konnten, was sie nur wollen. Sie konnten ihre Geschichten aber auch glorifizieren oder in still voranschreitenden Worten, in aller Ruhe erzählen.

Ferenc konnte seine Gegner nur dann besiegen, sich trotz allem nur dann als Sieger fühlen, wenn es ihm gelingen würde, besser als sie zu sein, und wenn dieses Herausragen auch von anderen Menschen anerkannt würde. Das war nicht einfach nur das literarische Hervorstechen, denn dorthin hätten ihn auch die schiere Eitelkeit und der Ehrgeiz, mit Fleiß gepaart, geführt; und die er besiegen wollte, hätten darin nicht mehr als einen unnützen Zeitvertreib gesehen, der nebenbei etwas Kleingeld einbrachte, wie die Verrenkungen eines Schlangenmenschen bis an die Grenzen des Möglichen vor seinen Zuschauern.

Ferenc musste etwas tun, das ganz bis zu ihnen vordrang und ihr Leben umkrempelte; er musste ihre eigene Welt, in der sie lebten, in einer Sprache und in einer Art erzählen, in der sie sich nicht mehr zu Hause fühlten.

Dies war der wirkliche und verborgene Sinn all dessen, was Ferenc mit unserer Sprache machte. Er konnte seine Feinde nicht töten, sie nicht zum Tode verurteilen, er konnte ihr Hab und Gut nicht konfiszieren, ihnen nicht den Kopf abschlagen, er konnte gegen sie nicht zu Felde ziehen, doch eines vermochte er, er konnte ihnen den Teppich unter den Füßen wegziehen, das einzige Mittel, um ihr eigenes Dasein darzustellen, um die Geschichte ihres eigenen Lebens, ihrer eigenen diesseitigen Abenteuerfahrt zu bestätigen. Und wenn er ihnen das nahm, existierten sie nicht mehr. Sie hörten auf zu sein, verschwanden in der aufgehobenen Dimension wie die Taube in der Zauberschachtel des Illusionisten. Ihre eigene Sprache, in der sie gestern noch zu Hause gewesen waren, wurde ringsum auf einmal fremd und sie blieben stotternd und stammelnd stehen, rissen den Mund auf und machten Zeichen, und alles, was sie sagten, klang für die Ohren der anderen nur noch als Bla-Bla, wie das Gefasel der Barbaren für die Ohren der Griechen ein sinnloses Durcheinander von Lauten war.

Die, die Herren waren, wurden zu Herumtreibern, die Athener zu sein glaubten, wurden zu Barbaren, die Herren von Buda wurden zu Vorstadtvagabunden, Geächteten, Gezeichneten, Zuchthäuslern, Gesetzlosen.

Sooft er ein neues Wort geschaffen, eine neue Satzstruktur gezimmert hatte, widerfuhr ihm ein zweifaches Glücksgefühl: Er konnte etwas benennen, das vor ihm noch niemand hatte benennen können, und er nahm etwas den Namen, das seine Feinde von da an nie mehr besitzen würden können.

Er feilte die Bausteine der Sprache gleich denen seines Fantasiegebäudes einzeln zurecht, und wie die Arbeit der Freimaurer, hatte auch diese Tätigkeit einen öffentlich zugänglichen und leicht zu erklärenden Anteil sowie einen geheimen und nur mühevoll zu erleuchtenden Sinn. Allgemein zugänglich bedeutete für die Arbeit an der Sprache, dass er die alte, baufällige Bauernwirtschaft mitsamt dem altersschwachen, schilfgedeckten Haus, dem Stall, dem Hühnerhof und dem Schweinekoben zu einem frischen, neuen Schloss mit Bibliothek, einem Park und Gartenpavillon wandelte. Der geheime Sinn jedoch war die vollkommene und angemessene Rache an jenen, die ihn ins Gefängnis gesteckt hatten.

4. Kapitel

Als ich im Dachgeschoß des Hof-Naturalien-Cabinets dem schwarzen Körper im roten Schrank gegenüberstand, entsann ich mich des Tages, da Ferenc das erste Mal von Angelo Soliman gesprochen hatte.

Es war der zehnte August achtzehnhunderteinunddreißig und der Ring der Quarantäne hatte sich um Széphalom geschlossen.

Vor einigen Tagen war der Posten auf der Brücke, die die Komitate Zemplén und Abaúj miteinander verband, vom Schlafzimmerfenster aus noch gut auszumachen, dort hatten die Infanteristen des Regimentes Benczúr den Kontrollpunkt errichtet.

Auf der anderen Seite herrschte die Cholera, sie hatte sich auf den ganzen Osten gelegt wie eine schwarze Sturmzone, die vor dem Losschlagen noch vielsagend wartete. Jetzt, da sich die Front der Quarantäne nach Westen verlagert hatte, bot sich vom Fenster unseres ehemaligen Salons ein neuer Anblick, der eines Massengrabes, ausgehoben in der Mitte der Wiese unter unserem Hügel.

Ich hatte wochenlang voller Zuversicht auf die provisorisch aufgestellte gelb angemalte Schranke unter den schwarzen Weiden geblickt. Sie erinnerte an eine mächtige, bedrohliche Hornisse. Ihr Verschwinden bedeutete, dass man uns der Cholera und der Wut der wilden Bauern überlassen hatte. Das Lagerhaus neben der Mühle, das wegen der jahrelang anhaltenden Hungersnot ohnehin leer stand, wurde jetzt vom Militär beschlagnahmt. Das Heer wurde beim Ausbruch der Unruhen hierher beordert, da man die Stärke der Garnison als zu gering befunden hatte, um die Situation unter Kontrolle zu halten. Das in aller Eile aufgestellte Regiment der Insurrektion wurde in Sátoraljaújhely vereidigt und es gelang ihm, die erhitzten Gemüter mit ein paar Salven und standrechtlichen Hinrichtungen übergangsmäßig abzukühlen, sie glosten in der Tiefe weiter. Jetzt, da der Wind gekommen war, konnten sie jederzeit neu aufflammen. Wir befanden uns nunmehr im Auge des Sturmes, umgeben von verängstigten Soldaten, machtlosen Ärzten, verzweifelten Bauern, und mitten unter uns ging der Tod um.

Wir sahen ohnmächtig zu, wie die Welt, die bis dahin zumindest berechenbar unerträglich und zeremoniell fremd gewesen war, ins Chaos stürzte.

Man konnte dem gesamten mächtigen Tableau, in dem wir bloß als flüchtige Darsteller und Nebenfiguren fungierten, die mythische Vorgeschichte nicht absprechen, in welcher die Welt meines Vaters nach vielen Jahrzehnten an die unsere Anschluss zu finden schien, die Begebenheiten, die wir dereinst erlebt hatten, wandelten sich jetzt zu Zeichen, deren richtige Deutung wir damals verabsäumt hatten.

Im Jahr 1829 erschütterte ein Erdbeben die Gegend, Kirchtürme stürzten ein und im Landstrich Érmellék taten sich Schluchten auf, die sich lang dahinschlängelten und bald von Schlamm und Matsch ausgefüllt wurden, erst nach einem Jahr wagten es Vögel und einige bleiche, binsenähnliche Pflanzen, sich in den Tümpeln anzusiedeln. Das Erdbeben aber war nur die Ouvertüre in der

Reihe der extremen Naturerscheinungen. Nie hatte ich so viel Schnee gesehen wie im Winter 1830. Im Garten musste ein Weg zum Tor, zu den Ställen, zum Keller und zum Brunnen freigeschaufelt werden und wir tasteten uns zwischen den Schneewänden wie in einem Labyrinth vorwärts. Das Dach krachte unter der Last des Schnees, zwei Zigeunerkinder boten sich an, den Schnee mit einem Reisigbesen abzukehren. Unten entstand ein Haufen von heruntergekehrtem Schnee, nach getaner Arbeit mussten sie nur vom Hausdach über die Schneeleiten heruntermarschieren. Dann liefen sie mit dem Brot, das sie für die Arbeit bekommen hatten, lachend durch das Labyrinth davon, wir sahen sie nie mehr wieder. Vielleicht hatte sie die monatelang anhaltende Kälte mitgenommen, wie so viele Habenichtse, auch wir drängten uns nur in einem Zimmer zusammen und zählten die Holzscheiter einzeln, so kamen wir über den klirrenden Frost; es war eine Frage von Tagen und wir hätten kein Brennholz mehr gehabt.

Die Schneeschmelze des Frühlings verwandelte die Landschaft um die Theiß dann in einen See, Hunderte ertranken in den Fluten, im darauffolgenden Sommer aber litten wir unter einer so großen Trockenheit und Hitze, dass wir uns im Keller einquartieren mussten, um keinen Hitzschlag zu bekommen. Auf den Äckern gab es kaum einen Ertrag, die Tiere krepierten der Reihe nach, in den Wäldern wüteten Waldfeuer, im schlammigen Wasser der versickerten Flüsse kehrten aufgedunsene Fische die Bäuche nach oben. Die Bauern, die zur Ernte in die Tiefebene gezogen waren, kehrten mit leeren Händen in ihre im Norden gelegenen Häuser zurück. Im Herbst stellte sich heraus, dass die Scheunen fast leer waren, das Korn vom Vorjahr war zum Großteil beim Hochwasser verrottet. Zwar war der folgende Winter nicht so streng wie der im Jahr zuvor, doch waren die Lebensmittel in den Dörfern bis zum Frühjahr aufgebraucht. Die Bauern lebten von Binsen, Sägemehl und Baumrinden, und als die Soldaten die Grenze zu Galizien sperrten und die Dorfschulzen die in die Schlösser geschickten Verordnungen erhielten, zuckte jeder nur mit der Schulter, was konnte denn schlimmer als Hunger sein? Und was soll das heißen, indische Brechruhr und asiatische Cholera? Warum sollten die gerade zu uns kommen?

Ferenc war seit Mai in Pest; seitdem wir unseren Prozess verloren hatten, beschäftigte er sich nur noch ausschließlich mit den Agenden der Akademie, deren Gründung nach langem Hin und Her und nachdrücklichem Schachern schließlich vom Hof genehmigt wurde, nun folgten die diversen Ausschusssitzungen, Streitereien und Schlichtungen, wie auch die persönlichen Kämpfe. Ferenc musste entnervt feststellen, dass man ihn nicht mehr als den führenden Literaten ansah und dass ihn jüngere, schnellere und brutale Menschen um die erhofften Positionen brachten, für die er seit Jahrzehnten gearbeitet hatte und von denen er sich für die noch ausstehende Zukunft Sicherheit, Lorbeeren und ein glorreiches Greisenalter erhofft hatte.

Zu Hause angekommen verdammte er wütend die Jungen, die, entrückt in die mythische ungarische Urgeschichte, zu den sagenhaften Anführern Árpád und Álmos blickten und sein auf Geist, Form, Schönheit und Sprache aufgebautes Weltbild mit leichter Hand hinwegfegten, als wäre es eine üble administrative Beckmesserei, von ihm auf höhere Anweisung just zur Beschneidung ihrer Freiheit ausgeführt. Und noch schlimmer, diese Jungen hatten gerade aus Ferenc' Beispiel, aus seiner Armut und seinem Machtverlust, abgeleitet, dass sie den Schutzherren schöntun mussten, wenn sie die eigenen Taschen füllen und sich dann in die Gunst ihrer Leser einschleichen und dort verbleiben wollten. Sie taten wie die Mutter der Waisenkinder, die ihnen über den Vater, der sich nach dem Verprassen des Familienvermögens einfach nur zu Tode gesoffen hat, alles Schöne und Gute herbeilügt. Sie hatten begriffen, dass sie nur geliebt werden würden, wenn sie ihre schmeichlerischen Geschichten in der Sprache des Volkes vortrugen. Als wollten sie alle mit erklärter Absicht zu wütenden Kindern werden, die wegen eines verlorenen Spielzeugs oder eines schlimmen Traumes aufstampften. Sie klammerten sich an die Figuren ihrer Geschichten, die ihre Fantasie mit nie da gewesenen Gefühlen, zusammengeflickten Erzählungen und demiurgischen Fähigkeiten versehen hatte, als würden diese Figuren der ärmlichen, ungebildeten, neidischen, eitlen und habsüchtigen Welt, aus der sie hervorgegangen waren, die Erlösung bringen.

Das Weltbild meines Vaters hatte nie eine so groteske Veränderung ins Karikaturenhafte durchgemacht, in der gerade der wichtigste Protagonist, das göttliche Licht, sich von jenseits der verkorksten Schöpfung in die längst verschüttete, weit entfernte Vergangenheit begab und dort unerreichbar fern weiterflackerte wie das Elmsfeuer.

Für Ferenc wurde es zu dieser Zeit klar, dass er seinen Ruf nur dann für die Nachwelt würde sichern können, wenn er niederschrieb, was er warum getan hatte. Das war für ihn das Schwierigste, er musste die Mauern niederreißen, mit denen er sich selbst gegen die Schmerzen seiner Vergangenheit abgeschottet hatte, andererseits musste er sich selbst etwas glauben machen, das seinen jungen Frondeuren gleichsam in die Wiege gelegt wurde, nämlich dass das, was er erlebt hatte, was ihm zugestoßen war, an sich schon einen Wert darstellte, den nur seine Darstellung zu einem wahren Schatz wandeln konnte.

Scham und Angst hielten seine Hand nieder, die Scham wegen der Nebensächlichkeit seines Loses und die Angst wegen der Wiederholbarkeit der Vergangenheit. Er wähnte in jedem Fremden einen Geheimagenten, der nur gekommen war und mit ihm Freundschaft schließen wollte, um, einmal im Besitz seines Vertrauens, ihn zu verraten, anzuzeigen und neuerlich ins Gefängnis zu bringen. Am meisten erniedrigte ihn das Wissen darum, dass alles das nur Wahnbilder und schieres Entsetzen waren; nichts demütige mehr, pflegte er zu sagen, als sich durch die eigene Einbildungskraft in Angst zu versetzen.

Wir konnten nicht wissen, dass wir schon die letzten gemeinsamen Wochen erlebten.

Ferenc raffte überstürzt, in aller Eile, die Fragmente seiner in langen Jahren verfassten Memoiren zusammen; er hatte sie immer wieder angefangen und immer wieder abgebrochen, jetzt versuchte er, die unfertigen Kapitel in Einheiten zu ordnen. Er arbeitete Tag und Nacht, schrieb weiter und strich das Geschriebene durch, dann schrieb er wieder weiter. Bis es Mittag wurde, hatte er schon zehn Seiten vollgeschrieben, er zeigte sie mir stolz, voilà, welche Leistung er doch noch mit über siebzig erbringen konnte. Er konnte kaum den Moment erwarten, da Erzsó sich aus der Küche in ihren Verschlag zurückzog und der Schweinehirt sich zu den Schweinen legte, dann warf er sich auf mich. Er war unendlich stolz auf sich, noch immer zur Liebe fähig zu sein, und als wir uns aus der Umarmung lösten, quetschte er mich noch lange aus, ich möge ihm sagen, was ich gespürt hätte. Ich musste ihn loben, sonst wurde er verdrossen, wortlos und hatte den ganzen Nachmittag keine Lust, auch nur irgendetwas zu tun. Die Anzahl der vollgeschriebenen Seiten und der vollbrachten Liebesakte, er war von diesen Zahlen abhängig wie der Opiumraucher von seiner Dosis. Von Tag zu Tag wurde er immer abhängiger und immer kindlicher, seine Laune hing von der meinen ab. Ich musste sehr oft schauspielern, um ihm nicht zu zeigen, wie hoffnungslos und verzweifelt ich war. Hatte die gute Laune angehalten und hatte er am Nachmittag weitere zehn Seiten geschrieben, überfiel ihn wieder die Angst: Was würde sein, wenn er das am folgenden Tag nicht mehr schaffte? Was, wenn er in der Nacht stürbe oder wenn ihm irgendetwas im Kopf zustieße, das ihn am Schreiben hinderte, wenn ihn der Schlag träfe, wie vor dreißig Jahren, wenn er zerschmölze, wenn die Welt, die er nicht mehr benennen könnte, um ihn herum verstummte. Und wieder war es der Akt, der ihn von seinen Ängsten befreite, danach war er beruhigt, er konnte einschlafen. Am Folgetag begann dann alles wieder von vorne.

Er befragte mich eingehend, was er zu schreiben wagen durfte und was er verschweigen müsste. Doch vermochte er oft die Wirklichkeit schon nicht mehr vom Geschriebenen zu trennen und an viele Begebenheiten erinnerte er sich nur noch, weil er sie erzählt hatte. Ich konnte es nicht wissen, dass diese verzweifelte Arbeit zugleich eine verzweifelte Abwehr dagegen darstellte, das absonderlichste, frappierendste und bedeutendste Ereignis seines Lebens aussprechen, erzählen zu müssen, was ihm und Angelo Soliman zugestoßen war.

Vielleicht konnte es gar nicht anders sein. Es galt, für zwei Phänomene gleichzeitig eine Erklärung zu finden: Während die Vergangenheit über uns kam, musste auch die Cholera verstanden werden. Als wir später die Ereignisse zusammenfügten, ergab es sich, dass zu der Zeit, als sich Ferenc Anfang Juni noch in Pest aufgehalten hatte, Salzschiffe aus Máramaros in Tiszaújlak angelegt hatten, um ihre Ware zu verkaufen. Die Besatzung schien krank zu sein, sie erbrachen sich und zitterten. Zwei von den Ladearbeitern, die die Säcke voller Salz auf die Pferdefuhrwerke schleppten, starben fast unmittelbar darauf, die blau verfärbten Leichen und der nach Eintreten des Todes stundenlang anhaltende Schüttelkrampf ließen den zu den Fällen gerufenen Arzt an das vor zwei Monaten an das Komitat gerichtete Schreiben der Hofkanzlei denken, das die Symptome der asiatischen Cholera auflistete. Der Arzt alarmierte unverzüglich die Behörden, das Dorf wurde schon am Folgetag abgeriegelt und es begann eine Hetzjagd auf die Besatzung des rumänischen Salzschiffes. Zwei Matrosen wurden an Bord tot aufgefunden, die anderen drei waren spurlos verschwunden. Sie waren vor den Soldaten geflohen, denn sie schienen schon erfasst zu haben, dass es um mehr ging, als sie bisher gedacht hatten.

Von der Cholera wussten wir, dass sie einen langen Weg bis Moskau zurückgelegt hatte, sie ließ von den dreckigen Zisternen Bengalens über Persien und den Kaukasus und auch von Norden her, durch die unendlichen Flusstäler Chinas und die Oasen der mongolischen Wüstenei, Karawanenwege voller ausgebleichter Knochen und entvölkerte Bergdörfer hinter sich. Sie ging dorthin, wohin sie gebracht wurde, ein treuer Begleiter von Händlern und Wallfahrern, sie begleitete auch den Zug der Armeen wie das Waffengeklirr oder das Brüllen der den Lafetten vorgespannten Ochsen. Die Regenten der Provinzen versuchten, die Machtzentren mit schlampigem Bemühen darauf aufmerksam zu machen, dass viele Leute unter bizarren und extremen Bedingungen verstarben, doch wurde den Nachrichten wohl nicht genügend Aufmerksamkeit zuteil, schlussendlich musste doch jeder auf irgendeine Art sterben.

Doch gab es auch von anderen Seiten Mitteilungen.

Englische Handelsschiffe, deren Besatzung in südasiatischen Häfen von der Krankheit erfahren hatte, brachten vage Berichte in den Westen, die eher wie Märchen anmuteten. Auf der Insel Ceylon wurde ein Fest für eine örtliche Gottheit abgehalten, da starben angeblich an einem einzigen Tag zehntausend Inder, während die englischen Soldaten, die die Ordnung aufrechterhielten, nicht einmal Brechreiz verspürten. Anderswo aber fielen der Seuche europäische Siedler zum Opfer und die Farbigen waren auf mysteriöse Weise immun. Die Natur der Krankheit war also mitnichten eindeutig. Die Asiaten ertrugen die Auswirkungen der Umwelt anders als die Weißen, was einem Engländer nicht der Rede wert war, brachte einen Gelben anderentags um. Die Mehrheit der Verstorbenen wäre ohnehin bald vor die Hunde gegangen, möglicherweise wurden sie bloß von der Unterernährung, dem allzu heftig und in abstrusen Mengen genossenen Alkohol und Opium, eventuell auch von der schlechten Moral und wegen des Ablassens von Gott umgebracht. Diese städtische Kanaille fiel der Erde sowieso nur zur Last, früher oder später hätte ihnen das Militär bei einem Aufruhr den Garaus gemacht. Vielleicht gibt es gar keine Seuche. Durchfall und Erbrechen sind häufige Erkrankungen, sie können vielerlei Ursachen haben, zumeist eine Vergiftung. Es kann durchaus sein, dass es nur darum geht, mehrere voneinander isolierte massenhafte Vergiftungen als Epidemie hinzustellen; gewisse Leute tun das ja, um beachtet zu werden. Zu viele Schiffe, zu viele Länder, zu viele Nachrichten; sie können in beliebige logische Reihen geordnet werden. Den Russen, den notorischen Lügnern, kommt so eine Hysterie offensichtlich gerade zupass, die Propaganda des Zaren versucht wohl, auf diese Weise die Aufmerksamkeit von ihren Umtrieben in Belgien abzulenken, oder sie sind vielleicht gerade dabei, etwas gegen die Polen auszuhecken. Warten wir ab; wenn es sich tatsächlich bestätigen sollte, dass es eine Seuche gibt, haben wir noch genügend Zeit, etwas zu unternehmen.

So sinnierte die Diplomatie in den Städten Europas, und wie es zu sein pflegte, meinte man mit der sophistischen Darlegung der Meinungen getan zu haben, was man nur tun konnte.

Die ersten nicht mehr zu ignorierenden Nachrichten langten im verheerend heißen Sommer des Jahres 1830 ein. Man sprach von einer Epidemie in Moskau. In der Hofkanzlei, wo aus Sankt Petersburg heimgekehrte Händler darüber berichteten, maß man der Angelegenheit anfangs keine besondere Wichtigkeit bei. Russland ist weit weg, die Krankheit verbreitet sich ohnehin nur unter den Muschiken und den Armen der Städte, und die werden sich nicht auf den Weg in den Westen machen. Es steht allerdings zu befürchten, dass es zur Verbreitung der Ansteckung nicht erforderlich ist, dass die Erkrankten selbst die Krankheit an ihren Körpern mittragen. Die krank machenden Miasmen verbreiten sich mit den schädlichen Ausdünstungen des Bodens, doch bläst zur Zeit der morgendlichen Nebelbildung nur selten der Ostwind und bis er aufkommt, sind die Dünste schon wieder im Erdboden versickert. Bis zum Herbst ändert sich die Windrichtung und die gesunde Luft von den südlichen Meeren drückt die schädlichen Ausdünstungen zurück in den Norden und dort löst sich über den Eisfeldern alles auf. Überflüssig, sich über was auch immer Sorgen zu machen.

Den ganzen Sommer hindurch gab es nicht einmal am Morgen etwas Tau auf den Blättern. Ferenc erzählte, dass die Luft in Buda so rein war, dass ein englischer Schausteller namens Robert Cocking, der mit seinem selbst gebauten Ballon gerade dort gastierte, im Flug über die Kuppel der Burg ganz bis Wien sehen konnte. Dort umrundete sein Gehilfe mit einem gleichen Ballon den Turm des Stephansdomes. Sie tauschten mit Spiegeln Nachrichten aus und im Bemühen um mehr Authentizität ersuchten sie die unten Stehenden, etwas nach drüben ausrichten zu lassen, was dann in der Zeitung in einer Extraspalte erscheinen sollte, um den Verdacht des Schwindels endgültig von ihrem Unterfangen abzuwenden. Es solle sich herausstellen, welch grenzenlose Leistungen Wissenschaft und Unternehmungsgeist erbringen können. Am Nachmittag des folgenden Tages, als die Zeitungen der beiden Städte einander endlich erreichten, waren der Engländer und sein Gehilfe schon weit weg, doch die Nachrichten in den Zeitungen erwiesen sich, wie auch immer, als identisch. Einige argwöhnten freilich, dass der Engländer selbst die Absender der Nachrichten bezahlt hätte und die Kraft der Wissenschaft und des Unternehmungsgeistes vielleicht doch nicht so grenzenlos sei, wie man das bei den Engländern gern annimmt, doch dann ging es in den Nachrichten bald um etwas anderes und es interessierte plötzlich keinen mehr, sich mit dem Entlarven eines Schwindels abzumühen.

Die *Wiener Zeitung* brachte einen einfühlsamen Bericht über die im Armenviertel von Odessa grassierende Seuche, die Tag für Tag Hunderte unter elenden und menschenunwürdigen Umständen hinwegraffte. In der Beschreibung der Krankheit kamen die Symptome der Pest, der Lepra und der scheußlichsten Geschlechtskrankheiten vor, also konnte jeder mit Recht daran denken, dass es sich um eine neue, die alten an Gefährlichkeit übertreffende ansteckende Krankheit handelte. Angeblich hatte der Korrespondent selbst die Krankheit überstanden und war nur durch ein göttliches Wunder gerettet worden. Die Blätter gingen von Hand zu Hand, sie durchwanderten Kaffeehäuser und Bordelle, Bürgerwohnungen und die Schiffe, welche die Marktweiber brachten, bis die Nachricht lanciert wurde, die Ansteckung werde schon durch die Artikel über sie verbreitet; daher wurden sämtliche auffindbaren Exemplare der *Wiener Zeitung* vom Tage in Pest und Buda verbrannt, mitsamt den durch Spiegel übermittelten Nachrichten des Schaustellers Cocking. Ach, was haben wir mit Ferenc darüber gelacht!

Dann legte sich die Panik bald und es schien einige Monate lang, als hätte es sich um einen Fehlalarm gehandelt und als wäre der Zeitungsartikel nur aus Sensationsgier geschrieben worden. Im Statthaltereirat hatte man aufgehört, den Erlass zu formulieren, der die Abwehrmaßnahmen enthalten sollte. Was von höherem Nutzen gewesen wäre – zu sagen, was man bisher in Erfahrung gebracht hatte und vor der Gefahr zu warnen, oder eher sich bedeckt zu halten und abzuwarten, bis sie sich von selbst auflöste –, das wusste niemand. Wer auch nur ein wenig Sachverstand besaß, sah für Letzteres wenige Chancen. Sollte die Gefahr vorübergehen, so doch nur für eine gewisse Weile. Auch in der Hofkanzlei sah man das allgemeine Einverständnis der Ärzte bestätigt, die trockene Witterung würde den Miasmen keinen Vorschub leisten und der herannahende Winter alle Probleme lösen, wie das nun einmal seine Gewohnheit sei.

Und tatsächlich fiel im November Schnee und die Theiß fror schon Anfang Dezember zu. Die Straßen wurden still und die Häuser lebten nach innen. Die schädlichen Ausdünstungen froren in den eisigen Erdboden ein und für eine Weile blieben auch die Nachrichten aus. In Széphalom stand das Leben still. Am Morgen kratzte der Holzknecht das Eis mit einem Rindenstück vom Fenster, erst danach klopfte er um seinen Glühwein an. Im Feber froren die Spatzen an der Traufe fest, die Morgensonne taute ihre Beinchen auf und sie fielen klatschend auf den verharschten Schnee.

Im Frühjahr dann, im Frühjahr achtzehnhunderteinunddreißig, brachen die Miasmen schließlich doch durch.

Der Matsch ergoss sich über die Wiesen, die Tobel füllten sich mit schmutzig gelbem Wasser. Es gab Wochen, da konnte man das Haus gar nicht verlassen, so hoch stand das dreckige Wasser. Hängen gebliebene Fuhrwerke machten die Straßen unpassierbar. Als die Krankheit auch in den benachbarten Gouvernements in Galizien ausbrach und das Gerede neuerlich anhob, hatte die kaiserliche Propaganda bereits vorgesorgt, die Nachricht sollte zuerst als Tatarennachricht erscheinen, die sogleich von der Hofkanzlei dementiert werden würde, um dann im zweiten Anlauf so vorgestellt zu werden, als hätten die im Voraus getroffenen Schutzmaßnahmen die Seuche unschädlich gemacht.

Das Übel existiert, es trachtet uns nach dem Leben, bedroht den Staat, den Kaiser, die Kirche und die Ruhe des Volkes, doch seht, wir sind auf der Hut und packen es am Schlafittchen, bevor es seine Umtriebe entfalten konnte. Wir kennen auch seinen Namen: die Cholera. Wir urteilen über sie und machen ihr den Garaus. Wir sind die Stärkeren, zudem steht auch die Gerechtigkeit auf unserer Seite. Denn wir sind für euch da, aber diese hier ist gegen euch. Wir und ihr sind eins, sie aber ist eine Fremde, ein Eindringling.

Das Reskript der Hofkanzlei langte gleichzeitig mit dem Befehl zum Abrücken ein, die Grenze zu Galizien wurde am 28. Dezember 1830 gesperrt. Soldaten wurden in den Beskiden, in Verbiás, Timsor und Bilaszlovica stationiert und sie setzten alle Ankömmlinge gnadenlos fest. Es begann ein absonderlicher Krieg, bei dem es sinnlos war, den Horizont zu beobachten.

In unserem Garten blühten mittlerweile die Krokusse der Reihe nach auf, die Hyazinthen, die Tulpen und in den zähneklappernd frostigen Nächten rief ich den Sommer mit Kinderreimen herbei, damit er uns von all unseren Sorgen erlöse. Anfang Juni, als Ferenc nach Hause gekommen war, hatte sich die Krankheit entlang der Theiß von Tokaj bis Szolnok schon überall verbreitet, die Quarantäne betraf die Dörfer entlang des Flusses, die Grenze zwischen den Komitaten Abaúj und Zemplén verlief genau bei der kleinen Brücke eine halbe Meile vor unserem Haus.

Die Anwesenheit der Soldaten und die gelbe Schranke verhießen Sicherheit. Damals dachten wir noch, dass die Seuche vor Kraft und Ordnung genauso weichen würde wie Räuber oder rebellische Bauern.

Ferenc meldete sich als Erstes beim Regimentskommandanten Oberst Bitskey und ersuchte darum, untersucht zu werden, sowie dass seine Kleidung, Schuhe und Gepäck, mit denen er von Pest eingetroffen war, mit Chlorkalk geräuchert, mit Bismut bestreut oder mit Weihwasser besprengt werden sollten, womit auch immer, man tue alles, was man tun mochte, nur solle man ihm bescheinigen, die Reinigung aus freien Stücken auf sich genommen zu haben und dass er sich entseucht hatte. Der Oberst wollte Ferenc milde nach Hause schicken, doch er beharrte auf seiner Bitte, bis man ihm gestattete, seinen Mantel, die Hose und die zuletzt erhaltenen Briefe ausgiebig dem Rauch des Chlorkalkes auszusetzen.

Er kam mit einem schauderbaren Geruch nach Hause und noch tagelang zitterte er vor Furcht vor der Nachricht, er selbst hätte die Seuche in seiner Person im ganzen Land verbreitet. Wie sich später herausstellen sollte, schadete die überzogene Vorsicht keinesfalls.

Als dann die Bismut- und Chlorkalklieferung aus Buda ankam, räucherte er das ganze Haus aus und bestreute alles, vergeblich flehte ich ihn an, zumindest unser Bett zu verschonen. Er hielt jeden an, mit dem er Worte wechseln konnte, und verkündete ihm, welche Vorsichtsmaßnahmen er ergriffen hätte. Ich war schamrot. Dennoch vermochte ich mich der Chimäre nicht zu entziehen: Der ganze Hokuspokus, den wir mit den diversen Pulvern und Chemikalien machten, bestärkte uns im Glauben, die Krankheit würde einen Bogen um uns machen.

Nur als gewiss war, dass auch wir den ersten Toten hatten, erfasste uns der Schrecken und plötzlich sahen wir die Soldaten und Chemikalien, den bisherigen Hort unserer Sicherheit, als Feinde an.

Ferenc hatte sich darauf versteift, den Toten, wenn auch aus Entfernung, anzuschauen. Wir nahmen mein Fernglas, mit dem ich sonst die Vögel beobachtete. Der Tote war Marci, der Enkel unseres seinerzeitigen Pächters, der mit seiner Frau und vier Kindern in einer winzigen Bauernhütte dahinvegetierte. Der Körper lag in einer Lache von dünnflüssigem Erbrochenen und milchartigem Exkrement auf dem gestampften Lehmboden des Hauses, seine Mutter war gerade dabei, den Schmutz mit Wasser aus einem Schaff wegzuschwemmen; ein kleines Kind schlug unter der Schwelle ein Loch, damit das Schmutzwasser frei auf den Hof hinausrinnen konnte.

Die Leiche, die blau war wie eine entsetzliche Märchenfigur oder wie ein Abkömmling eines mythischen Volkes aus einem pseudo-herodotischen Kapitel, zuckte rhythmisch. Bei jeder Bewegung klammerten sich die Überlebenden kreischend aneinander, als hätte der Satan schon Wohnstatt im Verstorbenen genommen. Wir rissen einander das Fernglas aus der Hand, um ja kein einziges Detail zu verpassen, konnte es doch auch auf unser kommendes Schicksal hindeuten.

Am Nachmittag ließ das Militär, dem es oblag, die Quarantäne aufrechtzuerhalten, unweit des Weges auf einer gut einsehbaren Stelle durch die Zigeuner vom Dorfrand ein Massengrab ausheben und der rot gestrichene Totenwagen rumpelte mehrmals den Weg entlang.

Dann kamen die ersten Nachrichten, die besagten, die Bauern in den Dörfern würden aufbegehren und das Militär ließe in die Menge schießen.

Wir waren mitten im August.

Naturgemäß dachten wir sogleich an meinen Schwager Dienes, der sich im Komitat Abaúj als Cholerakommissär wichtigmachte und mit dem Fräulein Pruszkay an seiner Seite eigenhändig die Bismut- und Chlorkalklieferungen austeilte. Das Fräulein, das den Berichten zufolge selbst jetzt, nach dreißig Jahren, mit dem alten Schwung im Vermögen meines Schwagers marodierte – war sie doch der großstädtischen Arbeit über Herbst, Frühling und Winter müde geworden –, sie hatte von der Cholera wahrscheinlich angenommen, sie werde ein wunderbares Vergnügen abgeben, so etwas wie einen Maskenball oder eine Trappenjagd, womit sie sich später vor ihren Wiener Freundinnen großtun könne.

Da wir nichts über Dienes in Erfahrung bringen konnten, mussten wir von den schlimmsten Befürchtungen ausgehen; es hieß, die Bauern hätten mehrerenorts Ärzte gequält, damit sie gestanden, Bismut und Chlorkalk seien Gifte, die ihnen die Herren zum Einnehmen gaben und in die Brunnen streuten, um sie auszurotten. Die Umstürzler in Terebes quälten einen Arzt namens Moravtsek, bis dieser alles zugab, sogar, dass er von einem Hund abstamme, mit dem es seine Mutter getrieben hätte; daraufhin brach das wütende Volk auf, um die Schlösser und Amtsgebäude zu stürzen.

Was sie immer schon geahnt hatten, bewahrheitete sich zu guter Letzt, die Herren seien drauf und dran, sie zu vertilgen, zu vernichten.

Ihr Verdacht wurde alsbald dadurch bekräftigt, dass Herren, Soldaten, Juden, aber selbst die Zigeuner großteils von der Seuche verschont geblieben waren, allein die Leibeigenen, die ohnehin schon durch die ein ganzes Jahr anhaltende Hungersnot entkräftet waren, starben dahin. Zudem versprach die Ernte auf den großen Besitztümern in der Tiefebene gut auszufallen, die letzte Hoffnung der Hungernden zielte darauf ab, nach der Saisonarbeit mit Nahrungsmitteln vollgepackt aus dem Süden nach Hause kommen zu können; und jetzt dachten sie, die Quarantäne diene lediglich dazu, sie auszuhungern.

Sie stopften das in kleinen Dosen ansonsten unschädliche und, wie es sich bald erwies, für das Eindämmen der Cholera völlig ungeeignete Pulver zu Versuchszwecken mit Gewalt in Hund und Katz' worauf diese entweder verendeten oder davonstoben, das reichte ihnen als Beweis. Bismutpulver und Chlorkalk, von den Herren in die Brunnen geworfen, stellen bloß den ersten Schritt im Massenmord dar; wer dem entkam, den würden die Juden um die

Ecke bringen, die in ihren Schenken vergifteten Trank anboten. An vielen Orten führte der menschenfreundliche Eifer tatsächlich so weit, dass einige Wirte – da das abergläubische Volk sich derart vor allem fürchtete, was von den Herren und dem Militär stammte – selbst angeboten hatten, zu einer List zu greifen, um der Seuche Einhalt zu gebieten. Man solle das Medikament dort verabreichen, wo dagegen am meisten revoltiert werde. Inzwischen aber stellte sich heraus, womit niemand gerechnet hatte, dass nämlich von den Bewohnern der Weingegenden weniger Menschen gestorben waren als in den Gebieten ohne Weinanbau, also versuchten alle zu Wein zu kommen. In den ausgeraubten Kaschemmen musste sich zuerst der Wirt selbst betrinken, als Beweis dafür, dass er kein Gift in seinen Wein gemischt hatte, erst danach wurde er erschlagen. Als man die Keller plünderte, stellte sich heraus, dass die Medikamente bereits in die Fässer gemischt worden waren.

Doch es geschahen auch andere Dinge.

Ein alter Arzt in Kaschau hatte einfach die Dosis falsch berechnet und den kranken Kindern so viel Bismutpulver verabreicht, wie es für ein ganzes Regiment gereicht hätte. Die Kinder verstarben binnen Stunden. Die verzweifelten, wutentbrannten Eltern verfolgten den Karren des Arztes, nur das Militär konnte ihn retten.

Von da an war kein Arzt aufzutreiben, der sich zu den Sterbenden in die seuchengeplagten, darbenden Dörfer begeben hätte. Quacksalber überfluteten die Gegend, sie boten Amulette und duftende Essenzen feil, die kauften die Bauern freilich massenhaft ein. Den größten Erfolg heimsten die Fläschchen ein, die ein glänzendes blaues Pulver enthielten, angeblich ein Gemisch aus Amethyst und ägyptischen Skarabäen, und um den Hals zu tragen waren. Erst später stellte sich heraus, dass es sich dabei um Bismutpulver gemischt mit Kupfervitriol handelte.

Der rot gestrichene Totenkarren wurde von einem alten Gauner gefahren, der schon zwanzig Jahre in Sátoraljaújhely abgesessen hatte. Er thronte mit einer dunklen Gewissheit auf dem Kutschbock, als sei er sich sicher, einmal komme seine Stunde noch, da würde die Welt erkennen, wie stark Furcht, Hass und Todesangst sind, wenn sie nicht von Hoffnung, guter Laune und Ordnung aufgewogen werden.

Seine Gehilfen, zwei Zigeunerburschen, hatten von der Behörde sogar blaue Umhänge und Kupferabzeichen erhalten, die sie zu den vermutlich stolzesten Menschen Oberungarns machten. Später wurde allgemein bekannt, dass es nicht nur bei uns gelungen war, die apokalyptischen Reiter mit einer solch speziellen Ironie auszuwählen, nur wenige, und gerade die Verderbtesten oder die am meisten Ausgelieferten, nahmen es auf sich, beim Tod Hand anzulegen.

Die Ansicht war weit verbreitet, dass diese Marodeure des Nachts in die Häuser einbrächen und jeden außer Adelige oder Händler ins Massengrab würfen, sei er nun tot oder lebendig. Niemand von der Obrigkeit dachte daran, dass in Kaschau die städtischen Schinder seit Jahrhunderten mit genau solchen rot gestrichenen Kutschen das verendete Vieh zusammentrugen, soll heißen, niemand konnte die Gedanken der Bauern nachvollziehen, die denken mussten, auch diese Kutschen seien Schinderkutschen, sind sie doch genauso rot. Viele begehrten auf, wenn man die Leichname ihrer Lieben wegschaffen wollte; wer sich widersetzte, wurde mit Stockhieben bestraft, manche sogar erschossen, und die Behörde verstand erst viel später, dass die Unglückseligen nicht aus Bestemm

Widerstand leisteten, sondern versuchten, den Rest ihrer Würde zu schützen. Die Herren dürfen doch die verstorbenen Bauern nicht in derselben Kutsche wegbringen wie die krepierten Hunde.

Die erste Leiche, die, mit Kalk überschüttet, mit der roten Kutsche zum frisch ausgehobenen Massengrab gebracht wurde, war die von Marci, dessen postmortale Zuckungen ich mit Ferenc am Morgen beobachtet hatte. Jetzt wurden wir unwillkürlich Zeugen seines Begräbnisses, die Fenster des ehemaligen Salons gingen gerade auf das Massengrab.

Dieses Bild, das letzte in der Reihe der von uns beiden betrachteten Bilder, öffnete sich in der Mitte jener Wiese, die bisher die eindrucksvollsten Herbstnebel, den Dunst vom Ende des Sommers, den Raureif des Oktobers und den glitzernden Schnee des Jänners gezeigt hatte. Mit dieser Grube erschien es uns, als wäre es aus dem Rahmen geschnitten.

Beim Begräbnis war kein Priester anwesend, auch keine Familienangehörigen, der alte Gauner stieß den Körper mit einer Stange vom Wagen, dann schaufelten die Zigeuner Kalk auf ihn. Selbst durch den weißen Kalk schimmerte die blaue Haut der Leiche hindurch. Niemand kümmerte sich um das Nachschaufeln von Erdreich, man dachte offensichtlich, man hätte Zeit, bis das Loch so richtig voll sein würde. Nach drei Wochen bestätigte sich diese Annahme.

Bislang war die Cholera nur eine Nachricht, eine Mutmaßung, eine Möglichkeit oder Gefahr, doch jetzt, da die Wache von der Brücke hinter die Biegung versetzt worden war, nach Westen, jetzt, da wir uns innerhalb der tödlichen Zone befanden und das Fenster unseres ehemaligen Salons – nunmehr ein klavier- und bilderloses Zimmer –

auf das Massengrab blickte, sahen wir uns verängstigt an. Wir konnten es nicht leugnen, wir waren innerhalb eines einzigen Tages zu anderen Menschen geworden, jetzt war nichts mehr gültig und nichts von dem, was bisher unser Leben ausgemacht hatte, zählte noch. Wir begaben uns, wenn auch unbeabsichtigt, doch mit einer gemessenen Feierlichkeit zur Ruhe.

Als stünden wir am Vorabend eines großen Festes, das nach einer erhabenen Seele, nach einem geläuterten Körper verlangte.

Wir konnten nicht einschlafen.

Ich hatte das seltsame Gefühl, wie an manchen Frühlingsmorgen, dass alles noch neu beginnen könnte. Dass alle Sünden vergessen und vergeben, alle Wunden geheilt sind, dass die schmerzlichen Erinnerungen ihren Schmerz verloren haben und alles ganz einfach ist wie ein Volkslied, das ein kleines Mädchen am Ufer eines Baches trällert.

Was mir dort, im Magazin des Hof-Naturalien-Cabinets, angesichts des schwarzen Körpers, der aus der glühenden Tiefe seines roten Schranks auf mich zutrat, ganz klar war, das hätte ich mir schon damals sagen müssen: Es war die Cholera, auf die ich bis zuletzt gewartet hatte.

Auch wenn ich es nicht so nannte, irgendetwas dieser Art lag in meinen Wünschen, ein endgültiger Moment mit vollem Orchestereinsatz, wenn da die Posaunen des Letzten Gerichtes erschallen und die Statisterie sich für die Schlussszene fertig macht, um mit der erforderlichen Feierlichkeit die Bühne zu betreten und nicht über den Umhang des Vordermannes zu stolpern. Soldaten, Salven, Tote, Dürre, Erdbeben, Feuersbrünste! Darauf hatte ich gewartet. Dass endlich etwas geschehe, das mich aus diesem hoffnungslosen Niedergang rettete, der sich seit dreißig Jahren mein Leben nennt, aus den Gewissensbissen darüber, meine Kinder von zu Hause weggeschickt zu haben, die jetzt in der Fremde aufwuchsen, aus den Selbstbezichtigungen, weil ich alles für Ferenc geopfert hatte.

Zu jener Zeit aber verspürte ich nur die prickelnde Hoffnung, als bewegte ich mich auf verbotenem Terrain, als bereitete ich mich auf eine einsame, nur mir gehörende Freude vor, als machte ich mich daran, meinen Ehemann das erste Mal zu betrügen.

Die Cholera war der geheimnisvolle Verführer, der unwiderstehliche Don Giovanni, sie barg das Versprechen, meinem alten Leben zu entkommen.

Ferenc hatte die Kerze nicht ausgeblasen, er wälzte sich unruhig im Bett. Dann setzte er sich auf. Ich fragte ihn, was er habe, doch er antwortete nicht. Er starrte zur Zimmerdecke und seufzte, dann legte er sich zurück und wälzte sich wieder herum. Ich wollte nicht in ihn dringen. Ich dachte, gegen die Todesangst half es nicht, noch über sie zu sprechen. Ich versuchte einzuschlafen, drehte mich zur Wand.

Eine Zeit lang herrschte Stille.

Dann berührte Ferenc meine Schulter.

Ich wandte mich zu ihm und strich ihm über das Gesicht.

Seine Augen glühten unruhig. Die Lippen waren aufgesprungen.

Er sagte, er könne nicht schlafen.

Seine Gedanken ließen ihn nicht schlafen, ich kann nicht schlafen, Sophie, weil etwas meine Seele bedrückt, sagte er und sprang auf, schritt im Zimmer auf und ab.

Ich hätte es schon seit Langem sagen müssen, beschreiben müssen, überhaupt schreiben müssen, doch war ich dazu nicht fähig.

Versucht habe ich es, unzählige Male habe ich es versucht, doch scheiterte mein Vorhaben jedes Mal, ich fand die Worte nicht, die Art nicht, fand keinen Anfang und kein Ende.

Ich hatte Angst.

Ich hatte Angst vor mir selber, vor der Geschichte, vor allem, Sophie.

Ich fürchtete, verlacht zu werden. Verachtet zu werden. Dass man sich von mir abwenden würde. Dass ich nicht mehr ernst genommen würde, dass man gegen mich Exekution führen und mich ins Gefängnis bringen würde. Dass meine Kinder, denen ich ohnehin nur Kümmernis und Schulden hinterlasse, sich von mir lossagen und meine Nachkommen nur ausspucken würden, wenn ihnen mein Name in den Sinn kommt. Dass auch du dich von mir abwenden würdest, noch mehr als in den vergangenen Jahren schon.

Was mir im November 1796 geschah, das gleicht nicht annähernd den Geschichten, die ich sonst erzähle, das ist so ungewöhnlich und außerordentlich, das unterscheidet sich so grundlegend von allen Geschichten, die sich sonst ereignen, das ist überhaupt keine Begebenheit, die man erzählt, die erzählbar ist, sodass ich gar nicht weiß, wie ich damit beginnen soll.

Sophie, das ist die Geschichte einer Freundschaft.

Da ist ein Mensch, von dem ich dir noch nie etwas gesagt habe. Ich habe dir noch nie vom wichtigsten Menschen in meinem Leben erzählt, ich habe Angelo Soliman dir gegenüber noch kein einziges Mal erwähnt.

Sicher erinnerst du dich aus deiner Kindheit an diesen Namen.

In den Achtzigern konnte man in Wien nicht eine bessere Gesellschaft besuchen, ohne vom schwarzen

Freimaurer zu hören, vom gelehrten Sarazenen, vom erzherzoglichen Mauren, der trotz seiner Herkunft als afrikanischer Königssohn in die Sklaverei geraten war und dann dank seines glücklichen Schicksals und seiner Klugheit die Anerkennung der gebildetsten und besten Männer seiner Zeit errang.

Dieser Satz klang wie eine Ankündigung, ein verlockender Köder, der Gäste zum Besuch eines Restaurants bewegen sollte. Die Mär über ihn ging von Mund zu Mund, als handelte es sich um Berichte über einen geheimnisvollen Sündenpfuhl, und die Reisenden sammelten Begegnungen mit Angelo Soliman wie Trophäen. Er war ein unabdingbarer Programmpunkt bei Wien-Besuchen, wie der Stephansdom, die höfische Galerie oder ein Konzert mit Mozart. Soliman unterschied sich so sehr vom üblichen Bild des Schwarzen, er strafte alles Lügen, was man gemeinhin über Schwarze dachte, dass die Leute nur mit offenem Mund staunten und ihren Augen nicht trauten.

Stell dir einen groß gewachsenen, starken Mann vor, mit einem offenen Blick und hoher Stirn, mit vollen, sinnlichen Lippen und breiter Nase, die Arme und Beine etwas länger als der Durchschnitt. Male ihn nun in deiner Fantasie schwarz an und kleide ihn in lebhaft farbige, ja, schreiend bunte Kleider. Ein gelber Turban, hellblauer Kaftan, giftgrüne samtene Pantoffeln. Oder ein dunkelblauer Turban, blutroter Kaftan, goldgelbe Pluderhosen und weiche schwarze Lederstiefel. Gestreifte, gepunktete, goldgefasste Stoffe, Samtpantoffeln mit hochgedrehten Spitzen. Ein breiter silberner Halsschmuck, versehen mit einem mächtigen Halbedelstein oder einer halbierten Meeresschnecke in allen Farben des Regenbogens. In den Ohren trägt er große Ohrringe, mit allerlei Glöckchen dran. Er konnte die Farben, Stoffe und Schmuckstücke mit einer frechen Selbstsicherheit zusammensuchen, damit sie einen möglichst aufregenden Kontrast zu seiner Hautfarbe bildeten und möglichst weit von der Kleiderordnung abgingen, welche die Wiener für befolgenswert erachteten.

Es war ihm anzusehen, dass er sehr wohl wusste, dass er alles anziehen konnte, was er nur wollte, ihn banden keine gesellschaftlichen Zwänge, keine Regeln und Verpflichtungen, stammte er doch selbst aus königlichem Geblüt, und wenn er nicht aus seiner Heimat, Pangusilang, gerissen worden wäre, würde er jetzt als König leben und herrschen; auch wenn keiner diesen Ort mit Erfolg auf einer Landkarte oder in den Büchern von Reiseschriftstellern zu finden vermochte, seine Existenz wurde von allen bereitwillig anerkannt, schließlich behauptete ja einer aus Pangusilang von sich, dass er von dort stamme.

Wie bizarr diese Hypothese auch klang und welch groteske Vorstellungen auch entstanden, wenn sich jemand ein genaues Bild über die Gebäude, die Hofdamen, die königlichen Grabstätten, Kathedralen, die Krone, die Minister, die Tiere im Königreich, mit einem Wort über die Details machen wollte, sicherte sie ihm doch Vorrechte zu, auch wenn es keine so richtig kodifizierten Versionen dieser Rechte gab. Es ging eher um die ohnehin auftretende Unsicherheit, die jeden befiel, der seiner ansichtig wurde; zu dieser gesellte sich dann noch die peinliche Ratlosigkeit, wie sollte man sich in Anwesenheit eines afrikanischen Königssohnes verhalten? Ob es denn ein Protokoll gebe, wie weit auch entfernt und nicht fassbar, zugleich aber zwingend, das in diesem Fall angewendet werden müsste? Der Verdacht, dass ein solches Protokoll existierte, sorgte für weitere Verwirrung in den Köpfen.

In dieser Situation scheiterten die anerkannten Normen der gesellschaftlichen Kommunikation, der Diplomatie, der Tradition und zumeist stieß auch der Erfindergeist ins Leere. Dies geschah wohl deshalb, weil Angelos Status zwar ungewöhnlich, außerordentlich und verunsichernd war, er aber doch ganz natürlich erschien. Er war wie eine seltene Blume, ein besonderer Edelstein oder wie eine Naturerscheinung, ein Vulkanausbruch oder ein Meteoritenschauer. Als bräche zum Beispiel ein Geysir inmitten des Kohlmarktes aus. Er stellte etwas dar, von dem du keine Ahnung hattest, wie es beschaffen sein sollte, wie es für gewöhnlich war, weil du es das erste und letzte Mal sahst und es daher annimmst, wie es ist. Du stehst nur verblüfft und mit offenem Mund davor.

Seine gänzlich ausgefallene und ungewöhnliche Kleidung, die, wie ich schon sagte, ihm doch den Anschein, die Illusion eines unbekannten Ranges verlieh, der nicht von dieser Welt war, unterdrückte meine ärmliche Anwesenheit derart, als wollte ich mich als Spatz mit einem Goldfasan oder einem Paradiesvogel messen. Zudem war es gar nicht sicher, dass die andere Partei mich für besonders hielt, denn Angelos Präsenz war so individuell, so unwiederholbar in der kaiserlichen Stadt, dass jeder, der ihn anblickte, plötzlich alles andere um sich herum langweilig, grau und monoton, wie in Ketten geschlagen fand.

Als ich ihm an jenem Herbstmorgen im Erdgeschoß des Hauses an der Freyung bei unserem ersten Zusammentreffen gegenüberstand, kam er die Treppe herunter, sein Mund verzog sich zu einem breiten Lächeln, das seine weiße, vollkommene, in ein merkwürdig violettes Zahnfleisch eingebettete Zahnreihe sehen ließ. Ich erbebte vor Angst, wie wenn ich ihn berühren müsste.

Bislang dachte ich gar nicht daran, dass mir die Berührung schwerfallen würde. Ich dachte vermutlich, ich würde ihn nicht anfassen. Meine Instinkte hatten sich gegen diese Möglichkeit gesperrt und ich besaß keine fertigen Antworten für den Fall, sollte es tatsächlich dazu kommen. Ich beobachtete voller Abscheu das Tier in mir, das mich laut kreischend zur Flucht zwingen wollte. Du darfst ihn nicht berühren! Du darfst ihn nicht anfassen! Das erklang in dem Moment in mir, als Angelo mit seinem breiten Lächeln die letzte Stufe erreicht hatte und mir die Hand entgegenstreckte. Dabei blitzte seine Handfläche auf, wie ein unbekannter Körperteil an einem unbekannten Wesen.

Sie war grünlichbraun, fleckig, etwa in der Art wie der Panzer der Schildkröte, was sie kalt und unberechenbar erscheinen ließ. Als ich ihm im Gegenzug die Hand hinhielt, befiel mich die Angst, was, wenn seine Hand eine Falle verbarg? Als wäre da noch etwas, das er versteckte. Ich weiß nicht, wovor ich Angst hatte. Meine Hand in die seine einzupassen, war, als würde ich durch ein faustgroßes Loch in eine unbekannte Kiste greifen müssen, aus der ich eben sonderbare Geräusche gehört hatte. Als müsste ich die Hand in ein trübes, wildes Gewässer stecken, in dem unbekanntes Leben wuselte. Unberechenbare Risiken waren darin verborgen, was viel erschreckender war, als etwas anzufassen, das offensichtlich und erfahrungsgemäß gefährlich war, wie in eine Kerzenflamme zu greifen oder einen dornigen Zweig zu umfassen.

Doch es gab keinen Weg zurück mehr. Die Handflächen näherten sich einander und trafen zusammen.

Ich atmete auf.

Seine Hand fühlte sich stark, trocken und doch weich an, und als die eine Haut die andere berührte, spürte ich in seinem Händedruck das uralte Zeichen der Freimaurer.

Dann zog er mich an sich und küsste mein Gesicht von beiden Seiten, er drückte nicht nur von rechts und links Wange an Wange, nein, er drückte die Lippen fest an mein Gesicht und drückte einen Kuss darauf. Das tat er nicht neckisch, wie man ein pummeliges Kind kost und herzt, sondern mit männlicher Einfachheit.

Dieser Kuss aber hallte jetzt nach im leeren Stiegenhaus.

Es klang, als übten zwei Kinder unter einem Tisch, sich laut zu küssen.

Indem sich unsere Gesichter berührten, roch ich seinen Duft, zunächst den nach Jasmin, seinem Lieblingsparfum, und als mir die vielen kleinen weißen Blüten in meiner Fantasie erschienen, spürte ich unter diesem weißen Schaum die andere, die stärkere Ausdünstung seiner Haut, den besonderen Geruch seiner Haut und seiner weiten Poren, er roch nach einem wilden Tier. Diese beiden Gerüche bildeten ein atemberaubend befremdendes Gemenge, das meine Sinne ganz durcheinanderbrachte, mir war zugleich nach Gehen und Bleiben zumute.

Als wir uns aus der Umarmung lösten und unsere Gesichter sich voneinander entfernten, erblickte ich seine großen Augen, die mich von der Seite ansahen, aus nächster Nähe, das Weiße blutig geädert, die Pupillen sumpffarben, sie blitzten jetzt sonderbar auf, sodass ich wieder zusammenschrak.

Meine Instinkte zeigten mir jetzt die Anwesenheit eines wilden Tieres an, das im Begriff war anzugreifen, das beschämte mich unendlich, hauptsächlich da ich fühlte, dass auch Angelo meine Bestürzung bemerkte.

Erst Jahre später erzählte er mir, wie herrlich er sich über mich amüsiert hatte und dass er die Choreografie für unser Kennenlernen, mit der er den Fremden mit den ungewöhnlichsten Charakteristika seines Naturells auf einmal überschütten konnte, schon lange vorher ausgearbeitet hatte, das Lächeln, die Berührung, den Kuss der vollen Lippen, den Duft und den Blick.

Ich aber glühte weiter vor Scham, dort, an diesem ersten Herbstnachmittag, als ich es nicht im Mindesten wagte, anzunehmen, dass auch er mich deutete, nicht nur ich ihn, und dass wir beide die Regungen des anderen auf die Waagschale warfen. Die Scham wurde erst dann richtig heiß, als Angelo mich in der melodiösen, süßen Wiener Sprache anredete, die für mich so herzergreifend heimisch war:

„Lieber Bruder Kazinczy, ich bedanke mich für den köstlichen Tokajer, den Sie mir geschickt haben!"

Seine Stimme war tieftönend, weich, mild und voll, ein kräftiger Bariton, opalisierend nur von einem rauen Hauch. Dann setzten wir unser Gespräch auf Lateinisch fort, bis er ins Französische wechselte. Ich versuche mit ihm Schritt zu halten, indes erkannte ich betreten, wie selbstsicher und bewandert er auch in dieser Sprache war. Damals war ich noch nicht so weit, statt über ihn eher über mich zu staunen, wie es nur möglich war, dass das erste Gefühl, das mich ihm gegenüber befiel, der Impuls des Wettstreits, des Certamen war, erst später deutete ich es als sicherstes Anzeichen für das Entstehen einer Freundschaft. Während wir feierlich die Treppe zu seiner Wohnung hinaufstiegen, musste ich mich wieder genieren, diesmal dafür, dass ich bis jetzt geglaubt hatte, die Berichte über seine Bildung und Orientiertheit seien zu dick aufgetragen, wie die frommen Lügen – die von fern Angereiste beeindrucken sollten – über die Höhe des Stephansdoms, die Zahl der von den Habsburger gewonnenen Schlachten, das Alter, in dem Mozart seine ersten

Symphonien komponierte, oder die Zahl der Freudenmädchen, die am Spittelberg ihre Gunst feilboten.

Mit jedem Satz, den wir wechselten, wuchs meine Verwunderung, so viele Anspielungen, Verweise, Wortspiele und Zitate hatte er in seine Rede geflochten, ohne dabei je wie ein Aufschneider zu wirken, der sich in Szene setzen wollte. Als amüsierte es ihn, wie er ein beliebiges Thema immer mehr vertiefen und verzieren konnte, so purzelten in seinen Sätzen Bericht und Kommentar durcheinander, spöttisches Archaisieren und gelehrte Glosse. Er sprach in druckreifen Sätzen, die ich mir am liebsten sogleich notiert hätte.

Wir unterhielten uns bis zum Abend, wobei nicht nur der Tokajer ausgetrunken wurde, den ich am Vortag in der Hoffnung auf unser Kennenlernen geschickt hatte, sondern auch der, den ich in der Absicht mitgenommen hatte, ihn am Abend meinen Freunden anzubieten. Das war der Firnewein meiner Mutter, ohne den ich nie nach Wien fuhr, denn ich hatte bald erkannt, wie recht die alte ungarische Erfahrung hatte, dass das beste Schmiermittel der knirschenden Maschinerie der österreichischen Beamtenherzen und das wirksamste Lockmittel, um Freundschaften zu schließen, noch immer der Tokajer Ausbruchwein war.

Indem wir uns zum winzigen, schwarz lackierten runden Tisch setzten, der in Gesellschaft eines Vogelbauers mit zwei reglosen, auf einem Zweig hockenden gelben Kanarienvögeln in der halbkreisförmigen Fensternische stand, und den Tokajer in die kleinen, dickwandigen Gläser einschenkten, verspürte ich den Wunsch, alles, aber auch alles über diesen Menschen wissen zu wollen.

Selten nur wird jemand von einem derart schamlosen, alles verschlingenden Wissensdurst, von einer eindeutigen, elementaren Neugierde gepackt, die in ihrer Intensität nur mit der Liebe vergleichbar ist, sich von ihr jedoch grundsätzlich dadurch unterscheidet, dass dort das Streben nach körperlicher Vereinigung waltet, hier, in der Freundschaft, aber die Hoffnung auf Angleichung, auf Einswerdung.

Ich erkannte nur langsam, nach und nach, was meine Gefühle in Wirklichkeit bedeuteten und was die tiefere, ernsthaftere – wenn wir so wollen, die maskulinere – Lesart dieser Bedeutungen war. Damals war ich noch Jahre davon entfernt, mir selbst endgültig Rede und Antwort zu stehen und zu begreifen, welche Lehre aus der Tatsache zu ziehen war, dass ich ausgerechnet in ihm das Alter Ego der Freundschaft erblickte, das andere, mit mir identische Ich. Zwar nannte ich seitdem viele Menschen Freunde, doch dieses unerklärliche, evidente Zusammengehörigkeitsgefühl habe ich seitdem niemandem gegenüber mehr verspürt. Ich schäme mich, nenne ich jemanden meinen Freund, weil ich weiß, ich lüge ihn an und verrate damit den einzigen.

Ich hatte nur einen einzigen Freund, und das war Angelo Soliman.

Ferenc blieb sinnierend stehen, dann trat er zu mir und setzte sich schräg auf die Bettkante. In diesem Augenblick konnte ich es noch nicht wissen, sagte er, weil mir der ausreichende Draufblick fehlte, wir waren ja beide so sonderbar und so fremd, füreinander und für Wien, und unser Zusammentreffen so einzigartig und so außerordentlich und unsere Neugier andererseits so ungewöhnlich in diesem Milieu, wo die kühle Distanziertheit die zu befolgende Norm war, dass es im ganzen Habsburgerreich kein erstaunlicheres Ereignis gab.

Mag sein, Angelo hatte zu dieser Zeit bereits das Terrain sondiert und sich entschieden, mich in sein Vertrauen zu ziehen, möglich, dass er sich erst später dazu entschlossen hatte, das weiß ich nicht. Ich fühlte bereits damals, dass er auf meine Meinung neugierig war. Er war der Routiniertere von uns beiden, ein Mann von Welt, und bald geriet ich in die Rolle des unerfahrenen, schusseligen Jungen, aber ich versuchte, mich mit gelinder Ironie aus meiner Verlegenheit zu befreien – sagte Ferenc und hielt für einen Moment inne.

Er blickte mich verstört an, als erkenne er mich nicht.

Dann stand er unentschlossen auf, nahm die Kerze vom Nachtkästchen und ging in den ehemaligen Salon, wo uns nur noch die helleren Flecke an den gesprungenen, leeren Wänden, die Wundmale der seinerzeit dort aufgehängten Bilder, und der dunkelgrüne Brokatvorhang, der das in die Nacht hinausblickende Fenster umrahmte, daran erinnerten, dass wir hier einst gelebt hatten wie Goethe in Weimar, wie Gessner in Zürich, wie Cicero in Tusculanum und Horaz unter dem Soracte.

Ich folgte ihm.

Ferenc blieb vor dem Fenster stehen, stellte die Kerze auf den Tisch und blickte hinaus in die Mondscheinnacht des ausgehenden Sommers. In der Senke der Wiese leuchtete der mit Kalk überschüttete Leichnam in der schwarzen, gähnenden Grube.

Weit weg, am Eingang des Tales, bewegten sich Lichter von Fackeln, wir dachten, die Soldaten hätten einen Flüchtigen gefasst, der im Schutze des nächtlichen Dunkels durch die Absperrung hinaus wollte, oder sie jagten einen der mordlustigen rebellischen Bauern .

Ich verstand nur langsam, was Ferenc aus dem Takt gebracht hatte: Er hatte im Zug des Erzählens für einen Augenblick vergessen, dass er jetzt sieben Jahre älter war als Angelo Soliman damals, als er ihn das erste Mal getroffen hatte.

Sonst hätte ich seine Verzweiflung belächelt, wie auch das, was nicht das erste Mal passierte, dass er beim Erzählen seine Jahre vergaß und geneigt war zu glauben, er befinde sich noch immer in der Morgenröte seines Lebens und hätte Zeit genug, Pläne zu schmieden, doch jetzt, da die Gefahr handgreiflich wurde, würgte mich plötzlich das Weinen.

Ich warf mir einen Umhang über und fasste mich, und als ich mich in den Fauteuil setzte, war ich wieder imstande, ihn mit einem kindlich erwartungsvollen Blick anzusehen, in neugieriger Erwartung der Fortsetzung. Wir kannten beide dieses Spiel, ich tat, als habe ich nicht bemerkt, warum er aus dem Takt geraten war, und er tat, als glaubte er, ich sei wirklich darüber hinweggegangen.

Die Tür ging auf und Erzsó schlurfte herein.

Sie dachte, es sei irgendetwas passiert, und sie blieb, als sie uns zu dieser ungewohnten Stunde im Salon erblickte, blinzelnd und zerrupft in der Tür stehen, die Augen schreckgeweitet. Die Kerze hielt sie in der Linken und ich sah, dass sie die Rechte hinter dem Rücken versteckt hielt.

Ich befragte sie freundlich und sie zeigte zögerlich und recht verschämt einen polnischen Militärdolch, das war der einzige Gegenstand ihres verstorbenen Ehemanns, den sie aufbewahrt hatte. Ich beruhigte sie, wir lebten noch und hätten keinerlei Anzeichen der Cholera an uns gesichtet und die Plünderer, falls sie überhaupt bis Széphalom kamen, würden sicher nicht unser nach Armut stinkendes Haus überfallen.

Sie schloss die Hand fest um den Griff und hob den Dolch drohend hoch, sie war eine geborene Schauspielerin, sie konnte Situationen viel eher darstellen als in Worte fassen. Wir verstanden wohl, was diese Pantomime bedeuten sollte: Mögen sie nur kommen, ich werde es ihnen schon zeigen. Ich werde meine Herrschaft verteidigen.

Ich fühlte es, weder Ferenc noch ich glaubten der Alten, und wir beide wussten, sie würde die Erste sein, die uns erdolchte. Ich schob sie sanft hinaus und schloss die Tür vor ihrer Nase.

Als wir zu zweit allein blieben, begann Ferenc wieder zu sprechen.

Ich sah es seiner Miene an, nachdem er diese lange versperrt gehaltenen Erinnerungen aufgeschlossen hatte, überfluteten ihn die Gedanken, die jetzt in seinem Geist knatterten und ratterten, und er wartete begierig darauf, fortsetzen zu können.

Ich trat wieder zur Tür und versperrte sie; sollte das Erzsó beleidigen, würde sie halt wieder ein paar Tage nicht mit uns reden, die Einbrennsuppe würde verklumpt und der Kaffee kalt sein. Das war uns schon so oft passiert, dass wir uns daran gewöhnt und im Gegenzug diesen Preis für unsere Freiheit bezahlt hatten. Ohnehin war sie es, die uns gnädig die Freiheit in Tropfen dosiert verabreichte, nicht wir; sie hatte uns, als wir in den letzten Jahren krank waren, treu und hingebungsvoll gepflegt, ohne sie wären wir vielleicht gar nicht mehr am Leben.

Ferenc sagte, ich müsse ihn gewähren lassen, er müsse mir das alles berichten, weil er die Geschichte nicht unerzählt lassen wolle, jedoch zum Aufschreiben der Ereignisse unfähig sei.

Alles das sei schon seit Jahren fertig in seinem Kopf, dort wallte alles durcheinander und er fände keine Form dafür. Es drücke ihn und wolle aufplatzen, indem es sich ausbreitete, und manchmal meine er, sein Kopf sei am Zerbrechen. Zuweilen würde es ihm aus dem Magen hervorquellen. Er müsse sprechen.

Er hoffe, sagte er, dass vielleicht das gesprochene Wort geeignet sei, das, was in seiner Erinnerung pulsierte und was er so oft schon vergeblich in Sätze zu fassen, abzutasten und auszuloten versucht hatte, zum Ausdruck zu bringen. Die geschriebenen Sätze hätten den fremden Stoff immer wieder von sich geworfen.

Jetzt sollten wir eines versuchen, meine Erinnerung soll das Papier, seine Worte die Feder sein, vielleicht würde sein Vorhaben so gelingen.

Schließlich könne auch das nichts anderes sein als eine Sache des Verfahrens und der Technik, und auch das sei eigentlich nur eine Frage der Form, wie alles andere, das dem Bereich der Darstellung und der Erzählung angehört. Ich wurde wütend, weil er wieder mit seinen technischen Sachen kam, und fühlte, mich würde die Langeweile auffressen, wenn er sich wieder in ästhetische Ableitungen vertiefte, doch er ließ es dabei bewenden. Er lehnte sich an das Fensterbrett und blickte hinaus, auf das Massengrab.

Er holte tief Luft und hob an zu sprechen.

Wir waren auf der Freyung, im Haus Nr. 165.

Du erinnerst dich, Sophie, sicher an dieses Haus, es war ein schlanker Bau, in lebhaftem Blau gestrichen, zwischen zwei höheren und breiteren Häusern, und aus seinen Fenstern, die auch zu jener Zeit, um Mittag herum, vom massigen Klotz der Schottenkirche überschattet waren, hingen bunte Bänder über die Straße.

Angelo war vor Kurzem erst aus der Herrengasse, aus dem Liechtensteinschen Haus hierher gezogen, nachdem seine Frau im September verstorben war. Er hielt es für besser, seine reizbare und empfindsame Tochter Josepha während der Trauerzeit vor dem Lärm und Gewusel im fürstlichen Haus zu schützen.

Wahrscheinlich hatte er noch mehr Gründe dafür als Lärm und Gewusel und Josepha ihrerseits hatte für ihre Reizbarkeit weitere Gründe als die Trauer, doch ich verstand das, wie so vieles, was Angelo betraf, erst viel später.

Ich war damals ein leichtfertiger junger Mann, siebenundzwanzig Jahre jung, und Angelo war fünfundsechzig.

Fünfundsechzig minus siebenundzwanzig, das ergibt achtunddreißig Jahre, die zwischen uns lagen.

Angelo gehörte zur Generation meines Vaters und ich hätte mich, wie er meinte, zu ihm auch so verhalten, wenn diese ganz besondere Situation, in der wir schwebten, nicht die Bedeutung der Zeit annulliert hätte. Zeit, Alter, Vermögensunterschiede, sie spielten ebenso wenig eine Rolle zwischen uns wie der gesellschaftliche Rang, die Abstammung oder auch unsere Hautfarbe. Vielleicht waren die Unterschiede gerade so groß, dass uns der Wille, sie zu beseitigen, in eine Hülle verpackte, die uns denken ließ, wir seien zu zweit mehr als die Gesamtheit unserer Besonderheiten.

Wobei freilich diese Besonderheiten überaus plastisch waren.

Er war ein erfahrener Mann, Vater, Ehegatte, Geliebter und Witwer, dabei noch ein kampferprobter Fremder. Er war Diener gewesen, ein Vermögensgegenstand, zierendes Beiwerk eines fürstlichen Haushalts, eine exotische Rarität, ich dagegen ein freier Adeliger, Anwärter auf eine erhebliche Erbschaft und von weißer Hautfarbe. Ich konnte mich an die Fremdheit, wiewohl ich sie seit Kindesbeinen kannte, auch damals schon nicht gewöhnen und mein Entschluss stand fest, die Fremdheit hinter mir zu lassen, aus einem Fremden zum Eingeborenen, aus einem Heimatlosen zu einem Heimkommenden, aus einem Barbaren zum urbanen Menschen zu werden und so Ungar zu bleiben, dass für mich Wien, das nach allen Anzeichen bereit war, mich anzunehmen, mir heimischer werde als meine eigene Heimat, wo meine Persönlichkeit und meine Pläne befremdlich aufgenommen wurden.

Zu dieser Zeit kleidete ich mich noch wie die Wiener. Die bittere Erfahrung meiner Kindheit hinderte mich lange Zeit daran, dem Unausweichlichen ins Auge zu schauen.

Ich war aus einem entfernten Winkel einer barbarischen Provinz, aus der Gesellschaft von ungebildeten, groben Menschen gekommen, Angelo hingegen, seine frühe Kindheit nicht mitgezählt, die er in einer noch barbarischeren Welt als meine Heimat verbracht hatte, hatte sein ganzes Leben in der Nachbarschaft der Aristokratie geweilt, er kannte sämtliche Provinzen des Reiches, hatte in allen Großstädten Zugang zu den Freimaurerlogen und nutzte die auf ihn gerichtete Neugier dazu, immer mehr Menschen kennenzulernen, die ihn interessierten: Wissenschaftler, Künstler, Reisende und Philosophen, Schauspieler, Musiker, Bankiere, Händler und Betrüger.

Er kannte beinahe alle, die etwas zählten, ich aber begann damals erst, die Welt um mich herum zu entdecken. Er war aus dem glosenden Höllenfeuer, in dem seine Seele und sein Stolz in den vergangenen Jahrzehnten geschwelt hatten, gereift hervorgegangen, ich hingegen war wild und ehrgeizig und dachte, mir könne kein Hindernis das Fortkommen wehren. Ich war der Meinung, Ungarn würde lediglich deshalb, weil meine Freunde und ich schrieben und unsere Sätze nunmehr von keiner Zensur kastriert würden – die übrigens zur Zeit Kaiser Josephs so minder und unbedeutend geworden war, dass ihre Kraft nur zu einem verschämten Imprimatur reichte –, binnen weniger Jahre zu Frankfurt oder Weimar werden, wo Bücherlesen und Kunstgenuss sich zu elementaren und ruhmreichen

Notwendigkeiten entwickelten und wo binnen Kurzem ein Buchladen nach dem anderen und zahlreiche Galerien eröffnen würden, wo in Ateliers Maler arbeiteten und Architekten miteinander wetteiferten, wer die besten Pläne für Pinakotheken, Paläste, Krankenhäuser, Schulen und luftige öffentliche Gebäude, für gesunde und heitere Bürgerhäuser zeichnete, wo in den Hammerwerken an Elementen von Brücken gehämmert würde, wo Theater wöchentlich neue heimische Stücke darböten und in Konzertsälen und Opernhäusern jeden Abend bei vollem Haus gespielt werden würde, wo die Setzer bis zum Morgengrauen die Druckstöcke für die neuesten Bücher setzten, wo man in den Kaffeehäusern unter Dutzenden von Tageszeitungen würde wählen können, wo ausländische Literatur bereits nach wenigen Monaten in ungarischer Sprache erscheinen würde, wobei diese Bücher nur von wenigen gesucht werden würden, denn jeder könnte die wichtigen westlichen Sprachen lesen, wo in den öffentlichen Bibliotheken Hunderte von Wissenschaftlern die neuesten Theorien zu Papier brächten, die sie dann am Abend in gut geheizten, prächtigen Kaffeehäusern diskutierten, wo am Vormittag die Straßen voll vom Stimmen übender Musiker wären, wo Schauspieler ihre Texte in Parks promenierend lernten und wo heitere und zufriedene Bauern, die den eigenen Grund bewirtschafteten, jeden Tag üppige Vorräte an Waren auf die Märkte brächten.

Diese ganze Vision erschien mir so nahe, so einleuchtend, dass für sie anscheinend nur einige überkommene administrative Hindernisse abgebaut werden mussten: der Kirche, den Grundherren, den Adeligen und den Herrschern die Vorrechte wegnehmen, einige barbarische Gesetze und einige politische Institutionen ändern, dann würde alles von allein funktionieren.

Ich war sicher, jeder würde bereitwillig die Gerechtigkeit aller von mir niedergeschriebenen Worte und Gedanken einsehen, die Tyrannen würden die Waffen fallen lassen, die Adeligen die Bauern freigeben, die Mönche ihre Kutten wegwerfen und glücklich Ausschau nach Geliebten halten und die Oberhäupter der Kirchen würden öffentlich eingestehen, sie hätten bisher nur wirres und ihnen selbst unverständliches Zeug geplappert.

Doch war es nicht nur diese Vision, die mich kühn und zuversichtlich machte, und sie entstammte nicht nur meinen Büchern und meiner Unerfahrenheit. Im Herbst 1786, mit siebenundzwanzig Jahren, hatte ich allen Grund, mein Vertrauen in die Zukunft und in meine Kraft zu setzen.

Noch hatte ich das offizielle Schreiben nicht bekommen, doch hatte van Swieten bereits entschieden, mich zum Direktor des Schulbezirks Kaschau zu ernennen, ich erwartete die Genehmigung, mein Amt anzutreten. Dein Vater aalte sich vor Stolz, wir beiden Freimaurer, der Obermeister und der frisch initiierte Lehrling, hatten alle Schulen Oberungarns bekommen. In acht, zehn Jahren hätten wir eine Generation heranbilden können, die von sich und der Welt etwas anderes erwartete als die Alten. Lesende, wissbegierige, gebildete Menschen würden das Land überfluten, auf sie hätten die weiteren Träume aufgebaut werden können. Wie hätte ich mich nicht frei und stark fühlen sollen, an der Schwelle zu einer derartigen Zukunft. Ein Jahr zuvor war das Beste, was ich von mir erwarten konnte, nur so viel, wie meine Mutter von mir erwartete: die angebotene Stelle als Tafelrichter anzunehmen und den Weg zu beschreiten, an dessen Ende ich auch zu einem egoistischen, verlogenen Ungeheuer geworden wäre wie jene Menschen, unter denen ich aufgewachsen war. Niemals fürchtete ich mich so sehr vor mir selbst wie gerade im Jahr zuvor, als mir das Schicksal drohte, meiner von der Familie und den Vermögensverhältnissen vorgegebenen Stellung nicht entkommen zu können, die zugleich auch den Rahmen meines Denkens und Fühlens auf ewig vorgegeben hätte, und dass ich auf diesem handtellergroßen Platz hin und her pendeln würde wie der halb verrückte Elefant in Schönbrunn, der schlussendlich nur noch darauf aus ist, an einem der unbesonnenen Kinder Rache zu üben.

Und so kam es dann auch, als hätte mich damals derselbe Instinkt geleitet, als ich mich gleich bei der ersten Gelegenheit mit dem Komitatsobernotär unversöhnlich überworfen hatte und der Karriere beim Komitat den Rücken kehrte. Ich sprang damals kopfüber ins Nichts, denn selbst dein Vater konnte nicht ahnen, dass er bald zum Generaldirektor ernannt werden und ausgerechnet mich an seine Seite holen würde.

Als ich im Herbst 1786 von meiner Ernennung erfuhr, empfand ich das erste Mal, dass das, was ich vom Schicksal und den Menschen gedacht hatte, richtig war. Es war richtig, das Nächstliegende und Sichere im Vertrauen auf das Neue und Bessere zu verwerfen. Kein Feldherr hätte nach einem Sieg, erfochten durch eine riskante Kriegslist, intensiver triumphieren können als ich in diesen Monaten.

Später dann, als ich in der Kälte der Zelle in Kufstein Gelegenheit hatte, diese Tage und mein damaliges Ich Revue passieren zu lassen, zeichnete es sich schon genauer ab, wie wir, Angelo und ich, am Tage unseres ersten Treffens aussahen, auf der Freyung, mit dem Glas Tokajer Ausbruch in der Hand, als sich die Symmetrie unserer entgegengesetzten Situation gerade am schärfsten abzeichnete.

Er befand sich damals in einer Lage, in der es genau zu sehen war, dass jede Entscheidung gleichermaßen zu verdammen oder zu bejahen war und dass die nachträglichen Erklärungen nach Belieben austauschbar waren. Einzig die Leuchttürme der glücklichen Fügung hatten sich über den unaufhörlichen Sturm und den Wellenschlag erhoben. Vergeblich hatte er alles unternommen, um sich von der Erniedrigung zu befreien, letzten Endes waren es doch die äußeren Umstände, die über sein Los entschieden. Einzig die glückliche Fügung zeichnete ihn mit ihrer Liebe aus, sie sandte ihm geheime Botschaften darüber, dass in der Welt nicht nur die Kräfte der Gewalt und der Macht am Werke seien.

Im Herbst des Jahres 1786 ahnte noch keiner von uns, dass wir einmal all das und noch viel mehr voneinander wissen würden. Dass wir einander ganz in den Körper, ganz ins Herz sehen würden, und dies noch gefährlicher als in einem Gleichnis des Evangeliums. Doch da zu dieser Zeit ein einziges offiziell zu nennendes, gesellschaftlich fassbares Medium existierte, in welchem er und ich uns zu Hause fühlten, begannen wir uns über das Freimaurertum zu unterhalten.

Ich wusste, dass Angelo schon seit Langem zu uns gehörte, auch war ich schon beim Händeschütteln nicht überrascht. Hätte ich es nicht von Viktor gewusst, der mich ihm vorgestellt hatte, dass Angelo eine der populärsten Figuren der Wiener Freimaurergesellschaft war, hätte ich das selbst herausfinden können. Es war unvorstellbar, dass gerade er nicht zu einer geheimen Gesellschaft gehörte, deren wichtigste Funktion darin bestand, in ihr ohne die verbindlichen Vorurteile der verhassten alten Welt reüssieren zu können.

Er erzählte, dass die Gesundheit Ignaz von Borns in den letzten Monaten stark gelitten habe, er müsse seine Opiumration beinahe täglich erhöhen, um sich wenigstens ein paar erträgliche Stunden zu verschaffen, und die feindliche Haltung Kaiser Josephs mitsamt der Neuorganisierung der Logen hätte seine Nerven sehr arg belastet. Er würde nur noch herumschreien, doch da werde er bald heiser, beginne zu husten und müsse nach Hause gebracht werden. Er überlege bereits, das Amt des Meisters vom Stuhl niederzulegen und sich von allen öffentlichen Aufgaben zurückzuziehen. Der höhere Adel ziere sich, weder Fürst Dietrichstein noch von Sonnenfels würden das Amt des Großmeisters übernehmen, und viele seien der Meinung, ohne von Born würde das Ganze keinen richtigen Sinn mehr haben. In der Sammelloge „Zur Wahrheit", unter deren einigendes Dach mehrere frühere Logen nach dem kaiserlichen Patent gezwungen worden waren, seien auch so kaum noch Brüder von den alten Logen verblieben. Die Sitzungen würden alle im Streit enden, denn die Verordnung habe Menschen verschiedener Interessen, die dazu noch an verschiedene Riten gewöhnt waren, auf einen Haufen zusammengetrieben, sie mache keinen Hehl daraus, die Freimaurer als Feinde des Reiches anzusehen und das Freimaurertum mit Scharlatanerie gleichzusetzen, noch wertloser als die Alchimie.

Darauf entgegnete ich, der in dem Patent angeschlagene Ton hätte auch mich zutiefst verletzt und auch ich hielte es für übel, dass mit der Zentralisierung alle unter einen Hut kamen und Theosophen, Alchimisten, Geisterbeschwörer genauso beurteilt würden wie sie, Mozart oder von Born, die die Freimaurerei als geistige Werkstätte betrachteten, wo sie frei von gesellschaftlichen Banden und Vorurteilen jegliche theoretischen, historischen oder ästhetischen Fragen besprechen konnten. Oder eben mineralogische, wenn wir von Born bemühten.

Dann berichtete ich über die Loge „Zu den tugendhaften Kosmopoliten“ in Miskolc, die in den gleichen Schuhen einherginge, auch bei uns sei die Besorgnis groß, jeder fürchte sich vor einer kommenden Gefahr, die die unverhofft als Geschenk erhaltene Freiheit in einem Augenblick zunichtemachen könnte.

Wir redeten noch über unsere Logen und ich unterhielt ihn mit der Erzählung über das Logenhaus in Miskolc, „Zu den tugendhaften Kosmopoliten“, dem ein sonderbarer, schwerer Duft anhing, vielleicht deshalb, weil in dem uralten Gebäude vor hundert Jahren, zur Zeit der Türkenherrschaft, Gerber gearbeitet und Lauge und Gerbsäure die Wände und den Fußboden aus schweren Kalksteinplatten, unter denen der Eingang zu einem Schmugglertunnel verborgen war, getränkt hätten. Durch diesen Tunnel brachten die Kuruzzen seinerzeit die geraubten Waren und den Wein, den sie vor den türkischen Zöllnern verbergen wollten, von außerhalb der Stadtmauern herein. Eine Weile erheiterte uns diese Geschichte und wir kamen uns dadurch noch näher.

So plauderten wir miteinander, einander abtastend und langsam näher kommend, dann schenkte ich aus Mutters Abfüllung noch ein Gläschen Tokajer ein, wobei ich daran denken musste, was für ein Gesicht sie wohl schneiden würde, wenn sie jetzt sähe, in welcher Gesellschaft ich den Wein trank.

Dieser Gedanke ließ mich kurz erröten, als stünde sie jetzt hinter mir und klopfe mir mit ihrem Schlangenkopf-Gehstock auf die Schulter, als Ermahnung: ich sei auf unschickliches Terrain geraten, von dem ich lieber beizeiten verschwinden sollte.

In dieser Situation erkannte ich Angelos besondere Empfindsamkeit das erste Mal. Er stellte das Glas hin, genoss den Abgang des Ausbruchweins am Gaumen und sagte, wie auch immer er seine Erinnerung anstrenge, er könne sich das Gesicht seiner Mutter nicht zurückrufen.

Er erinnerte sich an ganz unbedeutende Kleinigkeiten aus seiner Kindheit, an den Mann, der ihm den Oberschenkel tätowiert hatte, an die Jäger, die das Fleisch eines erlegten Elefanten auf Stangen heranbrachten, doch weder das Gesicht noch die Stimme noch der Duft seiner Mutter wollten ihm erscheinen.

Ich erschrak mächtig, ich dachte, mein Gegenüber sei Gedankenleser, und wandte das Gesicht ab, ich blickte die beiden Kanarienvögel an, die noch immer reglos auf ihrem Zweig saßen. Da bemerkte ich entgeistert unter dem gelben Flaum an ihren Brüsten, wo das atmende Leben hätte pulsieren müssen, die Fadennaht und in den sprechenden, lebensechten Augen den künstlichen Glanz.

Es war halb zwölf, ich erinnere mich genau, die Turmuhr der Schottenkirche hatte geschlagen.

Und als wäre das Gedankenlesen lediglich ein Kunststück zum Aufwärmen gewesen, zum Appetitanregen, um mein Interesse zu erwecken, wurde er noch offener, noch freundlicher, er lief hinaus und kam mit einem Tablett voller Teegebäck und einem Krug mit Limonade zurück. Er richtete mir das Kissen hinter dem Rücken, und als er sich zu mir beugte, roch ich wieder den Duft seiner Haut, der die sonderbaren Gegensätze in sich vereinte.

So begann diese Unterhaltung, die sich an mehreren Orten und mit mehreren Unterbrechungen bis in das Jahr '91 fortsetzte, nach demselben Schema wie am ersten Tag, wir durchstießen das dünne Eis der Höflichkeiten und Angelo zog mich mit sich hinunter in die Tiefe.

Allmählich begriff ich, dass er mich dazu bestimmt hatte, anzuhören, wer er sei und was ihm geschehen sei, und viele Jahre später, als wir am Ende unserer Geschichte angekommen waren, erkannte ich auch, warum ich der Einzige war, von dem er Verständnis erwarten konnte.

Als hätte er schon von Anfang an genau vorhergesehen, was mit uns beiden geschehen würde, oder, und das scheint genauso möglich zu sein, hatte er schon damals den Plan gefasst, der im November des Jahres 1796 seine Umsetzung fand.

Bei jedem einzelnen unserer Treffen ließ er mich näher an seine Geschichten heran, er gewährte mir Einblicke in immer weitere Schichten und bei jedem Treffen fanden wir mehr Genuss an der Gesellschaft des anderen und doch kam es mir vor, als hielten wir uns noch immer auf der Freyung auf.

Die Einrichtung des Hof-Naturalien-Cabinets ging ihrer Vollendung entgegen und es war nicht mehr erforderlich, dass Angelo alle seine Tage bei den Mineralien und Meteoriten verbrachte. Sie waren mit den Bestimmungen fertig, die Spalten der Kataloge waren voll, die Zettel klebten an den Schachteln und nur in einigen wenigen Fällen verursachte ihnen die eine oder andere Versteinerung Kopfzerbrechen. Diese wurden von Ignaz von Born in einem eigenen Kasten untergebracht und für einen späteren Zeitpunkt aufgehoben, wenn er genügend Zeit haben würde, sie eingehender zu untersuchen.

Angelo entdeckte die Freuden des häuslichen Lebens und Lesens von Neuem und verbrachte immer mehr Zeit mit seiner Tochter, die ohnehin von nervösem Naturell war, seit ihrer Kindheit schlafwandelte und von hysterischen Krämpfen geschüttelt wurde, wobei sie zugleich weinte und lachte, bis sie endlich in eine stumpfe Ohnmacht fiel.

Ihre Nerven wurden kürzlich durch den Tod ihrer Mutter und das darauffolgende Hin und Her arg strapaziert, sie hing Tag und Nacht an ihrem Vater und wollte ihn keine Minute missen, ein anderes Mal aber verlangte sie nach mehr Freiheit und war den ganzen Tag nicht zu sehen. Angelo trug diese Last mit Freuden, jetzt, da sie zu zweit geblieben waren und die Tage nicht mit Gästeempfang und Herumgerenne begannen und Josepha nicht mehr erdulden musste, dass Fremde – aus den unterschiedlichsten Winkeln der Welt durch die tausendfach verschlungenen Interessenverflechtungen des Hauses Liechtenstein nach Wien gekommen – dauernd ihr süßes Gesichtchen zwickten. Sie begann sich zu beruhigen und ihr Vater hielt es tatsächlich für möglich, dass sie einmal das sorglose Leben der fröhlichen feschen Wiener Mädchen führen könnte und nicht, dem Bild einer Tropenpflanze aus dem Palmenhaus entsprechend, wie ein trunkener Schmetterling herumflattern müsste.

Magdalenas Ableben war schon seit Jahren vorauszusehen.

Die dereinst stets gut gelaunte und lebenslustige Frau siechte von Monat zu Monat dahin, die Ärzte versuchten, sie mit fortgesetzten Aderlässen, Pflastern und Blutegeln zu kurieren. Keiner von ihnen ermutigte Angelo zur Hoffnung, sie verwiesen auf die rätselhafte Macht der Natur.

Sie wussten, Soliman bedurfte nicht des für Laien parat gehaltenen ärztlichen Kauderwelsches, der hastigen Anhäufung lateinischer Ausdrücke, also beschränkten sie sich darauf, was sie selbst mit Sicherheit wussten.

Angelo war seit Langem schon mit den besten Ärzten und Naturwissenschaftlern Wiens befreundet, mit Joseph

Barth, Franz Joseph Gall, Karl Eberle und Andreas Stütz, sie besuchten gemeinsam die Zusammenkünfte der Loge „Zur wahren Eintracht" jeweils am Montagabend, wo naturwissenschaftliche, medizinische oder anatomische Vorträge genauso gehalten wurden wie religionshistorische und ästhetische oder gänzlich spekulative über die Symbolik der Freimaurerei.

Die Ärzte erachteten das Heilen nicht nur als Arbeit und Einkommensquelle, sie vermengten das Wissen um die Bedeutung sowie die Bedeutsamkeit des Körpers mit der Philosophie, dem Theater und der Kunst und mit dem großen und spannenden Abenteuer des Erkennens. Sie waren richtige Gourmets.

Joseph Barth hatte schon Anfang der Achtziger die überkommene und überlebte Tradition des Theatrum anatomicum umgestaltet und neu gedeutet. Er hatte die althergebrachte, jedoch verbrauchte Routine den Ansprüchen der neuen Zeit gemäß umgewandelt; bisher wurde der Leichnam geöffnet und die Organe wurden inmitten einer eher symbolischen als funktionellen Erklärung der Reihe nach aus dem Körper herausgeschnipselt und im Seziersaal, der einem Amphitheater glich, zur Schau gestellt. Hier lag die Leiche wie der Protagonist im Finale einer unbekannten griechischen Tragödie, es fehlten bloß die Geschichte, die mythische Perspektive und die Katharsis dahinter.

Die aristotelischen Erklärungen der Scholastik hatte er von vornherein verworfen, aber er kappte auch die Schnörkel der barocken Theatralik und des Todeskults und sprach über die Bedeutung der Organe und der anatomischen Phänomene, wobei er jene Fragen offen ließ, von denen er mit Gewissheit wusste, dass sie sie noch nicht beantworten konnten. Er machte den gesamten Ablauf spektakulärer und allgemein verständlicher, dabei unterteilte er ihn in einzelne Aufzüge und verwendete eine Rhetorik, mit der er sein Auditorium das Drama des Todes vergessen ließ und es mit der Antwortlosigkeit der Geheimnisse der Natur und der Vielfältigkeit der Lebensprozesse zugleich konfrontierte.

Indes bot er neuartige und wissenschaftliche Erklärungen für Fragen, die den Charakter und das Schicksal betrafen und bislang in der verworrenen Welt der Astrologie, der Tarotkarten oder der Wahrsagerei herumschwirrten. Und das öffentliche Sezieren zog von da an über das zum Zusehen verdonnerte Publikum der schläfrigen und gleichgültigen Medizinstudenten hinaus nicht nur die frivolen Genussmenschen an, die nach dem bizarren Spektakel hungerten und mit Sekt und Huren zu den pervertierten Szenen kamen und für gutes Geld sogar in der Nacht Einlass ins Leichenhaus erhielten, sondern auch Philosophen, Musiker, Juristen, Dichter und Naturwissenschaftler, die auf das veränderte, neue Bild vom Menschen neugierig waren.

Barth und Stütz waren Experten auf dem Gebiet der Nervenbahnen.

Sie lösten diese seltsamen, bleichen Saiten aus dem Körper heraus, indem sie das System ihrer Verbindungen, Verknüpfungen und Verzweigungen offenlegten; so erwiesen sich die früher undurchschaubaren Zusammenhänge als offenkundig. Die Natur führte die vom Auge ausgehende Bespannung bis zum Magen weiter und so wurde gleich allen klar, warum sich der Magen verkrampft, wenn das Auge etwas Erschreckendes erblickt, und warum einer Brechreiz empfindet, wenn sein Blick auf etwas Widerliches trifft. Genauso entsteht Hunger beim Anblick von Nahrung und vice versa lenkt der hungrige Magen das Auge auf Essbares. Die Nervenbahnen der Gallenblase setzten sich bis hin zum Unterkiefer und in die Hände fort; somit wurde es offensichtlich, warum ein Wüterich die Fäuste ballt und mit den Zähnen knirscht, eilt doch das Klingeln aus der Galle, dem Organ der Wut, wie bei einer Gesindeglocke diese Bahn entlang und zerrt an den Muskeln. Aus dem Glied des Mannes geht die Nervenbahn geradewegs in sein Gehirn, und zwar an den Ort des Erinnerns; daraus ergibt sich, warum einer eine Erektion erlebt, wenn er sich an ein süßes Beilager erinnert, und auch, warum die meisten Männer sich von einem einzigen unveränderten Idealbild angezogen fühlen, weil es sie an ihre erste Liebe erinnert. Allein die Vergesslichen versuchen es immer wieder bei Frauen anderen Typs, wie das die Demonstrationen eines weiteren ständigen Akteurs im anatomischen Theater nachwiesen.

Barth und Stütz teilten sich nämlich die Szene mit Franz Joseph Gall, dem Experten der Cranioskopie, der von der Schädelform des Patienten mit unfehlbarer Sicherheit dessen mentale und Charaktereigenschaften ableitete. Er vermochte aufgrund der Form die Dummheit, den Schwachsinn ebenso festzustellen wie herausragende Fähigkeiten oder gar Genialität, er erkannte die Lustsüchtigen und Nymphomanen an der Form der Stirn und den Abmessungen der Ohren, die Verbrecher an der Delle im Genick, die Muttermörder an den Knochennähten des Schädels, den Hang zur Blutschande verriet ihm die Zwetschkenform des Großen Hinterhauptlochs und die Fähigkeit des Kopfrechnens gaben die asymmetrisch sitzenden Kieferhälften preis. Er führte die Demonstrationen nicht nur an Leichen durch, es meldeten sich auch reichlich Freiwillige aus dem Publikum, die es riskierten, verborgene oder unentdeckte Seiten ihres Charakters offenzulegen. Und als sich die Nachricht von der Sensation verbreitete, kamen Interessenten aus den entlegensten Gegenden, aufgeregte Mütter mit ihren ganz gewiss genialen Söhnen, gebrochene Väter mit ihrer elenden Nachkommenschaft, in der ein niedriger und schändlicher Instinkt sich gezeigt hatte.

Soliman war von diesen Entdeckungen fasziniert, zumal er ja selbst Naturlehre und Anatomie studiert hatte.

Das war auch ein Teil seiner Erziehung, wie auch die Studien der Musik, Mathematik, Theologie, der Logik und Philosophie sowie der Sprachen, denen ihn sein erster Besitzer, Fürst Lobkowitz, unterzog, sobald er erkannt hatte, dass die Pausen zwischen der blutigen Unterwerfung von Revolten, den Erbfolgekriegen oder den Feldzügen gegen die Türken kaum angenehmer ausgefüllt werden konnten als mit einem groß angelegten Versuch, der ein Beitrag zur Entwicklung der Wissenschaft sein konnte.

Den Fürsten hatte die militärische Laufbahn nie angezogen, er trat dem Heer schließlich nur auf Druck seiner Familie bei, indem er dem väterlichen Hause ewigen Hass gelobte, weil dieses verbindlich vorgeschrieben hatte, welches Familienmitglied auf welches Feld des Schachbretts des Reiches zu stellen war.

Seine von Grund auf zurückgezogene Natur vertrug die Gesellschaft nicht, er hasste seine Offiziere und Soldaten, das nach Schweiß, Eiter, Schwanz und Scheiße stinkende Soldatenleben, das Gebrülle, das Schießen und die Pferde. In seiner Kindheit wollte er in einen besonders strengen und asketischen Orden eintreten, wo er ein Schweigegelübde ablegen und nicht einmal mit sich selbst sprechen müsste. Er hing diesem Traumbild nach, wie andere gleichalterige Kinder an den ihren Vätern gestohlenen pornografischen Bildern oder am Bann der Waffen hingen.

Den Traum seiner Kindheit warf er zusammen mit dem bisher gehegten guten Verhältnis zu Gott beim Fenster hinaus und entschloss sich, der Sache mit der Schöpfung und der Natur auf den Grund zu gehen, wie das eigentlich funktioniere, wie wenn einer der väterlichen Autorität die Maske entreißt und dahinter nur einen verängstigten, verschlagenen Alten vorfindet. Er trieb bei seiner Einheit und später, als er die Rangleiter immer weiter hinaufkletterte, schließlich bei seinem ganzen Heer, bei seiner ganzen Division die Formalausbildung bis zum Äußersten, seine Soldaten waren fähig, sich in geometrischen Formationen bar jeglicher menschlicher Eventualität fortzubewegen.

Es war ihnen einerlei, ob sie durch Moore, Berge oder Täler, felsige Fluren oder über von Wildbächen ausgewaschene, matschige Hänge marschierten, die militärischen Formationen hielten ihre fehlerlose Geometrie ein. Die bis ins Extrem einzuhaltende Disziplin und Ordnung erbrachten dann auch gewisse strategische Erfolge, die zwar um nichts hervorragender waren als die der anderen, doch ging vom Fürsten nach und nach die Mär, von einer Sache verstehe er wirklich viel, und das sei die Erziehung.

Da er seine Kindheitsträume opfern und ein seinen Neigungen gegenläufiges Leben führen musste, wurde Fürst Lobkowitz bissig und mürrisch, und da man ihn ohnehin für seinen groben und hämischen Charakter hasste wie auch für seine unerschütterliche Selbstsicherheit, die aus seiner Überzeugung herrührte, klüger und weitsichtiger zu sein als alle anderen, beschloss er, wenn man das also ohnehin glaubte, warum sollte er seinen Feinden dafür keinen Beweis liefern.

Im Palast zu Messina irrten sprechende Papageien, rechnende Pferde, mit Messer und Gabel speisende Affen, nach Bourbonischer Mode gekleidet, zwischen den griechischen Statuen und römischen Kaiserporträts umher, analphabetische Diener mussten Hieroglyphen zeichnen, vielleicht kämen gerade sie hinter den Sinn der uralten Symbole. Der Park des Palastes ging in das Meer über, dort ließ er für seine Seehunde, die ihn mit ihren erstaunlichen Springübungen entzückten, ein abgesondertes Becken erbauen. Sie klatschten im Takt auf das Wasser auf, wie ein Uhrwerk, allein in den Mittagsstunden machten sie eine kurze Pause. Alkibiades und Nikias fanden eine unerschöpfliche Freude an der fortgesetzten Wiederholung des Gelernten, so wurden sie zu den Lieblingen des Fürsten. Im Garten wuchsen exotische Früchte und Blumen, geschaffen von der Experimentierlust des Fürsten durch Kreuzung, Okulation, Kreuzbestäubung und das Behandeln der Samen etwa durch Räuchern, Einweichen und Fäulen. Er befragte dieselbe Pflanzenart in verschiedenen Böden, in der Nachbarschaft verschiedener anderer Pflanzen, welche Fähigkeiten sie hervorbringen mochten.

Jeder musste etwas lernen, keiner durfte seine Begabungen brachliegen lassen. Der durchdringende Blick des Fürsten erkannte in allem und jedem die schlafende, von der Natur versteckte Möglichkeit und er hob leidenschaftlich an, aus der Möglichkeit Wirklichkeit zu züchten. Keine Blume, kein Grünzeug, kein Mensch oder Tier vermochte seiner pädagogischen Begeisterung zu entkommen, für ihn existierte alles nur als Potenz, aus der die Substanz herauszuheben war.

Die Hunde krochen ihm erschrocken zu Füßen, wenn sie seine Peitsche knallen hörten, sie erstarrten und ließen vor Angst Wasser unter sich. Die bleichen, unausgeschlafenen Bauernburschen aus Messina mit Rändern unter den Augen paukten ergeben Hebräisch und zuckten bei jedem scharfen Laut zusammen, so oft schon hatte der Rohrstock des Lehrers sie heimtückisch und hinterrücks überfallen, sie fühlten sich nur sicher, wenn sie sich an eine Wand lehnen konnten. Ihre Eltern durften sie einmal im Monat sehen und ein halbes Stündchen im hinteren Schlosspark mit ihnen verbringen, ansonsten war man bestrebt, sie von ihrer barbarischen und ungebildeten Verwandtschaft fernzuhalten. Freilich konnte man auch so nicht ganz verhindern, dass Tanten und Schwestern Käse und Wurst von zu Hause, in bunte Tücher gebunden, über den Zaun des Schlossparks warfen oder den Sprössling am Tor über sein Befinden befragten. Es war ihnen anzusehen, dass sie keine Freude daran hatten, derart von ihren Kindern abgeschottet zu sein, doch konnten sie zumindest sicher sein, dass die Kinder dort drinnen gut verpflegt wurden und in einem sauberen Umfeld lebten, dass sie nicht wie zu Hause mit Ziege und Schwein im selben Raum schlafen mussten.

Fürwahr, der Fürst bestand auf äußerster Sauberkeit, auf gesundem Essen, genügend Schlaf und hellen, luftigen Zimmern. Damit war sein Interesse an ihnen aber auch schon erloschen, für ihn war bloß wichtig, dass alles still, ordentlich und diszipliniert seinen Gang gehe. Ihr Lehrer, Abbé Herbert, ein Innsbrucker mit schmalem Gesicht und einer Nase wie ein Schnabel, dem der schwarze Bart so dicht spross, dass seine rasierten Wangen vor zusammenhängenden Borsten dunkelviolett glänzten, fungierte genauso als Peitsche in der Hand des Fürsten wie seine Hundepeitsche, mit dem Unterschied, dass Abbé Herbert mit und ohne Grund auf die Kinder eindrosch.

Herbert erzog sie nach strenger christlicher Moral. Die leichteren, flüchtigen körperlichen Winde wie Rülpsen und Furzen waren tabu und nicht nur ihr unwillkürliches

Entweichen, sondern allein schon ihre Erwähnung zog strenge Bestrafung nach sich. Wen er beim Pupsen erwischte, der musste den Daumen in den eigenen Hintern stecken und so dreimal um den Saal laufen, immer darauf achtend, dass der Daumen nicht aus dem Loch glitt, denn dann musste er den Lauf neu beginnen. Es war eine komplizierte Angelegenheit, denn er musste dazu die Hand durch den Ärmel unter die sackartige Uniform stecken und so den Hintern suchen, wobei Abbé Herbert durch Tasten kontrollierte, ob der Kontakt zustande gekommen war.

Beim Rülpsen wanderte die Faust in den Mund, so tief wie möglich, bis zum Schlund. Wer eine große Hand hatte und sie nicht zur Faust geballt in den Mund stecken konnte, bei dem gab sich Abbé Herbert mit der Handfläche zufrieden. Die Strafe bestand auch hier in drei Runden mit der Hand im Mund.

Wasser lassen und Kacken waren von einem Wald ritueller Verbote umgeben und bei Regelverstößen begnügte Abbé Herbert sich nicht mit dem Beschämen des Delinquenten. Sonderbarerweise zählte hier nicht die Handlung selbst als Todsünde, offensichtlich hätte er nicht deswegen strafen müssen, dass einer im Lehrsaal oder in Anwesenheit des Abbés seine Notdurft verrichtete. Das Verbot betraf hier vorrangig die Benennung der körperlichen Vorgänge, den Hinweis auf diese. Abbé Herbert hatte dafür die Sprache verbogen und man musste Stuhlgang, Kacke, Scheiße, Dünnschiss und alle Synonyme dafür mit dem Wort „Rose“ ersetzen und Harn, Pipi, Schiffen und Pieseln hießen „Gold“. Zudem durften die Ersatzausdrücke auch nur in äußerster Bedrängnis verwendet werden, zunächst musste das Herannahen der Not mit hinweisenden Gesten umschrieben werden. Wem es nach

„Rose“ gelüstete, der musste die rechte Faust hochheben und sich dabei die Linke mit abgespreizten Fingern an den Oberschenkel drücken. Die Faust symbolisierte die Rosenknospe, die abgespreizten Finger die Dornen der Rose. Den „goldenen“ Drang musste man mit der Umkehrung der Gesten der „Rose“ darstellen. Die Rechte hing dabei zwischen den Beinen, ganz bis zum Boden hinunter, sie berührte ihn, dies stand für den goldenen Strahl, der auf den Boden sprudelte. Die Finger der an den Körper gepressten Hand mussten diesmal Wellenbewegungen andeuten, was den Laut, das Rauschen versinnbildlichte.

Abbé Herbert ließ den Blick liebevoll über die Szene gleiten, wie viele kleine Buben aus Palermo in die Formationen der „Rose“ und des „Goldes“ erstarrt im nachmittäglichen dunstigen Hain standen. Es war ihnen ausschließlich mit Zustimmung Abbé Herberts gestattet, ihre Notdurft zu verrichten, wo und wann er dafür die Genehmigung erteilte.

Für die Durchführung der Entleerungszeremonie diente eine eigene kleine Kultstätte, einen guten Steinwurf vom Lehrsaal entfernt, im Schatten einer alten Platane. Das war ein luftiges Bretterhäuschen, errichtet nach den Vorschriften Abbé Herberts. Das Brett mit dem ausgesägten runden Loch war nicht die einzige Sitzgelegenheit, für den Abbé wurde ein eigener Fauteuil gebaut, von wo aus er die Abläufe mitverfolgen konnte. Sein Sitz lag etwas tiefer als jener, der dem Entleeren diente. Neben dem Fauteuil öffnete sich ein Türchen in der Seite des Podestes, eine Art Spion; schloss es der Pater auf, konnte er unter das kreisrunde Loch und auf den darauf befindlichen Kinderpopo sehen. Die Kinder durften einander nie beim Vorgang des Entleerens sehen, das schloss die katholische Moral streng aus. Sie durften ihre Verrichtungen ausschließlich vor den Augen des Abbés erledigen. Dabei stellte Abbé Herbert, wie er das jedes Mal besonders betonte, „Gottes Auge“ dar.

Gottes Auge empfand viel Vergnügen dabei, Rosen und Gold zu betrachten. Zuweilen beugte er sich ganz nahe an das Geschehen heran, sodass ihm etwas von Rose oder Gold auf das Gesicht spritzte. Das störte offenbar weder Abbé Herbert noch Gottes Auge.

Um die Kinder vor Wollust zu schützen, achtete Abbé Herbert sorgfältig darauf, dass ihnen ihre Geschlechtsorgane, ja, schon deren Existenz, schon das Wissen um deren Existenz verborgen blieben. Worte wie Glied, Schwanz, Phallus, Sack, Hoden und so weiter durfte es nicht geben. Um ihr Dasein zu tilgen, fand Abbé Herbert es zweckführend, nicht nur keine Ersatzbenennung für sie zu schaffen, sondern von ihrem Vorhandensein einfach keine Kenntnis zu nehmen. Das nicht existente Organ durfte nur im Bretterverschlag und nur beobachtet vom göttlichen Auge hervorgenommen und musste nach erfolgter Entleerung umgehend wieder in die Kleidung verpackt werden, welche ebenfalls dem Zweck diente, die Kinder aufs Nachdrücklichste von ihren Körpern zu trennen.

Sie mussten auch in der größten Sommerhitze bis zum Hals zugeknöpft gehen und das Gewand durfte weder am Hals noch an den Ärmeln, auch bei den Knöcheln nicht gelockert oder aufgemacht werden. Knöpfe durften nicht angefasst werden. Um die Mitte waren diese sackartigen Uniformen von vornherein nicht zu öffnen, die Knopfreihe befand sich hinten, und so war zum An- und Auskleiden Abbé Herbert vonnöten, der diese Prozeduren eigenhändig durchführte, vom unumgänglichen Auf- und Zuknöpfen bei der Entleerung oder Bestrafung ganz zu schweigen.

Zur Entblößung der Körpergegenden war einzig Abbé Herbert berechtigt und dieses Recht übte er neben der erforderlichen Enthüllung beim Ausziehen und beim Vollzug der zugemessenen Strafe aus.

Langsam, unendlich langsam für das Opfer zog er dem Schuldigen das Gewand aus, er erschloss das nackte und von Entsetzen dampfende, zitternde, angespannte Fleisch millimeterweise für sich. Das Quälen der kleinen Jungen verschaffte ihm unendlichen Genuss und dazu hatte er reichlich Gelegenheit. Da die unglückseligen Messinenser Abkömmlinge der Mauren, Griechen, Römer und Normannen keine Ahnung hatten, zu welchem Zweck sie sich die sinnlosen Zeichen einer unverständlichen Kauderwelsch-Sprache aneignen mussten, häuften sie Fehler über Fehler, für die der Abbé mit der höchsten Gründlichkeit Rache nahm, er hieb so lange mit Schweißperlen auf der Stirn auf ihren Hintern ein, bis schöne, parallele rotblaue Striemen entstanden. Das Gleiche folgte, wenn sie ihren goldenen oder rosigen Drang nicht verhalten konnten und die Exkremente ihnen während des Unterrichts oder zu einem nicht genehmigten Zeitpunkt durch die Körperöffnungen entwischten. Selbstdisziplin stand für Abbé Herbert an allerhöchster Stelle, daher war es evident, dass einer, der seine Notdurft im Unterricht nicht zurückzuhalten vermochte, ein schweres Vergehen beging. Ein noch größeres Vergehen beging derjenige, der auch nur in irgendeiner Form eine Andeutung auf das weibliche Geschlecht machte oder auf welcher Art auch immer anzudeuten wagte, dass außerhalb der von Abbé Herbert gelenkten geschlechtslosen Engelswelt ein zweigeschlechtliches Universum existierte.

Frauen anzusehen, war streng verboten. Wenn die Köchin oder eine der Mägde, eine Tante, Schwester oder eine Frau aus dem Dorf trotz der Abschottungsmaßnahmen sich vorwitzig vor einen der Buben hinstellte, war es ihm nicht erlaubt, ihr in die Augen zu sehen. Wenn die Mütter einmal im Monat erschienen, um ihre Kinder zu sehen, ihnen etwas Hausmannskost und Leckereien zu bringen, konstatierten sie verwundert, dass ihnen ihr liebes Kind nicht in die Augen sah, sondern den Blick verlegen abwendete, sooft sie ihm in die Augen sehen wollten. Im Falle einer korpulenteren Mutter konnten sie in Wirklichkeit nirgendwohin sehen, denn Abbé Herbert hatte mit dem knirschenden Griffel eine menschliche Figur auf die Schiefertafel gezeichnet und die drei Orte vorne und einmal hinten markiert, wo der Blick nicht hinfallen durfte. Er hatte die Geschlechtsorgane und den Hintern schattiert, das waren die „schwarzen Orte", wohin niemand blicken durfte.

Frauen, also auch die Mütter, durften nicht mit ihren weiblichen Namen genannt werden. Selbst in Gedanken durfte niemand Anna, Giovanna, Maria sein, diese Namen mussten alle ersetzt werden. Abbé Herbert hatte für die Mütter einheitlich den Namen Zeus ausgewählt, die biederen Frauen aus Palermo waren sogar noch stolz darauf, dass ihre Kinder sie mit diesem fremd klingenden, eleganten Namen riefen, das war sicher auch eine habsburgische Besonderheit aus der Ferne.

Abbé Herbert hatte es mit den Müttern verhältnismäßig leicht, im Fall der Köchinnen, Zimmermädchen, Gärtnerinnen und der anderen Mitglieder des Gesindes, die zu Hunderten im Palast herumlungerten, erwies sich das Namensproblem aber als wesentlich schwieriger. Sie mussten mit den Namen der klassischen Mythologie und der historischen Männerfiguren benannt werden, was den armen Kindern wahrlich gründliche Vorbereitung und tägliches Üben abverlangte. So wurde Jirina, die Köchin, zu Numa Pompilius, Agnese, eine der Gärtnerinnen, zu Septimus Severus und die beiden rothaarigen, sommersprossigen und naseweisen Backfische, von allen nur Ili und Pili gerufen, wurden in Achill und Patroklos umbenannt. Sie hatten bald erfasst, wie viele Möglichkeiten für Schabernack ihnen die Situation bot, sie erklommen die Mauer und zeigten den Buben, die unter der gestrengen Aufsicht ihres Lehrers und in Anwesenheit seines pfeifenden Rohrstockes unter ihnen spazieren gingen, mit angehobenen Röcken ihre pipifleckige Unterwäsche.

Im Palast, der auf die Bucht blickte, stand alles unter fortgesetzter, planmäßiger und erbarmungsloser Erziehung, kein Lebewesen vermochte der Leidenschaft des Fürsten zu entfliehen. Nur mit Katzenartigen und Frauen kam der Fürst nicht zurande, die widerstanden hartnäckig allen seinen Erziehungsversuchen.

Er hatte jahrelang Versuche mit einem Löwen angestellt, doch das faule und eigensinnige Vieh war nicht gewillt, sich Tanzschritte oder die grundlegenden mathematischen Operationen anzueignen, und auch sein musikalisches Empfinden befand sich unterhalb der Nachweisgrenze, andererseits mordete er lustvoll Tiere, die wesentlich klüger waren als er, und zerriss auch einige der hebräischen Sprache bereits mächtige Bauernburschen; schließlich beendete der Fürst mit einem gut gezielten Gewehrschuss seinen Unterricht. Mit seiner Ehefrau aber hatte er es nicht so leicht, er war gezwungen zu ertragen, dass die Fürstin, eine geborene Gräfin Waldstein, ihn mit jedem betrog, der auch nur einen kleinfingergroßen Penis sein Eigen nannte, und dass sie die Zornesausbrüche ihres Gemahls wie auch seine Eifersuchtsszenen als gelungene Theateraufführungen ansah, über die sie selbstvergessen Tränen lachte. Das aber stieß den Fürsten immer weiter zu denen, die es wert waren, sich mit ihnen zu beschäftigen.

Als der Marquis von Messina, der den schwarzen Jungen Angelo als Teil einer geschäftlichen Transaktion von portugiesischen Sklavenhändlern bekommen hatte, diesen feierlich an Lobkowitz verschenkte, der trotz seiner fünfunddreißig Jahre wie ein Greis aussah, spürte der Fürst sofort, dass ihm der Zufall endlich das vollkommene Objekt für seine Forschungen in die Hände gespielt hatte.

Zumindest erschien das Jahrzehnte später so in Angelos Erinnerung und es war zu spät, darüber nachzugrübeln, ob das wirklich so gewesen war.

Ihm schien, er könnte sich an jedes Detail des Augenblicks erinnern, als er auf Geheiß seines Messinenser Herrn in seiner gelben Prunkuniform mit einem blauen Tschako, der so gar nicht auf seinem schwarzen Haar sitzen bleiben wollte, vor den einäugigen Fürsten mit dem narbenübersäten Gesicht treten und kniend einen langen französischen Satz vortragen musste, in dem er Kaiser Franz, seiner Gemahlin Maria Theresia, allen ihren Abkömmlingen, den Herzögen der Kronländer und den Generälen des Heeres sowie dem Arschloch des Kronprinzen ein langes Leben wünschte.

Das Kind konnte es nicht fassen, warum ein allgemeines Gelächter nach dem Wort enculé ausbrach, hatte er sich doch dieses unverständliche Satzungetüm seit Tagen eingelernt und bei der Hauptprobe, wo er Wort für Wort alles genau so vorgetragen und damit mächtigen Erfolg hatte, sogar noch mit einer Handvoll Feigen beschenkt worden war.

Er verstand auch nicht, warum ihn die duftenden Damen in ihren rauschenden Kleidern auf den Schoß nahmen und ihn von einer zur anderen Hand weiterreichten, wobei sie ihn unter lautem Gelächter abküssten. Wütend und verstört fiel er den Marquis an, der einer der wenigen sizilianischen Adeligen war, die mit der habsburgischen Herrschaft paktierten, den Neffen des Vizekönigs Guido Visconti, und trat ihn heftig gegen die Beine, und er schrie mit den wenigen portugiesischen und italienischen Worten, die er sich, seitdem er geraubt worden war, aneignen hatte können, dass er betrogen worden sei. Dass er darauf nicht vorbereitet sei, er habe gemeint, man hätte ihn etwas Schönes gelehrt, so etwas wie ein Gebet. Doch war die Gesellschaft hierfür schon zu betrunken, zu betrunken auch, um ihn dafür zu bestrafen, dass er weiße Menschen mit Füßen getreten hatte.

Wie viel Fürst Lobkowitz aber auch getrunken hatte, konnte er nicht umhin zu bemerken, welcher Ehrgeiz und Stolz in dem Kind tobten. Sein Interesse wurde auch dadurch angefacht, dass der Marquis über den Jungen erzählte, er sei nicht irgendwer, der Marquis wisse es von den Portugiesen, dass der kleine Schwarze unter den Seinigen als königliches Geblüt galt, er wäre selbst Thronfolger gewesen, wenn er nicht durch die Stammesfehden in die Gewalt der Sklavenhändler gekommen wäre.

Bis dorthin war es dem Fürsten nie eingefallen, für seine Versuche auch Schwarze zu verwenden. Jetzt aber dämmerte es seinem weinvernebeltem Gehirn, dass es die Krönung seines Werkes sein könnte, wenn er versuchte, aus einem Exemplar der schwarzen Rasse einen in allen Belangen tadellosen Weißen zu gestalten. Mit einem Sarazenen von fürstlicher Bildung, dazu noch ein Thronerbe, könnte er seine Neider und Widersacher so richtig grün und blau ärgern und dabei beweisen, dass seine Erziehungstheorie nicht nur im militärischen Drill der gelehrigen weißen Soldaten und in der hebräischen Eloquenz flachstirniger Bauernlümmel aus Messina Erfolge aufzuweisen vermochte, sondern auch bei einer, wie gemeinhin bekannt, von Natur aus faulen und unbotmäßigen Rasse, deren geistige Fähigkeiten die der Affen nur geringfügig übertrafen, die noch fauler und unbotmäßiger waren als Katzenartige und Frauen.

Abbé Herbert war einfach nicht imstande, das Entzücken ob seines neuesten Schülers zu verbergen.

Er keuchte und zitterte vor Erregung und konnte es kaum erwarten, dass der Fürst alle seine Anweisungen beendete. Sobald er mit dem Kleinen allein blieb, drehte er ihn zur Wand, riss ihm die Hose herunter und starrte den runden schwarzen Hintern an. Abbé Herbert verzögerte den Moment, er spielte Verstecken mit seiner Lust. Dann hob er den Blick zum Himmel und verdrosch den schwarzen Po mit seinem Rohrstock so arg, dass die Haut des Kindes in Streifen aufplatzte und das rosige Fleisch hervorquoll. Von da an fiel Angelo in Ohnmacht, wann immer er Herbert erblickte. Dieser musste nicht einmal zischen, nicht einmal den Stock durch die Luft pfeifen lassen, es war schon genug, dass er in seiner schwarzen Kutte, unter der er keinerlei Unterzeug trug, durch die Szenerie strich, schon fiel Angelo zusammen und konnte minutenlang nicht wiederbelebt werden. Er war in einen engen schwarzen Brunnen gefallen, bis ganz hinunter, von der Welt war oben nur ein winziger heller Fleck zu sehen, aus dem gerade noch ein wenig Luft sickerte. Diese Idiosynkrasie war ihm geblieben, er musste sein ganzes späteres Leben lang die Umgebung von Klöstern meiden, zur Zeit der Prozessionen steckte er nicht einmal die Nasenspitze aus dem Fenster, noch im hohen Alter neigte er zur Ohnmacht, wenn er ein Ordenskleid erblickte.

Er musste sich in Wien viele Schleichwege einprägen, um von einem Ort zum anderen zu gelangen, ohne unterwegs einem Kuttenträger zu begegnen.

Abbé Herbert verteidigte sich später beim Fürsten damit, dass er nichts Böses im Sinn gehabt hätte, er habe nur der Versuchung nicht widerstehen können. Er suchte nicht nach Ausflüchten, nach Erklärungen, dass er den Jungen im Voraus bestrafen wollte oder dass er wisse, wie man mit Schwarzen umgehen müsse, das sei eine wilde und gefährliche Rasse, sie müssten gebrochen werden, bevor man auch nur etwas anderes von ihnen wolle, und so weiter, nein. Als hätte er diesen Augenblick schon gesucht, da er sich endlich ausruhen könnte. Er zuckte die Achseln, ging zur Infanterie und nach einem Monat Grundausbildung, als er die Wissenschaft vom Gleichschritt schon beinahe zur Vollkommenheit gebracht hatte, verstarb er eines frühen Morgens in der Kaserne.

Nun hatte der Fürst das Nachsehen, wie er seinen erprobten Höfling ersetzen könnte.

Da ihn immer nur das Ergebnis interessierte, wollte er nie wissen, mit welchen Mitteln seine Untergebenen, Offiziere und Unteroffiziere seine Anweisungen umsetzten.

Er hatte wohl keine Ahnung, weil es einfach nicht zu seiner Welt gehörte, dass seine Fantasiegebilde nur mit unmenschlicher Grausamkeit und der Ausschaltung alles Humanen verwirklicht werden konnten. Er unterzeichnete monatlich unberührt die Verlustlisten und schickte sie nach Wien, es interessierte ihn nicht im Geringsten, ob seine Rekruten in Friedenszeiten durch Krankheit, Unfälle, Selbstmord oder durch grausame Behandlungsweise umgekommen waren.

Jetzt aber machte ihn der Fall Angelos nachdenklich.

Er betrachtete alles vom Praktischen her und konnte es sich selbst nicht eingestehen, dass der schwarze Knabe in ihm ein bislang unbekanntes Zartgefühl erweckt hatte. Doch festigte sich die evidente Gewissheit, die ihn beim ersten Treffen angesichts des Wutanfalls des Kindes angewandelt hatte, zur vollkommenen Überzeugung, als er erkannte, dass die wiederkehrenden Bewusstlosigkeitsanfälle nicht von einer seltenen Krankheit, sondern von der Anwesenheit des Abbés herrührten.

Er konnte es sich nicht genau erklären, woher die Gewissheit über die vollkommene Eignung Angelos als Versuchsobjekt kam, und vielleicht ergänzten die zärtlichen Gefühle, die ihn immer mehr in die Nähe des Jungen zogen, diese Dissonanz. Er ließ Musiker kommen, damit er die in der Miene des Kindes sich widerspiegelnden Gefühle während der Darbietung beobachten konnte. Er las ihm zu Tränen rührende Teile aus der Ilias vor, den Abschied Hektors von Andromache, das Flehen des Priamos um den Leichnam seines Sohnes, um an der Reaktion des Kleinen zu erkennen, welche Wirkung in ihm das dämonische Pulsieren der Ursprache erweckte. Und als endlich der Musiklehrer, ein Organist aus Neapel, eintraf, beobachtete der Fürst Tag für Tag fasziniert, wie sich Angelo immer selbstsicherer im Reich der Tasten, Pedale und Töne zurechtfand.

Dem Musiklehrer folgte bald ein Philosophiestudent aus Florenz, der trotz seiner Jugend in allen bedeutenden lebenden und toten Sprachen erfahren war und auf virtuose Art aus dem Stegreif Gedichte nach vorgegebenen Themen in allen Versmaßen schrieb und eine komisch fiepende Stimme hatte. Die mathematischen Studien aber, bei denen Fürst Lobkowitz die strengste Auffassung vertrat, stand doch diese Wissenschaft seinem Herzen und seiner Überzeugung am nächsten, übernahm er schließlich selbst. Er schrieb täglich vier Stunden dieser drakonischen Disziplin vor und war selbst überrascht, wie flüchtig und unsicher die Grundlagen seiner Lieblingswissenschaft waren, als er die Vergeblichkeit dessen einsehen musste, sich dem Gegenstand von den höheren geometrischen Aufgaben her zu nähern, wenn doch der kleine Schwarze selbst die Begriffe eins und zwei nur schwer verstand. Der Fürst gewahrte mit Verwunderung, dass er, sobald er zu den grundlegenden Elementen seiner Wissenschaft vorgedrungen war, zu den Zahlen, dort keinerlei selbstverständliche und natürliche Evidenz vorfand, nur sekundäre Fiktionen, künstliche Konstrukte und etwaige Zeichen, die sehr schwer mit den Begriffen in eine logische Verbindung zu bringen waren.

Von da an richtete er all sein Streben darauf, festzustellen, ob sein Schüler nicht nur das Gehörte wiederholte wie die Buben aus Messina das Hebräische, von dem sie keinen Deut verstanden. Und indem er immer tiefer in den Verstand des Jungen vordrang, in den gleichzeitig mit den gelernten Wörtern das Wissen und die Kenntnis der ihn umgebenden Welt einsickerten, gewahrte er mit Verwunderung, wie verbraucht, wie sekundär und spröde alle Zeichen und Bilder waren, die er der Seele und dem Verstand des Kindes vorsetzte. Dieses Ungemach, verbunden mit der Schande seiner Ehe und den ständigen Revolten der Sizilianer überschatteten das Gemüt des Fürsten.

Angelo war damals acht Jahre alt, zumindest glaubte man das im Palast des Statthalters, und seine Größe entsprach auch der der achtjährigen Bauernkinder aus Messina. Da die Portugiesen keinerlei Informationen über Namen und Alter des Kindes lieferten, gab sich jeder damit zufrieden. Und als wirkte sich diese ihn umgebende Leere auch auf Angelo verbindlich aus, versanken die Erinnerungen an sein Leben als Kleinkind von Tag zu Tag tiefer in der Vergangenheit.

Später musste Angelo, den seine Tochter immer wieder zum Zurückblicken anhielt, nach vielen Versuchen einsehen, dass der fernste Punkt, den er in der Vergangenheit noch erblicken konnte, das nach Exkrementen und Fischgedärm stinkende Zwischendeck war, wo auf den dreckstarrenden Bohlen ihm unbekannte handtellergroße Käfer herumliefen und den Eiter aus seinen Wunden unter den Fußfesseln saugten.

Doch auch dieser Erinnerung musste er misstrauisch begegnen, denn wen auch immer er später befragte, selbst die gelehrtesten Entomologen konnten ihm nicht sagen, welche Käfer das auf dem Sklavenschiff gewesen sein konnten, und auf seine Frage wussten selbst die Insektenkundliche Sammlung des Cabinets und seine viele Tausend Bände umfassende naturgeschichtliche Bibliothek keine Antwort. Als hätten diese Käfer nur ein einziges Mal und nur an einem einzigen Ort existiert. Dabei erinnerte er sich an ihre Form, an ihre sonderbaren smaragdgrünen Fühler, an die metallisch-grün glänzenden Füße und an die zweifache gelbe Punktreihe, die an den inneren Flügelkanten entlanglief.

Lobkowitz musste beim Erzbischof von Messina lange hofieren, bis dieser sich bereit erklärte, Angelo zu taufen. Ohne Schläge aber wollte auch der das Sakrament nicht spenden. Er hatte jahrzehntelang die Schwarzen am Kongo bekehrt und meinte sehr wohl zu wissen, was mit den Individuen dieser Satansrasse zu tun war, um sie in das Joch Gottes zu spannen, doch der Fürst nahm ihm die Peitsche aus der Hand, noch bevor er zuschlagen konnte.

Solcherart wurden dem Kind nur die Hände und Füße zusammengebunden und der Mund aufgespreizt, während ihm Weihwasser über den Kopf gegossen wurde. Den Vornamen Angelo verlieh ihm Jirina, die füllige Köchin aus Prag, die der Fürst mitgebracht hatte, um auch im fernen Süden nicht auf den heimischen Geschmack verzichten zu müssen – sie hatte den kleinen schwarzen Buben oft zwischen ihre mächtigen, brotlaibgroßen Brüste gezogen und ihn unter vielen Küssen gekitzelt und „Mein Engelchen" genannt –, und den Nachnamen improvisierte Fürst Lobkowitz, als sich herausstellte, dass das Kind keinen richtigen Familiennamen hatte, und Lobkowitz konnte er ja nun wirklich nicht genannt werden.

Viel nachdenken musste er nicht, er sprach das erste Wort aus, das ihm auf die Zunge kam, den Namen des Sultans Soliman, gegen den sein Reich so viele Jahre lang Krieg geführt hatte. Niemand hatte es je in Worte gefasst, doch geisterte der Gedanke bei jedem herum, welch mehrfaches Rätsel in diesem Namen steckte. So zum Beispiel gleich die darin vereinten Gegensätze, die auch geografischen Koordinaten entsprechen könnten: Dieser Punkt befand sich auf der Landkarte gerade im barocken Wien, das gegen den osmanischen Halbmond kämpfte.

Angelo erlebte die Taufe als neuerliche Erniedrigung und eine Zeit lang tröstete ihn auch der große Teller voller Leckereien nicht, den er am Nachmittag des großen Tages samt einer Garnitur blau- und rosafarbenen Festgewandes bekommen hatte, das er ausnahmsweise den ganzen Tag über tragen durfte. Am Abend aber hatte er mit der neuen Garnitur schon so enge Freundschaft geschlossen, dass er sie ganz vergessen hatte und auf die alten Platanen im Park geklettert war und dabei den Stoff zerriss. Die Bauernbuben aus Messina, die ihn ohnehin wegen seiner bevorzugten Behandlung hassten, ergriffen gleich die Gelegenheit und proklamierten ein improvisiertes Standgericht, fällten das Urteil, packten ihn an Händen und Füßen und warfen ihn so in das Becken der Seehunde.

Alkibiades und Nikias bissen ihn dann auch gehörig, doch verursachten sie ihm keine ernsten Schäden, vielleicht hatte sie der dem Schicksalsgenossen zustehende Respekt zurückgehalten.

Was den schulischen Fortschritt betraf, konnte sich der Fürst bald beruhigen. Angelos Geist nahm alle neuen Kenntnisse gern an, und nachdem er das einzige Hindernis, den Begriff der Zahlen, überwunden hatte, bezwang er alle weiteren Abstraktionen immer leichter, die Sprossen der Tonleiter, die historische Zeit, die Perspektiven der Planeten und des Sonnensystems, während er in den Sprachen ebenfalls schnell weiterkam. Im Frühjahr trug er mit dem Philosophen aus Florenz am Becken von Nikias und Alkibiades die selbst gedichteten lateinischen Distichen vor, honoriert vom Bellen der gut gelaunten Seehunde, wobei dieser neue Tagesordnungspunkt nicht das Geringste am Takt ihrer Sprünge änderte. Mit dem Organisten spielte er lustige Partien zu vier Händen, die der kleine Glatzenträger mit besonderen Improvisationen versah, in denen die Vorliebe des ehemaligen Berliner Militärmusikers für Märsche immer wieder durchschimmerte; das gleichzeitige Erreichen der oberen Register mit den Fingern und der Pedale mit den Zehen bereitete ihm mächtig Mühe, er hing vor der Klaviatur des riesigen Instruments wie eine auf ein Brett aufgespannte Fledermaus.

Mit wachsendem Können und wachsender technischer Sicherheit bereitete das Spielen dem Jungen immer mehr Genuss, er wurde der Orgel genauso wenig überdrüssig wie des Ballspiels oder der Dutzenden von Kartenspiele.

Und während er spielte, wurde auch mit ihm gespielt.

Sein Körper diente zu dieser Zeit als Spielzeug, jeder erachtete es gleichsam als Pflicht, so oft er nur konnte, mit ihm zu spielen. Im ganzen Palast gab es keinen Menschen, der ihn nicht im Vorbeigehen an den Ohren gezogen oder an der Nase gestupst, ihn nicht gekitzelt oder gezwickt hätte. Numa Pompilius, die Köchin, lauerte ihm gern auf. Die korpulente Frau warf sich im Gras auf den Rücken, hob Angelo hoch, packte ihn mit ihren weichen rosafarbenen Sohlen und wirbelte ihn herum, bis es ihm schwindelte. Septimus Severus, die junge Gärtnerin, biss ihm gern in den Bauch, sie kümmerte sich überhaupt nicht um die Drohungen Abbé Herberts, sie riss Angelo das Hemd vom Leib und zwickte mit den Zähnen seinen schwarzen Bauch, dann trompetete sie laut in seinen Nabel. Andere wiederum kitzelten seine Sohlen, zwickten ihm in den Hintern und bohrten die Finger in die Grübchen seiner Wangen. Alle seine Körperteile waren immer dem Angefasstwerden ausgesetzt, manchmal wollte er nichts anderes, als den Rücken an die lauwarme steinerne Mauer zu lehnen und benommen, mit geschlossen Augen dazusitzen.

Während ihn jeder anfassen wollte, begriff Angelo bald, dass er das nicht erwidern durfte, dass er nicht auch jeden berühren durfte. Einmal klatschte er Numa Pompilius in der Küche auf den wackelnden Po, der schwer unter der schmutzigen Schürze schwabbelte, wie ein voller Schlauch, als die Frau das köchelnde Essen auf dem Herd umrührte. Er hatte das den Knechten abgeschaut und dachte nicht, dass es etwas Böses sein könnte. Die Köchin wirbelte herum, ihre Pupillen weiteten sich, ihr Gesicht spiegelte Abscheu wider und sie drosch dem Jungen den Holzlöffel mit Fleischsaft so hart ins Gesicht, dass sie ihm um ein Haar ein Auge ausschlug. Angelo flüchtete verzweifelt und von Erniedrigung gewürgt zwischen die Zweige der alten Platane und einen ganzen Tag lang konnte ihn niemand von dort herunterbeten, nicht einmal Abbé Herbert. Das Kind eines der Diener, das er beim Fangenspiel berührt hatte, wischte sein Gewand mit ekelverzerrtem Gesicht und unter Ausspucken ab. Wen seine Hand nur versehentlich berührte, der stieß ihn mit dem Fuß weg. Er setzte sich nach einem ermüdenden Tag, nachdem er die ganze Zeit mit einem Tablett voller Süßwaren in der Hand hatte stehen müssen, auf der Suche nach etwas Wärme einer der Hofdamen auf den Schoß, diese sprang laut quietschend auf und nannte ihn eine abscheuliche Kröte und einen schwarzen Teufel. Angelo aber war nicht gewillt, so einfach zu akzeptieren, dass man ihn abwies und wegstieß.

Da begriff er, dass ihn andere für hässlich hielten. Wann immer er konnte, schlich er in einen der leeren Säle und betrachtete sich in den Spiegeln. Er versuchte zu entdecken, wo in ihm die Hässlichkeit hauste. Er hegte Verdacht seinem Körper gegenüber, zuweilen war ihm, als seien ihm die Hände und Füße, auch das Gesicht, irgendwie fremd, als wäre ein Tier in ihn eingezogen, hätte sich ihm angeheftet wie eine Zecke und wollte nun eins mit ihm werden. Als er wieder einmal aus einem der Säle kam, lauerten ihm die beiden gelockten Hofdämchen Ili und Pili, die nur Achill und Patroklos genannt werden durften, in einer Kehre des Korridors hinterhältig auf. Sie zerrten ihn in eines der leer stehenden Zimmer, rissen ihm die Kleidung unter Kreischen und Feixen vom Körper und Achill, die Dümmere der beiden, kratzte seine Haut mit allen zehn Fingernägeln, um irgendwie die Farbe abzubekommen. Erst als er blutete, begriff sie, dass es sich tatsächlich um seine Haut handelte. Die dicke Patroklos setzte sich auf seinen Bauch und drehte und wendete den Hintern hin und her, wie sie es bei den älteren Hofdamen gesehen hatte, währenddessen zog Achill ihren Rock hoch, drückte ihm ihre Feige aufs Gesicht und fuhr ihm damit über Nase, Mund und Augen hin und her, auf und ab.

Da überkam Angelo eine tiefe Ruhe.

5. Kapitel

Der Morgen graute.

Erzsó wachte auf, sie murmelte ihr Morgengebet und begann mit dem Geschirr zu klappern. Ferenc stand erschöpft und bleich vor dem Fenster. Jetzt, wo er alt wurde, hatte sich seine Nase irgendwie verdickt, sein Rücken war krumm geworden und er hatte sich einen kleinen Bauch wachsen lassen, der sich, indem er erschlafft dastand, ziemlich vorwölbte. Die grauen Haare standen ihm zu Berge, als trüge er eine sonderbare Pflanze auf dem Kopf. Er sah aus, sagte ich ihm, wie ein afrikanischer Götze, dem man Haare aus Rhinozerosborsten eingesetzt hatte. Ich gab ihm einen Schubs, damit er zu sich käme, doch er trat nur unlustig zur Seite.

Sobald ich mich zum Fenster stellte, erstarrte auch ich.

Unten, auf der Wiese, erschien im Morgennebel wieder der ruckelnde Totenkarren.

Jetzt brachte er drei Leichen, zwei kleinere und eine größere. Vielleicht zwei Kinder und ihren Vater oder ihre Mutter. Oder zwei Frauen von kleiner Gestalt und einen alten Mann, das war nicht genau auszumachen.

Die blaue Farbe der Toten machte sie fremdartig, nicht menschlich und so hatten wir alle gewohnten Möglichkeiten einer Identifikation verloren. Als wären sie blaue Puppen und würden lediglich zum Spaß in die Grube geworfen; dass dieses hier echten und richtigen Menschen zugestoßen war, die auch wir hätten sein können, schien uns unannehmbar.

Die Angehörigen stolperten dem Karren gut hundert Meter entfernt hinterher. In den vergangenen Jahren hatten wir uns daran gewöhnt, dass die Bauern immer magerer wurden, doch dieser Totentanz, der dem Karren folgte, war selbst für unsere erfahrenen Augen etwas Unglaubliches. Es war offensichtlich, dass sie kaum mehr Kraft zum Gehen hatten. Sie torkelten aneinandergeklammert dahin, damit sie nicht stürzten. Die langsam, mit marionettenhafter Ungelenkigkeit voranstolpernde Gruppe wurde von einer Frau angeführt. Als Frau erkannte man sie nur an dem zerfetzten Rock. Sie stakste mit gerade gehaltenen Beinen voran, schien die Knie nicht abbiegen zu können, vielleicht aber fürchtete sie nur, zusammenzuklappen. Zwei größere Jungen mühten sich ab, ihr nachzukommen, sie trugen sonderbare Kappen, als hätte man ihnen Säcke über den Kopf gezogen. Als bangten die Eltern auch jetzt im August, sie könnten sich erkälten. Als größte Gefahr galt immer noch der uralte Feind, die Kälte, und dieser unverständliche Eindringling, die Cholera, stellte für sie nur eine zufällige Plage dar, die die gewohnten Verteidigungsmechanismen nicht außer Kraft setzte. Die Cholera, die war da oder nicht da, die Gefahr aber, sich zu verkühlen, bestand immer.

Ein Mann, offenbar der Vater, stützte sie von hinten. Dicke, knotige Knie standen aus den spindeldürren Beinen hervor, der knochige Kopf schwankte auf dem dünnen Hals, umweht vom langen grauen Schnurrbart. Bauch und Hintern schienen zu fehlen, die Kleidung schlenkerte über dem Nichts, das sich zwischen dem großen Kopf und den großen Knien auftat. Wie die Toten durch die blaue

Farbe, wurden die Lebenden durch ihren knochendürren Körper unbegreiflich.

Als sie mit dem Karren bei der Grube ankamen, versperrten ihnen die beiden Soldaten, die bisher neben ihnen her geritten waren, den weiteren Weg. Sie saßen ab und brachten die Gewehre auf sie in Anschlag.

Die Zigeunerjungen sprangen flink vom Karren ab.

Sie warteten, bis dieser bis zum Rand der Grube zurückstieß, dann zerrten sie die Leichen mit langen Haken herunter und stießen sie ins Loch, während der alte Gauner vom Bock stieg und aus einem Sack Kalkstaub in die Grube schaufelte. Als er damit fertig war, schloss ich aus der Bewegung seines Kopfes, dass er ihnen nachspuckte, sie waren die Verlierer, gewonnen hatte, wer am Leben geblieben war.

Die Reiter stiegen wieder auf und sprengten auf die Bauern zu, so trieben sie sie zur Eile an. Diese rissen sich qualvoll vom Anblick ihrer Lieben los, den Vater mussten die Reiter mit dem stumpfen Ende der Lanze auf den Rücken schlagen, um ihn zur Einsicht zu bringen. Die ganze Prozedur schien keinen Sinn zu haben, es war schwer, sich eine Theorie vorzustellen, der zufolge auch nur einer dieser Vorgänge verhinderte, dass die Seuche von Toten auf Lebende, von einem Lebenden auf den anderen übersprang.

Die schwankende Gruppe bewegte sich nun, von den Soldaten angetrieben, schneller vorwärts. Eines der Kinder stürzte und ganz offensichtlich war es zum Aufstehen zu schwach. Die beiden Erwachsenen versuchten, angstvoll bemüht, es wieder auf die Beine zu bringen. Sie schienen sich davor zu fürchten, von den Soldaten bemerkt und dann mit dem Kind gar nicht mehr nach Hause gelassen zu werden. Dass es stracks in die Grube müsste.

Sie schielten nach dem Karren, doch der entfernte sich zu ihrem Glück in die Gegenrichtung und vom Kutschbock blickte niemand zurück.

Der Junge fiel auch nach dem dritten Versuch um. Die Mutter hob die heruntergefallene Mütze auf, stülpte sie ihm über den Kopf, dann packten sie das Kind an Händen und Füßen und trugen es so weiter. Beim Kreuzweg angekommen trabten die Reiter davon und die Bauern verschwanden, verdeckt von Baumgruppen, aus unserem Blickfeld.

Die Gegend hatte sich geleert.

Die Cholerakommissäre hatten alle Arbeiten verboten, die Tiere durften nicht hinausgetrieben, die Ernte nicht eingebracht werden und Waren durften auch nur dann verkauft und gekauft werden, wenn die am Handel beteiligten Parteien zur festgelegten Zeit von einem Kordon aus Soldaten getrennt waren. Der Verkäufer legte die Ware auf den Boden, diese wurde im Chlorkalkrauch gebadet, dann kam der Käufer, legte das Geld oder die zum Tauschen gedachte Ware nieder, diese wurde ebenfalls mit Chlorkalk behandelt, erst danach durfte er sie mitnehmen. Auch ich tauschte auf diese Art drei Hühner gegen ein Ferkel, nachdem wir uns ausgerechnet hatten, dass wir bald keinen Schinken und keine Wurst mehr haben würden. Die Hühner taumelten, halb tot vom Chlorkalk auf dem Hof herum. Mehl konnte ich nicht mehr besorgen, weil es keinen Verkäufer gab, vergeblich trieb ich mich bei der Brücke vor dem Kordon herum. Als dann die Zahl der Todesfälle anstieg, wurde schließlich auch dieses Recht gestrichen und mit der Verlagerung der Quarantäne zu uns wurde jede Ortsveränderung verboten. Das hinderte freilich die Bauern nicht daran, im Schutze der Nacht bei Mondschein auf ihre Äcker zu gehen, um insgeheim doch ein bisschen Ernte einzubringen. Sie sahen in dem Verbot lediglich einen weiteren Schritt zu ihrer Vernichtung. Immer öfter waren des Nachts Schüsse zu hören, die Soldaten jagten die Gesetzesübertreter zu ihrem eigenen Vergnügen. Untertags aber waren die Bauern von den Äckern verschwunden und keiner pflückte die Früchte von den Bäumen, auf den Wiesen grasten keine Tiere mehr. Die menschenleere Gegend war furchtbar und majestätisch, allein die Formationen des Militärs, die Totenkarren und die schwarzen Wagen der Ärzte zogen durchs Land.

Aus der Ferne waren Hörner zu vernehmen.

Ich ging hinaus um Kaffee zu kochen und musste verzweifelt feststellen, dass kaum noch Kaffee für eine Woche in der Dose verblieben war. Auch diesen hatte Ferenc aus einem Darlehen in Pest gekauft, er nannte die Almosen schon seit Jahren Darlehen, und er hielt am Theater fest, sich täglich darüber zu ereifern, dass wir noch immer nicht in der Lage seien, das Darlehen zurückzahlen. So erhielten die Wörter langsam eine neue Bedeutung oder die Dinge bekamen neue Namen, während unser Elend immer offensichtlicher und unerträglicher wurde.

Denn es stand schlimm um Széphalom, sehr schlimm.

Das Haus und das Anwesen, um die Ferenc so lang gekämpft hatte, die Grundlage seiner geistigen Selbstachtung, die er nach den Kerkerjahren mit seinem egoistischen und rachsüchtigen Bruder kämpfend von meiner Schwiegermutter erbetteln musste, waren jetzt an die Gläubiger gegangen. Wir lebten mehr schlecht als recht als Pächter auf unserem eigenen Grund. Auch der zwanzig Jahre andauernde Prozess gegen meinen Bruder József Török, den ich als Kind bis zur Anbetung geliebt hatte und der als Pepi jetzt zum Feind geworden war, dieser Prozess, der anfangs so eindeutig Erfolg versprechend schien, hatte zum Schluss unser ganzes Vermögen verschlungen und drohte zum völligen Fiasko zu werden. Die Entscheidung der königlichen Tafel, anberaumt für den Mai 1831, war zu unseren Gunsten ausgegangen, doch waren unsere Forderungen nicht mehr einbringbar, Pepi hütete den Besitz und unsere Schulden waren höher als beide Vermögensanteile. Die Träume von einem respektablen Vermögen waren schon lange zerflossen, allmählich wurde selbst unser Überleben fraglich.

Im vergangenen Jahrhundert, noch bevor Ferenc eingekerkert worden war, waren er und Pepi gute Freunde gewesen. Sie waren wie Brüder und am meisten glichen sie später Brüdern, indem sie sich unversöhnlich und bis aufs Blut zerstritten. Ich war noch ein kleines Mädchen, als Ferenc manchmal ganze Wochen bei uns verbrachte, die beiden machten nach besten Kräften tagelang Kaschau und Miskolc unsicher. Sie hofierten die Mädchen und waren zu Gast, zuweilen auch auf der Jagd, wobei Ferenc schon damals nichts von Blutvergießen und Waffen gehalten hatte. Doch als er aus dem Kerker gekommen war und um meine Hand angehalten hatte – mein Vater war damals schon verstorben –, da änderte sich alles. Pepi verweigerte mir einfach die Herausgabe meines väterlichen Erbes, ein Drittel des Grundbesitzes, der Weingärten, der Weiden, der Mühle und der Wirtshauspacht, was uns mit der Liegenschaft in Széphalom zusammen ein passables jährliches Einkommen gesichert hätte. Er sagte rundheraus Nein und schlug uns die Tür vor der Nase zu. Die Situation war freilich eindeutig und klar, mein Erbe musste herausgegeben werden. Das sagten nicht nur das gängige Rechtsempfinden und der gesunde Menschenverstand, dem pflichteten auch alle Rechtskundigen bei. Es gab keinen Grund, mir das väterliche Erbe zu verwehren, das Erbe stand mir also zu. Und mir standen der entgangene Gewinn und dessen Zinsen zu, und das wuchs mit all den Jahren an, in denen Pepi das Unvermeidliche hinauszögerte. Ich tobte, bettelte, drohte, fluchte – alles vergeblich. Etwas in Pepi hatte sich endgültig verändert. Etwas, das von den Anfängen an in ihm gewesen war, aber nur dann sichtbar wurde, wenn er eine Attacke ritt.

Ferenc hatte sich selbstsicher und arglos in den Prozess begeben, das Gesetz stand eindeutig an unserer Seite, und jeder dachte, Pepi würde, wenn er einen entschlossenen Widerstand verspürte, selbst einen Vergleich anbieten und den sinnlosen Kampf aufgeben. Ein Querulant, ein Heißsporn, der denkt, ihm stünde alles zu, nichts könne seinem Willen widerstehen, kein König, kein Gesetz, kein Recht und auch keine Blutsverwandtschaft. Gnadenlos, brutal und grausam, zudem nachtragend, mit unbändigem Hass gegen alles, was unser Vater jemals getan, geschaffen, geliebt oder geschätzt hatte – und am meisten hatte mein Vater eben seinen Schützling, Schüler und Freund aus jungen Jahren, Ferenc Kazinczy, geschätzt. Viel mehr als seinen leiblichen Sohn, dem er von Anfang an, unerklärlich und schmerzhaft augenscheinlich, abgeneigt gewesen war. Hass und Wut meines Bruders entsprangen der Enttäuschung und Verbitterung des eifersüchtigen Sohnes, sie verzweigten sich weitläufig und zerstörten schließlich miteinander verflochten seinen Charakter und seine Menschlichkeit wie ein unbezwinglicher Parasit seinen gutgläubigen Wirt. Er hasste unseren Vater, weil dieser seine väterliche Liebe nicht ihm hatte zukommen lassen, dem hünenhaften berühmten Säbelfechter mit der voll tönenden Stimme, dem unermüdlichen Jäger und Mehrer des Besitzes, sondern meinem schmächtigen Ehemann, dem Habenichts, dem Windbeutel von einem protestantischen Kleinadeligen, als den Pepi ihn sah, dem hergelaufenen Schreiberling.

Pepi hasste im Gegenzug dafür – was unseren Vater zu einem angewiderten Gesichtsausdruck veranlasste, sobald er ihn erblickte – alles, was Vater mit seiner Liebe und Achtung auszeichnete. Er hasste seine Experimente, durch die er in die Geheimnisse der Materie und der Schöpfung einzudringen suchte, seine kindliche Neugier, mit der er den Flug der Schmetterlinge, das Öffnen der Knospen, den Gang der Bauernmädchen beobachtete, er hasste die alchemistischen Handschriften, das Laboratorium, die weit in die Nacht reichenden Versuche, die einen guten Teil des überkommenen Vermögens verschlangen, er hasste die Rosenkreuzer, die aus deutschen und polnischen Landen in unser Schloss pilgerten und sich monatelang über dampfende und rauchende Töpfe beugten, wobei sie sich nächtelang schreiend über Mercurius, Sulphur, Nigredo und ähnliche Albernheiten stritten. Die Freimaurerloge zu Miskolc war ihm verhasst, wo Bürger, Händler, Herzöge und Juden sich trafen, verarmte polnische Adelige und Angehörige des österreichischen Hochadels, abgesprungene Priester und muselmanische Reisende. Er hasste die Geschichte des Christian Rosenkreutz und ihm lief es kalt über den Rücken, erinnerte er sich daran, wie oft er in seiner Kindheit das albtraumhafte Abenteuer mit der Einladung zur obskuren Hochzeit des unbekannten Königs hatte anhören müssen, das ich meinem Vater allabendlich in der wohlklingenden alten deutschen Sprache vorlas, die seitdem so lieblich in meinen Ohren tönt.

Pepi fand es unerträglich, wenn nicht zusammenpassende Dinge miteinander vermengt wurden. Alles hat seinen Platz, so ist das Vermögen beim Manne, der Schlüssel zur Speisekammer bei der Frau, die Wahrheit bei Gott, die Macht beim König. Und in der Ehe zwischen Ferenc und mir mischte sich wahrlich recht Verschiedenes durcheinander, hier, in dieser ärgerlich ungleichartigen Coniunctio, vereinigte sich der protestantische Kleinadelige mit der katholischen Grafentochter, der Hungerleider mit der Reichen, der Alte mit der Jungen, der seinerzeitige Todeskandidat, der verfemte politische Gefangene mit der reinen Unschuld. Wenn er uns schon nicht zu entzweien vermochte, wenn er seine bibbernde Seele schon nicht rückwirkend in der väterlichen Liebe wärmen konnte, zerstörte er wenigstens das, was zu zerstören ihm noch möglich war. Der arme, schlimme Junge.

Für uns lag es auf der Hand, dass alles das nur Rache war und sonst nichts: Pepi fand seine Freude darin, dass wir litten, darbten, verzweifelten; dass er sah, dass wir unsere Ruhe und unseren Seelenfrieden, unseren guten Schlaf und unser Lächeln verloren. Das war die schiere Bosheit, was sonst, Niedertracht und Bosheit, doch hält sich das alles nur so lange, bis es sich entlarvt sieht. Eine Zeit lang mochte ihm der Versuch gelingen, seine Schritte unter so manchen Deckmäntelchen als rechtmäßig hinzustellen, doch würde die Zeit kommen, da er nackt vor uns stünde – so dachten wir. Und dass er diese Schande nicht würde ertragen können: Aus der Unmenge von Masken, hinter denen er sein wahres Ich verbarg, war ihm das Aussehen des gerechten, überlegten und weisen Patriarchen am liebsten. Der Diebstahl des schwesterlichen Erbes aber gehört nicht gerade zu den Tugenden eines Patriarchen. Allein die Vorankündigung eines Prozesses würde schon ausreichen, dass er freiwillig zurückwiche, es könne doch nicht sein Ernst sein, nicht einmal in seinen wildesten Träumen, dass er mit der geringsten Chance auf Obsiegen in dieses Verfahren einstieg. Bald würde er aufgeben und selbst nach einem Einvernehmen streben, dessen waren wir sicher. Und doch kam es nicht so. Auch das kam nicht so, wie erwartet.

Es war offensichtlich, worauf es mein Bruder – darüber hinaus, was ihm Hass und Angst eingaben – abgestellt hatte: Er war überzeugt davon, dass Ferenc und ich ärgerliche Fantasten waren, die in einem Wolkenkuckucksheim lebten. Ich selbst parliere Französisch und Deutsch, lese Italienisch und Englisch, doch verstehe ich nichts von Kochlöffeln, von einer Speisekammer, vom Feilschen mit Schweinehändlern und der Bestrafung diebischer Bediensteter. Ich bin durchaus fähig, lateinische Hexameter zu fabrizieren, doch wäre ich nie imstande, den jährlichen Ertrag eines Wirtshauses abzüglich Steuern, inklusive Geldentwertung und Zinsen zu berechnen. Ich male die Landschaft von Zemplén in der Abenddämmerung mit den Tagelöhnern, die den Heuschober aufgebaut haben, und dabei merke ich nicht, dass sie die Hälfte des Heus stehlen. Ich tue so groß mit meinen hehren Prinzipien über Kindererziehung, die menschliche Freiheit, die Beendigung der Leibeigenschaft, die Rechte der Frauen, die Sklaverei, die Ordnung der Natur und mit all dem Blödsinn, den das vergangene Jahrhundert zusammengetragen hat, doch schaffe ich es nicht, mir einen geeigneten Ehemann einzufangen. Oh, wie oft habe ich mir von ihm diese wütenden, verbitterten Anschuldigungen anhören müssen, in denen, ich kann es nicht leugnen, so viel schmerzvolle Wahrheit steckte.

Ruhm? Literatur? Unsinn. Ferenc ist ein Zuchthäusler, für den sich sogar die eigene Familie schämt. Vergeblich schreibt er Briefe über Briefe an die kaiserliche Post, dass er fast allein alle Postpferde im Lande in Bewegung hält, das ändert gar nichts an der Wirklichkeit. Die Wirklichkeit, das war das Lieblingswort unseres Pepi. Sprach er es aus, verspürte er den Duft des frisch gepflügten Ackers, des Räucheraals und einen Hauch von Schießpulver. Er sprach es aus, als purzelte es ihm aus dem Mund. Das Wort stellte für ihn ein makellos sauber geputztes Fenster dar, durch das er auf die frischen Ackerfurchen hinausblickte. Dabei fasste er gern einen schweren, handfesten Gegenstand an. Er packte die Tischplatte und hob sie an. Die Wirklichkeit. Er betastete die steinerne Mauer. Die Wirklichkeit. Den Kolben seines Jagdgewehres. Die Wirklichkeit. Er schlug mit der Rechten auf seine linke Schulter. Griff in seine Hosentasche und packte sein Gemächt. Die Wirklichkeit. Die Wirklichkeit. Die Wirklichkeit. Grob, stark, handfest. Das ist es, was ihr, Ferenc und du, niemals verstehen werdet. Das, was ihr mögt, kann nicht angefasst werden, es ist geruchlos, unverständlich und leer, das Wort. Das französische, das deutsche, das lateinische, das griechische Wort, aber hauptsächlich und am meisten das am Schreibtisch zusammengestoppelte neuartige ungarische Wort, das unsinnige, überflüssige, das widerliche und lächerliche Wort!

Für Pepi stellte nur das Wort einen Wert dar, mit dem man unmittelbar auf etwas zeigen konnte. *Schwein* zum Beispiel, oder *Gold.* Den sonstigen Gebrauch von Wörtern hielt er für überflüssig, am meisten die erfundenen Geschichten und die Gedichte. Ja, was ist denn das für ein Wort, hinter dem gar keine *Wirklichkeit* steckt? Es kann dieses und jenes bedeuten, ganz wie ich will. Ich kann es so oder so sagen. Hin und her, wie ein Furz im Wind. Die Unmengen von Wörtern, die der närrische Ferenc tagtäglich zu Papier bringt, als änderte er damit auch nur ein Jota am Lauf der Welt. Der Lauf der Welt aber, das ist die

Wirklichkeit. Er klatschte seinem Pferd auf die muskulöse Kruppe. Der Lauf der Welt, das ist etwas. Das Wort ist nur ein Wort. Eines ist wie das andere, sie können ausgetauscht und ersetzt werden. Die Sonne ist eine Blume. Die Blume ist eine Sonne. Ja, was soll denn dieser Unfug! Wie das Kartenspiel, Pik-Ass auf Karo-Ass. Wobei dies wenigstens so viel mit der Wirklichkeit gemein hat, dass es zu Geld gemacht werden kann. Was Ferenc und ich dahinplapperten, das sei nur leeres Gerede, tote Schrift, es interessiert nur einige andere Mondsüchtige, die genauso elend und lebensuntüchtig sind wie ihre Meister. Wir verstehen uns nicht auf das Recht, aufs Prozessieren, auf Wechsel, Zinsen und Darlehen, auch wenn er mir mein Erbe aushändigte, würden wir, Ferenc und ich, es binnen weniger Jahre durchbringen. Weil wir es nicht vermehren könnten, weil wir immer an etwas anderes dächten als wir sollten, denn wir hätten mit der Wirklichkeit nichts gemein. Das Erbe aber ist kein Spielzeug. Das ist kein Wort, das ist Wirklichkeit. Also gehört es nicht in die Hand eines Kazinczy. Das wäre ja noch schöner, dass das Haus, der Grund, die Dörfer der Ahnen beschmutzt werden von so einem *Memenschen!*

Das Wort *Memensch,* das erheiterte Pepi stundenlang. Kein anderes Wort vermochte für ihn alle Befremdung auszudrücken, die er fühlte, wenn es um unser Entzücken an der Literatur ging. Dieser Ausdruck stellte für ihn das innerste Wesen dessen dar, was hinter der ihm verhassten schädlichen, parasitären, eingebildeten, oberflächlichen und törichten Lebensart steckte, alles das, was der *Wirklichkeit* entgegenstand. Memensch war eine der liebsten Erfindungen Ferenc', wiewohl nicht sie ihn mit dem höchsten Stolz erfüllte. Sie bezeichnete jenen Menschen, der fähig war, mehr aus sich zu machen als die Gesamtheit seiner angeborenen Anlagen und seiner gesellschaftlicher Position. Ein Memensch ist einer, der sich an den eigenen Haaren aus dem Morast zu ziehen vermag, in den wir alle von vornherein hineingeboren wurden. Ein Memensch ist der Kulturmensch, der erudierte Mensch, der westliche Mensch, der Memensch ist Odysseus und Faust und Don Giovanni. Er ist der duplizierte Mensch, der sich selbst verdoppelt hat, der alles getan hat, um mehr und besser zu sein, der Memensch ist der Freimaurer, der Adept, der Künstler, der Philosoph, der Wissenschaftler, der Dichter. Ein Memensch ist ein freier Mensch. Das Wesen des Memenschen ist, dass er nicht von den Vorrechten der Geburt und des Blutes bestimmt ist, im Gegenteil, ihn macht nur das aus, was nicht mit den Geburtsrechten einhergeht. Geboren werden kann man in Reichtum, in Titel, in die Rasse und in das Land, der Memensch jedoch beginnt dort, wo alle diese enden. Nicht die Karriere, nicht der politische Status macht einen zum Memenschen, sein Rang ist nicht um Geld zu erwerben. Memensch wird man ausschließlich in den Augen der anderen. Sie erkennen und benennen einander.

Es ist unerlässlich für den Status des Memenschen, herauszusteigen aus dem, in das einer hineingeboren wurde. Ein Memensch steigt, bevor er selbstidentisch wird, aus allem, was er von Geburt an war, und begibt sich auf eine Wanderung. Er lernt dabei das Fremde kennen. Er nimmt fremde Sitten an, erlernt fremde Sprachen, verzehrt fremde Speisen und bettet den Kopf unter fremdem Himmel zum Schlafen. Er betrachtet sich selbst als einen Fremden, den er neugierig erkunden und kennenlernen möchte. Nur so kann er frei werden, indem er die Fesseln der Geburt und des Blutes ablegt. Wer zu dem wird, als das er geboren wurde, bleibt lediglich ein Mensch. Er kann ein guter, ein rechtschaffener, ein ehrlicher Mensch werden, er kann sogar glücklich sein, doch ist es ausgeschlossen, dass er zu einem Memenschen wird. Wer sich verhält, wie es von ihm in der Familie, der Klasse, der Kaste, in die er hineingeboren wurde, erwartet wird, ist kein Memensch, und auch der ist es nicht, der seine Taten nicht aus der wundersamen Einzigartigkeit seines Charakters ableitet, sondern auf einen göttlichen Befehl, auf Vorherbestimmung, Schicksal, Familie, Nation oder Vaterland verweist. Um zum Memenschen zu werden, bedarf es einer übermenschlichen Anstrengung, daher die Duplizierung.

Und das war der Punkt, an dem Ferenc doch Bedenken gegen seine eigene Schöpfung äußerte: Der Memensch schien mehrfach gegen das Ideal der Gleichheit und Brüderlichkeit zu verstoßen. Wie verlockend es auch schien, sich selbst und die einem Gleichenden von der übrigen Menschheit zu unterscheiden, wie berauschend auch die Möglichkeit erschien, sich selbst und alle einem Nahestehenden in den Glanz eines eigenen Wortes zu stellen, so ging diese Unterscheidung doch damit einher, dass man einige als tiefer, andere als höher stehend bezeichnete. Jene, die nicht von diesem Glanz angestrahlt werden, entwickeln in ihrer Dunkelheit nach und nach missliche Gefühle und behalten letzten Endes recht, wenn sie das Licht selbst auslöschen wollen. Und dann verliert alles seinen Sinn, in dieser letzten Zerstörung. Somit ist das kein gangbarer Weg. Ferenc behielt sich also den Memenschen sozusagen zum Hausgebrauch vor, holte ihn nur in Anwesenheit von Kundigen, unter Laborbedingungen hervor und betrachtete ihn wie eine besonders schöne, aber tödlich giftige Schlange.

Pepi Török freilich sah auch dieses Wort nicht von einer derart erhabenen Warte, ähnlich den anderen Begriffen, die aus Ferenc' Werkstatt stammten. Das Wort kitzelte geradezu seine Lachmuskeln und reizte ihn zum lauten Wiehern. Dabei entstand in seiner Vorstellung das Bild von taumelnden, auf dünnen Beinchen torkelnden, schmächtigen Menschlein, die blind gegeneinander stoßen und fortwährend auf den Bauch fallen. Für ihn bewiesen seine Gefühle, die er den Menschen gegenüber hegte, dass er nur dann richtig, moralisch und der Ahnen würdig wie auch verantwortungsvoll für die von ihm abhängigen Personen, für die zu seinem Grund gehörenden Leibeigenen und Pächter vorgehe, wenn er es nicht zulässt, dass wir das alles verschleudern und vernichten, wofür die Grafen Török von Szendrő, die dem Land Vizegespane und Tafelrichter gegeben haben, jahrhundertelang kämpften. Also versteifte er sich auf seine Ansicht und ließ sich im Bewusstsein seines uralten Rechtes auf den Prozess ein.

Dieser zog sich zwanzig Jahre lang hin und vergeblich bemühte sich Ferenc bei Gerichten und Rechtsanwälten, vergeblich verbohrte er sich tief in die Mysterien der Rechtsauslegung, sein Gegner schaffte es immer wieder, die Causa mit Verschleppung, Bestechung, Verleumdung und Gegenklagen bis ins Unendliche hinauszuzögern. Pepi kannte das Geheimnis, das Ferenc nicht zu glauben wagte, dass immer derjenige recht hat, der mehr zahlt. Ferenc wütete, tobte und war unverständig, er gab dem altertümlichen, feudalen Rechtssystem die Schuld. Den sinnlosen Gesetzen, den verblödeten Tafelrichtern, den ignoranten Rechtsanwälten, die unfähig waren zu denken, die ihren Posten bloß den familiären Verbindungen zu verdanken hatten. Er nahm die Sache selbst in die Hand, verfasste raffinierte Rechtsauslegungen, formulierte mit teuflischer Klugheit umfangreiche Eingaben, alles vergeblich. Pepi stellte sich immer rechtzeitig dort ein, wo er gerade sein musste, und hatte stets genau die Summe parat, die die allerlogischeste rechtliche Beweisführung zum wirren Durcheinander unverständlicher Sätze verkommen ließ. Ferenc traute seinen Augen nicht. Er war nicht imstande zu akzeptieren, dass dies alles geschehen konnte. Er verfasste eine neue Eingabe von noch höherer Logik, er nahm einen neuen Anwalt. Immer wieder rannte er gegen die Wand an, unermüdlich, mit ungebrochener Kampfeslust, im klaren Bewusstsein seiner Wahrheit. Und ich, was hätte ich tun können?, ich ermutigte ihn. Weiß der Teufel, was ich erhofft hatte, vielleicht glaubte ich noch an etwas, das Wahrheit hieß. Vielleicht war ich auch nur noch unendlich müde.

Währenddessen mussten wir ja von irgendetwas leben. Das Gut Széphalom, das Ferenc von seiner Mutter bekommen hatte, brachte wenig ein und dieses Wenige wurde wegen unseres Unvermögens und der unerwarteten Schicksalsschläge immer weniger. Mein Bruder hatte selbstverständlich recht behalten, wir verstanden rein gar nichts vom Wirtschaften und auch die Prozesskosten machten uns zu schaffen. Wir waren gezwungen, Darlehen aufzunehmen. Anfangs gaben die Gläubiger gern, es war ja Deckung zur Genüge vorhanden. Allein schon das Gut Széphalom bot Sicherung genug, und auch als dieses schon voller Hypotheken war, erhielten wir immer noch Kredit, allerdings zu höheren Zinsen, in der Hoffnung auf dereinst zu besitzende Liegenschaften, die vorerst noch Gegenstand unseres Prozesses waren. Man lieh uns auch für diese Geld. Mit den Jahren erhöhten sich die Zinsen. Das Geld wurde immer schlechter, die Kosten stiegen. Wir mussten schon Anleihen tätigen, um die Zinsen zu bezahlen. Unsere Lage begann aussichtslos zu werden.

Uns verblieb eine einzige Chance: die Entscheidung der königlichen Tafel. Entschied diese zu unseren Gunsten, könnten wir aus dem gewonnenen Erbanteil die Gläubiger gerade noch zufriedenstellen, vielleicht könnten wir auch noch das Haus in Széphalom zurückbekommen, wenigstens würden wir unseren Kindern nicht nur Schulden hinterlassen. In Wirklichkeit war auch das schon einerlei. Wir vermochten uns die unglücklichen letzten zwanzig Jahre, verbracht in immer ärgerer Bedrängnis, nicht zurückzugeben; weder wir noch die Kinder würden je glücklich sein. Im Jahr der Ankunft der Cholera wussten wir bereits, auch diese unsere Hoffnung war eitel, zwar hatten wir im Prozess dem Namen nach obsiegt, doch hatte uns das nur noch ärmer gemacht.

Im Dachgeschoß des Hof-Naturalien-Cabinets, im Magazin, gegenüber dem schwarzen Körper, wähnte ich bereits zu wissen, was ich damals noch nicht wusste: Wenn Pepi uns nicht unser Vermögen genommen hätte, hätte das ein anderer getan. Anders gesagt, Pepi hatte nur die Rolle gespielt, die bereits fertig auf ihn gewartet hatte, die Rolle dessen, der es nicht zulassen konnte, dass wir würden, wie wir sein wollten.

In den Wochen der Quarantäne hatten wir Zeit genug, über den Hergang nachzudenken, und langsam verstanden wir aus den durchgesickerten Nachrichten, an welcher Geschichte wir Anteil hatten, welche Geschichte schließlich mit aller Macht niederwalzte, was bis dorthin mit uns geschehen war. Dieses Wissen tröstete uns nicht, es verringerte auch unsere Angst nicht, doch verlieh es uns zumindest eine gewisse Haltung. Indem wir es benennen konnten, machten wir wenigstens die Kräfte sichtbar, die unser Leben lenkten. Vielleicht aber wäre es besser gewesen, von allem Anfang an unwissend geblieben zu sein.

Fortgesetzt trafen Nachrichten ein, deren Wahrheitsgehalt wir unmöglich überprüfen konnten. In Sárospatak gab es schon hundertfünfzig Tote, in Sátoraljaújhely zweihundert. In Terebes wurden die Soldaten umgebracht, die den Getreidespeicher bewachten, man begann, den Weizen zu plündern, aber die herbeigeeilte Kompanie schoss in die Menge, sechs Leute starben, die übrigen ergriffen die Flucht. Dann ließ der Grundherr den Speicher doch öffnen, er ließ einen Großteil des Getreides austeilen, aber man getraute sich nicht mehr, davon zu essen, weil zwei Familien schon vom zuvor gestohlenen Getreide gegessen hatten und alle gestorben waren, daher dachte man, der Herr hätte den Weizen vorsätzlich vergiftet. In mehreren Dörfern wurde in Häuser von Adeligen eingebrochen, man nahm alles mit, was nicht niet- und nagelfest war, zuerst nur Lebensmittel, schließlich aber auch Schmuck und das Geld. Die Lehrer von Sárospatak flohen nach Tokaj hinauf, in die Weingärten der Schule, sie schlossen sich in die Keller ein und die Mönche taten ein Gleiches.

Bei uns war Erzsó der vertrauenswürdigste Zerberus; solange sie bei uns war, konnten wir darauf vertrauen, dass uns keinerlei Gefahr drohte. Gleich nach Beginn der Seuche trug sie jedem mit doppelter Vehemenz vor, wie arm wir seien, wie krank der elende Herr sei, auch die Frau sei nur mehr ein Schatten ihrer selbst und sie hätten nicht einmal so viel an Vorrat, dass eine Maus davon leben könnte, sie kauten am ledernen Einband der Bücher und kochten aus den alten Notenblättern der Gräfin Brei.

Darauf hatte sich Erzsó sehr gut verstanden, freilich brauchte sie ihre Kunst auch dringend. So lebte auch sie viel besser als alle in Dorf und für ihre Familie fiel ebenfalls genug ab. Für sie war es nicht leicht, die Balance so zu halten, dass sie einerseits ihre Ehre behielt, andererseits nicht für einen Feind gehalten wurde, da sie doch in einem solchen Haus diente. In einem Haus, in dem der Hausherr ein wegen Hochverrats verurteilter politischer Gefangener war, ein Feind des Königs und des Volkes, ein Freimaurer, mit dem Teufel im Bunde, der sich mit verdächtigen und unverständlichen, aber hauptsächlich schädlichen und gefährlichen Dingen beschäftigte.

Ich habe wirklich keinen Grund zur Klage, sagte sie immer wieder, wenn mein Dienstherr auch im Gefängnis war, als politischer Gefangener zum Tode und zum Verlust aller Güter verurteilt, der um ein Haar tatsächlich hingerichtet worden wäre … Ein politischer Gefangener. Ein Freimaurer. Hingerichtet. Ein Hochverräter. Sie kostete die sonderbaren Wörter, die sie im Haus aufgeschnappt hatte und die für sie so fern waren und so nach Amt und Behörde schmeckten, so fremd und nach Ledereinbänden rochen, dass es sie vor Wonne schauderte, sie auf der Zunge zergehen lassen zu können wie Speisen, die für das Auge zwar unappetitlich wirkten, doch angeblich unanfechtbar elegant waren wie Schwalbennester oder Austern.

Sie haben ihn fast enthauptet, in Buda, aber ich sage Ihnen, er ist ein genauso anständiger Mensch wie jeder andere!

Dabei straffte sich ihre Haltung auf dem Marktplatz, damit sie größer erscheine als die anderen, deren Dienstherren nie zum Tode verurteilt worden waren, denen nicht einmal die Position eines politischer Gefangener angetragen worden war. Durch ihr Ungestüm hatte sie sich tatsächlich einen gewissen Respekt erworben, doch immer hegte sie den Verdacht, man würde hinter ihrem Rücken die Köpfe zusammenstecken und über sie lachen, weil sie in einem solchen Haus Dienst tat. Und das machte ihre Tage bitter.

Weil wir doch solche sind.

Ferenc ging hinaus die Schweine füttern.

Erzsó lehnte diese Arbeit strikt ab. Eine unserer Säue hatte sie vor drei Jahren gebissen, seitdem beanspruchte sie dieses Vorrecht. In jenen Tagen hatte sie statt des Gesinderaums beim Stall das kleine Zimmer neben dem Esszimmer besetzt, das auch wir schon das kleine Zimmer nannten, wenn es irgendeinmal als Musikzimmer erbaut worden war. Hier warteten die Musikinstrumente auf die Kinder, die dann der Reihe nach auf dem Klavier, der Harfe, der Violine, dem Cello, der Bratsche, dem Horn und der Flöte musizieren lernen würden.

Das war ebenfalls ein Teil des großen Plans, wie auch die Bücher, die Gemälde, Landkarten, Astrolabien, Fossilien, Fernrohre und Statuen, wir wollten gebildete Menschen mit weitem Blickfeld heranziehen, die besser sein würden als ihre Altersgenossen. Ferenc hatte sich bei meiner ersten Schwangerschaft vorgenommen, uns alles zu bieten, was dazu nur erforderlich war, wir würden Genies aufziehen, lauter Dramatiker, Lyriker, Komponisten, Maler, Naturwissenschaftler, Entdecker, Philosophen und Rechtsgelehrte. Damals hatten wir noch das Geld, uns alles Notwendige zu beschaffen, und die Requisiten ihrer Bildung warteten auf die Kinder, die da kommen sollten.

Es war so theatralisch und inszeniert, gezeichnet und durchkomponiert wie alles andere in unserem Leben. Das erstreckte sich nicht nur auf die Gegenwart, es schob die Ranken auch in die Zukunft, wo nach dreißig, vierzig Jahren diese Kazinczy-Kinder die Gemäldegalerien, die Zuschauerräume der Theater und die Hörsäle der Universitäten mit ihrem Publikum füllen würden.

Dieses Durchkomponierte hatte schon vor ihrer Empfängnis begonnen.

Zuerst erfand Ferenc die Namen, als wäre das Kind ein Werk wie ein Gedicht oder ein Roman, als wäre es genauso vom Wort beherrscht wie seine Bücher. So leidenschaftlich wie sonst nach einem Titel für seine Bücher und mit derselben ästhetischen Strenge suchte er nun nach dem passenden Namen. Er sollte angenehm klingen, eine genaue Bedeutung tragen, neuartig, überraschend und frisch sein. Keiner der durchschnittlichen, allbekannten Namen kam in Betracht. So fand er den ominösen Namen Iphigenie, den Namen der unglücklichen griechischen Königstochter, die von ihrem eigenen Vater geopfert wurde, damit das Heer sich weiter nach Troja aufmachen konnte, und deren Tod zehn Jahre später von ihrer Mutter am siegreich aus dem Krieg heimkehrenden Agamemnon gerächt wurde. Erst dachte ich noch, er wollte sich einen Witz erlauben, ja, ich lachte sogar dazu, wenn auch nicht besonders begeistert. Daraufhin erklärte er beleidigt, dieser Name sei in jeder Hinsicht die vollkommene Wahl, seine Bedeutung läge nicht darin, dass einmal eine Frau dieses Namens ein trauriges Ende fand. Was für ein rückständiger, abergläubischer Gedanke, das ist genauso, als würden wir uns nicht zu Mitternacht auf eine Wegkreuzung stellen oder als würden wir uns bekreuzigen, wenn eine schwarze Katze uns über den Weg liefe. Purer Aberglaube für Bauern, wir sind gebildete und aufgeklärte Menschen, wir werten Worte und Zeichen anders. Hör doch einmal! Sprich den Namen aus! Welche Musik! Wie ein Bogen hebt er hoch an, schwebt lange oben und senkt sich sodann mit dem langen Vokal zu Boden wie der Regenbogen. Und französisch ausgesprochen, mit dem stimmhaften „G“, werden wir sie mit dem Kosenamen Genie rufen. Iphi bedeutet Kraft, in Kraft, als Starke geboren, das bedeutet der griechische Name, doch auf Ungarisch bedeutet „ifi“ die Jugend, wir assoziieren das mit dem Frühling, der Fröhlichkeit; Musik, Freude, Regenbogen und Sonnenschein stecken in diesem Namen und ich möge den dunklen Mystizismus und die schwarze Alchemie des väterlichen Hauses vergessen.

Der kleine einjährige Körper Genies wurde vom hitzigen Fieber aus dem Leben gerissen, wie der Sturm ein Bäumchen ausreißt. Monatelang quälten wir uns mit Selbstbezichtigungen. Ich hasste mich, warum hatte ich zugelassen, dass der unheilvolle Name mein Kind erwürgte. Ich konnte nicht akzeptieren, dass alles das nur Zufall sei und dass allein meine Verzweiflung die zusammenhanglosen Tatsachen in eine Gedankenfolge ordnete. Ich musste eine Bedeutung sehen, um am Leben zu bleiben, und musste die Lehre daraus beherzigen, um weitergehen, um wieder hoffnungsvoll einer neuen Geburt entgegensehen zu können, denn ein Jahr, nachdem wir unsere Tochter begraben hatten, war ich wieder schwanger.

Ferenc gestand später, ihn hätten dieselben Schuldgefühle gepeinigt wie mich. Lange Zeit suchte er nach Argumenten, um sich zu überzeugen: Unmöglich, dass ein dreitausend Jahre alter Mythos unsere Tochter getötet hatte. Er forschte nach, fand heraus, dass im selben Monat sechzehn Einjährige in unserer Gegend gestorben waren, sie trugen die mannigfaltigsten Namen, die bereits Schicksale von Zehntausenden, Hunderttausenden Menschen begleitet hatten. Auch der Arzt beruhigte ihn, wir hätten gar nichts tun können, gegen das hitzige Fieber gab es keine Rettung, keine Erklärung, kein Mittel. Und doch klärte sich unser Gewissen nicht auf und unser nächstes Kind bekam vorsichtshalber den Namen Eugenie, der machte genauso den Kosenamen Genie möglich, doch als Abwehr des Bösen trug er das „Eu“, das Gute, in sich. Der gute Geburtsname beschützte mein Kindchen zwei ganze Tage lang, dann schien es ebenfalls zu sterben. Der Arzt hatte den anscheinend leblosen kleinen Körper bereits in ein Laken eingewickelt, er zuckte die Achseln und erklärte, die Lunge der Kleinen sei zu schwach gewesen, ihr Blut zu dünnflüssig, als sie mit der Kraft eines wilden Tieres aufweinte und sich von da an so gewaltig ans Leben klammerte, dass wir erschauerten, vielleicht hatte doch das magische Weltbild meines Vaters recht behalten.

Zwei Jahre später beruhigte uns unsere Tochter Thalia mit ihrem musischen Namen und ihrer strotzenden Gesundheit, dass wir uns über die Zukunft doch kein ganz falsches Bild gemacht hatten. Schon als Dreijährige zwitscherte sie Ferenc' Gedichte, früher als Genie, und sie war imstande, ganze Dramenmonologe auswendig herzusagen, als hätte sie die Muse des Theaters tatsächlich beseelt. Sie fand unaufhörlichen Genuss in der Ausgestaltung von verschiedensten Rollen. Sooft wir eine Gesellschaft gaben, unterließ es Ferenc nie, einen Auftritt für sie einzuplanen, in dem ihre Schwester lediglich die Statistenrolle spielen durfte. Tagelang bereiteten sie sich vor und unsere Gäste verfolgten mit neidischem Staunen, dass das Mädchen nicht nur das Ungarische mitsamt den von Ferenc geschaffenen neuen Ausdrücken gewählt und fehlerlos sprach, mit der Natürlichkeit der dafür Geborenen, sondern auch Euripides auf Griechisch und Seneca auf Lateinisch tadellos betonend deklamierte. Sie loderte geradezu vor vollkommener Nachahmungsfähigkeit und gab alle emotionalen Gesten, die zu den für sie unverständlichen Texten gehörten, getreu wieder, wie Ferenc sie das gelehrt hatte, den entschlossenen Fatalismus der Antigone genauso wie den barbarischen Rachedurst der zutiefst verletzten Medea.

Ferenc erprobte die neuen, von ihm erfundenen Wörter an der Aussprache der Kinder. Wenn ihnen etwas schwer über die Lippen kam oder sie sich die Bedeutung nur mühsam aneigneten, dann strich er das gleich aus seiner Sammlung. Genie hielt sich an die Sprache, die auch die anderen sprachen, und fühlte sich eher zu den slowakischen Ausdrücken der Bediensteten hingezogen, aber Thalia verwendete selbst als Zwanzigjährige noch Wörter, die sie lediglich zum Ausprobieren gelernt hatte. Sie verfuhr mit diesen nach eigenem Gutdünken, und nachdem Ferenc sie aus seinem System gestrichen hatte, erfand sie für diese ganz neue Bedeutungen. Sie gebrauchte auch dann noch die obsoleten Wörter, als diese ihr Leben nur noch in den Kolumnen alter Journale fristeten. Stolz trug sie diese im Feuer des Schaffens abgebröckelten, zur Seite geschobenen Wörter mit sich, die sie an ihre mit ihrem Vater in naher Verbundenheit verbrachten Kinderjahre erinnerten.

Thalia zog auch, als Emil und Antonius geboren wurden, Ferenc' ganze Aufmerksamkeit auf sich. Die Buben entwickelten sich von vornherein langsamer, auch an darstellerischen Talenten hatten sie weniger mitbekommen, ihr höchstes Vergnügen lag darin, mit ihren Holzschwertern die Hühner zu jagen. Zu dieser Zeit kroch bereits der Schatten langsam auf uns zu, der Schatten der Armut und des Niedergangs. Ferenc hatte die riesige Bibliothek schon im Todesjahr Iphigenies, 1806, an die Stadt Sárospatak verkauft, er behielt bloß die wichtigsten Bände, seine liebsten Klassiker und die deutschen und französischen Zeitgenossen, wie auch die Wörterbücher und die Landkarten. Wir versuchten so zu tun, als wäre der Verlust nicht endgültig, lag doch Sárospatak so nahe, sollten wir eines der Bücher brauchen, könnten wir es jederzeit ausleihen. Dieses Privileg wurde Ferenc zugesichert. All das mochte als eine einfache Frage der Vernunft gesehen werden, die vielen armen und talentierten Jungen, die das Kollegium der Stadt mit seinem Vertrauen auszeichnete, sollten getrost aus den vielen Büchern lernen, sie brauchten den jederzeitigen Zugang zu ihnen mehr als wir, die wir ja schon alle gelesen hatten. Später mussten wir der Tatsache ins Auge sehen, dass der Verkauf der Bibliothek lediglich der Anfang eines lange anhaltenden und nicht einzudämmenden Abstiegs war.

Emil wurde im Jahr '11 geboren, Antonius im 13er-Jahr, so war es erst im Frühling 1817 so weit, dass wir den ersten Satz aus Mozarts Es-Dur Klavierquartett im Musikzimmer darbieten konnten.

Ferenc brachte den Kindern das Wenige, was er auf dem Klavier und auf der Geige zu spielen vermochte, schon recht früh bei, er akzeptierte, dass ich besser Klavier spielte als er, doch war er der Meinung, die Kinder sollten die Musik mit den Grundzügen der Ästhetik und der Philosophie zusammen erlernen, und in diesen Studien hielt er mich nicht für genügend erfahren. Dann musste er einsehen, dass er nicht alles allein zu schultern imstande war. Die Last unseres Prozesses und der Aufbau des literarischen Lebens bedurften aller seiner Energie und die Hoffnung darauf, dass wir irgendeinmal sogar reich werden könnten, untergrub allmählich unsere Gegenwart.

Ich übernahm seinen Platz am Klavier und lernte selbst dabei, ich unterrichtete die Kinder mit sorgfältigen Tonleiterübungen, Fingersatz und gestrengen Übungszeiten, wiewohl es schien, dass dieses spartanische Verfahren nicht so richtig mit ihrem Naturell zu vereinbaren war. Sie hatten die Lust am Spielen verloren und klimperten gehorsam, aber mechanisch weiter, dann wurde ich krank, meine Gelenke entzündeten sich und das hielt jahrelang an, und somit konnte ich mich nicht länger mit ihnen befassen.

Zu dieser Zeit besaßen wir noch alle unsere Instrumente, wenn sie auch nicht mehr den Duft der Wiener Musikalienhandlung verströmten, mit dem sie nach ihrer Ankunft das Haus erfüllt hatten. Auf der Klarinette wurde noch von niemandem gespielt, auch die Bratsche lag nur als Staubfänger auf dem Regal, so entschlossen wir uns, einen Musiklehrer zu engagieren. Sándor hatte in Wien gelernt, er kam wöchentlich von Sárospatak herüber. Bei seiner Vorstellung erfreute er uns mit einer recht manierlich dargebotenen Haydn-Sonate. Sein Geigenspiel allerdings war schon nicht mehr tadellos, doch besaßen wir nicht die Mittel, jemanden von Pest oder gar von Wien kommen zu lassen, also beschlossen wir, uns mit ihm zu begnügen. In den tieferen Lagen kam er irgendwie zurande, das würde für ein, zwei Jahre reichen.

In den ersten Monaten lief es ganz zufriedenstellend mit ihm. Sándor erdachte allerlei lustige, spielerische Übungen und er belohnte die Kinder immer mit irgendwelchen Süßigkeiten, wenn sie ihre Aufgaben fehlerlos vorspielten; dann stellte sich langsam heraus, dass er mit Ausnahme der Haydn-Sonate bar jeglicher musikalischer Kenntnisse war. Als ich ihn bat, er möge mir ein neues Stück vorspielen, dessen Noten frisch eingelangt waren, wurde er verlegen und eilte unter Berufung auf dringende Angelegenheiten davon. Wochenlang war er verschollen, und als er wiederkam, achtete er darauf, die Noten nicht einmal zufällig zu erwähnen. Bei den Tonleitern und den Aufgaben der Kinder bemerkte ich, dass sie ihre Wiederholungen schon satt hatten, doch mir ermangelte es an der Zeit, gründlich darauf zu achten. Ich musste meine Roggendorfsche Großmutter pflegen, die in ihrer quietschenden Stimme ungefähr stündlich erklärte: *Schon gut! Nun dauert es nicht lange, mir ist für meine Wette gar nicht bange!* Wir konnten es ihr nicht antun, sie auf ihre alten Tage nicht zu uns zu nehmen, nachdem die Dinge im väterlichen Schloss aus dem Lot geraten, mein Vater und meine Schwester verstorben waren und unser Verhältnis zu Pepi zutiefst abgekühlt war.

Wir mussten mit den Speisen sparen, abgetragene und zerrissene Kleidungsstücke hervorholen und flicken. Wir verkauften etliche Gemälde, Vasen, Bücherstützen und Schmuck.

Nach der Geburt meines sechsten Kindes, das wir schon deshalb auf den Namen Anna-Iphigenie taufen ließen, um dem Schicksal zu zeigen, dass trotz allem wir die Stärkeren waren, erkrankte ich und es war monatelang fraglich, ob ich überhaupt je wieder aufstehen würde. Ferenc musste nach Pest, denn es fand sich wieder ein Advokat, der behauptete, er könne die Sache beschleunigen und wir würden den Prozess bald gewinnen. Ich lag den ganzen Herbst hindurch blind und taub im Bett, die Nerven an meinem Hals und im Gesicht waren entzündet, als wäre ich nicht länger gewillt, das zu sehen und zu hören, was mit uns geschah.

Als ich endlich gesundete, traf ich eine vollkommen neue Welt an, zumindest was die Musik betraf.

Sándor gestand, dass die Haydn-Sonate bloß eine verzeihliche Schwindelei gewesen sei, er könne nur dieses eine Stück, das er ungemein lange geübt habe, bis er es nach dem Gehör spielen konnte. Um die Wahrheit zu sagen, konnte er nicht einmal Noten lesen. Sein Wiener Meister habe ihn bald an die frische Luft gesetzt, nachdem er weder Talent noch Fleiß für die musikalischen Studien gezeigt hatte, doch sei es ihm nicht möglich gewesen, sein Fiasko vor seinen Eltern und der Stadt einzugestehen. Er bat einen seiner des Klavierspiels fähigen Kumpane, ihm das Haydn-Stück einzutrichtern, damit er nicht mit leeren Händen heimkehren müsse, wie der verlorene Sohn, und seine List hatte Erfolg. Als er die Sonate in Sárospatak vorspielte, wurde er mit der einem begnadeten Mann zustehenden Verehrung empfangen und sogleich zum städtischen Musiklehrer ernannt. Den unmusikalischen und banausischen Bürgern erschien selbst dieses jämmerliche Wenige unermesslich kunstvoll. Jetzt aber habe er eine reiche Braut, die Tochter eines Müllers mit sieben Mühlen, und er sei doch ein redlicher ungarischer Mann, also gestehe er, eine Täuschung angewendet zu haben. Zeit seines Lebens habe er die gekünstelte, reismehlgepuderte österreichische Musik gehasst, mit der man nicht einmal so richtig mulatieren könne, er hasse die vielen gesuchten, gemachten, ausgedachten und ausgemessenen Melodien, er möge die ordentliche, zu Herzen gehende ungarische Musik, und da er annehme, mein Ehemann und ich hätten wirklich Grund genug, die Österreicher zu hassen, hätte er unseren Kindern die ordentliche, ehrliche ungarische Musik beigebracht.

Und so kam es dann auch: Als Ferenc heimkehrte, empfingen ihn vier Kinder mit strahlenden Augen, Genie, Thalia, Emil und Antonius mit einer festlichen Musik im Verbunkos-Stil, Ferenc blinzelte nur verlegen und versuchte so zu tun, als freue er sich. Als wir dann zu zweit allein blieben, erzählte ich ihm die Wahrheit. Wir konnten uns nicht entscheiden, ob wir weinen oder lachen sollten, doch da auch die Visite in Pest sich als Schlag ins Wasser erwiesen hatte und wir wieder mehreren Jahren des erneuten Prozessierens entgegensahen, lag das Weinen uns näher.

Die Kinder kamen, die Musikinstrumente gingen. Die zwei jüngsten Söhne, Bálint und Lajos, bekamen die einfachen Namen ihrer Ahnen, aus Vorsicht. Das war wie eine Unterschrift unter dem Vertrag, der unsere Niederlage besiegelte. Vielleicht wirkte bei uns auch der Aberglaube noch nach, wenn sie mit diesen gewöhnlichen Namen lebten, würden sie wohl keiner neidischen Gottheit über den Weg laufen. Und es schien, es sei tatsächlich an der Zeit, Vorsicht walten zu lassen und das Leben in Armut zu lernen. Das Elend und der Hunger, die uns seit Ende der Zehnerjahre begleiteten, bedeuteten doch wohl, dass wir uns irgendwo fatal verschätzt hatten, ähnlich wie sich seinerzeit Carlo Radi beim Abstecken unseres Baugrundes vermessen hatte.

Die Musikinstrumente tauschten wir anfangs nur gegen billigere, wir kauften in Kaschau statt der teuren, wunderbar klingenden Instrumente abgestoßene alte, sie waren gerade gut genug, dass ein Kind an ihnen die Grundzüge des Musizierens lernte.

Mit diesen Musikinstrumenten brachten wir es unter Qualen und Anwendung all unserer Kraft schließlich so weit, dass im Haus die Mozartsche Kammermusik erklang. Wir hatten monatelang mit den Kindern geübt; sie schwitzten Blut und lernten uns zu hassen, Ferenc aber meinte, wir alle würden die Erinnerung an diesen Moment brauchen.

Das Klavierquartett hörte sich fürchterlich an, nicht nur, dass die Instrumente minderwertig waren, die Kinder begegneten der fremd klingenden Musik, den beschwerlichen Läufen und der ganzen umständlichen Zeremonie lustlos und mit Unverständnis. Vergeblich malte

Ferenc ihnen in den glühendsten Farben aus, wie in Wien in den gebildeten Häusern Violinquartette und Kammermusikstücke gespielt würden, meine Sprösslinge blinzelten nur hungrig und schläfrig. Die Wahrheit ist, dass sie sich an die einfachen Melodien der Verbunkos-Musik und der Zigeunerlieder gewöhnt hatten, und wenn Ferenc sie nicht hörte, übten sie diese mit großer Begeisterung und rannten mit glänzenden Augen zu mir, um ihre Künste vorzuzeigen. Antonius und Emil legten einen Schweinehirtentanz hin und Genie und Thalia fiedelten dazu.

Ferenc und ich zogen die Konsequenzen aus dem Fall.

Er bemühte sich verzweifelt zu retten, was noch zu retten war.

Er hatte versucht, diese Menge an fremden Materialien in sie zu stopfen, die Sprachen, die Musikstücke, die Bilder und die Theorie, mit der er sie zu beschenken meinte, doch jetzt fehlte es ihm an Kraft. Da wir den Globus und die Kartenalben ebenfalls verkauft hatten, versuchte er, ihnen die Geografie des Planeten auf handgezeichneten kleinen Skizzen nahezubringen, den Aufbau der Gebirge, den Lauf der großen Flüsse, die Proportionen der Erdteile, die Klimazonen. Abends, wenn er nach den täglichen zwei, drei Briefen und fünfzehn, zwanzig Seiten Übersetzungen noch die Kraft hatte, las er uns Goethe vor, dann erinnerte ihn eine Zeile an Marmontel und er begann diesen zu lesen, dann Gessner, den er auswendig hersagte, dann Rousseau, da stellte sich heraus, dass der sich schon lange in der Bibliothek in Sárospatak befand, das ließ ihn zusammenbrechen, er verzweifelte und versuchte aus dem Gedächtnis zu kramen, was der französische Meister gesagt hat. Er erinnerte sich an ein paar halbe Sätze, die schrieb er auf die kleine Schiefertafel. Die Kinder waren weggedöst, ich verfolgte mit dem kleinen Lajos im

Arm verzagt seinen Kampf, wie er mit uns, zusammengepfercht im einzigen Zimmer, das wir noch beheizen konnten, seine Träume zu retten versuchte.

Die Kinder mochten gespürt haben, dass es schlimm um uns stand. Die Größeren erinnerten sich noch vage an die Zeit ihrer Kindheit, als wir Gesellschaften gegeben hatten, große Soireen, dass in mehreren Sprachen parliert und viel gelacht wurde, dass wir Szenen zum Besten gaben und im Salon tanzten, dass wir schöne Kleider trugen und dass die oberen Regale unserer Bibliothek über eine Leiter zu erreichen waren, wo die für Kinderaugen verbotenen Abbildungen der anatomischen Atlanten steckten. Diese Erinnerungen aber verblassten zusehends, wie auch wir uns immer seltener zu erinnern wagten. Die Jungen, die am Vormittag in der Gesellschaft von Bauernburschen mit der Hand Fische im Bach fingen, rannten am Nachmittag wie wild durch die leeren Zimmer, sie traten gegen die Wände und Emil zündete einmal beinahe das Haus über unseren Köpfen an, als er, wie seinerzeit die Schafhirten seines Onkels während Ferenc' Gefängnisjahren, in einem Zimmer Feuer machte. Emil war von kindlicher Neugier geleitet, er wollte wissen, wie sich eine Schildkröte verhält, wenn sie in der eigenen Schale gebraten wird.

Zuerst schickten wir Thalia und Antonius zu meinem Cousin. Dort gab es einen Musiklehrer und einen Zeichenlehrer und mein Cousin begann den Jungen gleich in den Ingenieurswissenschaften zu unterweisen. Wöchentlich kamen die Briefe, in denen über den Lernerfolg der Kinder berichtet wurde, und die von Erwachsenenhand geschriebenen Zeilen wurden von immer längeren Berichten mit der Handschrift von Thalia und Antonius ergänzt; sie berichteten enthusiastisch von ihren neuen

Freunden und erkundigten sich beharrlich, wann sie wohl nach Hause durften.

Im folgenden Jahr gingen Emil und Anna-Iphigenie weg von zu Hause, Emil nach Kesmark, um dort bei einer Verwandten von Ferenc, die einen deutschen Arzt geheiratet hatte, Deutsch zu lernen, und meine Iphigenie nach Buda zu einer Cousine meiner Mutter, die ich als Kind nur ein einziges Mal gesehen hatte. Nachdem wir Genie auf das Pferdefuhrwerk gesetzt hatten, um sie zu den Karmeliterinnen nach Pécs zu schicken, sprang sie in der zweiten Kurve herunter und lief nach Hause, sie blieb noch zwei Monate, dann gelang es mir, sie nach vielem Weinen und Flehen zu überzeugen, sie würde es unten im Süden viel besser haben als im häuslichen Elend. Sie wandte mir beleidigt und eiskalt den Rücken zu und schrieb dann auch jahrelang keinen einzigen Brief. Am längsten blieben Bálint und Lajos bei uns, sie kamen dann in die Obhut von Ferenc' Freunden, die ihre Aufnahme in Debrecen beinahe im Geheimen organisiert hatten.

Wir hatten nicht genug Geld, um sie zu Hause behalten zu können, denn das Geld musste herhalten, um Ferenc mit genügend Papier, Postwertzeichen und Büchern zu versorgen, damit er sah, was die anderen schrieben, die Deutschen, Franzosen und Ungarn. Es war keine Frage, er verzichtete lieber auf das Essen als auf Lesen und Schreiben. So schickte ich mich nach und nach darin, dass alle unsere Kinder aus dem Haus gingen.

Als sich nun die Quarantäne um uns schloss, besuchte ich sie alle schuldbewusst in Gedanken. Auch Ferenc wusste, warum ich weinte, wenn er in dungverschmierten Hosen und dreckigen Stiefeln von den Schweinen zurückkam und so wie er war in den Fauteuil sackte und einschlief.

Ich hörte ihm die ganze Nacht zu, er erzählte und ich konnte nicht einschlafen.

Ich trank auch den für Ferenc aufgehobenen Kaffee und ging hinaus in den Garten.

Erzsó saß auf der Treppe und schnitt sich die Zehennägel. Ich ging ins Zimmer zurück und trat ans Fenster, der Karren machte gerade mit zwei Toten seine Runde. Ich wollte nicht wissen, wollte nicht sehen, was geschah. Ich trat zu Ferenc und streichelte sein Gesicht. Er drehte den Kopf weg und biss mir in die Hand. Also war der alte Faun doch noch auf der Hut. Als ich da im Dachgeschoß des Hof-Naturalien-Cabinets stand und mir gegenüber der schwarze Körper, konnte ich diese Geste Ferenc' bereits als den letzten Funken des Feuers sehen, das uns seinerzeit mit seiner unbändigen Hitze versengte.

Ich liebte das Feuer, mit dem er nach mir griff, mit dem er mich raubte wie ein unachtsames Mädchen im Frühlingswald.

Das war unser Lieblingsspiel, der Faun im Wald.

Da verwandelte er sich in sein Gegenteil, in ein Fleisch fressendes Wesen, ein Raubtier, das nur seine körperliche Begierde antreibt.

Er sehnte sich nach dieser Verwandlung wie ein anderer sich nach dem Rausch oder dem Opium sehnt. Er wurde zu einem glücklichen, verspielten Tier, das sich dankbar auf dem Rasen des Daseins wälzte, glücklich, weil er für eine kurze Zeit endlich all das zu vergessen oder zur Seite zu schieben vermochte, was den ganzen Tag lang, sein ganzes Leben lang an ihm fraß, weil er endlich die schreckliche flammende Konstruktion in seinem Kopf ausschalten konnte, die den ganzen Tag lang dröhnend das Leuchtgas herstellte, das jeden Winkel seines Geistes am Strahlen hielt. Er stürzte sich in die glückliche Zeitlosigkeit, Unbewusstheit und in die elementare Freude des Daseins, mit der sich junge Fische oder Fliegenlarven im Wasser tummeln.

Wir entdeckten diese Welt langsam, schrittweise, sie war für uns beide neu und fremd. Wie unleidenschaftlich und eher freundschaftlich-spielerisch unsere Ehe begonnen hatte, umso mehr wurde sie zur feurigen und kämpferischen Liebe, in der wir miteinander und füreinander Dinge taten, an die vorher keiner von uns gedacht hatte.

Ich begehrte die Freude tagtäglich und bohrte mir die Hand schon am frühen Morgen, beim ersten Erwachen in den Leib. Ich ließ die Bilder vor mir Revue passieren und trennte sie mit einem scharfen Rahmen in zwei Hälften, wie einen Flügelaltar. Die linke Seite durfte ich nicht anblicken, denn da sah ich den Körper meines Vaters, wie er seinen Samen im Laboratorium in das Schwefel-Quecksilber-Gemisch spritzen ließ, und ich sah Pepi, wie er auf den Rücken meiner Schwester geschweißt zappelte und wie die beiden Hügel seines fetten Hinterns bei jedem Stoß zusammenklatschten, während Christine unter ihm wie ein Hund jaulte, bellte und mit den Zähnen knirschte. Auf der anderen Seite des Bildes sah ich selbstvergessene Paare von Menschen und Tieren, die Bauern auf dem Feld, die sich gar nicht um mich scherten, die nicht einmal hinsahen, wenn ich mit meinen Malutensilien auf dem Hügel umherging, um die entsprechende Perspektive zu finden, ich sah die Pferde auf der Weide, wo der mächtige, zitternde, ausgefahrene Schlauch aus der Stute herausglitt und wo die schwitzend aufeinander liegenden Pferdejungen wie Springfedern erschrocken voneinander ließen, wenn sie mich bemerkten. Der erste männliche Körper, den ich nackt erblickte, gehörte einem jungen Zigeuner, der sich mit seinem opulenten Gemächt aus einem Bach erhob und uns mit geschwenktem Hut grüßte, als wir in einer Kutsche vorbeijagten.

Maximilien, der Max, wie ihn mein Vater zu nennen pflegte, war ein verschreckter, geheimnisvoller Junge. Während unserer langen Verlobungszeit trafen wir nur dreimal zusammen, zweimal bei Bällen und einmal im unserem Schloss. Er hatte jedes Mal recht viel getrunken und nicht zugelassen, dass ich ihm zwischen die Beine griff, er fand mich nicht schamlos, vielmehr war er erschrocken, als wollte ich etwas von ihm herunterreißen oder als wollte ich an seinen Geldbeutel. Der Schicklichkeit halber versuchte ich an ihn zu denken, während ich mir Freude verschaffte, doch verblasste und entschwand sein Bild jedes Mal. Schließlich landete ich immer beim jungen Zigeuner: Er sprang aus dem Wasser, sein Bart tropfte vor nassem Lehm, Schilfblätter klebten an seinem Körper, er warf mich über die Schulter und lief mit mir im Röhricht ins Unbekannte davon.

Als ich Ferenc im Schloss zu Ónod nach seiner Genesung das erste Mal gestattete, mich anzufassen, liebte er mich noch neugierig und vorsichtig.

Er war neugierig auf meinen Körper und ich war stolz, als ich sah, dass ich ihn verzauberte und entflammte. Ich befragte ihn lustvoll und eingehend über seine Erfahrungen bei Frauen, weil es mir gefiel, wie ihn das in Verlegenheit brachte. Er verhielt sich, als hätte ich von ihm erwartet, ihn unschuldig und unberührt zu bekommen, oder als würde es mich verletzen oder hintansetzen, dass er schon Frauen gekannt hatte. Er war nur schwer zum Reden zu bringen. Seine Mutter war immerzu besorgt, er könnte etwas Unmoralisches lesen oder sich von Straßenmädchen etwas zuziehen; seine krankhaften und feigen Lehrer, die sich vor lauter Scham schon umbringen wollten, wenn ihnen nächtens im Traum Sperma abging, die die Fragen des Körpers mit massivem Schweigen und Schamgefühl abblockten, sodass Ferenc glauben mochte, Dinge dieser Art würden lediglich in der Welt der Dienstboten, Bauern und Tiere vorkommen. Auch er fand seinen Frieden, wie wir alle, erst in Rousseaus „Bekenntnissen", erst nach dieser Lektüre vermochte er, seinem Körper Rede und Antwort zu stehen, doch überkam ihn immer die Verlegenheit, wenn ich ihn ausfragte.

Ich musste geradezu betteln, damit er von seinen Abenteuern mit den Freudenmädchen aus Kaschau und Eperies, Wien und Graz erzählte, von den lockeren Ehefrauen, die zuwarteten, bis ihre Männer sich am Wein berauscht hatten und dann den glücklichen Jüngling, der sich in ihr Haus verirrt hatte, auf dem Esstisch beglückten, von den mannstollen Asztalos-Zwillingen, die ihn in ihrer Scheune in Debrecen angebunden und fast zu Tode gekitzelt hatten. Anfangs berichtete er nur beiläufig über seine Abenteuer, als erinnerte er sich nur ungern, doch als er dann merkte, wie sie mich amüsierten, erzählte er immer eingehender, immer detaillierter, schließlich gelang es mir, ihm die Geschichten aufs Ausführlichste zu entlocken, ich wollte wissen, wie sie dufteten, welcher Farbe ihre Behaarung war, welche Laute der Lust sie ausstießen, wie sie sich bewegten. Er merkte nicht, dass ich die Lücken meiner Erfahrungslosigkeit mit diesen imaginierten Kokotten füllte.

Er sprach stockend und wollte die Körperteile am Anfang nicht benennen, versuchte sich in lächerlichen Umschreibungen, bald erschuf er ein Dutzend Wörter, um die Geschlechtsteile und den Akt zu benennen, doch als wir versuchten, in der Sprache der *Steiflinge* und *Muschelkeiten*, *Bekelchung* und *Fleischmasten* über den Körper zu reden, erstickten wir beinahe vor Lachen. So verblieb diese Region in unserer Sprache so, wie wir sie von Anbeginn an sahen, bäuerlich und urtümlich, barbarisch und ungehobelt, roh und einfach, wie die doppelt gebrannten Schnäpse. Ich bat ihn, die Wörter zu sagen, hintereinander auszusprechen: Beidl, Fut, pudern, und so lernten wir, uns dem rohen körperlichen Genuss zu überlassen, und schämten uns nie wieder voreinander für gar nichts.

Wir konnten es kaum abwarten, allein zu bleiben, weil dann der Faun hervorkommen durfte.

Und wenn der Faun kam, verabschiedete sich Ferenc Kazinczy.

Der Faun hatte keinen Namen, er war ein Naturwesen, halb Mensch, halb Tier, ein Waldbewohner. Er fühlte sich in den Höhlen alter Bäume wohl, in Rinnen von Gebirgsbächen, zwischen großen Wurzeln im vorjährigen Gras, da lauerte er auf zarte Mädchen, er erkannte sie schon an ihrem Duft, schlich sich von hinten an sie heran und schnupperte lange und tief unter ihrem Rock herum. Doch es kam auch vor, dass ein Mädchen von vornherein nackt im Wald umherging, da musste sich der Faun nicht mit dem Rock abmühen. Dann sprach er das Wort aus, den Namen dessen, was er gerochen hatte: Fut, sagte der Faun, und er wurde ganz wild davon. Seine Nasenlöcher blähten sich auf, Blut schoss in seine Augen, er errötete bis zum Genick und riss das Mädchen mit sich. Er warf es sich über die Schulter, schleppte es in seine Höhle und nahm es. Wurde er lange genug darum gebeten, sprach er aus, was er getan hatte: Er hatte das Mädchen *gepudert.*

In dem Maße, wie der Faun immer älter und das Mädchen immer fülliger wurde, wurde es immer schwerer, es zu rauben, doch den Faun kümmerte es nicht, ob er dabei strauchelte und sich die Knie blutig aufschürfte oder ob er mit dem huckepack getragenen Mädchen hinfiel und sie beide in den Matsch stürzten und sich grün und blau schlugen.

Dem Faun reichte es nicht, das Mädchen einmal zu nehmen, hatte er ein wenig geruht, vielleicht ein bisschen gedöst, kehrte seine Kraft zurück und er besprang das Mädchen, das leise vor sich hin wimmerte, doch um nichts in der Welt weggelaufen wäre, hatte es doch so viel Angst vor dem wilden Geschöpf, ein ums andere Mal, bis er ganz erschöpft war.

Diese seine Wildheit nahm zuweilen extreme Formen an, und während wir auf unserem Pfad, der uns in Armut und Elend führte, vorwärts schritten, brach sie, wenn auch immer seltener, so doch immer heftiger hervor.

Manchmal fand Ferenc keinen Weg zurück aus dem Spiel, der Wald, in dem er alle Sorgen von Széphalom vergaß, ließ ihn nicht los. Er war wild, er zitterte, lief im ganzen Haus auf und ab, trat gegen die Möbel, hieb die Faust gegen die Wand, biss in die eigene Hand. Vergeblich waren alle meine Versuche, ihn zu beruhigen, zu umarmen, seine Rolle hielt ihn gefangen wie ein Kind, das nicht aufhören kann zu toben.

Oft war er nicht im Haus zu halten, er rannte in den Garten hinaus, schnappte sich einen Stock und ging damit auf die Büsche los, er attackierte die Bäume, als wollte er sie mitsamt den Wurzeln ausreißen. Das Gesinde, das wir damals noch hatten, wachte auf, in den Fenstern erschienen neugierige, schadenfrohe Gesichter. Die Dienstboten kicherten. Wir wussten, wir brauchten keine Angst vor ihm zu haben, er würde mir nichts antun, doch lag in seinem ganzen Gehabe etwas Furchterregendes. Allein Erzsó erschrak nie vor ihm. Als es in den letzten Jahren noch ein paarmal vorgekommen war, dass er in den Garten hinausstürmte, nahm sie ihn einfach in die Arme, trug ihn ins Haus herein und schimpfte ihn aus. Wenn er sich weiterhin so garstig benehme, würde er mit dem Nudelwalker Bekanntschaft machen.

Danach fiel Ferenc immer in einen tiefen Schlaf, aus dem er am Morgen fröhlich erwachte, bis unsere Sorgen seine Laune wieder trübten.

Die Besuche des Fauns hatten aber ihre Konsequenzen gezeitigt.

Er hatte die richtige Dimension der meinem Körper innewohnenden Möglichkeiten erst entdeckt, als Iphigenie mit ihrem Unheil verkündenden griechischen Namen geboren wurde, danach folgten fünfzehn Jahre der fortgesetzten Schwangerschaften und Geburten, meine Ausstopfung und mein Ausgestopftsein, wenn ich von der mir eingeflößten fremden Materie stets prall war, bis ich mich wieder entleerte, dann wieder aufging und wieder erschlaffte. Manchmal schwoll ich so mächtig an, dass ich die Fremde mit dem verzerrten Gesicht, zu der ich geworden war, entsetzt im Spiegel anstarrte, dann wiederum fiel ich zusammen wie eine Vogelscheuche, überall schlotterte die Haut an mir, als wäre ich aus meinem Körper ausgezogen.

Ferenc beobachtete diese magischen, von seinem Samen verursachten Verwandlungen fasziniert. Er kostete mein Blut, meine Tränen, meine Milch. Er konnte es kaum erwarten, dass ich aus dem Wochenbett kam, schon wartete er darauf, dass ich wieder rund würde. Jeden Tag streichelte er mich, er wollte spüren, wie meine Brust sich straffte oder erschlaffte, wie mein Bauch anwuchs, wie sich mein Fleisch spannte oder nachließ. Alle Vorgänge meines Körpers, seine Umwandlung, Reinigung und Erneuerung fesselten ihn und erfüllten ihn mit Leben und Appetit.

Er war auch bei allen Geburten dabei, so sehr ich mich auch dagegen wehrte und so abweisend die Hebammen auch schauten, die hatten ja noch nie davon gehört, dass ein Ehemann bei einer Geburt im Wege stand. Doch stand Ferenc nicht einfach im Weg herum, er beobachtete und merkte sich alles, alle Details, sein Blick maß und bewertete alles um Blut, Kot und die sonstigen Säfte mit einer artistischen Präzision, wie ein Kunstkenner eine antike Bronzestatue betrachtet. In seinen Augen war ich ein Gegenstand, wie auch das Kind ein Gegenstand war, der Ablauf selbst war eine großartige Produktion, von der Natur zum kathartischen Drama geformt, hinter dem der Große Baumeister die Maurerkelle schwang.

6. Kapitel

Fürst Lobkowitz verfolgte die Entwicklung des Knaben mit Zufriedenheit, doch bald schon sollte die Ruhe durch eine neue Besorgnis abgelöst werden. Nun wartete er schon ungeduldig auf den Augenblick, da der Verstand seines Zöglings endlich Farbe bekennen und es sich herausstellen würde, ob seine Fähigkeiten nur zum bloßen Reproduzieren des Gelernten reichten oder ob er begabt genug wäre, aus den erlernten Kenntnissen etwas Originelles, etwas noch nie Dagewesenes zu entwickeln. Das Wissen sollte ja in seinem Geist nicht nur eine anorganische, fremde Materie sein, wie das Werg in den Präparaten, sondern in Fleisch und Blut übergehen und so ein eigenes Leben leben. Vielleicht wusste der Fürst selbst nicht genau, wonach er sich sehnte, doch wurde er immer ungeduldiger und neugieriger. Er gab sich nicht mehr damit zufrieden, dass Angelo die Skalen auf den Registern der Orgel mit tadellosem Fingersatz spielte oder das Verb *lambanein* im starken Aorist makellos durchkonjugierte, und auch die ordentlich eingeübten Stücke zu vier Händen und die improvisierten lateinischen Gedichte machten ihn nicht glücklicher.

Doch noch bevor er auf diese Fragen eine Antwort erhielt, wurde ihm klar, dass zuerst er auf unerwartete Fragen antworten müsste und dass es etwas gäbe, das die

Unveränderlichkeit der vollkommenen geometrischen Formationen zu gefährden imstande war.

Die Sizilianer, die schon die Herrschaft der spanischen Habsburger unverhohlen verabscheuten, waren unfähig, sich mit den österreichischen Habsburgern anzufreunden. Der Fürst musste nicht nur einmal erniedrigt die Festbeleuchtung seines Gartens löschen lassen und das vorbereitete Feuerwerk abbestellen, als sich herausstellte, dass sich beim Fest zum Geburtstag der Kaiserin keine echte sizilianische Familie vertreten lassen würde. Auch der Marquis, Angelos erster Besitzer, schickte lediglich eine Grußkarte und entschuldigte sich damit, dass er sich schon im Morgengrauen nach Ägypten eingeschifft habe.

Die überschaubare Habsburgerkolonie verzehrte die Wiener Cremeschnitten in gedrückter Stimmung und selbst das rhythmische Aufklatschen der Seehunde in ihrem Becken wirkte nicht mehr angenehm.

Im Frühling des Jahres 1734 ließ der Fürst den griechischen Feuermeister das funkensprühende Spektakel abbrennen, das der Fürst und Angelo zu zweit genossen.

Der Junge war in den vergangenen Jahren hoch aufgeschossen, nun stand er im blauen Gewand mit gestärkten Spitzenmanschetten hinter seinem Herrn, mit dem silbernen Sekttablett auf der rechten Handfläche. Der Fürst nahm einen Schluck und betrachtete die Funken des Feuerwerks in der Spiegelung auf dem Wasser der Bucht, dann teilte er Angelo leise mit, ihr Aufenthalt in Messina würde wahrscheinlich bald zu Ende gehen. Die Spanier drangen im Norden unaufhaltsam vor. Don Carlos besaß zweimal so viel Reiterei wie der erbärmliche Vizekönig. Die Statthalterschaft des Fürsten würde wohl ein Ende finden, die Insel unter die spanische Krone kommen, also liefe damit dieses südliche Abenteuer aus. Vom Herbst an müsse er am lombardischen Kriegsschauplatz stehen, wenn die Dinge bis dorthin keine grundlegende Wendung erführen. Angelo dürfe dann in Mailand bleiben, doch würde er sich mehr freuen, sagte der Fürst, wenn sein Schützling ihn auf dem Kriegszug begleitete. Angelo habe ohnehin noch keinen zünftigen Krieg gesehen. Diese Polen haben sich nämlich schon wieder in irgendeiner Sache verheddert, wie das nun mal ihre alte Angewohnheit ist … doch habe ich dir noch gar nicht von den Polen erzählt, sagte er. Er hakte sich bei Angelo unter und erzählte bis zum frühen Morgen detailliert vom europäischen politischen Chaos, das sich gerade jetzt im Streit um die italienischen Königreiche abzeichnete.

Die Gemahlin des Fürsten war schon Jahre zuvor nach Wien zurückgekehrt und sie betrog ihren Mann so augenfällig und provokant, dass Lobkowitz alle Lust verloren hatte, jemals wieder in die Residenz zurückzukehren. Er hatte sich immer mehr daran gewöhnt, Angelo überall hin mitzunehmen, und da er üblicherweise immerzu allen verhasste Selbstgespräche führte, wandte er diese verdächtige Angewohnheit nun zu seinem und Angelos Vorteil an. Er hatte jemanden, dem er sich mitteilen konnte, und Angelo lernte Tschechisch, denn der Fürst sprach zwar ausgezeichnet Deutsch und Italienisch, doch zu denken vermochte er ausschließlich in seiner Muttersprache. So erklangen seine bisher nur in den Bart gemurmelten Monologe nun in dieser für fremde Ohren ungewohnt krachenden und knirschenden Sprache.

Anfang Sommer, als Don Carlos Neapel eingenommen hatte und der Vizekönig der Habsburger geflohen war, versuchte das österreichische Heer, aus der spanischen Zange nach Osten zu entkommen. Um den in Bitonto umzingelten Truppen zu helfen, segelte das gesamte sizilianische Heer in den staunenswerten Lobkowitzschen geometrischen Formationen in die Meerenge von Messina ein, während die feiernden Sizilianer im Hafen lautstark jubelten. In den Städten wurden Strohpuppen in den habsburgischen Farben verbrannt und es schien allenthalben, die Einwohner müssten nur noch dieses einzige Hindernis beseitigen, um glücklich zu sein. Der Fürst duldete die Erniedrigung mit säuerlichem Lächeln, er untersagte seinen Soldaten strikt, den spuckenden und fluchenden Einheimischen etwas anzutun. Was zählte denn eine kleine zivile Hysterie, wenn es galt, die Ordnung und Disziplin der Division zu erhalten. Aquila non captat muscas, sagte er mit dem Stolz eines Römers und war überaus zufrieden, dass Angelo die lateinische Redewendung aus dem Stegreif ins Tschechische übersetzte.

Anfang Juni, als der Fürst nach der Niederlage bei Bitonto mit den restlichen Truppen in mörderisch schlechter Laune nach Messina zurückkehrte, war es Angelo vergönnt, das Hehre der Furcht kennenzulernen, endlich sah er mit eigenen Augen, was er bei Herodot, Livius oder Sallust gelesen hatte, die historische Zeit rollte wie ein Teppich aus der unermesslichen Ferne einer Treppenflucht plötzlich bis vor seine Füße.

Die mächtigen Schiffe der spanischen Flotte reihten sich mit ihren kanonengespickten Seiten im Wasser der Bucht auf und der Fürst wartete lediglich der Ehre halber die erste Salve ab, die die Spanier ebenso zuvorkommend hoch über die Befestigung hinwegschossen, erst dann ergab er sich. Nach der Geste für die Geschichtsschreiber aber begann sogleich eine verzweifelte und chaotische Flucht, die den Barken folgenden kleineren Schiffe trugen Söldner, die nicht gewillt waren, ihre Aufgabe ohne Beute und Gemetzel zu erledigen, und sie erklommen, vielleicht den Befehl verweigernd, vielleicht mit geheimer Genehmigung das Ufer und überrumpelten die Garnison der Habsburger.

Der Anblick des Durcheinanders, die Hals über Kopf fliehenden Soldaten, die ihre Truppenkörper im Stich ließen und ihre Ausrüstung wegwarfen, die aufgelösten Formationen, die sich jetzt zu einer einzigen röchelnden, keuchenden, rußigen und blutigen Masse verschmolzen hatten, versetzten den Fürst für lange Monate in Melancholie, die Unordnung und die frappante Weigerung, das Gelernte anzuwenden, hatten ihn mehr mitgenommen als die Niederlage selbst.

Sie flohen per Schiff in den Norden, wo sie den Raum mit sizilianischen Familien teilten, die mit der österreichischen Herrschaft paktiert hatten und sich jetzt natürlich vor der Rache der Spanier fürchteten und ihre Wohnsitze wutentbrannt und weinend verlassen hatten. Sie machten das versagende Heer für alles verantwortlich und fragten den Fürsten verzweifelt, ob wohl Orangen und Zitronen in Wien gediehen.

Vom Marquis, dem früheren Herrn Angelos, kamen weiter keine Nachrichten mehr.

Jahre später, als sie den Winter über im strömenden kalten Regen bei den Truppen ausharrten, die an den südlichen Übergängen der Karpaten die Stellungen ausbauten, verbrachte Angelo die meiste Zeit bei den Verwundeten.

Der alte Eugen von Savoyen häufte in seinem letzten Türkenkrieg Fehler auf Fehler, er musste die Eroberungen aus den vorangegangenen Jahrzehnten südlich der Donau der Reihe nach aufgeben. Lobkowitz hieb aufgebracht mit der Faust auf den Tisch, er versuchte den greisen Heerführer von der Unausführbarkeit seiner Pläne zu überzeugen, doch der alte Herr wischte jeden Einwand mit leichter Hand weg. Die Türken hatten nach vielen Jahrzehnten wieder Gefallen am österreichischen Blut gefunden und nach den reihenweise eingetretenen Fehlschlägen wurden Verwundete zu Tausenden angeliefert.

Angelo wusste zu dieser Zeit schon sehr viel von der Heilkunst.

Er wusste auch, er würde niemals Arzt werden können, in Wien hatte er nämlich recht bald erfahren, dass man vom schwarzen Mann eher den Tod erwartete als die Heilung. So trieb ihn denn nur noch seine unstillbare Neugier an, aber sie war anderer Art als der Wissensdurst der jungen Männer, die von dieser Disziplin ihren Lebensunterhalt, Respekt, Macht und gesellschaftliche Anerkennung erwarteten. Ihn zog etwas ganz anderes zu den leidenden, ihre Geheimnisse offenbarenden, geöffneten, freigelegten, entblößten Körpern.

Er wollte unbedingt wissen, wie er selbst beschaffen war. Darein hatte er sich schon geschickt, dass sein sonderbarer, Abscheu und Neugierde, Aufsehen und Gespött erregender Körper der gleiche Körper war wie der der Verwundeten, doch meinte er, sich noch nicht zur Genüge in dieses Geheimnis vertieft zu haben.

Doktor Kuhn, der alte Militärarzt, der zuerst nicht einmal etwas davon hören wollte, Angelo in die Nähe seiner Patienten zu lassen, hatte nach und nach herausgefunden, dass der Fürst nicht übertrieben hatte, als er behauptete, der Junge habe in den vergangenen zwei Jahren kaum die Wiener Krankenhäuser verlassen, wo er alles vom menschlichen Körper, vom Skelett, den Gelenken, Blutgefäßen und hauptsächlich von den verschiedensten Arten der Wunden gelernt hatte, was zu lernen war.

Zwar machte er bei den lateinischen Fachbegriffen noch den einen oder anderen Fehler und musste noch das eine oder andere Standardwerk lesen, doch stillte er Blutungen mit sicherer Hand, wie er auch verstauchte Glieder einrenkte und Wunden nähte. Während der friedlichen Wiener Jahre sah er sich hauptsächlich zivilen Verwundungen gegenüber, er half bei der Versorgung von Zimmerleuten, die vom Dach gefallen waren, von alten Leuten, die von Pferdewagen angefahren worden und von Kindern, die in die Glut gestürzt waren. Die auf dem Schlachtfeld erlittenen Verwundungen waren neu für ihn. Doch musste der alte Arzt auch so eingestehen, dass der junge Neger eine besonders leichte und glückliche Hand besaß, und diese Nachricht verbreitete sich unter den Soldaten und schon bald kamen zu ihm mehr Verletzte mit Brüchen und Verrenkungen als zu den erfahrenen und erprobten Militärärzten.

Bis dahin hatte auch der Fürst begriffen, dass Angelos besondere Fähigkeiten sich nicht in der Musik, der Mathematik oder den Geschichtswissenschaften zeigen würden, wiewohl er sich diese Disziplinen tadellos angeeignet hatte. Er hatte gelernt, eine Fuge zusammenzustellen, kannte den Stimmumfang von Musikinstrumenten, begleitete mit dem Continuo die Hofmusikkapelle des Fürsten mit sicherer Hand und parlierte auf hohem Niveau über die Gründe des Niedergangs des römischen Imperiums oder über die Schädlichkeit der lutherischen und calvinistischen Lehren, und auch in der Zinsrechnung oder in sonstigen gewöhnlich anfallenden mathematischen Aufgaben erwies er sich als durchaus sattelfest.

Er beherrschte das alles richtig und gründlich, und doch gingen seine Fähigkeiten nicht über eine gewisse Grenze hinaus. Der Fürst aber kam bald dahinter, was Angelos besondere Begabung war, die er gleich beim ersten Treffen erahnt hatte.

Die ersten Anzeichen waren beinahe unmerklich, so erhielten sie nur später einen Sinn, als der Fürst sich erinnerte, dass Angelo schon als Kind die gesuchte Seite im Buch auf Anhieb fand, und was auch immer im Haus verloren gegangen war, das fand nur er, er fand es jedoch sofort. Die Kammermädchen und Lakaien waren überzeugt, das Kind mache das, um Aufsehen zu erregen, zuerst würde er Sachen stibitzen, diese dann verstecken, um sie später aufsehenerregend in einem der Zimmer zu finden. Angelo bekam deshalb viele Ohrfeigen und Schläge, doch wollten die Vorfälle nicht aufhören. Der Fürst stellte seinen Schützling schließlich selbst auf die Probe, indem er seine Schnupftabakdose unter dem Sitzpolster versteckte und sich dann in gespielter Verzweiflung an Angelo wandte. Das Kind suchte die Dose eine halbe Stunde lang, es durchstöberte die ganze Suite, blickte unter jedes Regal, unter Bücher und Kissen, nur am Ort, wo die Schnupftabakdose versteckt lag, sah er nicht nach. Der Fürst erachtete die Anschuldigungen des Personals als erwiesen und ließ Angelo für drei Tage mit einem Krug Wasser in den Keller sperren.

Der Lakai zerrte den sich mit Händen und Füßen sträubenden, kreischenden Knaben an den Ohren in den Keller, als er aber die Kellertür aufschließen wollte, suchte er vergeblich nach dem Schlüssel, den er für gewöhnlich an einem Ring am Leibriemen trug. Er wühlte wütend in seinen Taschen, zog sich die Schuhe aus und schüttelte sie, doch der Schlüssel kam nicht zum Vorschein. Erst als Angelo sich bückte und einen Stein nahe der Wand wegrückte, fiel es dem Lakaien ein, dass er am Vortag, als er den Keller zugesperrt hatte, ein leises Klirren hinter seinem Rücken gehört hatte. Lachend brachte er Angelo zum Fürsten zurück, der nachdenklich wurde und von nun an darauf wartete, dass ein Zufall ihm die letzte Gewissheit bringe. Als dann einige Tage später tatsächlich ein Brief verschwunden war, den er an den Vizekönig geschrieben hatte, und Angelo den Brief mit einem triumphierenden Lachen aus dem Spalt zwischen Schreibtisch und Fensterbrett fischte, zog Lobkowitz die Lehre daraus: Das Glück funktioniert nur dann, wenn es das, was es zurückgibt, zuvor selbst wegnimmt. Auch später war ihm vergönnt, den überaus einzigartigen und freundlichen Glücksengel Angelos zu bewundern. Dass der Engel anwesend und sozusagen im Dienst war, ließ sich daran merken, dass in den Feldzügen so manche Kanonenkugel unmittelbar vor ihren Füßen einschlug, Gewehrkugeln über ihren Köpfen in die Mauer krachten, Brücken wenige Minuten vor ihrem Eintreffen einstürzten, Gebäude nur Sekunden nach ihrem Abmarsch in Flammen aufgingen. Wie das wirkt, wenn der Engel seine Flügel so richtig ausbreitet, das durfte Fürst Lobkowitz allerdings nicht mehr erleben. Er hatte nur einen Vorschuss von dem außergewöhnlichen und fabelhaften Glück gesehen, das Angelo dann an die zwanzig Jahre später in Frankfurt zuteil wurde.

Angelo war zwanzig, der Fürst vierundfünfzig, als er sicher war, eine fast vollkommene Kopie seiner selbst hergestellt zu haben, die dieselben Bücher las, dieselbe Musik spielte und dieselben mathematischen Formeln kannte wie er. Sie entschlüsselten die umfängliche Partitur des Messias von Händel, mit einer Hand die Töne auf dem Klavier suchend. Die Besonderheit der Partitur war, dass sie von der Hand des Londoner Meisters selbst stammte, der Fürst erstand den Schatz gemeinsam mit Willibald Gluck, dem Sohn seines Försters, in London; sie unternahmen die lange Reise allein deswegen und es gab keinen Tag, an dem er sich nicht für ein, zwei Stunden darin vertiefte. Das mächtige Notenbuch lag zur Hälfte im Schoß des Fürsten und halb in dem Angelos, und während sie es mit einer Hand hielten, suchten sie mit der freien Hand die Töne auf den Tasten des Klaviers. Um eine vollere Harmonie zu erzielen, stellten sie sich die einzelnen Partien der Instrumentengruppen vor; sie imitierten sie auch, wobei Lobkowitz am liebsten die Bläser nachmachte, er blies die Luft aus den gespitzten Lippen oder durch die Faust, wie bei einer Trompete, und Soliman übernahm die Streicher und den Chor.

Wollte der Fürst lesen, bat er Angelo, ihm vorzulesen, die tiefe Stimme mit dem seidigen Klang beruhigte ihn, die weisen Gliedsätze aus Ciceros Briefen oder Senecas satanische Sinnsprüche passten dazu hervorragend.

Sie beugten sich stundenlang über den Geländetisch, um mit den Zinnsoldaten die Schlachten von Cannae, Philippi oder Karthago oder was sie gerade bei Livius oder Herodot gelesen hatten, nachzustellen. Über den Geländetisch gebeugt konnte der Fürst seine Vorliebe für geometrische Formationen voll ausleben. Sie stellten das Relief des Geländes nach den Beschreibungen her, und hatte der Fürst in seinem Fundus keinen Hügel von geeigneter Form oder nicht genügend Bäumchen für einen dichten Wald, so schnitt Angelo umgehend ein paar Berge aus Kartonpapier und Sackleinwand aus oder er stellte Bäume aus Holzstäbchen mit Rosshaar her. Für die Schlachten Hannibals setzte der Fürst, um Angelo eine Freude zu machen, schwarz angemalte Zinnsoldaten mit Lanzen in der einen und einem Stachelstock in der anderen Hand auf die Elefanten. Manchmal schoben sie die Soldaten bis zum frühen Morgen auf dem Spieltisch umher und der Fürst analysierte die Entscheidungen der Heerführer mit seiner vom Rotwein angeheizten Fantasie, bis er zu guter

Letzt einen vollkommen anderen Verlauf für die Schlachten schuf.

Er liebte einzig und allein diese miniaturisierte, leicht zu formende, geruchs- und geräuschlose Version des Krieges.

Da war aber noch eine Variante, für die er zu entflammen war, und dafür brauchte er weder Geländetisch noch die Geschichte: das Schachspiel.

Er studierte morgens mit Angelo das Schach-Buch des François-André Danican Philidor und sie kontrollierten den französischen Meister Schritt für Schritt, ob er nicht irgendwo in seinen Spielanalysen gemogelt hatte.

Angelo hielt das Buch in der Hand, weil der Fürst um jeden Preis nachweisen wollte, so viel zu können wie dieser dahergelaufene Musiker, und er versuchte mit knirschenden Gehirnwindungen herauszufinden, welche Züge der Autor sich wohl für die folgende Runde ausgedacht hatte. Für Soliman war dieses Ritual kompliziert und beschwerlich, es war für ihn eine Gratwanderung, dass er Lobkowitz die Lösung nahebrachte, es aber nicht offenkundig werden durfte, dass die richtige Antwort letztlich nicht dem Kopf des Fürsten entstammte.

Philidor baute seine Spiele auf die Bauern auf, womit er Lobkowitz zur Weißglut brachte.

Er hatte damit irgendetwas im Selbstwertgefühl des Aristokraten zutiefst verletzt und der Fürst wollte unbedingt beweisen, dass alles vom richtigen Positionieren der Läufer und Türme abhinge und die Bauern praktisch überflüssig seien. Von seiner Theorie abzuweichen, war er nicht gewillt, und Angelo musste bei den abendlichen Probespielen, beim Endspiel, als es eher um die Theorie als um das Spiel selbst ging, absichtlich verlieren, damit die fürstliche Theorie nicht zu Schaden komme.

Wollte der Fürst nachdenken, machten sie gemeinsame Spaziergänge im Augarten. Angelo hatte den einsamen Monologen des Fürsten so oft zugehört, dass er gelernt hatte, in seinem Rhythmus zu denken. Gemeinsam mit seinen Worten hatte er auch seine Gemütszustände und Gesten erlernt und sein Inneres wurde zu einem Abbild oder zur genauen Kopie der Lobkowitzschen Welt; zumindest hatte die Nähe des Fürsten bei ihnen beiden eine solche Illusion bewirkt. Er stand seinem Herrn so nahe, er hatte so viel Zeit mit ihm verbracht, dass er die eigenen Perspektiven kaum von den seinen trennen konnte, er war es gewohnt, die Überlegungen des Fürsten auszusprechen, und wie ein alter Schauspieler, der in einer einzigen Rolle stecken bleibt, identifizierte er sich langsam mit ihm.

Der Fürst spürte das erste Mal, dass ihm die Gesellschaft eines anderen Menschen wohl tat, schon lange hatte er vergessen, in Angelo etwas anderes zu sehen als sich selbst, die Nähe ließ die Unterschiede verblassen. Seine Söhne lebten fern von ihm, weit in den verschiedenen Provinzen des Reiches verstreut, und sie hielten es mit ihrer Mutter, sie folgten ihrer abwertenden Meinung über ihren Vater. Sie waren stolz darauf, nicht ihrem Vater zu gleichen, sie erbten die rührige Blutlinie ihrer Mutter. Der Fürst rechnete gar nicht damit, dass sie abgesehen von körperlichen Eigenschaften etwas anderes von ihm weitertrugen. Gräfin Waldstein vermochte nicht zu begreifen, warum ihr Gemahl nicht gewillt war, am höfischen Treiben teilzuhaben, wo ja das Geld herkam, und dass er nicht fähig war, den Krieg so wie die anderen Generäle und Stabsoffiziere mit geschäftlichem Erfolg abzuwickeln. Wie konnte er außerdem so weit sinken, sich in Gesellschaft eines Negers öffentlich zu zeigen! Das war für die Frau der endgültige Beweis für die skandalöse Charakterlosigkeit ihres Ehemannes.

Da lebte Angelo schon seit Jahren in Wien und der Fürst und er dachten, nie mehr an Kriegszügen teilnehmen zu müssen. Die kriegerischen Misserfolge erschütterten das Reich in Serie, die Übermacht der Franzosen, Spanier und Preußen zeigte sich in deprimierender Klarheit und der Fürst hatte keine Lust, sich an neuartigen Lösungen zu erproben. Angelo verbrachte den Großteil seiner Zeit in Spitälern, am Abend stieg er den Mädchen nach oder spielte in Gesellschaft des Hilfskonzipienten am Hofe Franz Gottwald und des Universitäts-Fechtmeisters Karl Freiheit bis zum frühen Morgen Karten.

Die Rechnung des Fürsten ging auf. Angelo verursachte viel mehr Aufsehen als die Nachrichten über die Untreue der Gräfin Waldstein und Lobkowitz beobachtete mit Genugtuung, wie sich das Verhalten der Menschen in ihrer Anwesenheit allmählich änderte. Die Gesellschaft Angelos sicherte ihm ständige Aufmerksamkeit zu, ihr Erscheinen galt als Ereignis und der Schwarze, der in der Art eines weißen Mannes sprach und dachte, wurde zum Beweis für die besonderen Fähigkeiten des Fürsten.

Viele warteten nur deshalb vor dem Palais Lobkowitz, um dieses Meisterstück der Erziehung zu erblicken und ein paar Worte mit ihm wechseln zu können.

Der Fürst hatte dafür gesorgt, dass Angelo stets genügend Süßigkeiten und Kleingeld bei sich hatte, und wenn sie vor den Palast traten, verteilte der Junge die Geschenke unter den Wartenden. Die unfassbare Außerordentlichkeit seines Daseins hatte auch den Fürsten umgewandelt und Angelo mutmaßte zuweilen, dass der Fürst auch öfter der sonderbaren Fantasie anhing, dass er, wenn er auch nicht schwarz sei, doch irgendwie über die um ihn herum wogende, gleichförmige Welt gehoben werde, denn Angelo vergaß ja auch manchmal, dass er anders sei als der Fürst, vergeblich teilten sie die gemeinsamen Gedanken. Die Gesellschaft Angelos verlieh ihm Vorrechte und Dispense, endlich durfte er zu seinen Mitmenschen so grob sein, wie es ihm seine unendliche Misanthropie diktierte, er musste nicht befürchten, dass dies seine auffallendste Eigenschaft sein würde.

In der Stadt gingen die verschiedensten Gerüchte um, viele wollten aus sicherer Quelle wissen, dass der Fürst und sein schwarzer Diener ein Liebespaar seien, andere wiederum, dass sie zu zweit besondere Zaubereien vollbringen konnten, keine Kugel könne ihnen etwas anhaben, sie würden den Menschen ihren Willen nehmen und die Gedanken fremder Leute lesen können. Sie würden die weibliche Tugend lachend mit Füßen treten, keine einzige, sei es ein Eheweib, eine Jungfer oder eine in Ehren ergraute Matrone, eine Fürstin, ein Bauernmädchen oder eine Klosterschwester, keine könne ihrer Verführungskraft widerstehen, die sie naturgemäß ebenfalls mit Zauberei erreichten. Neidvoll wurden ihnen Fähigkeiten angedichtet, über die alle gern verfügen würden, und sie wurden der Begehung von Sünden bezichtigt, die alle gern begangen hätten. Zweifellos aber besaß Angelo eine besondere Macht über sie.

Inzwischen hatte er sich daran gewöhnt, überall Aufsehen zu erregen, und auch daran, dass dieses Aufsehen ganz und gar seinem Körper galt. Vielen genügte es nicht, ihn aus der Ferne anzustarren, sie wagten sich nahe heran und erkundeten seine Absichten mit vorsichtigen Gesten, als näherten sie sich einem unberechenbaren, wilden Tier. Die Frauen machten große Augen, bückten sich, summten etwas, drückten die Brust heraus und zeigten ihre Knie.

Wenn er darauf nicht reagierte, gaben sie Tierlaute von sich und klatschten in die Hände, sie schrien ihm in die Ohren und bliesen in seine Augen. Niemals hätten sie sich vor einem Mann ihres Schlages so gebärdet, sie wurden durch die Anwesenheit Angelos zu Kindern, die zwar schon wissen, dass es gewisse Regeln gibt, deren Grenzen sie aber noch nach Belieben verschieben.

Angelo hatte sein Vergnügen daran, diesen rituellen Annäherungen eine durchdachte Dramaturgie zu geben, und er hob sich seinen Trick, mit einem breiten Grinsen im besten Wienerisch eine komplizierte Galanterie von sich zu geben, für diesen Augenblick auf.

Mit nichts konnte er die Leute mehr schrecken, die Angesprochenen verhielten sich, als wäre ihnen der Teppich unter den Füßen weggezogen worden.

Sie dachten, ihre Muttersprache sei ein Privileg, das ausschließlich ihnen und ihresgleichen zustünde, das sie von Tieren und Fremden unterscheide und höher einstufe, und jetzt, da sie den Schwarzen in ihrer eigenen Sprache reden hörten, kippte ihre Welt um, die Illusion ihrer höheren Stellung war plötzlich verflogen und sie kamen sich nackt, schutzlos, ausgeliefert und einsam vor; sie konnten aus ihrer Angst nur ausbrechen, indem sie Angelo mit brutaler Gewalt überrumpelten. Die einfältigen Fuhrleute mit den wasserblauen Augen, die zumeist einen böhmisch klingenden Nachnamen führten, verspürten bei dieser Gelegenheit den unüberwindlichen Drang, ihn zu schlagen. Die Ungarn traten ihn und nannten ihn einen Hund. Die Walachen stießen ihn herum und forderten ihn zum Kampf, so er den Mut dazu habe. Die Einheimischen spuckten ihn einfach an.

Er lernte bald, welch widersprüchliche Gefühle den Menschen innewohnten und wie schnell diese umschlagen konnten. Er wusste, wie sich Angst in Aggression wandelte und Zärtlichkeit in Grausamkeit. Sein Anblick spannte jeden bis zum Äußersten an und so war es ihm leicht, seine Mitmenschen kennenzulernen, indem er sich der Gefahr aussetzte. Sie waren unfähig, vor ihm Theater zu spielen, weil es ihnen gar nicht in den Sinn kam, dass das nötig wäre. Vor Angelo mussten sie sich nicht verstecken, sich nicht verstellen, sie mussten keinen vorsichtigen Tanz aufführen, bis sich herausstellte, wer der andere sei und welche Absichten er hege, ob er Freund oder Feind sei, und wenn, dann welcher Art auf der tausendfach unterteilten Skala. Im Falle Angelos war die Sachlage unendlich einfach: Er war der Feind, das Tier, das Fremde.

Sie fürchteten ihn. Wie friedlich er auch dreinschaute, wie er sich auch kleidete, wie er auch die Straße entlangging, was auch immer er tat, die erste Reaktion der Menschen bestand immer nur in Erschrecken. Selbst die ihn gut kannten, mussten die Angst vor dem Fremden abbauen, so oft sie ihn trafen. Gottwald und Freiheit vermochten das vielleicht schon innerhalb eines Augenblicks, doch die Angst war dennoch da, allein ihre Routine beschleunigte den Abbau. Und wer ihn zum ersten Mal sah, in dessen Adern gefror das Blut. Die Menschen standen mit offenem Mund bleich da, und wohin er auch ging, wendeten sie sich nach ihm um, eng an die Wand gedrückt, als befürchteten sie, er würde sich umdrehen und sie stechen, bewerfen, bespucken, anblasen. Danach träumten sie nächtelang schlecht, sie mochten nicht allein bleiben und ihren Bekannten erzählten sie noch nach Jahren, der schwarze Mann hätte sie auf der Straße angegriffen. Sie konnten sich nicht anders erinnern, denn sonst hätten sie den Sinn ihres eigenen Lebens anzweifeln müssen. So ist es weiter nicht verwunderlich, dass einer, dem ein Rest Tapferkeit geblieben war, nichts anderes tun konnte, als ihn anzufallen wie eine Schlange, der jemand auf den Schwanz getreten war.

Doch auch jene, die keine Aggression verspürten, unterlagen dem Zwang, ihn zu berühren.

Sie betasteten sein Gesicht, fuhren ihm durch das dichte, drahtige Wuschelhaar, drückten auf seine Nase, befingerten seine Brustmuskeln, seine Rippen, seinen Rücken, als wollten sie sich versichern, ob auch alles gemäß der menschlichen Anatomie angeordnet war und ob sich nicht unter dem Gewand ein zusätzlicher Körperteil verbarg.

Die Berührung löste bei jedem eine sonderbare Anspannung aus. Angelo wusste genau, was die geweiteten Pupillen, die beschleunigte Atmung, das gerötete Gesicht, die feuchten Handflächen verrieten.

Diese Erscheinungen waren bei Männern genauso zu beobachten wie bei Frauen, fasste ihn ein Mann an, glomm in seinen Augen ein Licht auf, als hätte sein Verlangen ein drittes Geschlecht, eine zwischen Mann und Frau stehende, doch auch für ihn erreichbare, genehmigte Variante gefunden. Als verspürte er, die schwarze Haut würde Angelos Männlichkeit in Anführungszeichen setzen und ihm eine gewisse Zweigeschlechtlichkeit oder Geschlechtslosigkeit verleihen, die für die Zwecke des Verlangens frei zu nutzen sei. Wer davor zurückgeschreckt wäre, Liebesspiele mit einem Tier oder einem Mann zu spielen, selbst der verspürte einen erwachenden Trieb. Oftmals war ihm, als wären sie für ihn entflammt, wie man vor einer freizügiger Darstellung, einer nackten Statue, einem runden marmornen Gesäß in Begeisterung gerät. Als flüstere ihnen ihre Erfahrung ein, dass der schwarze Körper vor ihnen gar nicht echt sei, nicht echt sein könne, daher seien sie frei, mit ihm nach Belieben zu verfahren. Der Körper Angelos könne nur etwas Künstliches, eine gewollt unnatürliche Schöpfung sein, wohne doch die Natur ihren weißen Körpern inne, für die sie auch Partei ergreife.

Durch ihre Begierde aber hatten sie ihm ihr Gängelband in die Hand gegeben und Angelo verwendete dieses verkehrte Machtverhältnis zur Befriedigung seiner Neugier.

Angelo studierte eingehend und gründlich, wer worauf wie reagierte, was er fragte, wie er innerlich mit seiner Abneigung und seinem Ekel kämpfte oder wie er sich ins Unbekannte warf und wie er sich darin auflöste.

Angelo erstellte eine Typisierung, er teilte die Menschen nach Gestalt, Haarfarbe, Nationalität und Religion ein und beobachtete, wie sie sich zu ihm verhielten.

Der Gedanke, mit ihm intim zu werden, keimte bei vielen Männern und Frauen, bei Weitem nicht alle wagten, ihn zu offenbaren, Angst und Widerwillen hielten sie zurück. Der Gedanke, mit der Möglichkeit des Aktes an der Grenze zwischen Ekel und Verlangen zu spielen, erregte sie viel stärker als die Suche nach Erfüllung.

Schnell hatte er gelernt, geduldig und milde zu sein, wenn er Erfolg bei den Frauen haben wollte, das brutale und grobe Verhalten, das viele Frauen von den weißen Männern erwarteten, hätten sie ihm nicht verziehen. Mägde, Köchinnen, Gouvernanten und Gesellschafterinnen bemühten sich reihenweise um seine Gunst, und wenn eine sich ihm schließlich wirklich hingab, so gelang es ihr vor lauter Erstaunen über die Berührung des Körpers von fremder Art, Form, Farbe und fremdem Geruch nicht, sich selbst zu vergessen. Sie bewegten den Jungen zwischen ihren Beinen wie ein verblüffendes Spielzeug hin und her und griffen sich nach vollbrachter Umarmung erst einmal zwischen die Schenkel und untersuchten dann ihre Handflächen nach schwarzer Materie. Angelo lernte über sie zu lachen. Hatten die Frauen sich vergewissert, dass ihm Samen derselben Farbe und Konsistenz entrann wie den weißen Männern, rissen sie ihn an den Haaren oder versetzten ihm ein paar beleidigte Ohrfeigen im Austausch für sein Lachen.

Als hätte das Schwarze ihrer Fantasie besser entsprochen.

Freilich begehrten ihn nicht nur Frauen des niederen Volkes, im Gegenteil. Es war gerade die Welt des Adels, der Aristokraten, die das Besondere dem Gewohnten vorzog.

In diesen Fällen wandten sich die Damen geradewegs an den Fürsten, der ihrer Bitte manchmal nachkam und Angelo bat, dieser oder jener einen Gefallen zu tun.

Der Weg führte in verhängten Wagen, durch Geheimtüren, oft wusste er nicht einmal, wohin und zu wem er gebracht wurde, und der Schleier des Geheimnisses lüftete sich nicht einmal während des Aktes; die Frauen, die ihm ihre Person nicht offenbaren wollten, nahmen ihn manchmal in vollständiger Dunkelheit auf. Es gab aber auch solche, die gerade den Klatsch suchten oder die, von einer dunklen, verzweifelten Perversion getrieben, es vor den Augen ihres Ehemannes, ihres Vaters oder ihrer Freundin mit ihm treiben wollten.

Zurück im Palais Lobkowitz erzählte Angelo alle Details dem Fürsten, der in den Geschichten immer mehr Gründe fand, die Menschen zu hassen und zu verabscheuen.

Angelo konnte ihm vertrauen, er verriet es keinem, dass der Neger ihm seine innersten Geheimnisse anvertraut hatte. Ohnehin glaubte der Fürst nicht an Liebesgefühle, er sah das ganze Brimborium rund um die Emotionen lediglich als Taschenspielertrick der Natur an, die sie zur Täuschung um die barbarisch einfache Tätigkeit der Fortpflanzung aufgebaut hatte. Der Fürst hielt ausschließlich die käufliche Form der Liebe für menschenwürdig, und packte ihn das Verlangen, schickte er Angelo um eine Dirne in ein Bordell am Spittelberg. Er mochte die drallen Brünetten mit nicht allzu großen Busen, aber ausladendem Hinterteil, von diesen konsumierte er wöchentlich zwei, drei.

Angelo führte präzise Buch über die Frauen, denn der Fürst war kein Freund von Wiederholungen. Da aber die Vorräte auch bei den Freudenmädchen nicht unerschöpflich waren, kam es nach einigen Monaten unausweichlich zu manchen Repetitionen. Angelo belehrte die Frauen in diesen Fällen eingehend darüber, dass sie sich unter einem anderen Namen vorstellen sollten wie beim ersten Mal und dass sie Unverständnis vortäuschen sollen, würde der Fürst sie bei ihrem wahren Namen rufen. Dann merkte er bald, dass Lobkowitz, um sich selbst nicht unnötig zu echauffieren, lieber tat, als habe er nicht bemerkt, dass die als neu eingeführte Kokotte schon einmal bei ihm gewesen war.

Angelo war beliebt in den Bordellen.

Die Frauen wandten sich oft an ihn um Schutz und um Rat in delikaten Dingen, in Streitigkeiten mit Freundinnen, ihrer Mutter oder dem Bordellbesitzer. Angelo bekam Einblick in immer mehr Familien und im Verlauf der Jahre erfuhr er nach und nach von jeder Frau, warum sie auf dem Spittelberg gelandet war. Er besaß ein besonderes Talent zum Stillschweigen, vor ihm öffneten sich auch Frauen, die sich geschworen hatten, zu niemandem mehr ehrlich zu sein. Sie erzählten von gewalttätigen Vätern, tobenden Brüdern, von ihren Jahren in der Strafkolonie Temeschwar, wohin sie von der gestrengen Maria Theresia über das Wasser auf einer elendslangen Schiffsreise verschickt worden waren, die öffentlichen Auspeitschungen, das Kahlscheren als Demütigung. Sie wagten es nicht, sich ihm anzudienen, wussten sie doch, dass er sich in höheren Kreisen bewegte, bei parfumduftenden Damen lag und nicht bei solch stinkenden Straßenweibern, wie sie es waren. Sie baten ihn, für ihre Kinder als Taufpate zu fungieren, und luden ihn in ihr Dorf zum Sautanz ein. Sie achteten ihn hoch.

Die Besitzer vertrauten ihm, und da sie selbst meistens zu den Geächteten und Fremden gehörten, sahen sie den Schwarzen als ihren natürlichen Verbündeten an, wobei sie freilich als Gefangene ihrer Natur und Situation ihm wesentlich mehr von ihren eigenen Charakterzügen zudachten, als er wirklich besaß.

Zum Beispiel nahmen sie als naturgegeben an, dass er stehle, und wenn er aufrichtig beteuerte, nie etwas Wertvolles vom Eigentum des Fürsten genommen zu haben, blinzelten sie ihm verständnisvoll zu und achteten ihn umso mehr, weil er Geheimnisse bewahren konnte und keine Plaudertasche war. Eine Zeit lang boten sie ihm an, Diebesgut zu übernehmen und sichere und diskrete Käufer für alles zu beschaffen, doch dann erkannten sie, dass der Mohr wahrscheinlich ein noch größerer Gauner war als sie, der ihnen nicht auf die Nase binden würde, an welchen Machenschaften er beteiligt war.

Sie begannen ihn ein wenig zu fürchten, doch zeigten sie das nicht, ihr Stolz hätte das nicht ertragen.

Vordem hatten sie ihn mit großsprecherischen Geschichten von Mord, Raub und Erniedrigung der Opfer traktiert. Soliman lachte mit ihnen. Obwohl er sie kannte, obwohl er sich unter ihnen in Sicherheit fühlte, wagte er es nicht, ihnen offen entgegenzutreten oder ihre Annäherung abzuweisen. Er musste sich beschämt eingestehen, dass er nicht im Einklang mit seinen Prinzipien zu handeln vermochte und sich aus Sorge um seine Sicherheit gemeiner zeigte, als er wirklich war.

Bei der Vorbereitung zu größeren Einbrüchen wurde er nach seiner Meinung gefragt, und obgleich er nie etwas dazu sagte, erinnerte man sich später, gute Ratschläge bekommen zu haben. Man meinte zu wissen, dass er gelegentlich auch Auftragsmorde durchführte, und hängte ihm legendäre Straftaten an. Man munkelte, dort unten, unterhalb von Wien, im Sand am Donauufer, würden viele Leichen liegen, Menschen, die Angelo ihres Geldes wegen um die Ecke gebracht und in den Fluss geworfen hatte. Den Hans. Den Karl. Den Jerzy. Den Pista. Wer auch immer irgendeine unglaubliche Geschichte über ihn erzählte, dem glaubte man, Angelos Fremdheit machte alles glaubhaft.

Sie setzten sich mit ihm an den Kartentisch und auch sie beobachteten, was Fürst Lobkowitz schon in Angelos Kindertagen festgestellt hatte, dass das Glück ein ganz besonderes Verhältnis zu ihm pflegte, als schulde es ihm etwas. Oder als schuldeten sie sich gegenseitig etwas. Nicht einmal die ältesten Kartenspieler mit ihren unverwüstlichen, zur Zeit der deutschen Bauernkriege gedruckten Kartenblättern, die das Spiel von Kindesbeinen an kannten und noch als Landsknechte gespielt hatten, hatten je so verteufelt gute Karten gesehen. Es war vor allem die rote Farbe, die Angelo gewogen war, und seine Gegenspieler zuckten immer zusammen, wenn die Bank dem Schwarzen diese Farbe austeilte. Da konnte jeder sicher sein, mit leeren Taschen nach Hause zu gehen.

Hatte der Hilfskonzipient bei Hofe Franz Gottwald oder der Universitäts-Fechtmeister Karl Freiheit keine Zeit, begleiteten ihn oft die Frauen nach Hause, nicht als wäre er ängstlich gewesen, sondern weil es öfter vorgekommen war, dass mit Knüppeln bewaffnete Theologiestudenten ihn in einer dunklen Toreinfahrt abpassten, um an ihm die Fertigkeit der Teufelsaustreibung zu üben; und einmal behauptete ein irrsinniger Vater, dessen Tochter von Soldaten auf Urlaub entehrt worden war, Angelo würde den Ungeist des Verderbens und der Unzucht in der Stadt verbreiten, weswegen er ihm den Kopf mit einem langen Messer abschneiden wollte.

Meistens wurde Angelo durch seine Bildung beschützt.

Seine weißen Meister von Aristoteles bis Spinoza ergingen sich so oft über die Tugend, über die Rolle des Weisen, die Zurückweisung der Eitelkeiten, über die Seelenruhe, als hätten sie geahnt, sie müssten dereinst einmal Schüler, die viel verletzlicher waren als sie selbst, gegen das Böse in der Welt wappnen. Sie lehrten ihn, seine Emotionen im Zaum zu halten und zu verbergen, sie lehrten ihn, sich über Niedertracht und Verunglimpfung hinwegzuheben. Es waren die grausamsten Sklavenhalter, die Römer, von denen er das meiste lernte. Sallust wurde zu seinem höchstverehrten Meister, in dessen dunkelhäutigen Helden er sich selbst erkannte. Immer öfter verlor er sich in dem Gedanken, selbst aus königlichem Geblüt zu stammen, und er stellte sich vor, was er alles unternähme, könnte er jetzt den Thron besteigen. Diese Geschichte aus seiner Kindheit, die der Fürst kein einziges Mal versäumte zu wiederholen, so oft er mit Angelo aufschneiden wollte, wurde mit der Zeit immer ausladender, immer bunter.

Als ihn der Marquis dem Fürsten geschenkt hatte, tat er dies mit der kurzen Mitteilung, den Jungen habe der Krieg in seinem Lande den Portugiesen in die Hände gespielt, der feindliche Stamm habe die königliche Familie angefallen, deren weiteres Schicksal sei unbekannt.

Das Kind wurde mit den anderen Gefangenen zusammen wochenlang durch den Dschungel bis an die Küste getrieben, wo, und da kommt die zwangsläufige Ironie, er von den Feinden an die Portugiesen verkauft wurde. Das war die eigentliche Pointe der Geschichte: Die Schwarzen verkauften ihre eigenen Artgenossen als Sklaven. Angeblich bekamen sie für den Kleinen ein weißes Pferd, das war der erste irgendwie fassbare Tauschwert, mit dem Angelo Soliman sich zu definieren begann.

Jahre später hatte der Fürst schon die friedlichen Tage der königlichen Familie in die Geschichte eingeflochten, den frommen und weisen Vater, die würdevollen königlichen Ausritte auf Kamelen und den zahmen weißen Elefanten, der dem kleinen Königssohn überall hin wie ein Hund folgte, dann die Strauße, die um den Königspalast grasten, und die lieblich zwitschernden Paradiesvögel im Palastgarten. Für die Glaubhaftigkeit der Geschichte vermischten sich Flora und Fauna verschiedener Kontinente in paradiesischem Frieden. Der Überfall und der Raub wurden um horrible Details ausgeschmückt: Die weinend um das Leben ihrer Kinder flehende Mutter wird vergewaltigt und mit Keulen erschlagen, der fromme grauhaarige König muss das schreckliche Schicksal seiner Frau mit ansehen und wird anschließend bei lebendigem Leib gehäutet, den Hofdamen wird ebenfalls Gewalt angetan und sie werden dann mit den anderen kräftigen jungen Männern und Frauen gefesselt zum Sklavenmarkt an der Küste getrieben, wo sie von blutgierigen und grausamen Portugiesen gekauft werden.

Diese Details vermehrten die Anteilnahme und Achtung gegenüber Angelo und der Fürst mochte es ohnehin gern, seine Geschichten auszuschmücken. Das war Angelo zwar bekannt, doch dürstete er danach, mehr über sich zu erfahren, genauer: über den, der er einmal gewesen war, um aus dieser Skizze in Gedanken aufbauen zu können, wer er hätte sein können, und schließlich passte er auch diese Mosaiksteinchen in das behutsam erstellte Bild ein. In den Fantasien seiner einsamen Stunden arbeitete er diese gedachte Welt minutiös aus, zu der er sich im Lauf der Jahre die weiteren Versatzstücke aus seiner Lektüre, aus Museen, von den Freunden des Fürsten besorgt oder von Fürst Lobkowitz selbst bekommen hatte, der ein unerschöpfliches Interesse für dieses Thema zeigte und Angelo mehrmals versprochen hatte, sie würden, sobald der Krieg mit den Preußen beendet sei, sich aufmachen und Angelos Heimat aufsuchen, sie vielleicht sogar zu Ehren der Kaiserin erobern.

Zu seinem dreißigsten Geburtstag, den Angelo, der keinerlei Kenntnis darüber besaß, wann genau er geboren worden war, am vierzehnten September, am Tag seiner Taufe feierte, überraschte der Fürst Soliman mit einem ausgestopften Krokodil.

Es war sicher nicht das größte Krokodil, auch fehlte ihm ein Bein und der Großteil seiner Zähne war ihm im Zuge seiner Wanderungen ausgebrochen worden, doch Angelo war ihm von der ersten Minute an so zugetan wie andere ihrem Lieblingshund. Er hielt es in seinem Zimmer neben dem Bett und erlaubte anderen Personen nur ganz selten und als besonderes Privileg, das ausgestopfte Tier anzufassen.

Das Krokodil war in Wien ein genauso fremdes Wesen wie er.

Als ich es an der Freyung das erste Mal erblickte, neben seinem Fauteuil, wurde das Tier nur mehr von einer dicken Schicht Lack zusammengehalten, die oftmaligen Umzüge und der Zahn der Zeit hatten es beschädigt, obwohl Soliman viel Aufwand zu seiner Instandhaltung getrieben hatte. Es war ausgebessert und geflickt worden, man hatte die Sägespäne und das Rosshaar ausgewechselt, in dem Ameisen und Flöhe, manchmal aber auch Mäuse mit Vorliebe wohnten. Zu dieser Zeit konnte man nur noch nach eingehender Prüfung feststellen, dass es sich einst um ein Krokodil gehandelt hatte, es erinnerte am ehesten an eine platt gewalzte Schlange auf einer staubigen, sommerlichen Landstraße.

Das Präparat hatte den ersten gravierenden Unfall erlitten, bei dem es ein Hinterbein und den Unterkiefer eingebüßt hatte, als Angelo nach dem Tod des Fürsten – wie auch alles andere an beweglichen Gütern wie Pferde, Prunkwagen und Waffen – als Teil des Nachlasses zu Joseph Wenzel von Liechtenstein kam. In seinem neuen Heim sahen die Lakaien und Diener keinen von ihnen beiden gern, sie waren bestrebt, ihrer Feindseligkeit auf allen möglichen Arten Ausdruck zu verleihen.

Angelo kannte Fürst Liechtenstein schon seit Langem, doch vermochte er seinen quälenden Verdacht nicht zu besänftigen, demzufolge der Fürst ihn trotz zahlreicher Treffen nicht kannte, ja, vielleicht nicht einmal von seiner Existenz wusste.

Fürst Liechtenstein besaß die grausame Fähigkeit, einen Menschen allein mit seinem Blick völlig auszulöschen. Angelo wurde auf diese Eigenheit zum ersten Mal bei einem Ball in Parma aufmerksam, veranstaltet zu Ehren Isabellas, der Zukünftigen des jungen Mitregenten Joseph. Angelo stand unmittelbar hinter Lobkowitz, nur einen Schritt von ihm entfernt, mit dem Lächeln auf dem Gesicht, das ihm die Menschen in der von ihm gewünschten Entfernung vom Leibe hielt. Er musste nur ein bisschen breiter lächeln als der bemühteste Lakai, doch fiel ihm das nicht schwer, selbst der am breitesten grinsende Höfling konnte seinen Mund nicht so weit verziehen, wie das Soliman ohne sich anzustrengen schaffte. Er hatte es ausprobiert. Zeigte er ein unbeteiligtes oder unlustiges Gesicht, kamen alle näher und stänkerten ihn an, wenn er aber allzu gute Laune zeigte, machten sie alles, um ihn zu ärgern. Er musste ein ausgewogenes Gleichgewicht halten.

Schon seit Stunden war es ihm gelungen, den hinnehmbaren Zwischenraum zwischen sich und den vornehmen Gästen aufrechtzuerhalten, er musste nur auf die anderen Diener achten, denn diese versuchten sich wie gewöhnlich darin, ihm ein Bein zu stellen, ihn umzuwerfen oder wie auch immer zu erniedrigen, dabei schlossen sie Wetten ab, ob es einem von ihnen gelingen würde, ihn derart zu Sturz zu bringen, dass das Sektglas auf dem Tablett des Negers gerade auf das Gewand des noblen Herrn falle. Bislang verlief der Abend hauptsächlich mit den immer neuen Tücken der herannahenden Lakaien, einmal stießen sie ihn mit dem Ellbogen an, dann stachen sie ihn mit Nadeln, spritzten ihm den beißenden Saft von Zitronenschalen in die Augen, schossen ihm Erbsen durch ein improvisiertes Blasrohr aus Schilf an den Hals oder traten ihm einfach nur mit ihren spitzen Schuhen gegen die Knöchel, während er lächelnd ein Tablett balancierte.

Jetzt beschützte ihn aber die Nähe des Fürsten, er durfte aufatmen.

Während sie auf den Thronerben warteten, eilte Liechtenstein, der erst vor Kurzem in den Saal getreten war, zum Fürsten, ließ den Blick über dessen Umgebung schweifen, wobei dieser Blick so über Angelo hinwegglitt, als dringe er ungehindert durch seinen Körper hindurch, als betrachte Liechtenstein eine Figur auf dem Gobelin hinter ihm.

Als hätte er ein Schwert durch die Luft sausen lassen.

Noch nie hatte sich Angelo so unbedeutend, so wertlos gefühlt, Arme und Beine wurden ihm taub. Die Lebenskraft, die ihn bislang stets genährt hatte, stockte von diesem Blick, sie gefror und löste sich auf. Ihm war, als machte dieser Moment eine Statue aus ihm, nie wieder würde er sich rühren können.

Während die beiden Fürsten sich über die aktuelle Kriegssituation unterhielten, trafen die Diener mit Strabon ein, dem peruanischen Nackthund Fürst Liechtensteins, der mit seiner fleckigen, unbehaarten Haut, den aus dem Fang hervorstehenden Zähnen und dem hellgelben Haarbüschel auf dem Kopf derartig hässlich war, dass Angelo sofort Gefahr witterte, denn dieses Wesen war noch sonderbarer als er.

Fürst Liechtenstein kniete sich zu seinem Hund nieder und nahm eine Wachtel zwischen die Lippen, die der Hund mit schnellen Zungenbewegungen aus dem Mund seines Herrn holte. Sie zerrten den Vogel sogar ein wenig hin und her. Dann holte der Fürst eine Pfeife aus seiner Tasche, die angeblich einen für das menschliche Ohr unhörbar hohen Laut produzierte, blies hinein und das Tier tanzte, kaum hatte es den Laut vernommen, in absonderlichen Schrittkombinationen kreuz und quer durch den Saal, dann zuckte es wie von Krämpfen geschüttelt, seine Augen zeigten das Weiße und der Hund sackte zusammen, er fiel in einen Starrkrampf. Niemand dachte, dass das auch ein Teil der Vorführung war, die Damen gaben ängstliche Laute von sich, doch die Dienerschaft rief Strabon mit Tätscheln und Massieren schnell ins Leben zurück, bis dieser wieder lustig zu hüpfen begann.

Fürst Liechtenstein blies nun wieder in seine Pfeife, der Laut machte den Hund wieder zucken und er kippte jetzt, einigermaßen entschiedener, fast schon tragisch, neuerlich um. Erst jetzt offenbarte der Fürst das Geheimnis der Pfeife: Blies man lange genug hinein, blieb der Hund sogar für Tage im Krampfzustand, wenn es auch bislang niemandem gelungen war, Grund und Bedeutung der Erscheinung zu deuten. Die Gäste rissen einander das Pfeifchen aus der Hand, jeder wollte es ausprobieren, doch der Fürst bedeutete mit einer entschlossenen Handbewegung, dass dazu einzig und allein er berechtigt sei.

Fürst Lobkowitz gestand Angelo erst auf dem Totenbett, dass er ihn um ein Haar gegen den Hund eingetauscht hätte. Er flehte Angelo an, ihm seine Schwäche zu verzeihen, doch möge er verstehen, für einen Augenblick schien ihm, der peruanische Nackthund wäre eine noch auffälligere Besonderheit als Angelo.

Da zählte Angelo dreiunddreißig Jahre, und bevor sie, der Fürst und er, am unheilbringenden Tag in die Oper aufbrachen, wo man an jenem Abend Glucks *Die Hochzeit von Herkules und Hebe* gab, erfasste ihn ein quälender Kopfschmerz, den er weder davor noch danach verspürte. Als würde man ihm Klampfen in den Kopf treiben und ihn an diesen herumzerren. Er schämte sich, laut zu brüllen, so hockte er sich in die Ecke seines Zimmers und wartete aufs Sterben. Er war sicher, dieser Schmerz könne kein anderes Ende haben. Die Pein ließ auch am Nachmittag nicht nach, er kletterte halb ohnmächtig neben den Fürsten in die Kutsche. Die Fahrt erschien ihm unendlich, bei jedem Holpern, jedem Stoßen über die Pflastersteine spürte er, wie sein Kopf zerbarst.

Am Graben nahmen sie Willibald Gluck auf, weil der Fürst darauf bestand, sich vor dem Theater in seiner Gesellschaft zu zeigen. Während der dicke Komponist schnaufend einstieg, bemerkte er die schwarze Gestalt in der roten Livree auf der roten Polsterung nicht und setzte sich auf sie. Die Heiterkeit milderte die Kopfschmerzen ein wenig, doch Angelo kämpfte auch so mit Brechreiz und er schwitzte bis zum Ende der Vorstellung, in welcher der Fürst würdevoll eingeschlafen war, nachdem er während der Ouvertüre Angelo, und somit dem ganzen Publikum, ohne auf seine Lautstärke zu achten erzählt hatte, dass der ausgezeichnete und zu Recht in ganz Europa bekannte Meister als Sohn des Försters seiner Familie barfuß auf dem Besitz in Böhmen herumgelaufen sei, dass er so mager gewesen sei, dass ihm die Knochen klapperten, und dass sein Vater ihn, sooft er ihn mit einem Musikinstrument erwischte, ohne Erbarmen und grausam bestrafte, einmal habe er ihm sogar die Finger gebrochen, damit er nie wieder eine Geige anrühre.

Während des zweiten Aktes hatte Angelo das Gefühl, gleich einzuschlafen.

Dann waren die Kopfschmerzen plötzlich vorbei, Angelo spürte ein dumpfes Kribbeln im Kopf, süß wie ein Schwips vom Wein, das ihm doch nicht ganz die Nüchternheit nahm. Er tauchte taumelnd ein in den einen oder anderen gekonnten Übergang der Harmonien, die Willibald, der auf dem Dirigentenpodest schwitzte, mit ausgesuchten Handbewegungen auf die Bühne leitete. Als auch die letzten Posaunenklänge des Finales verklungen waren, ließ das Kribbeln in Angelos Nacken plötzlich nach und gleichzeitig entlud sich der Himmel mit heiterem Getöse, ein ausgewachsener Sommerregen platzte hernieder auf die Stadt. Sie fuhren mit der Kutsche im prasselnden Regen beim Licht der Blitze nach Hause, dabei beschlugen sich die Fenster innen von der Feuchtigkeit, die der klatschnass geschwitzte Gluck ausströmte. Der Fürst war gerade mitten in einer Anekdote über den alten Gluck, den Förster seines Vaters, wie dieser mit den Hasen und Fasanen an seinem Gürtel nach Hause trottete, hielt dann aber schlagartig inne und begann ohne Übergang eines der Spiele Duncan Philidors zu analysieren und sackte dann mit dem Ausruf: „Läufer, Türme, Attacke!" auf die Polsterung zurück.

Er erlangte sein Bewusstsein nie wieder.

Im Morgengrauen schlug er die Augen noch einmal auf, sah verwundert in das Zimmer, auf die um ihn herum wachende Dienerschaft und auf die geschäftigen Ärzte mit ihren Blutegelflaschen und Aderlassmessern, dann hauchte er nach einem tiefen Atemzug seine Seele aus.

Er war bis zum Hals an Fürst Liechtenstein verschuldet, und Angelo Soliman stand als ein Teil der beweglichen Habe, der Erbmasse, als Posten Nummer 496, mit dem Verzeichnis der sonstigen Güter nach einigen Tagen vor Fürst Wenzels magischen Blick, der auch jetzt, wie in Parma beim ersten Mal, mit eisiger Selbstsicherheit durch den schwarzen Körper hindurchdrang und an dem Ladenknauf mit dem Löwenkopf am hinter diesem stehenden schnörkelig verzierten Schreibtisch zur Ruhe kam.

Angelo spürte eine Leere im Magen.

Erschrocken erkannte er, dass seine Beine zitterten.

Albert, der Oberkammerdiener, hatte ihn auf der Treppe zum Arbeitszimmer des Fürsten eingehend belehrt und das Wesentliche, was er wissen musste, in wenigen einfachen Sätzen zusammengefasst:

Du bist kein Mensch, sondern nur ein beschissener Affe, also halt's Maul.

Wenn du den Gescheiten spielst, schneid' ich dir die Kehle durch.

Die Hälfte deines Lohnes gibst du mir jährlich her.

Hier stehle nur ich.

Du sprichst nicht Lateinisch, du sprichst nicht Griechisch, du sprichst nicht Böhmisch, du sprichst nicht Französisch, nur Deutsch ein wenig.

Im Schach gewinne immer ich, auch gegen den Fürsten.

Zur Betonung des Gesagten rammte er Angelo hinterrücks, bevor er ihn durch die Tür des fürstlichen Arbeitszimmers stieß, noch seinen Oberkammerdienerstock in die Nierengegend, sodass Angelo halbseitig zusammengekrümmt, vor lauter Schmerz mit Schweißperlen auf der Stirn, vor Wenzel von Liechtenstein hertaumelte, und es schien, als huschte ein schnelles Lächeln über dessen Gesicht.

Der Blick durchdrang seinen Körper irgendwo auf Nabelhöhe wie eine unsichtbare Achse, um die er rotieren könnte, so man ihn darum kippte, wie eine hölzerne Puppe. Später, als er seine Geistesgegenwart zum Teil zurückgewonnen hatte, machte er öfter den Versuch, sich behutsam so zu verbeugen oder zu krümmen, dass seine Augen in die Schusslinie des liechtensteinschen Blickes kamen, doch wie er sich auch bemühte, gelang es ihm nicht, dieses unsichtbare Strahlenbündel zu finden, als lebte der Fürst in einer Welt ohne Mittelpunkt, in der sich alles in gleicher Entfernung von ihm befand.

Er schaffte dieses Zusammentreffen der Blicke nicht einmal, wenn er anlässlich der rituellen Orgien mit einem Sultansturban auf dem Kopf den Fuß, den Oberschenkel oder den Kopf einer der Teilnehmerinnen halten musste, damit die gewünschte Pose nicht allzu unbequem werde oder es nicht zu einem Starrkrampf komme, und auch dann nicht, wenn er gezwungen war, das Verwöhnen durch den Fürsten, begleitet von fauchenden, keuchenden und winselnden Tönen, zu ertragen. Der Blick blieb für ihn selbst im Augenblick der Wollust nicht fassbar und er verband sich auch nicht mit seinen Augen, wenn der Fürst ihm, mit angezogenen Beinen auf dem Rücken liegend, den rosafarbenen Anus hinhielt wie ein Hund, der gekratzt werden möchte.

Das Glück, das Angelo in seiner Zeit bei Lobkowitz so hold geblieben war, schien nun aus seinem Leben verschwunden und sein Los in einem Dasein als gedemütigter Diener zu versinken. Lange Jahre hindurch war nichts geschehen, das ihm auch nur einen Funken von Hoffnung aufgezeigt hätte. Nur seine Partner beim Kartenspiel im Wirtshaus, der Fechtmeister und der Hilfskonzipient, sowie seine Ärztefreunde aus dem Allgemeinen Krankenhaus, die er immer mittwochs am Nachmittag besuchte, um der einen oder anderen öffentlichen Sektion beizuwohnen, erhielten ihn am Leben.

Seitdem er sich der vierzig näherte, sah er diese blassvioletten, hilflosen und ausgelieferten Körper anders als bisher, wenn sie, während die medizinischen Schneidinstrumente sich in sie hineinarbeiteten, durch die langsamen Wellen ihrer Fettwülste auf der Marmorplatte genauso hin und her gestoßen wurden wie die Lebenden der fürstlichen Orgien.

In dieser Zeit verloren seine Gliedmaßen die schwebende Leichtigkeit, die ihm von der Fremdheit seines Körpers verliehen worden war. Das Wissen darum, dass kein anderer, wen auch immer er ansah, ihm jemals gleichen würde, dass die ganze Welt anders war als er, dieses Wissen verlor jetzt langsam an Auftrieb und ihm war, als sinke er unaufhaltsam nach unten.

Und als hinge das auch mit dem Glück zusammen.

Die rote Farbe, die ihm im Kartenspiel immer treu gedient hatte, lag jetzt teilnahmslos unter den anderen Kartenblättern. Bei den Liechtensteins musste er in Blau gehen und die Kutschen, die Tapisserien, ja, selbst die Blumen waren blau in diesem Schloss. In den blauen Wänden seines Zimmers über den Stallungen fror das Krokodil neben Angelos Bett, es war von den Dienern unter Anleitung Alberts an einem Strick durch den Hof gezerrt und dabei heftig getreten worden, kein Tag verstrich, ohne dass Angelo irgendwie verhöhnt wurde, die Dienerschaft erwies sich als überaus ideenreich.

Wenn Angelo abends vom Schießplatz, wo der Fürst neuartige Artillerietechniken ausprobierte, heimkehrte und sich mit klingenden Ohren zur Ruhe begeben wollte, konnte er sicher sein, dass ihn irgendwelche unberechenbaren Überraschungen erwarteten. Man hatte ihm schon einen Igel in den Kopfpolster und Nadeln in die Matratze gesteckt, heiße Steine lagen unter seinem Leintuch und Exkremente stanken in seiner Tischlade, auch stob eine ganze Rattenfamilie quietschend aus dem Inneren des Krokodils hervor. Seine Notizen wurden bekritzelt, mit Beleidigungen und Verleumdungen überschrieben, in sein Tagebuch wurden eklige Zusätze geschrieben, sein liebstes Griechisch-Wörterbuch und die Amsterdamer Prunkausgabe von Platon wurden in Pferdejauche eingeweicht. Albert war die Zeit nicht zu schade, eine alte Bettlerin von Kopf bis Fuß schwarz anzumalen, mit einem Brautschleier zu schmücken und stockbetrunken in Angelos Bett zu stecken. Dieser kam, benommen vom Gerenne des ganzen Tages auf dem Schießplatz, nach Hause, fiel halb ohnmächtig und noch angezogen auf das Bett, bis zum Morgen hätte er die Alte vielleicht sogar erdrückt, wäre diese nicht beizeiten winselnd unter ihm hervorgekrochen.

Offensichtlich war die Übermacht nicht zu besiegen, er hatte keine Chance in einer offenen Konfrontation und konnte sich nirgendwohin um Hilfe wenden, wenn er sich nicht auch niederträchtig verhalten wollte. Dazu gab es offenbar Möglichkeiten genug, die Kuppelwirte, die Meuchelmörder, Einbrecher und sonstige Galgenvögel hatten ihm schon öfter angeboten, Albert oder jemanden anderen, den Angelo namhaft machte, um die Ecke zu bringen; so weit wollte er sich aber nicht vorwagen. Seine Verschiedenheit von allen ließ ihn ohnehin als Konsorte der bösen Mächte erscheinen, als einen Zauberer aus dem Osten, als wilden Menschenfresser, heidnischen Mörder, als Diener des Satans, Schwarzmagier und Kinderschänder, die schlimmste Perspektive für ihn war, dass er allein, geächtet und verlassen, der ganzen Welt unterliegen musste. Also mied er die Diener, wo er nur konnte, er kam so spät nach Hause wie nur möglich und war schon am frühen Morgen ausgeflogen. Seine Aufgaben aber musste er verrichten und so bedurfte es tatsächlich teuflischer Geschicklichkeit und Erfindungsgeist, um den Demütigungen auszuweichen.

Zum Kräfteschöpfen brauchte er Einsamkeit. Er richtete sich in einem Zimmerchen im Dachraum des Bordells *Zum Pelikan* ein, durch das winzige Fenster sah er auf die Dächer des Wiener Häusermeers, in dem der Einschnitt des Grabens sich auftat wie der dunkle Schlund eines Wirbels. Durch die dünnen Wände drangen die brünstigen Laute der Paare, ihr Ächzen, Röcheln, Wimmern und Kreischen, auf dem matschigen Hof kochte die Weißwäsche, die Linnen, aus der Küche strömte der Geruch von gebratenem Fleisch, Kraut und Bier bis in den ersten Stock und die Unterhaltung der Mädchen war zu hören; sie setzten sich an Vormittagen auf die Schwelle zum Hof in die schwache, bleiche Frühlingssonne und erzählten, wie ihre Mütter den Entenbraten mit Kraut und Knödeln zubereiteten. Hierher hatte sich Angelo zurückgezogen, um Sallust und Plutarch zu lesen, womit er selbst den Verdacht derer erregte, die ihm bislang restlos vertraut hatten. Dass er sich in die in unverständlicher Sprache geschriebenen Bücher solch unmöglich benannter Menschen vertiefte, war selbst den Strizzis und Meuchelmördern zu viel. Sie ließen ihn aber wenigstens in Ruhe.

Jetzt zeigte sich der Nutzen all dessen, was Angelo bei Lobkowitz gelernt hatte.

Er sah sich in den griechischen und römischen Helden, die dem Schicksal die Stirn geboten hatten, wie in so vielen antiken Spiegeln mal von dieser, mal von jener Seite und schlug bei dem einen oder anderen Satz, der seine Gegenwart genau abbildete oder einen bislang unentdeckt gebliebenen Zusammenhang aufdeckte, jubelnd auf den Tisch. Dies war die einzige Möglichkeit, sich in das Rätsel zu versenken, wer er wirklich war, was in ihm wohnte, wo er sich in der Welt befand, die ihm verblieben war, und was mit ihm geschah. Manchmal hob er den Kopf verwundert aus dem griechischen Text, der vom Bettenknarren, Rumpeln und Stöhnen wie von einer sonderbaren Trommelmusik unterlegt wurde. Die Geräusche des Koberns und Buhlens aus dem gegenwärtigen Augenblick und die tote, in der Zeit untergegangene Sprache erschufen sonderbare Harmonien, die zu schwer fassbaren und schwer benennbaren Gefühlen und Ahnungen in seinem Geist führten, als hätte er etwas vergessen, das er dereinst mit Gewissheit und sehr gründlich gewusst hatte. Als gäbe es für alles, was ihn beschäftigte, eine noch bessere, noch genauere Antwort als die, die seine Gedanken ihm im Spiegel der antiken Autoren zutrugen. Als wäre die Antwort von vornherein da wie das Wasserzeichen im Papierblatt und als schaffte er allein es nicht, sie zu deuten. Der Moment, der Dampf der heißen Lauge vom Hof her, das Gestöhne, der Geruch nach Kraut, die Wiener Hausdächer mit der Schlucht des Grabens – ihm war, als bildete das alles notwendigerweise einen einheitlichen Block, der mit der inneren Antwort identisch wäre. Doch hielt dieses Gefühl nur für kurze Sekunden an, dann zerstob alles in eigene Geräusche, Wörter und Düfte. Er kämpfte um dieses Gefühl, er rang darum, es in Worte zu fassen, es festzuhalten, doch gelang es ihm nie. Einen Engel kann keiner zum Bleiben bewegen, er schlägt nur einmal mit den Flügeln und fliegt davon.

Oft traf er erst im Morgengrauen wieder im Palais Liechtenstein ein, wo ihm die Wache fluchend das Tor öffnete, jeder Morgen begann mit derselben qualvollen Frage, welche Demütigung seine Peiniger, der Oberkammerdiener und die Höflinge, wohl heute für ihn bereithielten.

Somit war es kein Wunder, dass jeder zuerst den Neger verdächtigte, als Albert eines Morgens Mitte 1763 in einer benachbarten Toreinfahrt mit durchgeschnittener Kehle aufgefunden wurde.

Als sich dann herausgestellt hatte, dass Angelo sich am fraglichen Tag vom frühen Morgen bis tief in der Nacht auf dem Schießplatz aufgehalten hatte, um Aufzeichnungen über die mörderische Kraft der neu entwickelten Kanonen zu machen und den Schaden, den das Geschoß dem Zielgegenstand zufügte, im *Einschlagsjournal* zu dokumentieren, formulierte man die Anklage anders: Offensichtlich hatte der Schwarze jemanden von seinen Unterweltsfreunden dafür gedungen. Man hatte ihn nicht abgeführt, doch wurde sein Zimmer von außen abgesperrt und ein Posten davor aufgestellt. Unter seinem Fenster machten sie den Eulenruf nach und imitierten Affenstimmen. Der wahre Täter wurde erst drei Tage später gefunden, es war der Vater des Oberkammerdieners. Dieser hatte sich erhängt und die Wahrheit kam aus seinem Abschiedsbrief ans Licht. Der alte Müller hatte es satt, dass sein Sohn bei jeder Gelegenheit über ihn triumphierte und sich rühmte, es bis zum Amt des Oberkammerdieners gebracht zu haben, und dem Vater drohte, für die Schläge in seiner Kindheit mit dem Stock, den der fürstliche Wappenlöwe zierte, Rache zu nehmen. Der Vater hatte sich in seiner tiefen Bitternis so heftig betrunken, dass er sich nachts in der Straße, durch die Albert immer ins Wirtshaus ging, in einer Toreinfahrt versteckte und den Sohn, der mit hochmütigen Schritten, den besagten Spazierstock schwingend herankam, hineinzerrte und ihm die Kehle aufschlitzte.

Der Vorfall hatte den Fürsten prächtig amüsiert und er beschloss, die beiden Leichen für seine Kriegssimulationen zu verwenden, für die bisher bloß verendete Schweine und Schafe an Pfosten befestigt wurden. Die Ämter gaben dem Druck von oben nach und die Familie erhielt lediglich eine gesiegelte Nachricht vom Verschwinden der beiden Leichen.

Nachdem die Preußen und die Franzosen die Habsburger böse verprügelt hatten, wiesen alle Experten die Schuld daran einstimmig der Artillerie zu. Jetzt werkten alle Kanonengießer, Büchsenmacher, Waffenschmiede und Erfinder, die Meister ihres Faches waren, daran, neuartige Vernichtungswaffen herzustellen. Die Erfindungen landeten beim Fürsten, der selbst brennendes Interesse an allem zeigte, was explodierte, zersprang, Bleikügelchen, Nägel, Marmorbruchstücke, heißen Teer, Schwefel und Schießpulver in die Luft schleuderte, sowie an deren Abschussvorrichtungen, wie überhaupt an allem, was zerspringen, knallen, dröhnen, zischen, Funken verstreuen und brennen konnte.

Angelo musste sich in einem unterirdischen Bunker am nördlichen Ende der Wiese, im Zielgebiet, das vor den waldbekränzten Hügeln ausgestaltet worden war, verstecken, nachdem er sich versichert hatte, dass die Kadaver der Schweine und Schafe, die die Rolle der feindlichen Infanterie spielten, richtig angeordnet und befestigt waren. Wenn die pfeifend heranfliegenden Geschosse ihre Ziele trafen und Staub und Rauch sich legten, kroch er aus dem Bunker hervor und notierte nach im Voraus bestimmten Gesichtspunkten in die Rubriken des *Einschlagjournals,* welchen Schaden der Treffer am weichen Ziel angerichtet hatte, wie viele Körper er zerrissen und auf welcher Fläche er die Überreste zerstreut hatte.

Während er die Befestigung an den Leichen Alberts und dessen Vaters kontrollierte, packten ihn vage und schwer begründbare Gewissensbisse, als wäre er, wenn auch nur im übertragenen Sinn, der Verursacher der Tragödie. Er verstand nicht, warum ihn nicht das Gefühl der berechtigten Genugtuung erfüllte, als er am Körper seines ehemaligen Peinigers die Befestigungsschrauben anzog. Nach den Explosionen besaß er keine Kraft mehr, aus dem Bunker hinauszugehen. Er schickte den ihm zur Hilfe zugeteilten Soldaten, einen Prager Jungen namens Franz Hebenstreit, damit dieser die Aufzeichnungen vornehme, und er traute sich erst dann wieder hervor, als das Quietschen der Karren mit den Überresten in der Ferne verstarb.

Hebenstreit hatte bis jetzt gar nichts gesagt. Er war wegen fortgesetzter Insubordination auf diesen Posten, den man für den erniedrigendsten hielt, strafversetzt worden, jetzt aber, da er sich das Experiment mit den menschlichen Körpern ansehen musste, löste sich seine Zunge. Er wütete mit glühendem Hass gegen den Adel, zählte die lange Reihe seiner Benachteiligungen auf, dass er trotz seiner offensichtlich besseren Fähigkeiten und Leistungen zurückgereiht wurde, dass seine adeligen Altersgenossen bevorzugt wurden, die ihn herabwürdigten, ihm Geliebte und Geld, Rang und Karriere gleichermaßen wegschnappten. Seine aufgestaute Wut hatte ihn früh altern lassen, tiefe Gräben durchzogen sein Gesicht, seine Augen funkelten in dunklen grauvioletten Höhlen. Die Hand trug er immer zur Faust geballt und hieb sie einmal auf den Tisch, ein anderes Mal auf seine Knie oder auf den Rücken seines Nebenmannes, was ihm viele schlecht anrechneten und mit Ohrfeigen vergolten. Dazu war sein Vater vor Kurzem von der Spitze der philosophischen Fakultät der Prager Universität geschasst worden, um Platz für einen dummen und ungebildeten gräflichen Abkömmling zu schaffen, der *Substantia* nicht von *Accidentia* unterscheiden konnte. Jetzt fror der arme Alte ohne Brennholz in einer Kellerwohnung in der Vorstadt und versoff sein Hirn, das so wunderbare Gedanken hervorgebracht hatte, mit billigem Fusel. Hebenstreit zerknüllte weinend das Einschlagjournal, bis Angelo es ihm behutsam aus den Fingern nahm.

Hebenstreit wollte ein Buch vom idealen Staat schreiben, das erste Kapitel sollte davon handeln, wie der Weg für die neue Gesellschaft gesäubert werden sollte. Eigentlich müssten alle vertilgt werden. Die Pfaffen wollte er alle mitsamt der Aristokratie hängen sehen und auch Barone sollten nur dann begnadigt werden, wenn sie bereit waren, zehn Jahre freiwillige Gratisarbeit für die Gesellschaft zu leisten. Auch die abergläubischen Bauern und die Bürger, die Bibeln versteckten, sollten daran glauben, zusammen mit den Juden und Mohammedanern, die nicht von ihrer Religion lassen wollten. Kurz, es blieb kaum eine gesellschaftliche Gruppe übrig, bei der er Gnade walten lassen würde, abgesehen von den Philosophen und Dichtern. Er visionierte von einem gigantischen Weltenbrand, der da kommen sollte, in dem die ekelhafte und verkrüppelte alte Ordnung in einem Meer aus Blut untergehen würde. Die Revolution würde dann er selbst anführen, aus der neuen Welt Geld sammeln und Soldaten anwerben.

Er erklärte Angelo seinen Fluchtplan in allen Einzelheiten. Er wollte im Schutze der Nacht alle Alpenpässe überqueren, sich in Genua einschiffen und von dort nach Amerika in See stechen. Er malte Angelo die Vorzüge Amerikas lang und breit aus und bot ihm seine Hilfe an, sowohl im terminologischen als auch politischen Sinn, sollte der Schwarze vielleicht Lust bekommen, einen Plan für die Befreiung Afrikas auszuarbeiten. Die müsste jedenfalls auch mit der Ermordung der Missionare und Sklavenhändler beginnen. Danach müssten gemeinsame Arbeitslager eingerichtet werden, wo die Kinder der verschiedenen Stämme mit den Kindern der europäischen Aristokraten vermischt würden, sie müssten Mathematik und Ökonomie lernen und ihre Stammesgötzen samt den Kreuzen und Heiligenbildern sollten verbrannt werden. Der Sohn des Philosophen ereiferte sich dermaßen an der Zukunftsplanung, dass er auf die Treppe sprang, die zu den Zimmern der Mädchen oben führte und sich an das Geländer klammerte; von da her richtete er seine Ansprache an das Publikum des Wirtshauses, das da Pfeifen schmauchend Karten spielte und sich angeregt über die absonderliche Wortwahl des jungen Revolutionärs amüsierte, in der sich aristotelische Kategorien mit der Terminologie Rousseaus und Diderots mischten.

Zu dieser Zeit ahnte noch niemand, dass zweiunddreißig Jahre später Angelo genau so auf ein Podest hinaufblicken würde, von woher Hebenstreit mit dem Recht des letzten Wortes ungefähr die gleiche Ansprache halten würde, und dass diese Ansprache ebenfalls von Spott und wiehernden Gelächter begleitet werden würde. Erst Wochen später erfuhr Angelo, dass Hebenstreit desertiert war, zumindest konnte sein Verschwinden einzig damit glaubhaft erklärt werden.

Vorerst war sich Angelo nur darin sicher, dass die harten Jahre vorüber waren, und er hoffte, das Glück würde ihm nach Alberts Tod wieder hold sein.

Joseph wurde am dritten April 1764 zu Frankfurt am Main zum römisch-deutschen Kaiser gekrönt und für dieses Fest erhielt die gesamte Entourage des Fürsten prachtvolle Festtagsgewänder. Angelo schritt, angetan mit goldenen Litzen, Posamenten, Tüll, Spitzen und schwebenden Schleiern hinter der Kutsche des Fürsten einher, die den Prunkwagen des Kaisers begleitete. Er warf aus einem mächtigen Füllhorn Kleingeld unter das Volk, das von Soldaten mit quer gelegten Lanzen an die Mauern gedrückt wurde. Zur Krönung waren die Aristokraten, Kirchenoberen, Minister, Glücksritter, Schriftsteller, Porträtmaler und Theatertruppen aus allen Teilen des Kontinents zusammengekommen, alle Gasthäuser waren voll, jedes bürgerliche Haus hatte ein möbliertes Zimmer zur Verfügung gestellt, um jemanden von den Honoratioren zu empfangen. Jeder lauerte auf irgendetwas, auf eine bessere Stellung, eine reiche Witwe, eine junge Geliebte, politisches Avancement, hohe Zinsen, billige Kredite. Die festliche Stimmung trug auch Angelo auf ihren Schultern durchs Lichtermeer der Stadt, inmitten von Blumengirlanden, duftenden Springbrunnen und der Verheißung des Neubeginns mit ihrem ganz besonderen Flair.

In der Krönungsnacht schien es, als wolle keiner sich zur Ruhe begeben, und Angelo besuchte der Reihe nach die Vergnügungsstätten mit den Höflingen des Fürsten, die ihn nach dem Tod Alberts beklommen respektierten und in Ruhe ließen. Um der Höflichkeit Genüge zu tun, nahm er an einem Pharaospiel teil, verlor in zwei Runden, hörte auf, dann stellte sich heraus, dass jemand anderer ebenfalls aussteigen wollte, man bat ihn, nur noch für eine Runde zu bleiben, und beim dritten Geben fand er sich urplötzlich mitten in einem gefährlich hohen Gebot. Er kannte seine Partner nicht, da saßen ein Baron mit einem nordischen Nachnamen, irgendein De Vries oder van Olsen, ein Oberkammerdiener vom Hofe des bayerischen Kurfürsten und ein italienischer Cavaliere. Ein rothaariger, hoch aufgeschossener junger Mann, der nur Marquis gerufen wurde, gab die Bank. Es hieß wieder va banque, Angelo hielt mit und gewann. Erst jetzt besah er sich die Karten gründlicher, er hatte endlich einmal wieder mit Rot Glück gehabt. Er setzte seinen Gewinn in der nächsten Runde und gewann wieder. Der Oberkammerdiener und der Marquis forderten mit ausgetrockneter Kehle, bleich und vor Wut zitternd noch eine letzte Runde, sie besaßen kein Bargeld mehr und liehen es sich vom Baron mit dem nordisch klingenden Namen. Es war ganz offensichtlich, sie wollten sich nicht damit abfinden, dass ein Neger ihnen ihr Geld abnahm, und sie nahmen es als gesichert an, dass das unverschämt parteiische Glück sich in der folgenden Runde wenden müsse.

Angelo starrte in seinem Quartier das viele Geld betreten und erschrocken an, erst im Morgengrauen wagte er, es zu zählen. In dieser Nacht hat er seinen Lohn für dreiunddreißig Jahre Arbeit gewonnen. Den Preis der Freiheit. Genauer gesagt, die Hälfte davon, genug, um bis an sein Lebensende allein davon zu leben oder um ein

Haus zu kaufen, damit er endlich etwas sein Eigen nennen konnte, doch dann hätte er nichts zum Leben.

Er war nunmehr reich, doch nur halb so reich, wie er hätte sein müssen, um ein ganzer Mann zu sein.

Da wehte ihn eine urweltliche, mythologische Angst an. Welche mächtigen Kräfte wohl sein Leben in dieser plastisch-märchenhaften Art formten, durchkomponiert wie ein Buch? Der Gewinn schien ihm wie eine Frage. Wie ein offen gelassener Satz, mit dessen Schluss er erst bezeugen würde, wie viel er denn wert wäre. Wie das Gambit eines großen Spiels, aus dem man die Taktik des Gegners schon erahnen konnte, deren endgültige Konturen sich aber erst bei den Gegenzügen abzeichnen würden. Noch nie hatte er so gefährlich eindeutig empfunden, dass das Leben mit einem viel größeren Einsatz spielte als dem Leben der jeweiligen Spieler. Als vertrete er in seiner eigenen Person als Botschafter eines fernen, allgewaltigen und transzendentalen Reiches größere Kräfte, Energien, die Welten und Sterne bewegten.

Das Geld brachte er im Bankhaus „Stegnern und Sohn" unter, bis er herausfinden würde, was er damit anfangen sollte. In dieser Zeit strömte das Geld in die Bergwerke, es war ein Leichtes, Geld für hohe Zinsen auszugeben. Angelo verbrachte jeden Abend eine halbe Stunde damit, auf dem Boden sitzend die Bescheinigung über die Einlage auf dem Rücken des Krokodils auszubreiten und das Papier zwei, drei Mal gründlich durchzulesen. Er war vom Bewusstsein fasziniert, Rechtssubjekt eines Kontraktes zu sein, über den sonst nur reiche, freie und weiße Männer verfügten. Wellen der Euphorie und des Selbsthasses warfen ihn hin und her. *Angelo Soliman, Kapitaleigentümer.* Die zwei Aussagen waren für ihn vollkommen unvereinbar, sie nebeneinander aufzustellen, erschien als schiere

Unmöglichkeit, und sie sträubten sich derart dagegen, sich miteinander zu verflechten, dass Angelo beim Flüstern dieser Wörter selbst noch nach Monaten das Gefühl verspürte, in eine dunkle, widernatürliche Angelegenheit verstrickt zu sein.

Die Nachricht von seinem plötzlichen Reichtum stieß eine neue Hasslawine an.

Sie umfasste nicht nur die Diffamierung, er habe das Geld offensichtlich gestohlen, es sich durch schwarze Magie angeeignet, dafür gemordet, Hochverrat begangen, mit dem Teufel gemeinsame Sache gemacht, Waisen ausgeraubt, Witwen vergiftet, sondern auch, dass es jeder als seine Pflicht ansah, ihn anzupumpen, welche Versuche er konsequent zurückwies. Das tat er nicht mit Freuden, vielmehr gezwungen, aber unbeirrt. Er war sicher, das Geld anderenfalls niemals wieder zu sehen, und in dieser einen Sache blieb er stur. Er half zwar jedem gern, wo er nur konnte, doch das Geld gab er nicht aus der Hand. Damit hatte er das Spiel auch weitgehend bestimmt. Man bat und bettelte bei ihm, erniedrigte sich, dann verhöhnte man seinen Geiz.

Von da an verstieß ihn auch das Volk der Bordelle, er wurde verspottet, gnädiger Herr genannt, man katzbuckelte vor ihm und mischte beliebte Modewörter der Aristokratie in die Sätze, wenn man mit ihm sprach.

Er musste das Zimmer unter dem Dach räumen.

Als er sich bei der Baronin von Stegnern beklagte, noch nie so einsam gewesen zu sein, beruhigte ihn die Frau, die dabei in ihrem seidenen Umhang vor dem wandhohen Spiegel stand und ihre eigenen Rundungen bewunderte, das mache ihn nur noch männlicher und anziehender. Angelo sank in die Zierpölster zurück und versuchte der Frau zu glauben. Opiumrauch und Gewürzaromen füllten den Raum, die Frau war mit mehreren Ballen Kolonialwaren aus der Verbannung zurückgekehrt, die sie in Hafenstädten der Nordsee verbracht hatte.

Die Stegnerns waren mit etlichen anderen jüdischen Familien von Maria Theresia aus Wien verbannt worden, gleichzeitig mit dem Tod Lobkowitz' und der Verschlechterung von Angelos Lebensumständen.

Soliman litt unter der Verbannung dieser Frau, denn er hatte bei ihr das erste Mal etwas von der Liebe kennengelernt, sie war die Erste, bei der er dieses qualvoll süße Gefühl in der Magengegend nicht mit aller Macht hatte zurückdrängen müssen. Frau von Stegnern war die Erste, die ihn antonisiert hatte, vor der er sich weder fremd noch exotisch, noch hässlich fühlte. In der Gesellschaft der Frauen, die er vor ihr kennengelernt hatte, musste er unter diesen drei Gefühlen wählen, und er war schon recht routiniert im Unterdrücken der aufdringlichen Empfindungen, die ihm ohne Ausnahme jedes Mal schwer im Magen lagen, nachdem er mit einer Frau im Bett gewesen war.

Sogar nach der gierigsten, verderbtesten, hässlichsten Frau spürte er eine schmerzende Stumpfheit und eine Sehnsucht und er musste in den Schenken der Vorstadtbordelle viele Humpen Rotwein leeren, um seinen Schmerz zu lindern.

Bei Baronin von Stegnern aber war alles anders.

Er hatte die Frau über Lobkowitz bei einem der verwickelten und verschlungenen Abenteuer kennengelernt, die damit begonnen hatten, dass beim Fürsten dezent angefragt wurde, ob er Angelo für ein diskretes Rendezvous verleihen wollte.

Es war gerade die Gattin des spanischen Botschafters an der Reihe, die mehrere Freundinnen in eines der versteckten, jedoch pompösen Vorstadtpalais zum Amüsement eingeladen hatte. Frau von Stegnern war eine von ihnen, sie schloss sich der Liebesversammlung hin und wieder an, doch meistens verbrachte sie ihre Zeit damit, die rühmliche Gemäldegalerie des Botschafters, die Gemälde von Velázquez, El Greco und Bosch, zu bewundern oder aber sie stöberte in seiner Bibliothek herum, wo sich auch seltene Handschriften von Alchemisten aus Granada verbargen.

Als sich die anderen betrunken hatten, kuschelte sie sich an Angelo, legte den Kopf in den Schoß des Mannes und blätterte so in den Büchern. Sie wollte nichts, verlangte nichts. Wenn ihr der eine oder andere Satz gefiel, las sie ihn Angelo vor. Sie wollte ihm die Sequenzen ins Deutsche übersetzen, doch Angelo bedeutete ihr, auch das Lateinische verstanden zu haben. Dann suchte sie so lange weiter, bis sie hebräische Texte fand, mit denen Angelo kaum etwas anfangen konnte, und übersetzte ihm daraus Passagen. Später gestattete sie ihm, im Haus beim Roten Turm ihren Körper, den die Sonnenstrahlen durch die Rauchwölkchen beleuchteten, von oben bis unten gründlich zu untersuchen, eingehend von Zoll zu Zoll zu studieren und zu küssen, als suchte er auf ihrer Haut nach geheimen Nachrichten. Dabei rutschte Angelo versehentlich der Name Achill heraus. Die Frau war nicht beleidigt, die Angelegenheit war eher grotesk als verletzend und sie bot Angelo wenigstens Gelegenheit, diese sonderbare Erfahrung der Jahre in Palermo zu erzählen, die Geschichte von Achill, die mit ihrer Feige ihm über das Gesicht gefahren war, und von Patroklos, die auf seinem Schoß geritten war, und von all seinen damaligen Ängsten, die seinen Körper und seine Andersartigkeit betrafen.

Danach besuchte Angelo das Stegnernsche Haus öfter, er machte auch die Bekanntschaft des Herrn Moisés von Stegnern, den die Frau später konsequent bei seinem in der Taufe angenommenen Namen Joseph rief, er empfing Angelo interessiert und zuvorkommend. Sie disputierten die politischen Entwicklungen, während die Frau zwischen ihnen auf dem Diwan lag und sich fächelte. Nachmittags spielten sie Schach, im zumeist ausgeglichenen Turnier gewann einmal er, einmal der Bankier. Wenn der Ehemann dann gegangen war, legte Angelo sich mit Agnes ins Bett. Die Frau bestand darauf, dass er sich in ihrem Haus seines schrecklichen Prunkgewandes entledigte, sie wählte für ihn aus der Garderobe ihres Mannes einen Hausmantel und Hausschuhe aus. Angelo schmauchte vor dem Kamin die Pfeife und las die deutschen und französischen Blätter. Die Frau fand daran nichts Verwerfliches, sie hatte ihn so in ihr Leben eingegliedert, als habe er schon immer dazugehört. Mit derselben Natürlichkeit verhielt sie sich zu den Bedürfnissen und Begehrlichkeiten des Körpers und die Verbannung ertrug sie genau so unbekümmert.

Einige Monate vor dem Tod Fürst Lobkowitz', Angelo war wie gewohnt unterwegs zu Frau von Stegnern und bog beim Roten Turm ein, da erblickte er Reisewagen und Kisten schleppende Männer vor dem Haus.

Frau von Stegnern stand bleich und mit zusammengepressten Lippen vor dem Tor, aber sie weinte nicht. Sie gab acht, damit das teure Porzellangeschirr mit der erforderlichen Sorgfalt gepackt werde. Moisés war nicht da, er war vor zwei Tagen vorausgefahren, um ihr neues Leben vorzubereiten. Erst als ihr gesamtes Reisegepäck sicher verwahrt auf den Wagen lag, lief die Frau mit Angelo zurück ins Haus, um sich von ihm mit einem ungeheuerlich heißen Liebesakt zu verabschieden. Sie war nicht gewillt, den Grund für den Zorn Maria Theresias zu verraten, und sie nahm mit einem Satz aus einer alchemistischen Handschrift aus Granada Abschied, den sie dereinst in der Bibliothek des spanischen Botschafters gelesen hatte: Das Leben ist ewige Wanderschaft. Auch für Angelo begann der Niedergang und er kam an dem finstersten und trostlosesten Ort seiner Wanderung an, im Hause Liechtenstein der ersten fünf Jahre.

Die Frau fand ihn in seiner Kammer im Bordell.

Sie hatte schon seit Tagen nach ihm gefahndet, sie wusste, dass Angelo den Herrn, das Haus und das Schicksal gewechselt hatte, seitdem sie fern von Wien gewesen war, doch mochte sie ihn nicht über den Fürsten suchen lassen. Dabei musste sie sich für gar nichts mehr schämen, ihr Mann war einige Wochen vor ihrer Rückkehr gestorben, nachdem sie sich beide hatten taufen lassen. Damit waren sie etlichen Rechtsnachteilen entkommen, die sie als Juden betroffen hätten, und der kaiserliche Hof, der mit Juden keine Geschäfte machen wollte, konnte nunmehr ruhigen Gewissens Anleihen bei ihnen tätigen. Ihr Ältester führte nun die Firma weiter. Er war seit Langem schon mit Joseph II. befreundet und hatte in London Jus studiert, von wo er mit neuartigen Gedanken, Büchern und feurigem Temperament nach Wien heimgekehrt war.

Der Frau stand der Titel Baronin ausgesprochen gut, wie auch die in den fünf Jahren zugesetzten Pfunde. Als sie so dalagen, im Zimmer, das vom Opiumrauch vernebelt war, und Angelo erzählte, wie es ihm in den letzten Jahren ergangen war, knabberte die Frau liebevoll an seinen Ohrläppchen. Sie musste minutenlang lachen, als Soliman vortrug, welches Los seinen Peiniger Albert ereilt hatte und wie wütend Hebenstreit fluchte, als er die Überreste der Körper von Vater und Sohn aufsammeln musste. Siehst du, Angelo, sagte die Frau, dein Engel sorgt für alles, was du fürs Leben brauchst. Die Rache und auch das Geld. Jetzt muss er dir nur noch eine Frau besorgen.

Angelo wollte Frau von Stegnern beruhigen, als Frau habe er doch sie, doch sie winkte ab. Sie mochte keine überzogenen Gesten und keine extremen Äußerungen. Sie klatschte Angelo auf den Hintern, ach, was soll's, sie sei doch nur eine Freundin. Dann warf sie sich wieder über ihn, küsste ihn und fuhr mit leichten Bissen von oben bis unten über seinen Körper. Sie lagen benommen da, bis zum Vormittag des nächsten Tages, bis die Oktobersonne ins Zimmer schien. Bevor sich Angelo auf den Weg ins Palais Liechtenstein machte, zog ihn die Frau im Tor an sich und biss ihm wieder in den Hals, bis der Mann im Schmerz aufschrie, dann blickte sie sich auf der Straße voller Spaziergänger zufrieden um und beobachtete spöttisch die Gleichgültigkeit vortäuschenden Wiener, die dann die Köpfe zusammensteckten und sich darüber ereiferten, wie schamlos sich die Jüdin und der Neger benahmen.

Frau von Stegnern hatte freilich wieder recht.

Später, als Angelo und Magdalena beim Kärntnertor spazieren gingen, erzählten sie einander verwundert die besonderen Vorfälle aus den Monaten vor ihrem gegenseitigen Kennenlernen, als wären diese nur eingetreten, um sie einander nahezubringen. Der auf den blassen Sonnenschein folgende und vom Donner begleitete Schneesturm, desgleichen selbst die erfahrensten Ältesten nicht gesehen hatten, erstickte die Stadt innerhalb weniger Stunden unter Schnee und die französische Witwe zappelte in ihren dünnen, maschenbesetzten Schühlein durch den kniehohen Schnee, als Soliman, vorbereitet auf das Abschmettern ihrer Widersprüche, sie in den Arm nahm und über das weiße Meer trug.

Die Widersprüche blieben aus, doch die Frau nieste bereits heftig und putzte sich die Nase, sie hätte ihre Garderobe, geplant für einen kurzen Aufenthalt, nicht für derartig raue alpine Verhältnisse ausgestattet, klagte sie Angelo, der sich darüber bald auch ein volles Bild machen konnte, denn er stöberte in der Wohnung im ersten Stock nach warmen Sachen, um die kleine, bibbernde Frau einmummen zu können. Etwas Warmes fand er zwar nicht, dafür aber Dutzende von in Wien ungewohnten Strumpfbändern, Maschen, Bändern, Putz und Spitzen, die er alle mit unverhohlenem Interesse musterte.

Jetzt wurde Angelo das erste Mal gegeben, im Schaum süßer Lügen zu versinken und sich darüber zu wundern, welch himmlische Harmonien die Liebe für die Deutung der Welt verleiht. Hätte er nicht vieles über sich bei Baronin von Stegnern gelernt, wäre er jetzt selbstvergessen in den Taumel der Gefühle gestürzt, doch nun blieb er nüchtern genug, um sich über sich selbst zu amüsieren. Im Gegensatz zur schwarzhaarigen und feurigen jüdischen Frau war Magdalena blond, süß und ein wenig faul, sie hatte Locken und einen Kirschenmund und sah die Welt in eigentümlichen Zusammenhängen. Für sie war Fürst Liechtenstein, diese stocksteife, eiskalte Bronzestatue, ein putziger Brummbär, die derben Tiroler Torwachen waren für sie flauschige Entenküken und die alte Kaiserin, die mit ihrem Doppelzentnerhintern nicht mehr imstande war, allein in und aus ihrer Kutsche zu steigen, ein lieber grüner Laubfrosch.

Die ganze Welt war voller süßer Kätzchen, Hündchen und Vögelchen. Die Welt der Tiere und das menschliche Universum wurden entlang eigentümlicher Umwechslungsraten in Relation zueinander gesetzt und produzierten stets verblüffende Ergebnisse. Ihre Vermieterin, eine böswillige, schmutzige und trunksüchtige Person, die ihre Lieblingsspitzen und ihre teuren, aus Frankreich mitgebrachten Schuhe entwendete, durfte sich der Bezeichnung „ulkiger Uhu“ erfreuen, dabei hatte sie nicht einmal zufällig etwas Ulkiges an sich.

Magdalena hatte sich seinerzeit aufgemacht, ihren in Kriegsgefangenschaft geratenen Ehemann in Wien aufzusuchen, weil sie vergeblich auf seine Entlassung gewartet hatte, doch als sie hier ankam, war Herr Christiani, Hauptmann der Ulanen, bei einer unglücklich ausgegangenen Reitervorführung gestürzt, hatte sich das Rückgrat gebrochen und war gestorben.

Sie hatte nicht genug Geld, wieder nach Frankreich zu fahren, also mietete sie sich mit dem restlichen Geld ihres Mannes ein Zimmer und freundete sich bald mit den anderen Franzosen in der Stadt an. Rasch avancierte sie zu einer unverzichtbaren Gesellschafterin und erkundete in wenigen Monaten mit ihrem unvergleichlichen Gefühl für das Praktische alles, was sie und ihre Freundinnen brauchen konnten, sie kannte namentlich alle Schuh- und Hutmacher, Näherinnen und Schneiderinnen, Köchinnen und Zuckerbäcker, wie auch die Gastwirte, und sie erinnerte sich genau an die Namen ihrer Hunde, Katzen und Kanarienvögel, an ihre Kinder, Enkelkinder, Geliebten und Wucherer, und Monate zurück daran, welchen Rock, Hut, Halstuch, Schuhe und Halsketten sie getragen hatten. Sie kannte keine unlösbaren Schwierigkeiten, ging es um zerrissene Schuhe, ausgebleichte Hüte oder um Rezepte für Gebäck. In diesem eigenen bunten und duftenden kleinen Universum fühlte sie sich restlos glücklich und war nicht gewillt, daraus auch nur einen Fingerbreit herauszutreten.

Die Wiener ergriffen jede Gelegenheit, ihr zu zeigen, wie wenig sie zu ihnen gehörte und was das für ein Übel sei. Wer nicht zu ihnen gehörte, wer kein Wiener war, dem fehlte ein wesentlicher Bestandteil zum Menschsein.

Sie verachteten und behandelten die östlichen Einwohner des Reiches, die barbarischen, dreckigen, störrischen, hysterischen und faulen Ungarn, Rumänen, Slowaken, Polen und allerlei Balkanvölker von oben herab, einfach deswegen, weil sie nicht fähig waren, das Mindeste an Menschenwürde aufzubringen; zum Verachten ihrer westlichen Nachbarn aber mussten sie einen raffinierteren, sophistischen Maßstab anwenden. Die Französin war unmoralisch, lügnerisch, ausschweifend, diebisch, sie redete zu viel und affektiert und zeigte keinerlei Geschmack in Sachen Eleganz.

Baronin Stegnern empfing die junge Frau mit verständnisvoller Ironie und ließ Soliman mit ihren Liebesbissen und feurigen Reiterbewegungen in Frieden. Sie beschenkte Magdalena sogleich mit einem halben Dutzend Hüte, womit diese voll und ganz bestochen war und alle ihre Ressentiments der Baronin gegenüber vergaß, wenn auch die junge Frau, an Boudoirs französischer Kleinstädte gewöhnt, bei ihrem ersten Besuch die für sie sonderbar erscheinenden Einrichtungsgegenstände und die eigentümlich fremdartige Eleganz im Hause Frau von Stegnerns argwöhnisch und befremdet musterte.

Magdalena verstand nicht, warum sie hier waren, sie wusste nicht, dass Angelo seinen Gewinn beim Sohn der Bankierswitwe angelegt hatte, und auch vom Gewinn hatte sie bislang nur vom Hörensagen etwas geahnt. Angelo erwähnte ihr gegenüber mit konsequenter Vorsicht immer nur ein Zehntel der wahren Summe.

Er hatte gelernt, dass Geld mit nichts anderem vermischt werden darf.

Angelo kam nie dahinter, ob Magdalena aus berechnender Raffinesse oder aus falsch interpretierter Rücksichtnahme niemals davon sprach, wie sie sich dazu verhielt – wenn sie sich überhaupt dazu verhielt –, dass seine Haut schwarz war.

Als hätte sie das gar nicht bemerkt.

Sie verhielt sich so, wie die anderen Frauen sich mit ihren weißen Geliebten benahmen, und schien keinen Atemzug lang die verächtlichen oder empörten Blicke zu bemerken, die ihnen von den Menschen zugeworfen wurden. Nie kam irgendeine Rückmeldung von ihr, ob sie den Körper Solimans eigentümlich oder ungewöhnlich finde, und als der Mann sie fragte, ob das daher rühre, dass sie schon dunkelhäutige Geliebte gehabt hätte, lachte Magdalena nur hellauf, sie nannte Angelo ihren törichten kleinen Goldkäfer und gab ihm viele Busserln auf den Kopf.

In ihrem Bekanntenkreis hatten auch andere Leute Geliebte, die an den Höfen vornehmer Herrschaften Dienst taten, Ehemänner und Bräutigame, so konnte Angelo nicht einmal argwöhnen, dass Magdalena vielleicht von seinem Amt im Hause Liechtenstein angezogen worden wäre. Er musste von seiner Zwangsvorstellung lassen, sie habe irgendwelche geheimen Absichten, und einfach akzeptieren, dass sie ihn liebte. Und wie es auch geschehen sein mochte, aus Berechnung oder aus engelsgleicher Einfalt, Angelo sehnte sich danach, immer tiefer in ein Leben einzutauchen, in dem er kein Aufsehen erregte. Er war auf den Geschmack gekommen, wie es war, wenn jemand nichts Außerordentliches an sich hatte, wenn er unter den Seinigen dieselbe Sprache sprechend und gleich gekleidet, mit den gleichen Wünschen und Ängsten im Kopf die Straßen in die gleiche Richtung wie die anderen entlangging, um an den Orten anzukommen, auf die auch die anderen zustrebten. Von zu Hause ins Amt, aus dem Amt nach Hause. So viel Zeit hatte er schon in seinem einsamen Leuchtturm verbracht, auf seinem exklusiven Beobachtungsposten in der Höhe, so gut hatte er die Grammatik des Unterschiedlichen, des Auffälligen und des Interessanten gelernt, dass er sich nunmehr nach etwas anderem sehnte. Er wollte in ein Leben vordringen, in dem er nicht wachsam seine eigene Ungewöhnlichkeit beobachten musste, in dem er sich endlich zur Ruhe begeben und die Augen unbesorgt schließen durfte und sich nicht mehr auf sich selbst konzentrieren musste.

7. Kapitel

Als ich im Dachgeschoß des Hof-Naturalien-Cabinets im Magazin dem ausgestopften schwarzen Körper gegenüberstand, entsann ich mich, dass ebenso wie unser Haus in Széphalom auch unsere Familien unter einem verkorksten Maß zu leiden hatten und dass der Fehler auch hier nicht im ursprünglichen Plan enthalten war.

Zwischen Plan und Verwirklichung stand hier ebenfalls, so meinte ich, ein enttäuschter Demiurg, ein verspotteter, des Lebens überdrüssiger Carlo Radi.

Als hätte nichts ohne seinen Gegensatz, ohne sein Zerrbild existieren können. Denn die Herren der Tyrannei hatten mit dem Gefängnis zwar Ferenc' Jugend zerbrochen, ihm die schönsten Jahre genommen, doch hatten sie sich seiner eigentlich erst zur Gänze bemächtigt, als er sich von ihnen befreit wähnte. Der echte, der schmerzlichste Angriff kam nicht aus den fernen Zentren des Staates, ja nicht einmal von den Herren des Komitates, nicht von den Beamten und nicht von den Geheimagenten, nicht aus Wien.

Aller Schmutz dieser niederträchtigen und traurigen Welt wurde über uns von Ferenc' Familie, von seinen beiden jüngeren Brüdern Dienes und József sowie vom Urquell des Chaos, von der Königin der Nacht, der gnädigen Frau Mama Zsuzsánna Bossányi, ausgegossen. Nicht genug damit, dass mir mein Bruder das Erbe gestohlen und uns mit dem endlos langen Prozess in Elend und Hoffnungslosigkeit gestoßen hatte. Dem Schicksal erschien das offenbar nicht symmetrisch genug. Als hätten wir nur dann ausreichend Spaß, wenn wir von beiden Seiten ans Kreuz genagelt waren. Um bei der Sprache der Eschatologie zu bleiben, unsere Körper wurden von meinem jüngeren Bruder, dem störrischen und dummen Pepi, gepeinigt, unsere Seelen aber von Ferenc' jüngerem Bruder, dem bösartigen und tückischen Dienes. Während der *Memensch* von Ferenc Pepis Wirklichkeit, Grund und Gold gegenüberstand, standen für Dienes die angebliche Familienehre, die Anständigkeit und der altehrwürdige Name der Familie dem Verrat, der Schuld und der Schmach von Ferenc gegenüber.

Ferenc war von seinen Brüdern und seiner Mutter von dem Augenblick an, da er aus der Gefangenschaft freigekommen war, beschuldigt worden, er habe Schimpf und Schande über die Familie gebracht und ihrer aller Leben zugrunde gerichtet. Er war um so viel besser, lauterer, edler und klüger als sie, dass ihnen das Schicksal kein größeres Geschenk machen konnte, als gerade das: einen Vorwand dafür, ihn mit Dreck zu bewerfen.

Dienes war in allen Belangen ein Zerrbild, eine Karikatur von Ferenc. Der Teufel hatte Ferenc einen Spiegel vorgehalten und diesem Bild entstammte sein Bruder. Das Gesicht Dienes' war das von Ferenc, doch konnte man sich nicht genug darüber wundern, mit welch bizarrem Ideenreichtum die Natur fähig war, aus derselben Materie zwei vollkommen entgegengesetzte Varianten zu schaffen. Was an Ferenc elegant, geheimnisvoll und liebenswert war, hatte sich bei Dienes ins Vulgäre, Abstoßende, Schlampige und Niedere gekehrt. Seine Nase sah aus wie die von Ferenc, nur von einem Bienenstich angeschwollen, diese Schwellung ging bei Dienes aber nie zurück, die Nase wurde von Jahr zu Jahr aufgedunsener, wies immer mehr eitrige Warzen auf. Die Lippen, die in Ferenc' Gesicht stets leicht schief, in einem ewigen Lächeln ein bisschen spöttisch verzogen waren, entstellten Dienes' Gesicht mit einer verzerrten Grimasse diagonal von seinem rechten Auge zu seinem linken Unterkiefer, sodass es einen reizte, die verzerrten Lippen mit den Fingern geradezustellen oder mit einem Nagel an seinem Jochbein zu fixieren. Ferenc hatte anliegende Ohren, oben leicht spitz zulaufend wie bei einem Luchs, als sei er ständig auf der Hut, als lausche er. Dienes' Ohren aber, die hingen schlaff, saft- und kraftlos vornüber, als hätte man vergessen, sie mit Blut zu füllen, wiewohl sie dieselbe Form besaßen. Die Farbe ihrer Augen war beinahe gleich, doch während Ferenc immer mit blitzenden Augen lebhaft von einem Gesicht zum anderen blickte, blinzelte Dienes kurzsichtig, seine Augen starrten stumpf ins Leere. Und so weiter, ihr Gang, ihre Stimme, ihr Lachen glichen sich, doch war Dienes stets von einem abstoßenden, sauren Geruch von Essiggurken umgeben, wie allgemein Menschen, die sich fürchten. Mit einem Wort: Alles, was bei Ferenc schön war, das war bei Dienes missgebildet.

Schon als Kleinkind verbrachte Dienes sein Leben damit, seiner Mutter und der Welt zu beweisen, dass er besser war als sein Bruder. Das Leben als Zweitgeborener erschien ihm eine schreckliche Beleidigung und er wandte alle Kraft dafür auf, sich für diese Benachteiligung zu rächen. Zahllos waren seine damals noch kindlichen Streiche, durch die er versuchte, seinen Bruder zu übertreffen, doch nachdem er einsehen musste, ihn weder im Rechnen noch in Latein, weder im Zeichnen noch bei physischen

Spielen besiegen zu können, begriff er, was böse Menschen schnell begreifen: Er musste nicht unbedingt der Bessere sein, es reichte aus, die Tugenden seines Bruders anzuschwärzen. Er verpetzte Ferenc bei seiner Mutter mit ausgesuchten Lügen, er beschuldigte ihn zu stehlen, zu fluchen, zu schweinigeln und behauptete, dass er die gnädige Mama bei den Nachbarn verleumdete. Er schlich insgeheim in Ferenc' Zimmer, ruinierte dessen Zeichnungen, er kritzelte hinein, verschmierte und beschmutzte sie. In seine Aufsätze ließ er Tintenkleckse fallen, strich die guten rhetorischen Phrasen, wobei er freilich nicht immer das Gute erkannte und oft etwas Nebensächliches verdarb.

Die gnädige Mama glaubte den Anschuldigungen anfangs nur zum Teil. Gegen einen bloßen Verdacht kann man sich aber nur schwer verteidigen. Je mehr Ferenc seine Unschuld beteuerte, desto verdächtiger wurde er. Bald war er auch schon verdächtig, wenn er nichts machte. Wohin er im Haus auch ging, spürte er den anklagenden Blick seiner Mutter auf sich, was ihn veranlasste, sich so zu verhalten, als hätte er tatsächlich etwas zu verbergen. Dienes erfasste recht bald, dass Ferenc zwischen zwei Feuer geraten war, dass er das Vertrauen ihrer Mutter verloren hatte, und er begann, seine Vormachtstellung auszunützen und ihn zu erpressen. Er verlangte einen Anteil an seinem Essen, stolzierte in seinem Gewand umher, nahm ihm den Kindersäbel weg und rühmte sich, ihn als Geschenk erhalten zu haben. Seine größte und liebste Beute aber war immer der Nachtisch, sein Bruder lieferte ihm täglich gehorsam die aktuelle Portion an Dörrfrüchten oder Honigkuchen ab, die dann der kleine Dienes in der Nacht aus seinem Geheimversteck unter dem Bett hervorholte und sich zufrieden und gründlich einverleibte. Das nächtliche Naschen zeigte sich dann an seinen Rundungen.

Ferenc ertrug diese Tyrannei anfangs und sah alles eher als ein Spiel an, er erlaubte sich nicht, im Herzen Groll gegen seinen Bruder zu hegen. Doch der Machthunger des Jüngeren kannte kein Maß und Ferenc' Geduld erreichte bald ihre Grenzen. In nur zwei Monaten war es so weit, dass seine Mutter ihn regelmäßig bei einer Ungehörigkeit zu ertappen suchte. Schnitzte er hinter dem Haus mit seinem Taschenmesser Pfeilspitzen zurecht, interpretierten die Argusaugen der gnädigen Mama die rhythmischen Bewegungen ganz gewiss anders und schon heimste er Ohrfeigen ein. Dienes' Anschuldigungen, Ferenc würde beim Lernen schummeln, unerlaubte Hilfsmittel verwenden, lügen und sich mit fremden Federn schmücken, untergruben das Vertrauen der Mutter so sehr, dass Ferenc schließlich beim Aufsagen der Aufgaben schon deshalb scheiterte, weil er selbst nicht glauben konnte, den Stoff auswendig vortragen zu können.

Als dann ein neuer Hauslehrer ins Haus kam, brachte der Zufall mit diesem die Chance auf Rache mit.

Der Junge war aus Kaschau, er sprach kaum Ungarisch, doch bemerkte er Ferenc' außerordentlichen Fähigkeiten und das merkwürdige Verhältnis der Brüder zueinander bald. Er begriff nicht, wieso der faule und begriffsstutzige Dienes seinen agilen und klügeren Bruder beherrschte, doch da die Buben, wollten sie ihm etwas vorenthalten, Ungarisch miteinander sprachen, erfuhr er nicht viel über die Sachverhalte. Die beiden mussten anlässlich des Verwandtenbesuches zu Ostern Prüfungen über ihre Kenntnisse ablegen, und Ferenc vereinbarte mit dem Hauslehrer, er solle sie vor der Familienkommission nicht über die im Voraus besprochenen Fragen prüfen, sondern über einen anderen, schwierigeren Lernstoff, damit sie, die Kinder, und schließlich auch der Lehrer, umso mehr

Anerkennung ernteten. Dienes ging in dem Bewusstsein in den Tag hinein, alles würde wie besprochen ablaufen, er würde die Rolle des braven Sohnes spielen, der alles weiß, und Ferenc hatte die Aufgabe, an den ausgemachten Stellen bei den Antworten zu stammeln und zu versagen, damit Dienes ihn korrigieren konnte. Der Hauslehrer war am meisten überrascht, als er bemerkte, welche Falle Ferenc seinem Bruder gestellt hatte, doch da war es schon zu spät, um die Situation zu retten. Die Blamage kam für meinen zukünftigen Schwager derart unerwartet, dass er vor den Augen der majestätisch schweigenden Taufpaten und Onkel seinen Bruder anfiel, verzweifelt auf ihn eindrosch und brüllte: „Das haben wir nicht so besprochen, du Verräter!" Da lachte die Verwandtschaft schon unter Tränen und die Anhörung endete in einem Skandal, die gnädige Mama rannte, rot bis an das Genick, in das hinterste Zimmer und warf etliche massige Porzellangegenstände zu Boden.

Ferenc erinnerte sich noch sechzig Jahre später unter Selbstbezichtigungen und Selbsthass an diese Episode, an das unrühmliche Ende des kurzen Königtums seines Bruders, an die Qualen des kleinen, pausbäckigen Mannes, der aus dem sicheren Bewusstsein seiner Überlegenheit in eine tiefe Demütigung gestürzt war. In seinen Albträumen erschien ihm das schnaufende, schwitzende Pummelchen, das mit blutleeren Fingern den Saum seines Wamses knetete, er sah seine zitternden Knie und roch förmlich den plötzlich hervortretenden sauren Geruch nach Panik, der aus den Poren des Kleinen dünstete.

Ferenc waren Gewalt und Erniedrigung von Menschen so zuwider, dass er selbst in seiner berechtigten Rache, in der verdienten Genugtuung keine Freude empfand. Bei Dienes aber tötete die Herabsetzung auch den letzten

Rest von Freundlichkeit ab. Ich selbst erkannte bei ihm nie eine andere Absicht, als endlich den Bruder zu besiegen, darauf zielte sein ganzes elendes und unbedeutendes Leben ab.

Von da an glaubte in der Familie freilich niemand mehr Dienes, was er über Ferenc lästerte, also war der Kleine zum ersten Mal in seinem Leben gezwungen, für seine Ziele zu arbeiten. Er begann einen langen und hoffnungslosen Kampf. Er las Montesquieu und Diderot, offensichtlich mit dem festen Vorsatz, sich in der französischen Literatur besser auszukennen als sein Bruder. Er schrieb Briefe an deutsche Autoren und fragte um Rat, wie er ein großer Schriftsteller werden könnte. Die Koryphäen der Literatur würdigten ihn nicht einmal einer Antwort. Dienes wurde umtriebig. Er ließ keine Gelegenheit aus, um seine Bildung hervorzukehren. Er suchte den Bekanntenkreis seines Bruders auf, schmeichelte sich in Gesellschaften ein, wo Ferenc gern gesehen war, begab sich unter verschiedenen Vorwänden zu den Gönnern Ferenc' und flocht, ob passend oder nicht, französische Zitate in seine Sätze, erwähnte philosophische, ästhetische, sogar politische Zusammenhänge und wartete dann auf die Wirkung. Seiner Vortragsweise und seinem ganzen Wesen aber ermangelte es an diesem besonderen Etwas, das *Charis,* Charisma, genannt wird, diesem eigentümlichen, begnadeten Zustand, der die Worte eines Redners mit magischer Kraft interessant und anziehend macht; seinen papageienhaft nachgeplapperten Sätzen fehlte das persönliche Interesse, die aufgeheizte Leidenschaft, also nahmen seine Gesprächspartner die Chance zu einer hochfliegenden Unterhaltung nicht wahr. Manche hielten den untersetzten, kleinen Gutsherrn, der umstürzlerische französische Ideen wiederkäute, sogar für einen Provokateur.

Genauso erging es ihm mit der Dichtkunst, mit den deutschen Elegien, der schweizerischen bukolischen Dichtung, dem italienischen Pindarismus und der englischen metaphysischen Poesie, kein einziger seiner Versuche führte zu einem Erfolg. Da entschloss er sich, die Literatur zur Hölle zu schicken, die ja nunmehr ihre totale Nichtsnutzigkeit und Sinnlosigkeit endgültig bewiesen hätte, und griff wieder zu Intrigen, allerdings mit dem Vorsatz, es diesmal klüger anzustellen.

Als Ferenc Schulinspektor wurde und mit meinem Vater, der damals schon sein Förderer und in der Loge „Zu den tugendhaften Kosmopoliten" sein Obermeister und Freund gewesen war, die Städte Oberungarns besuchte und noch niemand ahnen konnte, dass ich, das sechsjährige kleine Mädchen, das ich damals war, nach gut einer Dekade die Verhältnisse umordnen würde, klapperte Dienes eiligst alle Ämter ab und warnte heuchlerisch und mit tückischen Hintergedanken jeden vor dem zu erwartenden absonderlichen Benehmen seines Bruders, sich gleichsam in Voraus bei allen entschuldigend. Er wollte allen weismachen, sein Bruder sei verrückt und pflege lockere Sitten. Frömmelnd verdrehte er die Augen und seufzte tief, machte rätselhafte Anspielungen, sprach von der Schmach seiner Mutter, vom schmerzlichen Geheimnis ihrer Familie, dann brachte er das Wort neuerlich auf Ferenc. Er umspann ihn wie eine Spinne mit Speichelfäden. Da er aber schließlich doch nur ein Kazinczy war, mein Vater aber Graf Török, wandten sich alle, die etwas wissen wollten, an die Person höheren Ranges.

Anfangs verstand mein Vater die Sache überhaupt nicht, dieses heuchlerische Verhalten war ihm lediglich aus französischen Lustspielen bekannt. Als er jedoch dahintergekommen war und verstanden hatte, dass das kleine Männchen mit seinen Machenschaften die Atmosphäre um Ferenc mit Argwohn vergiftet hatte, kanzelte er Dienes gründlich ab, der sich, vor der gräflichen Autorität kleinlaut geworden, für eine Zeit zurückzog, schmollte und Rachepläne schmiedete. In dieser Zeit sprach er sicherlich viele Verwünschungen aus, wer weiß, vielleicht bediente er sich sogar der unter den Bauern verbreiteten Verfluchungen und des Aberglaubens, denn in den folgenden fünfzehn Jahren gestaltete sich alles so, als hätten sich Dämonen über die Welt gestürzt, die alle Dienes unterstützten.

Ferenc wurde aus seiner Stellung entlassen, Wien hatte sich darauf berufen, dass es sich doch nicht schicke, dass ein Protestant die katholischen Schulen inspizieren sollte, doch da wusste schon jeder, der sich ein bisschen besser in den Dingen der Welt und des Hofes auskannte, dass der Grund ein anderer war. Die neue Macht wollte nach dem Tod Josephs II. und dann Leopolds II. sämtliche gefährlich scheinenden Bewegungen zugleich ersticken, und da es ein offenes Geheimnis war, dass Ferenc die Logen in Wien und Buda frequentierte und sich der Bekanntschaft von Menschen rühmen konnte, die ein Leben ohne Priester und ohne Kriege nicht nur als vage Möglichkeit betrachteten, sondern sich dafür täglich einsetzten, hatte die Hofkanzlei ihm wie allen, die auch nur in den leisesten Verdacht geraten waren, den Absichten der Kanzlei widersprechende Ideen zu unterstützen, den Geldhahn zugedreht.

Für Ferenc bedeutete der Staatsdienst nicht nur Geld, sondern auch eine versteckte Ermutigung, denn er hatte als Protestant und Freimaurer auf einem so wichtigen und zukunftsweisenden Gebiet wie dem Schulwesen tatsächlichen Einfluss erhalten. Bei seiner Entlassung glaubte er, das sei das Schlimmste, was ihm passieren konnte. Er hatte nicht nur seine gut dotierte Stellung verloren, sondern auch seine Selbstsicherheit und seinen Glauben an die Zukunft. Später freilich erwies es sich, dass die Entlassung noch nicht der Sturm, sondern bloß ein Windhauch des kommenden schrecklichen Unwetters war.

Am Tag, als Ferenc verhaftet wurde, ließ Dienes ein Schwein schlachten, zapfte die teuren, ängstlich gehüteten Spätlesen seines Kellers an, setzte seine Mütze verwegen schief auf und mulatierte eine ganze Woche lang mit Zigeunermusik, polnischen Kumpanen und Dirnen, mit denen er in einer blumengeschmückten Kutsche umherzog. Morgens krähte er wie ein Hahn und ließ die Welt so wissen, dass er von nun an der Herr auf seines Bruders Anwesen war. Er ernannte das eben erst fertig gewordene Haus in Széphalom zum Schafsstall und schenkte die halb fertigen Bücherkästen den Schäfern, damit sie im Winter Feuer machen konnten. Er zerstörte die gerade angekommenen Stuckverzierungen, er warf sie gegen die Wand und den Schutt ließ er auf die Blumenbeete karren. Vom Hügel Széphalom, von wo aus abends gehobene Unterhaltung, Gläserklingen und Musik hinunter zu den Weiden strömen sollten, wie sich das Ferenc in seiner Jugend erträumt hatte, ergoss sich jetzt das Blöken von Schafen und das Fluchen der besoffenen Schäfer wie Gülle hinunter. Als hätte sich der Kleine nun Genugtuung für sein jugendliches Unverständnis erzwungen, denn wenn sie seinerzeit am noch unkrautbestandenen Hügel vorbeigefahren waren und Ferenc schwärmerisch seufzend in die Zukunft geblickt hatte, war seine Fantasie nicht fähig gewesen, das Bild zu erfassen, das sein Bruder entwarf: das Schloss oben auf dem Hügel mit einem Tympanon, die Fenster des Salons, die in das weite Tal herunterblicken.

Das Tusculanum Ciceros, das Sabinum des Horaz, der Hain des Akademos. Dienes bedrängte die gnädige Mama wütend und weinend, dieses Grundstück doch nicht Ferenc zu geben, und als Ferenc es doch bekommen hatte und den mit Bändern geschmückten Bautrupp im Tanzschritt zu den Pfosten für das Fundament hinführte, die später so viel Chaos verursachen sollten, raunte Dienes dem Klerus in Sátoraljaújhely die Ohren voll, Ferenc würde dort oben eine Kirche für den Teufel errichten. Waren doch alle seine Freunde Gottesleugner, Freimaurer, Juden, die Christus umgebracht hatten, und sein bester Freund und Gönner, Graf Lajos Török, sei ein Rosenkreuzer, ein Goldmacher, ein sittenloser Libertin, ein Alchemist, mit dem Teufel im Bunde.

Er sah die Inhaftierung seines Bruders, bevor dieser noch sein Haus vollenden konnte, als den Opferrauch Abels an, für ihn war das ein Fingerzeig Gottes, der handgreifliche Beweis dafür, dass er selbst auf dem rechten Weg wandelte, auf dem Pfad der Vorfahren, der Bibel, der Gerechten, und dass sein Bruder nur der schnöde Diener der bösen Mächte war. Dienes hatte es geschafft, einen Traum zu vernichten, und das erfüllte seine niederträchtige Seele mit Befriedigung, alles war wieder auf dem rechten Weg und die schreckliche Episode, in der er sich mit Kunst und Dichtkunst, mit deutschen und französischen Schriftstellern hatte messen müssen, war bloß ein Nachtmahr, der, Dank sei dem gütigen Kaiser und dem wackeren Polizeiminister, beizeiten zu Ende gegangen war.

Sieben Jahre lang durfte er seinen Sieg auskosten, sieben Jahre, in denen sich der Schafsmist im Salon des Hauses auf Széphalom kniehoch häufte, in denen der leimschwangere Rauch der Bücherkästen unter den Kesseln der Schafhirten den Verputz durchtränkte, in denen die teuren Blumenzwiebeln der Gladiolen, Hyazinthen und Tulpen wie auch die Gartenpfade und Blumenbeete von Schweinen zerwühlt wurden, sieben Jahre, in denen die Hände von Ignoranten die Zwetschkenbäume, die Platanenallee und die Ulmen hinter dem Haus fällten und zerstückelten; was noch irgendwie überlebt hatte, wurde von den Ziegen so gründlich abgenagt, dass nur noch einige schwache Triebe sprossen, zwergenhafte Blätter, wie Bartstoppeln eines Toten.

Dienes war sicher, sein Bruder würde nie lebendig aus der Gefangenschaft freikommen. Er gebrauchte eine primitive Wortmagie, indem er sich nicht schämte, die gnädige Mama von Monat zu Monat auf das *Unvermeidliche* vorzubereiten; in seinen *Trostbriefen,* die meistens aus wörtlichen Zitaten von Seneca bestanden, erörterte er langmächtig die Sinnlosigkeit des Kummers ob des Todes und in jeden zweiten Satz flocht er die Wörter *Ferenc* und tot ein, wobei er zeitweise sogar die Möglichkeitsform und das Futurum vergaß.

Er war vorerst nicht gewillt, die Nachricht von der kaiserlichen Begnadigung zu glauben, er lief um ein Dementi zum Komitat und dann zum Statthalterrat, wo man ihm die Tatsache der baldigen Freilassung Ferenc' lächelnd bestätigte. Dienes lachte und weinte zugleich hysterisch, er warf sich in die hochwasserführende Donau, schließlich verhedderte er sich in den Netzen der Fischer, die ihn ans Land zogen und gründlich verbläuten.

Eine Zeit lang schien es, er sei auf dem besten Wege, verrückt zu werden.

Doch braucht es vielleicht sogar zum Verrücktwerden etwas an Geist und Fantasie, folglich blieb Dienes' Gehirn trotz des Schreckens genauso trocken und fantasielos gesund wie vordem, es schützte den Kleinen nicht davor, der

Wirklichkeit in die Augen schauen zu müssen. Als sein erster Schrecken vorbei war, beschloss er, die Taktik zu ändern. Er lief zu meiner Schwiegermutter und erklärte der verzweifelten und ratlosen Witwe, vergeblich sei die große Freude über das Freikommen Ferenc', das würde nichts an der Tatsache ändern, dass die Schmach der Familie erst jetzt so richtig beginne. Ferenc' Tod hätte den Schandfleck nämlich in gewissem Maße abwaschen können, schließlich stehe ein Märtyrer jeder Familie, die auf sich halte, gut an. Diese Situation aber sei weder Fisch noch Fleisch, er sei ein Märtyrer, aber nicht mit vollem Recht, verdiene man diesen Titel doch eigentlich nur durch den Tod. Wenn sie bloß Sigray oder Őz hießen, Hajnóczy oder Szentmarjay, die tatsächlich hingerichtet worden waren, dann würde ihnen die Sympathie der Nation gewiss sein, nun aber zögen sie nur Verachtung und Spott auf sich.

Ferenc muss irgendwie versteckt werden, er muss dazu gebracht werden, sich zurückzuziehen. Am besten wäre es, die gnädige Mama würde ihn zu sich nehmen, in ihr eigenes Haus, und ein paar Leute einstellen, um über ihn zu wachen, damit er kein Unheil stifte.

Das war dann selbst der gnädigen Mama zu viel, sie brummte ihn an, sie würde ihren eben erst freigelassenen Sohn nicht wieder einkerkern wollen.

Na gut, sagte darauf Dienes, er habe es ja nicht so gedacht, habe es nicht so gemeint, habe nur angedeutet, ein der Familie würdiges Verhalten wäre von Ferenc nicht zu erwarten. *Ich sag ja gar nicht, er möge zum Vorteil seiner Familie handeln, denn dazu war mein unglücklicher Bruder niemals fähig. Doch wenn er schon nichts zu unserem Ansehen beiträgt, so soll er uns doch nicht mutwillig Schaden zufügen! Man müsste ihm wenigstens die*

Bücher verbieten, bevor er sich wieder mit irgendwelchen deutschen oder französischen Torheiten vollstopft und uns schließlich überschnappt. Lasst außer der Bibel kein Buch ins Haus, Mutter, ich bitte Euch flehentlich! Alles Übel kam ja aus den Büchern und davon, dass Ferenc sich überhoben und von den Gebräuchen der Vorfahren abgewendet hat. Hat er sich doch unter den gottlosen Freimaurern mit Juden, afrikanischen Negern, gelben Asiaten, Indianern und der Teufel weiß, mit welchen Leuten noch, zusammengetan. Ein Glück, dass er uns keine Krankheit ins Haus geschleppt hat! Oder wer weiß, vielleicht hat er das schon und die Seuche bricht ohnehin bald aus! Er wollte die göttliche Ordnung, in der die ehrsamen und wahrhaftigen Menschen leben, mit aufrührerischen und unausgegorenen Ideen umstürzen. Er hat unsre Heimat verraten! Das Andenken meines Vaters verraten! Meine Mutter verraten! Er hat sich gegen seine Familie gewendet! Gegen seine gesellschaftliche Klasse! Gegen seine Nation! Gegen seinen Kaiser!

Mein Kaiser ist der aber nicht, murrte die gnädige Mama, schließlich war sie doch eine Protestantin, erzogen im Andenken an den Fürsten Rákóczi.

Dienes aber erfasste, dass er schon gesiegt hatte.

Er verzog den Mund zu einem schiefen Grinsen und sprach, *wahrlich habt Ihr recht, gnädige Mutter, wir dürfen ihn nicht wieder in Haft nehmen. Das wäre nicht human, zudem würden die Leute über uns reden. Und davon haben wir wirklich genug. Wir müssen den guten Ruf der Familie wieder herstellen! Am besten geben wir ihm eine noch größere Freiheit, als er sie hier genießen würde. Ach ja, übrigens, da fällt mir ein, ich kenne da eine Witwe unten im Komitat Zala. Diese arme Seele möchte so gern wieder heiraten.*

Wie sie wohl heiße, fragte die gnädige Mama.

Baronin Antalóczy, sagte Dienes, *Baronin Antalóczy, die Witwe nach Baron Antalóczy.*

Die Witwe nach dem Tafelrichter Kazinczy schwieg eine Zeit lang. Dann nickte sie.

Damit war die Sache erledigt. Von da an achtete Dienes nur darauf, meiner Schwiegermutter eingehend bewusst zu machen, welche Teile des Grundbesitzes und der Vermögensgegenstände Ferenc bekommen dürfe. Gestern sind die Schafe, *die dann Ferenc gehören werden,* auf die Weide hinaufgetrieben worden, sagte er und blickte seiner Mutter tief in die Augen. Die fünfunddreißig Schafe aus dem Pferch in Semlyén. Oder: Im Wald zu Kóly, *der dann Ferenc gehören wird,* müssen Bäume geschlagen werden. Von den *Säuen des Ferenc* sind zwei eingegangen. Die Stare haben *Ferenc' Weingarten* abgefressen. Der Müller von der *Mühle des Ferenc* ist gestorben. So umriss er nach und nach den zukünftigen Besitz seines Bruders, in dem sich naturgemäß durch die Bank wertlose, ertragsarme Böden, Wälder und Weingärten befanden, auf kümmerlichen Weiden ihr Leben fristende klägliche Tiere, morsche, mit ihrer letzten Kraft keuchend arbeitende Mühlen und Wirtshäuser, aus denen die Pächter alles bis zum letzten roten Heller gestohlen hatten. Und allmählich dachte meine Schwiegermutter, die sich zu Ferenc vielleicht deshalb so unberechenbar und leidenschaftlich verhalten hatte, weil sie ihn unter allen ihren Kindern am meisten liebte, dass die von Dienes eingegebene Aufteilung ihre eigene ursprüngliche Idee gewesen war. Sie musste sich viel vorlügen, um glauben zu können, sie verhalte sich ihrem älteren Sohn gegenüber gerecht. Dass die Dinge sich zum Schluss nicht ganz so gestaltet hatten, wie ihr das Dienes eingetrichtert hatte, entsprach ihrem chaotischen und anarchischen Naturell.

Dienes hatte am Tag der Freilassung Anweisung gegeben, man möge im Haus zu Regmec die beiden hinteren Zimmer in Ordnung bringen, und er erschien am ersten Juni, wie er später betonte, mit einer *blumenbekränzten* Kutsche vor dem Tor des Gefängnisses in Munkatsch, um Ferenc nach Hause zu bringen. Was nun die Blumen betrifft, am Hut des Kutschers blies der Wind tatsächlich durch eine Handvoll Federgras, doch das hatte nichts mit Ferenc zu tun. Und angeblich hingen an der Seite der Kutsche Rosen, an welche sich später außer Dienes niemand erinnerte.

Der Leiter des Gefängnisses erledigte den Papierkram ohne viel Federlesen, zwei Diener gingen zweimal mit den zwei mittelgroßen Reisekisten, und kaum war es morgens neun Uhr, war Ferenc de jure und de facto frei. Als der Satz, der dies bestätigte, verklungen war, stieß er, ohne ein Wort zu sagen, jeden zur Seite, rannte Hals über Kopf über die mit frühsommerlichen Blüten übersäte Berglehne hinunter und durch die Herde der grasenden Kühe, er galoppierte wie ein Fohlen, sprang und purzelte von einem Hügel zum anderen, so feierte er die ersten Minuten seiner Freiheit. Dienes stand, rot bis über die Ohren, umgeben vom verständnisvoll nickenden Gefängnispersonal und den gicksenden, flüsternden Wäscherinnen und Bauernmädchen, und er faltete seine für diesen Zweck geschriebene und eben erst auseinandergefaltete Begrüßungsrede, die nur so strotzte vor bösen Andeutungen und versteckten Drohungen, wieder zusammen.

Da sich Ferenc lange Minuten nicht zeigte, winkte Dienes den beiden Dienern, sie sollten Ferenc nachgehen. Sie fanden ihn im Gras auf der Seite liegend, das Gesicht im Schmerz verzogen, ein Krampf hatte seine Waden befallen und er hatte sich überknöchelt. Seit sieben Jahren war er nicht mehr als siebzehn Schritte gegangen, so groß war der Hof, auf dem er einmal die Woche spazieren gehen durfte, und wenn sich der Wächter seiner erbarmte und wegschaute, konnte er sogar ein bisschen laufen.

Er schaffte es nicht einmal dann auf den eigenen Beinen, als der Wagen in den Hof des Hauses in Regmec einfuhr. Die gnädige Mama stand auf der Schwelle, sie trug ein weinrotes Wams über einem vornehmen giftgrünen Kleid, dazu ein Kopftuch aus Brokat, sie wartete darauf, dass sich Ferenc ihr näherte und wollte ihm die Hand, genauer: den frisch glänzend gerubbelten Rubin an ihrem Zeigefinger zum Kuss reichen, doch dann, als sie sah, dass ihn der Kutscher und der Hausbursche unter der Achsel gefasst herantrugen, und als sie erfuhr, dass der Grund dafür keineswegs der allgemeine Zustand seiner Gesundheit, sondern vielmehr ein banaler Unfall war, stampfte sie ungeduldig auf und wandte ihm den Rücken zu. Sie hatte diesen epischen Moment viel zu genau vorgeplant und jetzt fiel ihr der Verzicht darauf sehr schwer. So kam es erst später zur ersten Umarmung, als man Ferenc schon zu Bett gebracht hatte und das Eis, das meine Schwiegermutter ob der Vereitelung der geplanten Situation aufgebaut hatte, geschmolzen war.

Am zweiten Tag war Ferenc wie neu geboren, er stellte eine Liste der Personen zusammen, die er besuchen wollte. Schon angekleidet, trat er ungeduldig von einem Bein auf das andere, dreimal hatte er den Diener bereits angewiesen, den Wagen zu bringen, doch es geschah gar nichts. Schließlich, als das Vorfahren des Wagens nicht mehr aufgeschoben werden konnte, trat Dienes herein und teilte Ferenc mit, es gebe keinen einzigen freien Wagen, alle seien in der Arbeit und sie würden auch weiterhin benötigt werden, und überhaupt, Ferenc täte besser daran, seine Gesundheit nicht aufs Spiel zu setzen, sondern brav zu Hause zu bleiben, bei einer Taubensuppe, bei knusprig gebratenem Jungschweinernem und gedünstetem Kraut.

Ferenc stürmte hinaus, in den Stall, zum Pferch, zum Schuppen und fand tatsächlich kein einziges Pferd und keinen Wagen. Tobend ergab er sich seinem Schicksal und legte seinem Bruder nahe, für den folgenden Tag auf jeden Fall für Pferd und Wagen zu sorgen, sonst sei er gezwungen, ein Gespann zu mieten. Anderentags bestach Dienes sämtliche Kutscher der Umgebung, damit sie Ferenc, sollte er sich an sie wenden, unter einem Vorwand absagten. Daraufhin begab sich mein lieber Gemahl, noch immer hinkend, zu Fuß auf den Weg über die Berge, nach Kaschau. Die gnädige Mama bekam einen Weinkrampf, sie zerschlug einige Vasen und Trinkgläser, dann ließ sie den kleinen Dienes ihrem Sohn nachzappeln. Der jüngere Bruder tobte und schrie Ferenc an, der noch immer nicht erfasst hatte, worum es ging. Er meinte, man würde ihn in übertriebener Sorge vor den Gefahren schützen wollen, also beruhigte er seinen Bruder, er möge getrost nach Hause gehen, denn jetzt marschiere er wirklich gern tage-, ja, auch wochenlang. Dienes ließ ihn zähneknirschend auf den Wagen steigen und brachte ihn nach Kaschau, wobei er ihm das Versprechen abnahm, am Abend nach Regmec heimzufahren. Ferenc schwamm im Glück, er lief von einem Freund zum anderen und umarmte Leute auf dem Hauptplatz, es störte ihn auch nicht, dass die meisten versuchten, unsichtbar zu werden und sich vor seinen Umarmungen zu retten; nicht dass es den Machthabern zu Ohren komme, dass sie auf offener Straße ihre Freundschaft mit einem gerade erst freigelassenen politischen Gefangenen bekundeten.

Ferenc wollte am folgenden Tag unbedingt zu uns nach Kázmér.

Er hatte in Kaschau von jemandem vernommen, dass ich aus dem Kloster heimgekommen war, und er wusste auch schon, dass mein Vater kränkelte. Dienes brach kalter Schweiß aus. Das war ja das Schlimmste, was er befürchten konnte, dass Ferenc sich wieder mit dem Grafen Török zusammentat, dem alten Goldmacher, und mit seinen Hexentöchtern, von denen er seinerzeit so viel Spott und Hohn bekam, um vom gräflichen Spazierstock ganz zu schweigen, der in Buda einmal pfeifend auf seinen Rücken herniederfuhr, als Vater dahintergekommen war, dass er Ferenc verleumdet hatte. Der kleine Mann sorgte also dafür, dass die Kutsche bereits am ersten Drittel des Weges einen Radbruch erlitt. Bis zum frühen Nachmittag waren sie zur Untätigkeit verurteilt, bis einige Bauern erschienen. Erst am Abend hatten sie das neue Rad. Sie nahmen in einem Gasthaus Quartier, wo Dienes sich betrank und Ferenc anfuhr, er müsse zur Kenntnis nehmen, dass er nach dem, was er seiner Familie angetan hatte, kein Recht besäße, sich selbstständig herumzutreiben, hin und her zu flanieren, in allerlei gottverdammten Sprachen alles Mögliche zu lesen, um teures Geld Bücher zu bestellen, Bilder in Wien zu kaufen, nein, damit sei jetzt Schluss, von nun an müsse er ein richtiges, menschenwürdiges Leben führen, sich verheiraten, einen Bauch und einen Bart wachsen lassen, nachmittags im Bienenhaus das Hohelied lesen und höchstens zu den Komitatsversammlungen gehen, aber auch dort möge er nie das Wort ergreifen. Und damit Punktum!

Ist gut, gehen wir schlafen, sagte Ferenc. Er konnte Betrunkene nicht leiden. Selbst da hatte er noch nicht begriffen, dass er zum zweiten Mal eingekerkert worden war.

Am folgenden Tag sind sie dann doch noch nach Kázmér gelangt, Ferenc und mein Vater umarmten einander lange und wortlos schluchzend. Damals verstand ich noch nicht, was diese lange Umarmung bedeutete. Damals wusste ich noch nicht, dass der früh verwaiste Ferenc in meinem Vater seinen zweiten Vater verehrte, dem er sich näher fühlte als dem eigentlichen, biologischen. Und ich wusste auch nicht, was in den Achtzigerjahren geschehen war, um die Zeit meiner Geburt und frühen Kindheit, als mein Vater Ferenc in die Bruderschaft der Rosenkreuzer eingeführt hatte und sie zu zweit die Geheimnisse der Seele und der Materie erforschten. So konnte ich auch nicht wissen, dass mein Vater sich schuldig fühlte, Ferenc auf jenen Weg gebracht zu haben, der ihn schließlich für schreckliche sieben Jahre hinter Gitter brachte, ich begriff eben nur, dass sie einander unvorstellbar innig liebten.

Ferenc verbrachte drei Tage bei uns, ich sah ihn eigentlich damals das erste Mal. Ich erinnerte mich freilich aus meiner Mädchenzeit an ihn, doch der Ferenc von damals war ein anderer. Ich war einundzwanzig und er zweiundvierzig. Eine magische Arithmetik. Ich erinnerte mich aus meiner vierzehnjährigen Zeit, als ich ihn das letzte Mal gesehen hatte, an einen fröhlichen Jungen mit feurigen Augen, der stets lachte und loderte, jetzt stand ein nachdenklicher, verschlossener und geheimnisvoller Mann vor mir, der die Hand zögerlich zum Gruß ausstreckte und dann meine Umarmung ungeschickt erwiderte. Ich hielt unwillkürlich die Luft an, als ich mich zu ihm beugte, ich fürchtete, wiewohl ich nicht wusste, worauf ich mich vorbereiten sollte, er würde nach Gefängnis riechen. Später schämte ich mich deswegen oft, wenn er auch nie andeutete, mein Zögern bemerkt zu haben. Damals hatte ich keine Ahnung, welches Unrecht ihm widerfahren war, und die Ereignisse, die zu jener Zeit die Welt erschütterten, sah ich nur durch die Lichtbrechung meiner persönlichen Voreingenommenheit.

Nachdem ich 1795 aus Wien, aus dem Kloster der Salesianerinnen, heimgekehrt war, blickte ich morgens weinend aus dem Fenster des väterlichen Schlosses auf die schilfgedeckten Bauernhütten und konnte es einfach nicht akzeptieren, dass ich von nun an hier würde leben müssen.

In Wien war ich zehn Jahre lang jeden Morgen in meinem Zimmer mit Ausblick auf den Park des Belvedere aufgewacht, und wenn ich das große Fenster öffnete, strömte der Duft der Rosen und des frisch gemähten Rasens herein. Das mächtige, geheimnisvolle Schloss des Prinzen Eugen prangte oben auf der Anhöhe, alle mit weißem Kies bestreuten Wege führten dorthin. Bis dahin hatte ich die ungarische Sprache fast ganz vergessen, allerdings sprach ich Deutsch und Französisch akzentfrei. Der Duft der Heimat und die Erinnerung an sie waren langsam verflogen. Jeden Morgen erwachte ich im Bewusstsein, privilegiert, einzigartig, wertvoll und unwiederholbar, einfach etwas Besonderes zu sein. Abends hörten wir durch die Fenster des Klosters Musik und Gläsergeklirr und wir lauerten aufgeregt auf die erhitzten Liebespaare, die sich in den verborgenen Nischen der dichten Hecken aneinanderschmiegten und einander für uns unvorstellbare Kühnheiten in die Ohren flüsterten.

In den Fällen, da der Kaiser zu erscheinen geruhte, wurden wir von den Fenstern wegbefohlen, wir mussten im Refektorium singen, um den Herrscher mit einer überirdisch klingenden Hintergrundmusik zu ergötzen. Eines Nachmittags im Frühsommer des Jahres 1792 zerschmetterten Hagelkörner das Glasdach des Gewächshauses und handtellergroße violette und weinrote Tropenschmetterlinge flatterten im Klostergarten herum, Dutzende von *Prepona chromus, Urania ripheus, Sasakia charonda* und *Agrias beatifica beata,* deren Präparate ich im wissenschaftlichen Kabinett des Klosters seit Jahren so hingebungsvoll betrachtet hatte. Dieses Kabinett war im ganzen Kloster der heiterste, harmloseste Ort, wohin ich nach einer gewissen Zeit uneingeschränkten Zugang erhalten hatte, da es den Schwestern aufgefallen war, wie stark mich die Wissenschaften anzogen. Freilich durften wir von der Naturkunde nur dieses für Frauen bestimmte und genehmigte Segment kennenlernen, die Abdrücke von Tropenpflanzen, Präparate von Tropeninsekten und wunderbare, geheimnisvolle Versteinerungen, gigantische Schnecken, Meeresgetier von mannigfaltigsten Formen und bizarre untermeerische Pflanzen.

All mein Trachten richtete sich danach, dereinst an der Seite meines reichen und abenteuerlustigen Ehegatten auch selbst exotische Gegenden zu entdecken, unbekannten Tieren Namen zu geben; unser Schloss würde einen eigenen naturwissenschaftlichen Saal erhalten, in dem wir die seltensten Präparate aufbewahren würden, und auch einen Jagdsaal, in dem die Trophäen des Wildes, das mein Mann erlegt hatte, hängen sollten. Mit solchen Träumen legte ich mich zur Ruhe. Abends flogen die Schwäne von der Donau mit lautem Flügelrauschen auf den Teich im Schlosspark, im Wildgehege schrien Pfaue. Verkündete die Glocke der Karlskirche neun Uhr, verebbte das Rauschen der Springbrunnen, verhallte der entlegene Wirtshauslärm der Großstadt und mich wiegten die fernen Töne der sich vergnügenden Wiener in den Traum, mondäne Stimmen der Verführung für eine Klosterschülerin.

Vergeblich umgab ein Rosengarten unser Schloss in Ónod, vergeblich überschatteten duftende Lärchen die steinerne Umfriedung, sie konnten beide nicht den Gestank der Moore und des Mistes der dörflichen Nutztiere aufhalten. Betrunkene Bauern fluchten am Fuß der Mauer. Alles, was sich nur regte, litt: Der Bauer ächzte, der Ochse röchelte, die Wagenräder knarrten weinend, selbst die Vögel ruderten grantig und lustlos über den Himmel. Als hätte die Zeit keine Lust zu vergehen, die Welt keine Freude daran, sich vorwärts zu drehen, alles sehnte sich zurück in den Schmutz, in die Erde.

Mir war das Leben hier unerträglich.

Ich verzehrte mich nach Wien.

Der Name, den Vater und Mutter in den Monaten meines Heimkehrens so oft aussprachen, grüßte mich aus dem Nebel meiner Kindertage: Ferenc Kazinczy. Ich erinnerte mich an einen zwanzigjährigen Jungen, dessen Lachen das von dickem Gemäuer umgebene düstere Schloss belebte, ich erinnerte mich, ihn an den Haaren gezogen und ihm einmal den Schal entwendet zu haben, mit dem ich dann wochenlang schlief. Es war befremdend, zu hören, dass der Junge wegen Hochverrats die Todesstrafe erleiden sollte. Ich war ihm böse, hatte er doch mein heiß geliebtes Wien und das Herrscherhaus verraten, das ich mit den Salesianerinnen zehn Jahre lang in meine Gebete eingeschlossen hatte. Als ich mich dann nach und nach mit dem Unabänderlichen, in Ónod leben zu müssen, angefreundet und es akzeptiert hatte, beschaffte ich mir von da und von dort Informationskrümel und verstand auch, worüber meine Eltern redeten. Damals wurde es mir zur Gewohnheit, alles zu belauschen, was im Haus gesprochen wurde. Ich versteckte mich unter Betten und hinter Vorhängen, so verstand ich langsam alles, was bei meinen Eltern, meinen Schwestern und in der Dienerschaft vorging. Und was ich nicht verstand, dessen sündig-delikates

Geheimnis beschäftigte mich lustvoll noch Monate lang. Ich wusste, wer wessen Geliebte war, wer nach wem allein und im Geheimen weinte, ich wusste, was die Menschen taten, wenn sie unbeobachtet blieben, wusste, wer stahl und wer der Hehler war. Ich wusste, welche niederträchtigen Schweinereien mein Bruder mit meiner Schwester machte, ich wusste, dass mein Vater seinen Samen in seine Tiegelchen rührte, dass meine Mutter einsam in der Bibliothek umherging. Ich wusste vieles und wollte alles wissen, ich war auf alles neugierig.

Ein einziges Mal wurde ich ertappt, als ich hinter dem Vorhang des großen Salons in Ohnmacht fiel. Doch an alles, was vorher geschehen war, erinnerte ich mich haargenau.

Vater kam an jenem Tag aufgewühlt nach Hause. Er war bleich, schwitzte und ging unruhig im Garten auf und ab, bis Mutter heimkam. Dann nahm er sie bei der Hand und zog sie mit sich ins Haus. Ich verfolgte die Vorgänge vom Fenster meines Zimmers aus, und als ich sah, dass sie ins Haus kamen, stürzte ich in den Salon und verbarg mich hinter dem Vorhang. Meine Instinkte hatten mich nicht getrogen, sie traten dann auch bald herein. Vater kniete sich zuerst erregt vor Mutter hin und küsste ihr die Hand. Dann bohrte er den Kopf zwischen ihre Brüste und verharrte lange so. Mutter drängte ihn, doch zu sprechen, doch Vater schüttelte nur den Kopf. Als sie ihre Umarmung endlich lösten, schenkte sich Vater Wein ein, setzte sich, zog Mutter an sich und berichtete ihr, was er von den Hinrichtungen in Buda gehört hatte.

Er sagte, Ignác Martinovics habe den Richtblock, als sein Kopf erst zur Hälfte abgeschlagen war, mit übermenschlicher Kraft aus dem Boden gerissen und sei losgerannt, wobei ihm das Blut aus dem Hals schoss. Die

Soldaten hätten ihn erst nach geraumer Weile eingeholt und es sei ihnen nur nach mehreren Versuchen gelungen, seinen Kopf vom Rumpf zu trennen. Dieses Spektakel ließ die gaffende, bis dorthin feindselig schweigende Menschenmenge in lautes Murren ausbrechen, die Menschen, die bislang den Kopf der Verschwörer verlangt hatten, empfanden plötzlich Mitleid mit den Verurteilten. Nun hatten es die Österreicher aber eilig, doch auch so konnten sie nicht verhindern, dass Jakab Sigray mit dem Recht des letzten Wortes eine zündende Rede hielt, die die Menge derart in Wut brachte, dass die Menschen losmarschierten und die Absperrung durchbrechen wollten. Der Kommandant, der die Hinrichtung befehligte, ließ eine Salve abfeuern, die die Revoltierenden wahllos niedermähte, Alte, Kinder, Frauen. Im großen Durcheinander achtete keiner auf die noch zu Exekutierenden, denn zwei von ihnen, Hajnóczy und Laczkovics, schafften es, zu entkommen. Des Nachts, als die Körper der Hingerichteten auf eine Karre verladen wurden, um sie an einem geheimen Ort zu vergraben, zählte der Büttel, von dem der Bericht stammte, lediglich drei Leichen. Sigray hatte die Kugel von hinten getroffen und Szentmarjay konnte deshalb nicht fliehen, weil er bereits ohnmächtig geworden war, als man ihn an das Schafott gebunden hatte. Ihm hatte jemand im Chaos die Kehle durchschnitten. Für die Opfer der Salve wurde in aller Eile ein Graben in einem versteckten Winkel unterhalb der Burgmauer ausgehoben, in den man von keiner Seite Einblick hatte, und den allgemeinen Aufruhr beendete man damit, dass Geheimagenten des Hofes an mehreren Punkten der Stadt Feuer legten. Die Salve war nunmehr die geringste Sorge der Bürger, die um ihre Häuser fürchteten.

Am folgenden Tag hielt schlag zwölf Uhr, als die Mitglieder des Statthalterrates zu ihrer Versammlung in der Burg zu Buda eilten, eine von schwarzen Rössern gezogene, mit rotem Leder bespannte Prunkkalesche vor der Kirche, ihr entstieg Ignác Martinovics. Er hielt seinen abgeschlagenen Kopf unter der Achsel. Martinovics ging keineswegs schnell, er trat in aller Ruhe an die Ratsmitglieder heran, die sich vor eisiger Erstarrung nicht rühren konnten, und berührte jeden von ihnen mit der Rechten an der Brust, oberhalb des Herzens. Was danach geschah, daran erinnere ich mich nicht, wie auch nicht daran, ob Vater meiner Mutter alles das lachend oder im Glauben an die Geschichte erzählte, denn ich stürzte just in diesem Augenblick ohnmächtig von hinter dem Vorhang hervor. Genauer gesagt erinnere ich mich an eines sehr wohl noch, nämlich den Satz meiner Mutter, die die Hand meines über die Willkür aufgebracht schnaufenden Vaters packte, ihm entschlossen in die Augen sah und sagte:

Lajos, das waren aber doch Jakobiner!

Sieben Jahre später, als Ferenc freigekommen war und uns erzählte, wie weit er in der Klärung dieser Situation gekommen war, was er über den Ablauf der Hinrichtungen in Erfahrung hatte bringen können, die er ja nicht mit eigenen Augen verfolgt hatte – er hatte nur das Stückchen Himmel über der Richtstätte gesehen –, da mussten wir erkennen, dass unser von der Exekution gehütetes Bild ein falsches war, jemand musste meinem Vater einen mächtigen Bären aufgebunden haben. Es war aber schon zu spät, das in unsere Erinnerung eingebrannte Bild zu ändern. Auch Ferenc konnte uns da nicht helfen, machte es ihm doch noch größeres Kopfzerbrechen, die Wahrheit aus den einander widersprechenden Berichten herauszuarbeiten, sodass kaum Aussicht bestand, je zu einer endgültigen, authentischen Version zu gelangen.

Alles das schien die düstere Meinung meines Vaters zu bestätigen, die Welt, in der die Seele, geschickt von einem fernen, unbekannten Gott, vergeblich nach dem Licht strebe, sei von einem ungeschickten und bösartigen Demiurgen geschaffen worden. Ferenc kämpfte mit zusammengebissenen Zähnen, unter anderem auch darum, diese gnostische Finsternis widerlegen zu können, doch mit je mehr angeblichen Augenzeugen er sprach, desto unklarer und verschwommener wurde das Bild, ganz bis zum endgültigen Versagen. Doch auch damit wurde ich erst später konfrontiert. Im Jahr 1810, auf dem Rückweg von Vaters Begräbnis, an dem nur Ferenc und ich teilnahmen, sprachen wir auch über dieses unlösbare Rätsel. Letztlich gebe ich zwar zu Gunsten der überzeugenderen Geschichte nach, doch sehe ich Martinovics noch immer mit seinem abgehauenen Kopf aus der roten Kalesche steigen, wenn ich mich auch hundertmal zu überzeugen suche, dass dies nur ein Märchen war.

Das neue Jahrhundert, in das wir im Jänner dieses Jahres eintraten, hatte das vorige schon unter sich begraben, noch bevor es begonnen hatte. Sieben Jahre waren seit Ferenc' Einkerkerung und der Vernichtung der Werkstatt meines Vaters vergangen. Möglicherweise vermische ich meine Kindheit mit dem achtzehnten Jahrhundert, vielleicht projiziere ich die heitere Aura meiner Jugend darauf, und doch wurde das Jahr der Jahrhundertwende durch die Erkenntnis beleuchtet, dass etwas, dessen wir uns gar nicht so richtig bewusst waren, unwiderruflich in der Vergangenheit versunken war. Diese Erkenntnis wurde mir deutlich, als ich Ferenc nach sieben Jahren neuerlich umarmen durfte.

Als er aus dem Gefängnis kam, war mein Zorn darüber, dass ich Wien verlassen hatte müssen, schon verraucht. Ich war mit einem eleganten französischen Marquis verlobt und langsam in jener Epoche meines Lebens angelangt, in der die Kindheit sich plötzlich in eine unwiederbringliche, strahlend goldene Zeit wandelt. Auch Ferenc traf bestäubt mit diesem Goldpulver ein. Zwar mochten ihn die Jahre zerbrochen haben, zwar mochte sich seine glitzernde gute Laune in seinem zweiundvierzigsten Lebensjahr in ein Geheimnis gewandelt haben, doch in seiner Umarmung, seinem Atem, seiner Stimme und seinen Bewegungen stak all das, woran ich mich vom letzten Jahrhundert erinnerte. Durch ihn kehrte das Jahrhundert meiner Kindheit zurück – und ging auch sehr bald wieder verloren, wofür Dienes sorgte, denn er hatte Ferenc unter irgendeinem Vorwand dazu gebracht, sich schon am nächsten Tag zu entfernen. Ich sah ihn dann sechs Monate nicht mehr, sechs Monate in qualvoller Angespanntheit und Schlaflosigkeit, und dieser Zeitraum war, wie es sich nachträglich herausstellte, für uns beide beinahe fatal, als werke wieder eine sonderbare Symmetrie am Gewirk unseres Schicksals.

Als Ferenc heimkam, hatte sich die Witwe schon in Regmec eingefunden. Da er nichts vom Handstreich ahnte, den seine Mutter und seine Geschwister ausgeheckt hatten, begrüßte er die Frau mit Ehrerbietung und besonderer Höflichkeit, denn er hatte sie, wie sich später herausstellte, auf den ersten Blick mit einer seiner Tanten dritten Grades verwechselt, die er als Kind das letzte Mal gesehen und schon damals erbarmungswürdig hässlich gefunden hatte. Die Witwe war zum Abendessen geblieben und Ferenc konstatierte mit Bedauern, dass sie, seitdem er sie zuletzt gesehen hatte, auch noch hinkte. Oder hatte sie schon immer gehinkt? War das die Tante, die seit ihrer Geburt ein kürzeres Bein hatte, deren Schuster sich die Haare rauften, bis sie ihr ein entsprechend asymmetrisches Schuhwerk anpassen konnten?

Allerdings waren diese Fragen zu jener Zeit noch nicht in beruhigender Weise zu klären.

Anderentags fuhren sie alle ins Heilbad Félixfürdő.

Die Reise war angeblich für Ferenc' Gesundheit erforderlich, doch fiel der Zeitpunkt weitgehend mit dem zusammen, an dem die gnädige Mama ohnehin eine Badekur unternahm, um die Schmerzen aufgrund ihrer Gelenksentzündungen, hauptsächlich in der Hüfte und den Ellbogen, etwas zu lindern. Ferenc freute sich, endlich unter Menschen zu kommen, und war schon im Voraus glücklich, alte Bekannte begrüßen zu können. Wie einem schnüffelnden Welpen schien ihm alles interessant: die Farben und Gerüche, die Geräusche und Gesichter, und er ging von früh bis spät unruhig umher. Meine Schwiegermutter war in erster Linie damit beschäftigt, jedem kundzutun, dass sie die verwitwete Frau Antalóczy nicht für ebenbürtig hielt, und die war in Ferenc' Gegenwart richtig verlegen und errötete ständig, als hätte sie noch nie einen Mann aus der Nähe gesehen. Die Arme bemerkte nicht einmal, wie sehr ihre „zukünftige Schwiegermutter" sie demütigte. Dienes aber war von den vieren am meisten aufgeregt, und das mit gutem Recht. Sein Problem war nicht nur, dass er die Reise der Witwe organisieren und das Terrain sondieren musste, wobei er den liebenden Bruder zu mimen und Ferenc so um all seine Habe zu bringen und aus der Nähe der Familie zu entfernen hatte, ihm brannten nun auch seine komplizierten und hysterischen Liebesangelegenheiten unter den Nägeln. Antonia Pruszkay, zu der er seit Jahren ein hitziges und überaus verworrenes Verhältnis pflegte, ließ ihn, wie es ihre Art war, schon wieder im Ungewissen, ob sie denn ins Heilbad kommen würde oder nicht.

Dieses Wiener Dämchen radebrechte kaum ein paar Worte auf Ungarisch, nie konnte ich in Erfahrung bringen, ob sie die Sprache tatsächlich verlernt hatte oder ob sie, um uns zu ärgern und freilich aus berechnender Schläue, so tat, als spräche sie nur Deutsch. Augenscheinlich (ausgenommen die Augen von Dienes) gereichte es ihr zur höchsten Freude, Konfusion, Unsicherheit, Zwist und Feindschaft unter den Menschen zu säen.

Weiß der Teufel, wieso Dienes nicht genug Überlebensinstinkte aufbrachte, um sich von ihr zu befreien, denn er schien das Leben im anhaltenden Gefühlschaos nicht besonders zu genießen, doch es mochte auch sein, dass der dumpfe und geistlose Mann dies geradezu brauchte, um zu spüren, dass er überhaupt lebte. Somit gab es genügend Explosionsstoff beim Ausflug ins Bad nach Félixfürdő, es war, als reiste man auf Pulverfässern.

Das Badehaus und das dazugehörende Quartier, in dem sich auf zwei Stockwerken gute zwanzig Zimmer für die Gäste befanden, war vor drei Jahren fertiggestellt worden, doch im Frühjahr musste alles wieder verputzt und neu geweißt werden, weil ein Erdbeben die Mauern und Wände arg in Mitleidenschaft gezogen hatte. Dasselbe Beben hatte aber auch ein anderes, ein überraschendes und erfreuliches Ereignis bewirkt: Das Wasser, das bislang lauwarm aus dem Erdreich floss, war unerwartet heiß geworden und hatte eine gelbliche Farbe angenommen. Es färbte die grauen Haare, es schwärzte das Silber, seine heilenden und heilsamen Eigenschaften aber hatten laut den Ärzten zugenommen, es war nunmehr nicht nur gegen die Erkrankungen der Gelenke und des Rückgrats, sondern auch zur Behandlung von Darmträgheit, Magen- und Leberleiden indiziert. Die alten, wassersüchtigen Alkoholiker mit den Elefantenbeinen nahmen es an den Trinkbrunnen, wo eine Abwäscherin ständig für saubere Becher sorgte, literweise zu sich.

In der Sommerhitze vertrugen viele die Wärme über der Körpertemperatur nicht, sie ließen sich Wannen bringen und diese mit ausgekühltem Quellwasser füllen; in diesen lagen sie am Rand des gepflasterten und mit einem Bretterverschlag umgebenen Beckens, um zu ihren Freunden, die das Schwitzen gewählt hatten, noch in einer Entfernung zu verbleiben, die Unterhaltungen zuließ. Zugleich mussten sie auch die wohltuende Wirkung des Wassers nicht missen. Neben den Mauern des Gästehauses lagen Mörtelkästen bei den Kalkgruben herum, am Dach hämmerten noch die Zimmerleute. Alles war so frisch und hoffnungsvoll, als wollte irgendetwas beginnen. Allein die Linden und Eichen um das Becken standen herbstgelb und leblos da, sie warteten auf die Axt, ihre Wurzeln hatten den heiß gewordenen Boden nicht vertragen, um den auch die Ameisen, Maulwürfe und Kriechtiere einen weiten Bogen machten.

Als Ferenc mit der Familie angekommen war, suchte Dienes die gesamte Umgebung nach Antonia Pruszkay ab, doch sollte die Suche erfolglos bleiben. Er kam verdrossen, wütend und fluchend zurück und wies Ferenc, der ein Zimmer mit ihm teilen wollte, brüsk ab. Ferenc konnte sich den Grund für die grobe Zurückweisung nicht vorstellen, hatte er doch jedem klargemacht, dass er unfähig war, allein in einem schmalen Raum zu schlafen, der ihn an die Gefängniszelle erinnerte. Dienes aber stieß ihn wie ein Gefängniswärter durch die Tür und drohte ihm, sollte er noch viele Umstände machen, würde er sogar die Tür absperren.

Selbst als die verwitwete Frau Antalóczy mit einer Kerze in der Hand, angetan mit einem rosafarbenen Umhang und in silbern bestickten Pantoffeln, zu Ferenc ins Zimmer schlüpfte, schlug Dienes noch knurrend mit der Faust gegen die Wand und stampfte auf den Fußboden.

Nicht einmal Ferenc war so einfältig, die Absicht der Frau nicht zu durchschauen, und er zog sich vorsichtig in einen Fauteuil zurück und begann von Sallust zu sprechen, danach schwenkte er auf die allgemeineren, eher theoretischen Probleme der Geschichtsschreibung um. Die Witwe hörte ihm eine Zeit lang höflich zu, machte sogar eine ganz gut platzierte Bemerkung, die bewies, dass sie von den Unterschieden in der Geschichtsauffassung des Herodot und des Thukydides schon gehört hatte, dann machten sich auf ihrem Gesicht aber Langeweile und Ratlosigkeit breit. Im Licht der einsamen Kerze erschien dieses dadurch nur noch unproportionierter und hässlicher. Ihre Nase war krumm und schief, vielleicht irgendwann gebrochen, die Lippen wie Klingen, das Kinn spitz, die Augen saßen tief und nahe beieinander, unter der hervorspringenden Stirn wuchsen dichte, buschige Brauen.

Ihre Verwirrung hielt aber bloß einen Augenblick an, dann stand die Witwe Antalóczy vom Diwan auf, öffnete ihren rosafarbenen Umhang mit einer blitzschnellen, beinahe unmerklichen Bewegung, trat zu Ferenc und schwang ihre Brüste an sein Gesicht. Dabei sprach sie den Satz, den Ferenc mir später oft feixend zitierte:

So sehen Sie doch, Ferenc, wie schön mein Busen ist. Während sie das sagte, packte sie Ferenc' Rechte und legte sie sich auf die Brust.

In diesem Moment ging Ferenc sehr viel durch den Kopf. In erster Linie der Gedanke, dass die Brüste der Frau wirklich schön waren, wenn auch, gemessen am griechischen Schönheitsideal, ein wenig zu üppig. Weiter, dass er, abgesehen vom kurzen Abstecher nach Kaschau, der ihn in ein wohlbekanntes Haus in einer wohlbekannten Nebengasse geführt hatte, seit beinahe acht Jahren keine Frau angerührt hatte. Dann erkannte er blitzartig, dass, sollte er jetzt dieses Spiel mitmachen, morgen sein Bruder, seine Mutter und vermutlich die gesamte auf der Lauer liegende Verwandtschaft der Witwe Antalóczy im Chor fordern würden, er müsse die Konsequenzen tragen, sich wie ein Mann benehmen, dürfe die Ehre einer Frau nicht mit Füßen treten und müsse die Witwe unverzüglich zur Frau zu nehmen und so weiter. Ganz kurz blickte er auch in die Zukunft: Er sah sich selbst in einem ewigen Katzenjammer beim Pferch der Stiere herumtorkeln, er sah sich am frühen Morgen mit der Frau zum Wald kutschieren, mit der Frau, die ihm dauernd „Hör mal" zurief und ihre kalten Füße in seinen Mantelarm steckte, er sah seine Schwager im Jänner Blunzen essen, er sah ihre von Fett triefenden Schnauzbärte – und diese Visionen ernüchterten ihn schließlich ganz aus.

Er streichelte die Brust der Frau, lobte ihre Form und ihre Ausmaße und versicherte der perplexen Witwe, ihr Kriegsschmuck würde dereinst einem überlegten und wohlbeleumundeten Mann, der seiner würdig war, ganz gewiss viel Freude bereiten. So ein Zuchthäusler aber, so ein Mann mit seiner Vergangenheit, der verdiene die Reize einer so wunderbaren Frau einfach nicht.

Die Witwe Antalóczy war keine besonders verständige Frau und offenbar war sie auch tödlich beleidigt, sie knöpfte also ihren Umhang zu, runzelte die buschigen Brauen und teilte Ferenc eiskalt mit, sie habe an diesem ganzen Unsinn einzig auf Bitten der gnädigen Mama teilgenommen und Ferenc sei für ihren Geschmack ohnedies ein Leichtgewicht, ein spindeldürres. Sollten sie sich prügeln, würde sie ihn mit einem Schlag zu Boden werfen, so einen Mann brauche sie nun wirklich nicht. Sie verließ das Zimmer mit viel Getöse, wobei sie es aber vermied, das ganze Badehaus mit Türenknallen über ihr Scheitern zu unterrichten. Nach einer Minute öffnete sie die Tür wieder, um nachzusehen, ob Ferenc sich's nicht vielleicht anders überlegt hatte, sagte allerdings nur, sie hoffe, sie könne mit seiner Diskretion rechnen. Ferenc versprach, sich so zu verhalten, als sei zwischen ihnen rein gar nichts passiert. Woraufhin die Witwe sich noch einmal beleidigt zeigte und diesmal endgültig abging.

Ferenc' Spießrutenlauf war mit dieser Nacht aber beileibe noch nicht zu Ende.

Am folgenden Morgen reiste Antonia Pruszkay an, mit einem Hut, den sie beim Passieren der Türen schräg stellen musste. Mit ihr kamen auch vier mächtige Reisekisten sowie eine französische Demoiselle mit Mäusezähnchen, die in einem fort über etwas kicherte, selbst wenn sie allein in einer Ecke saß. Fräulein Girault war die Schwester des Marquis François Girault, der bei der Revolution hingerichtet worden war; die vollkommen verarmte Frau lebte in Wien vom Gnadenbrot. Damals konnte noch keiner von uns wissen, dass ausgerechnet sie eine wichtige Rolle in der Auflösung meiner Verlobung spielen sollte und dass Ferenc und ich schließlich heiraten würden.

Antonia Pruszkay besaß die Begabung, alle Männer verrückt zu machen. Schon am Morgen ihrer Ankunft brachte sie Leben in die bequem gewordene Welt des Bades. Jeder einigermaßen gut erhaltene Mann trachtete ihr aufzufallen, ja, selbst die vor dem Tor des Todes herumstolpernden alten Herren schossen in ihrer Nähe in Saft. Dabei war Antonia, wie Ferenc sie mir später beschrieb, gar nicht schön. Vulgär aber war sie, auffallend, vulgär, laut und exhibitionistisch, sie paradierte in der Gesellschaft der verachteten, ungebildeten Ungarn wie eine englische Herzogin vor den im Staub hockenden Indern. Ihre mondäne Routine, ihre gesellschaftliche Scharfsichtigkeit und ihr intrigierendes Naturell waren mit allen erforderlichen Fähigkeiten ausgerüstet. Sie war imstande, die Schwächen ihres Gegners im ersten Augenblick auszumachen, und ihre Worte trafen bis ins Mark. Jedenfalls für einen, der den eigentümlichen Wortschatz und die Zweideutigkeiten eines in den Wiener Stadtrandbordellen aufgewachsenen Mädchens in allen Nuancen kannte.

Schmeicheln konnte sie genial, wie auch die Beleidigte spielen, sich langweilen oder sich begeistern. Zudem wirkten ihre Eigenschaften, die offenbar auch in Wien nicht auf Sparflamme simmerten, hier in der weiten Ferne unter den langsameren, unsichereren Menschen von anderen Gewohnheiten doppelt so stark, dazu nährten sie sich selbst und entfachten sich von Tag zu Tag mehr, wie ein Brand im Bergwerk.

Ihre Ausstrahlung war so stark, dass Ferenc sie später als Beispiel bemühte, wenn er den Zauber der Kirke, die unerklärliche, durch Wände und Räume wirkende, Tote aus der Erde befehlende Kraft des Weibchens beschreiben wollte. Wir nannten das unter uns nur antonisieren. Kurz: Fräulein Antonia Pruszkay hat Dienes und die männlichen Gäste des Bades Félixfürdő gründlich antonisiert.

Die Ankunft Antonias hat die gnädige Mama als Überraschung erlebt. Eigentlich konnte man nicht von einer Überraschung sprechen, denn sie hatte keine Ahnung von Dienes' Liaison mit der Wiener Frau.

Wie so oft, wenn eine Person von gesellschaftlich tieferer Stellung in ihre Nähe kam, versteinerte sich die

Miene Zsuzsanna Bossányis, ihre Augen wandten sich den Wolken zu und ihrem ganzen Verhalten war anzusehen, dass sie davon, was in ihrer Nähe vorging, nichts zu hören, nichts zu sehen gewillt war. Sie zeigte nur dann eine beinahe den Lebendigen gleiche Reaktion, als sie bemerkte – wie intensiv Dienes auch versucht hatte, dies zu verhindern –, dass Antonia beim Versteckspiel zwischen den Stämmen des ausgetrockneten Eichenwaldes mit ihrem Fächer auf Dienes' Hände eindrosch, die sich in ungehöriger Weise über sie hergemacht hatten. Ferenc war bald sonnenklar, dass Dienes seine Mutter noch nicht in die Geschichte eingeweiht hatte, ja, es schien, er hoffte gar, damit davonzukommen und mit niemandem über die Angelegenheit sprechen zu müssen. Er mochte sich wie ein Kind gefühlt haben, das sich hinter der eigenen Hand versteckt und glaubt, wenn es nichts sieht, sei es auch für die anderen unsichtbar. Antonia aber war vitaler und ihr Hang zum Unheilstiften ausgeprägter, als dass sie Dienes mit seinem Versuch entkommen ließe.

Als erstes offenkundiges Zeichen ihres Gefühls für das Unheimliche und Magische freundete sie sich gleich am ersten Tag mit der Witwe Antalóczy an, dabei hatte ihr kein Mensch von den bereits erfolgten Manövern der Familie zwecks Verkuppelung von Ferenc und der Witwe berichtet. Auch Dienes hatte sie nicht eingeweiht, offensichtlich hatte er noch nicht entschieden, ob er sie Ferenc überhaupt vorstellen wollte.

Ferenc aber war auch nicht von gestern.

Ihm war gleich aufgefallen, dass das Fräulein aus Wien wegen Dienes gekommen war, und er stellte sich ihr bei der ersten passenden Gelegenheit vor. Eine plötzliche Bö fegte durch den trockenen Eichenwald, ein herbstlicher Blättersturm ging nieder. Die Frau quittierte mit spöttischem Lächeln, dass sie Ferenc nicht gefiel, und sie erschnupperte mit ihrer klugen Nase auch, dass Ferenc wegen weiterer Zusammenhänge noch vor Eintreffen seines Bruders mit ihr bekannt werden wollte. *Ach, der tote Mann …* murmelte sie und reichte ihm lässig die behandschuhte Hand. *Sie schauen aber ganz gut aus!* Ferenc war die Blasiertheit der Frau widerwärtig. Nicht, weil sie sich über seine Gefangenschaft lustig gemacht hatte, damit hatte er sich schon abgefunden. Es war vielmehr die Möglichkeit des Verrates, die ihm von der Frau versteckt angeboten wurde. Er wollte nicht einer Antonia Pruszkay hinter dem Rücken von Dienes zuzwinkern, wobei er noch nichts über die Umtriebe seines Bruders während seiner Gefangenschaft wissen konnte, geschweige denn, was die weitere Zukunft für ihn bereithielt.

Er amüsierte sich über das lose Mundwerk und die Anmaßung der Frau, zugleich aber vermochte er vor sich selbst nicht geheim zu halten, wie er um Dienes fürchtete. Das Kräfteverhältnis war offensichtlich und vielleicht merkte einzig sein Bruder das höhnische Grinsen nicht, das ihn begleitete, wie auch nicht das heimliche Flüstern ob seines memmenhaften Gehabes. Er hechelte der Frau brünstig hinterher wie ein kleiner Hund, während sie das Hofieren der unterschiedlichsten Verehrer mit unverhohlenem Genuss entgegennahm und sich nicht im Geringsten darum kümmerte, ob sie dadurch dem Hündchen auf den Schwanz stieg.

Ein Artilleriehauptmann vergnügte sich damit, sich jedes Mal, wenn er Antonias ansichtig wurde, in voller Montur ins Wasser zu werfen, manchmal trocknete er zwischen zwei Sprüngen gar nicht. Ein anderer Offizier, der eine böse Fußverletzung erlitten hatte und deshalb mit Krücken gekommen war, warf diese im hohen Bogen von sich, als er mit der in Rosa und Gelb prangenden, einem Blumenkelch gleichen Frau zusammentraf, und zeigte durch sein Humpeln und Hinken an, welche Zauberkraft ihre Schönheit auf ihn ausübte. Ein Patriziersöhnchen aus Kronstadt, das sicher mit Gespenstergeschichten aufgewachsen war, grub sich nächtens ein Grab im Park, und als Antonia am Morgen vorbeispazierte, erstand er von den Toten und spuckte prustend Erde. Das hell klingende Lachen Antonias und ihr Taubengurren hallten zwischen den Pavillons wider. Ihre Verehrer zwinkerten, schrieben Briefe, drohten mit Selbstmord und boten ihr ganze Vermögen an. Rund um Antonias Suite herrschte des Nachts häufiges Kommen und Gehen, Fenster und Türen knarrten. Dienes kochte vor Wut und flüchtete zorngeladen von einem Rausch in den anderen, um die Qualen der Eifersucht irgendwie zu ertragen. Und Ferenc zögerte, er wusste nicht, ob er der Sache ihren Lauf lassen oder etwas zum Schutz seines Bruders unternehmen sollte.

Als Antonia bei einer Jause das Deutsch ihres Geliebten verspottete, entschied sich Ferenc, die Demütigung seines Bruders nicht länger zuzulassen. Schon am Vortag hatte er sich nur mit Mühe zurückgehalten, die eingebildete und ungebildete Frauensperson mit einer spitzen Bemerkung zu strafen, als diese sich gerade über Dienes' posamentiertes Wams lustig machte, wenn auch zum Teil mit Recht. Das Wams, das vertrackte Wams mit Bortenbesatz, das musste er allerdings der gnädigen Mama zuliebe tragen. Meine Schwiegermutter echauffierte sich am meisten darüber, wenn jemand sich nach der Wiener Mode kleidete. Zwar war sie eine treue Untertanin ihres Kaisers, eine bedingungslose Verehrerin der herrschenden Ordnung und sie warf sich vor allen hohen Posten und Würden unterwürfig nieder, doch in Fragen der Bekleidung blieb sie rebellisch wie die Kuruzzen. Möglicherweise kam sie mit der Widersprüchlichkeit ihrer Auffassung selbst nicht zurande und die Kleiderordnung war das einzige Gebiet ihres Lebens, auf dem ganz eindeutig und unwiderruflich sie die Befehlsgewalt innehatte.

Antonias Spott traf ungewollt auch einen Punkt, an dem der gemeinsame Herd der Verletzlichkeit und der Schmerzen pulsierte. Dienes' Gesicht wurde auf einmal grau, mit seinen erschrockenen kleinen Schweinsaugen suchte er die gnädige Mama, ob sie vielleicht Ohrenzeugin der schrecklichen Worte geworden sei. Zum Glück ging dieser Zwischenfall ohne Konsequenzen vorüber. Ferenc schluckte seinen Zorn hinunter und Dienes trank in Windeseile einen Humpen vom starken Tokajer, wovon sein Gesicht sogleich die Farbe von Ton annahm.

Am folgenden Tag dann, als Antonia beim Mittagessen wieder Lust auf Sticheleien verspürte und Dienes' deutsche Aussprache nachäffte, war der Lauf der Dinge nicht mehr aufzuhalten. Die Affäre war umso peinlicher, als der unglückselige kleine Mann besonders darauf bedacht gewesen war, ein gewähltes Wienerisch zu sprechen, er spitzte die Lippen und lispelte, er brachte Wortspiele an, die freilich immer danebengingen. Glücklicherweise hatte Ferenc einige Minuten zuvor ein Gespräch zwischen Antonia und Fräulein Girault überhört, daher traf seine schlagfertige Antwort ins Schwarze: *Wenn Gnädigste nur halb so gut Französisch könnte wie mein Bruder Deutsch, würde ich mich in einem Salon in Paris wähnen.*

Antonia rümpfte die Nase, verzog die Lippen, augenscheinlich dachte sie über eine scharfe Erwiderung nach, doch dann fand sie es besser, sich achselzuckend zu ergeben.

Ich freue mich, wenn ich mich in dieser verteufelten Sprache überhaupt verständlich machen kann.

Sie blickte Ferenc tief in die Augen, wie das nur ein Mädchen kann, das im Bordell aufgewachsen ist. Und in diesem Blick blitzte etwas auf, an dem Ferenc erkannte, von ihrer Seite sei noch kein Schlussstrich unter die Sache gezogen worden.

Ferenc hatte keine Lust zu weiteren Wortgefechten, schon der Gedanke an Feindseligkeiten ließ ihn erschauern. Daher mied er nach Möglichkeit jegliches Zusammentreffen mit ihr. Félixfürdő aber war eine winzige Ortschaft und es gelang ihm nicht immer, ihr auszuweichen. Antonia Pruszkay ging gern auf Konfrontationskurs, sie vertiefte ihre Freundschaft zur Witwe Antalóczy, sie schritten Arm in Arm einher, und trafen sie auf Ferenc, kicherten und flüsterten sie miteinander. Antonia wackelte mit dem gekrümmten Zeigefinger, um ihre Meinung über Ferenc' Männlichkeit und die Beschaffenheit seines Penis auszudrücken, womit sie wiehernde Lachkrämpfe bei der Witwe auslöste. Ferenc wandte sich ab und erging sich später nur noch mit einem Buch in der Hand, um nicht bemerken zu müssen, dass er das Ziel ihres Spottes war.

Indessen vernachlässigten die Damen auch die andere Ausrichtung ihrer Manöver nicht. Der Soldat, der so gern ins Wasser sprang, gelangte alsbald ins Netz der Witwe, er begleitete die beiden begeistert und versuchte, den mürrischen Dienes für sich zu gewinnen. Die Kumpanei erhielt später noch durch einen weiteren Mann Zuzug, es handelte sich um den großsprecherischen Patrizierabkömmling aus Kronstadt, der die Gesellschaft abends damit unterhielt, dass er mithilfe einiger Kerzen, Spiegel und Laken Schattenrisse von Freiwilligen anfertigte, worin ihm Fräulein Girault beistand; wie es sich erwies, ging das Fräulein recht geschickt mit den Zeichenutensilien um.

Der Junge war offensichtlich in Antonia verliebt, doch da ihm weder genug Geld noch ein ernst zu nehmender gesellschaftlicher Rang zu eigen waren, scheiterten alle seine Versuche, bis er sich schließlich dem Anschein nach mit Fräulein Girault zufriedengab. Sie überredeten am Abend alle, die sich überreden ließen, der Schattenrissmaschinerie Modell zu sitzen, mit deren Hilfe immer lebensechtere Porträts zustande kamen. Sie versuchten sich auch bei der gnädigen Mama, Zsuzsanna Bossányi aber honorierte den Einfall mit einer schwungvollen Ohrfeige, die sie dem jungen Mann aus Kronstadt angedeihen ließ. Ihre heftige Gemütsbewegung musste sie selbst verwundert haben, als hätte der Ausbruch sie aus einem Traum geweckt. Da öffneten sich ihre Augen und sie erkannte, was um sie herum vorging. Am selben Tag reifte sonderbarerweise in Antonia Pruszkay die Absicht, ihrer zukünftigen Schwiegermutter näherzukommen, die beiden Frauen hatten sich bislang gegenseitig wie Luft behandelt, als wäre die andere gar nicht vorhanden.

Zur Zeit der nachmittäglichen Hundshitze saß man im Schatten der Sonnenschirme, selbst die Tapfersten wagten sich nicht ins heiße Wasser. Dienes lag betrunken in einer der kühlenden Wannen. An der Oberfläche schwebten Brocken von Erbrochenem. Antonia setzte sich mit einer kreisenden Bewegung ihres Hinterns schwungvoll auf die Bank neben meine Schwiegermutter und stülpte ihr unter heftigem Fächeln ihr volles Lächeln über, sie nannte sie teure Mama und erkundigte sich nach ihrem Befinden. Ohne selbst Augenzeugin gewesen zu sein, konnte ich mir deren Reaktion gut vorstellen, sah ich doch später zur Genüge, wie sich Zsuzsanna Bossányi mit erhobenem Haupt majestätisch erhob, sie zeigte dem Fräulein den Rücken und ging wort- und grußlos ab.

Ferenc kam eben erst an, er war aus der ausgetrockneten Allee getreten und bemerkte sogleich den Hilfe suchenden Blick seiner Mutter. Antonia Pruszkay zischte ihnen zu: *Impertinente alte Vettel!* Sie war sich sicher, Ferenc würde keinen Skandal wollen und nichts darauf erwidern. Sie hatte sich geirrt. Ferenc präsentierte ihr, was sich bei ihm in den letzten Tagen angehäuft hatte: dreckige Hure, elende Kupplerin, niederträchtige Nutte, die es unverschämt und scheinheilig, albern und habgierig ausschließlich auf die Geldbörsen der Männer abgesehen hat und neuerdings gewiss deshalb hier auf die Pirsch geht, weil es in Wien keinen Mann mehr gibt, der sich noch einmal rupfen ließe. Antonia hob die Brauen, rümpfte die Nase und sprach jenen Satz aus, mit dem sie zwar Ferenc' späteres Schicksal nicht vorbestimmt, zum späteren Fortgang der Ereignisse aber wesentlich beigetragen hat:

Ungarische Barbaren!

Sie rückte ihren Hut zurecht und rauschte ab.

Danach wollte die gnädige Mama nicht länger bleiben, am Morgen des folgenden Tages ließ sie zusammenpacken und verließ den Badeort, von Ferenc begleitet. Sie erfuhren erst nach Monaten, dass sich der junge Mann aus Kronstadt erhängt hatte und dass der Offizier mit der Fußverletzung, sei es durch das Wasser oder durch Antonia, seine Gesundheit zurückgewonnen hatte und ohne Krücken zu seiner Truppe zurückgekehrt war. Dienes und Antonia aber blieben noch wochenlang, bis es Ende August kühler wurde und die betuchteren Männer den Ort verlassen hatten.

Dann kehrte Antonia mit dem schwangeren Fräulein Girault nach Wien zurück und Dienes traf bleich und aufgedunsen, mit Wasser in den Beinen und von Albträumen geplagt zu Hause in Regmec ein. Am besten war der Ausflug nach Félixfürdő der Witwe Antalóczy bekommen, triumphierend schleppte sie ihre Beute, den Offizier, der so gern ins Wasser sprang, mit sich nach Hause ins Komitat Zala.

Den ganzen Herbst hindurch glühte die Nadel, die Antonia Pruszkay Ferenc in die Seele gestoßen hatte. War das doch dieselbe Nadel, mit der er sich auch selbst peinigte, die Anschuldigung der Barbarei. Der Schmerz der Erniedrigung gloste von dem Moment an in seiner Seele, als er an der Hand seines Vaters das erste Mal am Wiener Graben entlanggegangen war, verbunden mit der Angst davor, dass er wirklich geringwertiger sei als jene, die auf ihn herabsahen, dass er seinem Wesen nach von Geburt an verachtenswert sei und sich selbst nicht anders ansehen könnte als mit Verachtung.

Es geschah im Oktober 1771, wenige Tage vor seinem zwölften Geburtstag.

Der Schneider hatte das grüne Wams, das posamentierte Mäntelchen und die eng anliegende rote Hose knapp vor ihrer Abreise fertiggestellt. Das Kind fühlte sich so neu, frisch und vollkommen wie ein eben erst gemaltes Ölbild, an dem der Lack gerade getrocknet ist und das nun neu im vergoldeten Rahmen prangt. Auch sein Vater machte sich bereit, der Großstadt zu begegnen, insgeheim, versteht sich, denn er hätte es sich für alles Geld der Welt nicht eingestanden, in der Kaiserstadt eine gute Figur machen zu wollen. Seit zwanzig Jahren hatte er Wien nicht gesehen und jetzt wartete er, genau wie sein Sohn, bang auf das Zusammentreffen. Der Junge war in Kleidung, Farben und Haltung das genaue Abbild seines Vaters. An seiner Seite hing der ungarische Krummsäbel, an seinen Stiefeln klingelten Sternsporen, die, einmal gedreht, an ihrer gefetteten Achse minutenlang rotierten. Das war in Wien zwar nicht Sitte, weder das Wams noch der Kolpak, die Kuruzzenmütze, die er aufgesetzt hatte, weder die Sporen noch der Säbel, aber sie waren doch Ungarn, sie würden sich nie nach deutscher Art als Possenreißer verkleiden. Für Ferenc bedeutete die gleiche Kleidung eine Initiation, jetzt war er wie sein Vater, ein mächtiger, würdevoller, starker Mann. Doch sein Gewand bedeutete nicht nur die Ähnlichkeit zu seinem Vater, sie zeigte auch den ganzen Trotz, den der Hochmut des siegreichen Reiches in ihm auslöste. Das war seine Nation, sein Stamm, dieses säbeltragende, sporenklingelnde, kriegerische Volk. Vielleicht würden sie ihn auch fürchten, die feigen Wiener Labanzen.

Als die ersten Häuser der Kaiserstadt auftauchten, strich sich der Knabe, das Gesicht gegen das Kutschenfenster gepresst, mit vor Stolz zitternder Hand über das grüne Wams. Er wischte sich den Staub von den Stiefeln. Zutiefst beklommen wartete er darauf, die hohen Gebäude zu erblicken, von denen sein Vater erzählt und die er in Ungarn nie gesehen hatte. In seiner Fantasie war Wien mit den Jahren zu einer veritablen Märchenstadt geworden, doch ihre Schönheit glänzte fremd und kalt, wohnte hier doch eine feindliche Zivilisation, ein grausames, katholisches Volk. Die Kaiserstadt. Das Herz des Feindes, des Reiches. Das neue Babylon, wie seine wütenden protestantischen Ahnen wetterten.

Sie fuhren durch das Stadttor, bogen beim Kohlmarkt in den Graben ein. Der Wagen hielt und die beiden Ungarn stiegen aus, sie richteten ihre auf Kuruzzenart pelzverbrämten Kolpaks, die Paläste des Hochadels prangten in der Oktobersonne. Den rechteckigen Platz mit der Pestsäule in der Mitte erfüllten Düfte nach Honigzelten, frisch geröstetem Kaffee und Marillenmarmelade, dazu ein elegantes Großstadtaroma, das vielleicht die neuen Möbel, die frisch lackierten Klaviere, Violinen und Bilderrahmen verströmten. Weiter links stieg der spitzenbesetzte Turm der Stephanskirche in die Wolken. Die bunten Fassaden und die sauber glänzenden Fenster strahlten nur so unter dem Herbsthimmel. Von den Kirchen erklang das Mittagsgeläut. Der Anblick traf den für das Schöne so empfänglichen Knaben ins Herz, sein Kinn erzitterte, Hitze stieg ihm in der Kehle auf. Er ergriff die Hand seines Vaters, dann ließ er sie verlegen los. Um sie herum hastete die Wiener Bevölkerung, die Frauen in bunten Kleidern, mit riesigen Hauben, in einem Wirbel von Rüschen und Maschen, die Männer in Mänteln von lebhaften Farben, in roten, gelben, türkisen und veilchenblauen Hosen, sie hatten turmhohe Hüte und gezwirbelte Bärte und schwangen ihre Spazierstöcke. An den Hausmauern lehnten das Gesinde und die beutegierigen Herumtreiber. Die beiden staunenden Ungarn bildeten in diesem Strom bald eine Barriere und es ereignete sich das Unvermeidliche: Jemand stieß Ferenc um. Der hochgewachsene alte Herr mit den roten Backen grummelte etwas in seinen Bart, Ferenc verstand ihn nicht, nur dass er einen Fehler begangen, etwas Unrechtes getan habe. Er wischte das Wams ab, versuchte, die verbogene Säbelscheide wieder gerade zu bekommen, indessen lachten ihn die an der Mauer lehnenden Dienstmädchen laut aus. Sein Vater bückte sich, um seinem umständlich werkelnden Sohn zu helfen, da wurde er selbst Opfer eines neuen Stoßes und stürzte zu Boden. Diesmal waren zwei junge Burschen die Täter und vielleicht war der Stoß auch nicht ganz unbeabsichtigt. Der pelzverbrämte Kuruzzenkolpak fiel dem Vater vom Kopf, jemand trat darauf, der ältere Kazinczy griff fluchend danach. Da umringten schon mehrere Leute die beiden und lachten schadenfroh. Sie fanden hauptsächlich die Kuruzzenmütze zum Lachen, aber auch der verbogene Säbel des Kindes lieferte Grund genug zum Witzeln.

Die beiden Ungarn glühten vor Scham, sie versuchten aufzustehen, ihre Kleidung vom Staub und Straßenschmutz zu säubern. Da erschienen die zwei Burschen von vorhin wieder. Womöglich waren sie in der Hoffnung auf einen guten Jux zurückgekommen. Der mit dem weiten blauen Umhang platzierte seinen Spazierstock so, dass er schräg hinter den Beinen des Vaters stand, während der andere, den ein großes Feuermal an der linken Wange verunzierte, sich vor ihn stellte und tat, als wollte er nur beim Abstauben der Kleidung helfen, dabei stieß er ihm wie versehentlich mit der Hand gegen die Brust. Der ältere Kazinczy nahm im ersten Augenblick die vermeintliche Hilfe nichts ahnend und dankbar an, er wollte zurücktreten, um das Gleichgewicht zu bewahren, doch blieb sein Bein freilich am Spazierstock hängen, denn der war fest zwischen zwei Pflastersteinen eingeklemmt. Ferenc sah das Unheil kommen, instinktiv reichte er seinem Vater die Hand, um ihn zu halten, wofür er aber der Gewichtsverhältnisse wegen keine Chance hatte. Der rücklings stürzende Vater riss den Sohn mit, so lagen sie da, übereinander, mitten auf dem Graben, in gleicher Kleidung, verschreckt blinzelnd.

Jetzt brach das wiehernde Lachen um sie herum so richtig los, und das wollte der Vater nicht mehr tatenlos hinnehmen.

Vor Wut schäumend sprang er auf, er suchte in der Menge nach dem Täter. Den Kerl mit dem Feuermal erkannte er unschwer, doch als der wütende Ungar ihn am Kragen packen wollte, wies dieser, seine Unschuld beteuernd, auf den mit dem blauen Umhang. Der Vater war ganz durcheinander, sein Zorn richtete sich nun gegen den anderen Mann, dieser aber kam dem Angriff zuvor und versetzte Ferenc Kazinczy dem Älteren eine schallende Ohrfeige. Die Kuruzzenmütze mit Pelzbesatz flog wieder weit durch die Luft, ein Dienstmädchen fing sie auf, und als ihr Eigentümer danach greifen wollte, warf es die Mütze schon weiter, in andere Hände. Vater Kazinczy brüllte vor ohnmächtiger Wut auf, darüber brach wieder schrilles Gelächter los, noch lauter, noch ungenierter.

Ungarische Barbaren!, rief der mit dem Feuermal aus und der mit dem Umhang spuckte zielgenau auf den Stiefel des Sohnes. Dann gingen sie zufrieden ihres Weges.

Diese Erinnerung ließ Ferenc nie wieder ruhen.

Der Schmerz, den er damals erfahren hatte, nistete sich tief in sein Denken ein. Am meisten schmerzte ihn nicht die Erniedrigung seines Vaters vor seinen Augen, sondern die unwiderrufliche und unanfechtbare Evidenz, als Barbaren angesehen worden zu sein. Gehasst oder einfach als Fremde oder Feinde behandelt zu werden, wäre erträglicher gewesen.

Die Grimasse, die einen Fremden empfängt, oder der Hass, der dem Feind entgegenschlägt, die würden immerhin noch einem gleichrangigen menschlichen Wesen gelten. Die Verachtung aber hatte ihnen die Würde und alles Menschliche genommen. Als hätten sich zwei in die Irre gegangene, verstörte Wildtiere auf den Graben verirrt.

Nach alledem wäre es das Naheliegende gewesen, seine „Haut" abzulegen und sich, dem Beispiel vieler Landsleute folgend, nach deutscher Mode zu kleiden, sich eine würdevolle Miene aufzuzwingen, vielsagend zu glotzen und das Kinn von Zeit zu Zeit vorzustrecken, anzuheben und den Mund froschähnlich zu verziehen, wie das in Wien

Mode ist. Das Schweifwedeln, die Mimikry der Insekten, das war nicht Ferenc' Sache. Sooft er nach Wien fuhr, verabsäumte er es nie, eine Garnitur ungarischer Kleidung mitzunehmen, und er zeigte sich nur selten öffentlich ohne Säbel, Sporenstiefel und Wams, seine Kuruzzenmütze hielt er hoch in Ehren, schützte sie vor Motten, Wind und Regen; zwar hielt das alte Tuch kaum mehr am alten Leder, doch war er nicht gewillt, sich eine neue anmessen zu lassen, er ließ die alte lieber reparieren und flicken, war das doch derselbe Kolpak, den er von seinem Vater geerbt hatte.

Sooft er in den Straßen, die nach geröstetem Kaffee, Geigenlack und Marillenmarmelade dufteten, einen Spaziergang machte, brannten der Kolpak und die Erinnerung an die ihm innewohnende Schande auf seiner Stirn, auch wenn er Hass und Verachtung in den Augen eines Einwohners der Stadt nur noch mit einem Lächeln quittierte.

Ganz gewiss hatte das Kind noch auf dem Graben beschlossen, dieses Gefühl nie wieder verspüren zu wollen. Und in diesem Augenblick war auch ein Teil meines Schicksals besiegelt, wiewohl ich damals noch nicht auf der Welt war. Ferenc hatte damals beschlossen, die von seiner Minderwertigkeit verursachte unerträgliche Erniedrigung nicht so zu besiegen, dass er sich äußerlich den Wienern anpasste, sondern innerlich die Leere zu beseitigen, die der Verachtung Tür und Tor öffnete. Der Anwurf der Barbarei traf ihn eben deshalb so schmerzlich, weil er sich selbst am meisten vor dem eigenen Barbarentum fürchtete.

Er überprüfte sich jeden Tag aufs Neue, ob sein Geist noch intakt genug war, ob er sich noch an die gelernten Sprachen erinnerte, an Gedichte, Romane, Kompositionen, Gemälde, Zusammenhänge, Landkarten, an die

Spiegelpaläste der Philosophie. Wutanfälle schüttelten ihn, wenn ihm ein deutsches oder französisches Wort nicht einfiel, wenn er eine der Nebenrollen eines Shakespeare-Stückes oder die nächste Zeile eines Gedichtes von Goethe vergessen hatte. Im Kampf um einen subtilen Geschmack, um ein breit angelegtes ästhetisches Urteil, um die größte Belesenheit hetzte er sich, trieb er sich an und geißelte sich. Dieses Bestreben blieb aber nicht bei den Dingen des Geistes stehen, es sickerte auch in das Alltagsgeschehen hinein, in diesem organischen und labilen Medium erzielte es aber nicht mehr ganz die von Ferenc vorgestellte Wirkung.

8. Kapitel

Als ich da im Dachgeschoß des Hof-Naturalien-Cabinets im Magazin stand und mir der ausgestopfte schwarze Körper aus dem glühenden Inneren des roten Schrankes entgegentrat, erinnerte ich mich an die Bestattung meines Vaters, der von der Familie nur wir zwei, Ferenc und ich, beiwohnten.

Unter den Eschen malträtierte ein alter Zigeuner seine Geige, der wüst alles Mögliche zusammenspielte. Er hatte sich mit Schnaps Mut angetrunken, weil er sich ja in die Nähe eines toten Grafen wagen musste, dem Hexerei nachgesagt wurde, und nun stand er auf wackeligen Beinen da. Nachdem der Priester dem Alchemisten und Gottesleugner das Begräbnis verweigert hatte, erschraken auch die städtischen Honoratioren und fanden es besser, der Beisetzung korporativ fernzubleiben, die somit völlig unzeremoniell ablief. Pepi war nicht gekommen, er hatte schon seit Jahren alle Verbindungen zu unserem Vater abgebrochen. Lange Zeit hatte er vergeblich versucht, den ihm gebührenden Platz, den des Erstgeborenen, in Vaters Herzen einzunehmen und den Eindringling Ferenc von dort zu vertreiben. Und Mutter, die ihre letzten Lebensjahre stumm und einsam in ihrem Zimmer, in dem Büchertürme wie übrig gebliebene Baumstrünke eines versteinerten Urwaldes aufragten, mit dem Lesen von

Liebesromanen verbrachte, verkümmerte allmählich und schlief in ihrem Schaukelstuhl mit einem Liebesroman auf dem Schoß auf ewig ein. Das war zwei Jahre nach unserer Hochzeit. Dann wartete sie in der Familienkrypta vorwurfsvoll auf Vater, dessen Sarg wir zu zweit einmauern mussten, denn es fand sich weit und breit kein Maurer, der sich dieser Aufgabe gestellt hätte. Die Bauern, die den Sarg vor der Krypta vom Wagen gehoben und auf die vorbereiteten Böcke gestellt hatten, rannten bleich und mit zitternden Beinen gleich wieder Richtung Dorf davon. Außer dem Zigeuner mit der Geige blieb nur der alte Kutscher mit uns dort, der auf dem Kutschbock seine Pfeife schmauchte und Psalter vor sich hin summte.

Die Marmortafel, die die Auferstehung nach hundertzwanzig Jahren ankündigte – POST CXX ANNOS PATEBO – und seit Jahren schon fertig gemeißelt neben der offenen Nische in der Krypta lehnte, wurde von Ferenc mit der Aufschrift nach innen eingemauert. Wir waren uns einig, die Nachwelt nicht über uns lachen zu lassen, wussten wir doch beide, dass die Aufschrift ein Zitat aus der Geschichte von Christian Rosenkreutz war.

Mein Vater verschwand zwei Wochen vor seinem Tod, am 10. Juni 1810.

Was und wie es geschah, klärte sich niemals auf, es gab weder Augenzeugen, noch gab es Aufzeichnungen unter den nachgelassenen Papieren, die das Geschehen hätten erklären können. Ferenc und ich waren uns aber ziemlich sicher, wie sich seine letzten Tage abgespielt hatten und warum er sich auf diesen Weg begeben hatte, der sich schließlich als fatal erwies.

Vater war zu dieser Zeit schon überzeugt davon, er könne sich wie Christian Rosenkreutz unsichtbar machen und gleichzeitig an zwei Orten erscheinen. Diese Überzeugung wurde zur fixen Idee, und er hielt daran fest, als entwaffne sie alle Gegenwehr und weise endgültig nach, dass seine jahrzehntelangen Anstrengungen nicht vergeblich gewesen waren und er das für sein Laboratorium, für Experimente und Bücher ausgegebene Vermögen nicht zum Fenster hinausgeworfen hatte, dass es völlig ungerechtfertigt gewesen war, dass Mutter sich von ihm abwandte, seine gesellschaftliche Klasse ihn gering schätzte und die Bauern, aus lauter Angst, der Herr könnte sie in Frösche oder Pelikane verzaubern, nächtelang nicht schliefen.

Sein Bestreben, die letzte Wahrheit, den unwiderlegbaren Beweis aufzuspüren, war beklemmend, zugleich machte es mich verlegen, hauptsächlich deswegen, weil ich meine Ahnung, ihm sei in jenen letzten Tagen tatsächlich etwas Sonderbares, Unerklärliches geschehen, nicht zufriedenstellend vertreiben konnte. Endlich war etwas eingetreten, wofür er sein ganzes Leben geopfert hatte, etwas, das sich nicht nur für ihn selbst, sondern letztendlich auch für mich ereignet hatte. Gewissensbisse plagten mich, weil Ferenc und ich seine Welt, in der ich aufgewachsen war und an die ich so lange geglaubt hatte, gering geschätzt und uns von ihr distanziert hatten. Letzten Endes war ich der einzige echte Beweis für diese Welt. Ich, Sophia, die gnostische Göttin, das weibliche Prinzip der Schöpfung.

Als ich zehn war und er mich für vernünftig genug hielt, um sich mit mir zu unterhalten, erlaubte er mir, in seine Werkstatt einzutreten.

Das war eine große und unerwartete Ehre, denn meiner Schwester und meiner Mutter hatte er verboten, den Ostflügel des Schlosses zu betreten. Die Dienerschaft mied diesen Gebäudeteil mit abergläubischer Furcht und lange Jahre hindurch stand meinem Vater lediglich ein alter, halb verrückter Diener unerschütterlich zur Seite, der mit seinem geschulterten Besen zuweilen pfeifend im Laboratorium erschien und die widerspenstigen Quecksilberkügelchen, den Schwefelstaub, die Kupferspäne und diverse verdächtig riechende Amalgame zusammenkehrte.

Mutter war nach einigen Adeptentreffen mit skandalösem Ausgang gar nicht neugierig, womit sich Vater beschäftigte, doch meine Schwester hatte Vater öfter unter groben Flüchen an den Haaren gepackt und hinausgeworfen oder sie, wenn er sie durch plötzliches Aufreißen der Tür beim Lauschen erwischte, vor dem ganzen Gesinde als Spionin und Verräterin geschmäht. Als ich das erste Mal ins Verbotene vorgedrungen war, fürchtete ich, mein Leben zu riskieren. Ich versteckte mich hinter einer Kiste, mein Herz klopfte wie wahnsinnig. Vater tat, als bemerkte er mich nicht, doch bald begriff ich, dass ich keinen Monolog hörte, nein, er sprach zu mir.

Er war gerade in der Mitte eines Destilliervorgangs angelangt, eine rote, klebrige Substanz flockte aus und schlug sich an der Wand des Glaskolbens nieder; diesen Vorgang bewunderte er begeistert. Das Licht aus dem Kolben beleuchtete das Laboratorium, zudem flimmerte unten, am Fuß der Wände, noch eine unsichtbare Lichtquelle. Das Zimmer war kreisrund, ein zusammenhängendes System von Regalen bedeckte die Wände, die Öffnungen der Tür und des Fensters waren kaum auszumachen. Da hier meistens nächtens gearbeitet wurde, war kein Sonnenlicht erforderlich. Brauchte er für irgendeine Transsubstantiation doch das Licht der äußeren Sonne, im Gegensatz zur inneren, die laut meinem Vater in der Tiefe jeder Substanz glomm, dann stieg er in den schlanken Turm hinauf, der sich neben der südlichen Mauer erhob. Im Inneren des Turmes wand sich eine Wendeltreppe bis zum basteiförmigen Dach hoch, wo ein achteckiges Spiegelsystem das Sonnenlicht vervielfachte. Die Materie musste auf das Piedestal in die Mitte des Achtecks platziert und dort so lange aufbewahrt werden, wie es die jeweilige Vorschrift verlangte. Manchmal standen die verschiedenen Amalgame und Koagulate, Destillate, Dämpfe und Lösungen hier, bis sie sich im gewünschten Maß umgewandelt hatten.

Vater fixierte den Glaskolben weiter, während er mich heranwinkte und auf den Schoß nahm.

Schau, sagte er, *das hier, das mache ich gerade für dich. Der winzige Keim, der dort in der Mitte des Gefäßes wächst, ist nichts anderes als das Goldene Bäumchen, auch Baum der Philosophen oder* Arbor aurea *genannt, einer der letzten Schritte auf dem Weg zur Erschaffung des Steins der Weisen, dem ultimativen Schlüssel zu ewiger Jugend, Gesundheit und Glück. Enthält doch dieses Bäumchen, das hier vor unseren Augen entsteht, bereits das lebendige Gold, das* Aurum vivum, *das sich von jeglicher anderen irdischen Materie unterscheidet. Das ist nicht das tote, kalte Metall, vermengt mit Feuchtigkeit, irdischer Schwere und kaltem Mond, das der klammen Tiefe der Bergwerke oder dem Munde der Toten entstammt, wahrlich nicht. Das, Sophia, enthält den Samen, die Anlage der Fruchtbarkeit. Denn jede Materie,* erklärte er, indem er mich vom Schoß gleiten ließ, *besteht nach dem Willen des Schöpfers aus drei Dingen. Aus dreierlei Dingen. Welche da sind: Quecksilber, Schwefel und Salz. Das war der erste Körper, den der Schöpfer geschaffen hat, bis die anderen Elemente entstanden sind. So schreibt es Paracelsus. Wenn wir hingegen in Betracht ziehen, was Albertus Magnus sagt, dann bilden auch Luft und Feuer Elemente. Das Feuer ist ein Element, die Erde aber nicht. Freilich nennt Hermes Trismegistos auch die Erde ein Element, doch wollen wir das momentan außer Acht lassen. Außer Acht lassen.*

Vater wurde ernst, er massierte sich die Stirn, ging auf und ab, trat zum Lesepult, schlug das Buch auf, das dort lag, blätterte darin herum und notierte sich etwas. Er wandte sich mir zu.

Nicht jeder hat recht. Manches sieht wie wahr aus, ist aber falsch. Die Symbole sind nicht eindeutig. Vieles bleibt nebulös. Aber. Aber es ist alles so einfach. Die Dinge, die aus der Erde wachsen, sagen wir einmal, das Obst, die Gräser, die Bäume selbst oder die Blumen können auf mannigfaltige Weise unterschieden werden, um Sicherheit zu erlangen. Am Anfang steht die Destillation. Das ist der Beginn jeglicher Unterscheidung. Mittels Destillieren kann zuerst die Feuchtigkeit abgesondert werden, dann tritt das Quecksilber hervor, dann das Öl, schließlich der Schwefel und freilich das Salz. Alles das naturgemäß nur dann, wenn du spagyrisch vorgehst. Wenn ich zum Beispiel eine Blume, und er nahm eine Rose aus der Tasche seines Umhangs, *langsam zu erhitzen beginne, abgesondert von der äußeren Luft, weil diese ja jetzt voller Schwefel ist, tritt als Folge zunächst das Quecksilber hervor. Schau mal her.*

Er ließ die Rose in einen Glaskolben fallen, stellte das Glas behutsam auf ein Sandbett, unter dem bereits die Flamme loderte. Er fachte das Feuer an und zog mich an sich, damit wir die Umwandlung beobachteten.

Das Quecksilber, sprach er, *das ist der hermaphroditische Mercurius, nichts anderes als ein Gemenge der kalten Luft und der Hitze. Wie Mann und Frau in einem. Laut Sendivogius. Sendivogius,* sagte er, dann wiederholte er den Namen lauter: *Sendivogius,* als würde der schon lange tote Alchimist daraufhin im Fleische erscheinen. *Sendivogius also sagt, die Metalle würden entstehen, indem die vier Elemente ihre Kraft in den Kern der Erde schicken, dann würden diese Elemente, destilliert und sublimiert durch die Kraft der Natur, der Oberfläche zustreben. Denn die Erde sei porös wie ein Schwamm. Und die Luft würde sich, durch die Poren der Erde durchgesickert, zu Wasser lösen, denn das Wasser sei der Anfang aller Dinge, wie bereits von Aristoteles behauptet. In der Ersten Materie, die die* Prima materia *heißt, steckt der befruchtete Kern aller Metalle, und zwar derselbe wie der Samen aller anderen Dinge, das ist der Dunst. Daher sind alle lächerlich, die in der* Prima materia *nach Metallen suchen! Die Törichten! Lächerlichkeit aller Lächerlichkeiten,* stieß mein Vater hervor und schlug sich lachend auf die Schenkel.

Oh, die Törichten! Gelöstes Metall in der Prima materia! Wobei die aus Dunst besteht! Unbedachte Toren!

Lange lachte er noch, dann ermüdete er. Er richtete die Flamme unter dem Glaskolben auf dem Sandbett und klopfte mit dem Fingernagel an das Glas. Drinnen begannen die Blütenblätter der Rose zu welken, ihr Rand kringelte sich auf, sie schrumpften und veränderten ihre Farbe ins Bräunliche, stellenweise ins Gelbe.

Lassen wir das vorerst, sagte Vater, er nahm meine Hand und schleppte mich zu einem anderen Glaskolben, an dessen Innenwand handtellergroße rote Flecken glänzten. Er hielt mir ein Vergrößerungsglas vor die Augen und schob mich näher ans Glas. *Sieh nur,* sagte er, *dort am Boden des Glases, im roten Quecksilber, da wächst das goldene Bäumchen! Schau, wie es die Zweige ausstreckt!*

Und als ich es näher betrachtete, erblickte ich tatsächlich etwas, ein goldglänzendes Gebilde, das jetzt unter dem Vergrößerungsglas aussah, als hätte jemand winzige Würfel aneinandergeklebt. Die Würfel aber stapelten sich von allein hoch und das seltsame Geschöpf wuchs nicht nur in eine Richtung, nein, es schob auch seitlich mehrere Samenanlagen aus, die aus immer weiteren neuen winzigen Würfelchen bestanden, als ließe sich die merkwürdige Kreatur viele Füßchen und Ärmchen wachsen und überlege sich, einmal seinen Mut zusammenzunehmen und das Weite zu suchen.

Der rote Drache zürnt sich selbst, sagte Vater, denn er sah, wie ich staunte, *darum wird er zu Blut. Das hier ist das Gegenteil dessen, was bei der Rose vorgeht. Dort haben wir die Dissolution, hier die Koagulation. Dort wird gelöst, hier gebunden. Dort wird die Ordnung zu Chaos, hier entsteht Ordnung aus dem Chaos. Im Augenblick der Schöpfung nämlich war der Himmel nichts anderes als weißer Schwefel, der, geläutert durch das Quecksilber, auf den Geist des Salzes traf. Die Härte dieses Elements erscheint in der Durchsichtigkeit der Luft und in den Sphären der Himmelsgewölbe. Dies bestätigen Aristoteles, Plinius der Ältere, Albertus Magnus und andere.*

Beim letzten Namen wurde er unstet, er sprang auf, trat zum Bücherregal, suchte herum, dann nahm er ein Buch zur Hand.

Er blätterte lange, vor und zurück. Dann erhellte sich seine Miene. *Da haben wir es! Da steht …* und er begann, leise vor sich hinmurmelnd, zu lesen.

Dann verdüsterte sich seine Miene.

Nein, sagte er schließlich, *das ist es nicht. Ich erinnere mich falsch.*

Er stellte das Buch zurück aufs Regal.

Albertus Magnus sagt etwas anderes, aber das lassen wir jetzt außer Acht, er muss etwas missverstanden haben. Alles ist sehr nebelhaft. Ich muss über alles viel nachdenken. Wenn nämlich das Quecksilber Luft ist mit einem viertel Teil Dunst, das hieße, wenn wir es mit Schwefel mischten, entstünden beim Erhitzen schon zwei Drittel Erz …

Er rechnete im Kopf, schnappte sich ein Blatt Papier, skizzierte etwas, schrieb Zahlen in die Skizze, dann ging er stumm im Zimmer auf und ab. Nun stieg Rauch von der Rose auf, es zischte, die Rose erzitterte, ihr Stängel riss auf. Das Glas wurde kurz opak, von der ursprünglichen Blume war kaum mehr etwas zu sehen.

Vater setzte sich wieder zu mir.

Die Auflösung … das Chaos …, so setzte er fort, als stiege er wieder in seinen vorherigen Gedankengang ein. *Die drei primären Teile verschmelzen in der Folge zu zwei, das eine ist die Luft, das andere das Chaos. Das Chaos. Der Schwefel fällt durch den Geist des Salzes im flüssigen Quecksilber aus, welche Flüssigkeit selbst vom Himmel auf die Erde gelangt ist, freilich, das geht ja aus dem Vorigen hervor. Das ist doch klar. Es besteht aus dem Weißen des Himmels und dem Raum dazwischen. Das ist das Chaos, fein und durchsichtig. Fein. Wie Seide. Wie der Tau des Morgens im Tale. Wie der feine Flaum über deiner Lippe. Alles Dichte, Trockene und Feine ist aus ihr verschwunden, sie ist nicht mehr so wie ehedem. So ist eben die Luft. Atme sie ein, atme sie aus. Fühlst du das, Sophia? Das verbliebene dritte Element aber – ich will dir sagen, wie es in die Luft kommt: Wenn wir Holz verbrennen, wandelt es sich in Rauch um. Im Zuge des Übergangs in die Luft verbleiben die Grundelemente bis zum Schluss als Luft und sie wandeln sich erst am Ende zu Quecksilber, Salz und Schwefel, aus welchen Substanzen sich die Luft ursprünglich gebildet hat, wie sich aus dem Holz Rauch bildet. Das ist in Wahrheit nichts anderes als der Rauch der drei Elemente der Luft. Sieh dir jetzt die Rose an! Siehst du?*

Und tatsächlich, um die Rose, die jetzt beinahe schwarz verdorrt war, schwebte ein feiner Rauchnebel und an der Wandung des Glaskolbens, die bis jetzt von einer Art Dunst verschleiert war, bildeten sich winzige silbrige Flecke.

Vater klopfte wieder mit dem Fingernagel gegen das Glas.

Und dort, sagte er und zeigte auf die weißen Schuppen, *dort entsteht schon das Sublimat des Quecksilbers. Vorerst nur in seiner geistigen Form, langsam aber, indem seine zweifache Natur stärker wird, gewinnt es auch seine androgyne Eigenheit und Form.*

Er schnalzte zufrieden mit der Zunge. Wieder packte er mich, riss mich mit zum anderen Glaskolben, drückte sein Gesicht an meines, und jetzt bewunderten wir das Bäumchen der Philosophen unter dem Vergrößerungsglas zu zweit, wie es im unausgesetzten Streben weiterwuchs.

Das im Aqua regia *gelöste Gold tingieren wir in einer Mixtur aus Schieferöl und* Oleum tartari. *Sobald der Dunst die Öle verlässt, zermahle ich die reine, auf kleiner Flamme getrocknete Materie zu Staub, dazu gieße ich die Goldlösung, wie das im allergeheimsten Buch des Johannes Franciscus schrittweise beschrieben steht. Und jetzt, sieh nur, hier gedeiht die reinste Erde auf dem Quecksilbersubstrat, die Erde des Paradiesgartens, noch nicht vom Tod heimgesucht, noch nicht vom Salz des Todes, von den kummervollen Säften des Verderbens verunreinigt, die Erde vor dem ersten Laubfall, vor dem ersten toten Grashalm, der ersten toten Ameise. Die vollkommene Einheit des Makro- und Mikrokosmos, die von der reinen Energie der auf dem Himmelsgewölbe gleitenden Planeten derart durchströmt wird, wie die Zahnräder des Uhrwerkes in vollkommener Überschneidung übereinander gleiten, um für den Betrachter die ätherische Zeit, die vollkommene Abstraktion herzustellen.*

Fasziniert beobachtete ich die Umwandlungen in den Glaskolben.

Die symbolische Sprache, die zugleich die Erscheinungen der uns umgebenden Welt und die vor uns glühende, sich formierende Materie benannte, die einen fühlbaren Zusammenhang zwischen Wind, Wasser, Nacht, Sonne und Mond und der glühenden, verkohlten Rose schuf, fasste alles in ein einziges pochendes und pulsierendes System, sie entrückte und verzauberte mich, sie nahm mich gefangen.

Vater erkannte meine Empfänglichkeit, er hob den Deckel einer staubigen Kiste hoch, unter dem, wie sich jetzt herausstellte, eine Klaviatur verborgen war.

Er knackste mit den Fingern, lockerte sie ineinandergelegt und die Handfläche nach außen gekehrt, zog ein Notenheft aus dem Haufen übereinandergelegter Folianten, schlug es auf und begann zu spielen.

Gib acht, sagte er. *Aus der* Atalanta Fugiens! *Jede einzelne Partie entspricht einem Symbol, jeder Ton jeweils einer Materie, die Tonreihen in Dur und Moll kommen dem Lösen und Binden gleich.*

Er versenkte die Finger in der Klaviatur, sie liefen anfangs stolpernd, dann immer selbstsicherer über die weißen und schwarzen Knochenplättchen. *Das hier ist die Transmutation,* sagte er und seine Hände gingen auseinander, die Linke in die tiefen, die Rechte in die höheren Regionen, sie spielten gegenläufig verflochtene süße Melodien. Die Fuge der *Atalanta Fugiens* schien die Töne einander jagen zu lassen, einmal unter der einen Hand hervorgelockt, kamen sie bald unter der anderen Hand hervor, jedoch verändert, transmutiert, als wären sie unterwegs mit etwas anderem vermengt worden. Als schiene die Sonne von rechts und stelle alles von der linken Hand Gespielte in den Schatten. Dann lief all das in einige starke Harmonien über, Vater ließ die Saiten lange nachklingen. Unter dem Deckel des Instruments stieg Staub auf, die Hämmerchen, die dort drinnen werkten, waren sicher schon lange außer Dienst gewesen. Dann liefen die beiden Hände noch einmal über die Tasten, die Fragmente der vorigen Melodie kamen zum Vorschein, doch entstand aus diesen Fragmenten ein neuer Klangkörper, eine neue Melodie keimte aus der alten, wie die junge Pflanze aus dem verrottenden Samenkorn.

Und jetzt, rief er aus, indem er die Worte zwischen die Takte platzierte, *jetzt kommt hier Mercurius, der Hermaphrodit. Zugleich empfangende Frau, die Gussform, die Matrix, und aktiver Mann, der Schöpfer und Former! Und jetzt die unbesiegbare Sonne und hier kommt linker Hand aus den Tiefen der Harmonien der Mond mit dem geborgten Licht! Und jetzt, jetzt gib acht, wie er mit dem Wechsel der Tonart sich von Saturn zum Mars wandelt!*

So schritt er die Elemente der Welt, die Planeten, die Tierkreiszeichen, die alchemischen Bindungen und Lösungen ab.

Dann schloss er das Instrument, nahm mein Gesicht in beide Hände und zog mich ganz nahe an sich heran.

Die Seele ist das reinste Gold, sprach er, *welches überhaupt existiert, das sublimierte Gold, das zugleich auch Licht ist. Dem Sonnenlicht ähnlich, jedoch noch reiner, denn es entstammt dem Licht einer Sonne über dieser eisernen Welt hinaus. Die Sonne, die auf dem Himmel herumirrt, ist bloß ein Faksimile, eine verdorbene Kopie, in deren schwachem Licht schwächliche irdische Wesen entstehen. Die Seele, in der das Licht der wahren Sonne lodert, die holen wir von außerhalb der geschaffenen Welt, vom höchsten Gott. Das ist die Macht deines Namens, Sophia. Diese Welt hier, in der wir leben, steht unter der Macht der Archonten, eine verdorbene Welt, geschaffen von einem Gott niedriger Ordnung, den die Bibel fälschlich als den höchsten Gott anspricht. Sie wollen das Gold unserer Seele gefangen nehmen und nie wieder in die höchste Sonne zurückkehren lassen. Deswegen bist du so fremd in dieser Welt, weil deine Seele aus einer fremden Welt höherer Ordnung stammt. Deswegen kommst du dir immer wie verirrt vor, deswegen spürst du das Heimweh in deiner Seele, weil du zum höchsten Gott zurückkehren möchtest. Weil du fühlst, dass du nicht hierher gehörst. Wo auch immer du ankommst, wirst du das Gefühl haben, auf der Durchreise zu sein, wie ein Wanderer in einer Herberge.*

Du wirst keine ruhige Nacht erleben, du beobachtest immer das Türschloss, ob man deine Tür aufbricht. Denn in dieser diebischen Welt herrschen die Archonten, die Diener des linkshändigen Gottes, des Demiurgen, den die Menschen fälschlich den höchsten Schöpfer nennen. Die Archonten sind keine Engel, Diebe sind sie, die sich aufmachen, das Gold der Seele zu stehlen, wie Räuber den Schläfern im Gasthaus die Beutel abschneiden. Nur wenn du aufwachst, kannst du dem stetigen Schrecken entkommen. Denn alles ringsum ist nur ein Traum, ausgeschieden vom Gift der Welt. Ein böser Rausch, in dem gleich den Träumen absonderliche Zeichen darauf deuten, dass es irgendwo doch einen Wachzustand gibt. Und wie sich der Träumer, der inmitten seiner Schreckgespinste wähnt, aller Hoffnung entsagen zu müssen, sogleich beruhigt, indem er ausspricht, das alles sei bloß ein Traum, und sobald er das ausspricht, verschwinden alle Schreckensbilder, er erwacht und das Bild der echten Welt, das er im Traum ganz vergessen hat, von Neuem vor ihm entsteht, so weckt uns das einmal erworbene Wissen um den großen Baumeister der Welt aus unserem irdischen Albtraum, und sooft wir auch wieder einschlafen, versteht es die Wahnbilder immer wieder zu vertreiben.

Ich saß vor Angst zitternd im Laboratorium, während Vater sprach. Ich fühlte mich so allein, so einsam wie noch nie zuvor. Seine Worte zerstörten die Welt um mich herum, die ich liebte und zu kennen meinte. Es gab nur noch ihn und mich. Dann sprach er mir von der Freude, vom Gold, das in der Freude immer wieder neu erglänzt als Widerschein der fernen, schöpferischen Sonne außerhalb dieser eisernen Welt. *Venus erhebt sich,* sagte er, *ihre Kraft nimmt zu.*

Er legte eine Hand auf seine Lenden und drückte herum. Dann nahm er das dicke Fleisch hervor, rieb und massierte es. Als wäre ich gar nicht da.

Denn die Bewegung selbst ist Licht und das Licht ist das gemeinsame Feuer von Mars und Venus, raunte er weiter.

Wie im Kolben die Kraft des Feuers die Metalle erhitzt, um schließlich bis zum Samen der Materie vorzudringen, bedeutet für den Körper die Bewegung dieses Feuer, ein langsames Feuer, je langsamer es ist, desto erfolgreicher, desto mehr heizt es. Dabei zog und zerrte er rhythmisch an sich, an seinem Penis, der jetzt glasartig fest und violett war, er hielt ihn über eine Steinschale, in der sich pulverisierte Mineralien und Amalgame verschiedener Erze befanden.

Die Natur, sagte er, *erschuf für sich den Samen. Das tat zuerst die Mutter Natur, ohne einen Mann. Denn das Feuer, das Gold, die Seele und der Samen, das alles stammt von dort oben, von außerhalb der Welt. Jede Schöpfung, die der Pflanzen ebenso wie die der Mineralien, die der Tiere genauso wie die der Sterne, ist nur durch den Samen möglich. Darum kann er nicht alles zerstören, der linkshändige Demiurg, der falsche Schöpfer, denn der Samen, der ursprüngliche Samen durchsetzt die fehlerhafte Form, wie man auch am Werk eines ungeschickten Bildhauers das Modell erkennt, das ihm als Muster diente. Alles entsteht aus dem Samen. Und eben deshalb ist die wertvollste Materie nicht die Frucht, sondern der Samen. Nicht das Metall, sondern der Samen des Metalls, nicht das Gold, sondern der Samen, aus dem das Gold entsteht, und nicht die Seele, sondern der Samen, der in ihrer Tiefe ruht. Der Samen, wie auch der Samen des Mannes, ist das Elixier schlechthin, der Balsam des Schwefels, der in den Metallen nichts anderes ist als das* Humidum radicale. *Wie sich die Metalle gleichen,* sagte er, *wird sichtbar, wenn wir sie erhitzen und sie flüssig werden. Der flüssige Samen tritt aus ihnen durch das Erhitzen hervor. So entstehen Metalle, durch eine immerwährende Bewegung. Das Himmelsgewölbe und die Erde selbst sind in steter Bewegung. Die vier Elemente, Erde, Feuer, Wasser und Luft stoßen durch diese Bewegung den Samen aus, der in die Tiefe der Erde rinnt. Von dort holt sie die Kraft des Windes wieder an die Oberfläche und bringt dort unzählige lebende Formen hervor, Bäume und Sträucher, Vögel und Metalle. Dieses Wunder wird durch die langsame Bewegung vollbracht, die ich jetzt an meinem Körper anwende. Dieselbe Bewegung pulsiert in der Musik, im Vogelflug, im wehenden Wind, im Gleiten der Planeten, im Galopp der Pferde und diese Bewegung vibriert auch in den Flammen des Feuers in nicht mehr wahrzunehmender Geschwindigkeit. Nur ist das Pulsieren dort schnell, ganz schnell, so schnell, dass wir es nicht verfolgen können.*

Als die Freude ihn überflutete, vermischte er seinen in der steinernen Schale aufgefangenen Samen mit dem Pulver der Metalle und Mineralien, öffnete den Athanor, unter dem bereits das Feuer prasselte, und legte die Mischung, in einem Metallgefäß verschlossen, in seinen Innenraum.

Den Athanor heizte er tagelang, dann brachte er die fertige Materie ans Tageslicht, in den spiegelbestückten Turm, damit sie dort die goldenen Sonnenstrahlen aufnehmen könne. Als er dann meinte, das Elixier sei fertig, das, den entsprechenden Heilpflanzen hinzugefügt, zur entsprechenden Zeit die Heilsalbe für die entsprechende Krankheit werden würde, machte er sich daran, seine Wirkung zu erproben. Er verwahrte es in einer Metallschachtel und wir gingen in Begleitung zweier vierschrötiger Diener los, um den Signaturen zu folgen, die uns den Weg weisen würden.

Vater suchte in allem, in der Natur und an den Menschen, in Pflanzen und Tieren, Mineralien und Naturerscheinungen nach den Signaturen und er erkannte alle von ihnen mit völliger Gewissheit.

Wohin wir uns auch wendeten, alles war voller Signaturen.

Ein kleines schwarzes Bäumchen, das sich mit verkrampften Wurzeln an den steinigen Boden klammerte, ein Hund mit gebrochenem Lauf, der nach Norden humpelte, ein Mann mit langen Armen und krummem Rücken, der grüne Augen hatte, ein heller Kieselstein mit fleischfarbenen Querstreifen, all das waren einmalige Konstellationen der komplizierten Systeme der Planeten und Elemente, der Anziehungen und Abstoßungen, die die Zeichen ihrer Abstammung, Ziele und Schicksale an sich trugen. Wer die in der Welt herrschenden Gesetzmäßigkeiten kannte, vermochte aus diesen Zeichen nicht nur das Schicksal des eben betrachteten Objekts abzulesen, sondern auch, zu welchem Zweck es verwendet werden konnte. Das Wissen war in der verdorbenen Welt in diese Zeichen eingeschrieben; die im Samen verborgene Wahrheit schlug durch die zerstörerische Absicht durch.

Die Menschen, die an uns vorbeieilten, während wir aus unserer Reisekutsche mit den vorgezogenen Vorhängen die Straßen von Sárospatak beobachteten, kamen wie sich ihres Schicksals unbewusste, mit Inschriften versehene Steine vor den allwissenden Blick meines Vaters, der sämtliche Zeichen ihres Körpers, ihres Gesichtes, ihrer Bewegungen enträtselte.

Aus den Zeichen, die sie unbewusst an sich trugen, erblühte ihr ganzes Los, von der Geburt bis zu ihrem Tode. Ich fühlte mich hinter den Vorhängen des Reisewagens wie eine Königin, Vater hatte mir die unendliche Macht des Wissens in die Hand gegeben, die Welt tat sich vor mir auf, ein offenes Buch, das gelesen werden wollte, dessen Sprache und Wortschatz ich mir eben aneignete.

Stolz erfüllte mich, denn ich wusste, Vater hatte große Pläne mit mir, und den Keim zur Verwirklichung dieser Pläne hatte er mir schon bei meiner Geburt mit dem Namen Sophia eingepflanzt.

Damit ich alles das besser verstehen lernte, nahm mich Vater mit ins Gefängnis des Rathauses zu Kaschau. Dort wartete ein Übeltäter, irgendein János, auf die Vollstreckung seines Todesurteils.

Die Enthauptung war für Sonntag vorgesehen, damit das Volk auf dem Markt das abschreckende Schauspiel verfolgen konnte und von der Sünde abließ. Der Mann hatte vier Leute umgebracht, erst hatte er seine Mutter beim Mähen auf der Wiese erschlagen, angeblich, weil sie ihm die Kanne mit Wasser nicht schnell genug gereicht hatte. Einer der Schnitter sah die Missetat, rannte herbei und versuchte, János zu überwältigen, der noch immer auf seine tote Mutter einschlug, das war aber ein schmalbrüstiger Kerl, János hob ihn hoch, schleuderte ihn zu Boden und schnitt ihm mit der Sense die Kehle durch.

Daraufhin hatten alle, die auf den Feldern arbeiteten, sich an seine Verfolgung gemacht. Sie hatten ihn auch beinahe gefasst, doch er konnte fliehen und suchte im Wald Schutz. Zwei Tage lang hörte man nichts von ihm, am dritten Tag lockte ihn der Hunger hervor, er brachte einen Töpfer um, der mit seinem Eselskarren gerade zum Markt unterwegs war, nahm dem Toten die Verpflegung und das Geld ab. Der Esel trottete mit dem blutigen leeren Karren nach Hause, die Witwe des Töpfers ging zum Schulzen, dieser sandte die Haiducken aus, die János dann auch einfingen. Bei seiner Festnahme gelang es ihm noch, einen der Haiducken ins Jenseits zu befördern. Jetzt saß er da, auf der Pritsche, in Ketten. Die Haiducken hatten ihm mit dem Gewehrkolben ein Auge ausgeschlagen, aus der entzündeten Wunde sickerte langsam Eiter.

Vater sah den Mann lange grübelnd an, dieser blinzelte mit dem verbliebenen Auge mal zu ihm und mal zu mir. Offenbar hatte er keine Ahnung, was wir von ihm wollten. Zu allem Überfluss nahm Vater noch ein Blatt Papier hervor, er zeichnete, rechnete und murmelte. Dem Gefangenen entfuhr ein schmerzliches Winseln, wahrscheinlich dachte er, wir würden ihn peinigen wollen. Vater hatte unterdessen seine Lösung parat, er zeigte mir zufrieden das Blatt.

Die Archonten haben diesen armen Sünder mit ihrem Zorn vergiftet. Das Quecksilber, der ewige Mercurius, ist wegen der Hitze des Mars entflammt, der jetzt in der ewigen Finsternis des Saturnus brennt. Seine Seele ist vom giftigen Stachel des Mars durchdrungen. Die Kraft der Venus wurde ins Haus des Elends gesperrt, ihr Wasser ist verdunstet. Jupiters Verstand ist in Irrsinn umgeschlagen, seine Sonne ist erloschen, sein Mond in die schwarze Nacht abgedriftet. Der Mann kann nicht anders geheilt werden als auf Basis der Identität. Der geistige Mercurius muss besänftigt werden, er muss voll der Venus werden, um den inneren Mars und Mercurius zu beschwichtigen. Dann wird seine Sonne wieder leuchten, Jupiter wird wieder heiter werden. Doch um den inneren Menschen zu heilen, muss der äußere Mensch behandelt werden, und umgekehrt.

Er holte verschiedene Pulver hervor, die unserer Meinung nach János heilen sollten, Saturnus, Venus, Öle, Silberjodid und Quecksilber. Schließlich lösten wir all das in Wein auf und ich hielt den Krug an den Mund des Mannes. Er spürte den Duft des Weines und trank gierig, er leerte den Krug in einem Zug. Ich wischte ihm den Mund ab. Seine Augen verengten sich zu Schlitzen, ein merkwürdiges Licht blitzte in ihnen auf. Ich zog die Hand erschrocken zurück. Der Büttel mit der Pfeife hinter uns trat unruhig von einem Bein auf das andere. Vater beugte sich näher zu dem Gefangenen, er studierte wissbegierig seine Miene. Der Gefangene rülpste. Seine Beine zuckten, die Ketten klirrten. Aus der Wunde oberhalb seines Auges trat Eiter in großen Tropfen aus. Dann sprach der Gefangene mit knirschender Stimme.

Das Kind. Ich hab das Kind umgebracht.

Zwei Tage nach seiner Hinrichtung fanden Klaubholzsammler neben dem Waldversteck von János unter Laub und Matsch den Körper eines Kindes. Wie später zu erfahren war, hatte es sich kurz entschlossen aus einem Haus am Dorfrand zum Töpfer gesellt, vielleicht hatte ihm der Alte erlaubt, mit ihm in die noch nie gesehene Stadt zu gehen, oder das Kind hatte sich angeboten, ihm am Markt zu helfen. Seine Mutter dachte, es hätte sich bloß herumgetrieben, und es fiel ihr nicht ein, nach dem Jungen zu suchen. Es blieb jedoch ein Rätsel, warum János ihn nicht auf dem Weg liegen gelassen hatte wie die Leiche des Töpfers und warum er seine Leiche mit Laub zugedeckt hatte. Darüber grübelte auch ich, allerdings erst Jahre später, als bei einer Unterhaltung mit Ferenc diese merkwürdige Erinnerung aus der Kindheit auftauchte.

Vater schrieb das unverhoffte Geständnis der Wirkung seiner Arznei zu, er war sicher, bei der Zusammenstellung der einzelnen Komponenten richtig vorgegangen zu sein.

Für uns war das ein klarer Beweis dafür, dass sich das Gleichgewicht im Übeltäter wieder hergestellt und die Reue ihn zum Geständnis bewogen hatte. Alles zeugte für die Richtigkeit der Annahmen meines Vaters, das Gewicht des abgeschlagenen Kopfes, die Haltung der Füße des Toten, die Farbe und der Geschmack seines Blutes wie auch die neuen Flecken an seiner Haut.

Vater glaubte ungebrochen an die Wirksamkeit seiner Medizin und erklärte alle Anzeichen zu Beweisen der Heilung, selbst dann, wenn der Kranke starb. Auch dann hatte nicht der Tod recht, und wenn er auch recht hatte, war es doch nicht so, offensichtlich war eine neue, unerwartete Wirkung aufgetreten, die nur von den Machenschaften der Archonten herrühren konnte, denn die schafften es so oder so, die Sterblichen zu übertölpeln, waren sie doch Geisterwesen von ungeheurer Macht und war ihre höchste Berufung die Täuschung, das Hervorrufen von Illusionen und das Aufstellen von Fallen. Und schon wurde ein Blatt Papier mit weiteren Figuren vollgezeichnet und das endlose Dividieren und Multiplizieren nahm von Neuem seinen Lauf. Alles führte zu anderen Einfällen, jede Minute schlug er ein neues Buch auf, in dem er etwas Wesentliches und Wissenswertes vermutete.

Sein Vertrauen in die Autoren war unerschütterlich, und wenn diese, wie so oft, miteinander in Widerspruch gerieten, war er angespannt und verzweifelt und er ruhte nicht, bis er den Sprung mit einer zurechtgebogenen Logik oder mit philologischer Klügelei gekittet hatte. Er war nicht bereit zuzugeben, dass etwas, das seine Autoren über den höchsten Beweis unserer göttlichen Abstammung schwarz auf weiß niedergeschrieben hatten, falsch oder irrig sein könnte. Gegen Ende seines Lebens hatten die offensichtlichen Widersprüche seinen Geist so sehr erschüttert, dass er seine Bücher zu einem Scheiterhaufen auftürmte und verbrannte. Das geschah einen Monat vor seinem Verschwinden.

Den ungebrochenen Glauben daran, dass die Alchemie finale Erklärungen liefern könne, hatte er von meinem Großvater geerbt, den ein Alchemist, der sich als Rosenkreuzer bezeichnete, in Wien von einer tödlich scheinenden Krankheit geheilt hatte.

Die angesehensten Ärzte hatten Großvater aufgegeben und die Familie war bereit, den Priester zu rufen, damit er die Letzte Ölung vornehme. Da kam ein Mittelsmann mit dem Angebot, jemand sei gewillt, Großvater zu heilen. Seinen Namen dürfe man nicht wissen, sein Gesicht nicht sehen. Für die Medizin und die Kur nehme er keinen Groschen, er würde sich erst Monate nach der vollständigen Heilung melden. Dann würde man sehen, ob es sich lohne, weiterzumachen. Das Angebot klang verdächtig, da sie aber nichts zu verlieren hatten, nahmen sie die Medizin in Empfang, von der der alte Török dann in wundersamer Geschwindigkeit gesundete, er schien stärker und frischer zu sein als vor seiner Erkrankung. Er stieg Großmutter nach und wollte sich immerzu amüsieren.

Die Kunde von der wunderbaren Heilung verbreite sich freilich, die Ärzte staunten und grollten. Der Vermittler meldete sich nach drei Monaten wieder. Auch jetzt verlangte der unbekannte Heiler nicht unmittelbar Geld, er bot an, sein Wissen zu verkaufen, meinem Großvater das Geheimnis der Medizin zu offenbaren. Der alte Török aber gab sich damit zufrieden, sein Leben noch einige Jahre zu genießen, und war auf nichts weiter neugierig, er schickte den Sohn an seiner Statt.

Vater war damals achtundzwanzig, ihn interessierte die Rechtswissenschaft brennend, die Verfassung, das Königtum, das Parlament, das System der Adelsrechte, er las Montesquieu, Blackstone, De Lolme und er wälzte große Pläne für eine gerechtere Jurisprudenz und konnte der Idee dementsprechend nicht viel abgewinnen. Großvater und Großmutter aber bedrängten ihn so lange, bis er nachgab. Vielleicht wollte er nur seinem Vater eine Freude bereiten. Er verriet nie, wer der Alchemist war, noch wie die Unterweisung vor sich ging. Wurde der eine oder andere wohlklingende Name genannt, schwieg er nur geheimnisvoll. Auch Ferenc vermutete den geheimnisvollen Meister unter den Autoren der von meinem Vater so hoch geschätzten Bücher, aber Vater verriet auch ihm, seinem angenommenen Sohn, den Namen nicht. Das Geheimnis, das er zusammen mit dem Namen hütete, war vermutlich viel zu wichtig für ihn, vielleicht war es aber auch so, dass die Geheimhaltung zu den Voraussetzungen der erfolgreichen Heilung gehörte, ebenso wie die Kenntnis der Elemente, der Materien und der Kräfte, die die Welt formten. Es war das Geheimnis, das von da an sein Leben ebenso durchdrang, wie es später auch Ferenc' Leben durchdringen sollte, den Vater ja in das System der geheimnisvollen Ordnungen eingeführt hatte.

Vater wurde in Wien zum Freimaurer, nachdem er erfahren hatte, dass er nur so das Recht zum Erlernen der Heilkunst der Rosenkreuzer erwerben konnte. Sicher hatte man bei ihm eine Ausnahme gemacht, denn theoretisch hätte er Jahre warten müssen, um über die drei Grade der Freimaurerei die höchsten Weihen zu erreichen. In diesen Jahren duldete Maria Theresia, die Herrscherin des Reiches, die Tätigkeit der Geheimgesellschaften noch, erst am Ende des Jahrzehnts machte sie Schluss damit, als auch Franz I. begann, die Logen zu frequentieren, was sie nur ungern sah.

Vater hatte einen Hang zum radikalen Umformen der Gegebenheiten, für ihn war die kontemplative Symbolik des Freimaurertums uninteressant, er wollte in die Vorgänge eingreifen. Die Überzeugung, dass außer der geschaffenen Welt noch eine andere, vollkommene existierte, auf die er als Mensch ein Recht besaß, ließ ihn nicht ruhen. Sein unsteter Geist war erfüllt von der Suche nach den Anzeichen des unbekannten Gottes, er loderte förmlich monatelang fiebernd und brachte so viele Ideen hervor, dass er gar nicht schlafen konnte, dann wieder wurde er plötzlich von einem Augenblick auf den anderen gebremst. Er lag ideenlos und schlaff auf dem Diwan in seinem Laboratorium und zielte mit Papierkügelchen auf die Öffnung der Glaskolben. Sein Leben vollziehe sich in halbjährlichen Nächten und Tagen, pflegte er zu sagen, und auch darin vermochte er neue, bedeutungsvolle Zusammenhänge zu erblicken.

Auch als ihm das Schicksal die unerwartete Möglichkeit bot, die so intensiv studierten Verfassungs- und Rechtssysteme in der Wirklichkeit zu verändern, ließ er das Experimentieren nicht sein.

In den verantwortungslos sonnigen Jahrzehnten unter Kaiser Joseph wurde er Schulinspektor für den gesamten Schulbezirk Nordungarn und es war ihm vergönnt, zufrieden beobachten zu dürfen, wie die verhassten und verspotteten Mönche aus ihren bröckelnden Ordenshäusern abzogen. Endlich konnte Vater über den verabscheuten und verachteten Klerus triumphieren, von dem er so viel Niedertracht und Beckmesserei hatte ertragen müssen. Er vertrat stolz und unerbittlich die neuen Ideen, und wer ihn sah, war sich sicher, dass sich die Zeiten tatsächlich unwiderruflich geändert hatten und es nicht lohnte, auf die Wiederkehr der alten Zeiten zu hoffen.

Dieser Zeitabschnitt fiel mit jenem zusammen, da Ferenc sich mit neuem Schwung in die alte Welt geworfen hatte, in dieser Zeit hatte jeder gedacht, den Gang der Dinge mit Flugblättern ändern zu können. Der Wind aus dem Westen fegte mit großer Kraft über das von der Türkenherrschaft gelähmte, im Schlummer erstarrte Land, und aus den Tiefen der Kurien kamen Tausende von jungen Männern hervor, die dieser Wind geweckt hatte und die vielleicht selbst nicht wussten, was sie wollten, außer, dass sie sich von der Welt ihrer Väter lösen mussten. Ferenc erkannte damals noch nicht so klar, dass er im Grafen Török seinen zweiten, den wahrhaftigen Vater gefunden hatte, und er konnte auch nicht wissen, dass mein Vater, als er ihn als Schulrat an seine Seite holte, ihn statt seines verleugneten und ihm zuwider gewordenen Sohnes erwählte, um die Leere des Herzens zu füllen und ihm sein Wissen weiterzugeben. Diese Regung des Herzens fiel mit der sonderbaren Vorliebe jener Zeit für dramaturgische Wendungen und märchenhafte Gerechtigkeit zusammen und so wurde die katholische Schulorganisation in der Person Ferenc' ausgerechnet von einer protestantischen Hand abgebaut. Vater führte den neuen und besseren Sohn, der den natürlichen übertraf, nicht nur in die Freimaurerei ein, nein, er teilte mit ihm die Geheimnisse, die er im Zuge seiner Rosenkreuzer-Experimente erworben zu haben glaubte. Es waren Geheimnisse, die Ferenc von Anbeginn an misstrauisch und widerstrebend beobachtete und mit denen er in den sieben Jahren der Gefangenschaft endgültig abrechnete. In dieser Beziehung verhielt er sich zu meinem Vater genauso wie Pepi, allein Ferenc war über die Weltsicht meines Vaters hinausgewachsen, während mein Bruder sie einfach nicht zu begreifen vermochte. *Was es an Geheimnissen gibt, das steckt in der Sprache, in den Wörtern und Geschichten,* sagte Ferenc, *und auch dort befinden sich nur solche, die wir selbst hineingesteckt haben. Wirkliche Geheimnisse gibt es nur zwischen dem einen und den anderen Menschen.* Den tieferen und wahren Sinn dieses Satzes sollte ich erst im Magazin des Hof-Naturalien-Cabinets erfahren.

Als auf den Spuren des Pariser Terrors der Schrecken über Wien und Buda hinwegfegte, als von einem Tag auf den anderen alles verboten und aufgehoben wurde, was die Macht der Monarchie und der Kirche hätte hinterfragen können, als Ferenc ins Gefängnis musste, gab mein Vater sich selbst die Schuld an der Katastrophe. Die Überzeugung, dass er nicht hätte in die Welt hinaustreten dürfen, dass er in seinem Laboratorium, an der Seite der Wissenschaft hätte bleiben müssen, wuchs sich zu einer fixen Idee aus. Sein leidendes Gewissen zeichnete eine eigenartige Kette der Ereignisse, bei der alles an tragischen

Entwicklungen aus einer seiner scheinbar schuldlosen Taten folgte. Er meinte, an den Leiden Ferenc' und an den in Buda abgeschlagenen Köpfen schuld zu sein.

Immer wieder und wieder erzählte er, wie Ignác Martinovics in sein Leben getreten war.

Den Albaner mit den glühenden Augen kannte er von früher. Sie blieben oft stehen, um sich zu unterhalten, nachdem sie bemerkt hatten, dass sie beide unruhig die Straßen der Wasserstadt von Buda entlangeilten, um ihre fliegenden Gedanken einzuholen. Zunächst beobachtete Ferenc den Franziskaner in der Kutte mit Widerwillen, er verachtete die hysterischen, tuschelnden, sadistischen und narzisstischen Bewohner der Ordenshäuser und auch die über der Hakennase liegenden gesträubten, zusammengewachsenen Augenbrauen erzeugten bei ihm eine unerklärliche Abneigung; nachdem er aber erfahren hatte, dass der andere immer wieder mit seinen Vorgesetzten zusammenstieß und revoltierte, begann er Sympathie für ihn zu empfinden.

Irgendwo hatte er aufgeschnappt, dass Martinovics im Ordenshaus der Franziskaner ähnliche Versuche durchführte wie er, und nachdem er einige seiner schwungvollen und ausufernden Vorträge über Physik angehört hatte, versuchte er behutsam zu ergründen, was er wohl von den Wissenschaften der Rosenkreuzer hielte.

Bald stellte sich aber heraus, dass sie nicht dieselbe Sprache sprachen.

Mein Vater erwähnte als Erstes das Licht und Martinovics begann gleich über den Einfallswinkel zu dozieren, dann ging er zu den Schwierigkeiten bei der Messung des atmosphärischen Druckes über, woran er gerade arbeitete. Vater hörte ihm verdrossen zu. Er fand alles erbärmlich geistlos, was die Materie mit Zahlen, Gewichten, Dichte und ähnlichen Begriffen beschrieb und was sie aus ihrem pulsierenden Zusammenhang mit dem persönlichen Schicksal des Menschen und den Äonen reißen wollte. Um die Weltanschauung des unsteten jungen Mannes endgültig zu klären, warf er ihm einige finstere und mystische Thesen Jakob Böhmes als Köder hin. Martinovics aber hatte erfasst, dass er auf unsicheres Terrain geführt werden sollte, und stellte sogleich wie ein Igel die Stacheln auf, warf meinem Vater Grobheiten an den Kopf und beendete die Unterhaltung abrupt.

Danach richteten sie ihre Spaziergänge so ein, dass sie einander auf der Straße nicht mehr begegneten.

Vater sah den schwarzen Kuttenträger lange Zeit nur mehr von hinten, im Davoneilen, wie er sich mit hinter dem Rücken verschränkten Händen und vorgerecktem Kopf zwischen den Fischweibern und den Fischern, die ihren Fang von den Schiffen luden, seinen Weg bahnte und in seinen Sandalen auf den schuppenübersäten Steinen immer wieder ausrutschte. Vater schien es, als habe es der revoltierende Franziskaner mutwillig auf die dichteste Menschenmenge abgesehen, um mit seinem vorgeblich zufälligen Geschubse möglichst viel Unruhe zu stiften.

Einmal stolperte er auf einer abschüssigen Straße auf dem Abhang des Burgberges im wahrsten Sinne des Wortes über ihn. Martinovics stand inmitten einer Kreuzung und starrte vor sich hin. Vater trat absichtlich laut auf dem Straßenpflaster auf, damit jener ihn höre, erkenne und weitergehe, um sich nicht mit Grüßen abgeben zu müssen. Martinovics aber reagierte nicht auf das Geräusch, ja, auch nicht auf das noch lautere Rattern, mit dem sich ihm der Wasserwagen aus der anderen Straße näherte. Vater zog sich bis an die Hausmauer zurück und beobachtete von dort, dass sich die schwarze Gestalt kein bisschen von der Straße wegrührte. Der Kutscher hatte sich auf dem Kutschbock zurückgewendet, er schäkerte mit einer Frau, die sich aus einem Fenster im ersten Stock lehnte. Die Pferde wurden immer schneller, doch der Kutscher war mit der leicht bekleideten Frau beschäftigt, währenddessen Martinovics wie eine Statue, noch immer mit geneigtem Kopf, die Hand am Kinn, auf der Stelle verharrte. Vater sah sich bereits über dem von Hufen und Rädern zermalmten Körper stehen und seinen Sieg feiern, doch in Wirklichkeit war er schon losgesprungen, um die Statue im letzten Augenblick umzuwerfen; und schon lagen sie übereinander im Straßendreck, während der Wagen rumpelnd und scheppernd an ihnen vorbeifuhr. Martinovics sprang verwundert auf und blickte sich mürrisch um, ob es Zeugen für sein Fiasko gegeben hatte, und als er die Barbusige im Fenster kichern sah, drohte er ihr mit seinem langen, knochigen Zeigefinger. Die Frau verstummte erschrocken.

Danach hörte Vater jahrelang nichts mehr von ihm.

Als sie einander wieder trafen, hatte Martinovics den Franziskanern bereits den Rücken gekehrt und in Flugblättern ihre unterirdischen Gefängnisse, tückischen Umtriebe und mittelalterlichen Foltermethoden gegen Brüder, die sich der Disziplin widersetzten, entlarvt. Das Priestergewand hatte er aber auch jetzt noch nicht abgelegt, obwohl er schon Professor an der Universität zu Lemberg war und an mechanischen Flugobjekten arbeitete.

Nach dem Tod Kaiser Josephs II. war mein Vater wie viele andere ungarische Adelige der Meinung, dass die Nation wieder das Recht erlangt habe, einen König zu wählen, da der Kaiser sich nicht zum ungarischen König hatte krönen lassen. Er saß mit Gyurkovics, dem Pester Professor für Politische Theorie, lange Monate zusammen, um anonyme Flugblätter zu verfassen. Hatten sie das Recht genügend hin und her verdreht und die Prädikate unendlich langer lateinischer Gliedersätze und Konjunktive der Nebensätze einander angepasst, fingen sie mit dem Weintrinken an.

An einem dieser Abende trat Ignác Martinovics vor sie hin, schnupperte verächtlich den Alkoholdunst, seine Nüchternheit knirschte förmlich. Die mit grauen Borsten durchsetzten Brauen hatten sich schon zu einem richtigen Vordach verdichtet. Vater hätte später schwören können, die Jusstudenten vom ersten Stock, die ein lautes und lustiges Leben pflegten, hätten dem angeheiterten Professor mit einem wächsernen Kopf einen Streich spielen wollten, so reglos und unbeweglich trieb das kreidebleiche Gesicht mit den buschigen Brauen im Lampenlicht dahin. Die anderen Teile des Körpers verschwanden wegen der schwarzen Soutane, die Martinovics noch immer trug, wiewohl er schon lange aus dem Orden ausgetreten war, in der Dunkelheit des Raumes.

Vater war von ihm genauso befremdet wie bei ihrem ersten Treffen in der Wasserstadt, doch er vertrieb dieses Gefühl wieder mit aller Entschiedenheit.

Ohne sich zu setzen rühmte sich Martinovics in einem Atemzug und unter heftigem Blinzeln, einen neuartigen Tabakschneider und einen Luftdruckmesser erfunden, einen Aufsatz über das Winkelmessen und über die Eigenschaften des Kreises geschrieben zu haben, und seine Dreschmaschine habe sich der Kaiser persönlich angeschaut. Und Hofrat von Born habe ihn den größten Wissenschaftler auf dem Gebiet der Chemie genannt. Dann sprach er von einer Arbeit, an der er gerade schriebe, sie würde die noch vorhandenen schwankenden Säulen der christlichen Kirche und des Glaubens einreißen und die bald erstehende Volksmacht würde diese zu guter Letzt ohnehin wegräumen. Ihn aber interessiere das nicht, er sei im Grunde Mathematiker und habe keine Zeit, sich mit menschenfreundlichen Angelegenheiten zu beschäftigen. Das Problem Gottes sei nebensächlich und unwesentlich. Der Körper sei ein Haufen verrottendes Fleisch, eine Seele gebe es nicht, wir könnten uns lediglich wegen unserer wissenschaftlichen Untersuchungen für etwas Besseres als die Tiere halten, doch sei auch das nur eine Illusion.

Er sprach zu meinem Vater lang und breit über die Schädlichkeit des Lemberger Klimas, über die dichte und dunstige Luft, in der giftige Miasmen grassierten, und er erwähnte gleichsam beiläufig, dass sie nun im Wesentlichen gleichrangig seien, denn er habe vor Kurzem vom Hof das Adelsprädikat erhalten.

Dann legte er eine lange Pause ein, um seine Worte wirken zu lassen.

Vater befand sich in einer lustlosen Phase und reagierte weder auf das Lemberger Klima noch auf die neu erhaltene Nobilität und auf die zusammenbrechenden Säulen des Christentums, und sein Verhältnis zu Gott war ohnehin kompliziert. Er lebte nur dann ein wenig auf, als Martinovics, der sah, dass Gyurkovics eingedöst war, sich gegen das Glas des Spitzbogenfensters lehnte und ihn mit gedämpfter Stimme in die vertraulichen Details einer im Entstehen begriffenen Geheimgesellschaft einweihte. In Böhmen, Polen, in den kroatischen Gebieten und in Wien, überhaupt überall, stehe die Revolution vor der Tür. Die Illuminaten seien überall zugegen, jeder Ritus und jede Loge würde für das gemeinsame Ziel, für die Ausrottung der Tyrannei und die Ausbreitung der Freiheit, arbeiten. Die Franzosen würden Holland bald besetzen, Europa würde, um das Kräftegleichgewicht und den ewigen Frieden zu sichern, neben Frankreich aus drei Monarchien bestehen, der deutschen, der russischen und der griechischen. Transdanubien würde zur deutschen, das Land östlich davon zur griechischen Monarchie gehören. Das sei eine historische Notwendigkeit. Sich mit Gefühlen zu verzetteln, sei überflüssig. Es gebe nur die Mathematik, die Materie und die Geschichte. Wien sei schon in Bezirke eingeteilt, die Leitung hätten Blumauer und Hebenstreit. Blumauer und Hebenstreit.

Martinovics verstummte und tat, als wollte er eine vom Abendessen übrig gebliebene Fleischfaser zwischen den Zähnen herausklauben, doch Vater sah ihm an, dass er gespannt lauerte, was er wohl zu diesen Informationen sagen würde.

Es ist nicht meine Art, sagte Martinovics, *Magnaten mitzuteilen, was ich denke, aber Euer Wohlgeboren haben sich über diese unzeitgemäßen Fesseln erhoben. Ich weiß, Ihr seid ein Bruder.* Dabei drückte er meinem Vater die Hand und gab ihm das Zeichen der Freimaurer. Damit zerstreute er das Misstrauen und die Abneigung meines Vaters im Handumdrehen.

Vater hat sich diese Schwäche später nie verziehen.

Martinovics nutzte das aus und zählte all die Männer mit Namen auf, die seine Geheimgesellschaft unterstützen würden, deren Vereinigung Vater einfach nicht fernbleiben konnte.

Er informierte Ferenc, der schon seit Jahren Freimaurer war, begeistert über die neuen Möglichkeiten, sogar der Tag des Treffens war ausgemacht, bei dem sie genauere Details bekommen würden.

Sie sollten den Vertrauten Martinovics' treffen, von dem sie die Grundzüge der Gesellschaft erhalten würden wie auch die Einführung in die Geheimzeichen, mit deren Hilfe die Mitglieder einander in Zukunft erkennen könnten, und das alles im ehemaligen Stallgebäude, das die Theatertruppe von Pest-Buda beherbergte und wo an jenem Abend Ferenc Sehy im Stück Alois Friedrich von Brühls *Das Findelkind* die Rolle Fitzondis spielte.

Zwar war es schon März, doch schwammen noch Eistafeln auf der Donau. Strenger Frost bedrängte die österreichischen Lande und die Kälte ließ das Wasser plötzlich wieder erstarren, der Winter war für eine Zeit zurückgekommen. Man zerlegte die erst im Februar neu aufgebaute Schiffsbrücke aus Furcht vor den gestauten Eistafeln wieder, die breiten schwarzen Kähne, zu vieren mit Bohlen verbunden, lagen am Ufer. Die Bootsführer, die sonst den Verkehr zwischen den Inseln abwickelten, standen in Erwartung besserer Einkünfte bei den leer gewordenen Brückenköpfen herum. Sie rauchten Pfeife. Ein dichter Nebel lag über der Donau.

Vater war früh angekommen. Er wollte noch jemanden besuchen, bevor er ins Theater ging. Der Bootsführer hätte ihn auch allein mit hinübergenommen, doch er wartete noch gern auf die zwei Gestalten in langen Mänteln, die von der südlichen Seite des Burgberges am lehmigen Ufer ihre Schritte seitlich setzend herunterstiegen, als kämen sie von den kleinen Häusern des Tabán. Der Bootsführer stieß das Boot mit dem Bootshaken vom Ufer ab, dann nahm er die Paddel und zielte mit dem Bug auf das gegenüberliegende Ufer. Sie waren in der Mitte des Flusses angelangt, als Vater aufhorchte, er hörte die Paddelschläge nicht mehr. Vater tastete sich im Nebel zum Heck, dann wieder zum Bug des Bootes vor, doch war der Fährmann nirgends zu sehen. Vater trieb stumm mit den beiden Reisegefährten flussabwärts, die reglos und ohne ein Wort zu sagen auf der Sitzbank saßen. Als wäre dies das Natürlichste auf der Welt. Vater meinte manchmal, sie seien dem Ufer ganz nahe, aus dem Nebel hoben sich die Umrisse mächtiger Gebäude, hohe Fassaden und Türme, hinter denen nichts zu sehen und kein menschlicher Laut zu hören war. Vergeblich sprach er die Reisegefährten an, sie antworteten nicht. Die Eisblöcke rieben zischend aneinander.

Noch nie hatte er das Dasein als so traumverloren und die Möglichkeit des Erwachens als so nahe empfunden wie damals. Schließlich lief das Boot auf Grund und Vater watete im eiskalten Wasser ans Ufer. Er floh Hals über Kopf vor den beiden stummen Männern, denn er konnte nichts anderes denken, als dass sie den Bootsführer hatten verstummen lassen und ihn ins Wasser geworfen hatten, und dass sie auch über sein Schicksal schon entschieden hätten. Er kam schließlich in der Ortschaft Promontor an, und es wurde früher Morgen, bis er eine Droschke fand, mit der er in die Hauptstadt zurückfahren konnte. Die beiden Mitreisenden zeigten sich nirgends, als hätten sie im Boot bleiben müssen.

Bis Vater in Buda angekommen war, war Ferenc im Theater schon lange fertig.

Er war zeitgerecht erschienen, hatte sich Ferenc Sehy in der Rolle des Fitzondi angesehen, währenddessen schlief er auch ein wenig, weil ihm warm geworden war in seinem Mantel, den er wegen der Kälte nicht abgelegt hatte. Und als die Vorstellung zu Ende war, wartete er darauf, von jemandem angesprochen zu werden, darauf, dass jemand zu ihm käme, aber nichts dergleichen geschah. Da er auch seinen Gönner nirgends entdecken konnte, ging er nochmals auffällig hüstelnd eine Runde unter den Heimgehenden, dann machte auch er sich auf den Weg nach Hause.

Er traf meinen Vater monatelang nicht. Der Tod Kaiser Leopolds, dann die Thronbesteigung des neuen Kaisers und das damit zusammenhängende politische Wirrwarr brachten die gewohnte Ordnung durcheinander. Von Martinovics hieß es, der neue Herrscher, Franz II., habe seine Jahresrente gestrichen, die er als Chemischer Oberrat genossen hatte. Vater hatte Buda den Rücken gekehrt; er war bei einer Tischgesellschaft verspottet worden, weil er über die Königswahl nachdachte, da doch die Zeit der Volksherrschaft gekommen sei, über kurz oder lang würden die Könige überall einen Kopf kürzer gemacht und die Vorrechte der Stände auf immer und ewig abgeschafft werden. Und während ihn die Jakobiner, die auf sofortige Änderungen hofften, wegen seiner rückständigen Ansichten auslachten, zerstörte der neue Kaiser die Ergebnisse seiner gesamten bisherigen Arbeit, das neue Schulsystem, mit einer einzigen Verordnung und entließ sowohl meinen Vater als auch Ferenc. Der Klerus kehrte triumphierend wieder und an den Hauptplätzen der Straßen wurden Freudenfeuer angezündet, denn die gefährliche Unsicherheit war zu Ende und die sichere alte Ordnung war zurück.

In der Nacht der Sommersonnenwende strömten Jusstudenten ins Haus Abaffys, bei dem Vater zu Gast war, sie schmückten sich mit Kokarden, die sie von den französischen Kriegsgefangenen in Vác bekommen hatten, und trugen das Haar kurz geschoren wie Revolutionäre. Der Höhepunkt des Abends war eine Guillotine aus Pappmaschee, die aber erschreckend echt aussah; in diese musste der einzige anwesende Aristokrat, mein Vater eben, den Kopf stecken. Unter allgemeinem Freudengeheul wurde er symbolisch enthauptet.

Damit war das Glas voll.

Anderentags bestieg er mit brummendem Schädel und quälendem Sodbrennen einen Wagen und zog sich beleidigt nach Ónod zurück, von wo er sich ein volles Jahr lang nicht wegrührte. Dort erfuhr er, dass Ferenc doch von den Leuten aufgesucht worden war, die ihn während der ganzen Vorstellung der Theatergruppe Sehys beobachtet hatten, und dass Ferenc bis dorthin die revolutionäre Schrift kopiert und weitergegeben hatte, die im späteren Verlauf unter den Punkten der Anklage als stärkster Beweis für die Vorbereitung der Revolution mit Waffengewalt gewürdigt wurde.

Mein leicht zu beleidigender Vater wurde gerade zur besten Zeit vom Weg des Geschehens abgedrängt, vom Zufall oder wer könnte sagen, welche Kraft es war, die auf der Donau zur Zeit des Eisstoßes im März herrschte. Ferenc hingegen wurde von derselben Kraft in die Mitte der Strömung gezogen: Er wurde erst vor Gericht damit konfrontiert, dass er laut Anklageschrift unter die gefährlichsten Jakobiner geraten war, die alsbald das halbe Land zuhauf gemordet hätten.

Viel später erst, nach dem Tod meines Vaters, fand er sich damit ab, dass Verrat, Denunziantentum, Manipulation durch die Anklage und Feigheit ein derart dichtes Gewebe geschaffen hatten, dass es unmöglich zu beurteilen war, wie weit sich die Verschwörung tatsächlich erstreckt hatte und wer welche Rolle in der Angelegenheit gespielt hatte. Sicher erschien nur, dass die Anklage so lächerlich übertrieben war und die Verhaftungen mit der Präzision eines Uhrwerks durchgezogen wurden, dass nur noch darüber nachzudenken blieb, welche heimlichen Interessen und Praktiken sich im Hintergrund verborgen hielten und wer außer dem kaiserlichen Hof sich wünschen konnte, diese zu steuern. Und dafür lag für jeden Einzelnen seine eigene Antwort auf der Hand.

Als wäre gerade dieser Umstand dafür verantwortlich gewesen, dass das Vergessen der Betroffenen schneller als gewöhnlich eintrat und tiefer wirkte.

Über die Details der Hinrichtung, die Ferenc ja nicht mit eigenen Augen hatte sehen können, hörte er so viele Varianten wie er ehemalige Augenzeugen befragte. Mein Vater sah sich, im Einklang mit den alten Gnostikern, in seinem Urteil über die Welt bestätigt: Die Schöpfung sei verdorben, sie sei ein Heim des Chaos, es gebe nicht einmal eine Chance dafür, der Wahrheit nahe zu kommen.

Er hörte sich Ferenc' Wutausbrüche gleichmütig an, der auch nach monatelangen Nachforschungen und Unterredungen keine eindeutige Choreografie der Ereignisse zusammenstellen konnte, wer sich bei der Exekution wie verhalten habe, wer wo gestanden sei, wessen Kopf beim wievielten Versuch abgeschlagen werden konnte. Insbesondere um die ausgerufenen letzten Worte war die Verwirrung ärgerlich, bis man erkannte, dass sämtliche Erinnerungen lediglich Zitate aus Plutarch oder Sueton waren. Vater hielt es für selbstverständlich, dass die letzte, die unbestreitbare Variante sich nicht finden ließ, und für ihn waren alle Bestrebungen Ferenc', die ultimative Wahrheit zu suchen, zum Versagen verurteilt. Vielleicht hätte nur der ältere Scharfrichter von Buda die Details authentisch schildern können, doch Ferenc fand den Wohnort des alten Mannes, der sich vor der Rache fürchtete und unter falschem Namen lebte, erst heraus, als dieser schon seit einem Jahr verstorben war. Vielleicht hätte einzig er keinen Grund zum Lügen gehabt, war er doch selbst ein Verlierer der Ereignisse; die meisten Zeugen, mit denen Ferenc sprechen konnte, sagten einhellig, die Hand des Henkers habe gezittert, als er den Grafen Sigray enthaupten sollte, er habe ihm den Kopf erst mit dem dritten Schlag abtrennen können, nachdem er ihm schon mit zwei Schlägen der Breitseite des Richtschwertes das Gesicht zertrümmert hatte. Der in Bereitschaft wartende Henkerslehrling, den man statt seines unglücklichen Meisters auf das Schafott befohlen hatte, um die Hinrichtungen zu Ende zu bringen, lebte ebenfalls nicht mehr. Er war bei einer Wirtshausrauferei erstochen worden. Damit waren die genauen Einzelheiten um den Tod des Martinovics und der anderen auf ewig verloren.

Vater genas nie mehr von der Melancholie, die Selbstvorwürfe in ihm ausgelöst hatten. Er verstand nicht, warum er der Kraft nicht gefolgt war, die ihn immer wieder von Martinovics hatte wegstoßen wollen. Immer wieder beschwor er den Moment herauf, in dem der Wasserwagen herandonnerte und sein Körper sich unwillkürlich nach vorne warf, und die Überzeugung, dass es eine fremde Kraft gewesen war, die seinen Körper vorwärts gestoßen und Martinovics gerettet hatte, verstärkte sich jedes Mal. Und die geheimnisvolle Nacht auf der Donau im Treibeis erschien ihm eindeutig als ein Werk der Archonten, die Ferenc daran hindern wollten, sich dieser verdorbenen Schöpfung zu entziehen und seine göttliche Natur zu entwickeln. Vater tobte vor Wut, weil ihn die weltbeherrschenden Kräfte damit demütigten, dass sie gerade ihn erwählt hatten, Ferenc in den Staub zu treten. Er meinte, er selbst müsste im Gefängnis darben, und er gelobte, sollte Ferenc die höllischen Jahre überstehen, würde er ihn für die Leiden entschädigen.

Er gedachte voller Begeisterung, die Arbeit nach Ferenc' Entlassung genau dort fortzusetzen, wo sie aufgehört hatten. Er war sich gewiss, dass das Gefängnis – wie bei ihm die Selbstbezichtigung – bei Ferenc den Wunsch nach weltlichem Handeln abgetötet habe und dass sie nun ihr Augenmerk bis zur letzten Minute auf die Befreiung der Seele richten und sich zum unbekannten Gott emporheben, die Archonten besiegen und sich aus dem Chaos der verdorbenen Materie und der misslungenen Schöpfung befreien würden.

Nie waren sie näher daran, als gerade in jenen Tagen, da Ferenc, halb gelähmt, kraftlos und zerbrochen, im Schloss zu Ónod eintraf. Vor seiner hasserfüllten und nach Rache dürstenden Familie rettete er sich zu meinem Vater, denn die Familie machte sein Leben nach seiner Entlassung zu einer noch finstereren Hölle, als es die der Gefangenschaft gewesen war.

Jahre später, als wir verheiratet waren, erzählte Ferenc mir, er sei während der Kutschenfahrt von Debrecen zu uns lange von seinen Zweifeln hin und her gerissen worden. Er schwankte zwischen Selbstanklage und Beschuldigung der Umstände, wobei beiden Gefühlen das Wissen darum anhaftete, nichts anderes mehr zu sein als ein elender, unglücklicher, erniedrigter, mittelloser Mensch, der bald zu Recht der Vergessenheit anheimfallen würde.

Alle Anklagepunkte seien berechtigt, die ihm seine Mutter und Geschwister vorhielten, auch jetzt hätten sie in allem recht und sie hätten auch davor recht gehabt. Er sei im Irrtum gewesen, ihn habe die Überheblichkeit geblendet, der übermäßige Glaube an die Bildung, ihm hätten die Bücher, die Sprachen, die Bilder den Kopf verdreht, Rousseau, Diderot und Voltaire wie auch die fiebrigen Artikel des Moniteur, das Himmelreich der Philosophen: Die Hoffnung auf die Nachwelt, die Landschaftsmaler, die Atheisten, die Illuminaten und das Gefängnis hätten seine von vornherein bösen Charakterzüge nur noch verschlimmert.

Er wollte jeden um Verzeihung bitten, in erster Linie den Grafen Török, und er wollte gestehen, seiner Zuneigung unwürdig gewesen zu sein, wie auch des Ranges eines angenommenen Sohnes. Er hatte jeden getäuscht, der ihm als Freimaurer, Schriftsteller, Freund, Sohn, Bruder und Geliebten vertraut hatte. Es war an der Zeit, das falsche Spiel zu beenden, die gezinkten Karten zurückzugeben, desgleichen den herausgelockten Gewinn, und dann Abschied zu nehmen. Er war so kraftlos, ihm waren keine Stützen verblieben, also drifteten seine Gedanken ab von der Wirklichkeit, und bis er bei uns angekommen war, war er sich ganz sicher, alle Unbill nur erlitten zu haben, weil er der Welt meines Vaters, der alten Wissenschaft, der Erbschaft Hermes Trismegistos' den Rücken gekehrt hatte. Er besaß keine Kraft mehr, die Ereignisse diszipliniert und mit Abstand zu betrachten, also blieb ihm keine andere Erklärung, als die Schuld bei sich zu suchen. Er hatte Zeit genug, sich auf die verwunderte Freude der Achtzigerjahre zu besinnen, als mein Vater ihm eröffnete, wie die Transformierung der Sätze, der Symbole und der Materie zusammenfalle und wie sie alle auf himmlische Zeichen und auf die Schöpfung zurückverweisen. Als er ihm die göttliche Macht des Menschen offenbart hatte, die von höherem Rang sei als die des Demiurgen im Alten Testament. Ferenc hatte Zeit genug gehabt, sich darauf zu besinnen, dass damals ein richtiger Vater seine Vernunft gelenkt und ihm die Richtung vorgegeben hatte. Er hatte nicht nur dem Stärkeren nachgegeben, auch die eigenen Erfahrungen hatten ihn dorthin gelenkt. Auch im Zauber der Lyrik glänzte dasselbe weltumfassende System der Zusammenhänge, Ferenc erblickte in den Experimenten meines Vaters die Poesie der Materie und in seinen poetischen Versuchen sah er die weltdurchwirkenden Kräfte. Darin unterstützten ihn Goethe und Vergil gleichermaßen.

Niemals hatte er sich so zu Hause gefühlt wie in der Nähe meines Vaters. Die Erinnerung an seinen schmächtigen, nervösen und ewig hustenden Vater verschmolz gehorsam mit diesem größeren und kräftigeren Vaterbild und die drohende, dunkle, chaotische, unberechenbare und gefährliche mütterliche Macht schien dem Glanz des Magnaten ebenfalls nachzugeben, Zsuzsanna Bossányi war jedes Mal zurückgewichen, wenn der sarastrische Wille über ihren Sohn etwas von ihr gewünscht hatte. Dienes und Józsi, die jüngeren Kazinczy-Brüder, gehorchten dem Grafen willfährig. In dieser Hinsicht funktionierte die kosmische Ordnung präzise wie ein Uhrwerk und die verzweifelte Seele klammerte sich gern an diese Sicherheit.

In unserem Schloss in Ónod erkannte Ferenc, als er erniedrigt und von der Familie verstoßen, am Rand der Vernichtung torkelnd eintraf, mit derselben Sicherheit, dass ich in der Mitte dieser das Universum umfassenden Figur stand. Es war eindeutig, dass wir beide für einander die einzige, zudem noch die vollkommene Lösung bedeuteten, genauso wie die sich nach einander sehnenden Elemente in der Symbolik der Alchemie. Als wollte alles die Auffassung meines Vaters verifizieren: Ferenc selbst war die vom linkshändigen Demiurgen verpfuschte Materie, in ihm litt die Seele und strebte nach oben. Er war selbst das in der Prima materia verborgene Gold, das es zu transmutieren, destillieren und zu sublimieren galt. In meiner Kindheit hatte ich den Prozess der alchemistischen Wandlung so oft gehört, dass ich Ferenc' Gefängnisjahre, die er in finsteren, unterirdischen Zellen verbracht hatte, gar nicht anders zu deuten vermochte als ein Begrabenwerden im *Venter equinum,* wo ihn die *Nigredo* und die *Putrefactio* erreichten, er wurde schwarz und er verrottete, wie die *Prima materia,* unterwegs zum Triumph des Steines der Weisen auf der zweiten Stufe der großen Umwandlung.

Als ich da im Dachgeschoß des Hof-Naturalien-Cabinets im staubigen Magazin im Dachgeschoß stand, unter den ausgestopften Tieren und den akkurat katalogisierten Versteinerungen, und mir gegenüber der schwarze Körper, der aus der Tiefe seines roten Schrankes mit seinem in der Ewigkeit erstarrten Schritt auf mich zukam, entsann ich mich, dass mein Vater mir erst in seinen letzten Tagen eingestanden hatte, dass die ungeheure Energie, die er dem Studium der alten Bücher und der Erforschung der Natur gewidmet hatte, eine einzige Frucht getragen hatte: mich selbst. Ich, Sophia, war die Göttin der Weisheit, die weibliche Hälfte des erschaffenden Gottes, die Lichtbringerin der Gnostiker. Als wäre der Augenblick meiner Geburt ein Vorschuss auf die endgültige Erkenntnis, dass Vater die Materie vergeblich nach den Geheimnissen der Welt ausgehorcht hatte und dass er diese schließlich doch in der Welt der Menschen suchen musste. Mit meinem Namen hatte er mir ein Ziel gegeben, ich musste fühlen, eine Aufgabe in der Welt zu haben, er hatte es mir zur Pflicht gesetzt, die verpfuschte Schöpfung in Ordnung zu bringen. Ich musste in einer verpatzten Welt das Unverdorbene repräsentieren, das Original, das Vollkommene. Dem schwarzen Körper gegenüber erschien mir die aus Kindertagen übertragene Begeisterung, mit der ich Ferenc das Jawort gab, besonders hinfällig und zum Scheitern verurteilt; ich hatte damals das Gefühl, mit meiner Verehelichung das Versprechen meines Namens zusammen mit den Absichten und Wünschen meines Vaters erfüllen zu können.

Der formelle Heiratsantrag wurde am dritten Tag gestellt, als Vater den verlorenen und wiedergefundenen

Sohn endlich aus dem Laboratorium entlassen hatte und ihn an der Hand nahm und zu mir führte. Vielleicht hatte seine Wissenschaft noch nie etwas so Vollkommenes geschaffen wie damals, Ferenc' Gesicht hatte sich geglättet, seine Augen glänzten klar, das nervöse Zucken hatte seine Züge verlassen, seine gelähmte Hälfte hatte neues Leben erlangt, die Symmetrie war in seinen Körper zurückgekehrt, seine Stimme klang weich und seidig. Als er um meine Hand bat, sprach er die uralte griechische Version meines Namens aus: Sophia. Das hätte die letzte Station der Experimente meines Vaters sein können, die vollkommene chemische Hochzeit, von der ich nie erfahren hatte, seit wann sie in seinen Plänen eine Rolle spielte.

Als ich 1804 mit Ferenc unser Leben in Széphalom in einem vorübergehend bewohnbar gemachten Nebengebäude begann, war niemand mehr in Ónod, der Vater zur Selbstmäßigung gebracht hätte. Vielleicht hatte er selbst nicht vorausgesehen, wie ich ihm fehlen würde, und auch ich erkannte erst später, dass meine Gegenwart für ihn eine stabilisierende Kraft bedeutet hatte.

Kaum hatte ich das Schloss verlassen, wurde es von einer Reihe von Plagen heimgesucht, als wäre etwas freigesetzt geworden, das ich bislang an der Kette gehalten hatte.

Im ersten Winter war eine verheerende Feuersbrunst ausgebrochen, die Stallungen waren ein Raub der Flammen geworden, es war schwer, in den schwarzen, rauchenden Fleischklumpen Pepis prächtige Reitpferde auszumachen, für die er bis in die Toskana oder nach Warschau reisen konnte. Im folgenden Jahr hatte ein Kammerdiener Visionen, er brachte in den Dörfern reihenweise heranwachsende Mädchen um, Vater ging monatelang zur Kurie, bis schließlich Licht in die Details der Sache kam. Ein

Wirbelsturm war über die Anhöhe gefegt und hatte das Hausdach mitgenommen. Die Wände hatten Risse mysteriösen Ursprungs bekommen, die sich von Tag zu Tag erweiterten. Die Wände wurden feucht und schimmelig, die Dachbalken morsch.

Vater nahm diese Heimsuchungen absichtlich nicht zur Kenntnis. Er ließ einen neuen Flügel an das Laboratorium anbauen und zentnerweise sündhaft teure Grundmaterialien und Bücher bringen, danach war er wochenlang nicht im Freien zu erblicken. Er arbeitete in einem Wahnsinnstempo, doch aller Wahrscheinlichkeit nach lief er nur noch seinem Geld hinterher, das in den Jahrzehnten auf die alchimistischen Bücher und Experimente draufgegangen war. Es blieb für mich immer ein Rätsel, wie weit er sich selbst noch ernst nahm – es blieb sein Geheimnis. Möglicherweise gab es eine Phase, da er zwar schon zu viel Geld ausgegeben hatte, doch immer noch ungebrochen an einen Erfolg glaubte. Wahrscheinlicher aber ist, dass er sich die Niederlage einzugestehen nicht mehr erlauben konnte. Der Stein der Weisen, das Geheimnis des ewigen Lebens, die wahre Natur der Materie wollten sich einfach nicht zu erkennen geben.

Er entschloss sich, bis zum Äußersten zu gehen und den Lehren alles nur Mögliche abzuringen. Wenn die Materie schon die Möglichkeit dazu bot, wollte er ihr die ultimativen Fragen stellen und alles tun, wozu er früher nicht den Mut aufgebracht hatte, denn er musste an die Zukunft seiner Kinder, das Glück seiner Frau, an seine Pächter und Diener, den Namen seiner Ahnen und das Wohlergehen des Heimatlandes denken. Jetzt, da ihn nichts davon mehr interessierte, wollte er sich an den ultimativen Versuch wagen, die Schöpfung eingehend nach den zurückgehaltenen Geheimnissen zu befragen.

Zur Zeit der Pest, die im Osten, im Land der Russen und Türken, wütete und um ein Haar auch die Berge der Karpaten überwunden hätte, umging er die Grenzwachen und begab sich auf geheimem Weg in die Türkei, um die neue Tinktur, an der er lange Jahre hindurch gearbeitet hatte, auf die Probe zu stellen.

Weder interessierte ihn der offizielle medizinische Standpunkt noch die Strafe, die denen in Aussicht gestellt war, die die Quarantäne verletzten. Sein bestes Wissen und alle seine Erfahrung waren in dieses Mittel eingeflossen und er wollte, dem Ideal der Rosenkreuzer entsprechend, anonym und ohne Gegenleistung heilen. Vermutlich hatte ihn das Zentrum der Seuche angezogen, die Herausforderung, den Kampf mitten im Feindesland anzunehmen. Er wollte seine Dämonen auf die Probe stellen: Wie weit würden sie es wagen, gegen ihn anzutreten? In dem Schema, das er sich bis dorthin von der Welt aufgestellt hatte, war die Krankheit der Beweis der vorsätzlichen Bosheit eines Unheil bringenden und ungeschickten Schöpfers und er fasste den Kampf gegen diesen als ein persönliches Duell auf.

Die Türken empfingen ihn misstrauisch, keiner verstand so richtig, was er vorhatte. Da er aber keinen größeren Schaden anrichtete, ließen sie es zu, dass er den Sterbenden seine Tinktur verabreichte. Vergeblich beteuerte er, dass das Mittel der Prävention diente und dass die Gesunden es zu sich nehmen sollten, um der Krankheit vorzubeugen. Schließlich gelang es ihm, den Stadthauptmann von Saloniki zu überzeugen, der öfter in Paris gewesen war und den besessenen Ungarn, der Grenzen überwand und die Gefahr der Seuche auf sich nahm, sympathisch fand, das Medikament einzunehmen. Im Morgengrauen, als der Kranke sich schon stundenlang erbrach, brachen die schwarzen Beulen in seiner Achselhöhle und an seinen Lenden auf, er wurde von einer Minute zur anderen schwächer, da sah sich mein Vater gezwungen zu fliehen, wiewohl er sich sicher war, dass nicht seine Tinktur die Schuld daran trug, sondern der Verzug; die Seuche hatte den Hauptmann erreicht, bevor die Medizin ihre Wirkung hätte entfalten können.

Beinahe war es ihm gelungen, Siebenbürgen zu erreichen, als ihn die österreichischen Soldaten gefangen nahmen, und vergeblich versicherte er, gesund zu sein, weil ihn sein Medikament gegen die Seuche beschützt habe, vergebens protestierte er als Adeliger und Magnat gegen die Prozedur, er wurde gnadenlos in Quarantäne genommen und musste im eben beginnenden feuchten Herbst drei Wochen in einem zugigen Stall verbringen.

Er traf abgemagert und verlaust zu Hause ein. Die Hausleute erkannten ihn kaum. Vielleicht wandte er sich da von den Experimenten und der Materie ab, um sich voll und ganz dem Spekulativen zu widmen. Er kehrte zu dem zurück, was seinem Herzen immer schon am nächsten stand: zu den Büchern der alten Meister.

Zu dieser Zeit lebte meine ältere Schwester noch.

Sie verabschiedete sich dann zwei Jahre nach dem Tod unseres Vaters mit einem langen Gedicht, in dem sie Französisch, Deutsch und Latein vermengte und in dem nicht viel mehr stand, als dass sie sehr, sehr unglücklich war. Sie hatte sich mit unerbittlicher Einfachheit im Gartenhaus erhängt. Sie hatte weder den Namen meines Bruders noch den von Ferenc niedergeschrieben, doch waren sie unschwer hinter den mythologischen Männergestalten, dem vergesslichen Jason, dem ungetreuen Herakles und dem charakterlosen, schwachen Paris, zu erkennen; wenngleich es ihr nicht gelungen war, aus dem Durcheinander der gehäuften Allegorien und für Wissenschaftler gedachten Anspielungen einen roten Faden herauszuarbeiten. Für uns war es klar: Sie hatte alles unternommen, um nicht sich selbst oder uns die Wahrheit eingestehen zu müssen; die Arme musste gedacht haben, dass lange Texte keinem anderen Zweck dienten, als sich hinter ihnen verstecken zu können. Allerdings wussten wir leider alles, großteils Dinge, die wir nie wissen wollten. Sie schaffte es bis zum letzten Augenblick nicht, sich über die emotionale Unordnung in ihrer Seele zu erheben, sie dachte, zugleich in Pepi und Ferenc verliebt zu sein und von beiden mutwillig unglücklich gemacht worden zu sein. Dabei war es nur einer der beiden, der tatsächlich alles dafür getan hatte, diese fehlbare, schutzlose und kindliche Seele zugrunde zu richten.

Als mein Vater vom Kaiser sein Amt erhalten hatte, wurde die Entfremdung zwischen Pepi und mir endgültig und irreparabel, Pepi war nicht fähig, sich aus dem Bannkreis meiner Schwester zu befreien, wie er es auch nicht schaffte, seine Wut und gewalttätigen Neigungen von ihr zu wenden. Vielleicht wartete er gerade auf einen entschiedenen Schritt meines Vaters, ihnen den Umgang miteinander zu verbieten oder sie auf eine andere Weise im Zaum zu halten. Möglicherweise war die geschwisterliche Liebschaft nichts anderes als ein verzweifelter Hilfeschrei, der die Aufmerksamkeit seines Vaters erregen sollte. Wenn es nicht gerade er war, der mit seinen Praktiken einen schlafenden Archon geweckt hatte, der den androgynen Geist Mercurius' auf meine unglückseligen Geschwister losließ. Ich kannte die Ereignisse lediglich aus den Erzählungen meiner Schwester, die ich manchmal aufsuchte, wenn mich die Gewissensbisse allzu sehr quälten. Da lebte sie bereits mit umnebelten Sinnen im

Turm des Gartens, in unsagbarem Dreck, unter hundert Katzen, und ihre Erzählungen widersprachen einander oft. Ein Motiv aber trat in allen ihren Geschichten immer wieder zutage: Pepi erscheint in unregelmäßigen Intervallen bei ihr, beschimpft sie unflätig, schlägt sie und quält ihre Seele, indem er sie mit der ganzen Bitternis seines Schicksals überschüttet. Er beschuldigt sie, den Vater gegen ihn eingenommen zu haben, ihn selbst mit gemeinen Praktiken gebunden zu haben, damit er seine Männlichkeit nicht bei anderen Frauen gebrauchen könne, seinen Verstand schwerfällig und träge gemacht zu haben. Andererseits verhielt sich Christine so, als hätte sie all das tatsächlich begangen, dessen Pepi sie beschuldigte, und sie bestrafte und kasteite sich für alles, was ihr der jüngere Bruder vorgeworfen hatte.

Sie aß tagelang nichts, und wenn doch, stopfte sie nur trockene Disteln und Sägespäne in sich. Sie stach sich Gabeln in die Oberschenkel, rasierte sich den Kopf und legte sich nackt in den Schnee. Für diese Narreteien bestrafte Pepi sie, er schlug und beschimpfte sie. Ihre Gefühle waren so vielfach verflochten, dass es keine Chance gab, sich irgendwann zu befreien. Das hätte wirklich nur eine äußere und größere Kraft geschafft.

Als ich im Gartenhäuschen erkannte, was sie und Pepi miteinander trieben, wusste ich lange nicht, wie ich mit der Nachricht umgehen sollte. Im Haus gab es niemanden, dem ich ein Geheimnis dieses Ausmaßes hätte anvertrauen können. Am Wenigsten hätte ich es gewagt, meinem Vater Bescheid zu geben, war doch alles zwischen uns kompliziert genug. Schließlich eröffnete ich die Lage doch ihm. Er starrte wortlos und mit versteinerter Miene in den gelblichen Dampf, der im Glaskolben waberte, als wäre das Gesagte nicht bis in sein Bewusstsein gedrungen. Ich wurde unsicher, vielleicht hatte ich etwas Unrechtes getan, indem ich das mir zur Kenntnis gelangte Geheimnis verriet, oder ich hatte die Situation doch irgendwie missverstanden und es war in Wirklichkeit nichts Unrechtes passiert.

Vater sagte nichts.

Mit der Zeit hatte ich mich daran gewöhnt, dass er nur in den seltensten Fällen sofort auf eine Situation reagieren konnte, oder überhaupt zu verstehen, er habe das Gehörte aufgefasst. Meistens kam er erst Tage oder Monate später darauf zurück, in der Regel dann, wenn schon alles gegenstandslos geworden oder vergangen war, sich erledigt hatte oder mittlerweile uninteressant geworden war. Ich war mir nie sicher, was ihn dazu bewog, war es der Glaube an die Unveränderlichkeit oder an die Bedeutungslosigkeit der Welt. Andererseits war es auch möglich, dass er es einfach für sinnlos hielt, was auch immer zu tun. Das Verkorkste liege in der Grundstruktur der Welt und eine Reparatur auf diesem tiefen, unteren Niveau sei nicht möglich, das dachte er vielleicht von Pepi und Christine, und er ließ die Dinge den Lauf nehmen, den sie ihrer Natur nach nehmen mussten.

Wir alle ahnten, dass die Schwärmerei für Ferenc bei Christine die komplizierte und unergründliche Leidenschaft für Pepi nicht ersetzen würde. Es war zu argwöhnen, dass es zu einer Tragödie kommen würde, dass das Gewese und der Rummel, den meine Schwester um Ferenc veranstaltet hatte, der für sein Freikommen errichtete und mit seinem Blut konsekrierte Altar sowie die Abfolge der Zitate aus seinen Werken, die ihre Art zu sprechen nach und nach derart durchwachsen hatte, dass daraus ihre eigene, vielleicht nur von ihr gesprochene Muttersprache entstanden war, dass dies alles nur ein

Puppenspiel gewesen war, mit dem sie die Aufmerksamkeit von Pepi weglenken wollte, ihre eigene und auch unsere Aufmerksamkeit.

Vielleicht war es das, was Pepi immer mehr empörte und ihn immer mehr gegen Ferenc einnahm.

Das war eine eigentümliche, sonderliche Eifersucht, denn Pepi war auf etwas eifersüchtig, das Ferenc ihm niemals nehmen wollte. Es war offensichtlich, dass sie nichts füreinander empfanden, und Christine wäre am meisten überrascht gewesen, wenn Ferenc sich ihr genähert hätte. Ich führte Ferenc langsam und vorsichtig an die Wahrheit heran, damit er meine wenn auch verabscheuten, so doch geliebten Geschwister nicht hassen müsste. Als er schließlich das Wesen ihrer Beziehung verstanden hatte, wollte er sogleich handeln, allerdings war nicht klar, wer vor wem gerettet werden sollte. Indem wir die Lage gründlich analysierten, kamen wir allmählich dahinter, dass wir eine andere Welt als die, in die sie hineingewachsen waren, um die beiden herum aufbauen müssten, wollten wir sie voneinander befreien, und das würde auch unsere Welt zur Sinnlosigkeit verurteilen.

Und diese Einsicht verengte unseren Spielraum noch einmal um einiges.

Als die geistige Umnachtung meiner Schwester offenkundig wurde, hatten wir zu Pepi bereits ein hoffnungslos feindliches Verhältnis.

Aller Ingrimm, den mein Bruder gegen sich selbst, gegen Christine und gegen unseren Vater in sich trug, wandte sich nun gegen Ferenc. Und was mich anging, so behandelte er mich wie Luft. Ich hörte für ihn auf zu existieren, ich kam ihm abhanden, ich löste mich auf. Er sprach meinen Namen nicht mehr aus und blickte mir nie mehr in die Augen. Beim Begräbnis meines Vaters wurde diese Seite der Angelegenheit endgültig und unumkehrbar. Pepi glänzte durch Abwesenheit, meine Schwester war nicht fähig, aus ihrem Gartenturm zu treten und ihre hundert Katzen zu verlassen: Seit einer Weile lebte sie mit der fixen Idee, etwas würde aus dem Himmel auf sie herunterfallen und sie erschlagen. Dort oben sei alles so erschreckend leer, sagte sie. Wie eine unendliche Kammer, angefüllt mit leeren Gläsern. Diese Zwangsvorstellung ließ mich ahnen, dass Vater und Christine in der letzten Zeit doch miteinander gesprochen hatten, denn Vater hatte die Manie entwickelt, dass es irgendwo in den Sphären, im Raum der emanierten Äonen, eine himmlische Variante, einen Entwurf, eine leere, wolkenlose, nicht aufgefüllte, zeitlose Version ohne Erinnerungen und ohne Schicksal von uns allen geben müsse.

Zu dieser Zeit hatte er bereits alle seine Experimente die Materie betreffend eingestellt, zugleich mit der Lust am Experimentieren war ihm auch das Geld ausgegangen.

Er kehrte zu den Büchern zurück, in deren Welt er vom Wiener Wunderdoktor, seinem ehemaligen Initiator, eingeführt worden war. Ferenc und ich haben nie verstanden, wie ein so geistvoller und kluger Mann sämtliche Kritikfähigkeit schlagartig verlor, wenn er geschriebenen Worten begegnete. Er ging in der Welt dieser Texte unter, wie ein Bergmann in die Schächte voller Fossilien und Petrefakten eintaucht, wo alle entwicklungsgeschichtlichen Widersprüche nur scheinbar sind und darauf verweisen, dass die Klassifizierung und die Entwicklungsgeschichte zu ändern sind. Die Sprache der Symbole und Allegorien, die befruchtende und prickelnde Welt der ungewissen und leicht schmelzenden Bedeutungen war das Einzige, was seinen Verstand zu bewegen und zu erleuchten vermochte, selbst dann noch, als seine Seele in die Schlucht der Ängste und des Missbehagens gestürzt war. Vor allem die Geschichte des Christian Rosenkreutz vermochte Vaters Gedanken wie ein magnetisches Zentrum um sich zu versammeln und zu gruppieren.

Er nahm die Existenz der Ordnung und ihre Urwüchsigkeit als ebenso gesichert an wie die Sätze des Paracelsus und John Frenchs, er dachte nicht einmal an die Möglichkeit, dass die Kunde von der Existenz der Rosenkreuzer eventuell aus den Büchern über ebendiese stammte. Mein Vater versank in der Literatur über Theosophie, Alchemie und die Rosenkreuzer, wie weiland Don Quichote in der Welt der Ritterromane; so suchte er in der Landschaft Nordungarns das irdische Abbild des Gelesenen. Der Grundmythos der Rosenkreuzer durchdrang seine Vernunft immer stärker. Das Geschick des Arztes, der das Heilige Land bereist und die Wissenschaften studiert hatte und danach heimgekehrt war, der in den Niederlanden seine ehemaligen Ordensbrüder um sich versammelt und Menschen zu heilen begonnen hatte, der sein besonderes Wissen nicht zum Vermögenserwerb anwendete, sondern für die Heilung der leidenden Menschheit aufopferte, überzeugte ihn immer aufs Neue von der Richtigkeit seines Weges. Er war sicher, sein Grabmal würde sich, wie das des Rosenkreutz, nach hundertzwanzig Jahren öffnen und die Welt würde erfahren, wen sie nicht beachtet hatte, als das noch möglich gewesen wäre. Es fehlte nur noch, dass er die ewige Lichtquelle fand, die Untere Sonne, die seine Gruft beleuchten würde wie die des Rosenkreutz.

Er musste sich das so vorgestellt haben: Der Weg hierzu führte durch die Verdoppelung. Wenn er erst einmal das Geheimnis der Bilokation löste, würde die Lösung der Geheimnisse um die Auferstehung und der Unteren Sonne nur noch ein Kinderspiel sein.

Eines frühen Morgens, Ende Oktober 1810, traf ein Kurier in Széphalom ein. Vater ließ Ferenc ausrichten, er möge schnell kommen, denn der alles entscheidende Moment sei nahe. Der Kurier war ein alter Diener, der es als Einziger wagte, bei meinem Vater zu bleiben, denn er hatte bei der Mahd einmal mit eigenen Augen beobachtet, wie der Blitz zwei kleine Kinder erschlug, und hatte seitdem beschlossen, es gebe keinen Gott, folglich auch keinen Satan, daher müsse er vor nichts Angst haben. Er konnte nichts Näheres sagen, nur dass der Herr Graf Török sehr aufgeregt und ungeduldig sei, schon seit Wochen habe er nicht geschlafen, und dass es in der Nähe des Laboratoriums zu absonderlichen Lichterscheinungen gekommen sei. Doch wir möchten keine Angst haben, alles das sei bloß Materie. Es gebe keinen Gott, kein Jenseits, es gebe nichts zu fürchten.

Ferenc war gerade nicht zu Hause. Vielleicht hielt er sich in Pest auf, um die Sache der ungarischen Sprache mit seinen Freunden zu besprechen, um einige wichtige Fragen zu entscheiden, welche die Zukunft grundlegend beeinflussen würden, ich weiß es nicht. Ich fühlte mich gezwungen, in seinem Namen abzusagen, auch wenn mir die Besorgnis die Kehle zuschnürte. Für mich wäre es ein Unding gewesen, hinzufahren, die Kinder waren klein, und so plötzlich, ohne Vorbereitung war es mir unmöglich, mich freizumachen. Mir kam es gut zupass, mich vor mir selbst auf die Kinder berufen zu können, denn ich wollte nicht sehen, wie weit mein Vater in seinem Aberwitz gekommen war.

Ich ließ ihm in Ferenc' Namen ausrichten, er bedauere es sehr, doch wolle er an keinem neuen Versuch teilnehmen, und ich schickte den alten Gottesleugner heim, der mir daraufhin einen derart kühlen Blick zuwarf, dass ich mir sicher war, er wisse über alles Bescheid. Er musste gewusst haben, dass er mit dieser Antwort heimkehren würde. Und ich log gar nicht, aller Wahrscheinlichkeit nach hätte Ferenc meinem Vater etwas Ähnliches sagen lassen.

Bis dahin war es für beide bereits offensichtlich, dass ihre Weltbilder radikal voneinander abwichen, obwohl sie doch vor zwanzig Jahren in so vielen Punkten derselben Meinung gewesen waren. Die alte, verstaubte Alchemie erglänzte für Ferenc das letzte Mal, als er mich zur Frau genommen hatte. Sie war ihm in seinem schwächsten, kraftlosesten Augenblick zu Hilfe geeilt, und wenn sonst auch nichts dahinter war, so hatte das ausgereicht, um sie auf ewig in Ehren zu halten. Doch danach besaß sie keine Macht mehr über ihm. Die materiegebundene Sprache der Symbole und der Versuch, die Geschichten der alten Religionen neu zu beleben, gewannen damals zum letzten Mal einen Sinn. Ferenc trug mich in eine neue Welt hinüber, indem er die alte durch mich ehrte. Der Name Sophie, und was mein Vater aus dem Wissen der alten Welt in diesen Namen verdichtet hatte, das schlug auch im neuen Boden Wurzeln.

Wir strebten bis zuletzt der himmlischen Weisheit zu, wir hatten lediglich die Sprache getauscht, in der wir davon sprachen. Die altmodische Forschung wurde für ihn fremd. Es graute Ferenc vor ihr, vielleicht wegen der unentschiedenen Natur meines Vaters, wegen seiner unentschlossenen Geheimniskrämerei, seiner unschlüssigen, schwankenden Fantasterei, doch sicher auch deshalb, weil alles das, was er in der alten Welt als widerwärtig empfunden hatte, in der Alchemie und der Theosophie enthalten war. Und trotz aller symbolischen Sprache und dichterischen Überschwangs lag das endgültige Ziel darin, zum

Gold vorzudringen. Es fand sich kaum eine Magnatenfamilie, in der kein Mitglied unter den Kellergewölben der Schlösser im ungarischen Oberland oder in den geheimen Hinterzimmern der Wiener Palais ein alchemistisches Laboratorium zusammengestellt hatte. Die Experimente und die darüber geführten, als Wissenschaft getarnten Gespräche gehörten ebenso zum Alltag der Meinen wie die Windhunderennen, das Kartenspiel und die Jagd. Nur der, der von vornherein schon viel davon besaß oder der, wie auch mein Vater, schließlich daran irre wurde, konnte so tun, als verachtete er die Suche nach Gold.

Ferenc verabscheute all das zutiefst, was als Bodensatz trotz aller Doppelzüngigkeit und Heuchelei das dampfende, rohe Fleisch, die pulsierende Gier mit sich führte, er sah auf alles herab, was nicht für die Schönheit, für die künstlerische Vollkommenheit entstanden war, und je ärmer wir wurden, desto mehr musste er alles das hassen. In Vaters Wissenschaft fand er genau das so abstoßend, dass in der Tiefe der Materie im Zuge der Transmutationen, Destillationen und Koagulationen keinerlei Schönheit zustande kam, keine Bedeutung höheren Ranges; alles war verrußt, alles stank, alles lief auseinander, schmolz zusammen oder verflüchtigte sich, und am Ende der Versuche blieb meistens nichts anderes übrig als eine Handvoll Asche, die mit langen, gestammelten Kommentaren bedacht wurde.

Das Gesicht meines Vaters bezeugte das: Er hatte sein ganzes Leben im Dunst der in Retorten, Kesseln und Destillatoren erhitzen Metalle verbracht und sein Gesicht war im Alter vernarbt und voller Flecken wie eine immer wieder geflickte alte Hirtentasche. Seine Haut trug die vielen Spuren oftmaliger Missgeschicke im Laboratorium; Glassplitter, Metallabfall, heiße Säuren und herausschießende Dämpfe hatten dieses Gesicht verbrannt, verätzt und gegerbt. Es sprach am eindeutigsten von der dissonanten Lektion, an die sich Ferenc auf dem Heimweg vom Begräbnis mit trauriger Ironie erinnerte, mitsamt der für Vater sicherlich schmerzlichen Meinungsverschiedenheit, die die beiden in den letzten Jahren so weit voneinander entfernt hatte. Ferenc meinte, Vaters Wissenschaft sei letzten Endes nichts anderes als Gastronomie mit ungenießbaren Zutaten.

Ich lächelte verschämt über meinen Vater, hinter seinem Rücken.

Dasselbe Schamgefühl erfasste mich, als er vier Tage nach seiner Botschaft auf einmal persönlich in Széphalom auftauchte. Er war heiter, kein bisschen verwirrt. Er stand auf einem Bein an der Schwelle, als wäre er unsicher, ob er sie übertreten dürfe. Erzsó stand ebenfalls unschlüssig, verständnislos hinter ihm und wartete, dass er ihr seinen Umhang übergebe – da war kein Körnchen Staub daran, er war tiefschwarz und knatterte im Wind – und seinen Spazierstock, an dem der Lack so frisch glänzte, als wäre Vater mit dem Stock eben erst aus einem Wiener Geschäft getreten. Wie es aber schien, wollte er sich von keinem der Gegenstände trennen. Erzsó zuckte die Achseln, sie ging murmelnd ab in die Küche, sie war nicht dahintergekommen, dass der sonderbare Fremde mein Vater war, der sonst immer struppig und zerzaust ankam, staubig oder voller Kot von der Straße, wie ein vazierender Kurpfuscher. Hätte Erzsó gewusst, hinter wem sie gestanden war, wäre sie kreischend davongerannt und hätte sich den ganzen Tag lang bekreuzigt, denn unter den Bauern war der Graf, der mit dem Teufel im Bunde stand, zu dieser Zeit schon mehr als berüchtigt. Ich rief ihn herein und bat ihn Platz zu nehmen.

Ich bot ihm Wein an, doch er wehrte mit einer Geste ab. Ich fragte ihn, wie es ihnen ginge, wie die Tage im Schloss verstrichen, doch er hob nur die Schultern und nickte. Dann sprang er auf und machte im Salon eine Runde. Er trat an das Porträt Charlotte von Lengefelds heran und starrte ihr in die Augen. Dann machte er das Klavier auf und schlug eine Taste an. Ich erstarrte vor Angst, wieder die *Atalanta Fugiens* hören zu müssen, doch Vater schloss den Deckel langsam und bedächtig. Ich fragte ihn, ob er nicht seine Enkelkinder sehen möchte, sie seien hinten, im Gartenpavillon, und probten ein Theaterstück. Das Zwitschern, das er gerade höre, das käme von ihnen. Vater winkte wieder nur ab. Noch einmal ging er im Zimmer eine Runde, dann trat er in den Garten hinaus und ging quer übers Gras auf das Tor zu. Ich folgte ihm auf dem kiesbestreuten Weg, denn draußen war es matschig und ich hatte Angst um meine Schuhe, doch wie ich mich auch beeilte, erreichte ich ihn nicht. Kaum hatte er die Straße betreten, war er aus meinem Blickfeld verschwunden.

Erst am Abend, als ich bei Lampenlicht noch etwas las, fiel mir ein, dass ich ja gar keinen Wagen gehört hatte, weder als er angekommen war, noch als er ging. Daraufhin schnürte Angst mir die Kehle zu.

Eine Woche später, als seine Leiche im Moor gefunden wurde, kam es heraus, dass er schon an jenem Abend verschwunden war, als der alte Diener ohne Ferenc ins Schloss zurückgekehrt war. Die Nachricht, dass wir nicht auf ihn neugierig seien, enttäuschte ihn, er tobte, brüllte und schlug Türen zu. Das Gesinde schloss sich in den Eiskeller hinter dem Stall ein und wartete darauf, dass sein Zorn verrauche. Sie besaßen eine lange Routine im Verstecken. Als es endlich wieder still wurde, wagten sie sich heraus, dann bekamen sie Nachricht aus dem Dorf, mein Vater habe sich mit zwei Fackeln in den Händen auf den Weg gemacht, hinein in die Nacht. Ich wagte es erst, Ferenc vom absonderlichen Besuch meines Vaters am Nachmittag zu berichten, als Szentgyörgyi, der untersucht hatte, ob Vater nicht ermordet worden war, schwor, er müsse schon an dem Tag, an dem er verschwand, gestorben sein. Die bis auf den Griff abgebrannten Fackeln, die er am Abend seines Verschwindens mitgenommen hatte, lagen neben ihm. Offenbar hatte er jemanden oder etwas gesucht; ich konnte nur hoffen, dass dieser Jemand nicht jener Mann war, der mich vier Tage später besuchte.

Da wir nicht mit Sicherheit wussten, was sich zugetragen hatte, ob es ihm tatsächlich gelungen war, das Geheimnis der Verdoppelung zu lüften, sein himmlisches Abbild erscheinen zu lassen, mussten wir nur den irdischen Konsequenzen entgegentreten, dem Misstrauen, der Angst und dem Hass, die ihm von seinen Bauern und den Menschen in der Nachbarschaft entgegenschlugen, und dem beklagenswert selbstsicheren Grabstein, der seinen Glauben an die Auferstehung nach Rosenkreutz verkündet hätte, hätten Ferenc und ich nicht beschlossen, den Stein mit der nicht beschriebenen Seite nach außen vor die Gruft einzupassen, um weiteren Verwicklungen zu wehren und den Namen meines Vaters vor zukünftiger Lächerlichkeit zu bewahren.

Danach begannen der Prozess mit Pepi über die Aufteilung der Erbschaft und der Weg unserer Verarmung und Verbitterung. Und irgendwo im Fernen Osten, in den stinkenden Zisternen Bengalens, machte sich die Cholera bereit, nach Széphalom zu kommen und die Welt, in der wir lebten, zu zerzausen. Es mutete sonderbar an, sich zwischen den kahlen Wänden unseres ehemaligen Salons in Erinnerung zu rufen, wie viel Zukünftiges schon damals in der vergangenen Zeit enthalten gewesen war, als wir noch nicht wussten, wie die Zeichen zu deuten seien.

9. Kapitel

Als ich da im Hof-Naturalien-Cabinet stand und mir gegenüber der schwarze Körper im roten Schrank, erinnerte ich mich daran, wie in den letzten Tagen der Quarantäne mein lähmendes Entsetzen in Tatendrang umgeschlagen war.

Das Massengrab hatte sich mit Toten gefüllt, während Ferenc von Angelo Soliman sprach. Seine Worte, begleitet vom anhaltenden Knarren der Räder des Totenkarrens und dem Klappern seiner losen Teile, klangen wie eine urweltliche monotone und entrückende Musik. Erzsó brachte zweimal täglich Hiobsbotschaften. Sie kaufte von den Quacksalbern, wandernden Wunderheilern und verlogenen Wiener Bauernfängern, die sich als Perser, Inkas oder Chinesen maskierten, so viele Talismane, Zaubersteine, Armbänder gegen den bösen Blick und urtümlichen wundertätigen ägyptischen Kopfschmuck, dass sie wie ein bizarrer tropischer Vogel aussah. Sicherheitshalber nahm sie auch alle Viertelstunden einen großen Schluck aus ihrer Flasche, dazu frequentierte sie die im Ort stationierten Soldaten, bei denen sie sich ausgiebig in Chlorkalk badete und mit Bismut bestäubte.

Sie brachte jedes Mal neue Geschichten mit. In Patak haben die Bauern zwei Juden verbrannt, weil sie glaubten, diese würden die Seuche verbreiten. In Onga ließen sich die vielen eng sitzenden Ringe nicht von den Fingern der dicken Gräfin abziehen, also hackte man ihr die Finger ab. In Újhely haben Soldaten in die Menge geschossen und dabei zwei Frauen getötet, ausgerechnet Schwangere. Ein Kommandant wollte mit Kartätschen schießen lassen, den holten sich die eigenen Soldaten und schickten ihn in Ketten nach Buda. Es gibt Dörfer, wo kaum noch ein Lebender herumtorkelt. Die Walachen im Komitat Marmarosch fressen Menschen. In Terebes hatten die Bauern die Komtess, bevor sie sie erschlugen, vergewaltigt. Erzsó machte eine kurze Pause. *Zu viert.*

In ihren Augen blitzte teuflische Häme.

Sie zählte diese Nachrichten auf, wobei ihre Stimme von einem Satz zum anderen an Schärfe zunahm, ich sah ihr an, dass sie es genoss, uns zu erschrecken. Nach jeder Nachricht wurde ihre Stimme etwas höher, sie zog die Brauen hoch und breitete die Arme aus, womit sie zweierlei zugleich zum Ausdruck brachte: Erstens, sie wisse nicht, ob das wahr sei oder nicht, sie habe es auch nur so gehört, und zweitens, seht und fürchtet euch, denn das Volk sitzt endlich zu Gericht.

Sie machte den Eindruck, als fühlte sie das, doch wollte sie es vorerst nicht aussprechen: Die Zeit war längst reif dafür.

Auch wir sprachen es nicht aus, doch sahen wir beide ganz klar, dass wir dieses Abenteuer nicht überleben würden.

Ferenc stand erschöpft im Türrahmen.

In den letzten beiden Tagen, seit er die Geschichte des Angelo Soliman erzählte, hatte er auffallend abgenommen. Er wollte nichts essen, er trank nur ein wenig Wasser.

Allmählich dämmerte in mir die Einsicht, dass er diese Begebenheit wirklich niemandem anderen anvertrauen konnte. Man hätte ihn ausgelacht oder für einen Lügner gehalten, auf jeden Fall hätte er sich vor denen, die zu ihm aufschauten, wie auch vor denen, die ihn hassten, auf ewig lächerlich gemacht. Den selbstverliebten Ungarn konnte er nicht erzählen, dass man seinen Freund, einen schwarzen Freimaurer, der zudem noch ein Wiener war, wie einen Affen ausgestopft hatte. Ich verstand also, warum er diese Angelegenheit vor Fremden verschwieg, und ich begann auch schon zu ahnen, warum er sie mir vorenthielt, ihre volle Bedeutung aber entschlüsselte ich erst später.

Nachts, nachdem ich einige Stunden geschlafen hatte, hörte ich ihn im anderen Zimmer auf und ab gehen. Ich kannte das Ende der Geschichte noch nicht und vermochte kaum meine Neugier zu bezwingen, doch musste ich ihm die Zeit lassen, alles so zu erzählen, wie er es geplant hatte, mit der entsprechenden Genauigkeit der letzten Vorstellung und zur richtigen Zeit. Wenn er das Endspiel schon so vorbereitet hatte, musste ich ihm die Zeit lassen, es zu vollenden.

Ich wachte immer wieder auf, hörte ihn herumhantieren, doch sagte ich ihm nichts. Zu einer anderen Zeit hätte ich ihn ins Bett zurückgebettelt, doch jetzt wusste ich, alles wäre vergeblich, seine Erinnerungen arbeiteten ohne Unterlass, und ich wusste auch, dass er sich jetzt die Sätze zurechtlegte, die er mir später sagen wollte, in diesem sonderbaren Ritual, in dem seine Stimme Feder und Tinte war und mein Gedächtnis das Papier. Seine Geschichte war die Flüssigkeit, ich war das Gefäß, er war die Model und ich das Wachs, ich war das Negativ und er die glühende Bronze, er war die Hand und ich die Handpuppe, ich war die Waage und er das Gewicht, ich war der Amboss und er der Hammer.

Er wollte mir das Gewicht und die Verantwortung dieser bis zum letzten Augenblick zurückgehaltenen Geschichte hinterlassen, diese Geschichte stellte den letzten Einsatz des Meißels an der Statue dar, die er aus mir geformt hatte, aus der Ausgangsmaterie, sie war die letzte Handvoll Werg, die letzte Schaufel Sägespäne, um mich damit auszustopfen, mit denen er ein vollkommenes Präparat, ein Ausstellungsobjekt aus mir machte, die Öffnung würde erst sein Tod zunähen und die Erinnerung an seinen Namen würde mich schließlich auf das Piedestal heben.

Ich hasste dieses Spiel und verlangte gleichzeitig danach, verabscheute mich und war stolz darauf.

Am Nachmittag des neunzehnten August kam ein ganzes Bündel Post an, der Staat funktionierte, wenn auch holprig, und die vor Wochen aufgegebenen Briefe waren irgendwie durch den Rauch der Desinfektionsstationen gelangt. Ferenc warf sich gierig auf die Briefe seiner Freunde und machte sich daran, sie alle der Reihe nach zu beantworten. Er berichtete jedem von den Details der Unruhen, von denen wir freilich nie sagen konnten, ob sie nur erfundene Nachrichten oder glaubhafte Auskünfte waren. Wir erfuhren erst am Abend, dass die Wirklichkeit noch finsterer war, als sie sich in den Erzählungen Erzsós zeigte. Vörösmarty hatte Ferenc ein Gedicht geschickt, in dem er wütend die Wortmagie zerpflückte und heulend auf das formlose und sinnlose Wallen eindrosch.

Ein anderer Brief enthielt Anmerkungen Pyrkers, des Erzbischofs von Eger und Erbobergespans des Komitats Heves, zur Übersetzung seines in deutscher Sprache geschriebenen Epos. Dieser unbedarfte und talentlose Kirchenmann, der es trotzdem zu hohem Rang und viel Geld gebracht hatte, erdreistete sich verdrossen zu stänkern, weil die neulich publizierte Übersetzung, für die Ferenc einen ordentlichen Batzen Geld erhoffte, von der Kritik zerrissen wurde. Pyrker beschuldigte Ferenc, in der Übersetzung seine dichterische Größe in der deutschen Sprache nicht angemessen wiedergegeben zu haben, und er kündigte an, die noch fällige Summe für die Übersetzung nicht auszahlen zu wollen, sollte Ferenc nicht umgehend Maßnahmen ergreifen. Pyrker hatte nicht verstanden, dass Ferenc für das untalentierte, frömmelnde Machwerk, das lediglich biblische Geschichten nachplapperte, nur deswegen Zeit aufgebracht hatte, damit wir nicht Hungers starben.

Ferenc, der sich erst in den letzten Jahren immer mehr mit Priestern und kirchlichen Würdenträgern angefreundet hatte, verfluchte sich, weil er die Möglichkeiten der Heuchelei zu spät erkannt hatte. Hätte er sich gleich nach der Entlassung aus dem Gefängnis der Kirche zu Füßen geworfen, sagte er oft, dann wären wir heute trotz Pepis Umtriebe vielleicht schon reich, noch wahrscheinlicher wäre es, dass sich rasch ein huldreicher Magnat gefunden hätte, der die Waage, die sich laut Gesetz ohnehin für uns entschieden hatte, zu unseren Gunsten beeinflusst hätte. Dann wären wir jetzt schon im Besitze des uns Zustehenden.

Ferenc hatte es erst als alter Mann gelernt, dass jenen, die auf dem Geld und an den Brückenköpfen der Torheit sitzen, geschmeichelt werden muss, er lernte verwundert, dass sie meist krankhaft eitel waren und alle durch die Bank verhinderte Dramatiker, Dichter und Philosophen, die dem Zwang und ihrer Verantwortung der Gesellschaft gegenüber die Schuld gaben, sie von ihrer Bahn abgebracht zu haben, und dass Ausdrücke wie Gemeinheit oder Talentlosigkeit in ihrer Selbsteinschätzung fehlten.

Sie holten ihre Werke, die schrecklichen und jämmerlichen Mischungen aus Talentlosigkeit, Kriecherei, Inhaltslosigkeit und Ehrgeiz, aus den Schubladen, nachdem Ferenc sie gewitzt dazu verleitet hatte, wobei ich ihm so oft geholfen, die Wörter auf der Apothekerwaage abgewogen hatte, der Brief musste ja wohldosiert Schmeichelei und Unterwürfigkeit enthalten, aber auch professionelles Selbstbewusstsein und eine Verneigung vor Geld und Rang des Adressaten. Ferenc würgte seine Übelkeit hinunter und lobte die Werke über den grünen Klee, indes zeigte er klugerweise auch kleinere Fehler an, um die pulsierende Wachheit ihrer Eitelkeit einzulullen. Sodann empfahl er sich, nachdem er sie solcherart in der Hand hatte, als Lektor, Herausgeber und Übersetzer ihrer Erzeugnisse, die ja meist in lateinischer oder deutscher Sprache abgefasst waren.

Er war gezwungen, die Missbilligung und die heruntergezogenen Mundwinkel seiner Freunde zu ertragen, er hoffte, dass diese kleineren Makel im großen Schatten seiner sonstigen Verdienste um die Literatur verschwinden würden. Sich in keinem dieser Briefe zu verraten, darauf achtete er peinlich, er fürchtete sich vor den Geheimagenten und war überzeugt, sie alle würden seine Briefe lesen, kopieren und nach Wien schicken. Daher verfasste er sie stets so, dass an ihnen nichts auszusetzen war. Nur einige der immer weniger werdenden alten Freunde, die sich noch erinnerten, wie es war, in Erwartung des Augenblicks zu leben, in dem Kirche, Tyrannei, Willkür und Knechtschaft verschwänden, nur sie verstanden die ätzende Ironie hinter den Sätzen, mit denen Ferenc die Kapaune der Kirche und deren scheinheilige Machwerke lobte.

Um sechs Uhr abends erklangen vom Tor her bekannte Geräusche. Pferdewagen rumpelten, Soldaten polterten, doch all diese Laute übertönte ein vertrauter Tenor: Es war Dienes.

Er stürzte mit einem Tschako auf dem Kopf, strubbligem Bart und der Armbinde der Cholerakommissäre herein, begleitet von einer überaus üppigen Frau, die ihren mächtigen Hintern watschelnd mitschleppte und in der wir verblüfft Antónia Pruszkay erkannten.

Antónia kläffte uns im Vorbeigehen etwas zu, fegte die Briefe und Manuskripte von Ferenc' Schreibtisch, knallte ihre Reisetasche auf den Tisch, ließ sich auf den Stuhl fallen und holte diverse Papiere aus der Tasche. Dann breitete sie eine Landkarte aus, betrachtete sie, drehte sie um, betrachtete sie von Neuem und drehte sie wieder um. Dienes begrüßte uns höflich, jedoch seine Macht und die Wichtigkeit seines Amtes übermäßig betonend, dann war er schon mit einem Satz bei ihr und rückte die Karte zurecht. Antónia knurrte etwas wie, das hätte sie selbst gewusst, er möge sich hier nicht aufspielen, dann griff sie sich einen Stift und trug unter Stirnrunzeln Punkte in die Karte ein, die sie dann mit einem Lineal verband. Sie hielt den Stift ungelenk, er fiel ihr aus der Hand. Ihr großer Bauch hinderte sie daran, sich zu bücken, Dienes sprang herbei und hob den Stift auf. Dafür wurde er wieder gescholten. Verlegen feixend plumpste er in meinen Fauteuil und trank meinen restlichen Kaffee aus.

Die Not ist groß, die Not ist sehr groß, sagte er, doch hätte sie sich schon längst zu einer richtigen Katastrophe ausgewachsen, hätten Antónia und er nicht rastlos Tag und Nacht gearbeitet. So eine Seuche sei eine furchtbare Sache und der Herrgott möge alle Ärzte, diese Kurpfuscher, mit seinem Blitz beim Scheißen treffen, die seien ja alle Versager.

Antónia zischte wütend und wandte sich um, soweit ihr fetter Hals dies gestattete. Dienes zog den Kopf ein.

Er flüsterte uns zu, man dürfe vor Antónia den Namen Gottes nicht achtlos aussprechen, weil sie sehr religiös sei.

Selbst das überraschte uns nicht mehr.

Er verlangte Wein, dann erzählte er, dass ihn die Ärzte in den Wahnsinn trieben. Wochenlang hatten sie ihn verpflichtet, in alle Brunnen Bismut zu schütten, er und seine Leute hätten Tag und Nacht nach den vermaledeiten Brunnen gesucht, die Bauern geschlagen und erschossen, falls sie sich nicht fügten, doch jetzt hatte man in Buda beschlossen, sie sollten mit dem Bismutpulver aufhören. Das Neueste war, dass das Wasser nichts mit der Cholera zu tun hätte, ein Arzt habe vor ihren Augen ein Glas Wasser ausgetrunken, in das er vorher Exkremente und Erbrochenes eines Cholerakranken gelöffelt hätte. Er habe diese Demonstration mehrerenorts wiederholt, sogar vor dem Statthalterrat, und sei vollauf gesund geblieben. Jetzt habe er die Hofkanzlei so weit überzeugt, dass auch diese die Bismutverteilung einstellte, stattdessen sollte das Kommen und Gehen der Menschen unterbunden werden. Wenn aber einer die Krankheit eingefangen habe, sollte er mit Essigwasser mit Rosmarin abgerieben werden, damit die Seuche nicht stocke, der Teufel hole den, der das verstehe.

Jetzt würden sie fassweise Essig schicken und alle Rosmarinstauden abernten, aber die Bauern würden den Anweisungen weder für Geld noch für gute Worte folgen. Und wie sollte er mit Einheiten, die selbst durch die Cholera dezimiert waren, das Kommen und Gehen unterbinden? Und die Bauern würden jetzt, ganz klar, von ihm Bismutpulver verlangen, sie hätten schon zwei Lager aufgebrochen und ein Dutzend Soldaten umgebracht, weil sie gedacht hätten, die würden das Pulver verstecken und für die Herrschaft zurückhalten. Wovon sie bis jetzt angenommen hatten, es diene ihrer Ausrottung, das wandelte sich in ihren Augen plötzlich zu einem Wundermittel. Da könne man tatsächlich verrückt werden. Und die Bauern seien ja ganz wild geworden. Sie verstünden nicht, dass die Umstürzler gerade zu ihren Gunsten zum Schweigen gebracht werden müssten, damit die Behörde ihrem Auftrag erfolgreich nachkommen könne. Jetzt würden sie brennen und morden, Schlösser anzünden und sonstige Gräueltaten vollbringen. Und das Schlimmste sei erst im Anzuge. Hier stürben dank ihrer Anstrengungen die Menschen noch kaum, was aber, wenn sich die Sache verschlimmerte? Weiter im Osten haben sich die Tore der Hölle bereits geöffnet. Hier könne man die Aufregung zwar noch im Zaume halten, eine Zeit lang, was aber, wenn sich die Lage auch hier verschärfte?

Ferenc sagte nur leise, vielleicht hätte man nicht in die Menge schießen sollen, worauf Antónia puterrot aufsprang und kreischte, ein gottloser Königsmörder solle ihr nicht vorschreiben, was sie zu tun habe, sie mühe sich Tag und Nacht um das arme Volk, während Ferenc nur Papiere mit Blödsinn vollkritzle und nicht einmal in der Lage sei, die eigene Familie zu erhalten. Heute habe sie wieder zwei volle Stunden gebetet, damit Gott der Herr endlich diese Plage vom Haupte des armen Herrschers nehme, nicht genug, dass er gegen die Feinde, die das Reich überfallen, kämpfen müsse, jetzt suche ihn wegen der undankbaren rebellischen Bauern auch noch die Schlaflosigkeit heim.

Daraufhin konnte nicht einmal Dienes etwas sagen. In einem unbeobachteten Moment schielte er uns um Verzeihung heischend an. Dann räusperte er sich, richtete seine Cholerakommissär-Armbinde, warf sich in die Brust und packte Antónias Arm, sah ihr in die Augen und erklärte im vollen Besitz seines amtlichen Status, dass auch er nicht anders fühle. Sein Herz schlüge für den

Herrscher. Das hier sei sein Komitat und er würde nicht zulassen, dass es hier zu Gräueltaten komme wie im Komitat Bereg oder in Szatmár.

Antónia pflichtete ihm bei, zeigte auf die Karte und dozierte, wo überall die Präsenz des Militärs erhöht werden müsse. Einige standrechtliche Exekutionen müssten unbedingt durchgeführt werden, damit das Volk den Staat zu respektieren lerne und Dienes ihnen zeige, dass man es sich mit ihm nicht anlegen dürfe. Hier werde es eine Ordnung geben, die sich gewaschen habe! Wenn der Herrscher mit ihnen zufrieden sein würde, mit uns, wiederholte sie, um zu unterstreichen, Dienes müsse nicht allein gegen alle Elemente kämpfen, dann habe Dienes ungehinderten Zugang zur Position eines Oberstuhlrichters oder zu etwas noch Höherem.

Sie würden den Namen Kazinczy vom Dreck reinigen, in den Ferenc ihn gezogen habe.

Dabei blickte sie uns entschlossen, mit zusammengepressten Zähnen in die Augen.

Sie gingen erst am Abend weg, nachdem Dienes unseren restlichen Wein bis zum letzten Tropfen ausgetrunken hatte und vom Stuhl gefallen war. Davor hatte er noch von den in der Gegend verübten Gräueltaten berichtet.

Anfang der Woche waren ein Oberstuhlrichter, János Reviczky, und ein Stuhlrichter, József Szulyovszky, der Sohn eines Mitgefangenen von Ferenc, während der Geburtstagsfeier der Tochter mit allen anderen Gästen, insgesamt vierzehn Menschen, beim festlichen Abendmahl von Bauern mit Beilen, Stangen, Heugabeln und Hämmern erschlagen worden. Die hatten vermutet, die Feiernden hätten sich versammelt, um alle Bauern auszurotten. In Vronau an der Töpl wurde die stets wohltätige verwitwete Gräfin Forgács, die für die Habenichtse eine Gratisküche unterhielt, vergewaltigt und zusammengeschlagen, von eben jenen Menschen, die sie seit Jahren verköstigt hatte; einige Tage davor war nämlich der Arzt bei ihr gewesen, und die Elenden argwöhnten nun, er habe der Gräfin Gift gebracht, und sie wolle die Hungrigen damit bei der Ausspeisung vergiften. Die beiden Finger an der linken und rechten Hand, von denen sich die Ringe nicht abstreifen ließen, hackte man ihr kurzerhand ab. Alle ihre Möbel und Spiegel wurden zertrümmert, die Gemälde zerschnitten, das Klavier auf den Hof hinausgeschleppt und angezündet. Diese Gegenstände waren dem Pöbel aus irgendeinem Grund besonders verhasst. In Kysta wurde ein Landvermesser, Ferenc Kozma, der sich freiwillig gemeldet hatte, um beim Verteilen des Bismutpulvers zu helfen, in seinem Haus angegriffen, doch packte er noch rechtzeitig sein Gewehr und erschoss fünf der Randalierer, woraufhin noch mehr kamen und sein Haus anzündeten. In Trebischau verwüsteten die Aufständischen die Apotheke systematisch, sie zerbrachen alle Tiegel und Flaschen einzeln, doch der Apotheker konnte noch flüchten, weil das Militär beizeiten eingetroffen war. Fünfzehn Bauern starben in der Salve. In Straschke hatte ein Schäfer seinen Grundherrn mit einem Stock geblendet, so wurde dieser zur Baronin Meskó gebracht, damit die Alte ihr Gold herausrücke, und nachdem sie dies getan hatte, schlug man zur Zerstreuung dem Geblendeten den Kopf ab.

Während Dienes seine Schauergeschichten vortrug, instruierte Antónia die Offiziere, die höflich und zitternd zur Kenntnis nahmen, dass sie beim geringsten Geräusch auf die Bauern schießen lassen müssten.

Am Nachmittag war das Haus dann still.

Ferenc brachte die Briefe hinunter zum Posten, wo die Sendungen nicht mehr geräuchert, sondern nur auf einen langen Stock gehängt und so zur anderen Seite, wo der Postwagen wartete, hinübergetragen wurden.

Als Ferenc in der Abenddämmerung heimkam, hörten wir aus der Ferne Schüsse. Vermutlich hatte sich Antónia selbst hingestellt und den Feuerbefehl erteilt.

Ich fütterte die Schweine und trug das Abendessen auf, ein wenig Einbrennsuppe und harte Eier. Wein zum Hinunterspülen hatten wir nicht mehr.

Innerhalb einiger weniger Wochen lernte Angelo ihm bisher unbekannte Vorstellungen zu akzeptieren, fuhr Ferenc in seiner Geschichte fort, und er fand sich in einem Universum wieder, in dem Worte, die bisher weit entfernt existiert hatten und ihm aus der ihn umwuchernden fremden Welt unbekannt und kalt entgegenschlugen, auf einmal anheimelnd und voller Leben erklangen: Ehefrau, Familie, Kind, Heim. Klavier, Schlafzimmer, Kinderfrau.

Magdalena war der Urquell all dieser Wörter, die auf Deutsch schon so locker von ihren Lippen flossen, als hätte sie in ihrer Kindheit Deutsch gesprochen.

Angelo ertappte sich alsbald dabei, dass das Spiel mit den noch nie geschmeckten neuen Worten, anfangs nur ein sprachliches Experiment, ihn auf einmal mitten in ein Versprechen, einen Vertrag, eine Verpflichtung katapultiert hatte. Für ihn stand fest, dass Magdalena und er heiraten würden. Dazu bedurfte es der Genehmigung des Fürsten, der aber hatte in den letzten Monaten ein eigentümliches Verhältnis zu Angelo an den Tag gelegt. Als hätte sich die Luft um den Fürsten erhitzt, jeder, der ihm gerade nahe stand, wurde emotional angesteckt. Angelo erkannte die Veränderung in den Gefühlen des Fürsten zum ersten Mal, als dieser auf dem Weg vom Schießplatz nach Hause seine eigene Kutsche unerwartet vorgeschickt und sich zu ihnen, zu den diensttuenden Soldaten und dem Personal, gesetzt hatte. Einer der Soldaten war von oben bis unten rußbedeckt, der Fürst fuhr ihm mit der Hand über die Haut und strich sich den Ruß selbst ins Gesicht. Und da blickte er das erste Mal in seinem Leben Angelo in die Augen, der daraufhin vor lauter Verblüffung richtiggehend erstarrte. Er vermochte sich nicht zu rühren, nicht zu sprechen. Später dachte er lange über die Bedeutung dieses Augenblicks nach, warum getraute sich der Fürst erst mit geschwärztem Gesicht, ihm in die Augen zu sehen, und warum gerade dann, als Angelo sich entschlossen hatte, sein Schicksal zu ändern. Als hätte ein sechster Sinn dem Fürsten zugeflüstert, dass Angelo sich bereit machte zu fliehen, streckte er ihm seine fürchterlichen Tentakel entgegen. Als hätte es fünf Jahre gebraucht, um Angelos Existenz zu akzeptieren, versperrte er ihm immer wieder unerwartet den Weg, küsste ihn heftig, nahm seinen Kopf in die Hände und blickte ihm lange und forschend in die Augen. *Liebst du mich?,* fragte er und er streichelte Angelos Kopf lange, wie man das bei Hunden tut.

Eines frühen Morgens erwachte Angelo in seinem Zimmer über dem Stall davon, dass jemand neben ihm lag und keuchend an seinen Lenden herumfingerte. Angelo sprang auf, zündete ein Licht an und schreckte zurück. Es war der Fürst in Frauenkleidern, mit einer roten Perücke auf dem Kopf. Er warf sich Angelo zu Füßen und bettelte ihn an, doch nicht herzlos zu ihm zu sein. Er möge ihn ansehen, eine Frau, vor Sehnsucht glühend, die sich nach Angelo verzehrte. Er schluchzte und warf sich auf den Boden. Riss sich die Kleider vom Körper und massierte seine Brust.

Angelo konnte den Sinn dieses Theaters nicht erkennen.

Er befürchtete, der Fürst würde auf einmal aufspringen, sich der Maskerade entledigen und ihm eiskalt lachend mitteilen, das alles sei nur ein Jux gewesen. Hingegen barg die Situation auch die Möglichkeit, dass er sich immer tiefer in die Hysterie verstieg und sich am Ende noch etwas antat. Er schluchzte so laut, warf sich so heftig auf den Boden, dass die Leute im Schloss vom Lärm erwachten. Sie rannten auf dem Hof hin und her, Fackeln wurden angezündet. Auch als ihn mehrere packten, auf eine Bahre legten und wieder ins Schloss zurücktrugen, kam der Fürst nicht wieder zu sich. Er murmelte und seufzte. Noch tagelang hatte er Fieber, er sprach wirr und klagte über Maden in seinem Kopf. Er weinte nach Angelo, der sich auf Anraten der fürstlichen Ärzte von ihm fernhielt. Der Aufenthalt im Hause Liechtenstein schnürte ihm zusehends den Atem ab. Er musste etwas tun.

Frau von Stegnern bot ihm an, ihn dem Fürsterzbischof Migazzi vorzustellen, der auch die Angelegenheit ihrer Taufe unterstützt hatte, ein kluger Mann, der nicht viel von Formalitäten und Vorurteilen hielt; wenn jemand Angelo raten könne, so sei er es, und er würde ihm auch bei seiner Verehelichung beistehen können. Sie hatte so viel Ironie und beschützende Fürsorglichkeit in ihre Stimme gelegt, wie sie nur konnte, doch Angelos Ohren waren für alle Mahnungen taub. Er hätte die Worte Frau von Stegnerns ohnehin nur als Eifersucht missverstanden.

Die Hochzeit wurde in aller Heimlichkeit im Stephansdom gefeiert.

Migazzi, dem Angelo die Lage geschildert und mit dem er seine Befürchtungen geteilt hatte, erachtete es für besser, die Genehmigung des Fürsten gar nicht erst einzuholen, sie würden sie ohnehin nicht erhalten. Es genüge, wenn der Thronfolger im Bilde sei und die Angelegenheit abnickte. Dafür sorgten die Stegnerns. Angelo stand während der ganzen Zeremonie mit geschlossenen

Augen da, er wollte beim Anblick einer Soutane nicht öffentlich ohnmächtig werden. Als Zeugen fungierten der Hilfskonzipient bei Hofe Franz Gottwald und der Universitätsfechtmeister Karl Freiheit, zwei alte und bewährte Kartenspielpartner, und Magdalena konnte endlich ihr schönstes Kleid auf dem Graben ausführen. Sie versammelten sich am Abend um die Hochzeitstafel am Spittelberg, im Gasthaus zum Steinernen Löwen, wo sich noch einige verbrauchte, vom Alkohol abgestumpfte Frauen aus der alten Lobkowitzschen Zeit herumtrieben, die die leicht überraschte Braut mit ihrer Liebenswürdigkeit umschwärmten.

Am Hof, in den Palais und in den Amtsgebäuden verbreitete sich rasch die Kunde, Angelo habe insgeheim eine Frau. Jeder fand die Geschichte überaus amüsant, wie es schien, war dies eine Wendung, die alle dramaturgischen Ansprüche zufriedenstellte. Die Vorstellung einer in einem Vorstadthaus an der Kette oder im Keller heimlich gefangen gehaltenen weißen Frau, die nächtens vom wilden Neger überfallen, vergewaltigt, ausgepeitscht und erniedrigt wurde, entsprach den allgemeinen Fantasien, endlich konnte man in Gefühlen schwelgen, Recht gehabt zu haben, als man am Tisch beim Abendbrot kopfschüttelnd erzählte: *Ich habe den Soliman auch heute auf der Straße gesehen, bei Gott, früher oder später wird dieser satanische Aff' noch irgendeine große Schweinerei machen!*

Inzwischen wirkte bei Angelo ein ratternder Mechanismus weiter, er bezog seine Kraft aus den neulich eroberten Wörtern und sehnte sich danach, immer tiefer in diesen neuen Kontinent vorzudringen. Seine Freunde erklärten übereinstimmend, noch niemals jemanden gesehen zu haben, der sich so auf den Ehestand gefreut hätte. Angelo verwendete alle seine freie Zeit darauf, das gemeinsame Heim einzurichten, für dieses hatten sie ein Haus mit Garten in der Vorstadt als geeignet befunden. Da gab es einen Apfel- und einen Birnbaum, ein paar Weinstöcke, einen Grünzeuggarten, einen kleinen Keller mit zwei alten, morschen Fässern, unter dem Vordach stand ein Heurigentisch, der Weinheber lehnte im Fenster, vor dem Tor ein Schuhkratzer, unter der Traufe ein Fass für das Regenwasser. Ein himmlisches Reich, ein Heim wie im Märchen. Das Kapital, das die Stegners für Angelo hüteten, und sein Gehalt beim Fürsten reichten aus, um das Haus auf Raten zu erstehen und bequem darin zu leben.

So viel schien genug zu sein, genug der Zeit und auch des Geldes.

Angelo war wunschlos glücklich.

Magdalena bereitete herrliche Speisen zu, einmal wartete Hasenpastete, ein anderes Mal gefüllter Fasan auf Angelo, aus dem Rohr kamen mächtige, duftende Braten, auf dem Tisch reihten sich Saucieren, Kompotte, diverse Senfsorten aneinander. Sie verwöhnte ihn mit Schaumgebäck und Gewürzwein, das Schlafzimmer wurde jede Woche hübscher, neue Vorhänge, seidene Polsterüberzüge, ein plissierter Morgenrock mit Spitzen, Pantöffelchen mit Quasten, Hauben mit Blumenmuster. Blumen standen auch in den Zimmerchen, überall duftete etwas, im Wohnzimmer zwitscherten Kanarienvögel im Vogelbauer. Magdalena stickte wunderbare Zierdecken und Tischdecken, überall gab es Blumen, Ranken, Schmetterlinge und Vögel. Die Freundinnen, mit denen sie ihre Einsamkeit teilte, wenn ihr Mann nicht zu Hause sein konnte, entschwanden gesittet, wenn sie Angelos Schritte im Tor vernahmen.

Jetzt kamen ihm alle Minuten, die er im Palais des Fürsten verbrachte, wie Höllenqualen vor. Die Anfälle Liechtensteins hörten auf, die starken süditalienischen Weine, mit denen er sich kurierte, machten ihn stumpf und langsam. Selten nur erfasste ihn ein schmerzliches Sehnen, dann schmiegte er sich an Angelo, griff ihm in die Hose und flehte um ein wenig Entgegenkommen. Manchmal aber verließ ihn die Begierde schlagartig, er schüttelte sich, blickte sich verwundert um, als wäre der Mann von vorhin gar nicht er gewesen. Er straffte sich, hüstelte und errötete. Er muss einen ständigen inneren Kampf durchgemacht haben, dessen Ziel, Zweck und Sinn nicht zu erfahren waren. Höchstwahrscheinlich war sich der Fürst selbst ein Rätsel. Er war nicht klug genug, um die Ursache seiner Qualen zu ergründen, und manövrierte sich so in ein stetig wachsendes Chaos hinein.

Die Belagerung in Maske dauerte einige Wochen lang.

Die Burschen wussten schon, was zu tun war, wenn sie ihn in Reifrock und roter Perücke zu Angelos Behausung schleichen sahen, durch den taubeglänzten Garten; sie warfen von hinten einen Sack über ihn, banden ihn vorsichtig fest und zwangen ihn ins Bett. Hinterrücks traten sie ihn auch ein bisschen, sie wussten, er würde sich am nächsten Tag ohnehin nicht mehr daran erinnern. Er schrie mit Fistelstimme, sie mögen ihn lassen, sonst verklage er sie beim Fürsten, und dann sei ihr Leben zu Ende. Die Diener machten reuige Mienen, doch ließen sie ihn nicht los.

Nachdem er begriffen hatte, dass er nicht in die Nähe des Schwarzen kommen konnte, änderten sich sein Zustand und seine Zuneigung plötzlich. Angelo interessierte ihn nicht mehr, er klopfte des Nachts nicht mehr an seine Tür und schrieb ihm keine Liebesgedichte mehr, sondern machte einen hübschen Scheiterhaufen mitten in seinem Arbeitszimmer, zündete ihn an und wärmte sich nackt bei den Flammen. Der Rauch ließ ihn zum Glück bald die Flucht ergreifen und die Dienerschaft löschte das Feuer schnell. Am folgenden Tag aber besuchte er unverhofft die Waffenwerkstatt, erkundigte sich über die neuesten Entwicklungen, wohnte dem Gussvorgang einer Versuchskugel bei, empfahl die Zugabe von ein bisschen mehr Schwefel und Phosphor zu einer Explosivladung, und als niemand auf ihn schaute, schob er tückisch eine Kerze unter einen Metallteller voller Schießpulver. Das Ergebnis wartete er beim Ausgang ab, die durch die Tür brechende Explosion schleuderte ihn, wie durch ein Kanonenrohr, gut fünfzehn Meter weiter. Angesengt und mit gebrochenen Rippen rappelte er sich auf und betrachtete zufrieden den Anblick. Ein Teil des Gebäudes war dahin, an den umgebenden Bäumen und auf dem Dach des benachbarten Gebäudes rauchten verbrannte menschliche Körperteile.

Das Leben ist unerträglich schwer!, heulte der Fürst, dabei schlug er um sich und grub die Finger weinend in die Erde.

Seine Wiederherstellung dauerte Monate und der August ging schon dem Ende zu, als er mit Genehmigung seiner Ärzte wieder in der Hofburg erschien.

Er war wütend und suchte in jedem Blick, der ihn traf, wie viel man von den Details seines Irrewerdens wusste. Er brüllte, wenn er sah, dass Kerzen und Feuerzeuge schnell aus seiner Umgebung verschwanden und dass alle entflammbaren Stoffe gerade woanders gebraucht wurden. Selbst Joseph machte sich den Spaß zu sagen, er brenne vor Sehnsucht nach einer feurigen Geliebten. Der Fürst brummelte etwas in seinen Kragen und von da an war kein Sterbenswörtchen mehr aus ihm herauszubekommen. Dies alles amüsierte den Thronfolger so sehr, dass er weitere Gründe suchte, ihn zu foppen; so erkundigte er sich, ob Angelo durch die Heirat denn nicht in seinen Aufgaben als Haushofmeister gehindert wäre. Und wie er gehört habe, sei die frischgebackene Frau Soliman eine feurige Französin, kein Wunder also, dass Angelo neuerdings so angesengt herumlaufe.

Das ertrug Liechtenstein nun nicht mehr weiter, er wandte sich zähneknirschend dem Thronerben zu, seiner Kehle entrangen sich unartikulierte Laute, er hustete und drohte zu ersticken, dann drehte er sich abrupt um und stürmte davon, ohne sich zu verabschieden. Joseph wurde erst Tage später klar, dass er eines Scherzes wegen das ihm anvertraute Geheimnis verraten hatte. Da sprach bereits jeder davon, dass der Fürst Angelo gleich nach dessen Ankunft aus der Hofburg vor Wut heulend überfiel, ihn mit Ohrfeigen eindeckte, ihn einen verräterischen heidnischen Schurken und unzüchtigen Affen nannte, Angelos Habe durch das Fenster warf und das Krokodil derart mit Füßen trat, dass der Bauch des Tieres an mehreren Stellen aufplatzte.

Er verbannte Soliman für immer und ewig aus dem Palais, verbat seinen Höflingen jegliche Unterhaltung mit ihm, entzog ihm das Salär und klagte ihn einer Unzahl von Missetaten an. In der Hofkanzlei aber ahnte man schon, worum es ging, und ließ die Klagen still verschwinden, und auch der Fürst kam später nie wieder darauf zurück.

Angelos Name aber durfte in seiner Gegenwart nie mehr ausgesprochen werden.

Dieser Umstand musste seinen Gästen immer in Voraus bekannt gemacht werden, denn es gab etliche peinliche Zwischenfälle, wenn jemand nach dem allseits bekannten Schwarzen fragte. Dann starrte Liechtenstein den Fragenden verständnislos an und teilte ihm lapidar mit, das müsse ein Missverständnis sein, er habe niemals einen schwarzen Höfling gehabt, man müsse ihn mit Lobkowitz, diesem Trottel, verwechselt haben.

So war Angelo endgültig in dem Leben angekommen, das er sich gewünscht hatte, unter den Spießbürgern der Wiener Vorstadt, in der Welt der Fleischhauer, Kutscher und Wirte, hier beschützte ihn nunmehr keine fürstliche Livree und auch nicht die Aura der Nähe zur Macht.

Er war vogelfrei.

Die Nachbarn, im Norden die Prochaskas, im Süden die Winters, erkundigten sich täglich bei der jungen Frau, ob auch alles in Ordnung sei, dabei sahen sie sich gründlich um, ob sie geputzt habe, ob nicht irgendwo eine vergessene Leiche vermoderte oder ob keine menschlichen Gliedmaßen aus den Töpfen hingen. Sie schnupperten herum, erkundigten sich nach Schädlingen, Ratten, Schlangen, seltsamen Vögeln. Sie wollten unbedingt glauben, dass zu dem gefährlichen Fremden auch gefährliches Getier gehörte. Das Krokodil war der jungen Frau ein Dorn im Auge, sie wusste es stets so einzurichten, dass sie im Kommen und Gehen, beim Kehren und Putzen darüber stolperte, und sie verabsäumte es nicht, sich danach mit schmerzverzerrtem Gesicht die Knöchel zu massieren. Daraufhin verbannte Soliman das Tier auf den Dachboden, wo es jahrelang weiter zerfiel, Mäusen als Nest diente und mit Taubenkot überhäuft wurde. Angelo ging einmal, im 70er-Jahr, hinauf, um es zu säubern, er stopfte Zeitungspapier in sein Inneres und wickelte es in ölgetränkte Tücher, damit die pergamenttrockene Haut nicht zusammenfalle und der mit schweren Schuppen gepanzerte Rücken nicht einreiße.

Er dachte unter Gewissensbissen an das Krokodil, als hätte er ein Kind weggelegt.

Die Nachbarn konsultierten des Öfteren Ärzte, um ganz sicherzugehen, dass der Neger keine Seuchen verbreitete, und sie riefen alle Wochen den Priester, damit er das Haus segne, es mit Weihrauch räuchere und mit Litaneien ansinge. Sie steckten Heiligenbilder und Marienstatuen an ihre Fassaden, besonders das Haus der Prochaskas glich einem Wallfahrtsort. Die Fenster, die zum Haus der Solimans gingen, wurden zugemauert, der Zaun erhöht, alle Türen erhielten zentnerschwere Ketten und Schlösser. Sie legten sich einen größeren Hund zu und reinigten ihre Schießeisen mit vielsagender Gründlichkeit auf der Veranda. Die Kinder lauerten Angelo in den Hauseingängen der Umgebung auf, und wenn sie ihn aus seinem Haus treten sahen, flohen sie kreischend, sie lugten von der nächsten Ecke zurück, ob er sie nicht verfolgte. Vergeblich bereitete Magdalena jeden Tag eine andere Leckerei zu, vergeblich bot sie den Nachbarn Backwaren und kandierte Früchte an, es gelang ihr nicht, ihre Herzen zu erweichen, den Argwohn zu zerstreuen und den Kindern die Lust an üblen Streichen zu nehmen. Sie bestrichen Angelos Klinken mit Hundedreck, warfen seine Fenster mit Steinen ein, hängten seine Katze an der Traufe auf und machten aus der Straße vor seiner Tür im Winter eine Eisbahn.

Doch man gab sich nicht damit zufrieden, dem Paar das Dasein einfach zu verleiden. Die beiden benachbarten Familienoberhäupter hatten sich zusammengesetzt und einen Anwalt auf Soliman gehetzt, der namens seiner Mandanten Geld von ihm forderte, weil wegen seines Zuzugs der Wert ihrer Liegenschaften beträchtlich gesunken sei. Da er nicht gewillt war zu zahlen, verlangten sie als Schmerzensgeld einen Eigentumsanteil aus seinem hinteren Garten. Als er auch dem nicht zustimmte, riefen sie eines Nachts einige Verwandte zusammen und gliederten in aller Stille den Obstgarten mit einem Zaun ihren eigenen Gärten an. Als Soliman sie zur Rede stellte, blinzelten sie nur verständnislos, während die Frauen und der Schwager draußen in der Kammer kicherten. Angelo wollte keine Schlägerei, er hatte schon vor langer Zeit gelernt, dass er der Letzte war, der im Reich Gewalt anwenden durfte. Er ging nach Hause und trank drei Bouteillen Rotwein.

Magdalena lief, von heftigem Schluchzen geschüttelt, hinüber zu den Winters und protestierte gegen die Enteignung, worauf Frau Winter sie eine französische Hure schimpfte, eine Affen fickende Dirne, sie an den Haaren zog und ihr heiß geliebtes himmelblau und apricot gestreiftes Sommerkleid zerriss. Am folgenden Tag versetzte Angelo den Zaun unter Mitwirkung seiner alten Freunde, des Hilfskonzipienten bei Hofe Franz Gottwald und des Universitätsfechtmeisters Karl Freiheit, an seinen ursprünglichen Platz. Prochaska und Winter jammerten daraufhin die Straße voll, welche schreckliche Unbill sie doch erdulden müssten, der Neger hätte sie bestohlen. Seitdem unternahmen sie allerdings nichts mehr gegen ihn, sie waren sich wohl vollkommen sicher gewesen, dass Angelo es nicht wagen würde, den Zaun wieder zu versetzen, und schreckten nun vor seinem Wagemut zurück.

Der jüngere Sohn der Winters, das Hanserl, wollte aus dem Solimanschen Garten eine Birne stibitzen, dabei beugte er sich zu weit über den Zaun, stürzte und brach sich den Arm. Als er seinem Vater erklären musste, wie es zu dem Unfall gekommen war und wie er überhaupt nach drüben gelangt sei, log er ohne mit der Wimper zu zucken, der Schwarze habe ihn mit Süßigkeiten hingelockt, und als er zum Zaun gekommen sei, habe er ihn auf einmal mit übermenschlicher Kraft über den Zaun gezogen. Höchstwahrscheinlich habe er ihn fressen wollen, denn er habe den Mund weit aufgerissen und außerdem habe er schon Messer und Gabel bei sich gehabt, doch habe der Kleine so laut geschrien, so tapfer gekämpft, dass er ihm schließlich nur den Arm brach, dann habe er fliehen können.

Am frühen Morgen qualmte es aus dem hinteren Gebäude, wo das Brennholz und die Wintergarderobe des Paares lagerten, bald schlugen auch Flammen empor. Die ganze Straße lief zusammen, jeder hatte einen Kübel in der Hand und das Feuer wurde gelöscht, noch bevor es sich hätte ausbreiten können. Für Angelo jedoch war es ganz klar, sie konnten weiter nicht bleiben.

Jetzt wussten sie, was sie bei der Auswahl ihres nächsten Heimes bedenken mussten.

Angelo verbrachte ganze Wochen mit der Suche nach einem Haus, er kutschierte in die Vorstädte, in vor diesen liegende Dörfer, wo die Spuren des städtischen Lebens kaum mehr auszumachen waren oder gar ganz fehlten. Indem er sich immer weiter von der Stadt entfernte, immer tiefer unter die Bauern kam, konstatierte er eine immer kindlichere Bosheit, ein immer verwirrteres Befremden, gepaart mit Abscheu. Man hielt ihn immer weniger für einen Menschen und zeigte sich immer geneigter, ihn sofort umzubringen. Die Tore schlossen sich, die Fensterläden wurden zugeknallt, die Vorhänge vorgezogen und hinter den Apfelbäumen, die den Weg säumten, bewachten Bauern mit gezückten Messern alle seine Schritte.

Erstickt floh er in die Stadt zurück, zu den gewohnten Feinden.

Er musste einen Ort finden, an dem die Regeln der Stadt noch galten, wo es aber keine neugierigen Nachbarn gab. Die Lösung kam von Gottwald: Ein Junggeselle in der Verwandtschaft seiner Tante, der die Abgeschiedenheit liebte, war verstorben, sein Nachlass erstreckte sich auf ein Haus im Norden der Innenstadt. So kamen sie an den nördlichen Rand des Alsergrundes, wo Schmiede, Fassbinder und Wagner ihre Werkstätten betrieben. Das Haus am Alsergrund grenzte an der einen Seite an ein Bachufer, wo sich auf einer Breite von zehn Schritten eine Gänseweide hinzog, auf der anderen Seite stand eine Schmiedewerkstatt, in der nur am Tage gearbeitet wurde, als Nachtwächter blieb nur ein hinkender Buckliger dort, der sich meistens bis zur Ohnmacht niedersoff. In der Umgebung wohnten Kutscher, Lakaien und Pferdejungen, die in der Stadt arbeiteten und Angelo zumeist schon vom Sehen her kannten, und er war bestrebt, sich so selten wie nur möglich zu zeigen.

An den Vormittagen spazierte er in der Stadt herum, er besuchte Märkte und saß in Kaffeehäusern, las die Zeitungen und sah sich in Buchhandlungen um, in welchen er die neueste Literatur kaufte. Oft blieb er stehen, um sich zu unterhalten, er wechselte gern ein paar Worte mit interessierten Fremden. Angelo beobachtete die Menschen am Graben, er versuchte herauszufinden, wer in welcher Angelegenheit unterwegs war. Da ihn auch ein jeder anstarrte, selbst der, der ihn schon mehrmals gesehen hatte, fiel es nicht auf, dass er die Leute direkt ansah, und fühlte sich jemand dadurch belästigt, entschuldigte er sich und gab sich Mühe zu erklären, dass ihn nur die Neugier dazu getrieben habe.

Je länger er die Menschen beobachtete, desto mehr empfand er qualvoll, sie nicht zu kennen, denn immer wieder verblieb eine nicht deutbare Geheimschrift in der Tiefe ihrer Züge und Charaktere, die vielleicht ihnen selbst unbekannt war. Die Sorge, auch er bliebe sich selbst für immer ein ungelöstes Rätsel, nagte an ihm. Er spürte, etwas fehlte, etwas musste er noch verstehen, er musste gewisse Zusammenhänge noch begreifen, denn das gesamte Bild konnte nicht so zerhackt und unzusammenhängend sein. In der Tiefe seiner Seele hockte der Hunger, ein Mangelgefühl, das ihn antrieb und nicht ruhen ließ. Er wusste nicht, womit diese Leere zu füllen wäre. Er fing an, die Geschichte Afrikas zu schreiben, besuchte Bibliotheken, wandte sich um Rat an die Koryphäen der Geschichtswissenschaft, doch bald musste er erkennen, es gab einfach nicht genügend Quellen, die er zur Arbeit benötigte, also schob er seine Aufzeichnungen unlustig hin und her, maß die Landkarten mit den Augen, diese aber boten ihm mit Ausnahme der Küstenlinie lediglich eine weiße Leere und Tiere, die der Fantasie entsprungen oder nach antikem Muster nachgezeichnet waren, Giraffen mit Schwimmfüßen oder Zebras mit Löwenhäuptern.

Irgendwo in dieser verzweiflungsvollen Leere lag seine Heimat, im weißen Vakuum von tausend, zehntausend, hunderttausend Quadratmeilen. Das aber konnte er schwerlich schreiben, nichts davon, was er dachte und fühlte, konnte er schreiben, ohne unendlich lächerlich zu wirken. Wer in der Terra incognita geboren wurde, dürfte theoretisch gar nicht existieren. Als Entdecker, an der Spitze einer Flotte, dann einer Armee, mit den Waffen eines Eroberers, der die Fahne der Kaiserin auf die Anhöhen des unterworfenen Landes steckte, wie er dereinst mit Lobkowitz leichthin scherzend fantasiert hatte, das wäre die einzige Möglichkeit, in dieses Unbekannte vorzudringen, das ja zum Teil ihn selbst ausmachte. Sich selbst könne er auch nur mit dieser Expeditionsarmee erobern, welche unendliche Ironie, welch bizarrer Widerspruch in sich! Von welcher Seite er sich dem Problem auch annäherte, stieß er an unauflösbare Widersprüche, an unüberbrückbare, groteske Begriffsverwirrungen. Also gab er seinen Plan auf, manchmal fuhr er noch mit dem Finger die Küstenlinie des Kontinents entlang, der ihn an einen Affenschädel erinnerte, so weit sich der Erforschungsdrang, die Schifffahrt und die Gewinnsucht vorgewagt hatten. Des Abends saß er mit Gottwald und Freiheit gelangweilt vor einem Glas Rotwein, die beiden suchten seinen Missmut mit Wirtshausweisheiten zu zerstreuen, von dort kam er öfter erst im Morgengrauen zu seiner immer unzufriedener werdenden jungen Frau nach Hause.

Eines Nachts, als er heimwärts unterwegs war, hielt ihn eine betrunkene Gesellschaft auf.

Sie tasteten ihn ab, drückten seinen Kopf in eine Pfütze, um ihm die Farbe abzuwaschen und ihn so zu entlarven, und als sie erkannten, dass er wirklich schwarz war, sahen sie recht kleinmütig drein. Einer von ihnen sagte etwas von einem Wunder, wie sei es denn möglich, dass er jetzt hier sei, wo sie ihn doch vor einer halben Stunde bei Schönbrunn halbtot geschlagen hätten? Sie traten ausgenüchtert und bleich zurück und verschwanden in der Dunkelheit. Angelo verstand nicht, was sie von ihm wollten, erst nach einem Jahr löste sich das Rätsel.

Magdalena hatte zwar eingesehen, dass sie umziehen mussten, doch war es ihr unmöglich, das neue Haus lieb zu gewinnen. Es lag zu weit weg von allem, in der Schmiede machte man den ganzen Tag lang Krach, gegenüber wurde an Fassdauben gehämmert, weiter weg schnitten Arbeiter Bretter mit einer großen Gattersäge. Von der Gänseweide her schnatterten die Gänse. Das grobe Hofieren der Schmiede- und Fassbindergesellen machte sie wütend. Mussten ihre Freundinnen sie einmal besuchen, rümpften sie die Nase. Sie verstanden ihr eigenes Wort nicht, so laut schlugen die Hämmer auf die Ambosse, so geräuschvoll ächzten die Blasebälge. Sie ging immer öfter mit Angelo mit, sie besuchten zusammen die Innenstadt, wo sie Spaziergänge unternahmen, sich in ein Kaffeehaus setzten, wortlos durch das Fenster blickten und in ihrem Kaffee herumrührten. Magdalena lief ab und zu zum Plaudern in das Geschäft einer Putzmacherin, wo sie dann stundenlang verblieb. Angelo war ungeduldig, doch vermochte er nicht zu sagen, was er eigentlich wollte. Sie behinderten einander gegenseitig, eins wollte immer etwas anderes als das andere.

Angelo blieb immer öfter bei Frau von Stegnern, sie lagen den ganzen Tag in Opiumrauch gehüllt auf dem Bett. Die Frau hatte Schmerzen beim Verkehr, was ihr die Lust verleidete, stattdessen bot sie Angelo ihren Anus an. Sie hoffe, sagte sie lachend, das werde ihn nicht an den Fürsten Liechtenstein erinnern. Im berauschten Lachen erschien Angelo alles plötzlich unfassbar weit entfernt, Lobkowitz und Liechtenstein, als hätte er die beiden nur in einer Gemäldegalerie gesehen.

Die Frau erzählte, sie habe unlängst in Schönbrunn während eines Spaziergangs im Tiergarten ein lähmendes Erlebnis gehabt. Für eine Sekunde war ihr, sie hätte Angelo im Gehege der Elefanten gesehen, wo er Heuballen herumschob und dabei affenartige Töne von sich gab, um das Publikum zu amüsieren. Sie habe ihm sogar zugerufen, Angelo, Angelo, woraufhin der Schwarze ihr das Gesicht zugewendet habe. Da habe sie gesehen, dass es nicht Angelo war, sie habe nachgefragt und erfahren, dass tatsächlich noch ein Afrikaner in die Stadt gekommen sei, ein Tierpfleger in Schönbrunn, der die deutsche Sprache fürchterlich radebrechte, zudem ein berüchtigter Wirtshausraufer und guter Tänzer war.

Angelo erkannte verstört, dass ihm diese Nachricht Unbehagen bereitete. Er wollte sich nicht so sehen, als brauche er zum Glücklichsein das Wissen, der einzige

Schwarze in einer weißen Stadt zu sein, doch schien es, als könnte er nicht einmal dieser Falle entgehen.

Seine Laune verdüsterte sich.

Magdalena erklärte zu Beginn des Frühlings und der Ballsaison, ihre Garderobe habe sich erschöpft, ihr Kasten sei voller unmodischer, abgetragener Sachen, sie habe nunmehr genug, sie sehe aus wie ihre eigene Großmutter, Angelo möge ihr neue Kleider kaufen. Und Schuhe würde sie auch brauchen, drei oder vier Paare, ja, und die dazu passenden Hüte. Und einen Umhang, einen Mantel, Schals und die neuartigen Kolliers, die heutzutage jede Frau trage. Und neue Möbel müssten auch her, eine Garnitur Trinkgläser und eine Anrichte. Vorhangschnüre. Ein Kanarienvogel. Ein versilbertes Funkenschutzgitter. So sei das kein Leben.

Angelo erkannte, dass er sein Geheimnis nicht länger verborgen halten konnte. Bis jetzt tat er vor sich selbst so, als könnten sie sich kein luxuriöseres, bequemeres Leben leisten. Vom ersten Augenblick an achtete er darauf, die volle Summe seines Gewinnes vor jedem zu verschleiern. Selbst seinen besten Freunden klagte er von Anfang an, seine beträchtlichen Schulden abzahlen zu müssen, seitdem beim Kartenspiel gar so viel verloren zu haben, und außerdem überhaupt nicht so viel gewonnen zu haben, wie in Frankfurt kolportiert worden sei, das hätten lediglich seine Feinde erfunden, in Wirklichkeit habe er bloß zehntausend Gulden gewonnen, davon aber am selben Tag an einem anderen Spieltisch gleich wieder fünftausend verspielt. Einzig Frau von Stegnern wusste, wie viel Geld er genau besaß, und sie allein wusste, warum Angelo es vor jedem geheim hielt. Dieses Geld stellte für Angelo ein Buch dar, das alle Antworten auf seine Fragen enthielt, doch wagte er nicht, es aufzuschlagen, um nicht einer schmerzlichen Wahrheit gegenüberzustehen. Jeder einzelne der achtzehntausend Gulden war ein Unterpfand der Zukunft, sie enthielten Geheimnisse und Geschenke, Freuden und Perspektiven. Zudem warf die Summe von Tag zu Tag Zinsen ab.

Sie hatten das erste und dann das zweite Haus aus Magdalenas Erbe und Angelos Geld bezahlt, das er angeblich im Verlauf seines langjährigen Dienstes kleinweise, mit großem Fleiß und ebensolcher Enthaltsamkeit zusammengespart hatte. Diese Erklärung gefiel Magdalena, die ihrer Natur so fremde Askese fand sie bewundernswert, sie sprach auch von den selbstquälerischen Heiligen der Kirche voller Bewunderung, verlor gern ein paar Tränen über deren Geschichten und warf immer Geld in die Opferstöcke. Angelo bestritt konsequent allen Klatsch der Stadt über seinen märchenhaften Gewinn und flunkerte seiner Frau vor, er habe zwar gewonnen, von seinem Gewinn aber Schulden abbezahlt, und einen Teil habe er jemandem geliehen, der Teufel allein wisse, ob er das jemals zurückbekomme.

Jetzt aber gewahrte er eine Veränderung bei seiner Frau.

Der Grundrhythmus hatte sich geändert, das Leben war schneller geworden. Als Magdalena über nichts anderes mehr zu sprechen gewillt war als über die ersehnten Kleider und Schmuckstücke, erklärte Angelo, etwas vom verliehenen Geld zurückbekommen zu haben, nun könnten sie es sich schon leisten, großzügiger einzukaufen.

Frau von Stegnern verzog missbilligend den Mund, als Angelo nach verlegenem Herumreden hervorbrachte, eine gewisse Summe abheben zu wollen. Sie ließ den Mann nicht ruhen, bis er das Lügen aufgab und detailliert über die Veränderung in Magdalenas Gemüt berichtete.

Die Frau ermahnte ihn eindringlich, Magdalena würde altern, einmal sei sie schon verwitwet, sie würde nicht weggehen. Er möge sich nicht in Unkosten stürzen, er sei noch keine fünfzig, er habe viel Zeit, noch viel Zeit vor sich. Wenn Magdalena bisher noch nicht geboren habe, würde sie das offensichtlich auch weiterhin nicht tun, sie sei höchstwahrscheinlich unfruchtbar, wofür Angelo seinem Schöpfer danken müsse. Was für ein Leben hätte denn hier ein kaffeebraunes Kind? Er möge Geduld beweisen, Magdalena würde sich beruhigen und sich mit dem bescheiden, was ihr vergönnt sei. Gut, sie mögen Schuhe kaufen, aber nicht vier, sondern nur ein Paar. Und ein Kleid, einen Hut. Den Schmuck dürfe er getrost vergessen, das sei alles Pofel, überteuert und wertlos.

Frau von Stegnern hatte sich aber getäuscht, nicht in Magdalena, sondern in Angelo. Ihn hatten viele kleine Fehlschläge so weit gebracht, dass ihm auf einmal der alte Mantel zu eng schien, er meinte, er müsse ihn abwerfen, um frei atmen zu können.

Er hob tausendzweihundert Gulden ab, das waren zwei Jahresgehälter in der Zeit bei Liechtenstein, und begab sich mit Magdalena auf Einkaufstour. Sie suchten die besten Schneiderinnen auf, die teuersten Schuhmacher und den berühmtesten Juwelier. Nachdem sie sich eingekleidet hatten, auch Angelo kaufte sich einen hohen Hut nach der neuesten Mode, eine kanariengelbe Hose, einen Überzieher, diverse Schals, Spazierstöcke und Schuhe, fuhren sie auf eine Woche nach Karlsbad. Dann blieben sie noch eine Woche. Sie tanzten auf Bällen in ganz Böhmen, dann besuchten sie die nahen deutschen Fürstentümer und machten eine Schiffsreise auf dem Rhein.

Als sie im Herbst, leicht rundlich geworden, wieder zu Hause waren und in ihren neuesten Kleidern prunkend die Straße entlanggingen, tauchte vor ihnen eine bizarre Figur auf.

Angelo starrte den Menschen an, so etwas hatte er in Wien noch nie gesehen. Mehr noch, er hatte noch nie so etwas gesehen. Für einen Augenblick drehte sich die Welt mit ihm. Er blickte sich verstohlen um, ob die anderen wohl auch sahen, was er sah. Er zwickte sich in den Arm, nein, es war kein Traum. Der vor ihm umherspringende und grinsende Kerl war genauso schwarz wie er. Ein wenig dünner, ein wenig größer, ein wenig jünger, doch hatte er eine genauso blauschwarze Haut wie er, seine Augen waren ebenso geädert, die Zähne leuchteten, das Zahnfleisch war zu sehen, die Handflächen waren heller, genau wie bei ihm. Er trug abgewetzte Kleider, wie die Kutscher aus der Vorstadt oder die Verladeburschen aus dem Hafen. Er roch sauer, nach Exkrementen, als wäre er eben erst aus einem Haufen Dung gekrochen. Er schwang sich hin und her wie ein Affe, produzierte Affenlaute, hockte sich nieder und sprang wieder auf, griff wie ein Schimpanse nach Angelo. Es war klar zu sehen, jede seiner Bewegungen diente einem einzigen Zweck: Angelos Affenartigkeit zu karikieren.

Der Mann ahmte die Affengesten mit den gleichen Bewegungen nach, hampelte mit krummem Rücken und geknickten Knien wie die jungen Kerle, die Angelo immer verspotteten. Da war also der andere, der Tierpfleger aus Schönbrunn, von dem Frau von Stegnern erzählt hatte. Er war in Angelos Abwesenheit doch nicht verschwunden.

Magdalena wich erschrocken zurück, indessen packte der Schwarze Angelos Revers, riss ihn an sich und zischte ihm Flüche ins Gesicht. Dass er ihn endlich erwischt habe. Er habe den auf Herrenart paradierenden nichtsnutzigen schwarzen Teufel erwischt, den warmen Affen, den Arschlecker der Fürsten, um dessentwillen er so oft verdroschen und verspottet wurde, um dessentwillen er so viel an Erniedrigungen schlucken musste. Zuerst habe er gar nicht geglaubt, dass der existieren würde, er meinte, man triebe Schabernack mit ihm, als man ihn im Tiergarten mit Angelo ansprach, weil er nicht Angelo war, er war Angiola, Pietro Angiola! Er war kein dahergelaufener Niemand, sondern Angestellter des kaiserlichen Tiergartens, ein arbeitsamer, geachteter Mensch, kein Affenkasperl wie Angelo!

Er zog ein Messer, doch griff er nicht an, er stand nur da und ließ die Klinge durch die Luft pfeifen. Bis dahin hatte sich bereits eine richtige Menschenmenge um sie herum versammelt, die einen spotteten und feuerten sie an, einander doch endlich zu massakrieren, andere riefen besorgt nach der Stadtwache. Schließlich hatte Pietro genug, er steckte das Messer in die Tasche und lief davon. Angelo blieb allein in der lästernden, johlenden Menge zurück, bis ihn Magdalena in eine Nebengasse schleifte.

In der Nacht träumte er vom unseligen Spiegelbild, das ihn anfiel. Als wäre das er selbst, in einer veränderten Gestalt, der alles Menschliche fehlte. Im Traum konnte das Spiegelbild nicht sprechen, es stammelte und stotterte, es versuchte mit seiner ungelenken Hand einen kleinen Löffel zu fassen, mit dem man im Kaffeehaus den Kaffee umzurühren pflegte. Dann sprang es Angelo weinend an, zwickte und biss ihn und versuchte ihn zu vergewaltigen.

Magdalena holte Angelo aus seinem Albtraum, sie brachte Wasser herbei und machte ihm Umschläge. Er konnte nicht mehr weiterschlafen, verlangte nach Glühwein und hockte den ganzen Tag benommen zu Hause herum, er hörte dem Klingen der Hämmer zu, unterlegt mit dem Schnattern der Gänse. Klingen und Schnattern,

Klingen und Schnattern. Der Blasebälge ächzten, die Ganser zischten.

Bis dorthin aber hatten sie schon eine Menge Geld ausgegeben.

Sie waren mit so vielen neuen Sachen nach Hause gekommen, dass sie kaum mehr Platz hatten. Angelo kaufte Statuen, Stiche und Ölgemälde, Atlanten und historische Werke, Reisebeschreibungen. Endlich war sein Bücherregal voll, die Klassiker hatte er in der Schmuckausgabe erstanden, in vergoldetes Leder gebunden. Rechts oben stand die marmorne Büste Homers, links glänzte jene des Cicero. Er hatte sich auch eine sehr wertvolle Pfeifensammlung angeschafft, jede Pfeife besaß einen silbernen Deckel und ein Mundstück aus Bernstein. Auch einen riesigen, detailreichen Globus hatte er sich geschenkt, auf dem das Innere des afrikanischen Kontinents von Schwarzen mit Baströckchen und Straußenfedern als Kopfschmuck bevölkert war. Die Frauen standen mit blankem Busen da, die Männer hielten Lanzen in der Hand, die Kinder ritten auf Krokodilen. Auf den Wogen des Meeres blähte der Wind die Segel von Handels- und Kriegsschiffen. Walfische stießen Fontänen in die Luft. Die Schweizer Meister hatten den Globus mit ausgezeichneten Lagern versehen, drehte man ihn einmal ordentlich, so rotierte er gute zehn Minuten. Magdalenas kleiner Sekretär mit den vielen Schubfächern, mit Perlmutt-Intarsien verziert, füllte sich mit Schmuckkästchen, in denen auf samtenen Pölstern edelsteinbesetzte Ringe, an goldenen Ketten hängende Gemmen, Broschen, Diademe und Ohrringe ruhten. Ins Geheimfach, dessen Mechanismus nur Angelo und ihr bekannt war, kam eine erotische Statuette, ein silberner Priapus mit erigiertem Phallus, der angeblich von hundert Jahren in einem Kessel voll anderer Schätze aus dem Rhein gefischt worden war. Angelo zahlte zweihundert Gulden, um die Arbeit römischer Meister in den Händen halten zu dürfen und durch die Berührung das Treffen mit dem längst vergangenen Reich persönlich zu machen. Er gestand mir dort verlegen, in der Fensternische des Hauses an der Freyung, während wir auf die wogende Menschenmenge am Platz hinunterschauten, dass sein Arbeitszimmer zu dieser Zeit bereits eine Miniaturausgabe des Lobkowitzschen Arbeitszimmers war, wie ein formvollendetes Puppenhaus mit einer einwandfreien Negerpupe darin.

Die letzten Monate bezahlten sie bereits aus Krediten, sie mussten ihre Schulden dringend begleichen.

Angelo klopfte mit schlechtem Gewissen und gesenktem Blick bei Frau von Stegnern an.

Er hätte sich geradewegs an ihren Sohn, den jungen Bankier, wenden können, doch wollte er die Frau nicht damit beleidigen, dass er sie umging. Er musste fühlen, dass er Unrecht getan hatte. Er brauchte es, von der Frau getadelt zu werden. Während er vor der Tür darauf wartete, eingelassen zu werden, grübelte er darüber nach, dass auch das Wissen, Schuld auf sich geladen, gegen seine Prinzipien und gegen seine Interessen gehandelt zu haben, ein Teil der Freiheit sei. Nun wollte er den Kelch dieser Erfahrung bis zur Neige leeren, alles ganz auskosten, wie sich das anfühlte, in Schuldbewusstsein zu ertrinken, weil man das Unterpfand seiner eigenen Zukunft verprasst hatte. Er nahm sich vor, nachdem er hier geendet hatte, ins Wirtshaus zu gehen und sich zu betrinken. Er klopfte noch einmal. Keine Antwort. Dann überlegte er, ob Frau von Stegnern möglicherweise zu viel Opium geraucht habe und eingeschlafen sei, also ging er um das Haus herum und versuchte es von der kleinen

Gasse durch die Hintertür, von da hörte man das Läuten im Schlafzimmer besser. Ein Arzt kam durch die Tür herausgeeilt, den er vom Sehen gut kannte, noch von den Jahren bei Lobkowitz, als er einen guten Teil seiner Zeit in Krankenhäusern verbrachte. Statt eines Grußes murmelte der Arzt nur etwas und schritt eilig an Angelo vorbei. Die Tür blieb hinter ihm offen.

Angelo lief in den ersten Stock hinauf, trat ins Zimmer und blieb verdutzt stehen.

Drinnen standen gut ein Dutzend jüdische Frauen und Männer um das Bett herum. Sie trugen ihre Festtagsgewänder und Mützen aus Otterfell, sahen Angelo nur kurz an und richteten ihre Blicke wieder auf das Bett, auf dem sich Frau von Stegnern hin und her warf.

Ihre Arme waren qualvoll angespannt, die Adern an Armen, Beinen und Hals traten hervor. Sie sackte zusammen, Blut trat aus ihrem Mund, dann setzte sie sich plötzlich wieder auf und schüttelte den Kopf, das Blut spritzte herum. Die Leute um das Bett wischten sich ab. Frau von Stegnern fiel kurz auf das Bett zurück, es schien, sie würde sich beruhigen, dann ließen sie die Krämpfe in ihrem Leib wieder zusammenfahren. Das Kleid rutschte über ihren nackten Bauch hinauf und Angelo erblickte bestürzt die mächtigen, kindskopfgroßen Geschwülste, die ihre Gebärmutter und den Bauch von innen zu sprengen drohten.

Ihm waren diese formlosen, bleichen, an Pilze erinnernden Tumoren von den Spitälern und Obduktionsräumen her wohl bekannt, die mit ihrem tückischen Wachstum dem Körper die Lebenskraft entzogen, die Organe zerrissen, den Schädel platzen ließen, die Luftröhre verstopften und die Lungen in Besitz nahmen. Oft genug besah er sich mit seinen Freunden aus der Medizin die Präparate in ihren gläsernen Behältern, sie überlegten, welches Wesen, welche Gestalt, welche Funktion die Natur damit erschaffen wollte und dann unfertig verwarf, wie ein Kind eine Tonfigur, derer es im Spiel überdrüssig geworden ist. Der Krebs, an dem er so viele Menschen hatte sterben sehen, wuchs jetzt im Körper Frau von Stegnerns, rätselvoll und ziellos, wie ein satanischer Embryo.

Die Frau war kaum bei Bewusstsein.

Man hatte ihr in den vergangenen Tagen so viel Laudanum verabreicht, dass sie weder die Außenwelt noch die Zeit wahrnahm. Sie lag auch jetzt nur benommen da, atmete kaum, dann warf sie sich hoch, als die Schmerzen sie in Wellen überfluteten, sie wälzte sich kurz im Bett herum, dann verharrte sie in ihrer vorigen Lage. Eine Alte wischte mit einem nassen Tuch Blut und Exkremente auf, mit einem anderen trocknete sie den Schweiß vom Gesicht der Sterbenden.

Angelo trat an das Bett, beugte sich über die Frau, deren Augen sich bereits nach oben verdreht hatten. Er küsste sie auf die Stirn.

So sah er sie zum letzten Mal.

Einen Tag später entnahm er seinem Konto im Bankhaus Karl von Stegnerns viertausend Gulden, danach verblieben ihm noch zehntausend. Er beglich seine Schulden, zahlte die restlichen Raten für die in vergoldetes Leder gebundenen Klassiker und kaufte zwei Flaschen Cognac. Als er zu Hause angekommen war, sah er das Zimmer voller aufgehängter Weißwäsche, sogar auf dem Globus hingen zwei seidene Höschen. Magdalena hatte Großwaschtag gemacht, wegen des rußigen Rauches der Schmiedeessen und des ständig fliegenden Sägemehls die Wäsche aber nicht draußen aufhängen können. Schon seit Tagen hatte sie ohne Pause gewaschen, geputzt und Ordnung gemacht, als wollte sie ein für alle Mal alles sauber bekommen. Sie hielt Angelo vor, seit Tagen nicht mehr mit ihr gesprochen zu haben, und ermahnte ihn, doch netter zur Mutter seines Kindes zu sein. Soliman verstand das Wesentliche des Satzes und der Zurechtweisung erst Minuten später.

Kind? Welches Kind? Magdalena war doch unfruchtbar!

Magdalena zuckte die Achseln. Das war ihre bewährte Antwort auf die Fragen der Natur und des Daseins, aber auch auf die der täglichen Zwistigkeiten. Bis jetzt hatte es kein Kind gegeben, nun aber gab es eines. Was war denn daran so verwunderlich?

Angelo suchte seine Medizinerfreunde auf, die er in den letzten Jahren ziemlich vernachlässigt hatte; aber auch die zuckten nur die Achseln.

Er setzte sich in der Nacht an seinen Schreibtisch und rechnete flink aus, wenn es ein Sohn wäre, dann könnte er mit vierzehn schon als Lehrling Geld verdienen, mit jährlich siebenhundert Gulden gerechnet, würde ihr Geld reichen, wenn auch mit Ach und Krach. Käme aber ein Mädchen zur Welt, wäre die Lage hoffnungslos. Dann hülfe die Genügsamkeit nicht, selbst wenn sie das Haus verkauften und sich in ein einziges Zimmer pferchten, würde das Geld nicht bis zu ihrem achtzehnten Geburtstag reichen. Bis sie heiraten würde. Wenn eine halbe Negerin ohne Mitgift überhaupt an den Mann zu bringen wäre.

Er entschloss sich, seine Besorgnis nicht mit seiner Frau zu teilen. Offenbar hatte sie das alles auch schon ohne ihn bedacht, wozu sollte er sie zusätzlich beunruhigen. Und wenn sie das nicht bedacht hatte, nun, umso besser. Am folgenden Tag suchte er einen Tischler auf, kaufte eine einfache, schmucklose Wiege und stellte sie ins Schlafzimmer.

Jahre später, als er am Tag seiner Aufnahme in der dunklen Kammer beim Licht einer einzigen Kerze saß, fielen ihm auf einmal diese Momente ein.

So zum Beispiel der Augenblick, als er die Wiege im Zimmer aufstellte, als er diese das erste Mal schaukeln ließ und als er in der Nacht desselben Tages auf das Brückengeländer gestützt in das schwarz dahinströmende Wasser der Donau starrte. Das Wippen der Wiege und das Wogen des Wassers bedeuteten für ihn damals dasselbe, nämlich die Zeit, die er mit seiner Anwesenheit unwiderruflich ausgefüllt und dadurch, dass er zur Existenz eines anderen Menschen beigetragen hatte, unwiderruflich durcheinandergebracht hatte.

Das hätte er nicht tun dürfen.

Dieses Kind hätte nicht gezeugt werden dürfen.

Dieses Kind wird zum Leiden, zum Unglücklichsein, zum Unheil geboren werden.

Er blickte auf das schwarz strömende Wasser und dachte, würde er sich jetzt über das Geländer stürzen und ertrinken, fänden Fischer irgendwo unter der Stadt auf den Sandbänken seinen Körper. Den würde man nicht so behandeln wie die Leichen der anderen unglücklichen Menschen, die der Fluss im Süden freigab und die man in aller Schnelle im Sand des Ufers begrub, seinen Leichnam würde man unter entrüstetem Spott in die Stadt zurückbringen und öffentlich zur Schau stellen. Sein Körper würde ihn sogar der Namenlosigkeit, der Möglichkeit des unbemerkten Verschwindens berauben.

Er konnte nicht zum Verschwinden, zum Aufhören gebracht werden.

Sein Körper, der ihm bisher seine Außerordentlichkeit und Ausgenommenheit zugesichert hatte, der ihn einerseits zu einem Ausgestoßenen, andererseits zu einem Herausragenden, einerseits zu einem Erniedrigten, andererseits zu einem Außerordentlichen gemacht hatte, wurde in diesem Augenblick zu seinem Feind. Zum Initiator und Schöpfer eines fremden Lebens, zu dessen Teil und Eigentum.

Angelos Körper wandelte sich so vom Spielzeug und Ziergegenstand zum väterlichen Körper, zu einem, der nicht mehr sich selbst gehörte, sondern seinen Konsequenzen.

Magdalena ertrug die Schwangerschaft mit einer selbstverständlichen Natürlichkeit und diese Natürlichkeit kam Angelo eher als ärgerliche Fühllosigkeit und Gleichgültigkeit vor. Sie verhielt sich zu ihrem eigenen Körper und zu dem darin sprießenden Keim wie zu ihren eigenen Exkrementen, derer sie sich täglich mit ihrer heiteren Gesundheit entledigte. Sie verplapperte sich einmal, sie habe in ihrer Jugend schon einmal abgetrieben, doch auch dieser Satz enthielt weder Mitgefühl noch Reue. Angelo kaute noch tagelang an dem Wort Abtreibung, er versuchte, möglichst viele Details von seiner Frau zu erfahren, doch Magdalena zuckte nur die Schultern. Sie verstand nicht, was daran so wissenswert sei. Sie hatte gar nicht hingeschaut. Sie hatte gar nichts gesehen. Man hatte sie betrunken gemacht, aber auch in diesem Zustand habe sie vor Schmerzen geschrien.

Angelo lüftete seinen brummenden Schädel mit einem Stadtspaziergang aus, er versuchte, seine Unruhe zu besiegen.

Er bemühte sich, sich die Zukunft in aller Deutlichkeit vorzustellen, um darin etwas zum Anhalten zu finden, doch war er nicht fähig, sich vorzustellen, wie sie das Heim mit einem Kind teilen sollten. Wie er sich auch anstrengte, er sah sich einfach nicht als Vater. Was würden sie tun? Fangen spielen? Oder Ball spielen? Und was war mit dem Globus? Und mit den Büchern? Alles musste weiter nach oben umgesiedelt werden.

Er sprach dann nie wieder mit Magdalena über Geld.

Die Frau tat, als gehörte dieser Teil des Lebens von nun an nicht mehr zu ihr. Ihr Bauch nahm zu, sie kaufte sich immer weitere Kleider, neue, bequeme Schuhe für ihre verdickten Knöchel. Angelo konstatierte eines Morgens verwundert, dass sich die Haare der Frau verändert hatten, die Locken drehten sich anders, das Haar wurde fülliger. Ihre Lippen wurden fleischiger, ihr Kinn fester. Ihre Augenfarbe wechselte von grünlichblau zu grau, ihr Blick wurde ausdruckslos. Pigmentflecken erschienen an ihrer Haut. Sie roch anders. Das war nicht mehr die Frau von früher.

Nur einkaufen ging sie noch immer so gern wie die Magdalena von früher.

Sie erstand noch eine Garnitur Porzellan, weil sie so günstig angeboten wurde, und noch eine Garnitur Damasttischdecken und Überzüge, wegen der schönen Farbe. Angelo wagte keinen Mucks. Seitdem ihr Umfang sich verändert hatte, hatte sich auch in ihrem Gesicht etwas verschoben, als wäre sie gar nicht mehr die Frau, in die er sich seinerzeit verliebt hatte, und Angelo vermochte ihr nicht mehr zu widersprechen. Magdalena war jetzt schon eine andere und mit dem Kind in ihrem Inneren wurde sie noch sonderbarer, noch fremder, eine Magierin höheren Grades.

Zwischen ihnen war ein neuartiges Verhältnis entstanden. Angelos Stimme wurde immer leiser und verhaltener, Magdalena aber sprudelte nur so, sie sprach über alles, gern stundenlang, über die Mauser bei den Kanarienvögeln genauso wie über die Liebeswirren ihrer Freundinnen. Angelo bewegte sich vorsichtig und unbehaglich in diesem Wasserfall der Wörter, er versuchte ihm möglichst auszuweichen.

Für die letzten zwei Wochen hatten sich zwei Freundinnen einquartiert, Angelo musste sich in das Kabinett neben der Küche zurückziehen, wo sie Bettzeug und Gewand zum Wechseln hielten. Der Frost kam und auch der erste Schnee, Angelo wärmte sich bei dem kleinen, rauchenden Ofen, er las. Er wollte die Geburt nicht verpassen.

Er befürchtete, sein Kind würde sich vor ihm ängstigen.

Es würde sich ängstigen, wie die Kinder auf der Straße, in den Parks, in den Fenstern sich ängstigen, wie sich die Kinder im Park in Palermo entsetzt hatten, als sie ihn erblickten. Schon seit Jahren kümmerte er sich nicht mehr um diese Angst, er hatte sich daran gewöhnt, dass diese sonderbar gekleideten, viel zu agilen, lauten und schmutzstarrenden kleinen Wesen erstarrten und erbleichten, wenn sie ihn sahen, dass ihnen das Essen aus dem Mund fiel, das Wasser aus dem Becher in das Hemd rann, dass sie ihr Spielzeug fallen und den Ball ins Kellerfenster rollen ließen, dass sie vergaßen, das Hündchen vor dem Wagen zu retten, sobald sie seiner ansichtig wurden. Dann wanderten die Mundwinkel nach unten, im zuckenden Kinn zeigten sich winzige Grübchen, die Hände zitterten und sie kreischten los. Ihre Strümpfchen wurden dunkel und auf dem Pflaster breitete sich langsam eine Lacke Pipi aus. Er hatte sich daran gewöhnt, dass sie den Kopf im Rock ihrer Mutter verbargen, sich hinter ihrem Vater versteckten, das Gesicht an den Hals ihrer Amme pressten, um den schrecklichen schwarzen Mann ja nicht sehen zu müssen. Er wollte anwesend sein, wenn sein Kind das Tageslicht erblickte, ihm in die Augen sehen und erforschen, was dieser Blick verriet.

Er bekannte mir dort lachend, in der Fensternische des Hauses an der Freyung, während wir auf die wogende Wiener Menge am Platz hinunterschauten, auch daran zeige sich, wie wenig er seinerzeit von Kindern verstanden habe.

Am 14. Dezember kam er spät nachts nach Hause.

Er war den ganzen Tag in der Stadt gewesen und von Kaffeehaus zu Kaffeehaus gegangen, wo er immer jemanden anderen traf, der ihm etwas Wichtiges mitzuteilen hatte. Jeder wollte sich unbedingt mit ihm unterhalten. Von Jahr zu Jahr wurden es immer mehr, die seine Gesellschaft suchten. Er fand sich an den Tischen von Studenten, Dichtern und Rechtswissenschaftlern wieder. Die neuen französischen und englischen Ideen verbreiteten sich mit rasender Geschwindigkeit, als lehrten irgendwo Leute die aufrührerischen Thesen, um sie überall im alten Reich auszustreuen. Die Zensur vertrug einen großen Teil dieser Gedanken nicht, handschriftliche Papiere wurden insgeheim weitergereicht und des Nachts bei Kerzenlicht gelesen. Satiren verspotteten die Orden, die Bürokratie, das Heer, den Adel, jeder wusste sie auswendig herzusagen und man zitierte sie in Gesellschaft unter Gelächter. In jedem Salon, der etwas auf sich hielt, redete man über die Naturgesetze, die Schuld der Kirchen und über ihre Überflüssigkeit, über die Nichtexistenz Gottes, die Gleichheit vor dem Gesetz und die Streichung der Vorrechte des Adels. Erst danach kam der städtische Klatsch dran, aber besserenorts war das gar nicht mehr *comme il faut.* Bildung und Vernunft verliehen immer mehr Respekt und damit wog der höfische Tratsch immer weniger. Angelos Jahre verstrichen in diesem Umfeld, seitdem er nicht mehr im Dienst war, sondern als ganz gewöhnlicher Ehemann sein Leben in der Vorstadt fristete, und er nahm das Wachsen und Gedeihen dieser Umgebung voll und ganz in sich auf. Ging er in eine Buchhandlung, spazierte er auf dem Graben, saß er in einem Café, besuchte er ein Museum, war er ein Teil dieses Milieus. Nach einer Weile erkannten einander alle, die sich hier und da begegneten, und Angelo wurde von jedem sofort erkannt. Es ergab sich von selbst, dass er sich in der Mitte der jeweiligen Gesellschaft wiederfand.

An einem Nachmittag wurde er in einen Salon eingeladen, wo ein bleicher junger Mann mit zittriger Stimme aus Rousseaus Werken vorlas. Dann war die Lesung plötzlich zu Ende, weil das Publikum in einen anderen Salon wechseln wollte, in dem ein englischer Reisender am Abend über seine Entdeckungen in der Südsee berichten wollte. Angelo schloss sich einer dritten Gesellschaft an, die im Begriff war, ein Wirtshaus aufzusuchen, in dem jemand über das Unrecht und die Unmenschlichkeit der Sklaverei las. Als die Lesung beendet war, blickten alle Augen auf Angelo, der sich auf einmal mitten in einer Rede fand, in die er Zitate von Montesquieu und Diderot einflocht. Er wurde beklatscht.

Zu Hause angekommen fiel ihm die sonderbare Stille auf. Die beiden Freundinnen schliefen in den Fauteuils, auf dem Boden lagen große Haufen von Kleidern. Er ging behutsam durch das Zimmer und erblickte etwas auf dem Bett. Es glich einem winzigen Baumstrunk, in Fetzen gewickelt, es war braun, faltig und dürr. Er wollte sich bücken, um es besser zu sehen, als eine der Frauen aufwachte. Sie packte ihn bei den Haaren, zerrte ihn ins andere Zimmer und zischte ihm zu, er dürfe keinen Laut von sich geben.

Magdalena sei beinahe gestorben, flüsterte sie im anderen Raum, während der Geburt habe sie ihn, Angelo, ständig gerufen. Die Hebamme sei erst jetzt, vor Kurzem gegangen, die Blutung sei gestillt, die Frau außer Lebensgefahr. Und das Kind?, fragte Angelo. Was solle schon sein mit dem Kind, antwortete die Frau und zuckte die Achseln. Ob er es nicht auf dem Bett gesehen habe. Dem Kind ginge es gut. Es würde in ein paar Tagen kräftiger werden.

Angelo wollte zurück ins Zimmer, wo das Kind lag, um das Kleine und Magdalena näher zu sehen, doch die Frau ließ ihn nicht los. Auch die andere Freundin war erwacht und zischte ihn ebenfalls nieder. Sie stellte Wasser auf, zerzaust und mürrisch, und stritt mit der anderen wegen eines Bändchens, das sie ihr voriges Jahr geborgt und seitdem nicht zurückbekommen habe. Angelo verstand, dass er hier nicht gebraucht wurde, ja, dass seine Anwesenheit niemanden interessierte. Er zog sich also in die eiskalte Kammer neben der Küche zurück und heizte den kleinen Ofen an. Wieder nahm er seine Berechnungen zur Hand und überprüfte die Zahlenkolonnen.

Das Geld reichte nicht.

Das Geld reichte für nichts.

Er versuchte einzuschlafen, doch er sah nur den faltigen kleinen Strunk vor sich. Irgendwann schlummerte er ein und schlief bis zum Tagesanbruch, als ihn ein durchdringendes, noch nie vernommenes Quieken weckte. Kinderweinen hatte er schon oft gehört, doch dieser Laut war anders als alle anderen, dieses Quieken galt ihm, er war es, den der Laut rief. Er rannte ins andere Zimmer hinüber, stieß die beiden Frauen weg, die sich ihm in den Weg stellten, und setzte sich neben Magdalena auf das Bett.

Das Kleine lag an der Brust seiner Mutter, es löste sich gerade von der Brustwarze. Bei Magdalena war die Milch noch nicht eingeschossen, das Kleine schmatzte trocken. Jetzt ähnelte es nicht mehr einem Strunk wie des Nachts, doch war es noch immer faltig und sehr, sehr braun.

Sie wird Josephine heißen, wie meine Mutter, sagte Magdalena, während Angelo das Kind aus den Tüchern wickelte und alle seine Körperteile gründlich beäugte. Er strich dem Kind über die Seite und das Mädchen lachte unverhofft mit einer scharfen, klingenden Stimme auf. Von da an blieb zwischen ihnen das Lachen die stärkste Verbindung, sobald sie einander trafen, lachten sie gleich los.

Bald wurde es offenbar, Josephine würde eine viel hellere Haut haben als ihr Vater, mit etwas gutem Willen konnte man sie eine kleine Brünette nennen, mit braunen Augen und dunklem Teint. Sie hätte ohne Weiteres auch eine Kumanin sein können oder von den Roma, die am Rand der Dörfer lebten, oder aber auch von den Bauern aus Palermo. Die Gefahr, sie würde ihrer Hautfarbe wegen verspottet und verstoßen werden, durfte damit aus der Kolonne der Befürchtungen gestrichen werden. Auch so blieben Posten genug übrig.

Der Körper des Kindes zerstreute alsbald die Ängste des Vaters, denn als es immer größer wurde, erfanden sie immer mehr Spiele mit Springen, Purzelbäumen und Werfen. Er war glücklich, weil sie ihm nicht glich, und doch entdeckte er voll Stolz die Charakteristika seiner Herkunft bei der Kleinen. Ihre Handflächen waren genauso gelb wie die seinen und lange Gliedmaßen hatte sie ebenfalls.

Angelo lag rücklings auf dem Teppich, er hielt das Mädchen auf den hoch gehaltenen Fußsohlen und schwang es im Takt hin und her, stieß es immer wieder vorsichtig an, dabei hielt er seine Händchen, damit es nicht herunterfiele. Danach ließ er es mit den Sohlen los, die Kleine erschrak für einen Augenblick, als der Absturz begann, doch sicher an der Brust ihres Vaters gelandet, lachte sie wieder und biss mit ihren frisch herausgekommenen Zähnchen in seinen Hals.

Da weder er noch Magdalena die Wiener Kindersprüche, Auszählverse und die eigentümlichen Wörter kannten, die Kinder verwenden, verschaffte sich Angelo eine Amme, mit der er täglich eine halbe Stunde in den Bänken der Schottenkirche hockte, bis er Texte und Melodien aller Liedchen notiert hatte. Er sang sie der Amme vor, und erst wenn die Frau sie authentisch genug fand, lehrte er sie Josephine. Sie brachte die Sprüchlein bald im unverfälschten Wiener Dialekt dar, die anderen Kinder mochten denken, sie sei eine waschechte kleine Wienerin.

Sie war fünf, als sie das erste Mal ohne Antwort da stand. Sie kam schluchzend aus dem Augarten nach Hause, an ihre Mutter geklammert. Aus dem Schluchzen war nur nach längerem Bemühen herauszuhören, dass die anderen Kinder sie wegen ihres schwarzen Vaters verspottetet hatten.

Ihre Bestürzung zeigte klar und deutlich, dass sie sich mit dieser Tatsache bisher noch nie auseinandergesetzt hatte, sie dachte nicht im Entferntesten daran, hier eine Anomalie zu erkennen, die Unordnung in die Gleichförmigkeit brachte. Wochenlang war sie nicht zu den Kindern herauszulocken, sie wurde lustlos und aggressiv. Von der Sache selbst konnte niemand mit ihr reden, wenngleich Angelo das schon öfter versucht hatte. Allerdings hätte er ihr auch nichts sagen können, wenn sie ihn tatsächlich angehört hätte. Dann schien es, einen Monat später, das Mädchen hätte sich darüber hinweggesetzt, es mischte sich mit seiner Mutter wieder lustig in das Leben im Park. Magdalena ließ die Kleine sich in das Spiel mit den Kindern vertiefen, während sie im Schatten der Bäume mit den anderen Müttern die aktuellen Klatschgeschichten durchging. Sie blickte erst auf, als bereits mehrere Kinder auf der Wiese laut kreischten, und sie kam noch gerade rechtzeitig, um zu verhindern, dass Josephine mit einem Stein einen der kleinen Buben erschlug, der meinte, es wäre ein feiner Spaß, Josephine mit ihrem schwarzen Vater zu ärgern.

Der Kleine blutete bereits aus mehreren Kopfwunden, er war so überrascht vom Angriff eines Mädchens, dass er ganz vergessen hatte, sich zu wehren. Josephine war schon dabei, sein Gesicht mit einem neuen, noch größeren Stein zu zerschmettern, als ihr Magdalena in den Arm fiel. Vergeblich bekam Josephine Schläge von ihrer Mutter, ihr Stolz konnte nicht gebrochen werden, wie auch nicht ihre berechtigte Befriedigung über den kriegerischen Triumph, sie wusste, die geeignete Waffe gefunden zu haben, derer sie sich seitdem auch bei anderen Gelegenheiten fleißig bediente.

Angelo wähnte, seine Tochter habe an seiner Statt gehandelt, und sein Magen verkrampfte sich beim Gedanken daran, welche Dimensionen ihr Tun in Zukunft noch annehmen könnte. Er suchte die wilden Instinkte des Mädchens mit Poesie und Musik zu besänftigen, indessen vergaßen sie auch nicht, im Spiel umherzutollen.

Während Angelo und Josephine immer mehr Spiele miteinander entdeckten und seine Freude an der miteinander verbrachten Zeit wuchs, gewahrte er eine sonderbare Veränderung in der ihn umgebenden Welt. Immer öfter traten Leute an ihn heran, auch Fremde, und fragten ihn nach seiner Meinung über einen höheren Zusammenhang, über die Freiheit, über Gott, über die Gleichheit der Menschen, es gab aber auch welche, die sich mit ihm über die wirtschaftlichen Chancen der Teilnahme an den öffentlichen Lasten oder die Einkommensverhältnisse der Bauernschaft unterhalten wollten. Und Angelo fand, er könne interessant und geistvoll über diese Themen sprechen, ihm fielen dabei unerwartet wirksame Argumente ein. Der Grund dafür war sicherlich nicht bloß die segensreiche Ausstrahlung Josephines, in Wien verkehrten immer mehr Menschen, die nicht nur für das schiere Überleben oder für bessere Posten studierten, sondern ein gewisses Rechtsempfinden hatten und Rachegelüste hegten, die als Erben alten Unrechts gegen ihre Familie auftraten und hierfür Vergeltung forderten. Die neuen Gedanken lieferten ihnen nun Argumente. Alle alten Usancen und Institutionen erwiesen sich als schädlich, ungerecht, unmenschlich und schuldhaft, die alten Gesetze und Aberglauben machten einander zugleich lächerlich und verhasst. Einige einfache Sätze genügten, um nachzuweisen, dass sich alles besser, wirksamer, gerechter, gesünder und glücklicher erledigen ließe, und von da an verlor die gesamte alte Welt ihre Rechtsgrundlage. Was nicht rational war, konnte nicht länger aufrechterhalten werden. Lachen und Spott räumten aus dem Weg, was Argumente und Beweise nicht bewältigten. Der Rest wartete auf das Ungestüm der Massen.

Immer öfter hörte man von einer Geheimgesellschaft, die diese Ideen bündelte und leitete und den denken und handeln wollenden Menschen eine Heimat bot, von den Freimaurern.

Wurde dieses Wort ausgesprochen, verstummte jeder und blickte bedeutungsvoll drein. Man sah den Nächsten verstohlen an, keiner wusste, wie er sich verhalten sollte. Dafür gab es noch keine Vorschriften, jeder fühlte sich überrumpelt. Jeder versuchte so zu tun, als wüsste er, worum es ging. Keiner getraute sich zu fragen, was das denn eigentlich sei, und es gab niemanden, der gesagt hätte, er würde dazugehören. Jeder Fremde, der aus Frankreich, England, Schweden oder Preußen kam, war ein potenzieller Abgesandter der Freimaurer. Jeder hörte ihnen zu, als stecke eine geheime Nachricht als Code zwischen den Wörtern, die nur Eingeweihte verstünden, also versuchte man sie so klug anzublicken, wie man nur konnte. Diese Anstrengung aber machte jeden aufmerksamer, überlegter, weniger impulsiv, und man verstand auf einmal auch Sätze des anderen, auf die man bisher überhaupt nicht geachtet hatte.

Dabei waren die richtigen Freimaurer zu jener Zeit bereits in Wien, nur kannte sie keiner so richtig. Die gestrenge Monarchin Maria Theresia duldete keinerlei Geheimbünde, daher war es ratsam, zu schweigen, doch selbst die alte Kaiserin konnte nicht verhindern, dass Männer, die nach Berlin oder London fuhren, in den Orden eintraten. Die großen Logen im Norden hatten bereits die Diplome ausgegeben, in denen sie die Erlaubnis zur Gründung neuer Logen gestatteten, und jeder wartete nur noch auf den Thronwechsel. Der zukünftige Joseph II. war bekanntermaßen ein Freund der neuer Ideen. Es hieß in der Stadt, er selbst habe erlaubt, dass die Verfassung des Anderson ins Deutsche übersetzt würde, auch Bücher, die die neuen Ideen verbreiteten, erschienen in deutscher Sprache. Richtige Kenner brauchten nur an einem Buch zu riechen und sie wussten, dass es aus einer Wiener Druckerei stammte, mochte auch als Ort der Herausgabe Amsterdam oder London angegeben sein. Und indem man immer mehr Bücher in die Hand bekam, die brandneue Ideen verbreiteten, schien sich langsam auch die Welt dem veränderten Bild anzupassen, das über sie gezeichnet wurde. Der dereinst so mächtige Hochadel, der wähnte, das Reich in der Mitte des Jahrhunderts auf dem Rücken getragen zu haben, starb aus.

Angelo erfuhr vom Tod des Fürsten Liechtenstein, als er dessen Trauerzug durch das Fenster eines Kaffeehauses erblickte. Er studierte gerade ein Flugblatt, herausgegeben in Berlin, das die Symbole der Freimaurer behandelte, als die von Rappen gezogene Geschützlafette vorbeifuhr. Es dauerte eine Weile, bis er das Außerordentliche der Situation erkannte und warum es ihm vorkam, als wären die Gesetze der Physik außer Kraft gesetzt worden: Die Perspektive war unvorstellbar neu und ungewöhnlich. Der ehemaliger Diener, Liebhaber und Ziergegenstand beobachtete jetzt von einem Kaffeehaustisch durch das Fenster, wie der Leichnam seines ehemals mächtigen Herrn an den Ort seiner kommenden Verwesung gebracht wurde. Von da an setzte er sich, solange er lebte, immer wieder an diesen Tisch und betrachtete die Welt seiner Freiheit durch ebendieses Fenster.

Zu dieser Zeit war Angelo schon älter als fünfzig, doch hätte das vom Anblick her niemand sagen können. Sein breites Grinsen hatte für jeden zunächst etwas Kindliches und die Struktur der Falten in der schwarzen Haut war nicht so leicht zu deuten. Menschen derselben gesellschaftlichen Schichte vermochten vom anderen auf den ersten Blick zu sagen, aus welcher Ecke des Reiches er kam, aus welcher Familie, von welchen Vermögensverhältnissen begleitet, wie alt er war und was er so ungefähr wollte; man sah auch nach unten, in die Welt der Bauern und Diener, klar hinein. Nach oben hin wurde das Bild schon verschwommener, man verstand die eigentümliche Zeichensprache der Aristokratie nicht auf muttersprachlichem Niveau, doch irgendetwas war jedem geläufig. Gegenüber Angelo aber versagte jede Geländekenntnis und jede Routine. Man las sein Alter nicht von seinem Gesicht ab, wie man auch nicht deuten konnte, was sich gerade in seiner Seele abspielte. Allerdings tat Angelo das Seine dazu, das Abgleiten seiner Familie in eine immer hoffnungslosere Lage zu verheimlichen.

Josephine, von Angelo gern auf Wienerisch Josepha genannt, wuchs heran und Angelos Vermögen nahm in demselben Ausmaß von Monat zu Monat und von Jahr zu Jahr ab. Er hatte sich das Ende der Geschichte genau ausgerechnet, die mathematische Operation war nicht so kompliziert. Es würde der Winter des Jahres 1778 sein. Dann würde der letzte Gulden von seinem Bankkonto verschwunden sein und von da an würde es nichts mehr geben. Ein, zwei Jahre könnten sie danach noch ausharren, wenn sie die Möbel verkauften, die Bücher, die Plastiken, den Schmuck, die Kleider, das Haus, alles. Nur wenn sie sich in eine Mansardenwohnung zurückzogen und er sich als Kutscher, Friedhofswächter oder Prosekturgehilfe verdingen oder eine ähnliche Arbeit annehmen würde, Magdalena in einem Wirtshaus kochen und Josepha einen Taschendieb oder einen Dienstmann heiraten würde, würden sie nicht verhungern.

Er musste sich nur noch überlegen, in welcher Folge er die bitteren Becher leeren, wie er die Lage mit Magdalena besprechen sollte.

Er fing dreimal an, ihr die Situation zu schildern, doch unterbrach ihn die Frau immer von Neuem. Das Geld würde ihnen ausgehen? Wie könnte das passieren? Gerade jetzt habe sie ein Kleid zum halben Preis erstanden und eines vom Vorjahr gegen ein funkelnagelneues Paar Schuhe eingetauscht. Ihretwegen würde das Geld sicher nicht ausgehen. Vielleicht sollte lieber Angelo auf den teuren Rotwein und die Bücher mit pompösen Einbänden verzichten. Auch im Theater müsse man nicht in einer Loge sitzen, Stehplätze kosteten ein Viertel des Logenpreises.

Nach alldem hörte Angelo auf, sich Magdalena verständlich machen zu wollen, und plante die kommenden Jahre durch. Es sollte lieber Geld als Bücher und Statuen im Haus verbleiben.

Zuerst machten sich Cicero und Homer auf Wanderschaft. Ein Geschäftsmann in der Innenstadt erwarb sie, in Gesellschaft zweier Bücherstützen in Gestalt ägyptisch anmutender Figuren und eines Briefbeschwerers aus Alabaster. Nach einem Vierteljahr folgte ihnen die antike Statuette des Priapus, mit der er ein überraschend gutes Geschäft machte, er konnte sie für zwanzig Gulden mehr verkaufen, als er sie seinerzeit erworben hatte. Im Winter 1776 folgte der prächtige Schreibtisch mit den Karyatiden, in dessen Lade bisher ohnehin nur die vagen Skizzen Angelos zu seinem Afrika-Buch herumlagen, ansonsten nahmen Magdalenas Bändchen und Rüschen, Stickrahmen und Garne, Knöpfe und Schnallen den gesamten Platz ein. Dann folgten die mächtigen ledergebundenen Klassiker, Livius, Plutarch und Vergil, mit ihnen gingen die Regale, die, nunmehr leer geworden, bloß Staubfänger waren. Nach einem Vierteljahr gingen auch die vergoldeten Fauteuils weg, der Kandelaber und der Luster. Die Familie saß nun in einem kleinen, verrußten Zimmer, in dem Josepha genug Platz vorfand, ihrem Reifen im Kreis nachzujagen.

Den Globus, auf dem er so oft den leeren Raum Afrikas betrachtet hatte, behielt er bis zuletzt. Ein alter Tisch aus Fichtenholz war mit vier Sesseln übrig geblieben, zwei Betten, ein kleiner Tisch und ein mittelgroßer Kleiderkasten. Und das ausgestopfte Krokodil auf dem Dachboden, von dem Magdalena nicht einmal hören wollte und das Angelo nur Josepha heimlich zeigte, wenn er der Kleinen fantastische Geschichten erzählte, über die Zeiten, als dieses Wundertier noch Flügel besaß und Feuer spie und er auf seinem Rücken das ganze Erdenrund überflog.

Auf der Bank war noch Geld für ein Jahr verblieben. Angelo machte sich auf, um alle seine Bekannten und Freunde zu fragen, welche Arbeit er in der Stadt annehmen könnte.

Im Frühjahr 1778 saß er im Kaffeehaus am selben Tisch, von dem aus er den Trauerzug des Fürsten Liechtenstein beobachtet hatte, als ein in englischer Art gekleideter sympathischer Herr eintrat und leise nach Angelo fragte. Man zeigte ihm seinen Tisch, der englische Herr näherte sich ihm linkisch und blieb vor dem Tisch stehen. Barth und Vettel, die beiden Ärzte, mit denen sich Angelo gerade über einen Posten als Prosektor oder als Aufseher im bald fertigzustellenden Narrenturm unterhielt, verabschiedeten sich höflich. Da reichte der Fremde Angelo die Hand und stellte sich vor: Fürst Liechtenstein, Franz Joseph Liechtenstein, Neffe des seligen Onkels Wenzel.

Angelo fühlte, wie sich die Erde unter ihm auftat. Er bekam keine Luft, der kalte Schweiß brach ihm aus. Seine Kehle war auf einmal trocken. Verzweifelte Gedanken jagten durch seinen Kopf, aufspringen, fliehen, durch das Fenster auf die Straße hinausstürzen. Er holte tief Luft und versuchte, einen klaren Gedanken zu fassen, es sei ja nichts Besonderes passiert, hier säßen einander zwei Menschen an einem Kaffeehaustisch gegenüber, doch wurde er seiner Angst nicht Herr. Als hätte er sich bislang vor einer immensen Schuld gedrückt und als müsste er jetzt über seine Taten Rechenschaft ablegen. Er stieß die Kaffeetasse vom Tisch, bückte sich verlegen und klaubte die Scherben auf.

Mittlerweile putzte Franz Joseph mit seiner schmalen, feinen Hand unbeholfen sein Lorgnon, seine Finger waren anmutig und rosig, länglich, wie die einer gotischen

Madonna, mit schönen, regelmäßigen Nägeln. Nirgends ein dicker Siegelring, nirgends ein Rubin von einem Pfund Gewicht. Soliman beendete das Aufräumen, nun saß er wieder da auf seinem Platz, mit den Scherben der zerbrochenen Schale in der Hand. Franz Joseph hatte seine Befangenheit mittlerweile in den Griff bekommen, er war vielleicht noch verlegener und verschwitzter als Soliman, er hüstelte und trug den Grund seines Kommens vor. Angelo war vollkommen perplex, zum Schluss dachte er, seine trunkenen Freunde hätten jemanden angestiftet, ihn zum Narren zu halten.

Das Angebot lautete, Angelo solle mit seiner Familie wieder in das Palais einziehen, wo ihm eine ordentliche Wohnung zur Verfügung gestellt werden würde, wenn er die Erziehung des kleinen Alois, des Fürstensohnes, übernehmen wolle. Ihm sollte Griechisch und Latein beigebracht werden und vielleicht auch Geschichte, wenn Angelo es nicht für verfrüht hielte, mit einem siebenjährigen Knaben dieses beschwerliche Studium zu beginnen. Der Fürst habe nämlich bei Rousseau gelesen, die seelische Entwicklung eines Kindes sei in fünf Stufen einzuteilen und bis zu seinem zwölften Lebensjahr müsse man eher seine Sinne als seine Vernunft ansprechen, jedoch könnte man vielleicht doch einen Versuch machen? Übrigens sei auch Voltaire nicht dafür, den Kopf eines Kindes zu früh mit unverdaulichen Sachen vollzustopfen, somit werfe sich die Frage auf, ob man sich nicht zuerst mit der Musik beschäftigen sollte. Was sei Angelos Meinung diesbezüglich?

Erst nachdem Soliman sich durch Nachfragen überzeugt hatte, dass das zarte Männchen tatsächlich der Neffe und Erbe des gesamten Liechtensteinschen Vermögens war, akzeptierte er, keinem üblen Scherz aufgesessen zu sein.

Er bat um einen Tag Bedenkzeit, was Franz Joseph natürlich annahm, sie standen auf, schüttelten einander die Hände und der Mann trippelte unter unbeholfenem Blinzeln aus dem Kaffeehaus und verschwand im Gewimmel der Straße.

Nicht einmal nach dem vierten Schnaps traute Angelo seinem Glück, dass ihm das in Wirklichkeit geschehen war. Er trieb sich bis zum frühen Morgen auf den Straßen herum. Vorsichtig schlich er sich ins Haus. In der Schmiede wurde das Feuer bereits angefacht, das Gebläse arbeitete. Die Gänse schnatterten am Bachufer. Er zog sich leise aus und schlüpfte zu den beiden warmen, tief atmenden Körpern ins Bett. Er überlegte, Magdalena am Morgen noch ein wenig aufzuziehen, er hätte für sie eine Stelle als Wäscherin in einem Puff gefunden, doch dann entschloss er sich, Frieden mit ihr zu schließen.

Nach einer Woche bezogen sie in ihre neue Wohnung im Palais.

Aus alten Zeiten waren nur einige betagte Kutscher und Ammen geblieben, sie erinnerten sich noch an Angelos Erniedrigungen und an Alberts Niedertracht. Nun wurde Angelo von den Alten ehrerbietig empfangen. Sie sprachen ihn leise, mit gesenktem Kopf an und entfernten sich rückwärts gehend, nachdem sie das Gespräch beendet hatten. Diese Unterwürfigkeit galt nicht nur seinem Rang als Hauslehrer, Angelo selbst empfand, von der Zeit gewissermaßen angehoben worden zu sein, von einer Art Theatermaschinerie. Sein Dasein hatte Gewicht bekommen. Er schritt beklommen durch die Säle des Palais, in denen er so viel Demütigung hatte erfahren müssen. Als er durch die Tür mit dem Wappen auf die Haupttreppe hinaustrat, hielt gerade die fürstliche Kutsche unter dem Tympanon an. Ein schwarzäugiges Kind mit eingefallenen

Wangen stieg aus und stellte sich erschrocken vor Angelo hin. Das war Alois.

Soliman nahm den Platz am Schreibtisch mit einem absonderlichen Schaudern ein, rechts vom Kind, auf einem Sessel mit hoher Lehne, wo seinerzeit seine Lehrer im Palast zu Palermo gesessen waren. Ihm war jetzt wieder, als habe sich die Welt mit ihm gedreht, wie vordem am Tisch im Kaffeehaus, als er den Trauerzug des Fürsten erblickte. Als hätte sich ein Kreis geschlossen. Er probierte die Zeilen Homers von Neuem, wie auch die unregelmäßigen griechischen Verben, die ihm nun alle wieder lieb und teuer waren. Die Zeit hatte die scharfen Ecken und Kanten des Fremden abgerundet. Jetzt verletzten die fremden Worte aus weiter Ferne die Lippen des Kindes.

Der kleine Fürst deklamierte die wogenden Hexameter, *Dyseto deelios skjoonto te pasaj agyiai,* die er sich auf Zunge und Lippen zwang.

Was Angelo am Vormittag dem Buben sagte, wiederholte er am Abend Josepha, und er quittierte befriedigt, dass seine Tochter viel schneller lernte als der begriffsstutzige Knabe. An den Sonntagen ging Angelo mit Josepha durch die Stadt, sie bestaunten die bunten Glasfenster des Stephansdoms, besahen sich die Standbilder und Fresken in den Kirchen aufs Genaueste. Das Mädchen insistierte fortwährend, er möge doch weitererzählen, noch einmal die Geschichte des heiligen Sebastian oder des heiligen Rupert schildern. Sie war Feuer und Flamme für die gehäuteten, gebratenen oder aufgespießten Heiligen und Angelo malte ihr die schrecklichen Geschehnisse genussvoll aus.

Im Alter von zehn Jahren hatte sie sich unter ihren Altersgenossen eindeutig den Ruf einer erbarmungslosen Rauferin erworben und keiner wagte mehr, die Hautfarbe ihres Vaters anzusprechen. In diese Zeit fiel der denkwürdige Moment, da sie sich vor Angelo aufstellte, ihm in die Augen sah und fragte, ob es keinen Weg gebe, seine Haut zu bleichen.

Sie hatte sich schon an so manchen Orten erkundigt, fragte neugierig bei den Gerbern und Lederern herum, was sie wohl machten, wenn sie die Haut eines schwarzen Schweins oder eines Stiers umfärben mussten, und die Meister zeigten ihr bereitwillig die diversen Gerberbottiche, den Gerberbaum, die Säuren und Laugen und die Farbstoffe, mit denen sie diese Arbeit erledigten. Sie empfahlen ihr, eventuell ein Stückchen des Leders mitzubringen, das die verehrte Mama umfärben lassen möchte, und dann könnten sie ihr sagen, mit welchen Kosten und welcher Zeit sie rechnen müsse, um das gewünschte Ziel zu erreichen.

Mit einem Wort: Josepha verlangte von ihrem Vater, einen Versuch zu machen. Sie habe alles angesehen, was man mit den Häuten machte, und fand, der Prozess wäre nicht schmerzhaft. Lediglich das Kochen, das wäre mit gewissen Unannehmlichkeiten verbunden.

Angelo fand ihre Idee nicht zum Lachen, und das Kind erschrak, es ahnte, etwas Schlimmes gesagt zu haben. Der Vater beruhigte seine Tochter, es sei nichts Schlimmes, aber er könne ihr nicht verheimlichen, dass der Plan nicht ausführbar sei. Wer schwarz geboren sei, könne nicht umgefärbt werden, wie man ja auch Weiße nicht auf, sagen wir, grün oder blau umfärben könne. Wobei es sicher lustig wäre, in einer Welt zu leben, die genauso bunt wäre wie die Glasfenster des Stephansdoms, wo rote, grüne, gelbe und violette Menschen nebeneinander spazierten.

Das war das letzte Mal, dass Josepha diese Frage angesprochen hatte, sie mieden dieses Thema von nun an, aber das Mädchen wagte sich noch monatelang nicht unter Menschen.

Über die Woche ging Angelo abends, so oft er nur konnte, allein in die Stadt, um jene Leute zu treffen, mit denen er in den letzten Wochen immer engere Kontakte pflegte. Sie versammelten sich meistens in der Hofbibliothek, wo sich am Abend nur noch die Bibliotheksangestellten, die Leute von der Universität und die engsten Freunde Ignaz von Borns aufhielten. Jeder versuchte, sich denen anzuschließen, die von den neuen Ideen der Wissenschaft, der Freiheit und Gleichheit berührt worden waren. Von Born aber ließ nur wenige an sich heran, er merkte bald, wenn jemand nicht aufrichtig war, wenn ihn nicht der ideelle Hunger, sondern nur die Mode, der Anschein zu ihnen brachte, für diese Leute hatte er nichts übrig.

Soliman fühlte, dass ihn von Born gleich ins Vertrauen gezogen hatte.

Sie hatten einander schon öfter aus der Ferne gegrüßt und Angelo wusste, dass der Mineraloge neue metallurgische Verfahren entwickelt hatte und dass er das oberste Bergamt leitete. Simon Eberle, ein Soliman bekannter Arzt, hatte sie einander im Kramerschen Kaffeehaus vorgestellt, doch von Born, der damals auch schon den Titel Wirklicher Geheimer Hofrat führte, war gerade in Eile gewesen und hatte keine Zeit für eine Unterhaltung gehabt. Es hieß, dass die Kaiserin seine Meinung hoch schätzte und auch in politischen Dingen nach seinem Rat fragte. Danach sah ihn Angelo jahrelang nicht einmal auf der Straße, von Born lebte damals in Schlesien, er hatte sich in Alt Schedlitz ein Schloss gekauft und verbrachte alle Zeit dort, mit seiner immensen Mineraliensammlung und seinem besonderen botanischen Garten, in dem er Europas seltenste Pflanzen vermehrte; außerdem leitete er die Erneuerung der Hütten in den Bergbaustädten.

Eines Nachmittags trat er dann unverhofft zu Angelo und fragte ihn, was er da lese. Seitdem Soliman seine Bücher verkauft hatte, trieb ihn die Sehnsucht nach den vergoldeten Ledereinbänden und dem Geruch des Papiers, dem weise Überlegung anhaftete, an Nachmittagen in die Bibliothek, wo er sich aufs Geratewohl einen Band aus dem Regal nahm und sich darin vertiefte. Jetzt hatte er gerade ein pflanzenkundliches Buch in die Hand genommen, eigentlich nur um das Papier zwischen den Fingern zu fühlen und die wirbelnd-bunten Bilder zu genießen. Zu dieser Zeit hatte er bereits eingesehen, dass die anfangs so zwanghaft und schmerzlich begonnene Bindung an die Bücher zur Grundlage seines Lebens geworden war, dass es keinen Weg zurück gab in die Welt der Armen im Geiste, der heiteren Ungebildeten und der zweifelsfreien Toren. Zur Pflanzenkunde aber hatte er keinerlei Beziehung, sodass er jetzt nur durcheinanderstotterte. Er befürchtete, von Born würde glauben, er sei unfähig zu lesen und käme nur der bunten Bilder wegen hierher, wie es Bettler vor die Fresken einer Kirche zieht.

Der Wirkliche Geheime Hofrat sah mit seinen durchdringenden, schlauen Augen, deren Blick aus diesem kleinen, kränklichen Mann so heftig loderte, als habe sich sämtliche Energie seines Körpers in den Augen konzentriert, derartig verstörend, starr in die Tiefe seiner Seele, dass Angelo plötzlich Scham empfand. Er vermutete, diese sonderbar unordentlich gekleidete, märchenhaft koboldartige Figur, die unter ihrer Perücke ständig Schuppen verlor, die den Mantelkragen dick bedeckten, habe nun alle seine Geheimnisse erkundet und hielte ihn für bedauernswert unwissend. Von Born erkannte seinen

Schrecken und lachte auf. Er fragte Angelo, ob er keine Lust habe, ihm bei der Korrektur des großen Museumskatalogs zu helfen, denn er mühe sich damit schon seit Monaten ab und komme nicht weiter. Angelo schlug das Buch zu und sagte aufatmend Ja.

Und so kam es, dass er am nächsten Tag über den Druckbögen sitzend in den mineralogischen Fachbegriffen und lateinischen Abkürzungen herumsuchte, von Regal zu Regal lief, um die Richtigkeit der Termini zu überprüfen. So ging es wochenlang, bis sie mit dem Buch fertig waren. Das war harte Arbeit und Angelos Tätigkeit erschien ihm eher als eine Probe, die in Märchen böse Zwerge ihren Opfern auferlegen. Für Angelo war es offensichtlich, dass von Born, der alle Fachausdrücke, Abkürzungen und Definitionen im kleinen Finger hatte, das alles in einem Tag hätte erledigen können, doch Angelo hatte entschieden, wenngleich er dem Kobold gegenüber keinerlei Verpflichtungen hatte, doch all seine Absonderlichkeiten zu akzeptieren. Genau daran war von Born interessiert, und als sein Jünger die erste Probe bestanden hatte, ließ er ihn weiter in sein magisches Reich herein.

Wenn sie in den Arbeitspausen in die Stadt gingen, um zu Mittag zu essen, oder sich auch nur an das offene Fenster stellten, um ihre steifen Gelenke zu bewegen, erzählte von Born über sich, wobei er auch Soliman gründlich über sein Schicksal ausfragte.

Er gab für Geschichten im Tauschweg andere Geschichten, und während Angelo ihn in seine Kinderzeit im Palast zu Palermo einweihte, in seine Wiener Jugendjahre und in den Verlauf seines Kartengewinns und seiner Verarmung, erfuhr Angelo im Gegenzug von einer Kindheit in Kapnik, vom Vater, der sich wegen Veruntreuung in den Selbstmord geflüchtet hatte, und von der nervösen, hysterischen Mutter, die ihm in den Tod folgte, vom frühen Verwaisen, von den Jahren bei den trunksüchtigen, menschenverachtenden, perversen und infamen Jesuiten, von der Flucht aus dem Orden und von seinem dämonisch schicksalhaften Unfall, der von Born beinahe das Leben gekostet hatte.

Als hätte der bittere, rachsüchtige Schatten seiner Eltern darauf bestanden, ihr Sohn solle nicht glücklicher werden als sie. Am ersten Tag, als von Born nach achtzehn Jahren Abwesenheit nach Siebenbürgen zurückgekehrt war und den Schmelzofen besucht hatte, in dessen finanzielle Angelegenheiten sein Vater sich unrettbar verwickelt hatte, hatten die in der Luftkammer eingeschlossenen mörderischen Dämpfe gerade in jenem Augenblick den Brennraum überflutet, als er hineingekrochen war, um Rauchfang und Roste zu kontrollieren. Einen ganzen Tag lag er nur da, die Zunge faustgroß angeschwollen, die Augen blutunterlaufen, und nachdem er das Bewusstsein wiedererlangt hatte, konnte er noch wochenlang nicht sprechen. Seine Lungen waren weitgehend zerstört, sie fassten kaum Luft, sein Atem ging pfeifend und röchelnd wie ein alter eiserner Ofen. Allein seine Lust am Spott, am Sarkastischen wuchs durch den Unfall noch mehr an, sie schonte die am allerwenigsten, die er mochte.

Als Angelo ihm anvertraute, Übelkeit auslösende Panikattacken zu erleiden, sobald er eine Soutane erblickte, schenkte ihm von Born endgültig sein Vertrauen.

Er hasste Mönche und Priester unversöhnlich und wütete oft stundenlang gegen sie. Angelo jauchzte vor Freude, als er erfuhr, dass von Born die vergnüglichste Spottschrift des Jahrhunderts, die *Monachologie,* die sich an Linnés *Systema Naturae* angelehnt, die Mönche wie Insekten einordnete, unter dem Pseudonym *„Ein Natur-*

wissenschaftler" selbst verfasst hatte. Angelo zitierte sofort die bekannte Definition: *„Ein Mönch ist ein nächtlich heulender, kapuzentragender, stets durstiger Primat, der bei Morgen- und Abenddämmerung in Gruppen jagt, einige seiner Unterarten jagen sogar zur Mitternacht."*

Der Katalog der naturhistorischen Sammlung des Hof-Naturalien-Cabinets bot eine detaillierte Übersicht über die Versteinerungen und Fossilien, von den Purpurschnecken mit ihren dicken Stacheln bis zu den winzigsten Muscheln, die von den Geologen des Reiches in den Bergen gesammelt worden waren, alles das stellte aber nur den Beginn eines groß angelegten und ambitionierten Planes dar, der sämtliche Fossilien und Mineralien aus allen Gegenden des Reiches präsentieren sollte, von den Kristallen der Südkarpaten über die Sedimente des Pannonischen Meeres bis zu den Gesteinen der Alpen. Als wollte sich von Born damit dafür entschädigen, dass er wegen der Schulden seiner Familie, die ihn seit dem Tod seines Vaters verfolgten, das Schloss in Schedlitz mitsamt der reichen Mineraliensammlung und dem botanischen Garten verkaufen musste. Er überredete die alte, senile Kaiserin mit seiner magischen Überzeugungskraft, die ihm, ergänzt durch seinen Basiliskenblick, eine ganz außergewöhnliche Macht verlieh, in Ausdehnung seiner Befugnisse als Oberster Bergrat freie Hand über alle nur existierenden Fossilien, Versteinerungen und Sedimente zu bekommen, als hätte ihm das auch die Herrschaft über die Jahrmillionen übertragen. Und es war in der Tat die Zeit, die von Born am meisten brauchte, er lebte von einer Minute zur anderen, jeder seiner Atemzüge war ein Geschenk und bei jedem dachte er, den letzten getan zu haben. Solcherart wurde er ein sorgfältiger Verwalter der Jahrmillionen.

Angelo gelangte auf diesem Wege unter die versteinerten Schalen einstiger Lebewesen, in das bis aufs Kleinste geordnete Magazin der Arten und Formen, in dem die Gegenwart bloß eine vorübergehende Anomalie, ein unbedeutender Zufall zu sein schien.

Von Born war aber nicht der Einzige, der von Angelo Hilfe erwartete. Freiherr von Sonnenfels, den er noch aus den Kreisen Frau von Stegnerns kannte, arbeitete gerade an seiner Abhandlung über die Unrechtmäßigkeit der hochnotpeinlichen Befragung und er brauchte dringend einige Fußnoten Diderots. Soliman durchkämmte eine ganze Woche lang *Das Paradox über den Schauspieler,* um die betreffenden Stellen zu finden. Dem Grafen Dietrichstein wollte nicht einfallen, wo er bei Montesquieu den Satz gelesen hatte, *„Was wir nicht im Wege der Moral tun können, das dürfen wir nicht über die Gesetze tun"*, und die anderen, insbesondere von Sonnenfels, der Montesquieu sonst auswendig hersagte, zuckten nur die Schultern. Soliman durchforstete die Gesamtausgabe, bis er das Zitat fand. Georg Forster, der gerade von seiner Entdeckungsreise mit Kapitän Cook zurückkam, bat Angelo um einige Angaben von Amerigo Vespucci, dazu musste er dessen gesamtes Lebenswerk studieren, inzwischen bettelte ihn auch der Schriftsteller Johann Pezzl an, sein neuestes Manuskript durchzulesen, er sei bei manchen Kapiteln nicht sicher, ob er die Gefühle in der erforderlichen Intensität dargestellt habe. Angelo nahm alle Aufgaben erfreut auf sich. Er vertiefte sich bis zur Morgendämmerung in die Texte. Josepha lauschte den von ihrem Vater laut vorgelesenen Sätzen mit geweiteten Augen. Zwar war das Gehörte für sie zumeist unverständlich, doch besaß es eine zauberische Kraft. Währenddessen stürzte sich Magdalena glücklich ins Nachtleben des

Schlosspersonals. Soliman nahm die freien Nachmittage und Abende dankbar hin, es fiel ihm nicht im Geringsten ein, Magdalena zur Rechenschaft zu ziehen, wo sie sich aufhielte, während er mit Josepha las.

Angelo wurde zu von Borns ständigem Begleiter, er begab sich mit ihm in die Tiefen von Kohlebergwerken, zum Erzabbau, in die Hitze der Schmelzöfen und drang immer weiter in die Denkweise von Borns vor, der ein freundschaftliches, dialogisches Verhältnis mit dem Allmächtigen Baumeister aller Welten pflegte, den der Mineraloge nur abgekürzt ABAW nannte.

Angelo kannte zu dieser Zeit bereits die Symbolik der Freimaurer, doch betrachtete er sie eher als eigenartiges Spiel, mit dem sie die Kirche und die alte Welt schrecken wollten, in der Ausdeutung von Borns aber lernten die Symbole in der Sprache der Natur- und Menschengesetze zu sprechen. Die urtümliche Ordnung, von den Eingeweihten seit Jahrtausenden vor der profanen Welt verborgen gehalten, damit sie in der Lage seien, ihre segensreichen Weltverbesserungspläne in ungestörter Ruhe auszuarbeiten und umzusetzen, wandelte sich vom verworrenen Märchen immer mehr zu fassbarer Wirklichkeit.

Von Born hatte ihm verständlich gemacht, dass die Unwissenden bereits unrettbar verloren waren und dass die Geheimhaltung notwendig war, damit das Böse nicht an sie herankommen könne. Vertrauen durfte man nur denen, die litten und suchten, die unsicher und hungrig waren. Jene aber, die sich im Leben breitmachten, mussten ferngehalten werden. Er führte Angelo der Wahrheit zu, wobei dieser sich nie sicher sein konnte, ob sein Meister das soeben Gesagte tatsächlich ernst meinte oder sich bloß an der Freiheit des Ausdrucks und der Unendlichkeit der Möglichkeiten ergötzte. Er sprach einmal so, dann wieder anders. Zuweilen verwendete er die Sprache der Mathematik, dann wieder überschwängliche Metaphern. Er meinte, die Natur würde der Dramaturgie der Mysterien folgen und sich in Symbolen ausdrücken, die der bresthaften und von Eventualitäten gesteuerten menschlichen Sprache überlegen wären. Die eigentümlichen Materialien des Erdinneren, die der Umformung, der Schmelze harrenden Metalle, die auf die Schilderung ihres Schicksals wartenden Versteinerungen und die nach Offenlegung ihrer Geheimnisse verlangenden Minerale gaben dieselbe Geschichte wieder wie das schreckliche und wunderbare Los von Isis und Osiris, die er auf Ersuchen seines Meisters aus dem Buch Plutarchs selbst in die deutsche Sprache übertragen und mit Anmerkungen versehen hatte. Sie waren gestorben und wieder auferstanden, untergegangen und durch ihre Transsubstantiation verklärt worden. In von Borns Erklärung schmolzen Metalle genauso aus dem tauben Gestein, wie der menschliche Geist sich von Gefangenschaft und Fron, von Unwissenheit und Aberglauben, von Vorurteilen und Fanatismus befreite. Geist und Metall, die beiden standen als Symbole füreinander.

Substanzen befreien sich ebenso aus der Gefangenschaft von Bosheit und Unwissen, wie sich Seele und Geist befreien, beide waren bisher von der Unvernunft versteckt gewesen. Die Schmelzöfen von Borns befreiten nicht nur das Metall von der Schlacke, sondern auch den Geist vom Aberglauben und von Vorurteilen. Dieser sonderbare Mensch erschloss Angelo das Wesen der Dinge, er spießte die nach Antworten, Wissen und Gewissheit dürstende Seele auf den Strahl seines durchdringenden, feurigen Blickes.

Bereits 1770 war von Born den Freimaurern beigetreten, die in Prag schon lange tätig waren, aber er hatte

Angelo gegenüber kein einziges Mal zugegeben, zu ihnen zu gehören, wiewohl ihn der Schwarze oft danach fragte. Von Born machte Anspielungen, dann zog er sich zurück, er spielte mit Angelo Verstecken. Das Spiel amüsierte ihn einerseits, andererseits war er neugierig, was wohl Angelo dachte, was in seinem Kopf wirklich vorging. Er wollte nicht erfahren, wie viel Angelo wusste, nicht das, was ihm von seinen Lehrern mit dem Rohrstock eingebläut worden war, er wollte die Qualität sehen, die im Innersten der menschlichen Materie steckte wie der Erzgang im Gestein, er wollte das Talent, die Fähigkeit, die Begabung sehen. Was man erlernen konnte, interessierte ihn nicht, nur das, was ein Mensch unberechtigt, über seine Verdienste hinaus, zufällig und wie beiläufig in sich aufgenommen hatte, und das war das Talent.

Immer öfter nannte er Angelo mit einem Freimaurer-Ausdruck seinen *Lehrling.* Die Sprache der Freimaurer trat nach und nach an die Stelle der profanen Ausdrücke, das Abendessen wurde *Brudermahl* oder *Weiße Tafel* genannt, Vorträge hießen *Baustücke* und den Tod nannten sie den *Ewigen Osten.* Angelo lernte, sein Schicksal nach den Graden der freimaurerischen Einweihung zu deuten, damit befreiten sich sein Leiden, seine Lehr- und Wanderjahre, sein seelischer Hunger nach einer gerechteren und zweifelsfreieren Antwort, seine Wahrheitssuche von der Macht der Eventualität und des Zufalls. Weswegen ihn von Born auserwählt hatte, das war das vom Zufall erhaltene Talent, und was er als das Wirken des Zufalls betrachtet hatte, das war das Schicksal.

Von Born wartete auf eben diesen Augenblick.

Eines Abends hielten sie in Prag vor einem Haus am Flussufer an. Das Tor war verschlossen, die Fenster dunkel, auf der Straße rührte sich nichts. Angelo stand befangen herum, von Born fixierte ihn mit einem glühend forschenden Blick, er lächelte verschmitzt. Jetzt glich er im Mondschein ganz und gar den unberechenbaren Kobolden der Märchen, von denen Weisheit und Güte ebenso zu erwarten sind wie Bosheit und Gefahr. Von Born nahm Angelo bei der Hand und fragte ihn, ob er Freimaurer werden wolle.

Nach einem gemurmelten Ja hakte sich von Born bei ihm unter und führte ihn zum Tor. Er klopfte dreimal, das Tor ging auf, wenn auch keine Hand zu sehen war, die es geöffnet hatte. Angelo trat ein, ihm wurde eine Kapuze übergezogen, so torkelte er lange in der Finsternis nach unten.

Er wurde im Jahr 1779 aufgenommen, im Monat September, zwar nicht am elften, am Jahrestag seiner Taufe, sondern ein paar Tage später. Gerade um so viel, dass die Symmetrie nicht störend wirkte, und damit das Schicksal zeigte, dass es sich nicht ganz an die Regeln hielt.

Als er nun in der finsteren Kammer saß und die auf dem Tisch vor ihm befindlichen Gegenstände, den Schädel, das Glas Wasser, das Salz und den Schwefelkristall, musterte, erfasste ihn Unruhe. Als könnte er keinen Zugang zu den eigenen Gedanken finden. Er sprach innerlich die Worte hintereinander aus: Schädel, Wasser, Salz und Schwefel, und ihm war, als erstickten ihn diese trockenen, weichen Wortknäuel, die seiner Atemluft den Weg versperrten. All das, was er sich bisher angeeignet hatte, was man ihm seit seiner ersten Lernstunde im Hause Lobkowitz eingetrichtert hatte, pulsierte in seinem Inneren, ineinander verflochten, wie eine fremde Substanz, die seinen Körper ausfüllte. Die unregelmäßigen griechischen Verben, die Episteln des Horaz, die chromatische Skala, der Pythagoreische Satz, die böhmischen Reime und die deutschen Liedchen wie auch Magdalenas provenzalisches, wollüstiges Stöhnen. Ein künstliches Inneres, das die eigenen Organe erdrückte und tötete wie die Krebsgeschwüre, die den Bauchraum Frau von Stegnerns sprengten. Die vielen Mittel, die alle dazu gedient hatten, mit ihrer Hilfe der Welt näherzukommen, und die ihm in den vergangenen Jahrzehnten so viel Freude bereitet hatten, erwiesen sich nun alle als Hindernisse des Zugangs. Angelo befürchtete, von Born betrogen zu haben, seines Vertrauens unwürdig zu sein. Schon wieder übermannte ihn die furchtbare Ahnung, gerade das, was er am meisten brauchte, nicht zu erreichen. Und er wähnte, er befände sich gerade jetzt im Keller eines innerstädtischen Hauses, in einer dunklen, in den Fels gehauenen Höhle, in seiner tiefsten Einsamkeit, den fremden Blicken ausgesetzt. Als bereitete sich alles auf die Entlarvung vor, sein gesamtes Inneres, alles das sei in Wahrheit gestohlen, geliehen, fremd, alles das sei aus Werg, Sägespänen und Pappmaschee, nichts davon sei das Seine, sein Eigenes. Selbst seine Seele nicht, von der er nie ergründen konnte, ob er überhaupt eine besaß.

Dass er letzten Endes nichts anderes sei als ein in menschliche Kleider gesteckter Affe, dem man das Sprechen und Rechnen beigebracht hatte.

Eine Jahrmarktattraktion, Ziergegenstand eines Fürsten, versehen mit der besonderen, jedoch überflüssigen Eigenschaft, sich über sich selbst zu wundern.

Er wusste wohl, dass die Dunkelkammer genau das bezweckte. Er wusste, dass dies zur Aufnahmezeremonie der Freimaurer gehörte, die ihn, wie die Adepten der Mysterien von Eleusis, in die dunkelste Einsamkeit hinunterließ, in die Finsternis des Anfangs, in die Zeitlosigkeit des Mutterleibes, die nichts anderes ist als die Schwärze des Grabes. Doch hatte er nicht damit gerechnet, dass dieses

Dunkel derartige Ängste bereithielt. Als blitzten die tierischen Grimassen des Pietro Angiola und seine furchtbaren Affenarme in der Nacht auf.

Dann regte sich noch ein anderes Gefühl: Er überließ sich mit wohligem Kribbeln der Vorstellung, die die stets neuen Wendungen seines Schicksals bei ihm auslösten. Er sah sich auf dem Rücken eines durchgegangenen Pferdes in einem dichten Wald und irgendwie gelang es ihm immer wieder, den herunterhängenden Ästen auszuweichen.

Dann erschien mit einer schwarzen Maske und im schwarzen Umhang der Zeremonienmeister an seiner Schulter, er fuhr Angelo mit einer Stimme an, die sein Blut gefrieren ließ, er solle mit seinem Schicksal abrechnen. Einzig die mächtige Bierfahne, die aus der Kapuze quoll, stieß Angelo in die Wirklichkeit zurück, er erblickte hinter der halb geschlossenen Tür die Utensilien eines Bierkellers, einen hölzernen Bottich, eine schmutzige Schaufel und die schlanken Flaschen, in denen der Hopfen schäumte. Nun wurde ihm wieder eine Kapuze über den Kopf gezogen, der Frater terribilis nahm ihn bei der Hand und sie tappten eine Treppe hinauf, dann durch eine quietschende zweiflügelige Tür, hinter der es nach Kerzen und Bodenwichse roch, sie traten in einen weiten Saal, wo Angelo sich den Blicken vieler Augen ausgesetzt fühlte. Er hörte Menschen atmen, hörte Gelenke knacksen, Gewänder rascheln. Dann wurden Fragen und Anweisungen ausgesprochen, Angelo hörte der Stimme an, dass die Sätze vorgelesen wurden. Er ging die drei Kreise entlang, die seinen Wanderweg und sein Herumirren in der Welt versinnbildlichten, dann wurden ihm die Fragen gestellt, die jedem Novizen gestellt werden, und nachdem er alle richtig beantwortet hatte, zog man ihm die Kapuze vom Kopf und er erblickte die Degen, die auf sein Herz zielten.

Hinter den Degen standen die Männer, die er schon von Wien her kannte, aus der Bibliothek, aus den Kaffeehäusern, den Salons, Männer, mit denen er sich seit Jahren schon über so vieles unterhalten hatte, Freiherr von Sonnenfels, Fürst Dietrichstein, die Doktoren Barth und Eberle von der Anatomie und da stand auch der Herr mit den schmalen rosigen Händen, Fürst Liechtenstein. Auf seiner Stirn glänzten Schweißtropfen, der Degen zitterte in seiner Hand. Angelo atmete auf, er kam zur Ruhe, denn er hatte sich, unbewusst, bis zuletzt unter den Menschen befunden, deren Freundschaft er sich verdient hatte und die sich die seine erworben hatten. Hier und jetzt wurde sein Körper zu einem Unterpfand eines Geheimnisses, zu einem eingeweihten Körper.

Später, als er selber schon an den Aufnahmezeremonien teilgenommen, die Rolle des Frater terribilis gespielt und damit die im dunklen Zimmer zitternden Suchenden fast zum Tode erschreckt hatte, fühlte er: Er hatte jetzt die Position erreicht, in der sein Körper sich restlos wohl fühlte. Vom unbequemen und engen Sackgewand in Palermo zur farbenprächtigen Livree in den Farben der Familien Lobkowitz und Liechtenstein und über den Alltagsanzug des Familienvaters waren einzig und allein die hier – Maurerschurz, Handschuhe und Hemd – das Richtige, in dem sein Körper glücklich war. Die Entdeckung, dass das Kostüm, die Maskerade, Schurz und Handschuhe, die rituelle Handhaltung, alle nur dem Zweck dienten, den Körper aus dem Gewühl der profanen Welt und dem ziellosen Umherschwärmen herauszuheben und auf eine Bühne zu stellen, auf der jeder nur für sich allein spielen und nicht draußen, vor der irdischen Welt, herumalbern musste, gereichte ihm zur Freude.

Nachdem mit dem Tod Maria Theresias und der Krönung Josephs II. das Verbot der Freimaurerei aufgehoben worden war, verbrachte Angelo die meiste Zeit in der Wiener Loge zur Wahren Eintracht. Von Born betraute ihn mit der Leitung des Logenmuseums, in dem die hawaiianischen Masken und australischen Plastiken, gesammelt von Georg Forster, dem Reisegefährten Kapitän Cooks, aufbewahrt wurden. Ärzte hatten Einmachgläser mit kranken Tumoren, zweiköpfigen Säuglingen, abgetrennten Köpfen von Übeltätern übergeben, Schädel von Narren und Genies, und Bianchi, der Ostasien-Sachverständige des Archivs, hatte seltene chinesische und persische Handschriften ausgestellt, von Sonnenfels hatte Marterinstrumente aus dem Mittelalter gebracht, um so an die Schrecknisse des Rechtsbruches zu erinnern, und Fürst Dietrichstein hatte für das Museum eine Originalmumie aus Ägypten erstanden, auf deren Sarg die uralten Symbole des Ordens in Goldfarbe prangten.

Kaum ein Wissenschaftler oder Künstler, der das Logenhaus der Wahren Eintracht nicht besucht hatte. Angelo führte sie nicht nur durch das Museum, er führte nach längerem Überreden und einigen Gläsern Wein auch die Rolle des Frater terribilis vor, in der er die Suchenden mit schwächeren Nerven so trefflich erschrecken konnte.

Sobald er seine Arbeit in der Loge beendet hatte, ging er in die Bibliothek hinüber, um die Korrekturen der neuesten Flugblätter durchzusehen, und im Morgengrauen lief er schon mit ihnen in die Druckerei. Die Loge hatte einen großen Anteil an der Versorgung der Bevölkerung im ganzen Reich mit geistiger Nahrung, jeden Tag gab es ein neues Flugblatt mit weltverbessernden Absichten, das einmal die Sache des Rechtssystems, ein anderes Mal die der Steuer, des Gesundheits- und des Unterrichtswesens, des Ehestandes oder der Waisenversorgung vorwärtsbringen wollte. Und am Abend kam dann der Besuch im

Kaffeehaus, wohin Angelo manchmal auch schon Josepha mitnahm. Die Kleine hörte den Gesprächen der Erwachsenen mit aufgerissenen Augen zu. Sie focht einzig mit Simon Eberle, einem jungen Naturwissenschaftler, Sträuße aus, sie wetteiferten darin, wer sich näher zu Angelo setzen durfte.

Simon Eberle ließ keine Gelegenheit aus, Angelo zu hofieren, so oft sie sich nur begegneten. Er bewunderte Solimans Schönheit offen und setzte sich im Kaffeehaus oft zu ihm. Immer rückte er dann noch ein wenig näher, blickte ihm lange in die Augen und seufzte dazu recht tief, als bedrücke ihn etwas. Während er zu ihm sprach, fand er immer einen Fussel an Angelos Schulter, den er wegnahm, eine Wimper in seinem Augenwinkel, die er entfernte. Einmal bückte er sich sogar hinunter, um von seinem Schuh einen Schlammspritzer wegzuputzen, und presste im Aufstehen sein Gesicht an Angelos Oberschenkel. Erst da verstand Angelo, was den Arzt umtrieb, und er ersuchte von Born, Simon bei Gelegenheit behutsam mitzuteilen, dass er das weibliche Geschlecht schätzte.

Eberle verschwand für Monate, und als er wieder zum Vorschein kam, war er bereits mit einer Frau aus Böhmen verlobt. Nie unterließ er es, mit Nachdruck zu erzählen, welch ausgesuchte Schweinereien er mit der Frau austauschte.

Ein Jahr vor unserem Bekanntwerden, Ende Oktober, hatte von Born schon am frühen Morgen einen Boten zu Angelo geschickt, zu Mittag gebe es ein sehr wichtiges Treffen im Museum und er solle keine Sekunde zu spät kommen. Die Nachricht klang sonderbar, weil sich Angelo niemals verspätete, er traf eher eine halbe Stunde zu früh ein, so sehr fürchtete er den Gedanken, jemanden warten zu lassen.

Von Born empfing ihn mit geheimnisvoller Miene und sperrte hinter ihm sofort wieder ab.

Im Zimmer waren bereits mehrere Männer versammelt: von Sonnenfels, Gemmingen, Graf Kolowrat, György Pálffy und andere, die Soliman nicht kannte. Von Born hielt eine kurze Rede: Es sei an der Zeit, dass die aufgeklärten Geister, die sich von nun an Illuminati nennen wollten, die Macht in der ganzen Welt übernähmen. In Kürze würde sich die Gesellschaft verwirklichen, in welcher niemand Macht über den anderen ausüben wolle. Das Verhältnis zwischen den Menschen würde brüderlich sein wie innerhalb der Logen. Es werde in Hinkunft keinerlei Vorrechte geben, keine geistlichen oder Adelsprivilegien, die Güter würden von Gelehrten und Philosophen gerecht verteilt werden. Man müsse langsam und still vorgehen, ohne Waffen und Blutvergießen, aber jetzt sei die Zeit da, um Eingeweihte in allen Schlüsselpositionen unterzubringen. Es sei bereits gelungen, das schädlichste Miasma, die geistigen Orden, zu eliminieren, nun möge der Adel folgen, das Königtum und die Kirche. Der Großteil der Menschen, und freilich der Herrscher und auch der Hof, seien noch nicht reif genug, um diesen Gedanken zu akzeptieren, somit müssten die Logenbrüder, um keinen Verdacht zu erregen, einander mit Tarnnamen bezeichnen. Gemmingen sei Antonius, von Born Furius Camillus, von Sonnenfels Fabius, Kolowrat möge Numenius sein und Soliman Jugurtha. Niemand verstand, warum Angelo, als er das vernommen hatte, einen unwiderstehlichen Lachkrampf bekam. Er gickste minutenlang, wobei er sich immer wieder entschuldigte. Von Born zischte ihn ungeduldig nieder, er musste, wie immer, eilen, und nie wusste er, ob er den nächsten Satz überhaupt zu Ende bringen könne.

Im Verwaltungssystem der Illuminati würden sie Österreich Ägypten nennen, Wien, Rom und Innsbruck hieße dann Direktorium Samos. Graf Pálffy insistierte, Ungarn möge Makedonien und Siebenbürgen Illyrien genannt werden, doch von Sonnenfels meinte, das sei viel zu eindeutig, Siebenbürgen möge Britannien und Ungarn Gallia Narbonensis heißen. Darauf einigten sie sich schließlich. Sie würden keine Briefe versenden, keine Nachrichten durch Nichteingeweihte schicken und auch in den Logen würden sie nichts Einschlägiges vor noch nicht Aufgenommenen verlauten lassen. Jeden Monat wollten sie sich hier treffen und von Born und von Sonnenfels möchten die Personen benennen, die sie in neue Position einschleusen sollten. Jeder möge nachdenken, ob er jemanden kenne, jemanden, der geeignet wäre, mit der Zeit aufgenommen zu werden.

Von Born zeigte ein kompliziertes Bild herum, das verdeutlichen sollte, in wie vielen Jahren die speziellen Schüsselpositionen übernommen werden könnten und wie viele Jahre es brauchte, ihre Pläne auf allen Gebieten des Lebens, Pläne ohne Gewalt, Blutvergießen und Zerstörung verwirklichen zu können. Bis 1810 hätten alle Indizes den Bereich der Vollkommenheit erreicht, zu dieser Zeit gebe es nirgends mehr Kirchen und Adel, auch keine Rechtsungleichheit und Steuerunterschiede, in keinem Land Europas, also hätten auch Kriege keinen Sinn mehr. Weitere fünfzig Jahre und die ganze Welt könne nach den Grundsätzen der Vernunft, der Gerechtigkeit und Brüderlichkeit eingerichtet werden.

Angelo verstand nicht, was er in diesem Ganzen zu suchen hatte.

Er selbst war nirgends in einer wichtigen Position und die er kannte, die kannten von Born und die anderen auch.

Er fühlte sich unbehaglich und befürchtete, hinter seinem Rücken verlacht zu werden. Dass man ihn höchstens als Zierde brauchte, als lebendigen Beweis dafür, dass der Orden keine Vorurteile kannte und dass sie gemäß den Ideen der Gleichheit lebten. Dass er nichts anderes sei als ein Gegenstand, den man vorzeigen könne wie das Resultat eines gelungenen Versuches. Wie einen Meteoritstein, der die Existenz des Weltalls und der Massenanziehung bewies, oder wie das Gerippe eines urtümlichen Tieres, welches das immense Alter des Lebens belegte, aber am ehesten dazu diente, die verbrauchten Theorien, derer man überdrüssig geworden war, zu widerlegen.

Im Wirtshaus erörterte Soliman mit von Sonnenfels, ob der Name Massinissa sich nicht besser als Deckname geeignet hätte, doch der Freiherr überzeugte Soliman schließlich, dass der des afrikanischen Königssohnes, der die Korruption der Römer, ihren Machtrausch, ihre Willkür und Arroganz entlarvt hatte, viel besser zu ihm passte. Er habe ja gehört, dass Angelo ebenfalls aus königlichem Blut stamme. Angelo genierte sich, als er die alte Mär wieder vernahm, die er so lange weder gehört noch selbst jemandem erzählt hatte, nicht Magdalena und auch nicht Josepha. Von Sonnenfels aber beruhigte ihn, seine Geschichte sei nicht besser als die anderer, die von Borns etwa, dessen Eltern früh verstorben waren und den die Jesuiten bei sich aufgenommen hatten, weil er sich als talentiert erwies und den Mönchen wohl als Leckerbissen erschien; dem war es dann gelungen, sich von ihnen loszueisen und nun würde er derjenige sein, der nicht nur die Jesuiten, sondern alle Orden auflöste. Aber auch er, von Sonnenfels, sei ein Beispiel, der zum Katholizismus übergetretene Sohn des Rabbis von Nikolsburg, dessen Urgroßvater noch in einem Blutanklage-Prozess zu Tode gemartert worden war, indem man ihm Tage hindurch die Knochen einzeln brach, und nun würde er, von Sonnenfels, es sein, der die hochnotpeinliche Befragung ein für allemal abschaffen würde. Das Schicksal jedes einzelnen Menschen, der hoch hinaus wolle und seine Ängste besiege, enthielte Geschichten. Das sei sowohl die Natur der Geschichten als auch die der Menschen.

Einige Monate später wartete ein Maler auf Angelo im Logenhaus und fertigte binnen einer Woche einen Kupferstich an, auf dem Angelo mit einem Turban auf dem Kopf und einem Stock mit Löwenkopf zu sehen war, im Hintergrund erhoben sich die ägyptischen Pyramiden, Symbole des alten Wissens. Angelo flehte von Born an, doch die ganze Porträtmalerei zu vergessen, aber der Obermeister, so bezeichnete Angelo ihn in der Sprache der Freimaurer, wich nicht vom Plan ab und duldete keinen Widerspruch.

Man könnte es der ganzen Welt nicht besser zeigen, sagte er, was Freiheit, Güte und Gleichheit, Tugend, Weisheit und Wissen bedeuteten, als gerade durch sein Beispiel. Die Zeit sei gekommen, nach den Porträts von blöden Fürsten, degenerierten Herrschern, fetten Pfaffen endlich den Bürgern des Reiches vorzuzeigen, wie der Mensch in Wahrheit beschaffen sei. Dass der Mensch schön sei. Wer der Mensch sei und wer schön sei. Dieser Moment, so von Born, gleiche dem, als Apoll durch die Hände des griechischen Bildhauers das erste Mal aus dem toten Stein trat. Oder dem, als der Mensch sich im David Michelanglos seiner eigenen Schönheit das erste Mal bewusst wurde. Jetzt aber komme es zum Wendepunkt: Zum ersten Mal sei das Schwarze schön. Was bisher hässlich und das Maß des Hässlichen gewesen sei, wende sich, es wandle sich zum Maß des Schönen. Mögen doch sie hässlich sein, die Weißen. Denn die Schönheit sei das Schöne der Freiheit, die Schönheit des Menschen, der sich durch seine eigene Freiheit erhebe, sich selbst lenke. Und gerade da sei er am schönsten, wenn er der größten Gefahr ins Auge sehe, die größte Gefahr aber seien jetzt Vorurteile und jener Ekel, mit dem ihn die Welt anblicke. Angelo möge Wien in die Augen schauen, wie die Statue Michelangelos, David, den Goliath angesehen habe. Dieser Welt müsse er sein Gesicht entgegenhalten, seinen Blick und die Schwärze seiner Haut, dieser hässlichen Welt gegenüber müsse er schön, der Schönste sein.

Der in einem Atemzug vorgetragene Monolog hatte von Born erschöpft, er hustete, dann blickte er mit gequälter Miene auf und tastete nach der Opiumpfeife. Doch die Kraft seines Basiliskenblickes wurde durch die körperliche Pein nicht gebrochen, er hielt Angelo mit seinem Blick fest, und dieser wusste, er würde nicht widersprechen können, er schwebte wie gelähmt in diesem Blick, wie ein Staubkorn in der Strahlengarbe des Sonnenlichts.

Das gezwungene Modellsitzen vor dem Blick und den Malerutensilien Haiders quälte Soliman ungemein, wenn er auch im Hinblick auf die Ausbildung und Begabung des Künstlers beruhigt sein konnte. Haider hatte bei den besten Lehrern gelernt und gab nur einwandfreie Arbeiten aus der Hand, mit einer fehlerlosen Perspektive, richtig gesetzten Schatten und einer natürlich wirkenden Haut, die sogar den leichten Flaum und die Pigmentflecke auswies.

Doch Angelo befürchtete nicht, verewigt zu werden, für ihn war allein die Tatsache unbehaglich, abgebildet zu werden. Er war schon so oft ausgezogen, sein Körper so oft in beschämende Situationen gebracht, so oft nach Lust und Laune gebraucht worden, dass er meinte, was das angehe, könne er keine neue Erfahrung mehr machen, doch als er unter den an der Zimmerdecke aufgespannten weißen Laken posierte, reglos dasaß, die Tücher das Licht im erforderlichen Maß auf sein Gesicht reflektierten, und als er bei jedem Strich des Künstlers fühlte, wie dieser sich immer tiefer in die Geheimnisse seiner Züge hineinarbeitete, die ja doch sein innerstes, sein ureigenes Selbst bedeuteten, da fühlte er sich wie bei lebendigem Leibe gehäutet.

Da erfasste er, dass er sich keinen Schritt von den Spiegeln des Ballsaals in Palermo entfernt hatte und dass er sich als genauso hässlich, abstoßend und scheußlich empfand wie zu seiner Kinderzeit. Vergeblich alles Geflüster in den Augenblicken der Leidenschaft. Jetzt, da ein Maler diese Widerwärtigkeit verewigte, wurde sein Schicksal besiegelt. Der Skandal seines Gesichtes trat unwiderruflich und ewig für alle offenkundig zutage. Er wurde verewigt, somit wurde ihm das Sterben verweigert. Er fühlte wieder, wie damals, als er auf das Wasser der schwarz dahineilenden Donau hinunterblickte, dass ihm seines Körpers wegen das Recht verwehrt wurde, spurlos von der Erde zu verschwinden.

Was auch immer er tat, er musste bleiben, man ließ ihn nicht entschwinden, man ließ ihn nicht vergehen.

So wurde Angelos Körper zur Ikone.

Zu einem richtig bedeutenden Abbild, das die Wahrheit der Illuminaten und der Loge zur Wahren Eintracht verkündete, das Obsiegen der neuen Welt über der alten Ordnung. Die Ideen der Illuminaten wurden durch die Bestürzung und das Unverständnis ob des Erscheinens im Kreis der Spießbürger, Pfaffen und duckmäuserischen Höflinge, wie auch durch die sonderbare, für Außenstehende unfassbare Popularität bei Studenten, Künstlern und gebildeten Bürgern legitimiert. Monatelang zierte das Bild die Auslagen von Buch- und Bilderhandlungen, von

Musikalienhandlungen, ja, sogar die einzelner schöngeistiger Schneider und Hutmacher. Niemand aus der Masse der Ungebildeten verstand die Bedeutung des Porträts, doch viele fühlten sich intuitiv zu ihm hingezogen. Die Pyramiden und Palmen im Hintergrund des Bildes erinnerten sie an Wissen und an die uralten Wahrheiten, und im offenen Blick, den der Maler wirklich ausdrucksvoll gestaltet hatte, glänzten magische Milde und Heiterkeit. Zudem war das Bild, wie von Born und auch die Logenbrüder behaupteten, tatsächlich schön. Den Betrachter sah ein überaus schöner Mann an, allein deswegen genierte sich Angelo, denn auf dem Porträt wirkte er viel attraktiver, als er es in Wirklichkeit war.

Von Born konnte nicht wissen, welchen Emotionen er Angelo mit seinem beharrlichen Zielbewusstsein ausgesetzt hatte und was der Mohr fühlte, als der Stich schließlich aus der Druckerei gekommen war und in großen Stößen auf den Tischen der Buchhandlungen und Kaffeehäuser lag. Angelo wagte sich tagelang nicht aus dem Palais Liechtenstein. Er argwöhnte, auf der Straße verspottet und bespuckt zu werden. Zu guter Letzt riss ihn die Begeisterung Josephas aus seiner Lethargie, das Mädchen kaufte sich von seinem Taschengeld ein gutes Dutzend Drucke und verschenkte sie wahllos auf der Straße.

Eine Woche später, Angelos Ängste hatten sich gelegt, pfiff er auf dem Heimweg aus dem Logenhaus die Melodie des Vivat Bacchus aus der *Entführung aus dem Serail* von Mozart vor sich hin, den sie vor Kurzem erst aufgenommen hatten, er hatte sie den Logenbrüdern auf dem Klavier vorgespielt. Da sprang ihn aus einem dunklen Toreingang Pietro Angiola an.

Er war sturzbetrunken, auf seinem Gewand trocknete Erbrochenes. Er packte Angelo und brüllte ihm ins

Gesicht, die Worte unkonjugiert und undekliniert aneinanderreihend, mit einem Schwall von Mundgeruch aus schlechten, eitrigen Zähnen und einer mächtigen Bierfahne, Soliman habe ihm die Ehre gestohlen. Er habe ihn erniedrigt und verletzt. Diese Wörter wiederholte er immer und immer wieder, dabei fischte er den zerknüllten Stich aus seiner Tasche, strich ihn mit seinen schmutzigen Händen glatt und hielt ihn Angelo unter die Nase. Er wollte Angelo schlagen, doch war er viel zu betrunken, um ihn zu treffen. Soliman wich dem Schlag aus, Pietros Faust knallte gegen die Wand. Die Haut platzte auf, Angelo sah bis zu den Knochen, zur gerissenen Sehne und dem gebrochenen Gelenk. Da zog Pietro mit der Linken ein Messer, doch Angelo war schneller. Er traf ihn im Gesicht, dann, als sein Gegner gestürzt war, trat er ihn gegen den Kopf, einmal, zweimal, dreimal, bis der Elende das Bewusstsein verlor. Angelo nahm ihm den Stich aus der Hand und zerfetzte ihn zu winzigen Stückchen.

Angelo kam keuchend und verzweifelt zu Hause an. Ihn plagte das Gewissen, er fürchtete, den gemeinen Tierpfleger aus Schönbrunn getötet zu haben. Er bat die Pferdeknechte nachzuschauen, wie es ihm gehe, doch kamen die lediglich mit der Kunde zurück, sie hätten nur eine Blutlacke und einige Zähne gefunden, der Mann aber sei nirgends mehr zu sehen gewesen. Nach einigen Tagen hieß es dann, Angiola sei wieder der Alte, er lebe und gedeihe, er miste weiterhin bei den Elefanten aus, allerdings grinse er nicht mehr von Ohr zu Ohr, offenbar schämte er sich, denn ihm fehlten vorne alle Zähne.

Magdalena erkrankte im Herbst 1785.

Seit Monaten schon waren ihre Hände und Füße geschwollen, sie hatte Schluckbeschwerden, klagte über die Lunge und in den letzten Tagen hatte sie so viel Wasser in den Gliedmaßen, dass sie die Gelenke nicht mehr bewegen konnte. Angelo sah in das bis zur Unkenntlichkeit verzerrte Gesicht und suchte in den bis auf einen Spalt zugeschwollenen Augen den Rest des Wildkatzenblickes, der ihn einst angefunkelt hatte, als er sie bei Schneefall aufhob und über die Straße trug, doch musste er erkennen, dass dieses Licht für immer erloschen war. Er war sich nicht sicher, was er fühlte. Dann leuchtete es ihm ein, das komme daher, weil er nichts fühlte. Vielleicht, weil er in den vergangenen Jahrzehnten wegen allzu vieler Dinge Schmerz verspürt hatte und für Magdalena nichts mehr übrig blieb. Oder waren sie einander so entfremdet, dass sie sich zum Schluss wie Fremde gegenüberstanden?

Als ihr Zustand kritisch wurde, schickte er Josepha auf ein Anwesen des Fürsten am Donauufer, fern der Stadt. Magdalenas Gesicht war zu dieser Zeit schon von livider Farbe, an ihrem Hals platzten eitrige Geschwüre auf. Doktor Stütz, der täglich nach ihr sah, empfahl keinerlei Therapie außer schmerzstillenden Maßnahmen. Sooft man sie zur Ader ließ, sickerte nur noch trübe Gewebsflüssigkeit heraus, dann wurde die Wunde brandig, sie verheilte nie wieder. Magdalena bekam täglich viermal Laudanum. Sie wimmerte nur leise. Dann war auch kein Wimmern mehr zu hören, aber der unter ihre Nase gehaltene Spiegel beschlug sich noch. Es war schwer, zu sagen, ob sie noch lebte oder schon gestorben war, ihr Herzschlag war nicht mehr zu hören, doch sie schien noch ganz schwach zu atmen. Als dann die Gase ihre inneren Organe aufzublähen begannen, sagte der Doktor, es sei aus mit ihr.

Es schneite nicht, aber am Himmel hingen große, wollige Wolken. Angelo setzte sich auf den Wagen, der den Leichnam seiner Frau zum Spital fuhr, er meinte, ihr diesen letzten Ausflug schuldig zu sein. Als sie ankamen, war es schon finster, die Sektion wurde für den nächsten Tag angesetzt. Allerdings schneite es da bereits. Das zahlreiche Publikum brachte den frischen Duft des Winters in den einem Amphitheater ähnlichen Saal herein, im Vorraum schlug man sich den Schnee von Stiefeln und Mänteln. Viele waren gekommen, und nicht nur angehende Mediziner. Irgendwie hatte es sich verbreitet, dass heute die Frau des Angelo Soliman öffentlich seziert werden sollte, und das lockte auch viele Neugierige herbei. Bei einem der Pfeiler entdeckte Angelo Ignaz von Born und seine Kehle schnürte sich zu. Mit ihm hatte er besprochen, dass er erleben wollte, was geschehen würde, wenn jeder in den Körper Einblick nehme könnte, der für ihn vordem das höchste Heiligtum und das meistgehütete Orakel gewesen war. Er hungerte nach diesem Extrem, nach dieser Gefahr, nach diesem riskanten Regelbruch, der sowohl als gut als auch als böse gelten konnte, er mochte genauso gut eine Geste in Richtung Freiheit bedeuten, aber auch als krankhafter Egoismus oder an die Grenzen des Wahnsinns streifende Idiosynkrasie ausgelegt werden.

Er wollte wissen, wie es denn sei, wenn man alles erfährt, was nur erforschbar ist, und er bat die Gehilfen, ihn nicht in die Nähe der Tür zu lassen, sollte ihm der Mut schwinden, wie weiland Odysseus, der sich, neugierig auf den Gesang der Sirenen, an den Mast seines Schiffes hatte fesseln lassen.

Eberle führte die Sektion durch, nachdem er die Symptome der Krankheit detailliert erörtert und angegeben hatte, welche Veränderungen an den inneren Organen zu erwarten waren, welche Anomalien diese unmissverständlichen Zeichen an der äußersten Hülle des Körpers erzeugt hatten, die ein Mediziner so las wie Schulanfänger das ABC.

Und tatsächlich, die Lungen waren voller rosafarbener Flüssigkeit, sie hingen wie zwei Beutel voller Wasser schwer herunter, als sie aus dem Brustkorb gehoben wurden. Magen und Gedärme sahen verhältnismäßig gesund aus, die Nieren aber hatten ihre ursprüngliche Gestalt ganz verloren, sie sahen aus wie von Geschwüren übersät, voller grauvioletter Knoten, die hart waren und krachten wie Eierschalen.

Ich konnte mich nur schwer zurückhalten, als Angelo diese Details erzählte, und vermochte mir nicht vorzustellen, dass ich zu etwas Ähnlichem fähig wäre. Für einen Augenblick dachte ich, dass Angelo doch sehr fremd war und in einer weit entfernten Welt lebte. Er bemerkte das Verdüstern meiner Miene, doch er verteidigte sich nicht, er gab keine Erklärung ab, er bemerkte bloß zum Schluss, dass man zuweilen ganz sonderbare Dinge tun muss, um sich frei fühlen zu können.

Wir tranken ein Gläschen Tokajer vom alten Wein meiner Mutter.

Von da an verbrachte er einen Großteil seiner Zeit im Naturalien-Cabinet, das damals gerade neue Räumlichkeiten neben der Bibliothek erhalten hatte, die es endlich ermöglichten, das von den Familien des Reiches gesammelte umfangreiche Material ordnungsgemäß auszustellen.

Der Zustand von Borns verschlechterte sich zusehends. Insbesondere nachdem der Orden der Illuminaten verboten worden war und Joseph II. wegen den allzu stürmischen Veränderungen und den als unerfüllbar beurteilten Ansprüchen das berühmte Patent erlassen hatte, mit dem er die Logen dem Namen nach belassen, im Wesentlichen aber alle freien Tätigkeiten verboten hatte; danach verblieben von Born am Tag nur noch wenige brauchbare Stunden, alle andere Zeit verbrachte er im geistesabwesenden Opiumrausch. Seine sarkastische Laune verließ ihn, was laut von Sonnenfels ein sehr schlimmes Omen war.

Zu dieser Zeit reiste ich das erste Mal als Adept nach Wien, da begann meine Freundschaft mit Angelo. Da wir beide Freimaurer waren, wussten wir vom ersten Augenblick an, dass wir die überwiegende Mehrheit der Dinge ähnlich beurteilten. Die sonderbare Verflechtung unserer Schicksale aber konnten wir nicht voraussehen.

Unserer Unterhaltung auf der Freyung folgten noch viele Treffen, allerdings viel weniger, als wir gern gehabt hätten. Die eigentümliche gegenseitige Anziehung, die wir vom ersten Moment an verspürten, ließ mich seine wahre Natur nur langsam erkennen, die vollen Lehren daraus aber zog ich erst viel später.

1791 spazierten wir gemeinsam auf dem Graben.

Damals war die Welt schon über die Revolution in Paris hinweggegangen, die sämtliche vorsichtig tastenden Versuche einer Verbesserung plötzlich überflüssig und unzeitgemäß gemacht hatte, zum Ersten, weil in den Augen der Außenwelt alle Experimente dieser Art von vornherein als Vorbereitung zum Massenmord erschienen, zum Zweiten aber, weil es offenkundig wurde, dass alles das schneller und radikaler vollbracht zu werden vermochte. Wir waren jedenfalls unruhiger als vor einem halben Jahrzehnt und diese Unruhe spiegelte sich auch in unserem Verhalten.

Wir hatten ausgemacht, um elf Uhr am Vormittag spazieren zu gehen, danach wollten wir zusammen essen und den Nachmittag mit einigen Flaschen guten Weines beginnen. Ich war als Erster gekommen und genoss es, durch meine Kleidung im Vormittagsgetriebe des Platzes aufzufallen. Ich stellte mich an dieselbe Stelle, an die südliche Seite der Pestsäule, wo ich seinerzeit mit meinem Vater die Demütigung erleben hatte müssen. Ich trug die Kuruzzenmütze meines Vaters, an meiner Seite hing das Schwert meiner Kuruzzenahnen, mit dem sie dem Fürsten Rákóczi gedient hatten und das nach den eingeritzten Zeichen im Blut von sieben Labanzen gebadet hatte. Damals trug ich schon seit längerer Zeit keine Kleidung nach westlicher Manier, ich legte das Gewand meiner Ahnen voller Trotz an, sollten sich doch alle über den „Wilden Mann aus dem Osten" entrüsten, die sich entrüsten wollten. Ich fand die Angelegenheit ganz amüsant und hoffte, Angelo damit erfreuen zu können. Als er dann mit seinem wohlbekannten Gang von der Ecke des Platzes herankam, erkannte ich, dass unsere Belustigung sogar noch größer als angenommen sein würde.

Angelo, den ich bisher nur in einfacher bürgerlicher Kleidung erlebt hatte, näherte sich jetzt in einem schreiend gelben Kaftan mit smaragdgrünem Turban auf dem Kopf, in der Hand trug er einen Spazierstock mit Löwenkopf, den er sich nach dem Modell hatte anfertigen lassen, mit dem ihn der Maler auf dem weithin bekannten Bild porträtiert hatte. In der anderen Hand trug er einen Fächer aus Straußenfedern, der locker an seiner Schulter lehnte. Es fehlte nur noch ein Gefolge verschleierter Haremsdamen und würdevoll einherschreitender Elefanten. Wie es sich herausstellte, war auch er erst vor Kurzem zu auffallenden, grellen exotischen Gewändern zurückgekehrt, die Uneingeweihten mochten glauben, was ihnen am leichtesten zu glauben fiel. Wir brüllten beide vor Lachen übereinander, zur Verwirrung der Umstehenden, dann spazierten wir inmitten der Menschenmenge dahin, er unter den Weißen, ich unter den Labanzen. *Was meinst du, Ferenc,* fragte Angelo lachend, *welcher von uns ist in ihren Augen der größere Barbar?* Auf diese Frage zu antworten fiel mir wahrlich sehr schwer.

Jetzt bin ich schon sicher, Angelo wollte mich damals mit seiner Kleidung nicht nur unterhalten, er hatte weitergehende Absichten, die ich damals noch nicht erkannte. Nicht nur wegen meiner Jugend, sondern auch wegen meiner Unerfahrenheit. Damals bildete ich mir ein, in der Welt zu Hause zu sein, und musste noch viele Erfahrungen machen, um eines zu lernen: Ich war nirgends zu Hause.

In den Achtzigern hatte Angelo vielerlei Aufträge bekommen, die alle irgendwie mit den Freimaurern und den Illuminaten zusammenhingen, die vergeblich verboten worden waren, denn sie betätigten sich genauso weiter wie bisher, der Weg zum Erreichen ihrer Ziele wirkte, als hätten sie gar keine Ziele. Sie halfen einander, in Ämter und zu Würden zu gelangen. Angelo reiste, gab Nachrichten weiter, nahm an Treffen teil und vertraute darauf, dass die große Woge der Zeit, die ihn auf ihren Rücken gesetzt hatte, ihn nicht gegen Felsen schmettern und auch nicht verschlucken würde. Vorerst schien es, er habe nichts zu befürchten. Wir alle dachten, in Paris hatte es eine Revolution gegeben, schön und gut, aber das Habsburgerreich sei von vornherein anders strukturiert, weswegen auch unsere Lösungen von denen der Franzosen abweichen müssten. Weiters war es richtig, dass nur sehr wenige von uns in der Guillotine eine Lösung erblickten, und die Nachrichten aus Frankreich hatten so manchen dieser Wenigen verunsichert.

Ich forschte mit deinem Vater nach den in der Materie verborgenen göttlichen Geheimnissen und hatte bald Gewissheit darüber, dass da gar keine verborgen waren, und lernte lieber bei Gelegenheit mit Hajnóczy Englisch, las den Hamlet, schrieb Gedichte, und das schien mir genug zu sein, um die Welt um uns herum zu verändern. Schreiben zu dürfen, was ich wollte, war für mich eine noch größere Neuigkeit als die Guillotine. Und wie Angelo mit seinem Gewand, hatte auch ich Freude daran, die Törichten zu foppen, die Paschas zu schrecken und die Hoffärtigen zu erniedrigen. Mir schien es viel interessanter, sie zu quälen als sie zu töten, das Allerbeste aber war zweifellos, sie in ihrer Torheit lächerlich zu machen, sie in ihrer Dummheit zu ertränken.

Das bei Weitem größte Aufsehen verursachten wir, als er mich in Kaschau besuchte. Er pflegte zu Fürsterzbischof Migazzi ein gutes Verhältnis, seitdem dieser geheimnisvoll geschmeidige und teuflisch kluge Mann ihn mit Magdalena insgeheim verheiratet hatte.

Es war Migazzi selbst, der seine Fühler zu den Freimaurern ausgestreckt hatte, und von Born und von Sonnenfels waren sich einig, man müsse Angelo zu ihm schicken.

Er drückte Angelo gegenüber vorsichtig seine Missbilligung aus und leierte die obligatorischen Worte über Erlösung und die Pflichten eines wahren Katholiken herunter, doch trug er all das unter Blinzeln und sich im Stehen hin und her wiegend vor, damit gleichsam andeutend, dass etwas im Gebälk krachte. Auch möglich, dass das nur Angelo so erschienen war, das ließ sich später kaum noch sagen. Migazzi zeigte sich bezüglich der Anliegen der Freimaurer sehr bewandert, er wusste viel über die Geschichte des Ordens und explizierte, man könne den Schöpfer ebenso den Großen Baumeister aller Welten nennen wie auch Elohim oder wie man ihn eben nennen wollte. Bei den Byzantinern hatte sich lange die Anschauung gehalten, dass etwas gerade mit seinem Gegenteil benannt werden könnte, somit könnte Gott sogar Wurm oder Made genannt werden. Er ermahnte Angelo eindringlich, sich nicht in die englischen oder französischen Ideen zu vertiefen, brauche doch das ungebildete Volk hier im Osten den Beistand und die Liebe der Kirche. Als Angelo einwarf, vielleicht sollte man das Volk zuerst bilden, tat er, als habe er das nicht gehört. Da verstand Angelo, dass diese Unterhaltung allein vom Fürsterzbischof geführt werden durfte. Entmutigt ließ er das aufkeimende Vertrauen fahren.

Migazzi erkannte Angelos Verlegenheit und erzählte schnell eine Geschichte darüber, wie jüngst zehntausend peruanische Indianer auf Anstiftung der Jesuiten hingemetzelt worden seien, es war also unmöglich, seine Aussagen einzuschätzen. Nach einigen Wochen bat er Angelo, das Diplom, mit dem er Michael Brigido, einen ausgezeichneten und aufgeklärten Geistesmenschen, in Leutschau zum Bischof von Laibach ernannte, eigenhändig zu überbringen. Er hoffte, dieses Treffen würde ihnen beiden zum Besten gereichen und sie würden Freundschaft schließen.

Angelo war seit vierzig Jahren, seit dem letzten Türkenkrieg, nicht mehr in Ungarn gewesen, er freute sich auf diese ausgezeichnete Reisegelegenheit, mich zu besuchen. Am vereinbarten Tag trieb ich mich schon zu Mittag vor dem Dom herum und wartete auf das Erscheinen der Kutsche auf der Straße. Ich hatte jeden im Voraus und mit allem Brimborium informiert, die Magistratsherren, den Notär, den Richter, die Mitglieder des Stadtrates, den Untergespan, dass ein wichtiger Gast aus Wien kommen würde, deshalb standen sie jetzt alle in der Mittagshitze der glühenden Julisonne aufgereiht auf dem Hauptplatz. Einzig dein Vater war in das Geheimnis eingeweiht, er schmauchte seine Pfeife im Fenster des Hauses gegenüber und verfolgte die Vorgänge von dort. Nachdem die Kutsche angehalten hatte und Angelo heruntergestiegen war, empfing ich ihn mit der tiefsten Ehrerbietung, machte vor ihm Bücklinge, küsste ihm die Hand, es fehlte nur noch der Kniefall. Angelo konnte das Lachen kaum zurückhalten, während die Honoratioren der Stadt meine Gesten der Reihe nach imitierten und an ihrem Widerwillen würgten, als sie die schwarze Hand küssten.

Am Abend aber wurde unsere gute Laune gedämpft. Eine betrunkene Horde von Fackelträgern umringte unser Quartier und verlangte mit Gebrüll, ich solle den schwarzen Mann herausgeben. Abtrünnige Mönche, entlassene Hilfsnotäre und versoffene Lehrer rüttelten an der Tür, dann versuchten sie, das Haus über unseren Köpfen in Brand zu stecken. Zum Glück duldete das die Stadtwache nicht länger und trieb die Krakeeler auseinander, doch davor hatten wir eine halbe Stunde lang befürchtet, niemand würde sich zu unserem Schutz erheben und die elende Meute würde uns über die Klinge springen lassen. Ich war ja ein Mann Kaiser Josephs II., der ihr Leben von oben nach unten gekehrt, die Klöster aufgehoben, die Privilegien abgeschafft hatte, und es ging das Gerede um, ich würde zu den Freimaurern gehören. Aus all dem schlossen sie, ich müsse Satan persönlich beherbergen.

Anschließend galt ich als Bundesgenosse des Teufels, Wohin auch immer ich mich in der Stadt wandte, wurden Fenster und Türen geschlossen und man schmiedete noch jahrelang arglistige Ränke gegen mich, und als ich ins Gefängnis geworfen wurde, dachten sicher viele, mich hätte die gerechte Strafe ereilt, Kirche und Kaiserhaus hätten endlich Recht gesprochen.

Die Menschenmenge wurde zwar mit Müh und Not zerstreut, doch wir konnten nicht einschlafen, ich lauschte Angelo bis zum Morgen. Er erzählte mir, wie ihn ein

Leben lang das Bewusstsein seiner Hässlichkeit verfolgte und wie er dagegen ankämpfte, dass er bei seinem Erscheinen überall Angst und Ablehnung auslöste.

Nicht lange nach der Episode in Kaschau verstarb von Born. Er wurde im Cabinet aufgefunden, über den Plänen eines Schmelzofens. Als hätte er gespürt, dass mit dem Tod Kaiser Josephs auch dieses Wenige an Luft, das uns die letzten zehn Jahre zugekommen war, bald zur Neige gehen würde und dass er in der dünnen Atmosphäre am Ende des Jahrhunderts nicht mehr würde atmen können. Aus Paris kamen immer erschreckendere Nachrichten, zugleich wuchs das Entsetzen in den Kreisen des Klerus und des Adels. Auf beiden Seiten begünstige die hysterische und paranoide Stimmung fast ausschließlich die Schufte.

Simon Eberle wurde zum neuen Direktor ernannt. Er hatte seine böhmische Frau damals bereits verlassen und lebte nach außen hin allein, in Wirklichkeit aber mit einem jungen Bibliothekar zusammen, der im Restaurieren alter Bücher überaus erfahren war; er hatte mehrere uralte Kodizes vor dem Verderben gerettet. Sie arbeiteten den ganzen Tag im Cabinet und gingen erst spät in der Nacht nach Hause, jeder für sich, auf gesonderten Wegen, um nicht den Verdacht der Wiener zu erregen. Eberle sah Angelo noch immer sehnsuchtsvoll an, doch gab er ihm durch sein Benehmen zu verstehen, dass er sich ihm nie mehr nähern würde.

Eines Tages suchten zwei Männer Angelo auf, ein schwarz gekleideter Mann mit einer Hakennase und buschigen Brauen, der sich als Ignaz Martinovics vorstellte, und ein anderer, ein dicklicher Mann mit rötlichem Haar und pockennarbigem Gesicht, der seinen Namen nicht nannte, nur immerfort wissend die Augen zusammenkniff. Während sie sprachen, schien es Angelo, dass er diesen Rothaarigen von irgendwoher kannte, doch forschte er vergeblich in seinen Erinnerungen, er fand ihn nirgends.

Martinovics und der andere sprachen davon, dass man nicht weiter warten dürfe, die Zeit des Handelns sei gekommen, die Revolution würde bald in ganz Europa den an der Macht befindlichen Stand hinwegfegen, Freiheit, Gleichheit, Brüderlichkeit seien im Kommen. Die Besten stünden schon bereit, auf ein gegebenes Zeichen in Aktion zu treten. Wäre nun auch Angelo bereit zu zeigen, dass er kein feiger Höfling war, der um seine geheizte Hundehütte bangte? Bislang hätten sie nur Lobenswertes über ihn gehört, von Männern, deren Wort etwas gelte, jetzt seien sie selbst neugierig, wie es um die Wahrheit stünde. Sie hätten den ganzen Plan in Kurzfassung bei sich, gleichsam als „Kleinen Katechismus“, der sollte gelernt, abgeschrieben und an jemanden weitergegeben werden, den er persönlich kenne, für den er bürge. Dann müsse er nur auf das Zeichen warten, das die Lawine der Revolution lostrete.

Martinovics legte die Linke quer über die Brust, stampfte mit dem rechten Fuß zweimal auf, hiermit verkündete er in der Zeichensprache der Revolutionäre, zu Ende gesprochen zu haben. Seine Haltung erinnerte Angelo so stark an das Zeichen der „Rose“ von seinerzeit, bei Abbé Herbert, dass er unwillkürlich kichern musste.

Martinovics zog seine furchterregenden Brauen zusammen.

Angelo mochte die zwei Männer nicht, doch sagte er, die Sache würde ihn interessieren, und er bat sie, den Katechismus bei ihm zu belassen. Sie standen schon vor der Tür, als der Rothaarige ihm einen Stoß versetzte.

Ich bin Hebenstreit, erkennst du mich denn nicht?

Erst jetzt fiel Angelo jener Jungsoldat aus den alten Zeiten bei Liechtenstein ein, der nach Amerika auswandern wollte und mit dem sie die neuesten Artilleriegeschosse an den Körpern Alberts und seines Vaters ausprobiert hatten.

Hebenstreit hatte sich tatsächlich auf die Reise gemacht, wie er nun berichtete. Es war ihm gelungen, sich von der Armee abzusetzen, und er hatte sich nach Norden gewandt, Richtung Kopenhagen, weil er von dort nach Amerika segeln wollte. Er hatte es auch noch über die Grenze geschafft, doch dann hatten ihn die Preußen erwischt, die ihn für fünf Jahre in eine Strafkompanie zwangen. Nachdem er von dort freigekommen war, ging er nach Frankreich, schlug sich zehn Jahre lang als Hauslehrer durch, verheiratete sich beinahe, trat dann doch von dem Vorhaben zurück, womit er völlig recht hatte, denn die Frau, die er ehelichen wollte, heiratete stracks einen anderen Unglücksvogel, den sie sofort nach Strich und Faden betrog. Hebenstreit begab sich nach Paris, wo er als Verladearbeiter auf einem Markt arbeitete, dann erlebte er jede wunderbare Minute der ruhmreichen Revolution und jetzt hielt er sich im Auftrag der Jakobiner in Wien auf, um auch den Wiener Mitbürgern die Freiheit zu bringen.

Das Aristokratenblut wird in Bächen fließen, Bürger! In Bächen!, sagte er mit zittriger, bewegter Stimme und umarmte Angelo unter Tränen.

Das alles erfuhr ich aus dem Brief, den ich dann 1794 verbrannte, mit allen anderen zusammen, als die Verhaftungen begannen.

In diesem Brief berichtete Angelo auch, dass er nach dem Besuch dieser beiden zu Sonnenfels gegangen sei, um sich beraten zu lassen, um ihn zu fragen, was er von jenen Umtrieben wüsste. Der Baron warnte ihn eindringlich vor Martinovics und sagte, er selbst sei der Meinung, die Revolution sei sinnlos und nicht durchführbar, sie würde mehr Schaden anrichten als Segen bringen, ja, er sei sicher, langfristig würde selbst das Wenige an Freiheit, das der Hof jetzt zuließe, verschwinden. Die Dinge liebten es, ihre schlimmste Variante wahrzumachen, und je niederträchtiger und ungebildeter die Menschen seien, desto eher komme es dazu, und das Habsburgerreich sei bekanntlich das Reich der Niederträchtigen. Und er empfehle Angelo eindringlich, was er sich selbst empfehle, nämlich sich von Hetzern, Unruhestiftern und Rachsüchtigen fernzuhalten. Ohne Freimaurerlogen und Illuminaten könne man leben, ohne Kopf aber kaum. Kurz, er möge sie vergessen.

Wie schade, dass der Brief hier erst ankam, nachdem ich mich bereits der Gesellschaft der Freiheit und Gleichheit verpflichtet und den Katechismus abgeschrieben hatte, und wie schade, dass es in meinem Umfeld keinen von Sonnenfels gab, der mich zur Vorsicht ermahnt hätte.

So kam es, dass Angelo schließlich am achten Jänner, ein halbes Jahr vor der Enthauptung der ungarischen Jakobiner, von einer Ecke des Platzes der Exekution Hebenstreits beiwohnte, unweit der Freyung, wo wir die meisten unserer Gespräche geführt hatten. Der Sohn des Prager Philosophen hielt noch eine letzte Ansprache, die zündend wirken sollte. Es war erkennbar, er hatte sich auf die Wende vorbereitet, er wollte die Menschenmenge nach und nach, von einem zum anderen Wort auf seine Seite bringen, sie veranlassen, aufzubrechen, die Wachen niederzumetzeln, ihn zu befreien und auf die Schultern zu heben und bis in die Hofburg zu tragen, wo er Kaiser Franz eigenhändig einen Dolch in den Hals rammen würde. Seine Worte verhallten aber im Nichts, die Wiener verstanden nicht, was dieser bedauernswerte Einfaltspinsel von der Freiheit wollte, sie verstanden seine unklaren volkswirtschaftlichen Erläuterungen nicht, und sein Aufschrei zum Schluss jedes Absatzes: *Tod dem Kaiser!*, erzeugte höchstens Heiterkeit.

Hebenstreit versuchte, Würde zu bewahren, doch die Zuschauer lachten bloß, sie pfiffen ihn aus und bewarfen ihn mit allerlei Sachen und ermunterten ihn, doch endlich den Kopf auf den Richtblock zu legen, was er dann beleidigt und stumm tat.

Zu dieser Zeit war Angelo Soliman schon ein gebrochener alter Mann, dem schließlich alles genommen wurde, was ihm das Schicksal vergönnt hatte, aus so vielen Jahrzehnten blieb ihm einzig seine Tochter. Die Freimaurerei war schon lange verboten, die Zensur tötete alle sinnvollen Gedanken ab, publiziert wurden nur dümmliche Frömmelei, Liebesgedichte, spaßige Wirtshausgeschichten sowie Tratsch und Klatsch aus den Salons. Die Welt wurde plötzlich auch für ihn klein und eng, denke ich mir. Ein persönliches Gespräch war uns nicht mehr vergönnt.

So weit ginge diese Geschichte, mit einem kurzen Anhang, in dem sie über Angelos Tod berichtete, so weit, wenn sie eine alltägliche Geschichte wäre.

Aber sie ist damit noch nicht zu Ende, Sophie, und ich musste das alles erzählen, damit du verstehst, was jetzt folgt.

Das macht die Geschichte zu einem Erbe, das ich nicht für mich behalten kann, weil sie dann ihren Sinn verlöre und alles Leid, das uns widerfahren ist, überflüssig und müßig gewesen wäre.

Wäre nur so viel geschehen, hätte ich sie schon hundertmal niedergeschrieben.

10. Kapitel

Als ich da im Magazin auf dem Dach des Hof-Naturalien-Cabinets stand und der schwarze Körper mir aus der glühenden Tiefe des roten Schranks entgegentrat, erinnerte ich mich daran, dass ich mit Ferenc so zeremoniell und vorschriftsmäßig zusammenlebte, als bewegten wir uns ständig auf einer Bühne.

Wir maßen alle unsere Taten daran, wie weit wir uns durch sie von der Barbarei entfernten und wann das erhoffte Publikum, das uns aus der Zukunft beobachtete, klatschen und wann es sich langweilen würde. Wir spürten die Blicke dieses Publikums immer auf uns ruhen, es schien, für diese fernen und ätherischen Leser sei jede Regung unseres Lebens bedeutungsvoll und wichtig. Ich konnte nicht in die Kammer treten, nicht über den Hof gehen, ohne zu fühlen, ich sei ein Teil einer Geschichte, einer Aufführung, einer meisterhaften Erzählung. Kein Winkel unseres Hauses, keine Minute unserer Tage, kein einziger Satz, den wir gesprochen, verdiente es, in der Vergangenheit unterzugehen. Wir erzählten unsere erlebten Minuten Tag für Tag neu. Weißt du noch, als wir ...? Weißt du noch ...? Ich mochte dieses Spiel, es machte mich zu jemandem Besonderen. Ich genoss dieses Privileg, dieses ständige Rampenlicht, in dem wir einander badeten. Die Lichtquellen freilich mussten gespeist werden.

Wir wandten uns täglich neuem Lesestoff zu, um damit das Feuer weiter zu schüren. Wir blätterten in immer neuen Alben, schlugen immer neue Notenhefte auf. Wir schaufelten Kohle in diese wundersame Dampfmaschine, die zischend durch die träge ungarische Provinz ratterte.

Ferenc bestand darauf, dass ich las, dass ich jeden Tag zur gegebenen Zeit mindestens fünfzig Seiten las. Und er war bestrebt, dazu ideale Umstände zu schaffen. Die Gewährleistung der idealen Umstände zum Lesen sei genauso ein Teil der mächtigen westlichen Zivilisation wie das Lesen selbst, sagte er. Der katholische Bauer in unseren Landen lese nicht, also habe er keinen Schreibtisch, kein Bücherregal und keinen Lesesessel. Doch möge ich nur in ein Bauernhaus bei den Deutschen eintreten, dort gebe es Regale, Schreibtische und Fauteuils, weil der protestantische Bauer lese. Oder in Siebenbürgen zum Beispiel, auch dort fänden sich Bauern in den Dörfern, für die es wichtig sei, Bücher zu besitzen. Das hätten sie allerdings von den Sachsen in den Städten gelernt, aber zumindest schämten sie sich nicht, dies zu lernen. Hierzulande habe selbst der katholische Pfarrer höchstens zwei Bücher, die Bibel und das Messbuch, und bei den Bauern hänge höchstens ein Kalender an der Wand, und den könnten auch nur ein, zwei Leute im Dorf lesen, die dann hinter ihrem Rücken verlacht würden: *Die sind ja verrückt, solche ausgeschämten Sachen machen nur die Herrschaft und die Juden.*

Manchmal las ich schon im Traum und die vielen fremden Geschichten wirbelten in meinem Kopf herum. Ich erinnerte mich nicht mehr, wie sie begonnen hatten, wie sie zu Ende gingen, ich brachte alles durcheinander, verwechselte die Protagonisten und verirrte mich in den Zeiten. Mit den Autoren hatte ich auch meine Probleme, zwar kannte und mochte ich sie alle einzeln für sich, hatte auch viele Lebensläufe studiert, und doch kam es vor, dass ich sie durcheinanderwarf, wer hatte wann gelebt, wer war wessen Freund oder Feind, ja, ich ordnete manchmal Werke falsch zu.

Damit bereitete ich Ferenc viel Ärger, da er jeden Tag eine gebildete Konversation über ein gehobenes Thema wünschte, und wenngleich er immer an der Rolle des Lehrers festhielt, ergab er sich gern dem einen oder anderen langen Gedankengang, dieser weitete sich dann zu einem richtigen Vortrag aus, zu einer akademischen Antrittsvorlesung und Zeichnung oder zum Baustück, wie diese erhabenen Gedankengänge in der Loge genannt wurden. Er erwartete von mir, ich solle ihm eine ebenbürtige Gesprächspartnerin sein, und wurde sehr lustlos, wenn ich seinen Erwartungen nicht zu entsprechen vermochte. Sein Steckenpferd war der Zyklus Römische Elegien, dieses beispiellose Zusammentreffen des antiken Dichtungsideals und des modernen Menschen. Er war versessen darauf, ausgehend von den Elegien mit einer lang sich dahinschlängelnden und lianenhaft verwobenen Ideenfolge bei irgendeinem Zeitgenossen anzukommen, den er dann in einer ausführlichen und leidenschaftlichen Philippika ästhetisch, folglich moralisch, vernichtete.

Für ihn gab es keine nur ästhetische Frage, alles bezog sich auf den ganzen Menschen, und entdeckte er auch nur einen einzigen ästhetischen Provinzialismus, eine sprachliche Anspruchslosigkeit, einen schlampigen Gedanken, übertrug er das alles auf den ganzen Menschen, der von da an als moralische Leiche zu verwesen begann.

Anfangs gefiel es mir, dass unser Leben von einer so gut durchgeplanten, festen Konstruktion gehalten wurde, von einem Regelwerk, das auf den Pfeilern der Vernunft, des Wissens, der Weisheit, der Schönheit und der Entwicklung beruhte, wir machten uns durch sie Tag für Tag besser und größer. Ich wartete immer aufgeregt darauf, dass wir vom Spaziergang zurückkehrten, uns im Salon niedersetzten und unsere Blicke über die Bilder schweifen ließen, die die Wände bedeckten, allesamt Werke ausgezeichneter Meister, die nicht nur den Anblick knechtisch spiegelten, sondern das Wesentliche hervorhoben, das Menschliche, das Ästhetische, die Idee. Ich wartete darauf, dass wir das in unserer Erinnerung bewahrte Bild der soeben betrachteten Landschaft durch diese Bilder gefiltert, gleichsam mithilfe einer inneren Malkunst zu einem erhabenen Bildnis gestalteten. Ich wartete darauf, dass die Magd den dampfenden Kaffee hereinbrachte, dass wir uns in den bequemen Fauteuils zurücklehnten, die keineswegs Stühle mit geraden Lehnen oder gar ganz ohne Lehnen waren, der sklavenhaften, verkrümmten Nahrungsaufnahme dienend, vielmehr ebendiese in ihrer Körperlichkeit verhindernde und ausschließlich eine geistige Tätigkeit fördernde Körperhaltung unterstützende und bei Bedarf sogar erzwingende Möbel waren, wobei das Maximum, das man in dieser Pose verzehren konnte, eben eine Schale Kaffee war, der zudem das Nahrungsmittel des Geistes darstellte, da doch Voltaire täglich dreißig Schalen davon zu sich nahm, ganz zu schweigen von Goethe und Schiller, die desgleichen verschworene Anhänger dieses spirituellen Getränks gewesen sein sollen.

Ich wartete aufgeregt darauf, welches Thema Ferenc anschnitt und begrüßte sein Angebot mit roten Wangen, wenn er mir manchmal das Recht der Initiative überließ. Vergeblich war ich gebildet und belesen, Ferenc' Wissen, seine Wohlinformiertheit und die massive und bittere Lebenserfahrung, über die er verfügte, war um so viel größer als meine, dass ich nicht einmal daran denken konnte, mich mit ihm zu messen. Er bestimmte unabdinglich den Rhythmus des Spiels, einerlei, ob er oder ich den Anfang gemacht hatten. Ich hatte ja nichts zu sagen, das wegen innerer Wunden oder weit gesteckter Ziele schmerzlich wichtig gewesen wäre, ich ließ ihn die Unterhaltung dorthin lenken, wo die für ihn bedeutenden Themen lagen. Das hätte ich freilich gar nicht verhindern können.

Er erwartete, dass ich in der ersten halben Stunde etwas beitrug.

Von Zeit zu Zeit verstummte er vielsagend, meistens bei Themen, von denen er wusste, dass sie mir nahegingen oder einen Bezug zu meinem Lesestoff von vordem besaßen. Ich folgte seinem Gedankengang mit verzweifelter Beflissenheit, um an der entsprechenden Stelle, bei der für mich eingehaltenen Stille in die für mich freigehaltene Spur eintreten zu können, insbesondere dann, wenn ich von dort ausgehend den Karren in eine überraschende Richtung wenden konnte. Da zeigte er sich äußerst dankbar, er hielt sich auch nicht mit Beifallsbezeugungen zurück, schlug die Hände zusammen, riss den Mund auf, zuweilen sprang er auch auf und ging im Salon auf und ab.

Er goutierte es allerdings nicht, wenn ich von seiner vorgegebenen Richtung allzu weit abwich. Dann ließ mich sein Blick los, der sich bis jetzt in den meinen verhakt hatte, wie zwei Hände, die sich in einem wirbelnden, schwindelerregenden, doch regelrechten Tanz festhielten. Seine Miene bewölkte sich, er schien unsicher zu sein, löste den Blickkontakt, wie sich paarende Marienkäfer sich im Flug voneinander trennen und jeder für sich weiterfliegt. Er sah zur Seite, dann hinunter, als wäre er plötzlich schläfrig geworden, seine Lippen wurden schmal, die dünne Haut unter seinen Augen fiel ein und er knackste mit den Fingern.

Dann fühlte ich mich wie ein Kind, das auf dem Weg in die Speisekammer das ihm anvertraute Marmeladenglas zerbrach. Nur selten hatte ich verstanden, wo mir der Fehler unterlaufen war, wo ich zu weit vom Weg abgekommen war oder wo dieser aufgehört hatte, wo ich den Karren auf Eis oder auf felsiges Gebiet hatte rollen lassen. Gemäß den Spielregeln war es mir verwehrt, meine Rolle zu verlassen, ich durfte nicht um Hilfe in die Kulissen rufen, um zu meinem Text zurückzufinden. Ich musste alle Schmach meines Irrtums tragen.

Er hatte mir meine Rolle auf den Leib geschrieben und ich fügte mich voll und ganz hinein, bis sich herausstellte, dass die Grundpfeiler unseres Daseins zum Tragen der ihnen aufgebürdeten Last ungeeignet waren. Er hatte die Rolle vollständig vorgegeben, selbst die Zufälle, die Eventualitäten, die freien Kadenzen mit hineinkombiniert, ich war die Ehefrau, ihrem Ehemann in Sachen Bildung ebenbürtig, die sich von ihm nur darin unterschied, dass ihren Fähigkeiten unter den musischen Künsten die Malerei und die Musik entsprachen, die jedoch dank ihrer Weiblichkeit zur Unberechenbarkeit und Launenhaftigkeit berechtigt war.

Doch hatte unsere Lektüre nicht nur durch Worte unser Leben bestimmt, die Autoren selbst waren zu Vorbildern geworden. Des Morgens machten wir große Spaziergänge wie Goethe und Christiane. Mittags betrachteten wir still die Landschaft wie Gessner und Judith Heidegger. Wir brachten unseren Geist mit kultischen Texten des Hellenismus in Ekstase wie Schiller und Charlotte von Lengefeld. Wir versuchten wie Rousseau, Gespräche mit Bauern anzuknüpfen. In allen unseren Minuten, in allen unseren Wörtern war mindestens noch eine Person anwesend, diese weit entfernten Meister und die zu ihnen gehörenden Frauen führten uns an der Hand. Dann wurden diese trockenen, kräftigen Hände, an denen ich mich festgehalten hatte, von einem Augenblick auf den anderen schweißnass. Als wäre diesen vertrauenswürdigen, starken Erwachsenen plötzlich etwas ganz anderes eingefallen, etwas Schmutziges und Hinterhältiges. Ja, dieses Gefühl glich nur der spätkindlichen Erfahrung, als in den Augen der Männer, die das Schloss meines Vaters besuchten, von einem Tag auf den anderen ein neuartiges Licht entbrannt war und die Hände, die mir vordem einen Ball zugeworfen oder mir geholfen hatten, meine Spielfiguren im Spielschloss zu platzieren, sich unvermittelt kalt und feucht anfühlten, wie Nacktschnecken oder Kröten.

Vor Ferenc gelang es mir, lange zu verheimlichen, dass mein Verhältnis zu seinen Meistern sich verschlechtert hatte und dass die Frauen der Meister mir nicht mehr die zugeneigten Freundinnen waren wie vordem. Diese deutschen Frauen ärgerten mich zunehmend mit ihrer weit entfernten und kühlen Würde oder im Gegenteil, mit ihrem frivolen Feuer. Ich hatte immer weniger Lust, sie nachzuahmen, ich glaubte ihnen immer weniger, dass sie das, was sie taten, auch gern machten. Diese Regungen fielen mit dem Beginn unseres Prozesses zusammen, zugleich zeigten sich auch die ersten Risse am Fundament unseres Hauses.

Von einem Tag auf den anderen fühlte ich mich fremd in unserem Heim. Ich hörte meine Stimme, während ich sprach, doch wie die einer anderen, sie war so manieriert und unnatürlich, und sie passte so gar nicht zu mir und stand mir auch nicht gut. Ich betrachtete mich im Spiegel, mit meinen Locken im Haar, dem fliederfarbenen Kleid, ließ den Blick über das Zimmer schweifen, über die geklöppelten Spitzen, die verkehrt abgelegten Bücher, ich hörte das Gejohle der Kinder aus dem Garten und verstand einfach nicht, wer diese Frau war und wie sie hierher geraten war. Ein erschreckender Zustand, denn ich wusste nicht, wohin ich mich wenden, wo ich Halt finden sollte. Die Lebensweise, die Ferenc und ich für uns geschaffen hatten, das Universum der Bücher, Bilder und Musik, in dem wir rotierten, wurde mir auf einmal unheimlich, aber das Andenken meiner Kindheit, des einstigen Schulmädchens bei den Salesianerinnen, war mir ebenso fremd geworden.

Eines Morgens gingen wir wie gewöhnlich spazieren, Ferenc und ich, Arm in Arm, wie Judith Gessner mit Heidegger, vielleicht genauso, wie sie beide an diesem selben Morgen. Ich war gekleidet wie Charlotte, die Ehefrau Schillers, auf dem bekannten Stich Fleischmanns, das Bild hing neben den Porträts mehrerer Ehefrauen von Geistesgrößen im Salon über dem Klavier. Auf der Schulter trug ich ein dunkles Brokattuch, darunter eine blassrosa Bluse mit einem tiefen, V-förmigen Ausschnitt. Die Bluse schmiegte sich bei meiner Hüfte eng an das Korsett, sie breitete sich erst beim Rock wieder aus, wo sie sich wie zwei Flügel auf meine Hüften legte.

Doch am stolzesten waren wir auf meinen Hut.

Es war ein Strohhut mit schmaler Krempe, der oben hoch und schmal zulief. Ein breites weinrotes Band lief oberhalb der Krempe zur Spitze hoch, darauf saßen oben und unten Seidenrosen. Ich musste das Hütchen mit einem Seidenband im Nacken unter dem Haar festbinden, die beiden Enden des Bandes flatterten frei auf meinem Rücken. Kleid und Hut sagten mir gleich zu, eines nur verdarb meine gute Laune: Charlotte von Lengefeld war mir mit ihren stupiden, hervorquellenden Hundeaugen und der bis an die Lippe hängenden Nase von Anfang an außerordentlich unsympathisch. Das wagte ich vor Ferenc aber nicht zu sagen, denn er verehrte in Charlotten eine der größten Musen und befand täglich des Öfteren, ich würde ihr gleichen. Da die Christiane Goethes liederlicher war als erforderlich und Heideggers Judith für seinen Geschmack sich allzu gesellschaftsnahe und mondän gab, erwies sich Charlotte als Mittelweg, mit der verglich er mich am liebsten, zudem war ihr erster Bräutigam, den sie schließlich auch nicht geheiratet hatte, ebenfalls ein Offizier.

Mit gemischten Gefühlen trug ich also den Hut, der mir zum Glück sehr gut stand, viel besser als der Frau von Schiller mit ihren Hundeaugen. Ich befürchtete nur in diesem frischen Frühlingswetter, dass das Bändchen nicht halten und mir der böige Morgenwind das Hütchen vom Kopf wehen würde. Denn es war ein rauer, windiger Frühlingsmorgen, der Weg war matschig. Ich dachte wütend an Judith Heidegger, die ihren Morgenspaziergang freilich nicht bis zu den Knöcheln im Morast zu absolvieren hatte, sondern auf den gepflasterten Straßen von Zürich in ihren teuren, glänzenden und spiegelglatten Schuhen dahintänzelte. Zu dieser Zeit interessierten Ferenc die Wetter- und Naturerscheinungen nicht mehr, abgesehen von deren bildlichen Darstellungen. Bewunderte er ein Landschaftsbild, sprach er gern und lange darüber, dass er gewissermaßen die Feuchtigkeit der Luft und den aufkommenden Wind spürte oder eben die sengende Sonne, die die weißen Steinquadern der griechischen Tempelruine durchglühte. Für ihn war es vollkommen einerlei, ob Matsch, Schnee oder sommerlicher Staub auf dem Weg lag, er betrat ihn mit immer gleicher guter Laune. Vielleicht ließ er die vom Regen überfluteten Äcker, den aufgedunsenen Hundekadaver am Straßenrand, die böse krächzenden Krähen und die Bauern, die an ihren

Füßen zentnerschwere Kotklumpen schleppten, mit einer einzigen Bewegung verschwinden, und während ich mich verzweifelt an seinem Arm festhielt, um nicht in den Lacken unterzugehen, sah er um uns herum Reihen von gepflegten Häusern, prachtvolle Bibliotheken und Konzertsäle, und möglicherweise hörte er sogar unsere hallenden Schritte auf der gepflasterten Straße.

Ich verknotete die Hutschleifen vorsorglich in meinem Nacken und Ferenc richtete seinen Seidenschal vor dem Spiegel, den er so gebunden hatte wie der Meister aus Weimar auf seinem Lieblingsporträt von Goethe, während er ausrief, wie großartig es wäre, wenn wir, wie Goethe und Christiane Vulpius, gemeinsam ein Stück verfassen könnten. Er gab zwei Themen vor, den Orpheus-Stoff und die Geschichte von Jason und Medea, er erläuterte gerade Letzteres detaillierter, als ich beim Tritt über die Schwelle einen stechenden Schmerz in meinem Bein verspürte. Als hätte jemand mich in den Unterschenkel geschossen. Ich brauchte alle Selbstbeherrschung, um den Schmerz nicht zu zeigen, ich wollte die Morgenzeremonie nicht verderben, wenngleich ich damals schon seit Monaten gegen meine schlimmen Ahnungen kämpfte. Schon lange war ich aus den Rollen der Frau von Schiller und Frau von Goethe ausgestiegen.

Ich hakte mich also bei Ferenc unter und wir gingen in den orkanartigen Wind hinein, er heulte so stark, dass ich Ferenc' Worte kaum verstand, er erzählte noch immer von Jason und Medea. Wir hatten uns erst einige Minuten vom Haus entfernt, als einer meiner Schuhe im Morast feststak und Ferenc ihn bergen musste. Inzwischen wurde der Wind noch stärker, noch lauter, ich klammerte mich mit einer Hand an Ferenc' Rücken, während er sich bemühte, meinen Fuß, womöglich mitsamt dem Schuh, aus dem zähen, schmatzenden Schlamm zu ziehen, da lockerte sich das Band meines Hutes im Nacken und schon flatterte der Hut wie ein tropischer Vogel hoch in die Lüfte und verschwand hinter dem Stall der Stiere.

Ich zog den Fuß aus dem Schuh, hüpfte und hinkte zurück ins Haus, währenddessen holte Ferenc den Hut und wühlte den Schuh beschwerlich hervor. Bis dorthin war mir auf der Wade eine kinderfaustgroße Muskelschwellung gewachsen.

Die Spaziergänge blieben danach aus, Ferenc ging allein in den stürmischen April hinaus und er kehrte immer mit roter Nase und tränenden Augen und ein wenig argwöhnisch zurück. Dass wir unser Ritual nicht mehr einhielten, hatte ihn aus dem Gleichgewicht gebracht. Mein Bein wurde nach dem ersten Krampf ein wenig besser, doch ganz gut wurde es nicht. Zwar löste sich der pochende Muskelknoten allmählich auf, doch in dem Moment, wenn ich wieder über die Schwelle musste, um als deutsche Muse kostümiert mit Ferenc spazieren zu gehen, war der Krampf wieder da, er hielt sich wochenlang, er kniff und brannte wie eine glühende Eisenzange. Es war schon eine Qual, durch das Zimmer zu gehen, an einen Gang über die morastigen Wiesen war gar nicht zu denken.

Ferenc war anzusehen, dass er sich immer lustloser auf die Spaziergänge begab, dann berief er sich auf Knieschmerzen und blieb ebenfalls zu Hause. Bisweilen sah er mich missmutig aus den Augenwinkeln an, als wollte er mich bei einer Schandtat ertappen. Er fand nicht mehr in den alten Rhythmus zurück. Mir schien es sonderbar, dass wir nach den viel längeren, durch die Geburt der Kinder bedingten Pausen noch ganz selbstverständlich die gewohnten Riten wieder aufgenommen hatten, diese Beinschmerzen jetzt aber eine nicht ganz einfache Episode ankündigten. Und das traf vielleicht auch zu, es war die erste richtige Krankheit, die erste ferne Stimme im Chor, der schließlich in der Cholera das Finale schmetterte.

Bis dorthin aber hatten die Ehefrauen der deutschen Geistesriesen die Wände längst verlassen. Sie waren einzeln heruntergefallen, wenn die Risse in der Wand die Bildhaken erreicht und gelockert hatten, und waren eines Morgens nicht mehr da.

Christiane Vulpius darbte einen Monat lang mit gesprungenem Glas hinter dem Klavier, bis es mir einfiel, nach dem Bild zu sehen. Bis dahin hatten die Mäuse das wohlschmeckende deutsche Papier schon ausgiebig verkostet. Beim Fall der Charlotte Lengefeld waren wir anwesend, wir waren gerade dabei, das Klavier einem Tischler aus Kaschau zu verkaufen, der als Greis unbedingt wieder heiraten und der angeblich musikalischen neuen Frau mit dem Geschenk eine Freude bereiten wollte. Mir war es nicht besonders leid um das Klavier, mit meinen gichtigen Fingern konnte ich ohnehin schon seit Jahren nicht mehr spielen, und unsere Kinder, für die es sich gelohnt hätte, den Flügel zu behalten, aßen ohnehin bei meinen Cousinen und Ferenc' Brüdern das Gnadenbrot, wo sie die Schande zu überleben versuchten, dass ihre Eltern nicht genug Geld hatten, sie großzuziehen.

Wir mussten dank der für das Klavier erzielten Summe mindestens einen Monat lang nicht hungern, es reichte auch für den Arzt, den ich wegen meinen unaufhörlichen Blutungen benötigte.

Wir konnten vor uns selbst nicht geheim halten, dass das Musikinstrument, das schönere Tage gesehen hatte, uns wie ein letztes Familienmitglied verließ, mit Würde, wenn auch zu Tode beleidigt. Ich sah es Ferenc an, dass er am meisten darunter litt, keine derartigen Gewissensbisse verspürt zu haben, als die Kinder weggingen, vielleicht nur beim Tod unserer ersten Tochter, Iphigenie. Sie war jetzt aber wenigstens da, sie lag unter den Eschen, wo eben jetzt das Klavier vorbeigefahren wurde, wo seine Hämmer bei jedem Stoß an die Saiten schlugen.

Charlotte Lengefeld aber erwartete uns selbstzufrieden, die Hundeaugen weit aufgesperrt, im Haus, oberhalb des weißen Flecks, der bisher vom Flügel verdeckt wurde. Als wartete sie an einem Meeresstrand, am Rand des weißen Sandstreifens, auf den Dünen stehend, während eine leichte Brise ihre Haare kräuselte. Sie musste sich ziemlich einsam fühlen, denn ihre Freundinnen verschwanden im Lauf der Jahre eine nach der anderen. Jüngst war die Gattin Herders heruntergefallen und zersplittert, knapp danach Eva König, die Muse Lessings. Eva taumelte eines frühen Morgens von der Wand, wahrscheinlich als Folge eines leichten Erdbebens, ich war gar nicht aufgewacht, nur Ferenc berichtete mir am folgenden Tag vom Fall, während er den zerbrochenen Bilderrahmen in der Hand schwang.

Er hatte keine Lust mehr, das Bild neu zu rahmen und es an einem anderen Ort aufzuhängen.

Charlotte blieb allein zurück. Ferenc bemerkte, sie sei nun noch mehr verwitwet als in Wirklichkeit, daher nahm ich an, dies alles müsse 1827 oder 1828 geschehen sein, als die arme Frau seit mindestens einem Jahr tot war, nachdem sie ihren vergötterten Schiller um einundzwanzig Jahre überlebt hatte. Sie hatte im sinnlosen Trotz, als Letzte und allein auf weiter Flur auf der spinnwebenbehangenen und von Rissen durchzogenen Wand unseres Salons ausgeharrt, doch selbst dieser Heroismus reichte nicht aus, um meine Sympathie zu erwecken. Im Gegenteil, ich grübelte darüber nach, wie ich mich von ihr geschickt befreien könnte, indem ich meiner Rachsucht Genüge tat, Ferenc aber nicht beleidigte. Wäre Frau Herder oder Goethes Christiane als Letzte übrig geblieben, wäre ich vielleicht nicht so eifersüchtig gewesen, doch vermochte ich Charlotte weder das Hütchen zu verzeihen, noch die Hundeaugen, am meisten aber zürnte ich ihr, weil Ferenc allerlei Ähnlichkeiten zwischen ihr und mir entdeckt hatte.

Vielleicht dachte auch Ferenc über die seltsame Einsamkeit Charlottes nach, als sich eine fette Spinne auf dem Bild breitmachte. Sie hatte bisher wohl hinter dem Klavier gelebt und verstand jetzt nicht, warum sie nicht mehr nach Hause fand. Erst lief sie verstört an der Wand umher, dann hielt sie auf dem Bild inne. Sie duckte sich. Sie zauderte. Dann hob sie die Beine vorsichtig, kroch über das Gesicht der Witwe Schillers, blieb an ihrem Busen stehen und krabbelte auf ihre Lenden zu. Ferenc unterdrückte seinen Widerwillen, nahm seinen Schal, um die Spinne zu erschlagen, der Hieb glückte aber viel zu gut, Spinne und Bild stürzten gemeinsam von der Wand.

Charlotte erschlug die Spinne, indem sie mit dem Gesicht voran auf den Boden stürzte.

Vor lauter Freude kreischte ich laut auf.

Ich spürte Triumph und Scham zugleich. Und erinnerte mich dabei an so vieles, an den Nachmittag vor zwanzig Jahren, als Ferenc die aus Wien gebrachten gerahmten Stiche mit vor Wonne zitternden Händen auspackte, und an den Tag vor sechs Jahren, als der stechende Schmerz in meiner Wade verhinderte, dass ich die Spaziergänge mit Ferenc fortsetzte. Ich brauchte diese winzige Rache, und obwohl Ferenc von dem Klaps, der den deutschen Frauen zugedacht gewesen war, auch etwas abbekommen hatte, plagten mich eigentlich keine Gewissensbisse. So viel an Egoismus stand auch mir zu, ich wäre richtiggehend daran erkrankt, wenn mir das Schicksal diese Genugtuung versagt hätte. Zugleich aber erschrak ich, weil ich sah, wie dieses lange, langsame Sinken Ferenc schmerzte. An symbolischen Wendepunkten wie diesem erwies sich der Niedergang als unabänderlich.

Jetzt, da auch das letzte Bild von der Wand gefallen war, mussten wir der Tatsache ins Auge blicken, dass wir eine Ruine bewohnten.

Unsere Erkenntnis war durch die Ausdauer der mopsgesichtigen Charlotte mit dem Bulldoggentemperament jahrelang aufgeschoben worden. Bis jetzt blickten wir in der Annahme auf die Wand, dass hier unsere Lieblingsbilder hingen. Das erachteten wir auch dann noch als wahr, als von den dreißig Bildern nur noch eines übrig blieb, und diese sonderbare Illusion blieb uns sechs Jahre lang erhalten. Bis dahin litt die Wand an fingerdicken Sprüngen, an nassen Flecken, Schimmel und handtellergroßen Blößen, wo der Putz sich verabschiedet hatte, doch sahen wir von all diesem Verderben und Vergehen gar nichts, eine Charlotte von Bucheinbandgröße reichte aus, um die ganze Wand des Salons zu kaschieren.

Ferenc sprang erschrocken zum Bild und hob es auf.

Die zerquetschte Spinne verdeckte die ganze Stirn und den Hut Charlottes, als wären ihr wirre, krause Haare gewachsen, jetzt sah sie tatsächlich ganz und gar wie ein Mops aus. Der Moment stand eine Zeit lang an der Kippe. Ich verharrte in höchster Erwartung, den Atem zurückgehalten, inmitten des Salons und Ferenc an der Wand, mit der Witwe Schillers in der Hand, und da erblickten wir uns von außen, mit den Augen des Publikums, für das wir unser ganzes bisheriges Leben gespielt hatten.

Ferenc knallte das Bild auf den Boden und wir prusteten erstickt und mit Tränen in den Augen los, wir lachten minutenlang, so lang, bis uns die Luft ausging.

Das Verhältnis Charlottes zur Wand des Salons glich in vielen Belangen der Verbindung zwischen Ferenc, seiner Mutter und seinen Geschwistern.

Solange der Name ihres Verhältnisses Liebe lautete, war dieses eine Wort imstande, eine ganze Schlossmauer voller Hass zu verdecken. Nur der Name musste geändert werden und die ungeschminkte Wirklichkeit trat hervor. Es war unvermeidbar, dass das mir in dem Augenblick in den Sinn kam, als Charlotte von der Wand stürzte. Denn als uns das Lachen ausging, war mir, als fiele der Vorhang. Ich blickte Ferenc ins Gesicht und erschrak. Da war wieder der fremde, tote Ausdruck, den ich in seinem Gesicht das letzte Mal gesehen hatte, als unsere geliebte Tochter Iphigenie starb. Diese erschreckende Maske spannte sich nur dann über sein Gesicht, wenn der Schmerz ihn mitten ins Herz traf und seine Lebensenergie auslöschte. Die linke Gesichtshälfte erschlaffte wie leblos, seine Lippen hingen herab, die Augen saßen starr in ihren Höhlen, seit dem Schlaganfall legte sich diese tödliche, Unheil verheißende Grimasse zum dritten Mal auf sein Antlitz.

Der Schlaganfall ... es war wirklich, als hätten sich Fenster in die Zukunft aufgetan und sich dem draußen tobenden Unwetter geöffnet. Dieses schiefe Gesicht war mit Maris Nagy in unser Leben getreten, mit Maris Nagy, die vielleicht niemals verstehen konnte, dass ihr Erscheinen die Kraft in einem mächtigen Spiel dargestellt und eine Reihe von endgültigen und unabänderlichen Entscheidungen in Gang gesetzt hatte.

Vor mehr als zwanzig Jahren, im Dezember 1804, wurde Ferenc bettlägerig, ihm blieb nicht einmal die Kraft, sich ein Glas Wasser einzuschenken. Die fortgesetzten Erniedrigungen, mit denen seine Familie ihn quälte, hatten seine Lebenskraft geschwächt und ihm standen jetzt zum ersten Mal seit vielen Jahren Aussichtslosigkeit und Hoffnungslosigkeit vor Augen. In den sieben Jahren des Kerkers hatten ihn Hoffnung und Trotz am Leben gehalten, doch als er das zweite Mal in Gefangenschaft gelangt war und sich nunmehr kein Ausweg zeigte, ergab er sich anscheinend.

Vor der Krankheit hatte er sich schon seit Wochen nicht aus seinem Zimmer in Regmec gerührt, er lag nur auf dem Bett und sah durch die Eisblumen am Fenster dem Schneefall zu, zählte das Krächzen der Krähen. Auch das hatte er sich im Kerker angewöhnt, damit konnte er sich tagelang die Zeit vertreiben. Sein Mittagessen erkaltete unangetastet auf dem Tisch, seine Briefe stapelten sich ungeöffnet. Dienes hatte mittlerweile für sich etwas Neues zum Ärgern gefunden, ein größeres Darlehen war abgelaufen, das er für den Unterhalt von Antonia Pruszkay von einem Juden aus Miskolc aufgenommen hatte, allerdings waren die erhofften Einkünfte, mit denen er das Darlehen zurückzuzahlen gedacht hatte, ausgeblieben. Jetzt lag er seiner Mutter in den Ohren, sie solle einen Teil der Weingärten in Kóly verkaufen, damit er zahlen konnte.

Die gnädige Mutter hatte freilich vom Darlehen nichts gewusst; was Antonia Pruszkay betraf, war sie schon im Bilde, allein sie tat sogar vor sich selbst so, als wüsste sie von nichts, daher verstand sie nicht, warum es auf einmal so dringend war, das lange im Familienbesitz befindliche und ertragreiche Grundstück zu Geld zu machen. Zudem verband die Erinnerung an seit Langem begrabene Empfindungen sie mit dem Hügel bei Kóly, wo sie sich unter dem ausladenden Nussbaum einen orientalisch anmutenden Sommerpavillon hatte erbauen lassen. Sie verlegte zur Zeit der Weinblüte ihren Sitz mit ihren Lieblingsdienern gern hierher, sie ließ sich Teppiche und große, brokatbezogene, gestickte Pölster herausbringen; ihr mächtiger, zerfließender Körper lag nur da, während sie den Blick über das Grundstück wandern ließ. Sie nippte an süßem Wein und schlug mit ihrer langen Haselnussrute die in ihrer Nähe werkenden Dienerinnen auf den Hintern, immer kam der Jüngsten von ihnen die Ehre zu, die schwitzende und schwer atmende Herrin mit dem langstieligen Straußenfederfächer zu kühlen, den seinerzeit ein Kazinczy-Ahne in den Kämpfen um die Grenzfestungen von den Türken erbeutet hatte.

Jeder nahm die sich jährlich wiederholende Zeremonie als natürlich hin, und jeder meinte zu wissen, sie hätte hier irgendwann in den Fünfzigerjahren mit ihrem nun schon lange toten Ehemann seligen Angedenkens prickelnde Zeiten der Liebe erlebt, als noch die Sonne anders schien und die Wolken reiner und rundlicher waren als unter dem düsteren und mageren Himmel des folgenden Jahrhunderts.

Die Frist bedrückte Dienes und er erfand allerlei Gründe, um den Wert des Weinberges in Kóly herunterzuspielen. Er konnte ja nicht eingestehen, dass Isaak Falk sich geneigt zeigte, auf den Großteil der Zinsen zu verzichten, wenn Dienes die Grundtücke um Kóly seinem Agenten verschaffte, zudem war dieser Agent einer der Potturnyay-Burschen, gegen die die gnädige Mutter von alters her einen nicht enden wollenden Groll hegte. Dienes lief mit seiner Anfrage immer wieder gegen sie an, bis Zsuzsanna Bossányi ihm heulend Geschirr nachwarf und somit aus ihrem Zimmer jagte.

Danach ging Dienes entweder hinaus in den Stall, um unter den Pferdeknechten Ohrfeigen zu verteilen, die Pferde und den Hirtenhund, der auf der Schwelle schlummerte, zu treten, oder er brach bei Ferenc mit der Tür ins Zimmer und überschüttete ihn mit all seiner Wut und Verbitterung. Er steigerte sich immer mehr ins Schimpfen, kam dem Bett Schritt um Schritt näher und erreichte den abschließenden Höhepunkt der Hasstiraden meistens mit dem Satz: *Hätten sie dir doch in Buda den Kopf abgeschlagen!* Dabei beugte er sich schon über Ferenc und keuchte ihm ins Gesicht.

Ferenc sagte: *Sechstausendfünfhundertachtzehn.*

Was willst du mit deinem depperten Sechstausendfünfhundertachtzehn, hol' dich der Teufel?!, schrie ihn Dienes an, woraufhin Ferenc nur mit dem Zeigefinger zum Fenster deutete, hinter dem auf dem verschneiten Acker die Krähen krächzten.

Jetzt sind es schon sechstausendfünfhundertneunzehn.

Dienes knallte die Tür mit einem Fluch hinter sich zu.

Das ging den ganzen November so, schließlich bekam Ferenc im Dezember Schüttelfrost und seine Kräfte hatten ihn so weit verlassen, dass er kaum die Hand heben konnte. Da traf aus Regmec mit dem Pferdeschlitten József ein, der jüngste Bruder, der vielleicht in der Todesnacht des Vaters mit dem letzten Atemzug empfangen wurde. Zsuzsanna Bossányi war über alle Zweifel erhaben, József war ein echter Kazinczy. Die an Dienes verzerrt widergespiegelten Gesichtszüge und körperlichen Merkmale seines Bruders Ferenc zeigten sich am Jüngsten in eigentümlicher Weise, vielleicht war der osirische Umstand seiner Empfängnis schuld daran, dass alle seine Körperteile von Traurigkeit bestimmt schienen. Der ganze Mann hing irgendwie nach unten, wie an einem Nagel aufgehängt. Seine Arme hingen, die Nase, die Augen, die ewigen Tränensäcke unter den Augen, die Ohren und das ganze Gesicht, alle Kleidungsstücke hingen an ihm herab, auch die Wörter purzelten ihm aus dem Mund wie verfaulte Zähne. Seine Frau, Mária Ragályi, stand kurz vor der Entbindung und József war gekommen, um seine Mutter abzuholen, damit sie ihnen helfe. Sie beide verehrten ihre Mutter mit untertäniger Treue und unterwarfen sich im allem ihrem Willen. Vielleicht lag es daran, dass die vollblütige Gnädige sie nicht mochte.

József folgte dem Standpunkt der Familie in allem, er hatte sich der obligaten Missachtung Ferenc' angeschlossen, weil dieser doch wegen diverser aufrührerischer Ideen die in Jahrhunderten gefestigte Ehre der Familie verspielt hatte. József trug in der Komitatssitzung im Brustton der Überzeugung vor, sein Bruder sei für ihn kein Mensch mehr und er selbst habe nie Kontakt zu jenen Ideen gepflogen, mit denen Ferenc sich versündigt hatte, gleich den Einwohnern von Sodom und Gomorrha mit ihren Abscheulichkeiten.

Protestantische Adelige, die Augen blutunterlaufen, die Knollennasen gerötet, klopften ihm ermunternd auf den Rücken und hielten ihm als Zeichen ihrer Zustimmung die Schnapsflasche unter die Nase.

József hatte als jüngster Bruder übrigens nie Gelegenheit, seinen erstgeborenen Bruder auch nur in irgendeiner Angelegenheit zu übertreffen, nun war ihm diese hervorragende Chance zu Kopf gestiegen. Ohne Zweifel hatte sich keiner im Verunglimpfen, Verfluchen und Beschmutzen Ferenc' stärker hervorgetan, zu seinem Leidwesen aber konnte József Ferenc keinen Besitz mehr wegnehmen, da war ihm der ausgefuchste Dienes schon zuvorgekommen. Daher hegte er auch gegenüber Dienes einen Groll, und wenn ihn niemand außer seiner Frau hörte, nannte er ihn den „verfurzten Pinscher der Frau Mutter".

Jetzt aber, da Ferenc im kleinen Zimmer des Hauses in Érsemlyén kaum mehr Luft bekam und nicht einmal zum Zählen der Krähenkrächzer Kraft hatte, saßen die beiden im höchsten Einvernehmen draußen bei Speck und Wein. Die gnädige Mama machte sich währenddessen reisefertig und ohrfeigte erhitzt und mit hochrotem Gesicht die Dienerschaft, auch der Stock kam zum fliegenden Einsatz, indessen stießen die Diener in ihrem Eifer gegeneinander, um die chaotischen und gegensätzlichen Befehle der Herrin zu befolgen. Als sie zu guter Letzt fertig waren, keuchte Zsuzsanna Bossányi bereits halb tot vor Wutanfällen; einmal kam man drauf, dass das Pferd lahmte, dann, dass der Schlitten keine entsprechenden Kufen besaß, dann war der Kutscher sturzbetrunken und auch das heimliche Verschwinden eines vollen Pferdegeschirrs im Herbst kam ans Tageslicht, sie konnten die einsatzbereiten Pferde jetzt nur mit einem provisorischen, von hier und da zusammengerafften Riemenwerk einspannen. Sie verabschiedete sich von Ferenc gar nicht, nur József machte die Tür einen Spalt breit auf, steckte den Kopf herein und spuckte die Worte ins Zimmer: *Ich hoffe, der feine Herr verreckt, bis mein Sohn zur Welt kommt.*

Dienes grunzte zufrieden hinten im Zimmer und schenkte sich unter Geschirrklappern eine Wegzehrung ein.

Als die Schellen des Schlittens und das Fluchen der angetrunkenen Kazinczy-Söhne draußen verstummten, als endlich Stille einkehrte, wurde Ferenc klar, dass er allein im Haus war. Die Bediensteten, die nach dem resoluten Wirbelwind ihrer Herrin aufgeatmet hatten, waren auseinandergegangen oder sie schnarchten betrunken. Der Hund winselte draußen vor der Schwelle, er hatte noch nichts zum Fressen bekommen.

Ferenc quälte sich aus dem Bett und torkelte zum Tisch.

Er schaffte diese paar Schritte kaum, blickte zornig auf seine ungehorsamen Beine hinunter und erschrak. Seine Knöchel waren so aufgedunsen, dass das Gelenk sich kaum bewegte. Die Haut spannte sich blaurot darüber, wie auf einer Presswurst. Als er endlich den Tisch erreichte, schnappte er sich ein Stück trockenes Brot vom Vortag, er versuchte es zu kauen und hinunterzuschlucken, doch hatte er damit keinen Erfolg, auch seine Kehle war angeschwollen, sie glühte trocken. Er schaffte es, ein paar Schluck Wasser zu trinken. Dann rollte er sich ins Bett zurück. Es wurde dunkel. Im Halbschlaf fiel ihm noch ein, befände er sich noch in seiner Zelle in Kufstein oder in Munkatsch, könnte er an der Tür klopfen und früher oder später käme ein Wärter, der für etwas Geld bis zum Morgen einen Arzt auftreiben würde, hier könnte er vergeblich an die Tür hämmern, kein Mensch würde sich um ihn kümmern.

Nicht einmal die Krähen krächzten draußen.

Es schneite still. Schnee fiel von der Traufe herunter, traf mit einem dumpfen Laut auf und stob auseinander. Eine Maus erschien, sie lief an der Wand entlang, suchte herum und fand etwas zum Nagen. Plötzlich sprang der Hund auf, draußen schlugen Gerätschaften aneinander, die Tür knarrte. Vorsichtige Schritte waren zu hören, ein Flüstern, dann öffnete jemand langsam die Zimmertür.

Ein strubbeliger Frauenkopf erschien im Türspalt, während draußen eine Kerze angezündet wurde.

Die gnädige Mama hatte noch als letzte Aufwallung ihres Wütens nach Debrecen schicken lassen, damit jemand käme und auf Ferenc aufpasse, und jetzt eben trafen zwei Frauen ein, eine Alte und ihr Enkelkind, Maris Nagy.

Ferenc erfasste erst später, dass er der Jungen schon vor drei Jahren begegnet war, als die Staatsgefangenen wegen der Gefahr aus Frankreich überstellt wurden, ihn brachte man mit vielen anderen Gefangenen von Kufstein nach Munkatsch, und die Nacht musste er in Tokaj verbringen. Seine Mutter hatte ihn besucht und dieses Mädchen hatte sie begleitet; in diesem heurigen Jahr war es reif für die Ehre geworden, seiner Herrin im Weingarten zu Kóly, im mit Teppichen ausgelegten Pavillon, mit dem berühmten Federfächer Kühlung zuzufächeln, während ihr mit der Haselgerte auf den prallen Hintern geschlagen wurde.

Aus dem damaligen erschrockenen Backfisch, der den geheimnisvollen, in Ketten gelegten Gefangenen, dem in der fernen Burg zu Buda beinahe mit dem Richtschwert der Kopf abgeschlagen worden wäre, aus runden Augen angestarrt hatte, war eine erwachsene junge Frau geworden. Sie war fleischig und rundlich, hatte eine tiefe Stimme und sie packte Ferenc, der aus dem Bett springen wollte und dabei das Gleichgewicht verlor, sodass dem Kranken klar wurde, er dürfe sich nicht mehr auf die kraftlosen Beine verlassen. Sie hob ihn hoch und legte ihn ins Bett zurück, als wäre sie eine Welle, die ihn auf den Strand legte wie Odysseus auf der Insel der Phäaken.

Bald darauf prasselte das Feuer in der Küche und der Duft nach Haferbrei, in Milch gekocht und mit Honig gesüßt, erfüllte das ganze Haus. Die beiden Frauen werkten draußen still, mit schwingenden Röcken, Maris Nagy sah von Zeit zu Zeit vorsichtig ins Zimmer, um zu schauen, wie es Ferenc ginge. Er hatte sich in der Zwischenzeit beruhigt, und das war vielleicht gar nicht so gut. Im vergangenen Jahrzehnt hatte ihn gerade der ständige Trotz am Leben erhalten, der sture, verbissene Vorsatz, trotz allem zu leben, umso mehr, je mehr man ihm den Tod wünschte. Er trotzte dem Kerker, seiner Mutter, seinen Geschwistern, und dieser Trotz hatte seine Lebenskraft gestählt. Nun aber hatte diese beruhigende weibliche Fürsorge ihm den Teppich unter den Füßen weggezogen und ihn in eine taube, tiefe Dunkelheit gestoßen, in der er benommen versank. Der Duft des in Milch gekochten, mit Honig gesüßten Haferbreis wirkte wie Gift, er ergab sich dem süßen weiblichen Wohlgeruch.

Das war vielleicht jener Punkt, an dem das hitzige Fieber in ein allmähliches Auskühlen überging; was genau geschehen war, ließ sich nur schwer rekonstruieren, denn auch später war Maris Nagy kein Wort zu entlocken. Ferenc sagte, er sei im Morgengrauen aufgewacht, weil ihn die bodenlose Tiefe, in die er bei Sonnenuntergang gesunken war, ausgespien habe. Er schlug die Augen auf, rührte sich und roch den Duft süßen Fleisches. Er lag zwischen den mächtigen goldfarbenen Brüsten der Maris Nagy und er war ganz von den Schenkeln, den Hinterbacken und den weichen Armen umgeben, wie eingeflochten. Als die junge Frau gewahrte, dass er wach war, fuhr sie auf, entflocht sich und kleidete sich hastig an. Sie war überhaupt nicht verlegen, sie rechtfertigte sich auch nicht, vielleicht hatte sie gehandelt, wie sie das bei den Katzen und Hunden oder bei den Tieren im Pferch gesehen hatte.

Sonst wäre der Herr noch erfroren!, sagte sie so einfach und natürlich, als hätten sie über das gestrige Wetter gesprochen, während sie sich mit einer Schüssel voll mit lauwarmem Brei an Ferenc' Bettkante setzte und ihm einen gehäuften Löffel voll vor den Lippen hielt.

Sie schob ihm den Brei sanft in den Mund und wischte sein Kinn mit dem Ärmel ihrer Bluse ab. Die schweren bronzenen Glocken ihrer Brüste schwangen dabei, als wollten sie läuten.

Ferenc wollte etwas fragen, doch er erkannte, da war nichts zu fragen. Maris Nagy konnte auch später, wie man sie auch peinigte und schlug, nichts anderes sagen, als dass sie, nachdem sie mit ihrer Großmutter in der Küche fertig geworden war und Ferenc eine Portion Brei bringen wollte, erschrocken feststellte, dass der Kopf des Kranken schon ins Blaue spielte, seine Gliedmaßen sich steif und kalt anfühlten und kaum mehr ein Hauch Leben in ihm war. Sie konnte nur noch eines tun, ihn wärmen. Sie wärmte ihn, bis sie ihn unter die Lebenden zurückgewärmt hatte. Der Arzt, der sie später untersucht hatte, war gezwungen festzustellen, dass ihr Jungfernhäutchen intakt und Maris Nagy tatsächlich noch unberührt war, nur zu diesem Zweck war die gnädige Mama gewillt gewesen, ihr einen Arzt zu rufen. Somit blieb das die gültige Version in der Familie, nolens volens, wobei selbst der unumstößliche Beweis den Verdacht nicht zu zerstreuen vermochte.

Wie alles vor sich gegangen war, blieb auf immer ungeklärt. Denkbar, dass die Alte etwas durcheinanderfabuliert hatte, oder war es ein betrunkener Knecht, der am Fenster vorbeiging und etwas Missverständliches erblickte? Eines war sicher, die Nachricht war bis zum Morgen nach Kázmér gelangt und die gnädige Mama verließ Mária Ragályi mitten im Kreißen mit dem in Steißlage ankommenden Kind und setzte sich sofort auf den Schlitten, ließ die Pferde schäumend schlagen, so brauste sie nach Érsemlyén.

Sie brach wie eine Furie ins Haus ein und forderte heulend, *diese Hure* möge sich ihr stellen. Maris Nagy legte den Kochlöffel verwundert weg. Sie sagte sich gerade die Zeilen des Gedichtes *An den Frühling* vor, die ihr Ferenc im Halbschlaf beigebracht hatte. Sie bekam nicht genug vom Reim *der linde Wind / kommt geschwind,* den wiederholte sie fortwährend. Sie vernahm das Geheul, wischte sich die Hand in der Schürze ab und stellte sich gehorsam vor ihre Herrin.

Die Ohrfeige, die sie bekam, ließ sie sich um die eigene Achse drehen und gegen den Herd stolpern.

Während sie sich aufrappelte und Zsuzsanna Bossányi anblickte, blitzte in ihren Augen keinerlei Feuer oder Zorn auf. Ferenc, der da bereits in der Tür stand und Zeuge dieser Szene wurde, empfand dies später als das Sonderbarste, diese unendliche Unterwürfigkeit, die sich im Blick Maris Nagys spiegelte. Sie hielt es für selbstverständlich, dass ihre Herrin sie ohrfeigte, sie fragte nicht, suchte nicht nach Gründen. Wer weiß, vielleicht hatte das die gnädige Mama erst so richtig in Wut versetzt, doch möglicherweise brach eben durch diesen Spalt eine seit Langem anschwellende und kochende Erregung heraus. Für Maris Nagy begann eine Höllenfahrt, die schließlich Ferenc' Leben, und auch das meine, veränderte.

Eine der Mägde, die in Begleitung seiner Mutter gekommen waren, nahm den im Türrahmen halb ohnmächtig zusammengesackten Ferenc und trug ihn wie ein Kind ins Bett zurück, während Zsuzsanna Bossányi Maris befahl, das Fass für Regenwasser, das neben dem Eingang stand, hinter den Stall zu tragen. Der Befehl war offensichtlich sinnlos und nicht deutbar, aber Maris Nagy wickelte sich wortlos einen Schal um den Hals und trat folgsam in die Dezemberkälte hinaus.

Das Fass stand zur Hälfte voll mit Eis, das grün verfärbte Regenwasser war fast bis zum Boden gefroren. In der Mitte des Fasses wiegte sich ein zentnerschwerer dicker Eisklotz. Die morschen Dauben lagen unter einer rutschigen Eishaut, an den scharfen Rändern der rostigen Fassreifen saßen dicke Tropfen, angehende Eiszapfen. Der

Boden des Fasses war auf dem lehmigen Grund festgefroren, da half kein Stoßen und Treten, das Fass bewegte sich nicht. Maris Nagy holte die Axt und schlug damit den Erdboden rundherum auf, dann stemmte sie eine Stange unter das Fass und befreite es mit viel Mühe. Da sie es nicht heben konnte, stellte sie es schief und rollte es vorwärts. Die eisigen, unten angefrorenen Krümel schürften ihre Hand auf. Einer der Pferdeknechte sprang hinzu, um ihr zu helfen, doch die gnädige Mama, die am Laubengang stehend mit verschränkten Armen zusah, wie Maris sich abplagte, stampfte wütend auf. Daraufhin verzogen sich alle verängstigt auf ihre Plätze und Maris blieb mit dem Fass allein im nieselnden Nebel.

Sie schaffte es irgendwie bis zur östlichen Ecke des Gebäudes, dort aber hob sich das Gelände und der Anstieg war nicht mehr zu bewältigen. Sie hatte den Befehl vermutlich so verstanden, dass sie das Fass mitsamt dem Regenwasser auf seinen neuen Platz zu rollen hätte, daher versuchte sie, es schräg zu halten, damit es auf dem unteren Rand im Schnee rollte. Alles das war auf ebenem Terrain machbar, wenn auch schwierig, bei der Steigung angekommen, wollte das Fass sich nicht weiter fügen. Sie hockte sich hin, damit sie das Fass unten mit der Linken weiterschieben konnte, während sie es mit der rechten Hand oben im Gleichgewicht hielt, doch rutschte ihr das Fass auf der vereisten Steigung weg und drehte sich aus ihren Händen. Sie griff noch erschrocken nach, doch konnte sie den Schwung nicht mehr aufhalten. Sie hörte das leise Knacksen, mit dem sich das Gelenk ihres linken Daumens verrenkte, doch sie spürte nichts. Nichts außer der glühenden Schande, als das dunkelgrüne Wasser vom Boden des Fasses hochkam und auf den weißen Schnee floss und der blassgrüne Eispfropfen mit den eingefrorenen Algenfäden und Spatzenfedern behäbig durch die Öffnung des Fasses rutschte. Sie wagte nicht, zum Laubengang zu schauen. Mit der heilen rechten Hand erfasste sie den Rand des nunmehr leichter gewordenen Fasses und schleppte es hinter sich her, auf die Rückseite des Gebäudes.

Als Ferenc am Morgen erwachte, hörte er von der Gesindewohnung her Schreien und Wehklagen. Es drang durch seinen Traum zu ihm herein, erst dachte er, wieder im Gefängnis zu sein, wo in einer Zelle jemand mit dem Tod rang. Er sprang aus dem Bett und stellte überrascht fest, dass seine Kräfte zurückgekehrt waren. Das Ödem in den Beinen hatte sich zurückgebildet, auch das Herz schlug gleichmäßig. Er warf sich den Mantel über und öffnete die Tür zur Küche. Im Haus war es still, doch von draußen erklang von Neuem das schmerzhafte Gejammer. Ferenc zündete ein Licht an, ging den Laubengang entlang, überquerte den Hof und blieb vor dem Gesindehaus stehen. Er musste nicht lange lauschen, um das Zimmer zu finden, aus dem die Laute kamen. Er klopfte an und öffnete. Die junge Frau saß schweißnass vor Schmerzen, keuchend auf einem Sessel, um die Hand hatte sie sich einen nassen Fetzen gewunden, die Hand war schon violett und aufgedunsen. Die Alte hockte wie betäubt in der Ecke, vielleicht schlief sie. Erst jetzt erfuhr Ferenc, was geschehen war. Maris Nagy erzählte ihm detailliert, wie sie mit dem Fass gekämpft hatte. Sie versuchte alles zu beschreiben, die morschen, rutschigen Dauben und den rostigen Fassreifen und wie sie versucht hatte, das halb gefrorene, überschwappende Regenwasser in Gleichgewicht zu halten. Sie beklagte sich nicht über ihre Herrin, vielmehr wollte sie bekunden, alles in Ehren getan zu haben, um den Befehl zu befolgen. Ferenc hörte sie traurig an, strich ihr über das Haar und versprach ihr, für morgen einen Arzt zu besorgen, denn ihre Verletzung sei sehr gefährlich, sie könne nicht unbehandelt bleiben. Dann ging er ins Haus zurück und schlief mit dem festen Vorsatz ein, morgen der armen Frau auf jeden Fall einen Arzt zu holen.

Als er am Morgen aufwachte, tat sich Dienes bereits am Speck in der Küche gütlich.

Er brachte im Morgengrauen die Kunde, Mária Ragályi habe nach einem Tag Kreißen unter Qualen endlich den jüngsten Kazinczy-Spross zur Welt gebracht, er sei zwar mickrig und kränklich, aufweinen habe er auch nicht gewollt, aber zumindest lebte er. Ob die Mutter je wieder aufkäme, sei zweifelhaft, als er wegging, habe sie aber noch geatmet. Auch József wollte am Nachmittag kommen, wenn er seine Tätigkeiten um das Haus beendet habe, dann könnten sie den Ankömmling gebührend feiern. Gerade wollte er über den Verkauf des Weinberges bei Kóly sprechen, als Ferenc aus dem Zimmer trat.

Zsuzsanna Bossányi hatte offenbar die ganze Nacht über gewacht und nur auf diesen Augenblick gewartet.

Sie begann zischend, mit gepresster Stimme, es sei wohl nicht genug, dass Ferenc den Namen der Familie in den Dreck gezerrt und die Zukunft seiner Schwestern und Brüder zunichte gemacht habe, nun wolle er die Zerstörung dadurch vollenden und dem mütterlichen Herzen damit den letzten, den tödlichen Dolchstoß versetzen, dass er sich mit einer Bauernhure zusammentat! Denn sie habe sehr wohl gehört, dass Ferenc auch des Nachts ins Gesindehaus hinübergeschlichen sei, weil er nicht ohne seine Hure sein konnte! Wenn er doch zumindest die Anwesenheit seiner Mutter ehren könnte! Aber nichts dergleichen! Er habe weder Aufrichtigkeit noch Ehrgefühl in sich! Was wollte er denn noch? Hatte er seiner Familie nicht genug angetan, wolle er sie jetzt auch noch demütigen?

Ferenc stand nur verdattert da, er versuchte zu protestieren, doch fühlte er sich wieder so wie in seiner Kindheit, als er sich der Anschuldigungen Dienes' erwehren musste, je mehr er darlegte, es sei nichts von dem geschehen, was seine Mutter annahm, umso mehr wusste er, dass er sich immer tiefer in den Verdacht hineinritt. Dienes genoss die Situation unverhohlen, sah, wie Ferenc sich abplagte, und kicherte zufrieden vor sich hin, während er große Stücke vom Speck absäbelte. Ferenc sah ein, dass er seine Mutter vergeblich zu überzeugen versuchte, er erklärte, von ihm aus mögen alle denken, was sie wollten, eines sei sicher, die Frau müsste zu einem Arzt, sonst würde sie zum Krüppel werden. Daraufhin tobten die beiden noch ärger, was denn noch, die Bauernhur' soll elend verrecken, hätt' sie sich doch beide Hände und Füße gebrochen.

Ferenc erkannte, dass er hier nichts weiter ausrichten konnte, er kleidete sich an, ging hinaus, ließ anspannen und schickte Maris und die Alte nach Debrecen zu seinem Freund aus den Tagen der Loge in Miskolc „Zum Tugendhaften Kosmopoliten", zu Doktor Szentgyörgyi. Dann ließ er noch schnell einen anderen Wagen anspannen und fuhr damit nach Hosszúpályi zu einem Bekannten, um dort auszuharren, bis sich seine Mutter besänftigt hatte.

Zsuzsanna Bossányi aber dachte nicht daran, sich zu besänftigen.

Der Verdacht hatte sich tief in ihrer Seele eingenistet, und die ließ den Abbau von Giften nicht so leicht zu. Auch jetzt war Zsuzsanna Bossányi sicher, Ferenc würde sich unter dem Deckmantel des Arztbesuches auf ein geheimes Rendezvous mit der Frau in Debrecen vorbereiten, daher ließ auch sie anspannen und fuhr mit den beiden noch verbliebenen müden und alten Mähren selbst nach Debrecen. Sie ließ ihren lieben Dienes als Hüter des Hauses zurück, den das nicht im Geringsten störte, war er doch schon gebührend beduselt.

Als Zsuzsanna Bossányi in Debrecen ankam, war die Frau bereits im Behandlungszimmer des Arztes und nach ihrem Gebrüll zu urteilen, renkte Szentgyörgyi gerade ihren Daumen wieder ein. Es interessierte die gnädige Mama nicht besonders, was die Bürger von Debrecen sagen würden, sie ließ ihre Leute die Tür zum Haus des Arztes eintreten und die Frau mit Ketten gefesselt auf den Wagen setzen. Was sie eigentlich wollte, war nicht ganz klar, weil sie dabei auch nach den städtischen Bütteln rief und Gericht, Scheiterhaufen und Richtschwert forderte. Sie war ganz durcheinander. Szentgyörgyi sah, dass sich eine üble Situation entwickelte, er entlockte einem der Knechte, wohin Ferenc gefahren sei, und schickte ihm einen Boten nach, er möge sich so schnell wie nur möglich nach Hause begeben. Die Botschaft erreichte Ferenc gerade im Aufbruch, er fühlte bereits, dass irgendeine dunkle Machenschaft im Anzug war. Bis er wieder in Érsemlyén eintraf, war auch Józsi schon eingetroffen. Er und Dienes hatten ihn gar nicht angesehen, sie spuckten nur aus auf dem Laubengang, wo sie gerade standen. Aus dem Kellerabgang sickerte Kerzenlicht heraus, ein vierschrötiger Kerl im Hirtenmantel stand davor auf dem Schnee, mit verschränkten Armen. Ferenc eilte hinzu, schob die halbherzig Widerstand leistende Wache beiseite und lief die Treppe hinunter.

Im Keller brannten zwei Fackeln über dem schimmeligen Eichentisch. Maris Nagy saß, an die Tischbeine gefesselt, am Boden und versuchte, den Kopf vor den immer neuen Ohrfeigen wegzudrehen. Ihr Gesicht war ganz geschwollen, Blut quoll aus ihrem Ohr. Zsuzsanna Bossányi stand mit aufgelöstem Haar gerötet über ihr und schlug immer wieder zu, einmal rechts, einmal links, einmal mit der Handfläche, dann mit dem Handrücken, mit dem Gold ihrer großen Siegelringe. Als Ferenc versuchte, sie zurückzuhalten, schrie sie die Frau gerade an: *Hättest du dich lieber im Stall vom Hengst decken lassen, wenn du schon so dringlich ficken musstest!*

Ferenc versuchte, sie mit einer Umarmung zu besänftigen und dabei sachte zu verhindern, dass sie die Frau wieder ohrfeigte, doch seine Mutter schlug und trat um sich, sie kreischte: *Du Verräter, du wagst es, die Hand wider deine Mutter zu erheben …!?* Und sie rief um Hilfe, worauf die beiden treuen Hunde, Dienes und Józsi, knurrend auf der Kellertreppe erschienen und die Zähne fletschten.

Ich mach' mit ihr, was ich will, sie ist meine Leibeigene! Wenn ich will, bring' ich sie um!, röchelte die gnädige Mama Ferenc ins Gesicht und stieß ihren Sohn zurück, bis an die Kellerwand.

Für einen Augenblick sah es aus, als wollte sie auch ihn schlagen, doch dann ließ sie die Hand sinken.

Sie keuchte und stieß einen absonderlichen und erschreckenden Tierlaut hervor, wie ein Greifvogel: *Hii, hii, hii!*

Nur das Weiße ihrer Augen war zu sehen, wie bei der wahnsinnigen Lady Macbeth auf den Stichen. Sie wirbelte um ihre Achse und trat Maris Nagy mit dem Fuß, dann begann sie wieder, auf sie einzudreschen. Und sie hätte sie vielleicht wirklich umgebracht, wenn nicht etwas geschehen wäre, das Ferenc später immer als den unbezweifelbaren Beweis der Existenz des A.B.A.W., des Allmächtigen Baumeisters aller Welten, erwähnte.

Der Hof war vom lauten Wehklagen zweier Gutsarbeiter erfüllt.

Sie kamen bis an den Kopf schlammverschmiert und zitternd nach Hause und waren halb tot vor Schreck. Sie hatten die Pferde, sechs an der Zahl, zum Fluss Bodrog hinuntergebracht, und als sie das Steilufer erreichten, hob ein sonderbares Dröhnen und Donnern an wie bei einem mächtigen Gewitter, allerdings kam jetzt der Ton aus der Erde, und auf einmal sackte das Lehmufer ab, das ganze hohe Ufer wurde auf gut zweihundert Schritte hinuntergerissen und alle sechs Pferde rutschten mit in die eisigen Fluten und verschwanden spurlos. Kein Hufeisen, kein Geschirr blieb übrig. Den Männern war nur deshalb nichts passiert, weil sie gerade einem verwundeten Reh im Weidengehölz nachgejagt hatten und alle bei der Hatz dabei gewesen waren.

Zsuzsanna Bossányi wollte zuerst gar nicht richtig begreifen, was geschehen war. Sie stürmte aus dem Keller hinauf, blieb inmitten des Hofes stehen, als hätte sie keine Ahnung, wie sie hierher geraten war. Sie ließ die Männer den Vorfall noch einmal erschöpfend schildern, nur die Rehhatz ließ sie sie überspringen. Um auch die Leute noch zu ohrfeigen, hatte sie keine Kraft mehr, sie eilte bloß mit der Hand an der Stirn in ihr Zimmer und fiel in Ohnmacht.

Sie kannten diese Ohnmacht alle, seit ihrer Kindheit. Die extremen Geisteszustände der gnädigen Mama endeten meistens so, sie lag dann einen halben bis einen Tag reglos im verdunkelten Zimmer. Man durfte keinen Mucks von sich geben, keine Fliege durfte summen, und wenn alles mit rechten Dingen zuging, trat Zsuzsanna Bossányi verjüngt und verschönert, mit geglätteter Miene und klingendem Lachen aus dem Zimmer und verstreute Freundlichkeit und Geschenke um sich. In diesem Zustand war sie geneigt, alles zu verschenken, was sie besaß, Kleidung, Bücher, Kleingeld, Tücher, ja, zuweilen auch das eine oder andere Stück Land, bis sich dann ihre Laune nach und nach wieder verdüsterte, bis zum nächsten Sturm, in dem sie wieder zu einer tobenden Furie wurde.

Für Maris Nagy wurden sechs Pferde geopfert, zumindest mochte Ferenc die Dinge des Lebens gern in mythologischen Zusammenhängen sehen. An diesem Tag konnte er noch gedacht haben, die stürmischen Monate hätten ihr Ende gefunden, die Zornesanwandlung ihrer Mutter sei mit dem gewohnten Schluss aus einem Lustspiel zu Ende gegangen. Nachdem er Maris losgebunden und sie der Pflege der alten Vettel anempfohlen hatte, wähnte er sich noch für einen Augenblick im Kindesalter, denn die drei Söhne gingen so einträchtig zum Haus zurück, als hätten Hass und Neid nie Zwietracht unter ihnen gesät.

Dies alles war jedoch nur ein vorübergleitender Lichtstrahl, ein Aufblitzen. Kaum hatten sie den Laubengang betreten, standen sie schon in der Gegenwart. Dienes und Józsi drängelten ins Zimmer, indem sie einander drückten und schoben, doch von innen schlugen sie gemeinsam die Tür vor Ferenc' Nase zu. Das war eine überflüssige Grobheit, denn Ferenc trat auch so ein und ging in sein Zimmer.

Er legte sich auf das Bett, nahm ein Buch zur Hand und versuchte zu lesen, um die Erinnerung an die schändlichen Ereignisse der letzten Tage aus seinem Kopf zu tilgen.

Seine Brüder freilich ließen ihn nicht in Ruhe, Dienes erschien im Türrahmen, mit einer Flasche Wein in der Hand. Er schob sich herein, setzte sich auf Ferenc' Bett und fragte ihn, wann nun die Hochzeit stattfinden werde.

Welche Hochzeit? Na die Hochzeit mit der Maris. Weil man kann sagen, was man will, das ist doch keine Schande. Auch andere haben Frauenzimmer geheiratet, das ist doch keine Katastrophe.

Ferenc ließ das Buch fassungslos in den Schoß fallen, dann hob er es wieder hoch und vergrub sich darin. Daraufhin brauste Dienes auf.

Der feine Herr denken doch nicht, dass ich seinen Bankert füttern werde!?

Ferenc war der Weißglut nahe, doch hatte er als Gefangener genug mit niederträchtigen Provokateuren zu tun gehabt, deren alleinige Absicht es war, ihn aus der Fassung zu bringen, um danach die Strafe als rechtmäßig erscheinen zu lassen. Er hatte schon eine gewisse Übung darin, seinen Zorn zurückzuhalten. Dienes aber war darin nicht geübt, einen Menschen wütend zu machen, der den auf ihn geworfenen Schmutz abschüttelt, also steigerte er sich in Rage und keifte Ferenc unaufhörlich an. Dieser aber wusste, er hatte die Runde gewonnen, und las lächelnd weiter.

Sieh mal, Bruder, was dieser weise Franzose sagt: „Wir werden zweimal geboren, einmal, um da zu sein, zum zweiten Mal, um zu leben."

Dienes sprang auf und rieb sich die Schläfen, so durchquerte er das Zimmer wiederholt. *Da sind wir also angelangt, bei der Wurzel allen Übels, schon wieder die Bücher, diese verdammten Bücher, aus denen der schiere Blödsinn trieft! Ja was soll das heißen, dass wir zweimal geboren werden? Wer soll das sein, der zweimal geboren wird?* Ob Ferenc jemanden in der Gegend kenne, auf den das zutreffe? Oder könne er aus der Geschichte jemanden benennen, auf die Schnelle, auswendig, dem Ähnliches passiert sei? Weil er, Dienes, ja auch nicht von gestern sei,

Ferenc würde ihn nicht so leicht übertölpeln können! Wer nämlich zweimal geboren wurde, der müsse auch zweimal sterben, nicht wahr? So ein Lebewesen existiere nicht auf Erden! Das möge sich der feine Herr merken!

Damit stolzierte er aus dem Zimmer, wie der Philosoph, nachdem er sein Quod erat demonstrandum ausgesprochen hatte.

Nun ließen sie Ferenc eine Zeit lang in Ruhe. Sie spielten Karten, schenkten einander Schnaps ein und amüsierten sich mit Jagdabenteuern. Darin führte Dienes, denn er log sich selbst hemmungslos in Geschichten hinein, die schon ihre Großeltern zum Gähnen gebracht hatten, József aber hörte ihm mit offenem Mund zu und glotzte seinen Bruder wie einen Halbgott an. Dabei hemmte das seine Aufmerksamkeit nicht und er gewann nach nur zwei Spielen alles Geld, das Dienes bei sich hatte, und das ließ Józsefs Laune hochfliegen. Er stolzierte im Zimmer umher, als wäre er einen Zoll gewachsen. Dann folgte er einer plötzlichen Eingebung und trat zu Ferenc ins Zimmer. Er setzte den Ellbogen an den Rand des Bettrahmens und drehte, wie gedankenverloren, den lockeren hölzernen Zierknopf am Ende des gedrechselten Pfostens herum.

Welche Ehre, mich im selben Zimmer mit einem Mitglied der Deutschen Mineralogischen Gesellschaft zu Jena aufhalten zu dürfen. So begann er die Stichelei. Ferenc schwieg, denn die Mineralogische Gesellschaft hatte ihn tatsächlich unter ihre Mitglieder aufgenommen und ihm dies mit der Zusendung eines pompösen Diploms mitgeteilt. Er informierte postwendend die hochverehrte und traditionsreiche Gesellschaft über den Irrtum, er glänze nicht in der Mineralogie, sondern in den philosophischen Wissenschaften. Das wiederum interessierte die in Jena nicht, sie antworteten, das sei umso besser, sie hätten ohnehin viel zu viele echte Mineralogen in ihren Reihen, und außerdem seien zahlreiche Philosophen Mitglieder ihrer Gesellschaft. So ließen sie ihn nicht austreten, wenn es auch fraglos war, dass Ferenc nicht besonders viel zur Sache der Mineralogie beizutragen vermochte. Der unschuldige Irrtum aber gab Gründe genug für seine Feinde zum Spotten, die sich auch nicht zurückhielten, sie schickten ihm verdächtige Konkretionen zu, er möge bitte deren Art, Alter und Material bestimmen, sie luden ihn zu Bergwerksbefahrungen ein und lagen ihm in den Ohren, er möge ihnen mineralogische Fachbücher besorgen. Das eine aber konnte niemand ernstlich annehmen, dass er sich mit fremden Federn schmücken und als Naturwissenschaftler angesehen werden wollte. Daher schmerzte ihn der Anwurf Józsis besonders.

Der träge Kerl sah, dass seine Worte das Ziel getroffen hatten, und er wurde übermütig. Er erhob die Stimme und reckte die Schultern vor.

Ja, da kann ich auch verstehen, dass so ein großer Mann sich malen lässt, noch dazu mit einem Heiligenschein! Dass du dich nicht vor Scham in der Erde verkriechst!

Ferenc erstarrte. Es stimmte, er hatte sich malen lassen. Er wollte sich unter denen sehen, deren Porträts er Tag für Tag bewunderte. Er wollte das eigene Gesicht in der gleichen Formulierung sehen, in der er die Gesichter Goethes oder Schillers kennengelernt hatte. Er wollte das Gefühl erleben, neben ihnen an der Wand zu hängen, in seinen Blick dasselbe lautere Feuer zu legen wie seine Vorbilder. Er wollte sehen, wie feine Schatten auf seinem Seidenschal spielten. Wie ein geheimnisvolles Licht von irgendwo oben auf seine hohe Stirn fiel und sich über ihn ergoss.

So verbrachte er in Pest Tage damit, Jan Stunder Modell zu sitzen.

Der schläfrige, faule Däne, der nicht ganz ungebildet war, hatte er doch die berühmten Schulen in Antwerpen besucht, kam mit dem Bild nur langsam voran, und wie auch immer er sich anstrengte, ging immer etwas schief mit den Proportionen. So geschah es schon an jenem Montagvormittag, als sie begonnen hatten und er nur die Konturen pfeifend und mit leichter Hand auf die Leinwand warf, da schlich Ferenc schon besorgt hinter ihm umher. Zuerst trieb ihn nur die Neugierde an, dann überkam ihn langsam die Unsicherheit. Er machte gute Miene zum bösen Spiel, doch konnte er seine üble Vorahnung nicht wegwischen. Ihm schien der Kopf zu groß zu sein, dann waren die Schultern zu klein. Und der Hals zu kurz. Jan korrigierte, trat vor und zurück, maß mit dem Daumen und dann mit dem Pinsel. Mal schickte er Ferenc weiter weg, dann befahl er ihm, näher zu kommen, und wiegte den Kopf. Ferenc war schon drauf und dran zu fragen, ob der Meister mit seinen naturgegebenen Maßen unzufrieden sei, als Jan den Pinsel nach einem langen Gähnen in die Ecke warf und ihm mitteilte, für heute sei er fertig.

Am Morgen des folgenden Tages stellte Ferenc verwundert fest, dass der Maler im Laufe des Nachmittags und der Nacht nicht müßig gewesen war. Jan selbst betrachtete die sich entwickelnden Umrisse zufrieden, er arbeitete blitzschnell, das Bild entstand im Eiltempo unter seinem Pinsel. Seine wirre Haartracht schwang bei schwungvollen Bewegungen mit, die Augen sprühten Feuer, voilà, dachte Ferenc, ein echter Genius.

Anderentags aber suchte er den Genius vergeblich in seinem Atelier.

Die Tür sperrangelweit offen, Speis und Trank auf dem Tisch, dabei etwas Bargeld, die vorbereiteten Farben waren schon von Haut überzogen. Allein die Katze des Meisters hielt sich im Atelier auf, vor ihr ein sauber geleckter Teller. Ferenc suchte die Umgebung ab, schließlich wiesen ihm Straßenkinder den Weg. Jan schlief in einem Wirtshaus, und als Ferenc ihn unter Mühe ins Leben zurückholte, wusste er vor lauter Rausch noch immer nicht, wo er sich befand.

Ferenc brachte ihn nach Hause und legte ihn schlafen.

Am folgenden Tag traf er schon früh ein, aber doch nicht früh genug, um den Maler zu Hause anzutreffen. Der hatte sich in der Nacht noch etwas zum Trinken gesucht. Als er am frühen Nachmittag zum Vorschein kam, zierte ein Bluterguss sein Auge, das rechte Handgelenk war furchtbar angeschwollen, er hatte sich in der Nacht in eine Rauferei eingemischt und man hatte es ihm gründlich besorgt. Bis Mittag hatte er unter den Büschen am Donauufer geschlafen. Solange die Hand heilte, war nicht an Arbeit zu denken. Ferenc suchte sich wütend eine andere Beschäftigung, er besuchte seine Freunde wieder, die er schon einmal aufgesucht hatte, und berichtete ihnen von seinem Abenteuer mit dem Maler. Denken konnte er aber kaum an etwas anderes als an das Porträt, jetzt, da sich ihm Hindernisse in den Weg gestellt hatten, sehnte er sich mehr danach als je zuvor.

Nach einer Woche war Jan im Großen und Ganzen wiederhergestellt, doch diesen zweiten Tag, als der Genius in ihn gefahren war, den konnte er nicht wiederholen. Er quälte sich, murkste und wurstelte herum, dann korrigierte er. Ferenc hielt sich mit Kritik zurück, er sagte nur dann etwas, wenn es schon offensichtlich war, dass etwas nicht gelingen wollte. Zuerst war das Auge zu klein, nach dem Übermalen aber kam das andere Extrem zum Zug, die Augen wurden eulenähnlich, zugleich flehend. Und das Licht, dieses gewisse forschende, trotzige, selbstbewusste, freie Licht, der würdevolle Blick eines Sohnes dieses Jahrhunderts, gelang einfach nicht, wie der wackere Jan auch mit Grau, Grün und den verschiedenen Abstufungen des Weiß experimentierte. Er verfluchte den schlechten Pinsel, die Farbe minderer Qualität, die elende Leinwand, die schwachen Lichtverhältnisse, die Luftfeuchtigkeit, alles, was schuld sein konnte. Er suchte sein Heil im Zeitschinden, versteckte sich vor Ferenc, der nicht von der Art seiner bisherigen Kunden war, die in ihrem ganzen Leben nur ein, zwei Bilder gesehen hatten und bei den einfachsten handwerklichen Kniffen in Ehrfurcht erstarrten. Darauf hatte der Meister offenbar gesetzt, ein paar geschickt gesetzte Schatten, eine verblüffende räumliche Wirkung und der Erfolg wäre ihm sicher gewesen.

Bei Ferenc aber war alles das vergeblich.

Er verlangte von Jan das Maximum, er prüfte ihn in allem, was er wissen musste, wenn er schon einmal ein Meister war. Als er jetzt im Haus in Érsemlyén im Bett lag, halb ohnmächtig und gedemütigt, rief ihm die Tücke Józsis die Umstände des Porträtmalens in Erinnerung. Ferenc erinnerte sich genau an die ganze peinliche und erbärmliche Prozedur, als er dem Dänen mit den zwei linken Händen die Geheimnisse der nordischen Meister zu entlocken versuchte und ihn schließlich schon anflehte, sich an seine Jugend zu erinnern, was hatte ihm sein Meister gezeigt, wie erreichte man, dass in die Augen das Leben einziehe. Und wie man erreichte, dass die Gesichtshaut Leben erhalte, dass die Poren atmeten, dass die Locken Schwung erhielten, dass Lebenslust und Heiterkeit ins Bild kämen? Jan Stunder plagte sich, er schnaufte, mischte seine Farben und gestand dabei verlegen, dass seine Obliegenheiten sich zumeist im Pinselwaschen erschöpft hatten und darin, aus der benachbarten Gastwirtschaft seinem Meister und den Kommilitonen Wein und saftige Stelzen herbeizuschaffen.

Eines könne er malen: das Meer.

Das aber in allen Formen, im Winter, im Sommer, stürmisch, ruhig, am frühen Morgen, ja, sogar in der Nacht. Darum hatten ihn seine Eltern Maler werden lassen, schon in seiner Kindheit waren sie auf seine sonderbare Gewohnheit aufmerksam geworden, sich bei jeder Gelegenheit hinaus zum Hafen zu schleichen und die Wellen des Meeres zu zeichnen. Da war er richtig gut, und wenn auf einem Bild ein Meer dargestellt werden sollte, schickte man gleich nach ihm. Vielleicht war seine Wahl, sich in Ungarn niederzulassen, schon deswegen nicht ganz richtig, denn hierzulande schätzte niemand diese spezielle Fähigkeit. Ihn interessierten keine Gesichter, Haare, Hände, allerlei Rauwerk und Draperien, er liebte das Meer. Er hatte siebzehn Brüder von zwei Müttern, er hasste Menschen geradezu; sah er ein Gesicht, erfasste ihn Schwindel und Unwohlsein. Allein der Anblick des Meeres vermochte ihn zu beruhigen, die einsame, endlose Wasserfläche, die Zeit und Ewigkeit ausatmete, wie auch schiere Unendlichkeit. Die vielen wuselnden Menschen, mit den Anzeichen schneller Veränderung auf ihren Gesichtern, die ermüdeten ihn und machten ihn nervös, sie bereiteten ihm Übelkeit. Und jetzt war er gezwungen, fern des Meeres zu leben und Porträts zu malen – der größte Irrtum seines Lebens.

Wie gern hätte er den revidiert, leider war das aber nicht möglich.

Ferenc konnte sich nicht entscheiden, ob er lachen oder weinen sollte, der Däne mit den zwei linken Händen, den sein Los in ein Land geworfen hatte, in dem man das Meer nur vom Hörensagen kannte, war eine überaus tragikomische Figur. Schließlich, nach zwei Monaten unaufhörlichen Korrigierens und Übermalens, als die Leinwand von den vielen übereinander gepinselten Farbschichten schon schwer war wie eine Bleiplatte, gab Ferenc den Kampf auf. Er sah ein, dass er nicht mehr verlangen konnte als gegeben war. Vergeblich all sein Kämpfen, alles Fordern, vergebens trieb er Stunder an, das Ende wäre nur dessen Erniedrigung gewesen, und alles andere wäre besser gewesen als das. Selbst ein Stunder verdiente mehr als das. Ferenc hatte kein Geld, keine Chance auf mehr oder besser als das, er konnte nicht in die Niederlande fahren, um sich von den Besten malen zu lassen, nicht einmal einen durchschnittlichen Wiener Porträtmaler konnte er sich leisten. Ihm war Jan Stunder, der Maler des Meeres, zugekommen, der mit seinem bescheidenen Talent und seiner mangelhafter Ausbildung gerade genügte, um Kinder von Oberländer Ungarn zu malen und die Gemahlinnen von heruntergekommenen, versoffenen Grafen. Noch immer besser als bei den Bauern, von denen nur dann ein Konterfei entstand, wenn sie mit dem Gesicht in den Dreck fielen.

Schließlich war das Porträt gar nicht so schlecht geraten.

In Stunders Hand lebten, wenn auch kurz und blass aufflackernd, Fähigkeiten auf, die ihm seinerzeit von den Meistern mitgegeben worden waren, seine Faulheit und Anspruchslosigkeit ergaben sich unter Ferenc' furchtbarem kritischen Druck und ein paar Tropfen der wahren Malkunst ließen sich herauspressen. Die vielen Übermalungen aber zeigten sich nicht nur im Gewicht des Bildes; in den Kerkerjahren, als das Gemälde im Schlafzimmer seiner Mutter hinter dem Kleiderkasten verstaubte, begann die eigentümliche chemische Reaktion der verschiedenen Lösungsmittel, Öle und Pulver um Ferenc'

Kopf herum, wo die meisten Änderungen der Konturen stattgefunden hatten, und binnen weniger Jahre hob sich ein immer heller werdender Lichterkreis hervor, den man mit gewisser Malice als Heiligenschein deuten konnte. Im Bett liegend und gedemütigt, von Schuldgefühlen gequält, geprellt, schien es Ferenc an jenem hoffnungslosen Dezembervormittag, dass ein kläglicherer Kontrast wohl kaum vorstellbar sei. Und als Józsi sich siegestrunken über ihn erhob, erwies sich sogar der Band Rousseaus als ungenügende Trutzburg. Ferenc fühlte, wie die Lebenskraft seinen Körper langsam verließ.

Dienes kam irgendwie dahinter, dass drinnen etwas Wichtiges vorging, und auch er trat ins Zimmer. Er kratzte sich zufrieden am Kinn. Vermutlich hatte er gedacht, so etwas könne nur er, und jetzt erfüllte ihn eine Art Stolz, siehe da, auch sein Brüderchen war ein gestandener Mann.

Es wäre jedem besser gedient, hätten sie auch dir in Buda den Kopf abgeschlagen, sagte er, nur damit auch er etwas von sich gab. Doch war er mit dem Gesagten nicht ganz zufrieden, denn schließlich war dieser Satz der Lieblingssatz ihrer Mutter. Er dachte schnaufend über eine Gemeinheit nach. Dann erhellte sich sein Gesicht.

Was denkt der feine Herr, wie lange kann er denn unser Geld stehlen? Damit blickte er Józsi an, der gewaltig nickte. Fast hätte er sich das Kinn am Bettgestell angeschlagen. Dienes setzte ermutigt fort: *Solange sich der Herr im Gefängnis auf dem Sofa fläzte, zahlten wir alle seine Kosten, versorgten wir sein Vieh! Es ist an der Zeit, die Schuld zu erstatten!*

Józsi trat zurück, um sich nicht anzuschlagen. Er nickte so heftig, dass sogar die Halswirbel knackten. Dienes blies sich auf, zog die Mundwinkel herunter. Jetzt sah er genauso aus wie in der Kindheit, wenn er seinem Bruder drohte, ihn bei der gnädigen Mama anzuschwärzen, wenn er sich ihm nicht fügte.

Ferenc wollte etwas entgegen, doch ihm war die Luft weggeblieben.

Er brachte einfach keine Worte heraus. Wenn auch alles in Dienes' Anklage gelogen war, so konnte er sie doch nicht von sich abschütteln. Denn er hatte sich tatsächlich hingelegt. Wenn er seine tausendfünfhundert Schritte am Morgen in der Zelle auf und ab gegangen war, legte er sich auf die Pritsche, schloss die Augen und betrat sein erdachtes Schloss. Er ging über die mit weichen Teppichen ausgelegten Korridore, an deren Wände die bunten Glasfenster tausenderlei Farbtupfer warfen. Er trat in den kolonnadengesäumten Garten hinaus und nahm beim Springbrunnen Platz, seine geliebten Vögelchen setzten sich in seiner Nähe nieder. Er schlug seinen Sallust auf und wählte sich aus den robusten Sätzen des großen Meisters eine schwere, wohl verzierte und tiefsinnige Passage, die er mit viel Denkarbeit ins Ungarische übertrug. Ja, wenn der Wärter durch das Guckloch an der Tür der Zelle hereinschaute, sah er ihn tatsächlich liegen. Dann stand Ferenc von der Pritsche auf, setzte sich an den Tisch und las. Er schrieb nicht, denn er durfte nicht schreiben. Seine Aufseher ließen keine Schreibwerkzeuge zu, und fanden sie solche bei der täglichen Zellendurchsuchung, bekam er sofort drei Tage Dunkelhaft bei Wasser und Brot. Musste er unbedingt einen Brief schreiben und ergab sich auch die Gelegenheit, dass jemand diesen hinausschmuggelte, ritzte er sich die Hand auf und schrieb mit Blut und einer Nadel.

Er lag den ganzen Tag tatenlos herum, das war wirklich zutreffend, und verbrauchte das Geld der Familie, während seine Geschwister mit der Weinlese, der Mahd, dem Bergrecht und der Holzbewirtschaftung beschäftigt waren, er tat den ganzen Tag lang nichts und gab das Geld seiner Familie aus, während sie sich eine Braut suchten und Geliebte hielten, jagten und soffen. Das Geld verwendete er für die Bestechung der Wärter, damit sie mit ihm ein bisschen besser umgingen, damit er eine weniger feuchte und dunkle Zelle und essbares Essen bekam, damit er sieben Jahre hindurch Kleidung und Bettwäsche wechseln konnte. Selbst in der luxuriösesten Herberge und bei den teuersten Speisen der Welt hätte er nicht mehr Geld ausgegeben, hier war das bloße Überleben sein Luxus.

Die Behörde hatte dem zugestimmt, dass er auf eigene Kosten lebte, doch waren sie nicht gewillt, darüber eine offizielle Bestätigung herauszurücken. Eigentlich taten sie nichts anderes, als angesichts der fortgesetzten Bestechung beide Augen zuzudrücken, wobei schon das mehr war, als sich Ferenc zu erhoffen wagte. Seine Mutter zog alle Posten von seiner Erbschaft ab. Sie konnte nicht anders, sie konnte nicht das Vermögen all ihrer Kinder für das einzige in die Irre gegangene ausgeben. Ferenc' Besitz nahm von Jahr zu Jahr ab. Während Józsi und Dienes sich damit großtaten, auch auf Ferenc' Güter achtzugeben und dadurch das ihre zu vernachlässigen, stahlen und verschoben sie, was nur möglich war. Bis Ferenc aus dem Gefängnis kam, war ihm außer seinem Leben und etwas Land mit ein paar Schweinen und Schafen nahezu nichts geblieben.

Ein Jahr nach Verbüßung der Strafe traf die offizielle Verständigung des Fiskus ein, er möge für die Kosten seines Gefängnisaufenthaltes aufkommen. Das war ein tückischer und bösartiger Schritt, mit dem sie auch das vermittelten, was ihm seine Mutter so gern zurief, hätten sie dich doch mit den anderen zusammen geköpft. Die

Frist war eng, die Verpflichtung bindend und Ferenc hätte verzweifelt nach einem Kredit schauen können, um nicht wieder seiner Familie zu Last zu fallen, doch entschieden zu dieser Zeit die Kräfte des Schicksals, eine andere Richtung einzuschlagen. Sie entschädigten Ferenc für die erlittenen Schläge, um ihn danach mit neuen zu treffen.

Aus Ferenc' Vermögensanteil war die Schuld nicht zu begleichen. Sie betrug, zum Tagespreis gerechnet, das Zweifache dessen, was man durch Ferenc' gänzliche Enterbung hätte aufbringen können. Welche Rolle Dienes oder Józsi in der Angelegenheit spielten, war nie herausgekommen. Ferenc hoffte bis zum letzten Augenblick, dass nicht einmal sie zu einer Niedertracht dieses Ausmaßes fähig waren und dass alles ein Werk der Tyrannei sei. Vielleicht war wirklich nichts anderes passiert, als dass die Hofkammer sich über die Vermögensverhältnisse der Familie vollkommen im Klaren war und dass sie den zweifachen Multiplikator eben deshalb so kalkuliert hatten. Dort oben mochte man gedacht haben, dass sie danach nie mehr mit Ferenc Kazinczy rechnen mussten, da ihn die Familie, sollte sie seine Schulden tatsächlich bezahlen, knechten und bis an sein Ende am Abtragen arbeiten lassen würde. Der Gedankengang war fehlerlos konstruiert, und dass er sich schließlich doch nicht bewährte, das hatte sonderbare und nur für wenige verständliche Gründe.

Zu diesen Gründen gehörte, dass Zsuzsanna Bossányi zufällig allein zu Hause war, als der Brief der Hofkammer eintraf. Als sie ihn las, stieg ihr die Schamröte ins Gesicht. Schon bisher hatte sie dulden müssen, dass die Söhne ihren Zorn bei ihr ausließen. Täglich musste sie sich die Vorhaltungen anhören, wo die blinde Mutterliebe hinführte, die sie Ferenc gegenüber an den Tag lege, und dass sie jene, die sie wirklich verdienten, ihres missratenen Erstgeborenen wegen vernachlässigte. Sie musste sich immer wieder schämen, Ferenc teure Bücher und Bilder gekauft zu haben, und weil sie die ersten Gedichte des frisch maturierten Studenten auf eigene Kosten herausgab und dazu noch einen teuren Stich für den Buchdeckel anfertigen ließ.

Nun musste sie für alle heimlichen Anzeichen ihrer mütterlichen Schwärmerei, die sie Ferenc hatte zuteilwerden lassen, täglich erröten und sie wurde mit ihrer Befangenheit konfrontiert, derentwegen sie Ferenc mehr Beachtung und Liebe gezeigt hatte. Sie wagte das hinter dem Kleiderkasten verstaubende Porträt nur an die Wand zu hängen, wenn sie sich der tagelangen Abwesenheit ihrer anderen Söhne sicher war. Dennoch dürfte jemand aus dem Gesinde sie denunziert haben, denn Dienes packte eines Tages ein Messer und schwor, die verdammte Schmiererei in Fetzen zu schneiden, sie konnte ihn nur besänftigen, indem sie ihm noch einen Krug Ausbruchwein herbeischaffen ließ.

Doch gehörte unter den Anklagepunkten die Anbetung des Gemäldes noch zu den geringsten. Dienes und Józsi konnten tagelang aufzählen, wann Ferenc den besseren Bissen bekommen hatte, den schöneren Mantel, das feurigere Pferd, die heißere Umarmung und mehr Tränen als sie, die sie dieser Liebesbezeugungen wirklich würdig gewesen wären. Langsam kam es ihr selbst vor, als wären ihre Sünden unverzeihlich, als hätte sie Unkeuschheit getrieben oder Diebstahl begangen, und die wahnwitzige Liebe, die sie ihrem Sohn entgegenbrachte, vermischte sich mit Schuldbewusstsein und Selbstbezichtigungen. So kam ein höllisches Gemisch zustande, das ihr Mutterherz verbrannte und zerstörte. Allerdings war das Vermögen, das Gut, noch in ihrer Hand, und es stand ihr noch immer frei, nach ihrer Lust und Laune dem mehr zu geben, dem sie mehr geben wollte.

Sie versteckte also den Brief gut und begann, ohne Wissen ihrer Söhne die Summe zusammenzukratzen. Sie selbst bewarb sich um einen Kredit, das schien ihr die beste Möglichkeit, denn ein plötzlicher Grundverkauf größeren Ausmaßes wäre allen aufgefallen. Sie bediente dann das Darlehen nach und nach, indem sie kleinere und größere Summen von diversen Stellen abzwickte. Bis zum letzten Augenblick sagte sie zu Ferenc nichts und sie befahl ihn erst dann zu sich in die Kutsche, als nur noch zwei Tage bis zur Einzahlungsfrist übrig waren.

Ferenc hatte keine Ahnung, was da vor sich ging, er gehorchte seiner Mutter wie benommen und wagte nicht einmal zu fragen, wohin sie fuhren. So kam es zu ihrer beider geheimen Reise nach Buda, die er später als eine der sonderbarsten Erfahrungen seines Lebens bezeichnete.

Die Diligence rollte weich, beinahe lautlos über das Herbstlaub dahin. Es war noch früh, die Hügel erschienen nur als angedeutete Kulissen, als geschähe alles unter Wasser. Beim Einsteigen stieß ihn seine Mutter hinein wie einen Sack. Ferenc stolperte erschrocken in die Ecke und zog sich verschämt vor den Mitreisenden zusammen. Zwei blasse, traurige alte Mädchen, Geschwister aus der Nachbarschaft, fuhren mit ihnen, sie wollten ihre Tante in Hatvan besuchen.

Sie schütteten all ihre Verachtung für Männer über Ferenc aus, die eine trat ihn, wie versehentlich, gegen das Schienbein, die andere spuckte ihm einen Zwetschkenkern in den Schoß. Sie unterhielten sich flüsternd, in einer monotonen grauen Stimme über den sommerlichen Obstertrag.

Die gnädige Mama saß mit zusammengekniffenen Lippen und geschlossenen Augen da, als wollte sie nicht wissen, wo sie sich befinde und was um sie herum geschehe. Auch die beiden Geschwister versuchten vergeblich, sie in ihr Gespräch einzubeziehen, es gelang ihnen nicht, zu erfahren, wie heuer Zwetschken und Marillen geraten seien.

Es verstrich eine gute Viertelstunde, bis Zsuzsanna Bossányi die Augen aufschlug. Vielleicht wollte sie nur nachschauen, ob Ferenc sich nicht durch einen Türspalt verflüchtigt hatte. Es hatte zu regnen begonnen, die Tropfen trommelten auf das lederne Dach der Postkutsche.

Die sauren Fräuleins stiegen in Hatvan aus. Und da geschah etwas Merkwürdiges. Sobald sie zu zweit in der Kutsche geblieben waren, kehrten sich die Rollen unverhofft um, Zsuzsanna Bossányi wandelte sich innerhalb einer Sekunde von der starken, beherrschenden Frau zu einer schwachen, ungewissen Person, welche Führung ersehnte. Sie schlug die Augen auf, beugte sich im Sitzen vor, um den Kopf tiefer halten zu können als ihr Sohn, der noch immer wie von ihr hingeworfen in seiner unbequemen Pose in der Ecke verharrte.

Sie nahm Ferenc' Hand und drückte sie lange und heiß.

Vielleicht hatte sie zudem gefühlt, dass ihr Sohn vor dieser unerwarteten Nähe erschrak, doch es war schon zu spät, um sie zurückzunehmen. Sie schluchzte dann während der ganzen Fahrt und endlich getraute sie sich, ihrem Erstgeborenen zu gestehen, wie sie unter ihrem selbstsüchtigen und schwachen Ehemann zu leiden gehabt und welche Ungerechtigkeit des Schicksals sie zu einem langen Witwendasein und Einsamkeit verurteilt hatte. Hier erzählte sie, wie sehr und mit welchen Gemeinheiten Dienes und Józsi sie in den sieben Jahren wegen Ferenc gepeinigt hatten. Und es kam sogar zu einer Geste, die Ferenc sich früher nie im Leben hätte träumen lassen: Sie kniete sich vor ihn hin und bat ihn schluchzend um Verzeihung, weil sie ihn vor seinen Brüdern verleugnet hatte.

Sie hatte vielleicht schon seit ihrer Kindheit dieses verletzte kleine Mädchen in sich gehütet, das zerbrechliche, reuevolle, klagende Mädchen, das sie hiemit Ferenc anvertraute; sie mochte denken, sie hätte durch das Erlösen seiner Freiheit ihm diese Pflicht auferlegt. Von nun an müsse er diese Last tragen. Weder davor noch danach hatte Ferenc sie auch nur für einen Augenblick so gesehen. Nachdem sie das Geld im eiskalten Amtsraum des Statthalterrates ausbezahlt hatte und sie zum Wagen zurückgeeilt waren, hielt seine Mutter kurz bei der nordöstlichen Bastei der Burg, von wo sie im dunstigen Herbstnachmittag auf die Wasserstadt hinunterblickten. In den Straßen eilten winzige Menschen dahin, auf dem Wasser schaukelten kleine Schiffe, als hätten sich Mutter und Sohn über eine Spielzeugstadt erhoben.

Zsuzsanna Bossányi drückte seine Hand und Ferenc spürte in diesem Druck, dass seine Mutter von nun an wieder die sein würde, die sie bis gestern gewesen war, und dass diese letzte Episode auf ewig in der Dunkelheit verschwinden würde. Er wusste, dass er seiner Mutter von nun an alles vergeben konnte, was auch immer geschehen mochte. Und genauso wusste Zsuzsanna Bossányi, dass sie von nun an den Menschen besaß, dem sie unbedenklich für alle ihr zugefügten Schmerzen zürnen und dem sie ihre ungezügelten, stürmischen Gefühle anvertrauen konnte. Was von jetzt an zwischen ihnen geschah, das würde innerhalb ihrer Liebe geschehen.

Nachdem sie nach Érsemlyén zurückgekommen waren, schnüffelte und forschte Dienes vergeblich nach, wohin sie denn in einer so rätselhaften Hast entschwunden seien, doch er erfuhr gar nichts. Und wirklich, kein Anzeichen deutete fortan darauf hin, was sich mit ihnen auf der Fahrt nach Buda ereignet hatte, die Mutter verhielt sich zu Ferenc wieder grob und zurücksetzend, und das ermutigte Józsi und Dienes in ihrer Ruchlosigkeit, neue Gemeinheiten zu erfinden.

Als er an jenem hoffnungslosen Dezembertag im Zimmer lag und seine Brüder wie zwei Dämonen sein Bett umkreisten und ihre Klauen immer wieder in sein Fleisch schlugen, fühlte Ferenc, das Wissen darum, dass seine Mutter ihn in ihr Geheimnis eingeweiht hatte, würde seine seelische Unversehrtheit nicht beschützen, er würde daraus nicht genügend Kraft gewinnen, um dem Druck Widerstand zu leisten. Er fühlte auch, dass die dünne Haut, auf der die Angriffe seiner Familie lasteten, bald einreißen würde. Er besaß keine weiteren Sätze mehr, die ihn hätten beschützen können, und vergeblich wusste er, dass alle Anklagepunkte Lügen waren, er war schon viel zu einsam und gebrochen, um dem mit heiler Seele standzuhalten. Es ging ja hier nicht um das Auffinden der Wahrheit, das wussten sie alle drei sehr wohl.

Das war ein langsamer Mord, bei dem mit Worten getötet wurde.

Er konnte die ganze Nacht nicht schlafen. Sein Körper brannte, doch war es diesmal nicht das Fieber; es war, als wollten seine Organe sich selbst vernichten. Seine Instinkte, die jetzt nackt und in ihrer unverdorbenen Animalität nach dem Leben verlangten, ermahnten ihn verzweifelt, es sei an der Zeit, zu fliehen.

Einerlei, wohin, nur weg von hier, denn hier ging der Tod um.

Am frühen Morgen fasste er sich ein Herz, er kleidete sich an, befahl dem schläfrigen und mürrischen Gesinde, das sich freilich für etwas Besseres hielt als ihr Herr, der Zuchthäusler und Hochverräter, anzuspannen. Er ließ sich ins Dorf fahren. Der Kutscher spuckte ihm nach, als Ferenc im Morgennebel bei den Ölmüllern vom Wagen stieg. Er ging zu Fuß weiter, um das Haus der Maris Nagy zu suchen.

Er erinnerte sich aus seinem Traum vage, dass Maris die Gasse der Ölmüller erwähnt hatte.

Ferenc war schon früher einmal hier gewesen, sein Vater und er hatten Sonnenblumenkerne hingebracht und Lampenöl nach Hause gefahren und er hatte süßes Halwa bekommen, das er gekaut hatte, bis sie zu Hause angekommen waren. Der süße Duft hing auch jetzt zwischen den Häusern, vermischt mit der beißenden Ausdünstung der Pferde- und Schweineställe. Kaum jemand war wach, auch die Hunde kläfften nur aus ihren Hütten heraus.

Er ging nach Osten, dem Gefühl nach.

Er wusste, er nahm ein großes Risiko auf sich und bestärkte den Verdacht damit, dass er Maris besuchte, doch hielt er das für die kleinere Gefahr. Er fühlte, er müsse etwas Gutes tun, jemandem Zuneigung erweisen, um die Unmenge an Bösem, das sich über ihn ergoss, auszugleichen.

Er brauchte ein Gegengift, um am Leben zu bleiben.

Die Ölmüller waren bereits bei der Arbeit, ein Mann trat aus der Tür der Presse und schüttete einen Kübel voll mit dampfendem Rüttstroh in die Holzwanne unter der Traufe. Ferenc erkundigte sich nach Maris Nagy. Der Mann riss sich die Fellmütze vom Kopf und erklärte den Weg, es war nicht mehr weit.

Ein einziges Glas im Fenster des kleinen, vitriolblau gestrichenen und eingesunkenen Hauses war unversehrt, die zerbrochenen Scheiben waren durch Schweinsblasen ersetzt. Ferenc klopfte vorsichtig an das einzige Glas, um es nicht zu zerbrechen. Drinnen rumorte es, eine Kerze wurde angezündet, dann quietschte die Tür in den Angeln. Die Alte steckte den struppigen Kopf heraus. Sie versuchte, den Ankömmling blinzelnd zu erkennen, als ihr das gelang, wich sie erschrocken zurück. Ferenc schob sie sachte zur Seite und betrat das Haus.

Maris lag auf die linke Seite gestützt auf der Ofenbank. Sie holte schwer atmend pfeifend Luft, zwei ihrer Rippen waren durch die Prügel ihrer Herrin gebrochen. Die Schläge ins Gesicht hatten ihr die Nase gebrochen, die angeschwollen war und pochte. Unter ihren Augen dunkelten blauviolette, gedunsene Blutergüsse. Sie erkannte Ferenc, doch hatte sie nicht die Kraft zu zeigen, was sie fühlte, was sie dachte. Ihr Gesicht war von Schmerzen entstellt.

Ferenc setzte sich zu ihr und streichelte sie.

Dann meinte er, er habe sie schon zu lange gestreichelt, es sei an der Zeit, die Hand wegzunehmen. Sie wollte ihm aber nicht gehorchen. Maris' Augen blitzten erschrocken auf, und da erkannte auch Ferenc, dass etwas mit seinem Gesicht nicht in Ordnung war. Als hätte es plötzlich die Symmetrie verloren, als wäre etwas an der Linie, die die Mitte für die Selbstspiegelung des Körpers bildet, entzweigeschnitten worden und als wäre seine linke Seite einfach im Nichts verschwunden. Als hätte jemand den Spiegel mit einem schwarzen Tuch überzogen.

Mit seiner Rechten, die noch lebendig war, berührte er seine linke Gesichtshälfte und ertastete nur lebloses, fühlloses Fleisch, das ohne jegliche Spannung von den Knochen hing.

Später sagte Szentgyörgyi, er hätte riesiges Glück gehabt, dass ihn der Morgen nicht im Bett antraf. Wäre er nicht an der frischen Luft unterwegs gewesen, hätte ihm der Schlaganfall verhängnisvoll werden können und ihn womöglich ans Bett gefesselt. Ferenc konnte ihm nicht sagen, dass ihn der Tod geholt hätte, wenn er Maris Nagy an diesem Morgen nicht gestreichelt hätte.

Er erinnerte sich später nicht mehr daran, was sich im vitriolblauen Haus zugetragen hatte. Seine Erinnerung setzte erst dort ein, dass er bei den Szentgyörgyis vor dem Kamin auf dem Sofa lag und beobachtete, wie sein Medizinerfreund ihm die dicken Blutegel einzeln vom Körper abnahm und die sich windenden schwarzen Würmer in das Einmachglas zurückplumpsen ließ. Da hatte Ferenc den Aderlass schon hinter sich, beide Arme waren verbunden. Er hatte kaum noch Blut. Verwundert betrachtete er seine im Licht des Feuers durchscheinend anmutenden Gliedmaßen. Er glaubte aus Glas zu sein und sah eine leichte, rosafarbene Flüssigkeit durch sein Inneres fließen. Seine Gedanken waren klar und fassbar, sie schwammen einzeln in der Luft wie die Sätze von Protagonisten auf Bildern, als Spruchbänder. Er erhaschte eines dieser Bänder, holte es heran und las: Mercurius. Das stand auf dem Band.

Abends bekam er eine Suppe, Holundertee und Honig. Am nächsten Tag kehrte seine Gesichtsfarbe langsam zurück, doch die linke Wange hing noch immer leblos herunter. Jetzt war ihm, als stünde er lange am Rand einer schwindelerregenden Schlucht und als baumelte eines seiner Beine über dem Abhang. Schlief er für einen Augenblick ein, ließ ihn sein Albtraum sofort stürzen und er schrak auf. Entsetzt fasste er mit der Rechten an seine linke Wange, ob sie noch da sei. Er atmete schnell, wie eine Taube. Dieser ungewisse Zustand hielt drei Tage an, am Morgen des vierten Tages gab ihm Szentgyörgyi einen großen Krug Glühwein mit Gewürzen, und als er davon eine bessere Laune bekam, erzählte ihm der Doktor, bisher hätte er schwören können, er würde hier im Gästezimmer sterben, doch jetzt, da er die drei kritischen Tage überstanden habe, sei die Gefahr gebannt, der Tod sei weitergeritten und würde sicher nicht so bald wiederkehren.

Gestern habe seine Mutter, während die Brüder beim Tischler waren und einen Sarg bestellten, ihn kurz besucht. *Sie trat ins Zimmer,* so Szentgyörgyi, *sie eilte an dein Bett und bat mich, für eine Minute hinauszugehen. Ehrlich gesagt, ich kann's nicht sagen, ob sie für dein Leben oder für deinen Tod gebetet hat. Die Stimmung in der Familie wird jedenfalls gut durch den Vorfall beschrieben, den ich heute Vormittag erlebte: Ich erzählte an Orten, von denen ich wusste, dass sie die Nachricht bald verbreiten würden, dass du am Leben geblieben seist, woraufhin beim Tischler großes Geschrei anhob. Deine Brüder waren mit ihm schon handelseins geworden, sie hatten ihm sogar schon einen Vorschuss gegeben, er hatte den Sarg fertiggestellt und jetzt, da sie das Geld zurückverlangten, blieb er hart, er habe in gutem Glauben gehandelt, in den fertigen Sarg deinen Namen hineingeschnitzt und sogar vergoldet, ja, wo würde er jetzt einen Narren finden, der sich in einen fremden Sarg, unter einen fremden Namenszug legte!? Er könne nichts dafür, dass Ferenc nicht verstorben sei. Dienes hatte ihn am Kragen gepackt und geschüttelt, doch der Tischler war ihm nichts schuldig geblieben, er hatte sich einen Holzschlägel geschnappt und ihm damit aufs Ohr geschlagen. Jetzt sitzen sie beide beim Richter und schreien einander aus zwei entgegengesetzten Ecken des Saales an. Dienes ist der lautere, weil auf einem Ohr schwerhörig. Und Józsi verfasst die Streitschrift, um das Geld zurückzuverlangen.*

Ferenc hörte Szentgyörgyis sarkastischem Bericht über seine ungeheuerlichen Brüder zu und auf einmal wusste er, die vor ein paar Monaten noch weggeschobene Entscheidung sei jetzt fällig, er musste sich von ihnen entfernen. Er musste fliehen, er musste sich retten. Und das war nur auf eine Art möglich: durch eine Heirat. Nein, sicher nicht mit Maris Nagy, obwohl sie auch eine der Möglichen war. Seine gesellschaftliche Klasse hätte ihn zwar geächtet und verfemt, doch würde er mit ihr ein friedliches Leben führen, wie von etlichen antiken Weisen empfohlen. Wenn er im Verborgenen lebte, würde ihn vielleicht das Unheil nicht mehr heimsuchen.

Viel würde er nicht wollen, er würde nur für den Tag schaffen, würde den Ruhm meiden, sich nur um Handgreifliches kümmern, denen helfen, die der Hilfe bedurften, nur so viel denken, wie unbedingt notwendig, um nicht alles mit den eigenen Händen erledigen zu müssen. Abends würde er so müde sein, dass ihn keine Albträume weckten, und die monotonen Tage würden das Andenken an die ersten vierzig Jahre seines Lebens auslöschen. Maris würde gesunde, eigenwillige kleine Menschen gebären, die, so sie beharrlich genug wären, es sogar bis zum Priestertum oder Militär brächten und deswegen stolz auf sich sein dürften. Das Haus wäre klein, aber fein, er würde eine Mühle oder ein Wirtshaus pachten, am Morgen früh aufstehen und selbst mit anpacken.

Ja, dachte Ferenc im Hinterzimmer des Hauses Szentgyörgyis, das wäre ein Leben, wie die Weisen es empfehlen. Wer einmal heruntergefallen ist, soll nicht wieder auf einen Baum klettern. Wer den Wind nicht verträgt, soll nicht auf einem Berg wohnen. Odysseus wanderte nach seiner Ankunft noch zehn Jahre lang im Land umher, kehrte erst danach heim in sein Haus und setzte fortan keinen Fuß mehr auf das Deck eines Schiffes.

Wer, vom Unbekannten einmal verschluckt, das Glück erfuhr, noch einmal zu den Seinigen zurückgespuckt zu werden, soll sich nicht mehr nach Abenteuern sehnen. Das würden die Weisen sagen, und sie hätten recht damit. Er stellte sich ein Zusammenleben mit Maris Nagy vor, über deren Moral er beruhigt sein konnte. Szentgyörgyi hatte ihm gerade mitgeteilt, die gnädige Mama habe ihn, als Ferenc ohnmächtig lag, gerufen, um durch eine Untersuchung herauszufinden, ob die junge Frau noch unberührt sei. Als deren Jungfräulichkeit bestätigt worden war, hatte Zsuzsanna Bossányi ein Säckchen voll Geld auf den Tisch geworfen, das die Alte rasch aufgerafft und in den Falten ihres Kleides versteckt hatte. Vielleicht befürchtete sie, Maris würde es nicht annehmen wollen. Oder vielleicht wollte sie ihr das Geld einfach unterschlagen. Würde Ferenc Maris heiraten, dann würden sie sich vielleicht einmal von Affekten überwältigen lassen und ein anderes Mal Entscheidungen nüchtern abwägen.

Die Alte, sei sie die Mutter Maris' oder ihre Schwester oder gar nur eine Fremde, die bei ihr geblieben war, würde bald sterben und sie wüssten nicht, was sie auf ihr Grabkreuz schreiben sollten. Vielleicht kannte sie selbst ihren Namen nicht. Sie müssten sich nicht darum kümmern, wer wessen Verwandter sei, denn er würde unter Menschen leben, die einander nur mit dem Vornamen kannten. Wie in einer Geheimgesellschaft, auch hier würde niemand wissen, wie einer mit dem anderen verwandt war. Allein diese Gesellschaft wäre so geheim, dass hier die Menschen auch über sich selbst nichts wussten. Hätte er erst einmal zwanzig, dreißig Jahre unter ihnen gelebt, würde er zum Schluss allenfalls vergessen, wie er dereinst geheißen hatte. Er sollte sich hüten, seine Ruhe wegen der Lockung des ewigen Nachruhms aufs Spiel zu setzen.

Indem er da lag, unter den breiten, bis zur Zimmerdecke reichenden Regalen, die die anatomischen Sammelstücke seines Freundes beherbergten, fielen ihm der Reihe nach die Frauen ein, die in Betracht kommen könnten. Er blickte die Wände an, die in Gläsern voll mit Alkohol schwebenden Präparate, und empfand keine Spur von Lust zu auch nur einer der unendlichen Möglichkeiten. Er dachte an die schwingenden Brüste der Witwe Antalóczy, die mit der eingeübten, aus dem Rücken und der Taille kommenden Bewegung der Frau von unten schräg nach oben an sein Gesicht klatschten, etwa so, wie Müller Mehlsäcke heben, und schon dachte er nicht mehr ans Heiraten.

Später erzählte er, und ich hatte keinen Grund, an seinen Worten zu zweifeln, dass er mich bis dahin noch kein einziges Mal als Frau wahrgenommen hatte. Und als er sich am vierten Tag vom Arzt verabschiedete und zu uns nach Ónod aufbrach, ahnte er noch nicht, dass ich in drei Tagen seine Verlobte sein würde.

Und hier folgte jenes zweite, sonderbare Ereignis, das darauf verwies, dass über Ferenc' Schicksal höheren Ortes günstig entschieden wurde.

Ich bekam am 3. Dezember, es war ein Mittwoch, von meinem Verlobten Étoile Maximilien, vom Max, wie ihn mein Vater nannte, einen Brief, in dem er mir mitteilte, dass er mir meine Freiheit zurückgäbe.

Der Brief zählte auf fünf langen Seiten Gemeinplätze auf, über das wankelmütige Glück, über das Rad der Geschichte und der Zeit, über das Schicksal und so weiter; ich überflog das Schreiben nur und schon warf ich es ins Feuer. Umso gründlicher aber las ich den Brief meiner Wiener

Freundin Caroline, der mit derselben Post gekommen war und viel interessanter erschien als der meines Verlobten.

Von ihr hatte ich erfahren, dass die Entscheidung Maximiliens nur im geringsten Maß darauf zurückging, dass er auf Betreiben seiner Verwandtschaft endlich aus der Liste der Emigranten gestrichen wurde und dass er heimkehren durfte, der eigentliche Grund für die Auflösung unserer Verlobung lag in der Tatsache begründet, dass Fräulein Girault eine unerwartete Erbschaft gemacht hatte; als Ergebnis eines komplizierten Erbganges war der Glücklichen ein ganzes Dorf nahe Paris in den Schoß gefallen. Ich passte alle Elemente der Geschichte erst später zusammen und hatte wieder Grund genug, mich über die merkwürdige und unverhoffte Choreografie des Schicksals zu wundern. Als hätte es sich entschieden, Ferenc und mich nach den Vorfällen von Félixfürdő zusammenzuführen.

Somit war es noch sonderbarer, dass mein Maximilien, von dem ich nur wusste, dass er ein tadelloser Tänzer, ein gewandter Causeur und begeisterter Naturforscher war und nicht zuließ, dass ich nach seinem Geschlecht griff, dass dieser Mann die bereits bestehende Schwangerschaft seiner Braut hinnahm, die Gelegenheit beim Schopf packte und die Heirat in Windeseile unter Dach und Fach brachte und an jenem Tag, als er seinen zu Herzen gehenden Brief an mich datierte, schon unterwegs zu seinem frisch erworbenen Landgut in der Nähe von Paris war.

Ich erfuhr von Caroline weiters, dass der Abschiedsbrief gegen geringes Entgelt von einem darauf spezialisierten Linzer Konzipienten aus populären französischen Romanen zusammenkopiert worden war.

Zu jener Zeit war ich Maximilien nicht mehr wert als das.

Damals dachte ich freilich, ich müsste sämtliche bei solchen Gelegenheiten angebrachten Gefühle erleben, wie sie in mittelmäßigen Romanen beschrieben wurden, und die unerlässlichen Szenen von Ohnmachtsanfällen über einsames Umherirren bis hin zu durchwachten Nächten durchspielen, zugleich aber erkannte ich, dass ich dem Maximilien genannten Mann gegenüber nie irgendwas empfunden hatte. Die Aussicht auf einen herannahenden Heiratstermin bedrückte mich eher, vergeblich verhieß sie mir die Befreiung aus der würgenden Atmosphäre des Schlosses zu Kázmér, wo ich miterleben musste, wie meine Mutter an den Hirngespinsten und der törichten Verschwendung meines Vaters allmählich irre wurde.

Caroline schloss als Zeichen unseres Bundes ihrem Brief einen Falter bei, eine *Prepona chromus* in Seidenpapier gelegt, und darüber brach ich endlich in Tränen aus. Während des sorglosen Transports war einer der Flügel abgebrochen, die Krümel hatten sich mitsamt dem Schmetterlingsstaub wie Asche in der Ecke des umgeschlagenen Seidenpapiers gesammelt, und daraus ersah ich, dass ich mit Maximilien Wien und auch Paris verloren hatte.

Noch nie hatte ich die Last des Ónoder Schlosses als so schwer empfunden wie in diesem Augenblick.

Da ich verstanden hatte, dass Maximilien mich nicht aus dem dichten Geflecht der Kräfte erlösen würde, die mich in Ónod umsponnen hielten, und mich auch die Hoffnung nicht mehr aufrechterhielt, die während der Jahre meiner Verlobungszeit meine Verbündete gewesen war, erfassten mich Zweifel und Resignation.

Ferenc getraute sich nur nach Jahren, mir zu erzählen, dass er, als ihm sein Freund auf den Wagen geholfen und ihm einige gute Ratschläge für den Weg mitgegeben hatte, noch nicht einmal ahnte, wohin er sich wenden sollte. Über zwei Dinge war er sich im Klaren: Er durfte die Gastfreundschaft der Szentgyörgyis nicht länger missbrauchen und er würde nie mehr zu seiner Familie zurückgehen. Er saß am noch finsteren Morgen allein und krank in der Tiefe des Reisewagens, während die Häuser am Ortsende von Debrecen langsam verschwanden, und da geschah wieder etwas Ähnliches wie am Ufer der Bodrog, als das Lehmufer des Flusses unter den Pferden seiner Mutter wegsackte. Um eine andere Geschichte an einem anderen Faden weiterzuspinnen, wandte sich der Kutscher vom Bock zu ihm um und fragte leise:

Zum Grafen Török, Herr, nicht wahr?

Ferenc erkannte die Stimme, sie gehörte dem alten Kutscher, der seit Menschengedenken im Dienst der Familie stand. Er war auch damals auf dem Kutschbock gesessen, als Ferenc als Kind mit seinem Vater das erste Mal beim Hügel von Széphalom anhielt, in jener denkwürdigen Abenddämmerung, da sich die Zukunft liederlich und ungehörig erblicken ließ wie ein Zigeunermädchen am Bachufer. Und derselbe Kutscher hatte ihn nach Verbüßung seiner Haftstrafe aus dem Kerker zu Munkatsch auf dem von Dienes „blumenbekränzten" Wagen nach Hause gefahren, und es war wieder er, der zehn Jahre später bei Tagesanbruch die Pferde antrieb, als die Schilfschneider endlich den Körper meines Vaters im Morast gefunden hatten und er mit Ferenc zusammen ihren letzten gemeinsamen Weg zum Schloss zu Ónod antrat.

Das war die letzte Tätigkeit des alten Kutschers in der Familie, und diese Tat hatte ihm ganz bestimmt bestätigt, sich nicht geirrt zu haben, als er aus den Zeichen des Schicksals zu lesen versuchte, um danach spurlos und still irgendwo dahinzuscheiden. Ich erinnere mich nicht, irgendwann von seinem Tod gehört zu haben. Dieser alte Hausgeist, den Ferenc viel eher an der krummen Haltung und am vorspringenden Schulterblatt erkannte als an seinem Gesicht, löste jetzt, beim Tagesanbruch in Debrecen, die hoffnungslos scheinende Gleichung mit einer derartigen Natürlichkeit, dass Ferenc darüber errötete. Dazu genierte er sich, weil sich die Geografie seines Schicksals von außen offenbar viel klarer, viel eindeutiger zu erkennen gab. Ein einfacher Kutscher, der immer dann zugegen war, wenn das Leben jemanden fortbewegte, ihn ins Gefängnis, auf den Friedhof, in den Ehestand, in fremde Lande verbrachte, nahm das Kommende genauer wahr als er, den seinem Glauben gemäß die reine Vernunft und seine guten Gestirne leiteten.

Ferenc sagte ein leises Ja und legte den verbleibenden Weg zu unserem Schloss in der schmatzenden Schneeschmelze kleinlaut zurück, als hätte ihm eine höhere Gewalt schon wieder einen Nasenstüber verpasst.

Der Kutscher aber dachte mitnichten an mich, als er das Reiseziel nannte. Auch vor dem Gesinde war es ein offenes Geheimnis, dass meine Schwester in Ferenc verschossen war, und wir waren es schon leid, dass sie Ferenc' Gedichte auswendig hersagte und einfach nicht fähig war, ohne Kazinczy-Zitate zu sprechen. Das war zusätzlich ein Grund, der mich von ihm fernhielt, denn die Abneigung meiner Schwester gegenüber erstreckte sich auch auf den Gegenstand ihrer Schwärmerei. Allerdings interessierte sich meine Schwester nicht im Geringsten für meine Meinung über ihre Gefühle, besaß sie doch einen viel größeren und mächtigeren Verbündeten, als ich es je hätte werden können. Ihre Begeisterung für Ferenc hatte sie von unserem Vater übernommen, oder genauer, sie identifizierte sich mit unserem Vater, als wollte sie in diesem spirituellen Königreich das weibliche Prinzip erobern. Dessen Platz war übrigens tatsächlich schon seit Jahren zu vergeben, seitdem Mutter sich entschlossen hatte, nichts zur Kenntnis zu nehmen, was mit ihrem Ehemann und ihren Töchtern und in der Außenwelt überhaupt geschah; sie hatte sich in die Welt ihrer Romane zurückgezogen und stand fast nie mehr von ihrem Schaukelstuhl auf; wenn sie aber doch aufstand, huschte sie gleich einem stummen Geist mit verschleiertem Gesicht durch die Gänge des Schlosses oder über die Gartenpromenade.

Als Ferenc bei uns ankam, färbte sich der Himmel bedrohlich gelb, als beleuchtete ihn eine entfernte Feuersbrunst.

Der in der Vorwoche gefallene Schnee war plötzlich geschmolzen. Der Matsch wies dieselbe Farbe auf wie der Himmel, die obere und die untere Welt flossen ineinander. Alles war durchnässt, patschnass, alles tropfte und schmolz. Meine Schwester und ich spielten Klavier, Pepi hatte sich in juristische Akten vertieft, denn er hatte entdeckt, dass einer unserer Ahnen ein Grundstück rechtswidrig verpfändet hatte, und zerbrach sich jetzt den Kopf, wie er es zurückbekommen könnte, Mutter war in ihre Romane vertieft und kam tagelang nicht aus ihrem Zimmer und Vater hatte sich in seiner Werkstatt eingesperrt und „Apothekenexperimente" durchgeführt, von denen wir alle wussten, dass sie nur in zweiter Linie medizinischen Zwecken dienten. Damals war es schon verboten, sich mit Alchemie zu beschäftigen, und wer der Versuchung nicht widerstehen konnte, musste diese als medizinische Versuche tarnen.

Als der Diener Ferenc anmeldete, war mein erster Gedanke, mich in einem der Zimmer vor ihm zu verstecken und meine Schwester zu bitten, mich vor ihm zu verleugnen. Ich schämte mich, weil mein Bräutigam mich verlassen hatte, und besonders wegen der Umstände, unter welchen das geschehen war. Und auch, weil ich mich bei unserem Treffen vor einem Jahr noch mit meiner wunderbaren anstehenden Heirat gerühmt hatte. Ich sah es Ferenc an, dass meine Worte ihn schmerzten, doch konnte ich damals noch nicht verstehen, dass der Grund der Schmerzen nicht in der Eifersucht lag. Ich prahlte so gern mit meinem Bräutigam und es interessierte mich keinen Deut, wem ich damit etwas zuleide tat. Ich genoss es, mich als Günstling des Schicksals anzusehen, ich würde ja bald wieder in Wien leben, wo der junge Maximilien mit dem aus England geretteten Vermögen seiner Familie in der Herrengasse ein kleines Palais kaufen würde. Ich meinte, besonders schlau zu sein, als ich vor Ferenc damit prahlte, denn ich verhielt mich, als suchte ich die Ermunterung des älteren Mannes, des Stoikers, den die Mühlsteine des Lebens gequält und zermahlen hatten, zu dem ich zwar aufschaute, den ich aber ein für alle Mal als ewigen Gefangenen seines Loses hier zurücklassen würde.

Ich empfand Zufriedenheit, als ich sah, dass ich es schaffte, ihn sogar zweifach zu verletzen, auch das würde nur die Richtigkeit meiner Entscheidung bestätigen, Maximilien zu heiraten. Viel später erst verstand ich, dass Ferenc in diesem Augenblick weder unter seinem beginnenden Alter litt, noch unter der Eifersucht, ihn plagte vielmehr das Wissen um die Unmöglichkeit, je wieder hoffnungsvoll in die Zukunft blicken zu können.

Nach alldem wagte ich nicht mehr, mich vor ihn hinzustellen, meine Schwester hingegen rannte kreischend zu ihm, die Arme hatte sich eingeredet, er habe einzig ihretwegen das Gefängnis überlebt, und sie dachte, nun sei er wirklich bloß gekommen, um Vater um ihre Hand zu bitten. Sie hob ihn beinahe auf den Arm, fachte das Kaminfeuer an, ließ Glühwein bringen, brachte die schläfrigen Kanarienvögel zum Singen, sie spielte zugleich Klavier, sang und erzählte und flehte um Liebe. Auch das weiß ich nur aus späteren Berichten Ferenc', denn ich saß derweil verstockt und beleidigt, höchst verstimmt in meinem verdunkelten Zimmer, hinter dem Vorhang.

Ich wagte mich erst wieder hervor, als mein Vater aus dem Laboratorium zum Vorschein kam. Als er Ferenc' Zustand sah, ließ er sofort ein heißes Bad vorbereiten und ordnete eine Abreibung mit Jodtinktur und Alkohol an, übernahm also die Lenkung von Ferenc' Geschick. Er zankte sich eine Zeit lang mit Christine über den Gast, bis die sich unter Weinkrämpfen in ihrem Zimmer einsperrte. Ferenc torkelte mit Vater ins Laboratorium hinunter, wo sie vor zwanzig Jahren, in einem anderen Jahrhundert und in einer anderen Welt, über Geheimnisse sinniert hatten, die sie damals für das Wichtigste auf der Welt hielten.

Jetzt sahen sie einander verwundert an und wussten nicht, wie sie den Faden der damals abgerissenen Unterhaltung aufnehmen sollten.

Ferenc indessen war damals schon sicher, dass seine Anwesenheit mehr war als ein einfacher Besuch, mehr als der Hilferuf eines Verzweifelten, mehr als eine Bitte um Asyl. Und in den bekannten Geräuschen des Laboratoriums, versunken im Duft der summenden Flammen, der zischenden Gefäße und erhitzten Metalle, wurde ihm klar, dass die besondere Weltordnung, deren Anhänger er mit meinem Vater gemeinsam geworden war, doch eine unendliche Kraft besaß und Worte nicht bloß dazu dienten, um eine Skizze der Welt zu liefern, sondern wirklich die Fähigkeit besaßen, zu Körpern zu werden.

Die Tage, in denen Ferenc in Vaters Obhut stand, der alles unternahm, um seinen wirklichen, wahren Sohn zu heilen, verbrachte ich mit dem Trösten meiner Schwester.

Ihre Schwärmerei für Ferenc war ein schon lange bestehendes Gefühl, in dem besondere, unvereinbar scheinende Dinge sich vermengten, wie in allem, das in Christines Seele keimte. Sie hatte in ihrem Zimmer für Ferenc einen regelrechten Altar aufgebaut, vor dem sie während seiner ganzen Gefangenschaft täglich Gebete und diversen Hokuspokus verrichtete, um ihren Angebeteten frei zu bekommen. Den Altar hatte sie aus Büchern Ferenc' aufgeschichtet, auf dem Aufbau stand ein silberner Becher, in dem sie Ferenc' geronnenes Blut und eine Haarsträhne von ihm aufbewahrte.

Das Blut rann in den Becher, als ein schussbereites Gewehr versehentlich losging und die Kugel Ferenc arg am Arm streifte. Auf den Knall hin rannten wir beide ins Waffenzimmer, als habe sich in diesem Moment offenbart, dass wir im Vorgefühl einer schrecklichen Gefahr lebten. Die wahre Bedeutung des Augenblicks wurde mir erst später klar, als ich erkannte, warum Christines erster Blick verzweifelt nach Pepi suchte, dabei lag Ferenc schon totenbleich am Boden und es schien, die Kugel habe seine Brust getroffen. Er dachte, er habe nur noch Minuten zu leben. Christine lief trotzdem zuerst zu Pepi und erst später begann sie, Ferenc' Wunde zu verbinden. Auch später war es nicht eindeutig zu klären, wie es zu dem Unfall gekommen war, ob Pepi einfach fahrlässig vorgegangen war, als er nach dem Reinigen des Gewehrs Zündpulver auf die Pfanne schüttete, oder ob ein einfacher Zufall verantwortlich war.

Jahrzehnte später, als sich mein Bruder in einen echten Dämon verwandelt und seine Habsucht ihm die allerletzten menschlichen Charakterzüge genommen hatte, sagte Ferenc einmal beim Baden, als das Gespräch aufgrund der Narbe auf den lange zurückliegenden Unfall kam, dass die an den Tisch gelehnte Waffe wohl durch die Kraft umgestoßen worden war, die Pepi schon damals umschlich, ihn aber noch nicht völlig in ihre Gewalt bringen konnte. Dieselbe Macht, die das verwerfliche, sündige Feuer der geschwisterlichen Liebschaft zwischen ihm und meiner Schwester nährte und die bei Christine die Furcht begründete, die Geschichte könne nur mit ihrem oder seinem Freitod enden. Vielleicht enthielt die Kraft, die das Gewehr umgeworfen hatte, auch diese Furcht. Ferenc verstand erst viel später, warum meine Schwester selbstvergessen auflachte, während sie seine Wunde verband; damals nahm er es als verdächtige dunkle Unberechenbarkeit hin, als Ankündigung der Geisteskrankheit, und das war nur ein Grund mehr, ihre Annäherung mit Abneigung zurückzuweisen. Die unbegründet scheinende Reaktion beleidigte und verstörte ihn sehr, er besaß einfach keine Kraft mehr, sich dagegen zu wehren, dass Christine sein fließendes Blut in einem kleinen Silberkelch auffing. In der Hitze des Augenblicks erschien ihre Tat lediglich als unschuldige Verschrobenheit und wurde bald von jedem vergessen. Ich verstand damals als Zehnjährige schon gar nichts von den Ereignissen, und sieben Jahre später, als ich aus dem Kloster zurückgekehrt war und den Kelch im Zimmer meiner Schwester oben auf dem bizarren Altar erblickte, maß ich dem noch immer keine weitere Bedeutung zu.

Die Details fügten sich erst zu einem Ganzen zusammen und zeichneten ein Bild des Schreckens und der Schande, als ich mich zum Spionieren ins Sommerhäuschen in der Baumkrone hinter dem Gesindehaus zurückzog, weil ich da zwei in Mäntel gehüllte Gestalten in der Abenddämmerung gewahrt hatte. Sie näherten sich vorsichtig, die eine vom Westen, von hinter dem Hügel, die andere, an die Mauer des Schlosses gedrückt, vom Süden her. Sie bewegten sich geräuschlos, als glitten sie durch die Luft. Ich kam erst wieder zu mir, als sie beide schon unten standen, vor den Treppen des Sommerhäuschens, und mir keine Fluchtmöglichkeit mehr blieb, rasch versteckte ich mich hinter einem Vorhang.

Noch nie habe ich meine neugierige, überaus wissbegierige Wesensart mehr verflucht als damals, da ich das Geheimnis der beiden entdeckte, das womöglich allein mir noch verborgen gewesen war. Damals verstand ich erst, warum meine Schwester gelacht hatte, als sie sich vergewisserte, dass der Schuss nicht Pepi getroffen hatte. Und da erschienen mir mein Vater, Pepi, meine Mutter, ja, sogar ich selbst in einem anderen Licht als bisher. Diese Viertelstunde, die ich mit angehaltenem Atem hinter dem Vorhang verbrachte, bis endlich das schmerzliche Geächze und Geseufze verstarb und die beiden bekannten Gestalten sich hastig ankleideten, die Treppe hinunterstiegen und im sich senkenden Abend verschwanden, veränderte alles, was ich bis zu diesem Augenblick über die Menschen in meiner Umgebung gedacht hatte.

Und ich glaubte auch zu verstehen, wer jene Archonten waren, über die mein Vater so viel erzählt hatte, als er mich in sein Laboratorium ließ und vergaß, was für die Ohren eines heranwachsenden Mädchens geeignet war und was nicht. Hätte Maximilien der Verlockung des größeren Vermögens widerstanden, hätte Mademoiselle Girault keine Erbschaft gemacht und hätten sich die Ereignisse in Paris anders abgespielt, hätte sich mein Bräutigam für einen Wohnsitz in Wien entschieden, dann hätte ich mich vielleicht auf immer und ewig von diesem Schicksal lösen können, das jene Kräfte für mich bestimmt hatten; so aber wurde mir auferlegt, ihnen die Stirn zu bieten.

11. Kapitel

Als ich da im Magazin auf dem Dach des Hof-Naturalien-Cabinets stand und der schwarze Körper mir aus der glühenden Tiefe des roten Schranks entgegentrat, erinnerte ich mich an den letzten Tag in Széphalom.

Ich war schon seit dem frühen Morgen unten im Dorf gewesen, denn ich hatte den Qualen nicht länger tatenlos zusehen können. Mein Vater hätte im Laboratorium besondere Mixturen hergestellt und sich mit diesen unter die Bauern gemischt, er hätte ihnen sogar Geld angeboten, damit sie die Medizin einnahmen. Sein Andenken verpflichtete mich, nicht tatenlos vom Fenster aus zuzusehen, wie sich das Massengrab füllte.

Am Abend davor war es Ferenc übel geworden. Er zitterte am ganzen Leib, war bleich und erbrach Galle. Ich dachte schon, das Ende sei gekommen. Mangels einer besseren Idee holte ich Essig und Rosmarin, ich kleidete ihn aus und rieb ihn von oben bis unten ab; sein Körper war erschreckend dünn und leicht. Schon seit Tagen hatte er nichts gegessen, vielleicht damit er, sollte er die Krankheit bekommen haben, nicht alles um sich herum verunreinige, damit er nicht in den eigenen Exkrementen liegend sterben müsse. Oder aber war es das Feuer des Getriebenseins und der Erinnerungen, die nicht zuließen, dass er irdische Nahrung zu sich nahm?

Zur Mitternacht schlief er dann ein und erwachte am Morgen gestärkt. Er setzte sich an den Schreibtisch und machte sich daran, die fälligen Briefe zu schreiben, er wollte seinen Freunden auf jeden Fall von den Ereignissen beim Choleraaufstand berichten. Wir wussten, wir waren in den Sog von Begebenheiten geraten, die die Welt veränderten. Er konnte es nicht lassen, über seine Erfahrungen zu referieren. Als hätte er noch einmal, ein letztes Mal Gelegenheit bekommen, unter den Ersten zu sein, die wichtige Zusammenhänge erkannten und zum Verstehen der Dinge beitragen konnten.

Ich hatte es nicht geschafft, zu Hause zu bleiben.

Erst ging ich nur in den Garten hinaus, dann machte ich das Tor auf und schritt hinunter zur Straße. Ein Trupp Soldaten zu Pferd näherte sich, der junge Leutnant mit dem schwarzen Bart salutierte höflich. Er fragte, wohin ich gehe, und als er erfuhr, dass ich unterwegs ins Dorf war, mahnte er mich eindringlich, die Wut und Verbitterung der Bauern sei unberechenbar, ich täte besser daran, in meinen vier Wänden zu bleiben. In den östlichen Komitaten habe sich die Krankheit schon ausgetobt, sie würde vielleicht auch hier in einigen Tagen nachlassen. So lange sollte ich es im Haus aushalten, in Sicherheit. Als er aber das Wort Sicherheit aussprach, wurde er selbst unsicher.

Als er sah, dass ich nicht zu bewegen war, salutierte er wieder und die Schwadron preschte davon.

Hinter der Truppe wurden Fässer mit Essig herangekarrt.

Da sprach schon jeder vom Einreiben beziehungsweise vom Ausreiben. Erzsó kam mit der Nachricht nach Hause, mehreren Kranken sei in der Nacht die Cholera ausgerieben worden, denen ginge es jetzt besser, Anzeichen der Krankheit wie Speien und Scheißen seien ausgeblieben, die Krämpfe hätten nachgelassen, die Kranken würden sich langsam erholen, sie würden Speis' und Trank bei sich behalten. Die neue Medizin erweckte neue Hoffnungen und die Wunderheiler und Bauernfänger änderten daher ihre Taktik; nunmehr boten sie neben Bismut auch Essigessenz und Pharaonenessig aus Ägypten an, die sie, seitdem sie von der Behörde als wirkungslos eingestuft worden waren, den Ängstlichen mit Aufpreis andrehten. Erzsó befreite sich von ihren Amuletten und rieb sich stündlich mit Essig ab, das ganze Haus roch schon sauer.

Im Dorf herrschte vielsagende Stille, eigentlich eine Abfolge von Stille und dem mitunter erschallenden Wehklagen, ähnlich dem Versteckspiel der Kinder, die sich in der Deckung mit angehaltenem Atem ducken, um nicht gefunden zu werden, wo aber eines gefunden wird, dort bricht plötzlich Gejohle aus. Es war seltsam zu bedenken, dass die Krankheit hier unter uns weilte, und das war eben deshalb seltsam, weil ich nicht wusste, woran ich denken sollte, wie ich dieses Weilen mir vorstellen sollte. Der Feind konnte überall lauern und überall frei verkehren, in der Luft, im Wasser, ja, auch in der Erde. Er besaß keine Gestalt, keine Farbe, keinen Körper, gegen den man antreten, dem man ausweichen oder vor dem man weglaufen konnte, also verhielt sich jeder nach seiner Veranlagung. Die meisten verbargen sich, einige sperrten sich im Keller ein, andere auf dem Dachboden, unter dem Tisch oder im Heu. Nur einige wenige irrten, wie ich, auf der Straße umher, als ob der Feind von Angesicht zu Angesicht weniger mutig wäre.

Jani, der Sohn unseres ehemaligen Gärtners, kam mir entgegen.

Er grüßte seltsam, linkisch und trat zurück, als fürchtete er sich. *Machen Sie doch keine Geschichten,* sagte ich, *Sie werden sich doch nicht vor mir fürchten?! Wenn die*

Krankheit von einem Menschen auf den anderen weitergegeben werden würde, wären wir schon alle tot.

Er genierte sich und fragte, wie es Herrn Kazinczy gehe. Ich sagte ihm, wie es halt einem älteren Mann geht, sonst gut. Jani schwieg, es war ihm anzusehen, dass ihn etwas beunruhigte.

Und macht er nichts Derartiges?

Was meinen Sie mit derartig?

Na, solche Maurer-Geschichten.

Ich war konsterniert und konnte mir nicht vorstellen, was er meinte, also fragte ich ihn.

Er selbst wüsste es nicht, erfuhr ich, er habe nur unlängst im Wirtshaus sagen hören, dass der Herr den Satan anbeten und irgendetwas wie ein Maurer bauen würde. Das hätten ein Pfarrer und ein Lehrer gesagt.

Ich wollte ihn ausfragen, was man noch gesagt habe, doch mehr war aus ihm nicht herauszubekommen. Er hastete zu den Soldaten, um Essig zu holen.

Mir wurde angst und bange, ich wollte nur noch schnell wieder heim, doch als ich an einem Haus vorbeiging, schlug mich die folgende Szene in ihren Bann: Im Hof lag ein Kind auf ausgebreitetem Stroh. Ein Knabe um die zehn Jahre, das Hemd dreckig von Erbrochenem und Exkrementen. Er musste erst kurz zuvor herausgelegt worden sein, nachdem ich am Haus vorbeigegangen war. Offensichtlich blieb ihm kaum noch die Kraft, sich zu bewegen. Krämpfe schüttelten ihn, dabei war er bis zum Äußersten angespannt, dann wieder erschlaffte er. Von seinen Lippen tropfte Speibe, er verschluckte sich daran, würgte und hustete erstickt.

Ich rief ins Haus hinein, dass dem Kind schlecht sei. Im Fenster erschien ein zerzauster Frauenkopf, um gleich darauf wieder zu verschwinden. Niemand kam heraus.

Ich trat in den Hof, hob den Kopf des Kindes an, damit es nicht ersticke. Ich klopfte ihm auf den Rücken, damit es den Mageninhalt aus der falschen Kehle loswerde. Der Bub war nicht bei sich. Ich rief ins Haus, man möge mir Wasser bringen, bekam aber keine Antwort.

Ich betrat das Haus.

Auf dem gestampften Lehmboden lagen drei, vier Menschen. Ein Alter schien bereits tot zu sein. Ein Mann im besten Alter lag röchelnd auf dem Rücken, neben ihm ein junges Mädchen, etwa fünfzehn, sie hatte den Rock bis zum Nabel hochgezogen und zitterte verkrampft. Ergeben warteten sie auf den Tod. Aus dem hinteren Zimmer kam nun die Zerzauste und stellte mich kreischend zur Rede, was ich hier zu suchen hätte. Ich sagte ihr, sie solle Wasser und Essig bringen, weil das Kind übel dran sei. Welches Kind? Na, der Junge, der draußen liegt.

Sie zuckte die Achseln.

Das sei nicht ihr Kind. Ihre Kinder seien alle schon gestorben, das sei das Kind des Nachbarn.

Und wo seien die Nachbarn?

Tot. Und der da, der sei gestern Abend herübergekrochen. Einmal habe sie ihn schon zurückgetreten, doch sei er wieder hergekrochen. Möge er verrecken.

Dann bat ich sie um Wasser und Essig und um einen Fetzen, damit ich dem Kind helfen könnte. Sie knurrte, wozu, der stirbt eh, dann rückte sie doch noch ein wenig Essig in einem Teller heraus, aus der Lieferung des Militärs, auf der Flasche prangte das Siegel des Cholerakommissärs mit der Unterschrift Dienes', offensichtlich von Antonia hingeschmiert.

Die Frau hielt die Hand auf.

Was wollen Sie, Sie haben das ja umsonst bekommen, nicht?

Umsonst? Sieben Kreuzer wollten sie dafür!

Oh, dass die Antonia Pruszkay krepiere, dachte ich bei mir, dass sie auch aus dem, was man den Elenden kostenlos austeilen wollte, Gewinn schlägt!

Ich zahlte der Frau zehn Kreuzer für den Teller Essig, einen Fetzen aber gab sie nicht her. Den würden sie selber brauchen, sagte sie. Ich zog mir die Handschuhe aus und tauchte sie in den Essig. Den Knaben schleppte ich vor der Sonne ins Haus und zog ihn aus, rubbelte die eingetrocknete Kacke von seinem Körper, dann rieb ich ihn ab, genau so wie am Vortag Ferenc. Dann rieb ich ihn noch einmal ab, bis dem Armen die Haut abging, meines Wissens musste man reiben, das sei das Einzige, das hülfe, ich rieb ihn also, bis ich ganz erschöpft war.

Die Stimme des Offiziers mit dem schwarzen Bart ließ mich wieder zu mir kommen. Ich legte mein Schultertuch ab und deckte damit das nackte Kind zu, es schien jetzt zu schlafen. Es atmete gleichmäßig und wand sich nicht mehr in Krämpfen, langsam schwand auch die bedrohliche blaue Farbe von seiner Haut.

Der Offizier sprang aus dem Sattel, half mir hinauf und führte das Pferd bis nach Hause am Zügel. Wir sollten alles gut abschließen, sagte er, und dass schlimme Nachrichten eingelangt seien, die Bauern würden etwas vorbereiten, Besonnenheit sei angebracht.

Beim Betreten des Hauses spürte ich gleich, dass etwas Böses im Anzug war.

Ich fand Ferenc über dem Schreibtisch liegend, Erbrochenes bedeckte die Papiere. Ich rief nach Erzsó, bekam aber keine Antwort. Ich hob Ferenc auf und legte ihn auf den Teppich. Er atmete kaum, er war ohnmächtig. Ich zog ihn aus, holte Essig, hackte allen Rosmarin, den wir hatten, hinein und hob an, seinen Körper einzureiben. Dann legte ich ihn auf den Bauch, rieb auch seinen Rücken ab, drehte ihn wieder um, hob seine Beine an und rieb sie zum Herzen hin, damit das Blut zirkuliere und das Böse nicht stagniere. Ferenc zuckte verkrampft zusammen, offenbar nicht das erste Mal, der erste Krampf musste ihn erwischt haben, während ich im Dorf war. Er schiss und spie zugleich, wobei er so viel Flüssigkeit verlor, als hätte er zuvor einen Kübel voll Wasser ausgetrunken. Ich holte alle Fetzen, die im Haus aufzufinden waren, und wischte das Zimmer auf. Ferenc' Gesicht war grau, seine Flanken gingen schnell auf und ab.

Nachdem ich ihn gereinigt und gewaschen hatte, kam er endlich zu sich. Er sagte lächelnd, er habe den unbekannten Feind im Gesicht gespürt, als dieser wie eine namenlose, dem Haus bisher fremde Art Zugluft durch die Tür hereinwehte.

Er bat um Wasser, ich gab ihm zu trinken. Er sagte, er fröre. Ich zog ihm einen Mantel an. Dann half ich ihm in den Fauteuil und erst dann erzählte er das Ende der Geschichte. Jeden Atemzug, jede Bewegung der Lippen musste er der Schwäche abringen, die ihn in Schüben attackierte. Er rezitierte die lange vorher schon ausformulierten Sätze, die er sich wohl schon tausendmal vorgesagt und vorgestellt hatte, indem er die Seiten, auf denen sie standen, von den Regalen in der Bibliothek des Fantasieschlosses nahm. Das war sein präzisester Text, den er nie aufgeschrieben hatte und den er so oft für sich selbst wiederholt hatte, dass er ihn beinahe bersten ließ, wie die Zeit alte Dachsparren bersten ließ. Seine Sätze zeichneten jenen Novembertag des Jahres 1796 in einer strikten Abfolge, mit einer anschaulichen und ausgearbeiteten Plastizität nach, dass die Gegenwart erlosch und ich mit ihm in der Zeit zurückreiste.

Im Jahr 1796 war ich in dem Dorf Obrowitz gefangen, nicht mehr im schrecklichen, nassen Keller von Brünn, sondern in einem Zimmer im ersten Stock. Ich besaß bereits wärmere Kleidung und durfte auf eigene Kosten für mich kochen, aber auch dort herrschten Kälte und Finsternis. Ich war krank und kraftlos.

Am 22. November erwachte ich von einem Klopfen an der Zellentür.

Franz von Kazinczy?

Draußen war es noch dunkel. Sie holen mich zur Hinrichtung, dachte ich. Dann fiel mir ein, das konnte ja nicht sein, der Kaiser hatte mich doch begnadigt. Sollte er vielleicht seine Meinung geändert haben?

Die Tür ging auf und ein Licht blendete mich.

Die Frage erklang noch einmal, diesmal ungeduldiger.

Herr Kazinczy?

Ich antwortete benommen, ja, klar, wer sonst sollte ich sein. Oder sähen sie außer mir vielleicht noch jemanden in der Zelle?

Der Herr belieben gut aufgelegt zu sein ..., antwortete der Offizier und trat herein. Er nahm meine bescheidene Bibliothek in Augenschein, dann stellte er die Lampe auf das Regal. Für eine Sekunde schien er zu lächeln, doch dann blickte er mich streng an. Auf seiner linken Wange glänzte die Narbe eines Säbelhiebes.

Ich bin Hauptmann Heinrich von Thüngen und ich habe Befehl, den Herrn umgehend nach Wien zu bringen!

Diese Ankündigung unterschied sich vollkommen von allem, was ich hinsichtlich meiner Zukunft für möglich erachtet hatte, sodass ich im ersten Moment keinen Mucks hervorbrachte. Meine Kehle war ganz trocken und mein Herz schlug so heftig, dass es durch mein Hemd zu sehen war. Der Hauptmann bemerkte, dass sich die Welt mit mir zu drehen schien. Er winkte ungeduldig ab, ich möge keine Hoffnungen hegen. Nach einer Woche würde ich wieder hier sein.

Ich fragte ihn unter Stottern, was geschehen sei. Ob die Sache überhaupt mit meinem Prozess zusammenhinge oder mit einem anderen Fall. Ob etwas geschehen sei, das die Lage der Dinge so plötzlich verändert hätte. Ich bekam jedoch keine Antwort, vielleicht wusste von Thüngen selbst nichts. Ich zog mich also schnell an, nahm meinen Mantel und meine Decke an mich und folgte dem Offizier durch den Korridor hinunter auf den Hof, wo schon ein Fuhrwerk auf uns wartete.

Einen ganzen Tag lang rollte es mit uns und wir blieben nur für ein kurzes Mittagessen stehen. Dem Hauptmann war kein weiteres Wort zu entlocken. Ich blickte auf die wellige, spätherbstliche Gegend und dachte, zu Hause in Regmec zögen sie sicher schon den Heurigen auf Flaschen ab, den Mutter in Stielgläser füllte, gegen die bleiche Sonne hielt und kostete, um dann das unumstößliche Urteil zu fällen: Scheiße, schmeckt nach nichts.

Es war schon dunkel, als wir in Wien ankamen. In den fünf Jahren meiner Abwesenheit hatte sich vieles verändert. Die Gassen waren menschenleer, Licht fiel aus den Fenstern der Wohnungen auf die Straße, als hätte sich jeder für das Zuhausebleiben entschieden. Das war nicht mehr das quirlige, gut gelaunte Wien meiner Jugendzeit, es herrschten Angst und Stille.

Wir fuhren zur Ostseite der Burg, der Wagen hielt. Von Thüngen stieg aus, er debattierte draußen mit Leuten. Indessen stellte ich fieberhaft Vermutungen darüber an, was auf mich zukommen könnte. Um diese Zeit war kein Amt mehr offen und für mich, für den ungarischen Hochverräter, würde kein Mensch seine Zeit vergeuden.

Wollten sie mich vielleicht gegen französische Kriegsgefangene austauschen? Wer aber würde mich in Frankreich haben wollen? Oder es waren neue Anklagepunkte und neue Angeklagte im Verfahren gefunden worden, und die gesamte traurige Zeremonie sollte von Neuem beginnen, wobei man mich schließlich zum Tode verurteilen, meinen Kopf vor einer spottenden Menschenmenge abschlagen und das Vermögen meiner Familie konfiszieren würde; Mutter würde vor Kummer sterben und meine Geschwister meinen Namen auf immer und ewig verfluchen. Ich fürchtete mich zum Erbarmen und war dem Tod nahe. Ich beschloss, meinem Leben bei der ersten Gelegenheit ein Ende zu setzen.

Die Tür ging auf und ein Soldat zerrte mich hinunter. Ein Mann mit unstetem Blick – er hatte etwas Beamtenartiges an sich – streckte mir die Hand entgegen, um sich vorzustellen. Ich hob meine Hände, damit die Ketten klirrten. Daraufhin zog er die Hand verstört zurück und brabbelte, er hieße Hägelin irgendwas. Von Thüngen salutierte und verabschiedete sich. Er würde mich am frühen Morgen holen, meinte er, nahm mir die Handschellen ab und verschwand. Der Soldat stieß mich leicht in den Rücken. Ich ging.

Wir überquerten den dunklen Hof vor der Stallung und wandten uns zur Remise. Wind kam auf und mich fröstelte. Der Soldat eilte voran und klopfte an die mittlere Tür der Remise. In den anderen Hallen war es dunkel, nur durch die Fenster der mittleren fiel Licht auf den Hof. Die Tür ging auf, ich trat ein und konnte mit dem Anblick, der mich empfing, nichts anfangen.

In der Mitte des mit vielarmigen Leuchtern und dicht nebeneinander aufgestellten Fackeln beleuchteten Raumes stand ein breiter Tisch, auf dem irgendetwas Abgedecktes lag. Es mutete an wie ein großes Stück blutiges Fleisch, der rosafarbene Fleischsaft war durch das Leintuch gesickert.

Neben dem Tisch stand der Torso einer Skulptur, nur der Oberkörper mit Oberschenkeln. Wie eine Schneiderpuppe, die Details der Körperoberfläche fehlten, nur die Konturen standen fertig da. Die Unterschenkel und Arme lagen auf dem Boden übereinander. Der Kopf, nur grob zugehauen, stand neben dem blutigen Fleischhaufen auf dem Tisch.

Drei Männer umstanden den Tisch, ich erkannte Doktor Stütz, mit dem mich Soliman anlässlich der kraneologischen Präsentation des Allgemeinen Krankenhauses bekannt gemacht hatte, erst im Näherkommen. Auch Stütz erinnerte sich an mich. Er begrüßte mich verlegen und stellte mich einem kleineren, sehr blonden, verschämt kichernden Mann vor, Simon Eberle, dem Direktor des „K. k. physikalischen und astronomischen Kunst- und Natur-Tier-Kabinets". Der dritte hieß Franz Thaller, er war, wie sich herausstellen sollte, Bildhauer. Ein breitschultriger Mann mit stahlgrauen Augen und schwieligen Händen; er trug eine feste Lederschürze, in deren Taschen und Laschen Hämmer, Meißel, Feilen und Zangen steckten und hingen. Das viele Eisen klirrte bei jedem seiner Schritte.

Herr Hägelin räusperte sich und holte aus seiner kleinen Tasche ein gesiegeltes Dokument hervor. Er setzte seine Brille auf, schaute ins Papier, räusperte sich wieder, dann blickte er mir in die Augen.

Herr Kazinczy, ich habe Ihnen in einer Erbschaftssache eine dienstliche Mitteilung zu machen. In Bezug auf die Natur der Sache darf die Angelegenheit keine Verzögerung erleiden. Seine Majestät der Kaiser hat selbst angeordnet, Sie aus Ihrer Haft hierher zu verbringen, damit

Sie in der Causa persönlich vorgehen können. Nun frage ich Sie in meiner Eigenschaft als Öffentlicher Notar, ob Sie die Erbschaft annehmen wollen?

Ich fragte verdutzt zurück, um welche Erbschaft es gehe. Ich wüsste nichts von einer Erbschaft. Sei vielleicht meiner Mutter etwas zugestoßen?

Herr Hägelin blickte verlegen und um Hilfe heischend zu den drei anderen, die aber starrten nur vor sich hin, als hätten sie auf dem Fußboden etwas besonders Kurioses entdeckt.

Nein, Herr Kazinczy, Ihrer Mutter ist nichts passiert, sagte Hägelin schließlich. *Die Erbschaft stammt vom verblichenen Herrn Soliman.*

Mir stieg Schamröte ins Gesicht, ich hatte, seitdem wir losgefahren waren, nicht an Angelo gedacht. Ich hatte seit seinem letzten Brief, den ich verbrannt hatte, nichts mehr von ihm gehört, und das war zwei Jahre her, dabei wusste ich sehr wohl, wie es ihm in einer Welt zumute war, die den unverhohlenen Hass auf alles, was uns begeisterte, zur Staatspolitik erkoren hatte, und in der alle, die man nicht hingerichtet oder eingekerkert hatte, mit Demütigung, Spott und Ächtung bestraft wurden. *Herr Angelo Soliman, verstorben am vierundzwanzigsten November, pensionierter Hauslehrer, hat Ihnen letztwillig das Folgende hinterlassen ...* Herr Hägelin sah sich verzweifelt um, doch gab es in der Remise niemanden, der ihm hätte helfen können.

Also presste er es heraus, mit zusammengekniffenen Augen: *seine Haut.*

Er hat Ihnen seine Haut hinterlassen.

Was danach geschah, lässt sich nur schwer in Worte fassen.

Doktor Stütz hob das Laken an und da lag Angelo Soliman vor mir, nämlich was von ihm übrig geblieben war.

Was mir als unförmiger Klumpen Fleisch vorgekommen war, bestand aus einem großen Haufen Zeitungspapier, das aus dem geöffneten Leib hervorquoll, offenbar hatte sich das Papier mit den Körpersäften und dem Blut vollgesogen, sein Umfang hatte immer mehr zugenommen und die zusammengeknüllten Papierknäuel drängten sich langsam aus dem Körper hervor. Man hatte einige Ausgaben der *Wiener Zeitung* aus den Vorjahren verwendet, die Titelblätter waren vergilbt, halbmondförmige Abdrücke von Kaffeetassen zierten das Papier. Ich erinnere mich daran so genau, weil ich es nicht wagte, anderswohin zu blicken, doch war die Gegenüberstellung nicht mehr länger hinauszuschieben.

Die inneren Organe und das Gehirn waren zu dieser Zeit schon entfernt worden, die kupferne Kiste stand, von Eisblöcken flankiert, unter dem Tisch. Der Körper war in ungewohnter Weise geöffnet, die Haut seitlich am Bauch aufgeschnitten und über die rechte Seite gelegt worden. Den Bauchraum hatte man, wie ich später erfuhr, schon eine Stunde nach Eintritt des Todes mit Zeitungspapier ausgestopft, damit die leicht verderblichen Teile den Körper nicht gefährdeten. Er lag da, mit gespreizten Zehen, mit dem hervorstehenden, knorrigen Knie und dem halb offenen, verwunderten Mund, als wäre er nach einem glücklichen Badevergnügen am Flussufer im mittäglichen Schatten eingeschlafen.

Herr Hägelin hielt mir ein Blatt Papier unter die Nase.

Seine Majestät der Kaiser Franz II. ersucht Sie, auf Ihre Erbschaft zugunsten des Fiskus und des Hof-Naturalien-Cabinets zu verzichten. Das steht in diesem Dokument. Sie müssen nichts anderes tun, als zu unterschreiben. Und dann sind wir schon fertig.

Ich wusste, ich hatte keine Wahl.

Zugleich aber ahnte ich auch, dass Soliman nicht geplant haben konnte, ich solle die Erbschaft annehmen und dann mit seiner Haut in einer Reisetasche Wien verlassen. Er wusste, dass ich eingekerkert war und es auch lange noch bleiben würde, und er konnte nicht sicher sein, dass ich überleben würde, hatten doch viele die Gefangenschaft nicht überlebt. Es musste um eine kompliziertere Sache gehen, die mit der Natur unserer Freundschaft zusammenhing.

Herr Hägelin wedelte ungeduldig mit dem Papier herum. Ich wandte mich an die Ärzte und fragte, was sie mit dem Körper vorhätten. Wenn ich auch schon ahnte, was da vorging, konnte ich Hägelin einfach nicht sofort nachgeben.

Stütz antwortete, sich unsicher im Stand wiegend, Angelo Soliman solle für das Hof-Naturalien-Cabinet ausgestopft werden. Genauer gesagt, man wolle das Skelett nicht als Teil des Präparats behalten, das würde für anatomische Zwecke dem Spital überlassen werden, man wolle lediglich die Haut auf eine Holzstatue aufspannen, die Meister Thaller nach den genauen Maßen des Körpers anfertige. So werde das Präparat viel haltbarer werden und auch lebensechter wirken.

Und tatsächlich, schon zog Meister Thaller, um seine Verlegenheit zu verbergen, einen Meißel aus seinem Lederschurz, nahm mit einem Zollstock die Maße der Hand und begann zu schnitzen.

Inzwischen ergriff wieder Hägelin das Wort, ich solle doch bitte den Standpunkt des Hofes würdigen, der, angesichts meiner Lage, als außergewöhnlich angesehen werden könne. In Hinblick auf die delikate Natur der Angelegenheit habe der Herrscher persönlich Maßnahmen getroffen, damit alles mit der umsichtigsten

Behutsamkeit geschehe. Die Familie Herrn Solimans und auch das fürstliche Haus hätten ihre Zustimmung erteilt, dass das Cabinet den Körper wissenschaftlichen Zwecken zuführe, was offensichtlich auch den Absichten Herrn Solimans entspreche, war er doch selbst ein großer Verehrer der Naturwissenschaften gewesen und hatte sie auch begeistert praktiziert. Seine Majestät aber wolle den Körper nicht der Verwesung anheimgeben, vielmehr mithilfe der Wissenschaft dafür sorgen, ihn für die Ewigkeit aufzubewahren, und damit zum besseren Verständnis der menschlichen Rasse und der Verbreitung des Wissens in seinem ganzen Reich glanzvoll beitragen.

Ich war Herrn Hägelin für seine Worte unendlich dankbar, endlich hatte ich aus dem Herumgerede der Hofkanzlei klar verstanden, was vorgegangen war. Ich griff nach der mir gereichten Feder und unterzeichnete das Papier. Herr Hägelin atmete erleichtert auf, packte das Dokument weg, schüttelte den Anwesenden schnell die Hände, nickte mir zu und entfernte sich.

Ich wusste, dass ich nur bis zum Morgengrauen Zeit hatte und dass ich nur eines tun musste, nämlich beobachten. Angelo Soliman tat mit seiner letzten Botschaft, mit dem nunmehr mit Worten nicht zu beschließenden Finale unseres Gespräches, dasselbe, was er bis dorthin mit Worten bewirkt hatte. Er hinterließ mir sein Schicksal und machte mich am letzten Wendepunkt seines Schicksals zum Zeugen der endgültigen Umwandlung seines Körpers. Ich durfte erleben, wie aus seinem Körper eine Plastik entstand. Der Körper, der vom Spielzeug zur väterlichen Gestalt und daraus zur Ikone wurde und sich nun zu seinem ultimativen Wesen entwickelte: zum Skandal.

Gleich den geheimen Zeichen des Körpers, die unser Freimaurertum umgaben, sandte er mit dieser letzten Geste den Eingeweihten eine Botschaft.

Herr Hägelin hatte den unendlichen Zynismus und die Perfidie des Hofes verraten, indem er im Vertrauen auf meine Beschränktheit unbedacht von der Zustimmung der Familie sprach; ich war mir sicher, Josepha würde dem schändlichen Vorhaben nie zugestimmt haben. Dieser Umstand warf ein Licht auf die Gefährlichkeit der letzten, von Soliman selbst bestimmten Wendung seines Schicksals. Er musste den Seelenfrieden Josephas opfern, um diese Nachricht aufzeigen zu können. Seine Tochter hätte sich mit der Vernichtung seiner irdischen Hülle von dem Mal befreien können, das ihr Vater bedeutet hatte; doch Soliman vermochte sie nicht von dem Los zu befreien, das sie in dieser Welt zu tragen hatte. Und da ihm das nicht gegeben war, hatte er sie darin lieber ganz untergetaucht.

Die Details, die mir zum ganzen Bild und dessen Verständnis fehlten, erfuhr ich dann von Stütz und Eberle.

Angelo Soliman hatte mit einer Apanage vom fürstlichen Haus in seinen letzten zwei Jahren still und zurückgezogen gelebt. Trotz der bescheidenen Mittel sorgte Angelo immer dafür, dass Josepha sich stets nach der neuesten Mode kleiden und ihre Freundinnen, zumeist Töchter der ehemaligen Freimaurer, bewirten konnte.

Einer der alten Freunde Angelos, Freiheit, der Universitäts-Fechtmeister, war gestorben. Ein junger polnischer Offizier hatte ihn gefordert, weil der alte Herr angeheitert ungehörige Bemerkungen über dessen Ehefrau hatte fallen lassen. Freiheit verteidigte sich zwei Minuten lang, dann marschierte er stracks in einen Stich hinein. Gottwald war vom Hilfskonzipienten zum Oberkonzipienten aufgestiegen, hatte geheiratet, aber keine Kinder gezeugt; sie trafen einander wöchentlich auf eine Partie Schach in einem Kaffeehaus.

Für Angelo war es in Kenntnis unseres Schicksals offensichtlich, dass er selbst nur um ein Haar um die Strafe herumgekommen war. Die umherschleichenden Geheimpolizisten, die ihn belästigten, machten klar, dass die Herren der Macht nicht vergessen hatten, dass er sich auf die Seite jener geschlagen hatte, die ihre Welt abschaffen wollten und es gewagt hatten, sich gegen die Interessen der Herrschaft zu stellen. In den Wirtshäusern kursierten Spottgedichte, alle in der kindlichen Sprache und mit der ärmlichen Vorstellungskraft der höfischen Reimeschmiede. Es wurde kolportiert, Angelo würde für die Juden die zum Pessachfest zu opfernden Christenkinder einfangen. Neuerlich verfolgten ihn betrunkene Burschen auf der Straße, und wenn Mütter ihn erblickten, schlugen sie eiligst das Kreuz.

Eines Tages wurde Angelo von einem Hilfskonzipienten der Hofkanzlei aufgesucht, erzählte Eberle, der ihn zuletzt gesprochen hatte. Das war ein junger Familienvater aus ärmlichen Verhältnissen, der jetzt bestrebt war, seinen Herren für die erwiesene Gnade zu danken. Stolz zeigte er Soliman das Porträt seiner Frau, das er in einem kleinen Medaillon um den Hals trug, eine richtige Baronesse, von Braunsperger, mit einer schönen Mitgift. Er sprach ihren Namen zweimal hintereinander aus, ließ sich das Adelsprädikat auf der Zunge zergehen, genoss es wie einen teuren Cognac. Freundlich erkundigte er sich, wann Angelo Afrika verlassen und ob er einen eigenen Elefanten besessen habe, und als Angelo erklärte, sich an Afrika gar nicht zu erinnern, schwieg er verlegen. Dann wollte er wissen, welches Tier da ausgestopft neben dem

Tisch lag, und als er erfuhr, das sei ein Krokodil, setzte er sich vorsichtig weiter weg. Schließlich fragte er Angelo, ob er ihm nicht liebenswürdigerweise eine zu Herzen gehende Geschichte aus dem fürstlichen Hause erzählen mochte, da hatte Angelo aber genug und bat ihn, endlich den Grund seines Kommens auszuspucken. Der junge Beamte genierte sich furchtbar, dann berichtete er stotternd und unter Händeringen, er sei höchstenorts beauftragt worden, eine vertrauliche Nachricht zu überbringen. Höchstenorts, wiederholte er. Die Hofkanzlei nämlich, um das Wohl aller Bürger des Reiches besorgt, deren Geschick sie auf Schritt und Tritt im Auge behielte, sei darüber im Bilde, dass Angelo schon alt geworden, ja, fünfundsiebzig vorbei sei, und in diesem Alter würde unweigerlich das Risiko des Eintretens gewisser … gewisser unausweichlicher Ereignisse steigen.

Angelo blickte den jungen Familienvater erstaunt an, worauf der endlich bekennen musste, dass er an den Tod denke.

Er denke an den Tod, doch nicht an das Fatum der Seele, welche, dank der Güte unseres Herrn Jesus der Vergebung der Sünden und der Erlösung teilhaftig werden würde, auch im Falle Angelos, hoffentlich, beziehungsweise selbstverständlich. Die Belange der Seele gingen die katholische Kirche an, doch sei er, wiewohl freilich ein frommer Katholik, momentan nicht deshalb da. Er sei gekommen, um die Empfehlung der Hofkanzlei zu überbringen, den Körper Angelo Solimans nach seinem Hinscheiden in staatliches Eigentum zu überführen, mit dem Zweck, diesen im museologischen und freilich auch moralischen Sinne für das Hof-Naturalien-Cabinet zu bewahren.

Der Beamte versicherte Angelo, sein Körper würde in die denkbar besten Hände kommen und er werde die allersorgfältigste Behandlung erfahren. Unter der Leitung des Hof-Naturalien-Cabinets, die naturgemäß Kenntnis über die unvergänglichen Meriten Solimans in Bezug auf das Organisieren der Sammlung besitze, werde sein Körper von Ignaz von Born, als Wissenschaftler zweifellos zu respektieren, wenn auch sonst nicht makellos, mithilfe der modernsten Verfahren präpariert und somit jene Schönheit und jegliche Auffälligkeiten seiner Rasse wie zu seinen Lebzeiten bewahren. Es stünden besondere Chemikalien zur Verfügung, die den Tonus der Haut erhalten würden, und die heutigen Techniken garantierten die bleibende Lebendigkeit der Gesichtszüge. Man würde zweihundert Jahre altes Zedernholz aus dem Libanon für die Körperplastik aufbieten, das sorge für hervorragende Erhaltung und Hautflexibilität. Davon könne sich Soliman selbst überzeugen, wenn er die Präparate bester Konsistenz im neu gegründeten „K. k. physikalischen und astronomischen Kunst- und Natur-Tier-Kabinet“ studiere. Ihm, dem unbedeutenden Hilfskonzipienten, sei der Tapir der liebste, *also das ist aber wirklich ein derart spaßiges Tier, stellen Sie sich vor, Herr Soliman, dem stehen die Füß' ganz anders als den Schweinen bei uns, die sind ...* und hier verstummte der Hilfskonzipient verschämt, sodass Soliman nie mehr erfahren sollte, worin der Unterschied zwischen Tapir und Schwein bestünde.

Was ihn aber auch nicht besonders interessierte.

Da Josepha gerade in der Zeichenstunde war und Angelo nichts von überflüssigen Förmlichkeiten hielt, warf er den Hilfskonzipienten einfach hinaus und begab sich ins Hof-Naturalien-Cabinet, um Simon Eberle zu sprechen, der nichts von der Angelegenheit gehört hatte und genauso entgeistert war wie Angelo.

Eberle warf einen Blick auf den Korridor hinaus, schloss die Tür, schenkte Wein ein und sie besprachen, was zwei Freimaurer in dieser Situation zu besprechen hatten.

Beide waren sie der Meinung, der Gewalt sei nicht zu widerstehen. Das Vorhaben sei nur dann zu vereiteln, wenn Soliman sich Empedokles gleich in den Krater eines Vulkans stürzte, doch war momentan in der Nähe kein einziger aktiver Vulkan auszumachen, was für ihn als Naturwissenschaftler übrigens besonders schmerzlich war. Sie lachten. Seitens des Hofes handelte es sich offenbar um schiere Arroganz, um ein machttrunkenes Schwelgen, das einzige Ziel sei, in der Person Angelos jeden zu erniedrigen, der je sein Leben in den Dienst aufklärerischer Ideen gestellt hatte, und triumphierend seine Macht über unsere Körper zu demonstrieren. Sie würden ihn unter die Tiere verbannen, neben den präparierten Tapir, das Wasserschwein, den Schakal und den ausgestopften Kanarienvogel. Sollen sie. Sie mögen nur glauben, dass sie bestimmen, ab wo der Mensch beginnt und bis wohin das Tier reicht. Der Hof aber sei kurzsichtig. Jeder sei kurzsichtig, der die Welt nicht von den Ideen der Freiheit und Gleichheit her betrachte, sie seien Gefangene ihrer Weltanschauung und ihrer Kleinlichkeit, deshalb würden sie verlieren. Auch jetzt, auch hier, sagten sie zueinander und stießen an.

Bedenken Sie nur, lieber Herr von Kazinczy, sagte Eberle in der Remise, indem er die von Angelos Bauch abgetrennte Haut anhob, *bedenken Sie, welches Monument der Gewalt wir hier errichten. Welchen Skandal wird der Körper unseres Bruders Angelo auslösen, welche Selbstprüfung muss einer abhalten, der ihm dereinst in die Augen sieht! Schurken werden durch das Treffen noch schurkischer, gute Menschen aber werden dadurch noch besser. Jene, die von der Torheit als bronzene Reiterstandbilder verewigt werden, als Reiterstandbilder, auf deren Podesten ihr Name glänzt, glauben, Angelo herabwürdigen zu können, indem sie ihn seines Namens berauben und durch seinen Körper eine Rasse vorstellen. Sie glauben, ihn namenlos ausstopfen zu können, wie einen Hund, ein Kamel oder einen Vogel. Sie werden sich aber täuschen, mein Herr! Täuschen werden sie sich!*

Eberles Schwärmerei zeugte zum einen von naivem Idealismus, zum anderen aber auch von einem gerüttelt Maß an Scheinheiligkeit, daran gut zu erkennen, dass er sich in seinen Monolog verrannte, wie ein Schauspieler um den Leichnam herumschritt und seinen Text mit theatralischer Körpersprache begleitete, indem er einmal die Arme ausbreitete, dann wieder mit dem Zeigefinger auf die Leiche wies. Er selbst schien seine Worte nicht ernst zu nehmen oder nur halb zu glauben. Seine gut eingeübten Sätze waren offenbar schon im Voraus für den Fall formuliert, dass er jemandem von den alten Freunden erklären müsste, wie alles gekommen sei.

Angelo hatte vielleicht eben dann daran gedacht, mir seine Haut zu vermachen, als er mit Eberle diese Argumente ausgearbeitet hatte, da musste er verdutzt erkennen, wieder in derselben Falle gelandet zu sein, und dass wieder und unerbittlich derselbe Algorithmus in Funktion trat, der sein Schicksal von Kindheit an bestimmte. Er hinterließ mir seine Haut, damit ich zum Zeugen dieser letzten Schicksalswende würde.

Er kannte die pedantische Wiener Kanzleiordnung gut genug um zu wissen, dass eine einmal angelegte Akte nie wieder verloren ging, so konnte er sicher sein, ich würde selbst dann von der Angelegenheit erfahren, wenn man mich nicht freiließe, und so ich stürbe, würde es in der Zukunft sicher jemanden geben, der auf die Geschichte stieße.

Er ging und setzte ein Testament auf, in dem er mich, durch einen Rechtsanwalt beurkundet, als rechtmäßigen Erben seiner Haut einsetzte, für den Fall meines Ablebens sollten meine Erben sie erhalten.

Das war die einzige Erbschaft in meinem Leben, Sophie, die ich tatsächlich erhalten habe, wenn ich sie auch umgehend auf jemanden anderen übertragen musste. Dieses Diktat nahm mir aber das Erbe nicht ab, denn die Haut war Angelos Geschichte.

Zwei Monate nach seinem Besuch bei Eberle spazierte Angelo am Vormittag des 21. November am Graben, worüber er nachgegrübelt haben mochte, war nicht mehr zu rekonstruieren, aber sicher hatte er sich unser unterhaltsames Treffen in Erinnerung gerufen, als unsere barbarische Fremdheit sich, selbst für uns augenscheinlich, manifestiert hatte. Die Passanten, die ihn stürzen sahen, sagten, er habe sich plötzlich an den Kopf gegriffen und sei taumelnd losgelaufen. Sie hielten ihn für betrunken und beschäftigten sich nicht weiter mit ihm; dass er gestorben war, begriffen sie erst, nachdem er in der frühen Abenddämmerung seit Stunden vor der Pestsäule gelegen war. Bis der Wagen mit seiner Leiche zu Hause eintraf, war auch Eberle schon da, kurz danach kam auch Stütz vom Krankenhaus herbei und Franz Thaller, der Bildhauer, in seiner Schürze voller Gipsstaub und rußig vom Rauch des Bronzegießofens, er hatte gerade an einem Reiterstandbild gearbeitet. Josepha kam erst nach Hause, als Thaller die Gipsmaske vom eingeseiften Gesicht hob, sie erstarrte vor Schreck und vermochte sich erst nach Minuten von der Tür zu lösen, von wo aus sie des Anblicks gewahr geworden war. Schließlich wurde sie von zwei Männern ins andere Zimmer hinübergetragen. Sobald Mimi, die Tochter von Borns, die Nachricht erhalten hatte, stellte auch sie sich ein und kümmerte sich um Josepha, die nicht weinte, sondern nur den Mund immer wieder lautlos aufriss, vielleicht gab es weder ein Wort noch einen Laut, der ihre Gefühle auszudrücken vermochte.

Inzwischen war Eile geboten, in der Wohnung war es warm und die freigesetzten Gase spannten bereits die Bauchdecke des Toten. Stütz eröffnete den Körper, er gedachte mit Eberle der Ironie der unausweichlichen Schicksalshaftigkeit dieses Momentes und sie sprachen darüber, wie seltsam sich die sich anatomisch abzeichnenden Gelenke ausmachten. Sie waren nun Teil einer Geschichte und spielten eine Rolle, die sich Angelo oft und in allen Details ausgemalt hatte, wie auch in diesem, dass sie zuerst Magen und Gedärme, sodann Lunge und Herz aus dem Körper heben; schließlich hatte er diesen Vorgang selbst oft genug mit angesehen und alle seine Einzelheiten waren ihm bekannt gewesen.

Nachdem sie die inneren Organe entnommen hatten und sicher waren, dass die Gipsmaske gelungen war, der Vorgang nicht wiederholt werden musste, nahm Thaller die genauen Maße des Körpers auf, die Länge, den Umfang des Kopfes, des Brustkorbs, der Taille und der Hüfte, die Länge der Arme und Beine und gesondert die der Hand und des Fußes. Die Zahlen stimmten genau mit denen der menschlichen Proportionen in seinem Musterbuch überein. Der Kopf vom Kinn bis zum höchsten Punkt des Scheitels passte genau achtmal in die Länge des Körpers, die Gelenke des Oberschenkels und der Hand begannen in viermaliger Kopfhöhe, das Kreuzgelenk und die Gelenke der Ellbogen standen auf dreimaliger Kopfhöhe, die

Hände reichten bis zum Viertel der fünften Kopfhöhe, der untere Teil der Kniescheiben begann in zweimaliger Kopfhöhe, gerechnet von der Fußsohle.

Thaller schnalzte zufrieden mit der Zunge.

Er mochte es, wenn Dinge sich an die Regeln hielten.

Er packte seine Aufzeichnungen zusammen, sein Gipsgusszubehör und die Messwerkzeuge, und ging ab, um das Holz vorzubereiten, aus dem er den Körper zu schnitzen gedachte, auf den dann die präparierte Haut aufgespannt werden würde.

Jetzt kamen Eberle und Stütz darauf, dass sie nichts mitgebracht hatten, um den Körper inwendig zu trocknen, aus den durchtrennten Blutgefäßen sickerte noch immer Flüssigkeit. Dann hatte Eberle die rettende Idee, Zeitungspapier für diesen Zweck zu verwenden. Angelo hatte sorgfältig alle Exemplare der *Wiener Zeitung* gesammelt, er hatte sie gründlich gelesen und zuweilen auch mit Kommentaren versehen, jetzt nahmen sie diese vom Regal, zerknüllten sie zu großen, locker gekneteten Bällen und stopften sie in die Körperhöhle, bis diese entsprechend ausgefüllt war. Erst dann riefen sie die Helfer und machten sich auf den Weg zur Remise, die Eberle bereits durch einen Boten vom Amt beantragt und für die Prozedur reserviert hatte. Sie verabschiedeten sich von Josepha, indem sie ihr zwischen Tür und Angel stehend etwas zumurmelten, von dem die halb Ohnmächtige kaum Notiz zu nehmen vermochte, und sie verließen aufatmend das Haus, denn sie hatten wenigstens die erste Hälfte der Angelegenheit, wenn auch nicht die schwierigste, hinter sich gebracht. Die Durchführung der vielversprechenden Idee hatte sich als Enttäuschung erwiesen und sie waren bestrebt, sich der Obliegenheit möglichst bald zu entledigen.

Inzwischen hatte sich auch das Amt in Bewegung gesetzt, der Anwalt mit dem Testament stellte sich ein und sofort wurde in der Hofkanzlei entschieden, mich holen zu lassen, damit ich die Erbschaft ausschlagen könne. Vermutlich hatte auch da der Zynismus eine Rolle gespielt, sie dachten, mich noch mehr zu demütigen, ihre Macht noch deutlicher zu demonstrieren, wenn alles vor meinen Augen geschah. Darin hatten sie recht, allein, sie hatten nicht damit gerechnet, wie die Erfahrung bei den Gedemütigten funktionierte und was sie ihnen bedeutete. Sie wussten um die besondere Macht flüsternd weitergegebener Nachrichten und gebrauchten diese mit Vorliebe; die Kunde von den Geschehnissen würde Schrecken verbreiten, den sie auch durch mich weitergeben wollten.

Angelo war die Geschichte seiner Haut, und diese Geschichte kannte nur ich in ihrer vollen Tiefe und in allen Einzelheiten, einzig ich war eingeweiht, wenn ich dieses Wort auch in diesem Fall gebrauchen darf. Die Bezugnahme auf meinen Adeptenstatus, bei dem ich an mein Freimaurertum dachte und der mich mit Stolz und mit dem Wissen erfüllte, mich unter den Besten zu befinden, erwies sich hier als falsch. Die wahre Einweihung und die wirkliche Geheimgesellschaft bestanden in der Einweihung durch Angelo. Indem der Fremde den Barbaren einweihte. Indem der Mensch den Menschen einweihte.

Wie begeistert und eingeweiht seine Wiener Freunde auch gewesen waren, das, was ihm widerfahren war, konnte nur ein ungarischer Barbar verstehen. Vielleicht versteht nur der Barbar den Fremden und der Fremde den Barbaren.

Ich wusste, ich war der Einzige, der alle Seiten und Schattierungen der Geschichte kannte, auch das, was von Born oder von Sonnenfels nicht sahen. Sie betrachteten

Angelos Geschichte aus einem Blickwinkel, aus dem sie beinahe alles sehen konnten, nur den Teil nicht, in dem sie selbst enthalten waren. Sie sahen sie innerhalb des Kreises, wenn dieser Kreis in Wahrheit auch riesig war. Sie sahen nicht, dass sie mit ihm dasselbe taten wie Abbé Herbert oder wie die Fürsten Liechtenstein oder Lobkowitz, wie alle anderen. Sie nutzten seinen Körper genauso aus wie diese. Ihm persönlich galt vielleicht nur die Liebe Frau Stegnerns und der Hass Pietro Angiolas.

Und jetzt bereitete ich mich als Vierter nach Eberle, Barth und Thaller auf dieselbe Sünde vor, auf die des Ausnützens. Auch wir waren dabei, uns selbst durch ihn zu definieren. Aus der ursprünglichen Sünde entwickelten sich immer neue und neuere Sünden, und die hier war die letzte in der Reihe, so wurde auch ich zum Beteiligten des Skandals.

Angelo war sich im Klaren darüber, dass wir das tun würden. Vielleicht darf ich das beklommen so formulieren: Er wusste, sie würden das tun. Er hatte seine Haut mir hinterlassen, weil er gehofft hatte, ich würde die Lehre aus dem Fall ziehen und das einzig Mögliche tun: aussprechen, was ihm widerfahren war. Das war schon ein Skandal solchen Ranges, dass man ihn nicht ungesagt lassen konnte. Wenn man schon sein Körper nicht sterben ließ, so möge doch diese Ewigkeit einen Sinn haben. Das allein vermochte die Sache zu retten. Sonst wäre alles überflüssig, sonst wäre alles vergebens geschehen.

Bis zum frühen Morgen hatte sich alles ereignet, was zum Reich des Unvorstellbaren gehörte.

Zugleich war auch das, wie alles Unvorstellbare, in der Praxis enttäuschend, materiell und banausenhaft abgelaufen, wiewohl keineswegs alltäglich. Der Autor des Ersten Buches Mose mochte ähnliche Fantasien gehabt haben, der Schöpfer knetete und modellierte Adam in seiner Vorstellung mit der gleichen minutiösen Handfertigkeit.

Franz Thaller arbeitete verblüffend selbstsicher. An der grob zugehauenen Oberfläche des Holzes schwollen bald Muskeln, hoben sich Adern heraus und verliefen Falten, in die sich die Haut bequem hineinlegen konnte. Der Duft der Zedernholzspäne mischte sich mit dem Schlachthofgeruch von Solimans Fleisch. So mochte es in den uralten Tempeln Babylons gerochen haben, wenn die Opfertiere geschlachtet wurden.

Während der Bildhauer mit dem Holz arbeitete, zogen Eberle und Barth der Leiche die Haut ab. Sie setzten den am Bauch angesetzten Schnitt seitlich fort und schnitten die Haut am Rücken, am Rückgrat entlang, bis zur Scheitelmitte ein. Vorsichtig und pedantisch, damit sie nicht einriss, lösten sie die Haut vom Fleisch. Seitdem ich ihn zum letzten Mal gesehen hatte, war Angelo sehr gealtert. Seine Haut war nicht nur am Hals runzlig, sie warf am ganzen Körper Falten. Er müsse vor seinem Tod viel abgenommen haben, erklärte Barth, daher hänge ihm die Haut am Bauch so herunter. Thaller versteifte sich darauf, ihm etwas davon wegzunehmen, er wollte partout keinen bauchigen Neger haben. Vom Rücken ging die Haut leicht ab, sie hing neben dem auf den Bauch gedrehten Körper beiderseits herunter wie Seiten eines nass gewordenen Buches. Die roten Muskeln neben dem Rückgrat und auf den Schulterblättern erinnerten an nichts Menschliches mehr. Diese Qualität, die Identität der Person, die befand sich in der Haut, in der lichtgebadeten äußersten Hülle. Jetzt, da diese das Fleisch verlassen hatte, wurden Materie und Struktur aufgeschlossen, die lediglich die Eigenheiten der menschlichen Rasse trugen, wie ein Bild, das verkehrt gegen die Wand gelehnt wird, bei dem nur das Holz des

Rahmens und die Rückseite der Leinwand zu sehen sind. Je mehr Haut abgezogen wurde, desto weniger konnte ich das restliche Fleisch als Angelo ansehen. Der Mann, den ich kannte, war in der Haut verblieben, die jetzt als eine feuchte, faltige Decke vom Fleisch herunterhing. Seltsam, dass mich der Schmerz am meisten traf, dass meine bislang kühle und disziplinierte Kehle sich erst zusammenzog, als die von der Hand gelöste Haut ohnmächtig vom Tisch herunterhing und, indem die noch hautbedeckten Körperpartien bewegt wurden, in Bewegung geriet und hin und her schwang; das Schaukeln der leeren Haut der Finger war so menschlich, sah derart nach Angelo aus, dass ich es nicht mehr mit ansehen konnte.

Ich wandte mich ab und würgte.

Eberle war ein geübter Präparierer, er erzählte detailliert, um die Spannung zu mildern und vielleicht auch, um sich selbst zu beruhigen, wie viele Arten von Lebewesen er schon ausgestopft hatte. Wir könnten uns nicht vorstellen, erzählte er, welch übermenschliche Aufgabe es darstelle, ein Rhinozeros zu häuten. Das Tier habe eine Haut, die drei Finger dick sei und den Muskeln und Sehnen so intensiv verbunden, dass sie nur mit Haken und Flaschenzügen abzuziehen gewesen sei. Und für den schwedischen Hof habe er vor einigen Jahren einen Hai ausgestopft, also kein anderes Tier auf dieser weiten Welt habe ihn mehr geärgert. Nicht nur, dass er keine Knochen besitze, selbst seine Haut sei gallertartig.

Thaller maß lange an den Muskeln herum, um zu wissen, welche Art Muskeln er aus Zedernholz zu schnitzen hatte, um die Haut zu verjüngen und straff zu machen. Allzu mächtige wollte er nicht fertigen, damit die Haut nicht zu sehr angespannt und daher dünn werde, allerdings wäre es auch nicht angebracht, ihn zu schmächtig auszuführen. Er wollte einen Körperbau zwischen dem herkulischen und dem apollonischen schaffen, der Askese und Geist nicht zu Ungunsten des Körpers überbetonte, noch sollte die sterbliche Muskulatur die Spiritualität übertrumpfen. Thaller war ein gebildeter Mann, doch überschritt er die Dimensionen seines Faches nicht, er wollte aus dem Bericht keinesfalls mehr herauslesen, als von der Formensprache gesagt wurde. Korrigieren würde er nicht mehr können, wenn die Haut einmal auf das Holz aufgezogen sei, sagte er, denn wenn sich die Haut einmal über dem Holz spanne, könne kein Mensch sie mehr herunterbringen. Daher müsse er sehr aufpassen, um nichts falsch auszumessen. Die meisten Risiken würden in der lebensechten Gestaltung des Gesichts stecken. Dort sei in erster Linie die Haut für die Gesichtszüge verantwortlich, doch müssten die Proportionen der Wangenknochen, des Kinns oder der Augenbrauenknochen mit dem Original übereinstimmen. Um auch nur die Möglichkeit von Fehlern zu vermeiden, habe er zum Glück einen Gipsabdruck von Angelos Gesicht angefertigt, und sollte sich doch etwas nicht wie gewünscht gestalten, könnte man danach die verdorbenen Verhältnisgrößen noch nachträglich ändern, allenfalls könnte man noch zwischen Haut und Holz Wachs oder Bitumen nachspritzen. Das aber sei Pfusch und Murks, er müsse jetzt, im ersten Anlauf, etwas Vollkommenes nach Art der Alten schaffen.

Er öffnete die Kiste, schlug die feuchten Tücher zurück und packte den Gipskopf. Der frische Gips war noch schwer vom Wasser und er dampfte in der ungeheizten Remise wegen der geheimnisvollen Vermengung von Wasser und gebranntem Kalk, die gleichmäßige Wärme erzeugte, das ließ mich an ein Neugeborenes denken, das, bei Frost geboren, eben jetzt auf den Schnee herausgerutscht war. Der Gips leuchtete fast und es fehlte nur wenig, dass er aufschrie, so wandelte sich Soliman im Tode und durch sein Bildnis zu einem Weißen. Eine ebenso weiße Plastik wie die, die er einst besessen hatte: Cicero und Homer.

Meister Thaller hatte seine Messwerkzeuge sorgfältig vorbereitet, er ging für eine letzte Kontrolle noch einmal die Gesichtsmaße und Proportionen durch, während Stütz und Eberle sich nach einem tiefen Atemholen daranmachten, die Gesichtshaut vom Kopf zu lösen. Wie Eltern ein verschwitztes Kind ausziehen, dessen Hemd an seiner schweißnassen Haut klebt, und dabei weder Ohren noch Nase verletzen wollen, so zogen sie Angelo Soliman die Haut aus. Noch ein, zwei schnalzende Geräusche, ein, zwei Muskeln, die seufzend nachgaben, Fleisch, das nach und nach wich, und schon war die Haut auch vom Gesicht abgezogen, sie hing wie eine Maske an einem Lederriemen vom Hals auf den Brustkorb. Sie hatten nun auch schon aus der Gegenrichtung, vom Bauch aufwärts, die Haut von Brustkorb und Hals abgelöst, sodann die Hinterseiten der Oberschenkel mit einem beherzten Schnitt der Länge nach geöffnet und die Haut wie Birkenrinde vom Baum abgeschält. Sie drehten den Körper wieder um und stülpten vorne mit ammenhafter Behutsamkeit das Geschlechtsorgan heraus, dabei schnitten sie den Hodensack auf und entnahmen die Hoden, die sie dann auf den geschundenen Körper zurückfallen ließen. Der Körper lag da, wie ein aus dem Seidenpapier gewickeltes Bonbon. Nachdem sie die Haut auch von den Unterschenkeln abgezogen hatten, konnten sie sie endlich auf dem Tisch ausbreiten, neben dem Haufen von Muskeln, Knochen und Sehnen, die vom Körper übrig geblieben waren.

Eine Wortwiederholung zeigt stets die Unreinheit der Gedanken an, in diesem Fall allerdings die Unreinheit der Sprache. Sie haben Angelo von Angelo abgezogen, das Gesicht vom Gesicht, den Körper vom Körper. Sie zeigten den Toten als Lebenden, das Unbewegte als bewegt und die Zeit als etwas Vergehendes an. Ich wusste, dass ich ein Betrüger, ein Schwindler war, wusste, dass das alles nur Mimese war, die Wissenschaft der Nachahmung, die den Schein erweckt, ich könnte dadurch, dass ich Vorgänge anschaulich zu schildern vermag, zugleich deren Objekte besitzen. Genau das macht auch der Körper, er gibt vor, die Person zu besitzen. Er tut so durch die Haut, durch die winzigen Eigenheiten der Körperoberfläche, auf die das Licht trifft, als besäße er die Wahrheit. Die Lügen der Sprache und des Anblicks gehen im Gleichschritt. Die Erzählungen der individualisierenden Züge und des Unwiederholbaren.

So, wie der Körper nun ohne Person und Geschlecht zurückgeblieben war, glich er sich selbst nicht mehr.

Er enthielt keine Identität mehr, er ähnelte den Wachsmodellen des Lehrstuhls für Anatomie, die die Muskulatur detailliert darstellen, eine bedauernswerte Maschine nur, zweckmäßiges Konstrukt von Klappen, Transmissionen, Hebevorrichtungen, Seilen und Sprungfedern, angetrieben von einer minderwertigen, schlecht geschweißten Dampfmaschine, mit gestohlenem Holz vom Wegrand zu heizen. Als hätte dein Vater recht gehabt, die Schöpfung troff vor schlechten Absichten und Unfähigkeit.

Es ging auf den Morgen zu.

Die Pferde wieherten in den Ställen, die Pferdejungen gingen unter Räuspern und Husten zum Brunnen, Hufeisen klapperten auf dem Pflaster, Türen knarrten, Ketten klirrten, Scharniere quietschten. Verhasste Laute, die

Laute der Weltenstruktur, deren Gelenke krachten; draußen, in der erwachenden Stadt, rasselten das Heer, die Macht, die Industrie und der Verkehr.

Sie legten die Haut in eine Gerberwanne und klatschten darauf wie Bäuerinnen auf das Leintuch beim Waschen im Bach. Eberle holte einige Fläschchen hervor, aus denen er verschiedene Pulver zur Flüssigkeit gab und wusch die Haut darin immer wieder von Neuem durch. Nach jedem Arbeitsgang schüttete er das Waschwasser weg und sie ließen Angelo im frischen Wasser mit neuen Mischungen weichen, sein Gesicht tauchte einmal von vorne, dann wieder von der Innenseite her aus den verschiedenfärbigen Emulsionen auf. Auf das rötliche Einweichwasser folgte die purpurne, dann die fast schwarze Farbe, dann erwärmten sie die Haut in einer rötlichen, ins Lila spielenden Flüssigkeit. Dann folgten blaue, grüne und gelbe Brühen. Meister Thaller strich währenddessen die Figur aus Zedernholz, die er nun schon zusammengestellt hatte, mit Fett ein, er ließ die Zapfen der Arme in die vorgeleimten Ausnehmungen der Schultern gleiten, die Oberschenkel drückte er in die sorgfältig ausgestalteten und nach Maß an der Unterseite der Hüften eingefalzten Kerben. Den bei den Passungen herausgedrückten Leim wischte er ordentlich weg und feilte hier und da vom unfolgsamen Material, das von den Maßen abweichen wollte, etwas ab, damit verschwanden die letzten Missverhältnisse. Direktor Eberle hob die Haut aus dem letzten, milchweißen Bad, das den würgenden Geruch nach Chlorkalk verströmte, so wie gestern auch ich, dann hob er sie mit der Hilfe von Stütz und Thaller auf den hölzernen Körper, wie einen Mantel in der Herrenschneiderei, und sie hoben an, ihn mit langsamen, streichelnden Bewegungen auf das fettgetränkte, seidig polierte Holz zu applizieren. Zoll für Zoll, Muskel für Muskel stellte sich heraus, wie wunderbar Meister Thaller gearbeitet hatte, alle Sehnen und Adern hoben sich ab. Was an der Oberfläche des Holzes lediglich gekünstelte Nachahmung schien, das erwachte durch die angeschmiegte Hülle sofort zum Leben. Die Armmuskulatur wurde belebt, die Finger schienen schon die nächste Bewegung zu planen, als hätte sich soeben der Brustkorb atmend gehoben, die Bauchmuskeln angespannt und gleich wieder nachgelassen, Angelo wurde nach und nach, Glied für Glied wieder lebendig. Thaller wurde jetzt ganz enthusiastisch, wie ein Dramatiker, der den Monolog und den Charakter im Griff hat, der auch den Schauspieler sieht, für den er die Rolle erfunden hat.

Der Tiroler Bauernjunge, noch voller Besorgnis, dass sollte er etwas verderben, er verhaut werden und kein Abendessen bekommen würde, war vor dem Erfolgserlebnis geradezu verzückt. Er nahm einen großen Batzen Fett in die Hand und fuhr damit die Gesichtszüge auf dem Zedernholz entlang, bei jedem Handgriff verglich er das Resultat mit dem Gipsabdruck. Das Jochbein war schon einmal sehr gut dargestellt, doch die Vertiefung unter den Augen erschien ihm nicht plastisch genug. Noch bevor die Haut sich allzu innig mit dem Holz verband, ließ er sie hier abheben und arbeitete noch ein wenig Sägemehl mit Leim vermengt darunter. Er glättete die runzlig gewordene Haut und schnitt die überlappenden Stücke am Rücken vorsichtig in einem Streifen heraus. Und als die geschickten Finger schließlich die Gesichtshaut dem Holz anpassten und sie glatt strichen, durfte ich endlich jenen Angelo Soliman erblicken, den ich nie kennengelernt hatte, den muskulösen jungen Mann voller Saft und Kraft, der er im Jahr meiner Geburt gewesen war. Mir war, als hätte man mich soeben in der Zeit zurückgeworfen, das erste, ausgebliebene Treffen zwischen uns beiden konnte jetzt stattfinden.

Eberle spannte die Haut hinter dem Körper an und Stütz fixierte sie an vier Stellen mit großen Klammern. Mit dieser Kreuzigung endete das schwarze Evangelium.

Als von Thüngen eintraf, war nur noch das Nähen zu erledigen. Alle seine Gesten besagten, dass er sich nicht ins Geschehen involvieren wollte, er blieb in der Tür stehen und heftete den Blick auf einen einzigen Punkt, auf einen Kübel aus Metall unter dem Tisch. Ich trat gehorsam vor, hielt ihm die Hände hin und die Handschellen klickten wieder.

Am folgenden Abend trat ich wieder in meine Zelle, die Tür schloss sich hinter mir.

Wie zu jeder richtigen Geschichte, gehört auch zu dieser ein Epilog.

Ich dachte die ganze Rückreise hindurch an Josepha und mir kam immer wieder jener Vormittag in den Sinn, vielleicht im Jahr zweiundneunzig, als ich einmal früher als ausgemacht bei ihnen eintraf und Angelo noch nicht zu Hause war.

Josepha ließ mich liebenswürdig ein, sie kicherte, hieß mich Platz nehmen und bot mir Wein an. Ich bemerkte ihre Zeichentafel, halb zur Wand gedreht, und fragte sie, ob ich die Zeichnung ansehen dürfe. Sie errötete leicht, als sie Ja sagte, und drehte die Tafel herum. Ein Männerakt, geschickt ausgeführt. Es war ihm anzusehen, dass sie bei guten Meistern lernte. Den Oberkörper und die Beine hatte sie bereits ausgearbeitet, die Lendengegend aber war noch leer. Ich fragte sie ohne jegliche Absicht zum Schäkern oder Zudringlichkeit, ob es sich wohl schickte, dass ein Mädchen von zwanzig Jahren nackte Männer zeichnete, und was dazu ihr Vater sagte. Doch sie stampfte auf und verbesserte mich, sie sei nicht zwanzig sondern zweiundzwanzig und in diesem Alter zeichneten Mädchen die Männer nicht nur, sie umarmten sie auch. Doch habe sie augenblicklich keinen Liebsten und stehe deshalb vor großen Problemen mit dem Bild. Sie wisse nicht, wie sie es beenden könne. Ich faselte etwas von den größten Meistern, die ja auch aus der Erinnerung arbeiteten oder aus der Fantasie, wie hätten sie sonst Engel oder Sphingen malen können, doch sie fertigte mich kurz ab, sie müsse nach der Natur gehen, sonst würde sie niemals zeichnen lernen. Noch immer verstand ich nicht, worauf sie hinauswollte, ich war aber ganz perplex, als sie ihre Zeichenutensilien nahm und die Tafel herrichtete und mir ungeduldig deutete, frischauf, ich möge mich auskleiden. Ich zog mich nicht aus, womit ich aber Josepha nur noch mehr reizte. Sie schob die Zeichentafel beiseite und setzte sich flugs auf meinen Schoß, sie bohrte die Zunge tief in meinen Mund. Sie schien erfahren und gierig zu sein, womit sie mich abschreckte. Zum Glück knarrte gerade die Tür, Angelo war angekommen, Josepha richtete ihre Frisur und glättete das Kleid in aller Eile, außerdem war Angelo voller Mitteilungsdrang, so fasste er keinen Verdacht.

Heute weiß ich, Josepha hatte nur einen Mann gesucht, der ihren Vater mochte. Der ihn so sehr mochte, dass er ihn vor Spott und Hohn bewahren würde.

Ich habe sie nie wieder getroffen.

Wie ich später erfuhr, hatte man ihr am Tag nach dem Ausstopfen die inneren Organe ihres Vaters in einer zugelöteten Metallkassette herausgegeben, diese beerdigte sie dann Ende November am Friedhof zu Währing. Ich weiß nicht, wer dort war, wer nicht, doch ist das heute kaum noch von Interesse.

Sie bekniete die Ämter noch einige Monate lang, sie mögen die Haut ihres Vaters herausgeben, damit sie sie bestatten könne, doch hatte sie keinen Erfolg damit. Als sie das dritte Mal abgewiesen wurde, brach sie zusammen. Sie heiratete schnell einen alten Baron, der ihr schon lange den Hof gemacht hatte, und zog mit ihm nach Krakau. Sie kehrte nie mehr nach Wien zurück. Dazu eine seltsame und trostlose Parallele: Sie starb im selben Monat, in dem ich freigelassen wurde. Sie wurde neunundzwanzig Jahre alt.

Ich traute mich nie wieder ins Hof-Naturalien-Cabinet.

Und was mit dem Krokodil passiert ist, entzieht sich meiner Kenntnis.

Ferenc' letzte Sätze waren kaum zu vernehmen. Ich beugte mich ganz nahe an seinen Mund, um keines seiner Worte zu verlieren, damit mein Gedächtnis alles bewahre.

Als die Geschichte zu Ende war, ging die Sonne bereits unter. Erzsó kam herein, sie schnappte nach Luft und verkündete, Dienes und Fräulein Pruszkay sei etwas zugestoßen. Sie rang die Hände und in ihren Augen zeigte sich – vielleicht das erste Mal – richtige Bestürzung.

Was ist ihnen denn zugestoßen?

Etwas Schreckliches. Sie wisse gar nicht, ob sie es erzählen dürfe. Das sei nichts für die Ohren einer so vornehmen Gräfin, sagte sie, und das war schon wieder die alte Erzsó, unsere Haustyrannin, die von der Armut mit uns gleichrangig gemacht und schließlich vom Alter über uns erhoben wurde.

Ich packte sie am Arm. Daraufhin setzte sie sich und putzte sich die Nase. Sie band ihr Kopftuch neu. Glättete den Rock. Dann sprang sie auf, das müsse der Herr auch hören. Ich drückte sie auf den Sessel zurück. Der Herr schliefe, und überhaupt, seine Nerven seien schwach, ich würde es ihm erzählen, wenn er aufwachte. So lange möge das unser Geheimnis bleiben. Das gefiel ihr.

Dienes sei im Dorf Vilyvitány von den Bauern erschlagen worden. Das wisse sie aus sicherer Quelle, überall spreche man darüber. Unter dem Schutz der Nacht habe sich eine Gruppe gebildet, die Verwandten derer, die den Salven Dienes' zum Opfer gefallen waren, freilich sollen andere auch mitgemacht haben, die auf Beute oder einfach auf Lebensmittel aus waren. Sie hätten in Erfahrung gebracht, wo er und Fräulein Pruszkay zu nächtigen planten, und sie im Morgengrauen überfallen. Die zwei Wachen hätten sie mit Leichtigkeit überwältigt, so seien sie ins Haus eingebrochen. Dienes habe kein leichtes Ende gehabt, man habe ihn an den Tisch gebunden und kleinweise, akkurat mit Stichen und Schlägen zu Tode gebracht, allerdings sei es Antonia noch schlimmer ergangen. Man habe sie der Reihe nach vergewaltigt und ihr dann zwei Rebenstecken eingeführt, einen in ihre Feige und einen hinten herum, und die hätten sie ihr langsam bis zum Hals hinaufgeschoben und sie so liegen gelassen; sie habe noch gelebt, als die Soldaten angerückt seien.

Das sei alles, was sie bis jetzt wisse, sagte Erzsó, doch eile sie schon zurück zu den Soldaten, um Neuigkeiten zu erfahren, bald werde eine Truppe herüberkommen, die die beiden mit eigenen Augen gesehen habe. Diese Soldaten wolle sie gründlich befragen und dann würde sie die Geschichte so genau erzählen, dass der Herr daraus sogar Wort für Wort einen Brief schreiben könne.

Im Bewusstsein ihrer Wichtigkeit eilte sie ins Dorf zurück.

Ferenc schlief tatsächlich, zumindest schwebte er nur halb bei Bewusstsein zwischen Leben und Tod. Jetzt herrschte auch über seinen Körper jene Gefügigkeit, die ich an der Körperhaltung der auf dem Erdboden sterbenden Bauern bemerkt hatte. Neuerlich rieb ich ihn ab, massierte stundenlang seine Glieder. Er wachte nur von Zeit zu Zeit für einige Sekunden auf, erkannte mich lächelnd und versank wieder beruhigt in der Bewusstlosigkeit.

Als die Sonne unterging und ich die Kerzen anzündete, packte ihn wieder ein Anfall, diesmal würgte er nur trocken. Die Krämpfe nahmen seinen ganzen Körper in Besitz, als rissen sie seine Gliedmaßen an unsichtbaren Fäden. Seine Muskeln hatten sich von seinem Willen unabhängig gemacht. Seit Stunden schon befeuchtete ich ihm nur die Lippen, denn alle ärztlichen Meinungen warnten vor dem Wassertrinken, trotzdem spritzte jetzt eine dünne, milchige Flüssigkeit aus seinem Körper und überschwemmte den ganzen Fußboden.

Die blaue Farbe überflutete seinen Körper, als strömte Tinte tropfenweise durch seine Adern, dieses teure Königsblau, das nur in besseren Wiener Geschäften zu bekommen ist und in Buda nur in einem einzigen Laden. Die Farbe strömte aus dem Inneren seines Leibes zur Oberfläche der Haut herauf, bis sie ganz und gar blau war. Sein Mund bewegte sich, als forme er Wörter, ich beugte mich ganz nahe heran, doch auch so verstand ich sein Flüstern nicht sofort, das er offenbar mit letzter Kraft herauszuschreien dachte:

Ich will es von deiner Hand!

Ich drückte ihm die Hand auf Mund und Nase und beließ sie dort, minutenlang, bis sein Blick sich beruhigt hatte.

Erst dann bemerkte ich, dass draußen schon seit Minuten ein Tumult herrschte. Eines der Fenster zerbrach klirrend, ein großer Steinbrocken kullerte in die Zimmermitte. Ich empfand keine Angst. Ich machte die Tür auf und trat zu den Bauern, die Fackeln in den Händen trugen, und fragte sie, was sie wollten.

Ein vierschrötiger Mann mit sonorer Stimme trat hervor. Er schien nicht seit Jahren Hunger zu leiden. Seine Hand fuhr nach oben, um den Hut zu ziehen, doch blieb die Bewegung auf halbem Weg stecken.

Diese Leute wollen den gottesleugnerischen Freimaurer, den Satansanbeter, weil die Cholera nur seinetwegen da ist!

Er sprach die Worte fehlerlos, in einem einzigen Atemzug aus, offensichtlich hatte er sie nicht das erste Mal ausgestoßen.

Sagen Sie ihm, ich bin der Sohn der Maris Nagy. Der Herr wird's schon wissen.

Ich hatte den Satz schon auf der Zunge, dass der, den sie suchten, nicht mehr lebte, als ich die Soldaten erblickte, die sich in aller Stille entlang des Zaunes schussbereit machten. Die schreienden Bauern wurden vom Licht ihrer Fackeln geblendet, sie konnten die Soldaten nicht sehen. Ich hatte bloß Zeit, mich hinter die Tür in Sicherheit zu bringen, und schon dröhnten die Schüsse. Querschläger prallten von der steinernen Mauer ab.

Sieben Bauern blieben auf dem Boden liegen, die anderen wurden verhaftet. Der Offizier mit dem schwarzen Bart, den ich am Morgen getroffen hatte, reichte mir totenbleich die Hand. Er zitterte. Das war sein erster Feuerbefehl, und jetzt blickte er entsetzt auf die blutigen Leichen.

Der rot angestrichene Totenkarren quietschte heran, anstellig warfen die jungen Zigeuner die Leichen auf die Ladefläche, indem sie sie, an Händen und Füßen gepackt, hau-ruck, hochschaukelten. Der Sohn der Maris Nagy hatte nur eine Beinverletzung, er lag mit gebundenen Händen unter den anderen Gefangenen auf dem Erdboden. Die Korporalschaft für Gefangenentransporte kam erst später aus Sátoraljaújhely, um sie zu holen, sie wurden nach drei Tagen alle gehenkt.

Ich sprach zwei Tage lang nicht über Ferenc' Tod, damit die Herren der roten Totenkarre nicht auch seinen Leichnam mitnahmen, ich begrub ihn nach drei Tagen im Garten, wo die Magnolie gestanden war.

Die folgenden zwei Monate verbrachte ich in einem stumpfen Schwindel, von dieser Zeit sind mir kaum noch Erinnerungen verblieben. Ich besuchte meine Kinder der Reihe nach, sie alle haben die Seuche auf wundersame Weise überlebt, allein Lajos hatte sich einen Tag lang erbrochen, wie sich aber später herausstellte, nur weil er in der Küche zu viel genascht hatte. Meine Kinder empfingen mich kühl und misstrauisch, was die Verwandten damit erklärten, dass sie die Nachricht vom Verlust ihres Vaters noch nicht verarbeitet hätten. Der fromme Betrug tat mir wohl, wenn er auch meine Selbstbezichtigungen nicht linderte. Der Herbst war gekommen, nach siebenundzwanzig Jahren der erste ohne Ferenc, dann der Monat des Skorpions, des Zeichens der Selbstzerfleischung und der Tyrannei. Ich vermochte die Gegenüberstellung und die Abrechnung nicht weiter hinauszuschieben, ich fuhr nach Pest hinauf, wo ich mich einige Tage ausruhte. Ich empfing die Kondolenzbezeugungen von Ferenc' Freunden, wie auch ihre Beteuerungen, leider hätten sie uns in unserer misslichen Lage nicht mehr helfen können, seien doch ihre finanziellen Möglichkeiten ebenfalls beschränkt, mich möge das Wissen darum trösten, dass er in das ewige Pantheon der Nation bla bla bla. Wie ich sah, atmeten alle auf, sie mussten Ferenc' unbarmherzigen Maximalismus nicht weiter ertragen und nicht weiter darüber nachdenken, wie es möglich sei, dass ein Schriftsteller, den die Österreicher beinahe bis zum Tode eingekerkert hatten, die deutschsprachige Literatur als verpflichtendes Maß vorschrieb. Jetzt, da er gegangen war, konnten sie sich aufführen wie Kinder, wenn sie im Haus allein bleiben und das Klavier endlich so gebrauchen können, wie sie das schon immer wollten, sie springen darauf herum.

Am fünfundzwanzigsten Oktober nahm ich meine Reiseplaids an mich, packte Gewand für drei Tage und brach nach Wien auf. Alles war von dieser Stadt ausgegangen und hier schlossen sich alle Kreise. Die Quarantäne war überall aufgehoben, die Cholera trieb schon weit im Westen ihr Unwesen, in Deutschland und Frankreich, doch spießte es sich in den Poststationen noch immer, es gab zu wenige Pferde und Personal, so wurde aus der eintägigen Fahrt eine zweitägige Reise. In Wiener Neustadt blieben wir mit einem Achsbruch liegen, bei Schwechat wurde nach einem Räuber gefahndet und Soldaten versperrten den Weg. Wir trafen am siebenundzwanzigsten am frühen Morgen in der Stadt ein. Ich hatte keine Zeit mehr, mich einen Tag lang bequem im Gasthof auszuruhen, bevor ich allen Mut zusammennahm und dem Hauptdarsteller in Ferenc' Leben ins Antlitz blickte. Ich verspürte keinerlei Eifersucht, weil diese Hauptrolle nicht mir zugedacht war, vielleicht deshalb, weil ich, als ich schließlich im Magazin auf dem Dach des Hof-Naturalien-Cabinets verweilte und der schwarze Körper mir aus der glühenden Tiefe des roten Schranks entgegentrat, schon wusste, dass ich vor mir selber stand.

Ferenc Barnás:
Ein anderer Tod

360 Seiten, 130x204
Gebunden mit Schutzumschlag

ISBN 978-3-9503906-3-6
€ 22.–

Aus dem Ungarischen
von **Eva Zador**

Erschien im Frühjahr 2016

Der Nischen Verlag
gab das Buch **Der Neunte**
im Jahr 2015 heraus.

Ein ehemaliger Universitätsdozent in Budapest fällt psychisch und existenziell ins Bodenlose. Ein in Deutschland lebender Kellner entwickelt Schlafstörungen und bringt sich um. Eine ungarische Aristokratin pendelt zwischen ihren Leben als Klempnerin, als Taxifahrerin und als Schutzengel eines der bedeutendsten ungarischen Autoren des 20. Jahrhunderts. Die Geschehnisse in einem Genfer Restaurant werden rekonstruiert und zeigen ein enge Verbindung mit den blutigen Ereignissen in Bosnien. Momentaufnahmen aus dem ungarischen Alltag nach der Wende ...

Die parallele Erzählung der verschiedenen Stränge weckt die Spannung, dieses literarische Geflecht – wie in einem guten Krimi – zu enträtseln. *Ein anderer Tod* ist der groß angelegte schriftstellerische Versuch, die verborgenen Zusammenhänge zwischen dem persönlichen Schicksal und der Zeitgeschichte aufzuzeigen. Der Roman wurde 2013 in Ungarn mit dem angesehenen Aegon-Literaturpreis als das beste Buch des Jahres ausgezeichnet.

Ferenc Barnás wurde 1959 in Debrecen geboren. Er studierte Literatur und Ästhetik in Debrecen, Budapest und München, unterrichtete an verschiedenen Gymnasien sowie an der Budapester Universität. Er lebt und arbeitet in Budapest. Seine Werke sind in mehrere Sprachen übersetzt worden und wurden in Ungarn vielfach ausgezeichnet, im deutschen Sprachraum gilt es, sie noch zu entdecken.

FERENC

KAZINCZY — sein Vater

CARLO RADI — italienischer Architekt